長編時代小説

玄海

―海の道

前編

金《キム》 敬鎬《キョンホ》 著（目白大学教授）

松本逸也 監修（元朝日新聞編集委員）

作者の言葉

この小説は、文禄・慶長の役の時代に日本列島と朝鮮半島の境界で生きていた民衆の物語であります。

私はこの小説を書くにあたって、時代背景でもある文禄・慶長の役で、権力者の悪戯（いたずら）により、どれほどの日本列島と朝鮮半島の民衆が犠牲になったのか、戦争が勃発するたびに民衆が駆り出され、どのような被害を受けたのか、調べはじめました。しかし、歴史の文献では民衆に関する記録などはあまり見当たらず、真の歴史の主体である民衆が存在しない、まるで中身が抜けた歴史記録の現実がありました。それで私は日本と韓国の各地域を踏査することにしました。韓国では、全羅道（チョンラド）、慶尚道（キョンサンド）南海岸を中心に調べ、日本では鹿児島をはじめ、沖縄、熊本、佐賀、長崎、五島列島、福岡、山口、対馬、四国、島根などを訪れて痕跡を探りました。十年以上の歳月をかけて、歴史には記されなかった民衆の姿が片鱗のように少しずつ見えてきました。そして、権力者ではなく、民衆に焦点を合わせると、もはや日本列島と朝鮮半島を区別することは意味がないこともわかりました。

その後、私は、この調査した民衆の記録を基に歴史的な真実をタテ糸とし、権力者に支配され被害を被った民衆の哀切さをヨコ糸として編んだ歴史物語を完成させ、韓国と日本で出版することにしたのです。

日本の読者の皆さんへ

一九八九年に私は留学生として日本へ来ました。今では人生の半分を日本で過ごしているわけです。留学の時から現在まで長い間、色んな方にお世話になりました。この紙面を借り、感謝を申し上げます。

さて、日本列島と韓半島は一衣帯水と言われるほど近いです。両地域で暮らしている民衆は、昔から平和的に文明や文化交流をしながら、助け合ってきました。しかし、愚かな権力者が現れると半島と列島は反目し、いがみ合うことがしばしばありました。

かねがねから私には人間が先なのか国家が先なのかという問いがありました。国家と言う概念は近代以降からできたものです。我らは人間として生まれ、のちに国籍が与えられるわけです。しかし、私たちには国籍や民族などを優先する傾向があります。それで私は国籍を聞かれる時に国際人と名乗ることがあります。自ら国籍や民族、人種を越えたいという信念からです。その場合には生まれた国である韓国は、故郷になります。

この小説のテーマはヒューマニズムです。国家や民族、組織等のシステムを重んじる思考よりは、国が違っても同じ人間としてお互いを尊重し、配慮する人間中心の思考からの見方です。

政治家や権力者による日韓関係より、民主主義の意識を持っている市民同士の交流や理解に基づいた関係構築が将来的には良い日韓関係を築き上げると私は信じています。

この本を通して権力者によって作られた民族主義を乗り越え、民衆の観点でお互いに共感を持ってほしいと願っています。また、日本と韓国に住んでいる人々が友好的な隣国の市民として仲良く交流をしつつ、良い影響と刺激を与えあう友人になることを願っています。

最後に、日本語版を刊行するにあたり監修をしてくださった松本逸也様をはじめ、校閲を担当し拙い日本語表現や誤字、脱字を細かく修正してくださった三浦智子様に御礼を申し上げます。

金　敬鎬

目次

前編の主要登場人物

サルドン（沙火同）

朝鮮の農民出身だが、凶作で食べ物がなく流れ者になり海岸に辿り着く。幼い時に両親を亡くし、海の中で鮑を取り生活を営む。離れた島の周辺で鮑を取るために仲間と一緒に沖合へ出て、暴風雨に遭い、日本の五島列島に漂着する。その後、倭寇の仲間になり、略奪のため朝鮮に戻るが、反逆者になる。

鳥衛門（とりえもん）

小西行長の率いる第一番隊の兵士。同じ村から駆り出された一行の五名と共に玄海を渡る。鉄砲隊に所属し、狙撃手として活躍する。権力者によって起こった争いの中、人間の命をどう考えるべきか、絶えず悩む人物である。朝鮮軍に捕まり、鉄砲の能力を買われ朝鮮軍に寝返る。戦争が終わり、朝鮮に残るが歴史の激浪に飲みこまれる。

オドン（魚同）

朝鮮のキジャン（機張）出身の漁民。釜山鎮城の戦いに参加して倭軍の捕虜になる。宇土城に連れていかれ奴隷として生活する。力持ちで幾つかの戦に参加し、手柄を立てる。しかし、関ヶ原合戦で小西行長が敗戦し、宇土城が加藤清正に占領され、内藤如安に従い加賀へと逃れる。その後、夏の陣に参戦し、手柄をあげ出世する。

金　ソバン

朝鮮のトンレ（東莱）に住む小作農民。倭軍が東莱城を占領した際、家族と一緒に捕虜になる。荷物運びに選ばれ従軍することになるが、妻子は日本へ連れていかれ、一家はバラバラになる。後に、妻子が日本に連れていかれたことを知り、日本語を学び通訳士として日本に渡る。

イ・ギュン（李鈞）

宣祖の称号が与えられ朝鮮の十四代の王になる人物。父親が側室から生まれた庶子の三男である。十三代目の王が急死したため、思いもよらず王になる。倭軍が朝鮮に上陸し、戦が始まると都を捨て北西地方に逃亡する。

勘兵衛（かんべえ）

朝鮮語ができる対馬の家臣。朝鮮の倭館に派遣され勤務している。朝鮮人の妻子がいたが、文禄の役の前に対馬島主の命令により妻子を残して対馬に戻る。戦が勃発し釜山浦に戻るが妻子を見つけることができない。

叛民

一

沙火同《サルドン》は鮑《あわび》獲りであった。

朝鮮では、鮑や海産物を獲って、生活を営む者を漢字で「鮑作《ポザク》」と書いた。しかし、漢字が分からない人々は、字の意味はさて置き、漢字音の「ポザク」の後ろに朝鮮語で人を指す「イ」を付け、言いやすく「ポザギ（ポザクイの変化）」と呼んだ。ところが、この言葉には「とっても卑しい」という意味が含まれていた。

「ポザギは、どん底の人間の群れよ。近づかないほうがいいよ」

「そうよ。あいつらはなあ、食べるものがなくなると何をするか分からない連中だからな」

彼らは嘲弄や軽蔑の対象であった。だからポザギには、成人になっても嫁にきてくれる女性はいなかった。婚期を過ぎた娘がいるポザギの仲間さえも自分の娘を他のポザギに嫁へ出すことを嫌がるくらいだった。それほどポザギは凄まじい差別や偏見の対象であった。

朝鮮王朝の身分階級は、士農工商だった。士は、科挙という試験に合格した高官で、両班《ヤンバン》と呼ばれる貴族であり、いわば支配階級であった。農は士を耕す百姓を指し、良民の中でも一番多い階級だった。朝鮮は農耕社会で「農事天下之大本（農業が国家の中心）」として、農業を生業にする百姓を大事にした。工商に携わる人々も良民ではあったがその数は多くはなかった。

ところが、多くの農民は自分の農地がなく、小作をする人々がほとんどであった。農耕というのは、土や雨量、日照りなど自然に頼るものなので、農民は豊作が続けば飢えなどを心配することはない。ところが、二、三年、凶作が続けば大変なことになる。なぜなら、小作人はほとんどの収穫物を地主に現物税として奪われ、食べることすらままならなくなるからだった。

「このままでは死んじまう。乞食でもしないと」

餓死を避けるために、彼らはさまよい、乞食をし、農地から離れるしかなかった。農地を失った人々は、食い扶持を探し続けた挙句、海にたどり着いた。海は陸地と違って凶作などはなく常に海の幸があった。海藻でも食べていれば飢えからは逃れられた。

サルドンの父親もポザギだった。

最初からポザギだったわけではない。元は海からは遠く離れた羅州《ナジュ》の出だった。しかし、猫の額くらいの土地しか持っていなかったため、小作での生活は常に貧しかった。さらに凶作が三年も続き、生活はさらに厳しく、半島の西海岸に流れ流れてきたのだ。そして生計のため父親が就いた仕事が鮑獲りでありポザギだったのだ。

朝鮮では、生活が貧しく困窮な人が、生き残るために就く卑賤な仕事がいくつかあり、賤民と呼ばれた。

その一つが屠畜《とちく》の仕事であった。屠畜の仕事は、血まみれで家畜を平気で殺すので残忍、卑しいと思われていた。しかし、それ以下とされたのがポザギであった。人としては決して残忍者でもないのにポザギは卑しく扱われた。海に潜ることは命がけで危険な仕事だったからだ。賤しいと思われたポザギを誰もやりたがらなかった。

ポザギは生活上、海岸に住み着き、朝鮮半島の南海岸や済州島辺りに居住する者が多かった。彼らは、カギノミを携え、海に潜り鮑や海鼠《なまこ》などの海産物を捕獲した。海女が沿岸辺りで潜り、貝類を獲るのに比べて、ポザギは小さい船に乗り、沖合にまで行ったりした。沖合にある無人島や暗礁に生息する鮑や海鼠などを獲るためだった。

「なんだい、今日はナマコとホヤばかりで」

「どういうことなんじゃ！　前ここに来た時に、大きくなってから獲ろうと手をつけずにおいたのに……」

干した鮑は、貴重なおかずとして王の食卓には欠かせないものであった。海産物の中でも特に価値あるものとして扱われた。ポザギの間には、「子鮑」は大きくなってから獲るという暗黙の了解があった。しかし、一部のポザギが後のことなどお構いなしで根こそぎ獲っていったのだ。

「他の連中が獲っちまったのか。畜生！　大きなアワビの収獲を期待していたのに、アワビはおろか、そのかけらもない」

「半日もかけて来たのに腹が立つ」

「どんな奴らだ？」

「海のもんだから、持ち主がいるわけじゃないけど、縄張りってえものがあるだろ。ホントに腹が立つ」

仕方なく、ポザギは大きい鮑を求めて沖へ沖へと進むしかなかった。しかし、彼らの船は小さくしばしば悪天候に見舞われ危険な目にあった。

サルドンが十歳の時、父親は半島の南海岸に鮑を獲りに行ったまま帰ってこなかった。仲間も誰一人帰ってくることはなかった。

「これからどうすればいいのだ！」

体の弱い母親は、父親が失踪した翌年、原因が分からない病気を患った。漢方薬を買うこともできなかった。そしてサルドンが十二歳になった年に、血を大量に吐き出し、息を引き取った。

「お母さん、お母さん」

サルドンは激しく泣いた。

「子どもを残して死んでしまうなんて。哀れな子だ」

「そうだね」

幼くして両親を失ったサルドンは孤児になった。村人はサルドンのことを気の毒に思い、食べ物をみんなで手分けするなど助けてくれた。しかし、それも長くは続かなかった。

「また来たの！　困ったなあ。うちだって大変なんだよ。もう来ないで」

「困った、困った。村にどうしようもない瘤ができてしまったな」

孤児になったサルドンは村人にも、まるで乞食のように扱われ、冷遇された。仕方なく、生き残るために、他の子どもより早い十四歳の時から大人たちと一緒に船に乗り、海に潜った。賢く、気が利いた。年少だが、ポザギの中でも彼の評判は高かった。

サルドンはポザギの仕事だけではなく、世の中のことについても人一倍、興味、関心を持っていた。漢文にも関心が高かった。彼に漢字や漢文を教えてくれる人はいなかったが、独学で諺文《オンムン》（ハングル文字）を学び、習得した。耳で聞いた音と言葉をハングルで書いたりするのが楽しかった。

二

「今日は西の方に行こう。そこのものをごっそりといただこうじゃないか」

「そうだ、そうしようじゃないか。天気もいいし今日は少し遠くまで行ってみよう」

高興《コフン》の沖合にある居金島《コグムド》に泊っていたサルドンたち一行は、朝食をとっていた。左の眼前から上がる太陽は、六月の陽らしく、白い光を強く照らしていて暖かかった。海は清い陽光をうけ、碧く清明な玉を映し出した。

あちらこちらに座った彼らの前には麦飯がおかれていた。盛っていた麦飯の竹籠と小魚を置いた竹の葉っぱが平たかった。食い物といっても、麦と干し魚がすべてだった。しかし、彼らはおいしそうに、木の匙で麦飯を取り、口に運んだ。手で干し魚を取り、歯でびりびりと裂きながら食べた。

風呂敷の中には、干した鮑が入っていたが、それを宝のように大事に保管していた。やがて金になるからだった。大きくて分厚い鮑を風に干し、魚屋に持っていけば、他の海産物よりはるかにいい値がついた。王に進上する貢物の一つであり、身分の高い貴族たちが一番好む肴だったからである。

「そうしてみようかな。耽羅《タムラ》（済州島の古名）あたりの楸子島《チュザド》には岩島が多いから、きっとたくさん獲れるぞっ！」

サルドンは飯を食い終え、立ち上がりながら一人つぶやいた。全羅道《チョンラド》（朝鮮半島の南西地方）の訛りであった。

「おい、そこは遠すぎるよ。船が小さいから、あまり遠くへは危ないぜ！」

一行の中で、年上のソンが、サルドンの顔を見上げ心配そうに言った。

「空をみてくださいよ。あんなに青いのに何を心配してるんですか。天気が悪くなったら、タムラ島に近いし、そっちに逃げれば大丈夫でしょう」

「そうしましょうよ、おじさん。どうせ海に出るなら、多少、危なくても行きましょうや。一発当てなきゃぁ！　行って獲りまくるんですよ」

サルドンと同い年の万石《マンソク》が、干し魚を噛みながら、サルドンの意見を擁護した。

「俺だって、そういう気持ちは山々だ。でもさあ、六月の天気だからな。すぐ豹変するから、ちょっと心配だぜ」

「心配ご無用ですよ。慣れたもんじゃないですか。波が高くなる兆しがありゃ、近くの陸に逃げれば何の問題もないですよ」

「それでもさ。気になるってぇもんさ。まあ、いいや。行くだけ行って、雲の動きがどうなるのか見極めよう。油断すると痛い目にあうぞ」

意見の違いはあったが、とりあえずサルドンの考えでまとまった。

「じゃあ」とばかり急かされるように、鮑獲り十一人を乗せた船は西南の海へと舵を切った。船といっても、長さは大人の背丈二倍くらいで、幅は二歩ほどの小舟だった。風と帆で航海する船だが、船尾には大きい櫓が固定されていた。

風をはらんだ帆にのってサルドンたちを乗せた船は、黒く碧色の大海原をまっしぐら、まさに順風満帆に走った。しばらくして彼らの目の前に大きな島が映ってきた。島のまわりには、無人の岩島が点々と浮いていた。

「間違いなく楸子島だ」

「ほら、こんなにたくさん岩島があるんだよ」

「よかった」

「じゃあ、みんな、これから本領発揮だぁ！」

サルドンが帆を下ろしながら、調子に乗って大きな声で叫んだ。

「しかし、船はどこに停めたらいいんだろう」

「あそこに停めよう。そこでアワビを狙おう」

ソンが楸子島と少し離れた岩島が群がっている場所を指した。

「分かりました。じゃああちらに行きますね」

サルドンが帆を下ろすのを見ていたマンソクが櫓を素早く漕いだ。船はゆっくり海上を滑って行った。小さな波が船首を洗った。空の様子見と雲の動き、船の用心に、ソンが一人、船番として残った。他の仲間たちは、カギノミを片手に次々と海に潜った。

「しっかり身の付いたでっかいやつを獲ってくるんだよ」

ソンがサルドンに向かって叫んだ。サルドンの鮑を獲る腕前は大したもので仲間たちの追随を許さないほどだった。幼い時期から大人に混じって海に潜っていたので経験も豊富で鮑が潜む棲み家もよく知っていた。肺活量も人一倍多かった。他の仲間が息を詰まらせ海面で一息ついている間も、彼はずっと潜り続けていた。だからサルドンはいつも仲間の倍くらい鮑を獲った。

サルドンは、いつも腰に小さい網袋を縛り、片手にカギノミだけを握って海に潜った。餌を見つけた鴨が、頭を突っ込んだり潜ったりしながら、その姿はまるで遊んでいるようにピョンと飛び上がったかと思うとまたすぐ海中に没するという動作を繰り返した。

海の中はいつも静かだった。サルドンは海に入るたびに恐ろしくて胸がぶるぶる震えるのを感じた。海は深く鉛のように重かった。そんな海だが不思議にも自分の身をやさしく包んでくれた。しかし、サルドンはそのやさしさが怖かった。海は、瞬時に豹変し、すべてを飲み込んできたことを知っているからだ。一見、静かで何もないように泰然としている。それがゆえに海が恐ろしかったのだ。

でも、一旦、そこに入り込むと、世の中の嫌なことが忘れられるような気がして落ち着くことができた。海の中では何も考えなかった。ひたすら鮑や海鼠に狙いをつけていればよかった。身分が卑しいと差別されることもなく、傲慢な態度をとる両班もいない。海では、水中に長くいられる者が一番だった。海の幸をたくさん獲る者こそが尊敬され、認められのだ。

「ぷふう！　ぷふう！」

サルドンたちポザギの仲間が一斉に水中から頭をあげた。口々から海水を吐き出し大きな声を張り上げた。船に泳ぎ着いたポザギは、鮑や海鼠を船に放り投げ、再び、海中に没する。こうした動きが何度も繰り返され、気がつくと船上には鮑などの海の恵みが山盛りになっていた。潜ったり浮き上がったりを二十回ほど繰り返したか、濡れ手に粟ならぬ、濡れ手に鮑だった。ポザギたちは夢中になっていた。

と、その時、船上で見張り番をしていたソンが急変する空を見上げ、サルドンたちに戻るよう促した。

「おじさん。ここは鮑が山ほどよ。獲らずに帰るなんてもったいないよ」

「まだ、波はそれほど荒くないからもうちょっと大丈夫ですよ」

サルドンとマンソクは、不安な顔つきで空を見上げるソンに答えた。年はソンが上なので、年上としての扱いはしていたが、経験や腕などで実質的にはサルドンが親分格だったため彼の発言権は強かった。

「俺だって目の前の鮑を獲りたいさ。だけど雲行きはヤバイぞ」

「分かってますよ。俺だって疲れてますから。もうちょっとだけですよ」

「なに言ってるんだ。もう十分だろう。もうちょっと、もうちょっとって。切りがないよ。見切りをつけよう。海が荒れそうなのは空を見れば分かるだろう。波に飲み込まれたらすべてが終わりだよ」

少し離れたソンからの警告はただ空しく響くだけであった。

それから間もなくだった。空は瞬く間に灰色から黒色になり、波の動きも荒くなってきた。

「おっと！」

海中の海藻が左右に大きく揺れるのを見たサルドンは、まさかと思った。その瞬間、体が大きく波に押された。危険を感じて、すぐに足を鴨の水掻きのように動かし水面に頭を出した。

「早く、早く！　船に上がれ！　急いで陸に揚がらないとみんな死んじまうぞ」

ソンの大声が響いた。船に滑り込んだサルドンの体から汗まみれの海水がぱらぱらと滴り落ちた。

「おじさんの言う通りでした。急いで陸に揚がらんとね」

「お前は、聞く耳を持たないからなあ。俺の言うことを聞いてたらこんな目には合わなかっただろうに。頑固だから。しょうがないなあ」

「早く行こう」

一行は近くの楸子島に向かって帆を揚げた。

海上に暴風が吹き始め、風当たりが強くなってきた。マンソクは焦る気持ちを抑えて船尾に走った。櫓を握り、懸命に漕ぎ始めた。サルドンは舵を取っていた。帆は強い風を受け激しく揺れた。船体も波にぶつかり揺れに揺れた。

「こりゃあヤバイなあ」

ポザギたちは異様な風を肌で感じながらも、目の前に楸子島が見えていたこともあって動揺する気持ちをなんとか抑えられていた。

「帆柱をしっかりにぎって。方向をよくみて」

「うわっ！　風が強すぎて、思うようにいかないよ！」

楸子島は目と鼻の先だった。

しかし、風はますます強くなり、天から激しい雨が樽で水を注ぐように降ってきた。たちまち辺りが真っ暗になり豹変した。海はうねり、波は荒くなった。小舟は波に翻弄され上へ下へと揺れた。船は楸子島を目前にしながらも流されていた。

「おい、何やってるんだ。どこに行くんだ」

ソンが大声で叱ると、

「畜生！　風が強すぎて、思うように動かないんだ！」

帆の紐で方向を定めていたソボンが少し荒っぽく口答えした。ソボンは必死に紐を引っ張りながら、船を陸に向かわせようとした。

荒波はさらに高く激しく船を揺らした。船上の木桶が倒れ転がり、半日かかって獲った鮑や海産物がすべて船底に散らばった。

「ああ、苦労して獲ったものが……。ああ……」

何人かが、引っくり返った鮑をすくい上げようと膝で歩き回った。しかし、船は揺れに揺れ、思うようにはならない。

「鮑なんかどうでもいい。こっちに来て、帆を頼むよ」

ソボンが一人で頑張っていたが、力尽き、助けを求めた。何人かが帆柱にたどり着き手をかけたが船は大きく傾いた。

「危ない！　一カ所に集まるな！　座って、座って！」

一カ所に集まれば小さな船はバランスを崩してひっくり返ってしまう。激しく揺れる帆柱を一緒につかんで耐えようとしても、それも無理であった。均衡が崩れれば小舟はすぐに引っくり返されることは必至だ。

船を水平に維持するために、みんな船の縁のところに座り、身動きさえできなかった。

風はどんどん強くなり、暴風と激しい雨が必死にしがみついている彼らに容赦なく打ちつけた。頭を上げようとしても雨粒が顔に激しく当たりまともに目を開けていられなかった。

その時に、ボキッという音が響いた。

「ああ、帆柱が折れたよ。帆柱が」

帆柱が折れるのを見て、皆、希望をなくした。

「これからどうすればいいんだよ。家にも帰れなくなったな」

船の揺れが激しく、目標に進めない状態だった。櫓を取っていたマンソクも、船が激しく揺れるので立っていられなかった。ただ、櫓だけは守ろうとして、両手で櫓の握りをしっかり取っていた。帆柱が折れてしまうと、船の揺れは、先ほどよりは落ち着いたものの船を陸に向かわせることができなくなっていた。ただ、波の流れに運命を託すしかない状況だった。

「しようがない。みんな海に落ちないよう、船をしっかりつかんでな。ただただ暴風が一刻も早く通り過ぎてくれることを願うしかない」

サルドンは、陸地に行くことをあきらめた。とにかく、船がどこに流されようとも、船にしがみついているしかなかった。

『海にさえ落ちなければ、生きる道はあるだろう』

サルドンはそう思った。六月の暴風なので、そんなに長続きはしないと思った。いつの間にか、楸子島の姿が四方のどこにも見えなくなった。周辺に浮いていた岩島も見えなくなった。小舟は波に乗り揺れながらどこかに流されていた。その時であった。「ザバァーン」と急に大きい波が襲ってきた。船は軽々と波に持ちあげられた。宙に浮いたと思ったら、小舟はそのまま海の上に投げ出されたかのように、落とされた。

「わーっ」と悲鳴を上げ、何人かが船から海に投げ出された。荒波は海に落ちた仲間をすぐに飲み込んだ。

船上に残された仲間は、彼らを探したが救える状況でもなかった。経験豊富なサルドンさえ何もできなかった。降ってくる雨と押し寄せる波を避けるために、船底に頭を突っ込み、底に固定された鉄の輪を強くつかみ、耐えることしかできなかった。

「手を外したら終わりだ。死んでも離すなよ。つかんでろよ」

船が揺れるたびに体も動いた。しかし、鉄の輪からは絶対、手を離すことはなかった。

海はまるで猛獣のように吠えたけた。手荒く、恐ろしい海の上に浮いている小舟はまさに一葉の扁舟にすぎなかった。暴風雨は強く、船は寄せる波に上下に揺らされ、また引っ張られては流されていた。

サルドンは持っているすべての力を絞り出して、鉄の輪にもっと強くしがみついた。危ないと思い、腰にかけていた竹袋の紐を解き、手首に巻きつけた。そうすることにより、手の指が少し楽になり、体を船にしっかり固定できた。

「これで少しは安心だ。とにかく船から放り出されると一巻の終わりだからな」

渾身の力で、小舟から離れまいと必死だった。船は茫々たる大海にどんどん流されていた。暴雨風は半日くらい経って、すこし弱まった。すでに四方は暗かった。それまで気づかなかったが、船に残されたのは三人だけだった。八人が怒り狂った海に飲み込まれた。サルドンと櫓をつかんでいたマンソク、そしてソボンが折れた帆柱の下で懸命に生き残ったのだ。

波は依然として上へ下へと荒れ狂っていたが、船を引っくり返す勢いはなくなった。船は潮の流れに沿って流されていた。マンソクは櫓を漕ぐ力もなかったが、四方は暗く方向さえ分からなかった。途方に暮れていた。三人は、潮の流れにただただ身をまかせるしかなかった。

「どこに行くんだろう」

「運が良ければ、この流れが耽羅島に連れてってくれるんだろうけどなあ」

波に揺れる船底で彼らは、何もできず無気力だった。

「みんな、どうなっただろう」

「海に投げ出されたからな。どうなったかは想像がつくだろう」

「運よく生きてりゃあ有り難いこと」

サルドンとソボンがやり取りしている間にも、マンソクは夢かうつつか分からなくなっていた。雨がやんだ空には、いままでのことが嘘のように星の輝きが眩しかった。星は近くに見え、今にでも天から落ちてくるような気がした。

「ああ、腹が減った。ぺこぺこだ。なんか食い物はないのか」

「全部、波に持って行かれちまった」

深い夜になった。空腹がこたえた。食い物を探したが船のどこにもなかった。積んでいた食糧や半日以上かかって獲った海産物も一つ残らず、波に飲み込まれた。

「ああ、どうなるんだろう。生きて陸に着けるだろうか」

あれほどの激しい暴風雨の嵐のなかから生き残っても、これからどうなるのか。全く見通せなかった。三人とも心中は同じことを考えていたが「縁起悪いことというな」と言われるだろうと思い、口には出せなかった。お互いに、相手の顔をただうかがうのみであった。小さな波にも揺れ動く小舟に閉ざされた彼らに特別な道があるわけでもなかった。ただただ願うしかなかった。どんな小さな島でもいいから見つかるように。

そのうちに、暗闇は退き、かすかに黎明が見えてきた。結局、三人は一睡もできずに夜を明かした。視界が良くなった。三人は、目を大きくして周囲を見回した。しかし、島影など全くなかった。広く横たわる海原のみであった。海以外には何もない。そこは茫々たる大海であった。

「おう、こりゃ大変なことになったよ。何も見えないじゃないか。相当、流されてきたようだ」

「そうだね。いつも周辺には陸地や島が見えたのに、何も見えないのははじめてだ。もしかすると今までにないほど遠くへ流されてしまったのかなあ。こりゃあ、大変だぞ」

食い物もなく、飢える彼らに新たな恐怖が襲いかかった。海の上で飢え死にするかもという不吉な思いがよぎった。

「おい、サルドンよ。海道が分からないのか？」

ソボンが海を見つめているサルドンに聞いた。サルドンはが幼い時から船に乗って、頻繁に遠い海に出港した経験がある。サルドンだけが頼りだった。藁でもつかみたいという気持ちであった。まさにその藁がサルドンだった。

サルドンは無視した。彼なりに船が流されている方向を調べながら、海道を探ろうとしていた。しかしなかなかつかめないでいた。今回はかつてない海流であった。早く海道を見つけ出し、その方角に船を向かわせたいのは山々だが、手がかりがつかめないでいた。今まで、経験したこともない不思議な海流だったのだ。

「何とか言ってよ。俺の話、聞いてないの？」

「俺にも分からないんだよ。相当、遠いところまで流されたようだな」

サルドンは焦っていた。と、その時、急に流れが変わりはじめた。先ほどまでは、右側から太陽の光が照らしていた。南の方向に流れていた。しかし、船の方向が変わったのである。太陽が頭の後ろから照らしてきた。南方向に流れると思ったら、いきなり船首が左方向に変わったのだ。

それは海流の向きが変わったことを意味した。

「これ、もしかすると対馬海流かもしれんぞ」

「なに？　対馬海流？　それは何だ」

「俺も詳しくは分かんないが、昔、聞いたことがある」

サルドンが幼い頃、大人たちについて船に乗った折に、この海流について聞いた覚えがあったのを思い出した。

「ちっちゃい船はな、対馬海流に乗ったら朝鮮に戻ることができなく、そのまま、倭の国に流されるしかないんだ。だから、あんまり南の海に遠くへ行っちゃだめなんだよ」

喋っているサルドンの話を聞いて、最初はその意味が理解できず、きょとんと目を大きくしていた二人の顔色が蒼白に変わっていた。一晩中、何も食べていないので、やつれていた顔に不安の影が重なった。

「そうしたら、どうなるんだよ。このまま倭の国に流されるのか。そりゃあ、まずいよ」

「倭国はここからどのくらいだろう。でも着く前に飢え死にしちゃうよ」

対馬海流は流れがはやく、船が流される速度もはやくなった。三人は共に疲れ果てていた。どこに着こうがもうどうでもよかった。水と食い物さえあればいい。ただただ生き残ることだけを願った。

しかし、眼前には相も変わらず茫々たる大海のみであった。三人は何もできず海を漂った。再び夜は暗い姿でやってきた。雲が多いのか、月も星も見えない。漆黒の海上は暗く一寸先さえも見えない。空っぽの腹がグウグウと鳴った。めまいがした。三人は疲れ果て船底でぐったりしていた。たまに頭をあげ、周りを見渡すが何もなかった。暗闇に囲まれ、何の希望の光も見えなかった。

「親兄弟もないし家庭もない一人ぼっちの人生だ。惜しむことは何もない」

サルドンは生きることに執着がなかった。今まで死なないから生きていくしかないような生き方で、楽しいことも、良いことも感じない人生だった。人々からは卑しく扱われるポザギであった。たくさん獲れば、貢ぎやら何やらと口実をつけられて、鮑などを現物税として役所に奪われてきた。

「ゴホッ！　ゴホッ！」

海から出れば必ず咳き込んだ。海に潜ると胸が苦しくなり、塩辛い海水を飲み込みながら我慢した。死に物狂いで働き海産物を獲ってきても、生活はいつも苦しかった。

城壁の築造や補修、軍船の製造など賻役《ぶやく》にも動員された。役人に少しでも目をつけられると大変な目にあった。苦しい人生だった。

「なんにも良いことなんかなかった。未練なんかない。こうして死んじまうほうがましかもしれん」

サルドンはあきらめの境地だった。ここまで肉体的、精神的に追い込まれると、かえって、心中が落ち着いてきた。サルドンは船底に背中をつけ、四肢を広く伸ばした。

「怖いものなんかない。海に生まれて、生きて、死ぬだけだ。悔いはない。今まで、ずっと俺を育ててくれた海に、この些細な身でも捧げ、恩返しができると思えば本望だ」

サルドンは、全てのことを諦めたことで気持ちが楽になった。

「俺が死んだら、泣いてくれる人は誰なんだろう。近い人といえば、一緒に仕事をしてきた仲間だけだが、それもみんな死んでしまったからなあ。一人もいないだろうな」

いろいろなことがサルドンの脳裏を巡った。自分が死んでも泣いてくれる人が一人もいないことに一抹の寂しさを感じた。他の二人の仲間も静かだった。二日間、何も食っていないので、凹んでいる腹の上に手を置くと痛みを感じた。横になるのも力尽き、手を船底に置いて仰向けになった。船はゆらゆらと海流に沿ってはやい速度で流れていた。意識が朦朧《もうろう》とし、いつしか深い眠りに入っていた。

「ここで何してるんだ」

亡き父親が突然、夢に現れ叱った。と同時に、

「陸地だ！　陸地や！」

夢の中を彷徨っていたサルドンの耳に、誰かの叫び声が聞こえた。目をぱっと開いた。自分はとっくに死んだと思っていたが、叫び声でハタと現実に戻った。起き上った。まだ夜は明けておらず周りは暗かった。天上には星が広がり、明るく輝いていた。

ソボンが指している先に目を凝らす。すると星光の下に、黒っぽい塊が遠くに見えてきた。塊は二つある。陸地ではなくても島であることは間違いなかった。サルドンは立ち上がった。口の中はかさかさに渇いていた。空腹で力が出ない。めまいも激しかった。

「サルドン！　あそこまでどのくらいかかる？」

「う～ん、そんなに遠くないからねえ」

「でも、あそこは一体どこだろう。朝鮮かなあ」

「着いてみなけりゃ分からん。とにかく、水が飲みたい」

助かったという喜びで互いに腕を取り合った。飢えと疲れでへとへとになっているのに踊りたい気分だった。島がだんだん近づくと、マンソクが起き上って櫓を取った。

「よいしょ、よいしょ」

気力は尽いていたが、マンソクは全ての力を絞り出し、櫓を漕ぎ続けた。船が砂浜に着いた時には太陽が遠くから上がってきて周りを照らしていた。砂浜の奥に山の麓が傾斜をなしていた。その傾斜から平地になった辺りに、葦をかぶった家が軒を連ねていた。小さい漁村だった。

「ここは倭国みたいだ」

「家の様子が朝鮮とは違う」

「こりゃ大変だ。倭の言葉は分かんねえし……」

「殺されることはないだろう。とにかく、水だ、水、……」

三

三人が島に上がった頃には太陽が左側から斜めに昇っていた。

「太陽があそこから上がって、俺たちはこちらから流れてきたんだから、間違いなく南の方に来たんだ。やっぱり対馬海流に乗って。ここは倭国だろうな」

サルドンは、子どもの頃の記憶がよみがえり、「船は倭国（日本）に流されてきた」と確信した。

そこは、サルドンが思った通り日本の五島列島だった。朝鮮の全羅道海岸から南の方向にまっすぐ下れば、斜め右側に済州島が位置する。その左側の遠くには対馬があった。その間を抜けて南にいくと五島列島である。

元々、この地域は日本の松浦党が支配していた。中世以来、松浦党は九州周辺の海上を支配していた。彼らは陸地の権力者の支配を受けなかった。海上を中心に独立的権力を維持していた。松浦党はそもそも海を生活圏にしていた漁師が中心だった。最初はただの漁業だったが勢力が拡大されることにともない、中国大陸や朝鮮、南蛮とも貿易を行っていた。というより海賊に近かった。なので、この地域では悪名高い勢力として知られ、利害関係によっては陸地の権力者と取引をすることもあった。

一方、五島列島を中心に動き回っていた倭寇勢力には、中国出身で日本名が王直《おうちょく》という男がいた。一五四三年、ポルトガルの船が種子島に漂着した際に、船にあった鉄砲をみて、筆談で通訳を担当し、鉄砲が日本に伝わる重要な役割を果たした男である。

その後、海賊をやめ、交易を通して勢力を拡大し五島列島を拠点に利益をあげる貿易商に生まれ変わった。しかし、草創期に行った海賊行為が問題になり逮捕され、明国に送還されて処刑された。

王直が処刑された後、五島列島が無主空山（主のない地域）になると、宇久《うく》氏が台頭した。五島列島の北端に宇久島があるが、そこを基盤にした宇久氏が一六世紀半ばから勢力を拡大していた。宇久氏は海上実力者である松浦党の庇護を得て、五島列島の全地域を支配する領主にまでのし上がった。その後、宇久氏は勢力をさらに広めるため、宇久島を離れ、五島列島の中で一番大きな島である福江島《ふくえじま》に本拠地を移した。そこに城を造り、自ら五島列島の領主を名乗り全島を支配していた。

「とにかく助かったな」

「でも、ここはどこだろう」

「陸なのか、島なのか」

サルドン、ソボン、マンソクは互いに喋りあった。

彼らが漂着したところは日島《ひのしま》であった。五島列島の一番東側に中通島《なかどおりじま》があり、その下につながっていたのが日島で、小さい島であった。その東側にはもう一つの大きい島である若松島《わかまつじま》が位置していた。日島と若松島は、わずか五十歩くらい離れているだけだが島と島の間に海水が流れ込んでいて、分離された形になっていた。潮水が引くと海の深さは胸のあたりしかなかったので、歩いて渡ることもできた。日島はとっても小さい島なので自給自足が不可能であった。日島の住民は、若松島の人々と物々交換をしながら生活するのがやっとだった。

日島は、黒潮の支流である対馬海流が流れる要所だったこともあり、そこには、遠い昔から中国や朝鮮の漁船が暴風に見舞われると、この島に漂着した。船の道を教えるために、島の人々は島一番の高所に登り、狼煙を上げたりした。そんなことから、最初は火を意味する「火の島」と呼ばれた。後に火の島の火が縁起が悪いと「日の島」に変わった経緯がある。

とにかくここには海流が入り込んでいることから、海が怒鳴り、荒くなると多くの船が風浪にやられて漂着してきた。多くの船は、破損し砂場に打ち上げられていた。乗っていた漁民や商人たちは死骸となって海岸に漂った。日島の住民は難破船からはさまざまな物を拾い、死骸や遺骨は丁寧に墓を造って弔った。

風浪に見舞われても運よく生き残った者もいる。その後、祖国に無事、帰還できた者もいた。帰還を望む者の中には、祖国に財産があり、どんな手を打ってでも本国に帰ろうとした。しかし、一文無しの貧しい船乗りたちは、高い船代を用意するのは無理だった。国に戻ったとしても、別に生活が変わることもないし、頼る宛もなかった。彼らはどこに住もうが生活に大差はなかった。住めば都で、住んでいるところが故郷だった。彼らには自分たちがどこの国の民なのかは重要ではなかった。大事なのは生きていくための食い物と居場所だった。とりあえず食い物さえあれば留まり、なければどこかに向かって発つことだった。

国なんかどうでもよかった。それどころか国などという考え方など知ろうともしなかった。でも生まれ育った故郷は忘れ難かった。島に漂着した多くの者はそのまま定着しそこで暮らした。島の人々に助けられ新しい生活基盤を築いた。故郷に帰れる状況でもない、彼らの多くはそこに根を下ろした。

日島は山岳地形であるので、農地はほとんど皆無であった。住民は海を基盤に海産物を獲る漁業で生活を営んだ。決して豊かではなかった。

「とりあえず、あそこにある家に行って飲み水をもらおう」

「うん。早く行こう」

「ムルル　チョグム　モグルッス　イッソヨ？（水を少しいただけますか？）」

朝日が昇り光を照らし家の前の庭が明るかった。木の垣根はごちゃごちゃで隙間から女性が見えた。サルドンが遠慮気味に、朝鮮語で話しかけた。

「あんた誰なの？　何を言ってるのか分からん」

「………」

朝鮮語は通じなかった。

「我らは朝鮮から来ましたが、朝鮮語が分からないですか？」

「こりゃ、大変だ。朝鮮語が通じないんだよ。どうする」

日本語が分からないサルドンたちは互いに顔を見つめた。

「話に聞いた倭国に着いてしまったようだ」

「水を倭語で何というの」

「そんなの知らんよ」

「ムル、ムル（水、水）」

彼らは、無性に水が欲しかったので必死になって、手振り、身振りをした。

「ちょっと待て、水って言ってるんじゃないか」

勘がいい人のお陰で、彼らはどうにか水をもらうことができた。

「よかった。助かった」

島の漁民たちは、彼らが乗ってきた船を確認して、サルドンたちが漂流民だと気づいた。島の人々は親切だった。彼らが空腹と察し、粟の粥を作ってくれた。サルドンらが空腹に粟の粥を入れていると島の人々が集まってきた。その中には朝鮮語が話せる人もいた。食事が終わった後、サルドンたちは通訳を介して、島を管理している役員が住む若松島に引き渡された。

若松島は日島より大きい島だった。そこには意外なほど朝鮮語が話せる人が多かった。そのほとんどが朝鮮からの漂流者たちだった。彼らは、あえて朝鮮に帰ろうとしない漂着民だった。漁民だった彼らはどこに住んでもよかった。海さえあれば生活ができた。朝鮮の故郷に戻ったとしても別段、暮らしが良くなることもないし、貪官《たんかん》汚吏《おり》の搾取がないこの島の生活に満足していた。

「心配しなくていいよ」

彼らは、出身が同じだということだけで温かく迎えてくれた。サルドン一行としては、まさに救いの神にでも巡り会った感じだった。言葉が通じ意思疎通ができるだけで、もやもやしたものがなくなり喜んだ。

「よかったな。運がよかったよ」

若松島にいる役員は、正式に派遣されているのではなく、漁村の村長の役割をしている老人だった。長老が村の代表として役員の権利を委ねられていた。ある種の共同体の長であった。長老は朝鮮語の通訳を介していくつかの質問と確認をした。

「お前たちは何をしているのか？」

「海産物を獲る漁民です。主に鮑を獲ります。仲間十一名と南の海へ出ましたが、暴風雨に見舞われて漂流しここまで流されました」

通訳からサルドンの答えを聞いた村老は、首を上下に動かしうなずいた。朝鮮人の通訳の顔を見つめながら、やさしい声の日本語で言った。

「朝鮮語が分かるお前が、彼らの面倒をみて生活できるように助けろ。小舟で漂着したそうだが、故郷に帰りたければいつでも帰れるようにしてあげなさい」

「分かりました」

サルドンとソボン、マンソクは日島に戻ってきた。初めは故郷に戻ることも考えたが、船の破損が思ったより酷かった。島の人々は彼らにやさしく接してくれ、足りないものなどを工面してくれるなどいろいろ手伝ってくれた。しかし、船を元通りにするほどの援助は期待できなかった。サルドンもすぐには故郷へ戻れないと考え、しばらくこの島に留まることにした。

船を失ったサルドンたち三人は、鮑を獲ることをやめ、島の漁民と一緒に船に乗り魚を獲った。日島の漁夫は船を操るのが上手で、魚群がある場所をよく知っていた。彼らと共に魚を獲り、獲った魚を分けてもらった。

朝鮮では、船に乗り漁をするには官吏の許可が必要だった。しかし、ここではそのような規制はなかった。ただ、収獲した魚などの一部を税の代わりに村長に渡し、村長はその魚を干した後、束ねてどこかに持って行った。領主に貢物として納めるという噂を聞いた。

島に漂着してしばらく、サルドンたちは島の生活にも少しずつ慣れてきた。日本語も少しであるが聞き取れるようになった。三人は、島の人々が建ててくれた古びた小屋で生活を共にしていた。子どもの頃から身につけた技は海に潜ることだったので、たまに島の周りの海に潜り海産物を獲ったりした。サルドンの潜る技量は優れていた。島の人たちも彼が獲ってくる海産物をみて、彼の腕前に感心した。

ある日、天気の良い朝だった。

「おい、サルドン！　今日は天気がいいから、ちょっとばかり遠出するが一緒に行くか？　行きたいなら準備しな」

サルドンたち三人は島の漁民と共に船に乗った。サルドンは利口で賢く、諺文と呼ばれるハングルも覚え、書けた。彼は、日本語を聞いてその発音を諺文で表記し日本語を覚えた。そんなことから他の仲間より日本語を覚えるのが早かった。単語はそんなに多くはないが、生活するのための意思疎通に問題はなかった。

島の漁民たちは海に出て、竹を細く切ってつくった円筒の網を用いて魚を獲った。動きが早く、潜ることに慣れていてしかも上手であるサルドンは網を手に何度も海に潜り、海の幸が入った網を引き揚げた。

島の人々は気が利き、力も強いサルドンが潜ってくれるといつも水揚げの量が普段より多いから、喜んだ。

その日も、サルドンが海に入ってくれたお陰で船上には魚の山ができた。

と、その時だった。

「あれは何だろう。大きい船だな。しかも一隻ではないぞ」

サルドンが水平線の向こうから近づく船の群れをみて、その大きさに驚き、大きい声をあげた。朝鮮では、あれほどの船舶であれば、大抵、水軍の船か、王がいる漢城（朝鮮の首都、現ソウル）に進上品を貢ぐ船や交易船だった。

「うう～ん。あれは松浦党だろうな。気をつけろ。交易を口実に海上でも略奪をいとわない海賊だから、頭を下げて、知らんぷりしたほうがいいよ」

島人の忠告が終わった途端、「あれは倭寇だ！　倭寇！　あっ、これは大変だ！」

近づく船乗りの服装を見たマンソクは、驚いた挙句に唾を飛ばし、どもりながら朝鮮語で声を張り上げた。島人たちは緊張している様子であったが、何もなかったように、海中に入れた円筒の網を引っ張り上げた。そして、船を回そうとした時だった。倭寇の大型船は海をかき分けながらマンソクたちの船に寄ってきた。あっという間だった。海賊船から綱が投げられた。

「その綱を取って船に固定しろ。言われた通りやれ。やらないと首が飛ぶぞ」

倭寇は鋭い刀を握り、サルドンやマンソクたち島の漁民を睨みつけた。誰も抵抗せず、言われるまま船の隅にある金具に綱を縛った。

「どこから来た！」

船の上から日本語が聞こえ、サルドンは顔を上げて頭上の大船を見上げた。太い木の板で造られた大型の船だった。もしあの大きな船でぶつけられたら、この小舟など木っ端微塵になると思った。

頭上の海賊たちはサルドンたちの小舟を腕組みしながら見下ろした。皆、上半身は裸だった。白い歯を剥き出して刀で脅した。サルドンは怯えた。鋭く磨かれた刀先から閃光が走った。サルドンは、海賊から目をそらすように顔を下げた。

「わしらは、ここから近い日島に住んでいる漁民です」

「そうか。しばらく魚らしき魚を食ってない。魚をよこせ！」

そう言って、三人の海賊が小舟に降りてきた。一人が、刀の鞘でマンソクの肩を触れながら日本語で威圧した。

「船底にある魚を渡せ」

マンソクは日本語の意味が聞き取れず、どうすべきか戸惑った。事情が分からずボーッとするマンソクに、海賊はいらつき鞘で叩いた。

「この野郎。ぼーっとするな。死にてぇのか、この馬鹿野郎」

腹を立てた海賊は刀を抜いた。危ないと察したサルドンが海賊の前に立った。

「申し訳ありません。この人、ここの言葉が分からないのでスミマセン」

「なに、言葉が分からん。お前らは日島から来たんじゃないのか？」

「いいえ、日島から来たのは間違いないですが、もともとは朝鮮人です。暴雨風にあい、こちらに漂着したんです。今は日島で暮らしています」

サルドンがぎこちない日本語で答えた。隣にいた海賊の一人が、サルドンたちに興味を抱き近づいた。マンソクは、刀を手にした海賊の気勢に怯えていた。顔色が蒼白になり、船底に膝をつけ両手を頭の上にあげて必死に耐えていた。

「朝鮮から来たと？」

「はい、そうです」

大型船の上から好奇心に満ちた目で小舟を見下ろしていた男がいた。上半身裸の海賊たちの中で、一人だけ上着を着て、頭に鉢巻きをした彼が大きい声を出した。

「そいつら、朝鮮から来たと言ったのか？」

「はい、そうです。こいつら朝鮮人で言葉が分からないと言っています」

「こっちに連れてこい」

「みんなですか？」

「いや、朝鮮から来た奴らだけだ」

「分かりました」

刀を手にした海賊が、切っ先をサルドンの首に突きつけながら声を荒げた。

「おい、オマエと一緒に朝鮮から来た連中は何人だ？」

「三人です」

「嘘ついたら、この場で殺すぞ。隠したってすぐ分かるぞ！」

サルドンは離れていたソボンを呼んだ。彼ら三人は船首に集まり、日島の漁民たちは船尾に固まった。海賊は一人ずつ呼び、日本語を確かめた。

「オマエらは、あの船に乗れ！」

海賊はサルドン、マンソク、ソボンの三人に大型船へ移るように命じた。大型船にいた海賊たちはサルドンたちに手を貸し、彼らが船に乗り移る手助けをした。日島の漁民たちはそのままサルドンたちが無事に戻ることを祈りながら待っていた。しかし、海賊船はサルドンたちを下ろすことなく、そのまま帆を上げ、遠い海に消えてしまった。

「可哀想に、海賊に捕まったら殺されてしまうだろう」

「何も悪いことをしていたわけじゃないから、すぐには殺さないだろう」

「とにかく我らは運が良かった。早く島に帰ろう」

漁民たちは、そのまま船をまわし島に戻った。

一方、海賊船に乗り移った後、サルドンたち三人は後ろ手にされ、甲板にひざまずかされた。三人は一寸先のことも分からなく怯えていた。

海賊たちは、皆、怖い顔をしていた。目つきが鋭く、怒ったように眉が上に吊り上がって、貪欲に満ちた目つきをしていた。他者のものを強引に略奪し、罪なき者、抵抗する者、邪魔する者を容赦なく殺戮《さつりく》する連中だ。

「俺たちは殺される」

三人の誰もがそう思った。死に対する恐怖で膝ががくがくと震えた。暴風雨に見舞われて、他の仲間が海に投げ出された時も九死に一生を得た彼らだった。

「ああ、俺たちの運もこれまでか！」

日島に漂着し半年。島にすっかり慣れ生活も落ち着いていた。故郷に戻ることも諦めて、島に定着しようと思い始めていた。

そんな矢先の出来事だった。

「こんなことになると分かっていたら、どんなことをしてでも故郷に戻るべきだったなあ」

ここで殺されるのかと思ったら、万感入り乱れ、悔いが残った。三人とも顔色は蒼白だった。甲板に膝をつけている彼らの背中に、海賊の刀の切っ先が突きつけられていた。体が少しでも動くと切っ先が皮膚を刺し、背中がひりひりした。うかつに動けば、鋭い刃が背中に突き刺さると思うとさらに恐怖心が増した。ソボンが一番、怯えていた。ソボンの歯がガタガタと鳴っていた。サルドンの耳にもその音が聞こえた。

「俺たちはこのまま終わってしまうのか」

希望の光はまったくなかった。ただただ死を待つしかなかった。

その時だった。大きな声の日本語が聞こえた。

「お前たちは、朝鮮のどこから来たんだ？」

日本語が少し聞き取れるサルドンだが、突然、向けられた日本語に驚いて理解できないでいた。ただ黙って大人しく、従順な顔でいた。

「そいつの顔を上げろ」

海賊がサルドンの髪の毛を握り持ち上げた。見上げるサルドンの面前に、頭巾を被った大男が両足を開き、まるで巨木のように立っていた。年は四十前後に見えた。目つきが鋭く、どうも頭領のように見えた。

「お前、我が言葉が分かるんだろう。なぜ答えん」

「はあ、なんでしょうか？」

緊張するサルドンが片言の日本語で、しどろもどろになりながら答えた。すると、その大男はサルドンの顔を鋭く見つめ、今度はゆっくりと話した。

「ど・こ・か・ら・き・た？」

サルドンはやっと理解した。

「あ、はい。玉州《オクジュ》から流されてきました」

玉州とは珍島の古名である。

「そこは、どこだ？」

「朝鮮の西南にある島です」

サルドンは、たどたどしく答えながら分かりやすく、頭を上げ空をみて方角を図り右側を指差した。

「お前は、そこの地理をよく知っているのか？」

「はい。そこで生まれ育ったので隅々まで知っています。またアワビを獲りにあちこちに行ったことがあるので南の地方をよく知っています」

頭領の言いぐさからは、咎めるような高圧的な感じがなかった。サルドンは、もしかすると助かるかもと直感した。頭領の言葉を聞き逃さず、その意味を理解するように神経を集中させた。分からない言葉もあったが、文脈を考え勘を働かせた。とにかく、知っている言葉をすべてかき集めて必死に答えた。ちょっとした言葉の間違いが命取りになるかもしれない。

「だったら、役に立つかもしれん。今度、案内しろ」

「はい？」

サルドンは目を大きく開け、首を左右にし、言葉は聞き取れたがその意味がよく理解できないでいた。しかし聞き返すわけにもいかなかった。へたに聞き返そうものなら「うるせえっ！」と斬られるんじゃないか。そんな空気だった。サルドンは周りの倭寇たちの顔を見上げた。彼らの表情から意味を探ろうとした。

「案内しろって言ってるんだ。こいつ、分からんのか」

そばにいた倭寇がイライラしながら言った。

「あ、はい。よく分かりました」

サルドンはホッとした。首が繋がった。後ろ手のまま、何度も頭を甲板につけてお辞儀をした。

「こいつらの手を解いてやれ。食い物もなっ！」

三人は互いの手を握りあって喜んだ。目には命拾いの涙が光った。

「助かった。死ぬかと思ったよ。よかった、よかった」

「サルドン！　お前のお陰だ。お前が倭語を知らなかったら間違いなく殺されてただろう。マンソク、サルドンは命の恩人よ。よかった」

「マンソク、俺たちも生き延びるためには倭語を勉強しないとなあ」

「そうだな。勉強して損することないわな。さっきは本当に死ぬかと思ったよ」

倭寇は、サルドンらを自分たちの巣窟に連れて行った。

そこは五島列島で一番大きい福江島だった。福江島は五島列島の西側に位置し、領主・宇久氏の居城があった。島の真ん中には幾重もの山が聳《そび》えていた。島は広く耕作地も多く、たくさんの人々が暮らしていた。

島の南に一番高い山が聳えていた。山麓は海に向かって滑らかな斜面を形成していた。領主の居城は山の裾にあった。城を中心に町並みがあって戸口も多く、なかなかの賑わいだった。

宇久氏が福江島を拠点に五島列島の全地域を支配、管理していた。島の隅々に、漁民と倭寇が入り乱れて暮らしていた。倭寇は漁民と共に生活し、漁業や交易もしながら海賊行為もしていた。そんなことから宇久氏も倭寇を取り仕切ることが難しかった。統制が不可能なことから、宇久氏は倭寇を巧みに利用していた。彼らを統制するよりは存在を認め、彼らから税を徴収したり、必要に応じて交易を行い領地の財政に充てていた。

サルドンたちが引っ張られていったところは低い山が海に面しているところだった。山の稜線は海岸がつながり平地になっていた。そこに大きな漁村が形成されていた。一瞥すると漁村のように見えたが、村の周りには石垣が張り巡らされていた。倭寇の頭領が暮らしている居所の周りには、さらに高い石垣で厳重に囲まれていた。それは天恵の要塞を彷彿させた。海岸には防塁が高く立てられ、遠い海の様子を監視できるようになっていた。

福江島の西側にあり、領主がいる地域からは、そんなに遠く離れてはいなかった。しかし、山で遮られており、陸路で接近することが容易ではないので海路で行くしかない地域だった。

「信三郎、あいつらに寝床を用意しろ。そして、お前もそこに一緒にいろ」

「はあ。分かりました」

サルドンと二人の仲間は、同じ世代で、信三郎と呼ばれる若者と一緒に穴倉《あなぐら》へ入った。山の地面を掘ってつくられた穴倉は、半地下で垣根が葦《あし》だった。中は意外と広く、真ん中には囲炉裏もあった。穴倉には、他に四人の倭寇がいて寝るときはまさに雑魚寝だった。他の小屋には中国からの若者がいた。どういう経路で捕まったのか分からないが、彼らはここの生活に馴染んでいるようで笑い声も聞こえた。周りと話すときも叫ぶときも、ぎこちない日本語だった。

海岸の右側には、茅葺きの小屋がたくさんあった。そこには漁民たちが暮らしていた。倭寇と隣り合わせた形での暮らしであったが、彼らは海賊ではなく海から魚を獲って生活していた。干し魚があちこちに見えた。漁民たちは、倭寇を怖がったりする様子はなかった。彼らは、普通に交流し獲った魚を倭寇が略奪した品々と交換していた。

倭寇は、交易船の他にも多くの船を持っていた。しかし、彼らは漁をすることはなかった。倭寇たちは普段、何もせず飲んだり食ったり、博打をしたりでごろごろしていた。天気の良い日を選んで船を出し、交易船や漁船に偽装して近寄り、海賊となって略奪行為を行った。

サルドンも彼らと共に行動した。当初、彼らの行為に義憤を感じていたが、彼らとずっと一緒にいたため海賊行為にはまり、やがて罪の意識を感じなくなった。

しかし、マンソクとソボンは違った。

「こいつらは完全に海賊だよ。海賊」

「そうだよ。ここは倭寇の巣窟なんだよ。あ〜、こんなところに引っ張られてしまうなんて……」

二人は彼らの正体を知り、「ちぇっ‼」と舌打ちしながらも怯えていた。

「心配することはないよ。言うことさえきいていれば殺されることはない。俺たちだって食い物がなくなったら、人の物を取ったり盗んだりしたじゃないか」

サルドンは二人に声を荒げた。

「でも、それとこれは違うぜ」

「なに言ってるんだ。今は生きるためなら何でもするよ」

意見が割れた。サルドンは倭寇を理解しようとしていたが、二人は違った。

倭寇は一度、船を出すと遠い海にまで出かけ、何日ものあいだ海上で生活した。一度の航海に百人ほどが群れを成して出航した。海上では持っている物で他の船と食糧に交換したりしたが、しばしば略奪を行った。倭寇は操船が上手だった。船内にはいつも武具を隠していた。頭領や小頭目らは剣術にも長けていた。彼らは、南の琉球やルソン（フィリピン）から中国の海域を荒らし、略奪を繰り返していた。略奪品の食糧は自分たちが消費し、陶磁器や装身具など貴重なものは長崎や堺に運んで売り払った。

倭寇には中国人から琉球人、ルソン人も混じっていた。多くがサルドンたちと同様の漂流者たちだった。

倭寇の生活ぶりは、漁民に比べて豊かそうにみえた。一回の航海と略奪が成功すれば何日も、飲んだり、食べたりで何もせず遊んだり、騒いだりしていた。女を捕まえてきては慰み者にしたり家事をやらせた。島に連れてこられた人々は、自分たちが一体どこにいるのかさえ分からなかった。知る由もなかった。ほとんどの人が故郷に戻ることを諦めていた。ひたすら生きるために、彼らの言うことをきき従い共に暮らした。

四

サルドンら三人が福江島に連れてこられて二年が過ぎた。サルドンはこの島での生活にすっかり溶け込んだ。そして、次第に海賊たちとの生活に慣れ、罪の意識も感じなくなっていた。

幼い頃、両親を亡くし嫌なことばかりだった。いつも村人にいびられ、冷や飯を食わされてきた。しかし、生き残るためにはなんでもやってきた。人の顔色をうかがい媚びた。ある家では食糧や物がなくなるとサルドンがやったことでもないのに濡れ衣を着せられ泥棒扱いされたこともあった。悔しくても文句一つ言えなかった。子ども同士の喧嘩が起こると、殴られた子の両親が現れ、彼らはサルドンを袋叩きにした。助けてくれる人は一人もいなかった。周りの誰も信じられなかった。

ところが倭寇と出会い、みんなサルドンを見かけると向こうの方から頭を下げたり、目を逸らしたり、媚びへつらったりした。

「周りが身を屈めて、私にへこへこと頭をさげるなんて」

倭寇と一緒にいるだけで、サルドンは自分にも力があるように感じた。自分の命令にひたすら服従する姿を見ながら、サルドンは今まで一度も感じたことがない快感を味わった。

「これは面白いぞ。俺にはここここそが楽園ではないのか」

だが仲間の二人はサルドンと違って、故郷や家族のことを恋しがっていた。海賊行為も嫌がった。

「サルドンよ。俺たちは故郷に戻りたいんだ。もうこれ以上、ここで暮らしたくないんだ」

他の仲間がいない隙をみて、マンソクとソボンはサルドンに気を遣いながら本音を明かした。

「故郷って、なに？」

三人だけになって、母なる朝鮮語で「故郷に帰りたい」と言われたサルドンにはまさに寝耳に水だった。

「両親のことも心配だが、これ以上、海賊なんかしたくないんだ。人の物を奪い、罪のない人を殺したり、拉致したりするなんて、もううんざりだ」

「贅沢を言うなよ。お前らが今どうして生きていられるのか、よ〜く考えてみろよ」

「…………」

マンソクとソボンは、しばらく黙っていた。すると、サルドンが言い出した。

「分かった。行きたければお前ら二人で行け。故郷に家族がいるんだから帰りたい気持ちも分かるよ。でも俺には家族なんかいない。誰もいない。俺の居場所はここ以外ない。ここなら昔みたいにいじめられることもないし、濡れ衣で袋叩きにあうこともない。それにタダ働きで労役に引っ張られて、死ぬまでこき使われることもないしさ。俺にとっちゃ、ここは極楽だ。お前らだけで行ってくれ」

「サルドンよ。お前の気持ちも分かるさ。でもいくらそうだとしても、ここでの暮らしは人間の暮らしとは言えないよ。こいつらは泥棒で人殺しだよ。獣より劣るよ。人としてやれる仕業でないんだよ、サルドン。目を覚ませ。一緒に故郷に帰ろう。ろくに飯が食えなくても人間らしく生きていかないとさあ」

「そうだよ。彼らがやってることは、どう考えても人間としてやることじゃあないよ」

マンソクに続いて、ソボンも言い放った。

「もう一度言うけど、お前たちは甘いよ。飢え死にするのは宰相になるより難しいといわれるのよ。俺は、飢え死にするぐらいならなんでもする。今まで食い物がなくなったら、人の物を平気で盗んだくせに。今になって何を言ってるんだ」

サルドンは二人を罵った。

「だって食糧がなくて飢え死に寸前だったから仕方なくやったことよ。それが、どうして物を奪ったり、人を殺めたりするのと同じなんだよ。全然違うじゃん」

「サルドンよ。夜になったら小舟を盗んで一緒に故郷へ帰ろう。あんたがいると、海の道に詳しいから助かる。どうだ、一緒に行こう。櫓は、俺とマンソクが漕ぐから。あんたは海の道を教えてくれればいいんだよ」

マンソクとソボンの二人は、サルドンの表情をうかがいながら計画を明かした。二人だけでは不安で自信がなかった。だから、何とかサルドンの気が変わることを祈って懸命に説得した。

「嫌だ。俺は嫌だ」

サルドンが強く首を振った。マンソクがサルドンに歩み寄った。上着の袖をつかみながら涙声で訴えた。

「サルドン。そんなこと言わずに一緒に帰ろう」

サルドンは、哀願するマンソクの手を振り切った。そして、朝鮮語で大きく言い放った。

「俺は絶対に朝鮮には戻らない。ここで骨を埋める。そんなに帰りたければお前らだけで行け。もう同じことを言うな」

小屋の莚戸《むしろど》を上げながら消え去るサルドンの後ろ姿をみていたソボンが、腹をくくったようにマンソクに声を低くして言った。

「二人で行こう。あいつはもう仲間じゃない。生きるも死ぬも一緒だと思ったけど間違ってたよ。馬鹿な奴。海賊のまま死んでしまえ！」

「いずれ水軍に捕まって殺されるぞ」

その夜、二人は計画通り小舟を盗み、海洋に出た。暗くて方向が分からないが、とにかく海賊たちの島から遠く離れることしか頭になかった。焦っていた二人は南の方角を目指した。

翌朝、小舟一艘がなくなったという知らせが海賊たちの間に広まった。頭領にも報告された。

「すぐ海の広場に集まれ」

離反者を探し出すために全員が海の広場に集められた。離反者はマンソクとソボンであることがすぐに判明した。

「あいつを引っ張り出せ」

頭領はサルドンを呼びつけた。

「お前は知っているはずだ。正直に言え。嘘をついたらばその場で殺す」

頭領の言葉に小頭の二人が飛びかかり、サルドンの両手を捕まえた。もう一人は後ろから首をつかんで押しつけた。サルドンは地面にひざまずいた。

頭領は眉をあげ、大声で言った。

「二人は船を盗んでどこに行ったんだ？」

頭領は刀を抜いた。

スルルン、と刀を抜く音がした。サルドンは怯えていた。

『やられる！』

嘘を言ったり白を切ったりしてばれたら、今度という今度は斬られるに違いないと直感した。

「はいっ。きのう一緒に逃げようと誘われました。でも私が断ったので二人で島を脱出したと思います」

「どこに行くと言った？」

「故郷に、と」

「何で、お前は一緒に行かなかったのか？」

「私は、ここが気に入っています。故郷よりここのほうがマシですから」

声は震えていたが、頭領の質問にはっきりと素直に答えた。少しでも戸惑ったり不審を抱かれたら、その場で首が飛びそうな空気であった。

「このまま死んでたまるか。どんなことをしてでも生き残るぞ」

追い詰められたサルドンはただただ必死だった。

「信三郎、一緒にいたお前にも責任があるぞ。義郎と一緒に逃げた二人をすぐ掴まえてこい。船三艘で行け」

「いや、連中は連行の必要はない。首だけを持ってこい。胴体は魚の餌だ」

サルドンは、小屋に戻ることが許されたが厳しい監視がついた。そして、半日が経った頃、信三郎たちが戻った。マンソクとソボンが乗っていたと思われる船が綱でひかれていた。帆柱には二人の首級が藁の縄に縛られ垂れていた。

「サルドン、お前も気をつけろよ。妙なことを考えたら冥土行きだぞ」

「分かってるよ。俺は絶対、裏切らない」

監視役である信三郎が忠告した。その後、サルドンの行動は以前よりさらに積極的になった。変に疑いをもたれたくないという思惑もあったが、彼は本心から罪悪感などがなくなっていた。いや、それどころか飢えから解放され、気ままな海賊の生活に満足していた。

「愚かな奴らだ。かろうじて生き延びたっていうのに………」

サルドンは、倭寇と共に生きるうちに、根っからの倭寇になっていた。倭寇の仲間たちも今では、サルドンに疑い目を向けなくなっていた。

マンソクとソボンが殺されて半年ほど経ったころだった。

「サルドン、明日、船出するぞ。準備しろ」

兜をかぶり戦闘服になった信三郎が、入り口の莚戸を上げながらサルドンに言った。

「うん。今度はどこに行くの？」

サルドンの日本語は驚くほど流暢だった。生きる為に必死に身につけた言葉には強い力がある。しかし、年かさも同じ信三郎と接するとき、いつもサルドンはちょっと悪びれた態度をとってきた。二人には海賊内での上下もなかった。言わば、信三郎が自分よりここでの生活が長いから何かと気張らないと流されてしまうように感じていたのである。それに異邦人としての劣等感もあったからだ。

だから、サルドンは何ごとにも積極的だった。気後れしまいと、誰よりも前に動き、仕事をこなした。略奪のときだって誰にも負けなかった。古くからの倭寇の連中さえ舌を巻くほど情け容赦は一切しなかった。まさに、残忍な鬼だった。

『すべて生き延びるためだ！』

「朝鮮に行くそうだ！　今度こそ、お前の出番だ！」

「えっ！　朝鮮に？」

「地の利があるお前のお陰で、俺たちの船が先陣だ。先陣を切るってえのは、いい女や高価な品々をみんなより先に奪えるってことさ。ハ、ハ、ハ……」

サルドンは朝鮮に行くという話を聞いて、さまざまな想いが湧き起こった。そして、胸がときめいた。

「朝鮮に行ったら、傲慢な両班の奴らを懲らしめてやる」

そう思いながら心は入り乱れた。でも錦を飾るわけでもなく倭寇になって略奪のために行くのだ。気が咎めた。

「マンソクとソボンの家族に会ったら、何と言えばいいのか。みんな死んでしまって、俺一人が生き延びたことを信じてくれないかも……」

未練がましいことなどない故郷だと思っていたが、その故郷へ略奪のために戻っていくことや自分だけが生き残ったことに加えて、罪のない良民までもが傷つくことが気にかかった。

「罪なき良民だけは保護しなきゃあいけない。でも両班と彼らの手先になっている汚吏は見つけ懲らしめてやる」

サルドンは、気が咎められそうな気持ちから開き直った。出航のため荷造りしながら刀を鞘から抜いた。鋭く研がれた刃に目をやりながら握った柄に力を込めた。

「善良な民の膏血《こうけつ》を絞りあげ、ぶくぶくと太っている奴らをこの刀で屠り殺す」

サルドンの乗った船が船団を引っ張った。当初は地の利を知る、朝鮮の西南方向にある珍島に行こうと決めていた。しかし、強い西風に阻まれた。やむを得ず、逆風に押され朝鮮の南海岸に向かった。

倭寇船団は朝鮮の興陽《フンヤン》（現・高興半島）に到着し、海岸を荒らし蹂躙した。その後、南海上にある島に上陸し、風がやむのを待ちながら留まっていた。

「文禄の役」勃発の五年前、一五八七年のことだった。

当時、朝鮮の朝廷は南海岸に頻繁に出没する倭寇対策として、興陽の南岸の鹿島《ノット》に砦である鹿島鎮《ノットジン》を設置した。各々の鎮（砦）には、従四品（十八番の位の中で八番目）の万戸《マノ》（武官）を派遣し、海岸を警戒するようにしていた。当時の鹿島鎮の主将の万戸は李大原《イ・デウォン》だった。彼は十九歳で科挙の武科に合格し二十歳を過ぎたばかりで万戸として派遣された。合わせて従四品の位を授かっていた。それは破格的な任命だった。力が強く、刀、槍などの使い手で他の随従を許さなかった。堅忍不抜《けんにんふばつ》の気概の持ち主だった。

その日も普段通り鹿島の砦で兵士と武器の点検していた。そこに二人の兵卒を連れた将校があたふたと駆けつけてきた。

「なにを慌てているんだ」

「万戸殿。左水使（正三品の位）様の軍令を持って参りました」

「えっ、どうした？　なにがあった？」

李は巻かれた書札に食い入るように目を通した。

書札にはこう書かれていた。

「万戸は直ちに兵士を集め水使庁に来なさい」

実は、李は既に倭寇と一戦を交えた後だった。倭寇が南海岸に現れ、興陽を蹂躙するという報告を受け、李は緊急事態と判断した。上官である水使に報告する暇もなかったため、配下の兵士だけを連れ、急遽出陣し、倭寇に奇襲攻撃したのだった。

略奪に夢中になって気を取られていた倭寇は、予期せぬ朝鮮兵士の出現にうろたえた。状況が不利と気づいた倭寇の頭領は撤収命令を出し、急いで海岸に後退した。倭寇は何人かの犠牲者を出したが、大部分は船に逃げ切った。海では彼らの動きは早い。朝鮮軍をまんまとはぐらかした。倭寇は陸地から遠く離れた島に上陸し、陣を張ったのである。

一方、奇襲攻撃に成功した李は、五人の倭寇の首級を手に鹿島の砦に帰還した。そして、官服に着替え左水使を訪れた。

「倭寇が海岸に現れ、村を略奪、蹂躙しているとの急報があり、手下の兵士を引き連れ、倭寇を退治しました。ここに五つの倭寇の首級を持参しました」

「なぜ、報告もせずに独断で行ったのか？」

上官の左水使の沈巖《シム・アム》は、出世欲の強い人物だった。一刻も早く手柄を立て、朝廷のある漢城へ行きたい一念だった。

『すべては昇進のため。何をしてでも……』と心中にその欲望を秘めていた。

そのために朝廷に手づるを伸ばして、しばしば賄賂を進上してきた。少しの手柄さえ立てれば漢城に行くことはさして難しいことではなかった。そのような時期に部下の李大原が倭寇を退け、首級までとって手柄を立てたという報告が伝わってきたことに沈水使は複雑な気持ちになったのである。

「う～ん、この若者の手柄を自分のものにできないものか」

沈水使は、腕組みしながら悪知恵を考えていた。

本来なら左水使である彼は、手下である万戸の手柄を記した上申書を朝廷に送るべきだった。しかし、李の手柄を喉から手が出るほど欲しくなった彼はどんな手段を使っても自分のものにしたかった。

「ここで手柄さえあげれば、懲り懲りのこの辺境から王のいる漢城に行ける」

漢城に行って朝廷に出仕さえすれば、人脈と賄賂で宰相になるなんて決して夢ではないと、沈はガチガチの出世亡者となっていた。

腹に一物をもつ彼は、李万戸の手柄を上申するのを、きょう、あすと延ばし延ばしにして何か方法はないものかと企んでいた。丁度、その時に、

〈倭寇が島に陣をはって、南海岸の住民を殺戮、略奪をしています〉

という、水軍から報告があった。

「ナニ！　よし！　これだ！　これをうまく使えばいい」

沈水使は直ちに李を呼び出した。

「万戸、倭寇を退けたと言ったのではないか。この報告は何だ！」

「なにをおっしゃっているのか、意味が分かりません」

「これは水軍からの報告だ。倭寇が巽竹島《ソンジュクド》に留まっているというではないか」

水使は墨筆の紙を上下に振りながら、大声を上げて李を叱責した。

「前の手柄は全て無駄になった。直ちに水軍を率いて倭寇を島から追い出せ。軍令だ。即時になっ！」

沈水使は、兵士を五十名だけ連れて行くように命じた。李万戸の配下にある鹿島砦の兵士五十名を合わせてもわずか百名ほどだ。李はこの数では戦えない、倭寇を島から追い出すことはできないと進言、兵士の増員を申し出た。

「倭寇の数が多いのです。先日の戦は奇襲をかけたこともあって敵も油断し、勝つことができましたが、倭寇を海から完全に追い出すには兵士の数があまりにも少なすぎます。倍の数が必要です」

「万戸、何も心配することはない。万戸は水軍を率い先発隊として海に出て、倭寇をおびき出せば役目は果たすことになる。その後はこちらに任せておけ。もし、倭寇と戦闘がはじまれば軍営にいる全水軍を率いて援護する。心配するな。万戸と左水営の水軍が力を合わせ、倭寇を包囲して攻撃すれば一網打尽だ。私に任せて出撃せよ」

厳しい軍律にこれ以上、逆らうことはできなかった。万戸はただ黙って出撃するしかなかった。上官の命令に従わなければ命令に背いたとして抗命罪に問われてしまう。抗命の罪は即決処分で死刑だった。李万戸はやむを得ず、わずか百名の兵士を率いて巽竹島に向かった。

島に陣取っている倭寇は予測通り、今回は前と違ってやすやすとはいかなかった。先の戦では、朝鮮軍に不意を突かれて死傷者を出して島に後退したが、そもそも倭寇は朝鮮軍をそんなに怖がりはしていなかった。

島の倭寇は朝鮮水軍が島に近づくと、逃げずに待っていたように船に乗って海に出てきた。倭寇の一部は鉄砲まで持っていた。しかも、倭寇は海に慣れていたので、海上の戦では李万戸が率いる朝鮮軍は数も少なく倭寇に一方的に押された。船を操るのが上手な倭寇は敏捷な身の動きをした。倭寇は朝鮮軍船に近づき、船を寄せてまるで自分の船に乗るかのように軽々と乗り込んだ。倭寇の動きは陸の上のように機敏だった。

朝鮮軍は四つん這いになり、倭寇は飛ぶように動いた。倭寇が鋭い太刀を振り回して攻撃してくると、朝鮮軍の兵士は戦う意欲を失い、兵器を手離して降伏してしまった。

「戦え！　降伏するな！」

死ぬ気で先陣を切っていた李は必死に戦ったが、孤立した。沈水使はすぐ援軍を送ると固く約束したが援軍は来なかった。それは最初から沈の計略だった。李を死地に陥れて、彼の手柄を奪取しようと目論んだことだった。海で倭寇に包囲され、攻撃を受けた李万戸をはじめ朝鮮水軍は多くの死傷者を出し、生存者は捕虜になった。倭寇は朝鮮軍の捕虜を巽竹島に連行した。李も捕虜となった。

「降参せよ。命はとらぬ」

「身のほど知らずめ。片腹痛い。戦で捕虜になったといえども、倭寇に命乞いをするほど卑怯者ではない。これ以上、恥をかかせずに首をはねよ」

万戸の李大原は降伏を拒否。倭寇に終始抵抗した。

「やむを得ん。首をはねえ」

李の気概を評価し、自分たちの仲間に引き入れようとした倭寇の頭領は、降伏させるのを諦め、李の首をはねた。気概ある李の存在は敵にすると怖いからであった。

島で李大原を殺し、朝鮮の水軍と良民百余名を捕虜としたサルドンの倭寇一党は、自分たちの巣窟である福江島に戻ってきた。捕虜になった良民は連行される船上で涙を流しながら泣き喚いた。兵士たちは毅然としていた。

サルドンは立場上、目を逸らそうとしたが、無意識に憐憫の情を感じざるを得なかった。サルドンは捕虜と倭寇の間で、通訳をしながら仲介役を自ら買って務めた。倭寇の仲間が捕虜を虐めると前に立って防いだ。

「人情の常だろう」

サルドンはそのように思った。

「悲しむこともないし、怖がることもないです。私は珍島の出身です。鮑を獲りに遠い海に出航して、暴風に見舞われこの島に漂着しました。初めのうちは故郷に戻ろうとしましたが、こちらが朝鮮より暮らしやすかったので留まることにしました。朝鮮にいるときには、身分の低いものには多くの労役を課されていたので、大変苦しかったんです。それだけでなく、しばしば、租税だ、役税だ、貢納税だと理由をつくり、貪官汚吏の収奪が甚だしかったので、本当に苦しみました。ここは、そんなもの一つもないんです。言われるとおりにすれば、ここで暮らす方が朝鮮よりずっと良いはずです。そういう風に思い込むことが良いでしょう。

そうすればすぐに落ち着きますよ」

本拠地である福江島に着いた倭寇は、すぐ捕虜を分別した。綺麗で若い女は性の慰みにし、年を取った女は雑事や家事を手伝うようにした。兵士出身で丈夫な身体の男たちは交易船に乗せられて長崎辺りの奴隷市場に引っ張られ売られた。

五

福江島に捕虜として連れてこられた朝鮮兵士の中に、全羅左水営所属であった金介同《キム・ゲドン》と李彦世《イ・オンセ》がいた。二人は長崎に引っ張られ奴隷として売られた。彼らを買ったのは中国・明の人であった。そして、彼らは訳も分からず船に乗せられ、中国の南にある広西地方に連れて行かれた。彼らを買った中国人は貿易商だった。

二人は奴隷として交易の荷物運びや雑事などをやらされた。夜は倉庫に閉じ込められ過ごした。大概は貿易商の邸宅に監禁状態で雑事をやらされたが、交易船が出航する時には、倉庫に積まれた交易品を船まで運ぶ仕事が課された。

「おい、ここは明の国のようだね」

船に荷物を積み込んでいた李彦世が金介同に声を低くして囁いた。李は漢文を理解できた。

「漢文で書かれたものが多いのをみると、ここは明の国に違いない」

「そうすると、ここの持ち主に我らが朝鮮出身だと知らせれば、故郷に戻れるかもね」

「しかし、そんなに簡単なことではないだろう。ここの持ち主がお金を払って奴隷として我らを買ったんだから、タダで手放すことは絶対ないだろう」

「だったら、どうすりゃいいんだ」

「そのうち、隙をついてこの家から逃げ出すしかないだろう。そして官庁を尋ねて、我らが朝鮮から来たと証明すれば、何とかなると思うよ」

「うん。そうしよう」

二人は、早速、行動に移した。その日以来、熱心に仕事に取り組み、監視の目が緩むように動いた。見張りも彼らが真面目に仕事をしているのを見て、監視の目も少しずつ緩んでいった。ある日、倉庫から交易船に品々を運び入れる命令があった。

「今日は荷物が多いので、みんな荷物運びを手伝え。港まで行く。怠けると痛い目にあうぞ」

言葉が分からなかったので勘を働かせた。二人は、率先し人より多い荷物を背負い倉庫を出た。そこには中国人の監督が鞭を手に持っていた。監督は二人の荷物の量をみて満足げだった。

「気をつけろよ」

やさしい言い方だった。

港の船に荷物を下ろした二人は、家路にお腹が痛いふりをして、監督の目を盗み列から離脱した。その後、隣町の市場を目指した。人の多い市場の周辺には役所があると思ったからだった。

二人は、荷物や野菜などを背負子《しょいこ》にぶら下げて歩いている商人を見つけ、こっそり後ろから付いて行った。何とか市場にたどりついて、店の前で饅頭を山盛りにして大声を出す男を見て近づいた。二人を見たその男は中国語で喋っていたので何を言っているのかは分からなかった。李は地面に落ちていた棒切れを拾い、地べたに漢字を書いた。

「官庁」

男は一瞬、何かと思い、店の前に一歩出て、書かれた文字を一瞥してから、二人を上下にみた。そして、市場の入口の斜め方面を指差した。

「シェエ、シェエ（感謝）」

二人は、嬉しくて片言の中国語で感謝を表し、まっすぐ市場を出て、高い塀が張り巡らされた官庁を見つけ出した。

「ここが官庁に違いない。入口はどこかなあ」

焦る二人は塀に沿って走った。じきに広い道に面した大きな門の前で、槍を手にした二人の歩哨を見つけた。

二人は官庁だと確信して、大門のところに近づくと歩哨の一人が彼らの前に槍を突き出し立ち塞がった。

「シェエ、シェエ、ウォ、ス…、（感謝、我らは…）

中国語が分からないので言葉が通じなかった。歩哨は訳分からないことを喋っている二人を、乞食だと思い、追い払おうと槍で脅かした。慌てた李は、先の棒切れで、地べたに漢文で次のように書いた。

「吾等是朝鮮人（我等は朝鮮人だ）」

文字が読めないのか、歩哨二人は戸惑う様子をみせたが、一人が中に入って官吏のような男と一緒に出てきた。歩哨とは違って絹の羽織をかけていた。

「我らは朝鮮人です。倭人に捕虜として捕まり、倭国で売られてここまで来ました」

李は、慌てていたからか中国の偉そうな官吏に夢中になって、朝鮮語で自分たちの身分と今の境遇を説明した。しかし、その官吏も朝鮮語は理解できなかった。

「何だ。このふたりは夷人ではないのか」

朝鮮語が分からない官吏が歩哨を叱った。叱られた歩哨は、慌てて手で李が地面に書いた漢文を指差した。先ほどより薄くぼやけてはいるが、そこに漢字が書かれたことは分かった。官吏は二人の姿をしみじみ眺めてから、門の中に入っていってしまった。後ほど現れた官吏の手には、筆と墨、そして紙を持っていた。

李は片手で筆と紙を持った。自分が知っている漢字知識を最大限に用い、漢文を作った。

「我等は朝鮮人で、朝鮮の南部にある長興地方の出身です。倭寇の捕虜になって、倭国で奴隷として売られ、ここに来ました。朝鮮に戻らせてください。そうしていただければ、その恩義を忘れることなく恩返し致します」

李の文章は、直ちに中国の地方官である都司にまで上伸された。都司は李の文章を読んで、彼らが朝鮮の出身であることに偽りはないと判断した。もし夷人であればこんなに漢字を理解し、それも文章までにすることができないだろうという判断であった。都司は、前から朝鮮の人々が中国の文字をよく勉強し、知識が多いことを聞いて知っていたからである。都司は書札を書いて、二人を首都である北京に送った。

北京に到着した二人は、まず尋問を受けた。事実関係を確かめるための手続きだったが、最初は咎めが厳しかった。尋問は筆談で行われた。李は子どもの頃、見よう見まねで『千字文』を学んだが、科挙《かきょ》（官吏登用試験）のために本格的に漢文を勉強したわけではなかった。李は約千字の基礎的な漢字は知っていたが、漢文を完璧に理解することはできなかった。李も自分の漢字能力不足で、尋問する人の文章が完全には理解ができないもどかしさを感じていた。

「もっと勉強しておいたら良かったなあ」

しかし、後悔しても及ばないことだった。この尋問によって二人の運命が定まってしまうことを李はよく分かっていた。絶体絶命の瞬間だった。

「請給我字典（字典をください）」

李は字典を求めた。下手な漢字を使って筆談するよりは、自分が知っている漢字を最大限活用して文章を作るべきだと思ったからであった。李は冷静になり、慎重だった。中国の官員は、最初は厳しい目つきをしていたが、李の行動をみて少しずつ柔らかくなってきていた。

李は二人が朝鮮の兵卒だったが、倭寇の捕虜になったことと奴隷として売られ、明にまで連れてこられた経緯を漢文で分かり易く書くために大汗をかいた。

中国の官員は李の書いた文章を受け取って、その意味を理解するには時間がかかった。文章はぎこちなかった。しかし、詳細までを知るには無理があったが大まかな内容は理解できた。

中国の官員は彼らが朝鮮出身であることを認めてくれた。李は感無量だった。倭寇との戦で負けて、大将は戦死し、捕虜になったことから倭国に連行され奴隷として売られたこと、中国に連れてこられて労働を強いられ、埠頭から逃げ出してここまでたどり着いたことが走馬灯のように頭に浮かんだ。

「これで故郷に帰れるようになった。介同、よかった」

「よかったです。よかったです」

二人は、故郷に戻れると抱き合って喜んだ。

中国側では、二人を朝鮮人として認めてからは城の中に寝る場所を提供し、優遇してくれた。明の朝廷は、二人をしばらく北京に留まらせた。

二人は、翌年に朝鮮から貢物をもってくる朝貢使臣である冬至使に預けられ、一緒に朝鮮へ戻った。

朝鮮に戻った二人は、直ちに司法機関である議禁府《ウィグムブ》（罪人を尋問する官庁）に連行され、尋問を受けた。

尋問の結果、前年、巽竹島に倭寇が侵略したとき、捕虜になった全羅左水営の軍卒だったことが認められた。

「手前どもが倭国の島に連行された時に分かったことですが、その島にはサルドンという名前を使う朝鮮民がいました。巽竹島に倭寇を連れてきたのも、そいつの仕業と聞きました。倭寇になった朝鮮の叛民でした」

「今、何と言った。朝鮮民が倭寇を連れてきて同族を略奪したのか。偽りはないのか」

「滅相もないです。手前どもがしばらく倭寇の巣窟に監禁されていましたが、そのサルドンという者が朝鮮語で、自分は朝鮮の珍島出身だと言っていることをこの耳でしっかり聞きました。間違いない事実です」

「私の耳でもはっきり聞きました」

二人は、自分たちが聞いた内容を詳らかに朝廷の官員に伝えた。彼らの陳述により、サルドンと倭寇に関する子細な内容が朝鮮朝廷に報告された。朝廷は二人の陳述が一致し、疑いが晴れたことで彼らを放免した。

サルドンに関して実録には、次のように記録されている。

「去る丁《チョン》亥《ヘ》年《ニョン》（一五八七年）の春に倭寇が巽竹島に攻め来て、李大原を殺した。また、漁民だった朝鮮民サルドン（沙火同）という者が、倭国の五島に漂着したが、島の倭人を連れて、頻繁に朝鮮の海辺を略奪した」

朝鮮王朝、十四代王

後に朝鮮王朝の第十四代の王になる宣祖《ソンジョ》の幼名は、李鈞《イ・キュン》だった。

生まれた処は、王宮である慶福宮《キョンボクグン》の西方に位置する社稷洞《サヂク》だった。朝鮮王朝（一三九二年）が始まり、王都を開城《ケソン》から漢城に遷都する際に、慶福宮を中心に東側には先王の霊を祭る宗廟《そうびょう》（王族の祭祀を行う廟）を置き、西側には大地と穀物の神を祭る社稷壇を置いた。

仁王山《インワンサン》を背に真ん中に慶福宮が建てられ、山の西側の麓に地と穀物の神である社稷の祭壇が設置され、その一帯は社稷洞と呼ばれた。そこに宣祖の王即位前に住んでいた屋敷があった。

鈞は、三代目を遡った十一代目の王である中宗《チュンジョン》の孫だった。彼の父親である徳興君《トクフングン》は、中宗と後宮《めかけ》の安氏の間に生まれた。中宗の九番目の息子であったが、後宮の腹から生まれた庶子の身だった。正妃の王妃から生まれた王子がいない時には、庶子でも王位を継承することができたが、すでに中宗には正妃との間に生まれた王子がいた。嫡男が王世子になっていたので、後宮の腹から生まれた彼は太子とは縁が遠かった。

したがって、王と正妃の間で生まれた異腹の兄が王になった際に、彼は王宮を出て王族でありながら、草屋で平民と変わらぬ静かな生活を送っていた。別に王位に欲があるわけでもなかった。ただ謀反と絡み、濡れ衣を着せられることなく平穏に暮らすことを願っていた。彼には息子が三人いて鈞は三男だった。朝鮮王朝では、特別な場合を除いては王位継承は正妃から生まれた嫡男が世襲するのが原則であることが『経国大典（朝鮮の法典）』に明文化されていた。したがって、後宮の身から生まれた父親を持っている李鈞が王になれることは、一般庶民の息子が王位を夢見るのと何の変わりがなかった。天地開闢《てんちかいびゃく》があって、世の中がひっくり返されることがなければあり得ないことだった。

しかし、王位を取り巻く状況が急変した。十二代目の仁宗《インジョン》が、即位、わずか二年で亡くなり、王位を引き継いだ十三代目の明宗《ミョンジョン》が後継ぎを残さずに突然亡くなったのである。正妃である仁順《インスン》王后との間に息子が生まれて王世子がいたが、その世子も十三歳の時に病で亡くなってしまった。二十八歳だった明宗は、世子の死を悲しみながらも次のように思った。

「まだ、若いから後継ぎは得られるだろう」

しかし、その六年後の三十四歳になっても後継ぎは得られなかった。しかも、その明宗までもが病にかかり急死してしまったのだ。後継ぎを残すのは王の義務で、朝廷の安寧のためには大事なことであった。しかし、先王が後継ぎを残さずに世を去ったため王位が空席になってしまった。朝廷では、後継者を決定するため足元に火がついたようになった。普通、先王が亡くなると、後継者は葬式の規模や王陵の場所などを決めるために、先王の功績を朝廷の重臣と議論するのが課題であったが、今回は後継者を決める問題が急務になった。

「王朝のためにも、君主の座は一日も空けることはできません」

王の急死に王妃は衝撃を受け、倒れて寝室で横になっていた。領義政の李浚慶《イ・ジュンギョン》は早めに後継を決めて、公にしないと権力の骨肉争いが起こることを予測した。やがて、悲しみに包まれて、横になっている王妃の寝室を訪ねた。そして、早々に後継者を定めることを建議した。

「先王の遺訓がなかったので、誰を王にすればよいのか分からないのです。女の身である私が国事を勝手に定めて問題はないでしょうか」

「王妃様。王様が亡くなった今は、王妃様が王室の上長でございます。王妃様の一言一句が王命です」

「では、誰を後継者にすればいいのでしょうか。大監《テガム》（官員の尊称）は先王殿の遺訓が誰を後継者にしようと思いますか」

「王妃様もご存じだと思いますが、先王殿は親族の中でも徳興君の三男が君王の徳目に相応しい資質を持っていると見込んでおりました」

それが、事実かどうかは誰も知らなかった。おそらく、李鈞の父親である徳興君は権力からは遠ざかっていたからだろう。彼の性格なのか、望みなのかは分からないが、王室の権力には関わりがなかった。領義政の李は、強力な王権が現れるのを望まなかった。かえって、臣権が強いことが天下太平につながると思った。だから王室の権力争いとは遠ざかっている徳興君の三男を後継者として推薦したのだ。

「よく分かりました。大監の仰せの通りにしてください。そして、崩御《ほうぎょ》した先王殿の葬礼をどうするかを早く決めてください」

政治に関心もないし、大きな欲もない王妃はただ領義政の李の言いなりに、私邸にいる徳興君の三男の鈞を後継者と指名し命令を発した。

「先王殿の遺言である」

正統性を盾に反対する勢力を退けるために、先王の遺言と釘付けた。

天命であるのか、運が強いのか分からないが、彼は先王の急死により、世子でもないのに突として王になった。朝鮮王朝がはじまり王世子ではない人物が、王になったのは初めてのことだった。十四代目の王でわずか十六歳だった。

宣祖は、私邸で育ったので帝王学の教育を受けなかった。自分の意思とは何の関係もなく一夜で運命が変わった。天命がなくては王にはなれないと言われている。彼は王になる運があったのかどうか分からないまま王位に就いた。正統性はさておき、名ばかりの王族であった傍系から生まれた少年が一夜にして万民の上に立つ、国の政《まつりごと》を司る王になったのである。

王にはなったが、年少だということで代わりに先王の妃である王大妃が政を行った。新王は勤勉に帝王学を学び、王室のしきたりなどを習った。新王は元々学問が好きだったので非常に熱心に帝王学を学んだ。それだけではなく朝廷の重臣たちと儒教の統治学について議論し、納得がいかないと徹夜までして討論することを好んだ。討論では、浅い知識しか持ち合わせていなかった重臣たちは若い新王にたじたじになった。

「あんなに学問が好きで、事理のわきまえがはっきりしているから間違いなく仁徳の優れる聖君になるだろう」

「世宗《セジョン》大王（第四代目王―ハングル創製）に劣らない名君としての素地が十分ある」

朝廷の重臣たちは、異口同音に新王の学問に対する姿勢と情熱を高く評価した。年少の新王が、王室のご法度や朝廷の政などをがむしゃらに習得し、重臣たちと統治について討論する姿を見ていた王大妃は、彼の統治能力を認め、翌年には摂政を辞しすべての政務や権力を譲った。

学問を尊ぶ新王は、王権を確立した後、士林《サリム》（儒学者）を重要視し、彼らを要職に起用した。それにより、朝鮮王朝に本格的な士林政治（儒教の教えに基づく政治）が始まった。士林政治が始まると、しばらくの間、政治は安定し太平の時代が続いた。

しかし、時が経つと士林出身の政治家の間に派閥による朋党ができ、利害による党争が始まった。士林は、東人《トンイン》派と西人《ソイン》派と分かれて、お互いのことを中傷、誹謗しあった。

朝鮮では、第十代目の王である燕山君《ヨンサングン》の頃から、士禍《サファ》（学者の大獄）があったが、これといった朋党は存在しなかった。士禍は漢字の通り、学者の士に、わざわいの禍であるように、学者の人士がわざわいを被るという意味である。朝鮮時代に起きた士禍は、旧官僚派が王権と結託して、改革派である士林を除去、粛清したので、その被害者は主に士林たちだった。士禍によって、多くの若い学者が処刑された。

党争は、士林が派閥と朋党をなし、お互いに是非を問う争いだったので、士禍のように血生臭く、一方的に士林が皆殺しにされることはなかった。しかし、宣祖の時から始まった朋党政治は日に日にその度を増し、士林の間の軋轢《あつれき》により政治はその混迷の溝が益々深まり弊害が生じた。

最初に、東人、西人だった朋党が分裂して、南人、北人という朋党に分かれて、その引き裂かれた溝は次第に深まっていった。

朝廷の公論には、正論が存在せず、すべての判断の根拠は「我が党か、相手の党か」によって変わった。宣祖が王になって、しばらく太平だった政局は士林の党争により常にぎくしゃくして混迷した。朝廷が派閥に分かれ、是非を問うが是も非もなかった。つまり派閥によって是が非になり、非が是に変わった。王も朝廷の党派の争いに頭を抱えていた。しかし、それを正そうとはしなかった。なぜか。宣祖は、自分の出自に劣等意識を持っていたからだ。

「重臣どもが一つにまとまれば強くなるはずだ。だが、臣権が強くなれば王権が弱くなるはず。そうなれば、私のように正統性がない王は、いつ追い出されるか分からない」

王は自らの正統性の弱さを隠すため、臣下を警戒し党派の争いを都合よく利用したのだ。ところが派閥の抗争により国内政局が安定することがなく、国外や周辺情勢に気を配る余裕がなかった。徐々に国内外の動きに対応できず、外交力と国防力も脆弱になってしまった。

兵火の前兆

一

朝鮮朝廷が党派の争いに明け暮れている時、周辺の明、満州、日本を取り巻く情勢は変革期を迎え大きく揺れ動いていた。

それより先に、中国大陸では、一三六八年に朱元璋《シュ・ゲンショウ》がモンゴル族が建国した元を滅ぼして、中原を統一。漢族中心の明王朝を打ち立てた。その後、明は満州と朝鮮、そして日本にまでその影響力を及ぼし、この地域の盟主となった。明は、冊封と朝貢による地域の安定化を図り、明王朝中心の秩序を維持していた。

明王朝が成立して、約二十四年後。朝鮮半島では、元王朝に近かった高麗王朝が滅び、朝鮮王朝（一三九二年）が成立した。新しい朝鮮王朝は、親明政策（明に近い政策）を取り、小中華と自任して明の朝貢国になっていた。

しかし一六世紀半ば頃から、この地域の盟主であり続けてきた明王朝も成立二百年が経ち、衰退期を迎えようとしていた。

その発端は、隆慶帝《リュウ・ケイテイ》（一五六六年～一五七二年）が亡くなり、十歳の神宗《シンソウ》が明の皇帝になってからであった。後に万歴帝（一五七二年〜一六二〇年）と称される幼い神宗が皇帝に即位すると、師匠であった張居正《チョウ・キョセイ》が宰相になった。張は、幼い皇帝を輔弼《ほひつ》し、政局はしばらく安定していた。十年後、張が亡くなると、神宗が親政を行うことになった。しかし、神宗は張が行った改革政策を全面的に覆した。さらに皇太子の擁立をめぐって臣下と意見がぶつかると、王は政治を宦官に任せて、自身は享楽に走った。政は放り出され、その隙を狙って皇帝に近い宦官たちが台頭し、権力を掌握した。

「皇帝が政を宦官に任せて、享楽に走るとは朝廷の権威が崩れるばかりです」

「仰せのとおり。宦官らが皇帝を笠にし、政治を左右していては朝廷としての綱紀が崩れるばかりです」

王自ら国庫を蕩尽《とうじん》したため、底をつき枯渇した。そうなったら今度は王をはじめ、宦官や高官たちが負けじと金をもらい官職を売り出した。

「官職が欲しいやつは金を持って来い。金さえあれば官吏にしてやる」

その代わり、いくら優れていても賄賂を渡さなければ官吏になれなかった。反面、無能でも金さえ積めば官職を得ることができた。

一方で「こんな朝廷で働くのはもう無理だ」と、官職を辞め、郷里に戻る忠臣が続出した。

賄賂で官吏の職を得た悪徳官吏は金の亡者となり、民の膏血を絞り取ろうと血走った。悪循環の連続で、不正と非理が蔓延した。今までの常識が通用しない、秩序を失った社会となった。被害は善良な庶民たちが被った。国家の綱紀は急激に崩れ、明の王朝は傾きはじめていった。

朝鮮の宣祖が王になってから一五年後のことであった。明が衰退の気配を見せ始めると、東北地域の満州では女真《じょしん》出身のヌルハチが族長になり、満州に散る女真部族を一つに統合した。その後、ヌルハチは十二世紀頃に中国を支配していた金王朝を引き継ぐという大義名分を掲げて、後金を建国し満州地域を支配することになる。彼の野望は、明の代わりに中原を統治することであった。

ヌルハチは、野心を実現させるために絶えず遼東地域に進出した。対して遼東の軍事的な重要性をよく認識している明は、いかなることがあっても遼東地域は死守しようとした。しかし、状況は過去とは異なった。ヌルハチの勢いは凄く対抗できなかった。明王朝は、ヌルハチに明の官職を与えたり、なだめたりしたが思うようにはならなかった。

衰弱した明は、力をつけたヌルハチ率いる後金を制圧することは不可能であった。ヌルハチは明軍と戦い、遼東地域を支配下に入れた。そうなると困ったのは朝鮮だった。明との外交や通交が今までのようにはいかず、その関係は脅かされた。それまで、朝鮮は満州族に対して貿易や交流を許可し、交隣関係だったので争うことはなかった。しかし、ヌルハチが台頭してからは国境付近でしばしば衝突するようになった。

一方、日本では一四六七年の応仁の乱以降、京都中心の中央集権体制が崩れた。守護大名が台頭し、地域を統治しはじめた。彼らの登場により、全国的に群雄が割拠した。下剋上が蔓延し、日本は約百年もの間、戦争が絶えなかった。つまり、戦国時代であったが、その日本が戦国時代に終止符を打とうとしていた。

今川氏、武田氏に続き、信長が天下布武を掲げたが、日本全国を制圧したのは豊臣秀吉だった。秀吉の天下統一により混乱は収まったが、すべての不安材料が消えたわけではなかった。

秀吉は、国内の政局の不安と自政権に批判的な世論をかわすため、関心を逸らそうと海外への出兵を企んでいた。

明王朝を中心にして安定していたこの地域が、明の衰退により大きく揺れ動いていた。そのタイミングを計ったように、秀吉は天下統一を成し遂げた後、その矛先を明と朝鮮に向けようとしていたのである。

一五八六年、秀吉は九州の出兵を控え、布教のために来日していたイエズス会のコエリョとの会席で大言壮語を吐いた。

「国内を天下統一した後は、朝鮮や唐の国に進出し支配する」

貧しい農民の子として生まれ、日本全土を平定して天下人になった秀吉だった。それは無から有をつくりだしたのと同じだった。すべてのことは思うがままになった。秀吉は「この世に、余が成し遂げられないことは何ひとつない」と鼻高々だった。

このように、明、満州、日本、朝鮮を取り巻く国際情勢が大きく揺れ動きはじめたのであった。

そして、その年の六月、秀吉は対馬の島主、宗氏宛てに書状を出した。

「天下は余の手中にある。朝鮮の王を入朝させ、臣下の礼を果たすように。もし、朝鮮の王、自らが来なければ余の命令に逆らったことと見なし、直ちに兵を率いて朝鮮に出兵する。その時、対馬は道案内をすることになる」

二

朝鮮の王を入朝させよという秀吉の命令を受けた対馬の島主、宗義調《そうよししげ》は困惑した。

「とんでもない話だ。だが無視はできないし……。う〜む。これは難題だ」

「朝鮮側が受け入れるはずがない。やっと、朝鮮との信頼を回復しつつあるというのに、こんな書状をそのまま伝えるわけにはいかない」

以前、対馬出身の倭寇が朝鮮を侵略して全羅島一帯を蹂躙したことがあった。朝鮮王朝は対馬の倭寇の仕業として、朝鮮の釜山にある倭館（交易の拠点）を撤去した。対馬の宗氏としては、朝鮮朝廷と密接な関係を保つことこそが島の財政にとっても有利だった。倭寇事件で朝鮮がとった措置には困り果てた経験がある。あの時は、対馬としては信頼回復のため、倭寇の首謀者を捕まえて朝鮮に引き渡した。それで、やっと信頼を取り戻した。だから今回の秀吉の命令書は、難題を極めた。一歩間違えればと、今までにない苦渋の選択を迫られた。まさに板挟みの状態だった。とにかく島主と二男の義智《よしとし》は、秀吉からの書状の内容をそのまま朝鮮王朝に伝えられないので、途方に暮れた。

「このまま渡したら朝鮮側が怒ることは必至だ。よって書状の内容を書き改めるしかない」

ことを穏やかに進めるために、書状を書き換えた島主は朝鮮朝廷に人脈を持ち、顔が広い人物を選び、使臣として朝鮮へ派遣することにした。その大義を託されたのが家臣、橘康広《たちばなやすひろ》だった。

康広は、年齢五十代の人で長年、宗氏に仕えてきた。顔は薄赤く、体格が大きかったので仏画に登場する魔王のようにも見えた。若いころから戦に幾度も参戦し鍛えられた体だった。元々、武人の出であって振る舞いや行動が少々荒っぽかった。

「これはえらいことじゃ。わしが対馬、いや関白の使臣になるとは。ウハハハ……」

使臣の資格で朝鮮に派遣された康広は、高揚し傍若無人な気分になった。

康広は書状を持参して対馬から朝鮮の釜山浦に着いた。王のいる漢城に行くために常州《サンジュ》に立ち寄った時だった。常州を管轄している牧使（管理責任職）は、康広が立ち寄るという知らせを受けていた。牧使は、康広が都にいる朝廷の高官と親しいということを知っていた。康広を通して、高官らに頼み、昇進しようと企み、康広の機嫌をとるために国賓としてもてなした。

山海の珍味など特別料理が食卓に盛られた。康広が貴賓席に座り、その真正面に牧使が官服の正装で座っていた。二人の隣には、妓生《キセン》（妓女）たちが媚を売っていた。

妓生たちが注いだ酒を口につけた後だった。牧使が自分の杯を両手で持ち、丁寧に康広に渡そうとした。

「では、小生の差し上げる酒を一杯召し上がってください」

康広は、片手で杯を受けながら、傲慢な態度で官帽を被っている相手をじっと見つめた。酒を一気に飲んだ後、杯を返しながら、官帽の横に突き出ている白髪を指し、大きい声で叫んだ。

「私は、長い間、戦場で苦労をしたので白髪が多いが、牧使殿はどうしてそんなに白髪が多いのか。見たところ何の懸念もないように見えるのだが。むしろ、私より白髪が多いよう見受けられる……」

康広の唐突な言葉に牧使は自分の耳を疑った。外交の席ではあるまじき言葉だったからだ。

「はは、そんな話を。ご冗談、おやめください」

牧使は盛大な接待をしてやったのに感謝の言葉すらなく、逆にからかわれたことに腹が立った。

『無礼な奴』

と心に留めておき我慢した。気を悪くした牧使は、康広に企みを願い出ることをやめ、宴会は興が醒めそのまま終わった。

傲慢な姿勢のまま常州から漢城に向かった康広は、日本の外交使節が泊まる東平館《トンピョンガン》に荷を解き、朝廷に面談を申し込んだ。朝廷は康広を使節として認め、朝廷の機関である礼曹《イェソ》（外交の接待を担当する機関）が宴会を設けることになった。

礼曹では、外交典範に基づき楽士と官妓（官所属の妓生）を呼び、酒宴を開いた。宴が始まり、一気飲みしながら盃のやりとりをした。

「ピーヒャラ、ピーヒャラ」

楽士が笛を吹き、妓生が琴を弾き、雰囲気は盛り上がった。焼酎を飲んだ康広は、顔色が赤く変わっていた。酔っ払ってしばらく黙っていた康広が急に膳の上に盛られていた料理を片わきに寄せた。

「何か、問題でもありますか」

礼曹の高官が、彼の行動をみて通訳を介して聞いた。

返事の代わりに、康広は懐から風呂敷に包まれた小包みを取り出した。そして、それを解き、何かをつかみ出した。

「これが何か知っておるか？」

少し霞んだ大声で、小包みの中身を宴席に投げ出した。

「ほら胡椒だ。胡椒」

胡椒が一面に広がると、それを見ていた楽士と妓生たちはそれを拾おうと我先にとばかり先を争った。胡椒は香辛料として貴重なものだった。

料理が盛られた皿が膳の下に落ち、割れる音や悲鳴のような声が響いた。礼曹の盛大なもてなしが一瞬にして台無しになった。その様子をみていた康広は、体を揺さぶり大笑いした。

「くははは……。大監《テガム》！（高級官僚の尊称）綱紀がこんなに崩れていては、近いうちに国が滅びるでしょう」

康広は酔っ払って外交使節としての自分の本分を忘れた。武将である彼は、以前から朝鮮を訪れ、朝鮮の軍備が粗末で弱いことを知っていた。

「もし、関白が兵士を率い、海を渡ってくれれば朝鮮はすぐ滅ぶだろう」

康広は秀吉の強さも知っていたので、朝鮮朝廷を馬鹿にし天狗になったつもりだった。一方、康広が伝えた改ざんされた秀吉の書状には次のような要求が書かれていた。

〈朝鮮と我が国の友好のために一日も早く使臣の派遣を求める〉

書状を受けた朝鮮朝廷の間で激論がたたかれたが、これといった妙案があるわけがなかった。議論の末、朝廷は答申した。

〈海が荒いし道のりが遠いので使臣を送るのは今は難しい。今回は見送り、次回の機会を図りましょう〉

傲慢な態度で朝鮮の朝廷を脅していた康広の手元に返書が届いた。使臣の派遣が拒まれた返信の内容を知った彼は、顔を蒼白にして急に態度を変えた。

「この返書では帰れません。何とか使臣を派遣するという約束をしてほしい」

康広は、使臣の派遣の約束を得ないまま国に帰れば、使節の役目を果たせなかったと追及されることを懸念した。

「私が帰らなければ関白はすぐに兵を率い、海を渡ってくるに違いない。その場合は、それは私の責任ではなく、あなたたちの責任になりますよ」

康広がこのままでは帰れないと我を張り、固い意志を示したため、朝廷は彼の気持ちを和らげるため、名目的に朝鮮の官職を授け、贈り物を渡したりして懐柔した。

「とりあえず帰って、待っていてください。海が穏やかになり、状況がよくなれば必ず通信使を派遣しますので……。先に帰って秀吉様にそのようにお伝えください」

康広は、やむを得ず口約束だけして国に帰った。

対馬では康広が色よい返事もなく帰国したため困惑した。島主は康広を連れて秀吉に報告に上がるしかなかった。

「ご苦労であった。朝鮮の王はいつ来る？」

秀吉は、ひざまずいている島主と康広を鋭い目つきで見下ろしながら、単刀直入に厳しい言葉を発した。すでに秀吉は側近を通して、朝鮮側の返書の内容を把握していた。

「それが、海が荒く、状況が整っていないので、状況がよくなれば来ると言われました」

康広は、緊張のあまり口ごもりながら答えた。

「この返書のどこにそのようなことが書かれておる。余を偽ろうとしているのか。ここには海が荒いので来られないと書いてあるのではないか」

「それは、それは……」

秀吉が怒鳴ると康広はどもりながら戸惑った。

「愚か者め。使節という者が文字も分からないのか」

「いいえ、返書にはありませんが、朝鮮の高官が直接、口頭で小生に伝えてくれました。海が穏やかになれば通信使を派遣すると……」

「なにぃ〜。通信使を派遣すると。何を言っているのか。余が言ったのは、朝鮮の王が来るように申し入れたのだ。通信使のことなど問題外だ」

「それは〜、その〜、通信使を先に派遣して、その後、王が来るという話です」

康広は首を回し義調を見ながら返答に苦慮した。秀吉の書状を改ざんしたなど口が裂けても言えない。康広は訴えるように島主を見つめた。

「朝鮮の王は私にそのように伝えました。王の言葉ですので、信頼できます」

康広は、書状が改書されたことを秀吉が知れば、自分だけではなく島主まで処刑されることを分かっていたのでもじもじしていた。朝鮮王朝から官職を授かったこともあったからか、康広の答えは朝鮮をひいきするように聞こえた。

あらゆる経験をしてきた海千山千の秀吉がその気配を見逃すはずがなかった。

「何を言っているのか意味が分からん。義調っ！」

秀吉は康広の隣に座る義調を睨んだ。

「はあ。朝鮮朝廷は、康広に官職を授けながら約束をしたと聞いております」

義調は火種が自分に飛んでくるのを恐れ、康広が今回の派遣で朝鮮の朝廷から官職を授かったことを告げた。

「そうだったのか。使節のものが相手から収賄をして、任務を果たすことができなくなったということだな。その挙句に自分の罪を隠そうとして言い訳ばかりする者を使節と言えるか」

「あの者の首をはねろ。生かしておくわけにはいかん。いつ裏切るか油断のできない奴だ」

「殿！　それは違います。官職は小生が願ったのではなく、朝鮮側が勝手に決めたことです。殿を裏切るなんてことはありません」

「言い訳など聞きたくない。愚か者め」

容赦はなかった。処刑は義調に対しての見せしめでもあった。康広はその場で外へ引き連れられ直ちに斬首の刑に処せられた。

「明国を征伐するために出征するのだ。朝鮮は先頭に立って道案内することを命じる。朝鮮の安泰のためにも朝鮮の王は海を渡り、余を謁見せよ」

秀吉は、直ちに朝鮮王の入朝を強いる書状を書かせ、義調に渡しながら伝えた。

「この書状を持って朝鮮に参れ。今度はしっかりやるように。再び失敗すれば島主もその責任を咎められるだろう」

外交の失敗を責め、見せしめとして康広を処刑した秀吉は、厳しい表情をしながら義調を戒めた。

「はあ。お任せください。この命に賭けて成し遂げます」

断固たる秀吉の意向を確認した義調は、このままでは自分の命も危ういと認識した。対馬に戻って、すぐ後継者である義智《よしとし》と僧侶の玄蘇《げんそ》を使節として朝鮮に派遣した。島主の後継者を派遣することで、朝鮮朝廷にことの重大さを伝えるための人選だった。僧侶玄蘇は漢文に詳しく、長いこと朝鮮との外交を担当していたので交渉に長けていた。

「どんな手を使っても通信使が海を渡ってくるようにしなければ、こっちが関白にやられてしまう」

島主の切実な願いが通じたのか、朝鮮朝廷も対馬の動きをみて事態が尋常ではないと感じはじめた。いつまでも通信使の派遣を遅延にすることはできないと判断した。そして、次のような提案をしてきた。

「朝鮮の民として、サルドンという叛民が五島列島で倭寇の手先になっている。何年か前に朝鮮の南海岸に上陸して興陽地域を略奪し、多くの良民を捕まえて去った。叛民のサルドンとその一行である倭寇を捕まえて朝鮮に渡すこととその時に連れ去られた朝鮮の民を戻してくれれば、通信使を派遣することにしよう」

条件が折り合い、朝鮮から前向きな返答を聞いた義智と玄蘇は、直ちに対馬を経て、秀吉のいる京都に行き、外交の結果を報告した。

「ほう、分かった。すぐに五島列島の城主に親書を下すので、それを持って直ちに五島列島へ行け。朝鮮の叛民を見つけたら、即時、朝鮮に戻らせろ。良民の送還に関してはすべて対馬に全権を一任する」

当時の五島列島の城主は宇久《うく》純玄《すみはる》だった。松浦党の庇護を受けて五島列島を統治していたが、やや不安なところがあった。しかし、秀吉が天下統一のために勢力を広げたことで、一族安泰のため秀吉に忠誠を誓ってその臣下になっていた。その後、名字を宇久氏から五島と変え、過去と決別しようとした。秀吉は純玄に領地支配を認めた。秀吉の臣下になってからは、領内の統治も過去より安定していた。

本土から離れていたので戦禍に巻き込まれることもなく穏やかに過ごしてきた。ある日、その純玄の元に伝令が来た。急ぎの伝令がくるなどめったになかった。

「何なのだ。その急ぎの伝令は？」

「殿！　関白殿の命令を持って、対馬からの使節が島に着いたそうです。しかもその使節は兵士を伴い上陸しました」

「何だと！　兵を率いてきたと？」

兵を連れた使節が上陸したとの報告に城主は驚いた。

「わしは忠誠を誓ったのに……。裏切るようなことはしていない。何なんだ」

秀吉の命で対馬の使節が兵と共に上陸したとなると……。これは、領地の没収としか考えられなかった。

「誰かの策略だ。関白様が誤解をして領地を取り上げようとしているのではないか」

「対馬の島主は関白と近い小西行長の婿です。もしやこの領地を奪うつもりで、殿を陥れたのかもしれません」

「あり得ることだ。どういうことかは分からんが、そう思い通りにはさせない」

「兵を集めよ。戦の準備だ。城門を閉めておけ。許可なく城に接近する者は、理由を問わず発砲せよ」

城主自らも武装をした。怪しい気配を感じたら先制攻撃を行うつもりだった。純玄の命令で城内は物々しい警戒態勢となった。

城壁から見渡すと、海岸の方から城に向かって兵が列をつくって近づいてくる。その数は三百ほどだった。

「あのくらいの兵でこの城を攻めることはないだろう。もしかすると先鋒隊かもしれぬ。本隊が上陸する前に、先鋒隊を奇襲攻撃すれば勝算はあるぞ」

隊列から武将二人が離れて城に向かってきた。十人くらいの兵が二人の武将の後を二列に分かれてついてきた。一行が城壁に近づいた。

「怪しい様子を見せるようなら撃て」

命令を受けた側近は、城の下をみて大きい声で叫んだ。

「何用だ。城主の許可もなしに兵を連れて上陸することは！　直ちに兵を引け。でなければ一人残らず撃ち殺す」

「ははあ〜、お待ちください。私は、関白殿の命令書を持参した対馬の島主、宗様の側近、松晴です。兵を率いてきたのは戦のためではありません。どうか誤解しないでいただきたい。ここに関白殿の書状があります。兵は関白殿の命を受け、城主様を手助けするためです。怒らないでこの書状を受け取り、内容をまずみてください」

純玄は、相手が戦意を見せず、穏やかな様子だったので安心はしたが、

「油断は禁物だ」

決して警戒は怠らなかった。

「使節と護衛兵だけを城に入れろ。他の兵は城外で待機させろ」

純玄の許可を得て、使節は城に入った。護衛は二人だけ。松晴が城に入ると純玄の兵が包囲し、槍の切っ先を向けた。さらに護衛の武装が解除された。松晴の腰の刀も取り上げられた。松晴は、城内の警戒が厳し

く荒々しい雰囲気を肌で感じた。少しでも怪しい動きをとればその場で槍や刀の的になることは間違いなかった。誤解を招かぬようにただおとなしくするしかなかった。

城主の前に案内された松晴は、懐から書状を取り出し丁重に渡した。

書状を受け取った純玄は、落ち着いて行動しようとしたが無意識のうちに胸からドンドンという音がするのを感じた。

「領地を没収する」

もし天下人になった秀吉が領地を没収するという命令を下したのなら、終わりだと思った。簡単には奪われまいと思いつつ武装はしたものの、秀吉の力とは比べようもなかった。自分の軍勢はほんのわずかなもの。まさに蟷螂《とうろう》の斧だ。

秀吉の命令を拒み、戦う道を選んだとしても城を長く護ることはできない。どう考えても、一族は滅ぶだろう。

純玄は、使節を迎える礼も忘れて、渡された書状を立ったまま読みはじめた。書状に穴が開くほど何度も何度も繰り返して読んだ。

読み終わり、純玄は書状から目を離し顔を上げ、松晴の顔を見つめた。書状を受け取った時とは打って変わって、純玄の表情には頬笑みがあった。

「生き残った」

城主は安堵の胸をなでおろした。

書状にはこう書かれていた。

一、朝鮮の叛民、沙火同と一緒に朝鮮を略奪した倭寇の一党を捕まえて直ちに対馬に渡すこと。

二、捕虜として連れられ、島で暮らしている朝鮮民を一人残らず対馬に渡し、朝鮮に送還すること。

三、この命令に従わず拒むなら、すべての官職を剥奪し城も取り上げられることを肝に銘じること。

「何かありましたか？　関白殿が、こんなに急いでいる訳はなんですか？　それも朝鮮の民のために」

城主は、立ったまま書状を読み終わるのを控えていた松晴に質問した。

「実は、朝鮮側からの要求があったのです」

「関白殿が、朝鮮側の要求を受け入れるには、何か見返りがあるからでしょう」

「それは朝鮮の王を入朝させるためです」

「朝鮮の王と捕虜の交換だということですか。分かりました」

城主の顔色が穏やかになるのを感じた松晴は、安堵しながら、その背景について丁寧に答えた。

「関白様は、ことを早く進めるために海賊の抵抗に備えて、援軍三百を連れていくように申されました。城外に待機している兵たちがそれです」

「よく分かりました。こちらにお任せください。必要とあらば援軍を要請します」

純玄は家臣たちを集め、秀吉の命令を遂行するための方法を話し合った。

「殿。小生にお任せくださいませ。領地内の島には、漁民と海賊があちこち散らばって暮らしています。関白殿の命令を遂行するためには、まず朝鮮を襲撃した海賊とそれを案内した朝鮮の叛民を探し出すべきです。直ちに捜索を始めます」

「よし、決まった。今回のことについてはすべて忠衛《ただえ》に任せよう。関白殿が気に入るように抜け目なく、素早く処理せよ」

「上手く処理することができれば、秀吉様に手柄が認められるだろう」と思いながら、純玄は信頼できる側近、忠衛にすべての権限を与えた。

「ははあ。ありがたき幸せ」

忠衛は、彼なりに手柄を立てて城主に認められる良い機会だと思った。

そして、直ちに部下を集めて情報を集めるように指示した。

「朝鮮を略奪し、朝鮮民を捕虜としている海賊がどこにいるか、島内をくまなく調べろ。特に沙火同という朝鮮民がどこにいるか探し出せ」

「沙火同」

紙にサルドンの名を漢字で記した。

半日も経たず報告が上がってきた。

「殿、申し上げます。朝鮮民と海賊の一党が、福江島の西の海辺に集団を成し、暮らしていると報告がありました」

「間違いないか？」

「しばしば船に乗り、朝鮮の海に出て略奪していることが確認できました」

絶対的な権力者である秀吉の命令だから、とにかく素早く処理しないと咎められるだろうと心配していた純玄は報告を受け、膝をたたいて喜んだ。

「忠衛！　直ちに兵五百を率いてやつらを引っ捕らえろ」

「朝鮮民は生け捕り。海賊は抵抗したら殺してもよい」

「ははあ。しかと」

忠衛は間髪を入れずに兵を率いて西海岸へ向かった。城の西方面には高い山が聳えていた。そんな地形のせいで昔から西に続く道は人影がなかった。西方面に行くには、高い山を越えて行くか、船で海をぐるりと回って行かなければならなかった。不便を極めたこともあって、西方には目が行き届いていなかった。

「海賊を船で攻めるのは難しい。山を越えて奇襲攻撃する方が得策だろう」

忠衛は兵を率いて東西を遮る山を越えることにした。海岸に伸びる山の稜線は傾斜が厳しかった。五百の兵は、汗をかきやっとのことで山を越え海岸をめざした。

山の麓が海岸だった。山の稜線が険しく海岸と麓の間には狭い平地しかなかった。そこに山を背にして民家が見えた。

海岸に近づくと小さい漁村が忠衛の視野に入った。平地の民家より麓に点在する穴倉のような小屋が多かった。

村の入口には低い石垣が張り巡らされていた。遠くからはどこにでもある漁村のように見えたが、近づくにつれ、そこは要塞化されていることが分かった。見張りがいて、人の出入りを厳しく規制していた。以前から彼らの動向は城に逐次、届いていた。しかし、島内では騒ぎ立てることもなく、城にとって必要なものがあれば、彼らから調達していた。島の統治には邪魔にならないので必要に応じて、彼らを適当に利用してきたのだった。実は、彼らの貢物は城の財政にも役に立っていたのである。

「止まれ！」

忠衛はまっすぐ村に行くのではなく、山の麓で全軍を止めた。万が一のために斥候兵を出した。

「武装したやつらが山から下りてきています」

忠衛が送った斥候が、倭寇の見張りの網に引っ掛かった。

「皆に伝えろ！　直ちに集まるように」

見張りから報告を受けた頭領が命令を下すと、鐘の音が鳴り響いた。

「カン、カン、カン、カン」

穴倉や小屋にいた倭寇たちは、緊急の鐘の音がなると武器を手に海岸に集まった。海岸に面して広場があった。百を越す倭寇が槍や刀、鉄砲で武装をしていた。彼らは、みんな不安な面持ちで互いの顔を見合いながら頭領を待った。海岸には船が幾つか停泊していた。

「静まれ。武装した兵士が山の上から下りてきたそうだ。おそらく、城主が派遣した兵士だろう。なぜ急に兵士たちが来たのかは未だ把握していないが、戦の準備をした方がいい」

頭領の言葉に倭寇の一党はざわめいた。

「島の中で騒いだこともないし城にも迷惑をかけたこともないのに、なぜ兵士を派遣したのか」

今まで、ずっと目をつぶってくれていた城主が、なぜ急に兵を送ってきたのか。その真相が分からない倭寇たちは、みんな神妙な面持ちだった。

そこにサルドンの姿もあった。他の倭寇と同じく片手に刀を握っていた。弁髪で、他の倭寇たちより体つきは大きかったが外見では区別がつかないくらい、その容貌は変わっていた。

頭領の聡部衛は、部下を二つの集団に分けて、一方は兵士を迎え撃ちにしようと戦の準備をさせ、もう一方は船で海に出る準備をするようにした。貴重品を船に乗せた。戦で不利な事態になればそのまま海に逃げるつもりだった。海に出れば恐れることはないからだった。

小頭領たちと戦の準備をしている聡部衛に、見張りが兵士を一人連れてきた。

「そいつは誰だっ！」

「敵の大将が伝令を送ってきました」

「伝令？」

聡部衛は小頭領たちと伝令を包囲した。

「何のことなのか？　我らは島では騒いだことはないし、島民に迷惑をかけたこともないのに、なぜ戦を仕掛けてくるのか。脅しなのか？」

忠衛の心腹の部下だった伝令は、立ったまま忠衛の言葉を伝えた。

「サヒド（沙火同）という朝鮮人を渡せ。そして、その者と一緒に朝鮮を侵略した一党三名と拉致してきた朝鮮民を一人残らず放免しろ。そうすれば、この村は今まで通りここで暮らしてよい。よく考えなさい。これは関白殿の命令なのだ。関白殿の命令を受けて、対馬の大軍がこの島に上陸しているのだ」

関白のことまで言われた聡部衛や小頭領らは、驚きの表情を浮かべながら互いの顔を見合った。

「もし命令に逆らい、歯向かったり、海に逃げても、行くところはないだろう。海に出てもどこの島に逃げ込んでも、関白殿の手から逃れることはできないだろう。よく考えろ」

忠衛は最初、書状を出そうとも思ったが、倭寇の頭領は文字が読めないだろうと判断して心腹の部下を伝令として敵陣に派遣したのだった。

「ところで、サヒドって誰のことだ？」

小頭領の一人が、伝令が言ったサヒドという名について隣の倭寇に訊ねた。

「サイド？　朝鮮から？　ああ、サルドンのことだろう」

伝令は沙火同の漢字を日本語の漢字音で発音し、小頭領はサルドンの名前を朝鮮語の音として知っていたので、少しの食い違いがあったが、すぐ気づいた。

「なぜだろう。なぜ、関白がサルドンを渡せと要求しているのだろう」

「俺も理由は分からない。ただの伝令だ。今日の夕方までに引き渡さないと攻撃されるぞ。私の任務は終わりだ。帰る」

伝令は山を降り、忠衛のいる陣中に戻った。

「頭領。どうしますか」

「駄目だ。サルドンは仲間だ。仲間を売ることはできない」

「何を言っておる。関白の命令だぜ。関白に逆らってはこの地で生き延びることはできないぞ」

「そうだぞ。サルドンと朝鮮民を渡さないと、まずここが攻撃を受け、跡形もなく潰されるし、運よく海に逃げたとしても、暮らせる島はないだろう。島に隠れたとしても関白が放っておくことはないよ」

沈黙する聡部衛に、小頭領たちは、仁義を主張する者、損得を主張する者が噴出し、てんでんばらばらに喋り出し混乱がはじまった。

「静かに！　大のために小を犠牲にするか、小のために大が犠牲になるかだ」

聡部衛は、まるで一刀両断するように彼らの意見を大声で止めた。

「心苦しいが、要求通りサルドンと朝鮮民捕虜を手渡すしかない。生きる道は一つしかない。朝鮮の地に入り、略奪をしたのはサルドンと三名だけではないことは皆が知っていよう。しかし、サルドンと三名のみを渡すように要求しているのは、応じやすくする条件だろう。組織のためには要求に従うしかない。これ以上つべこべほざくことは許さない」

仁義を強弁していた小頭領が何かを言おうとしたが、聡部衛の目尻が上がるのを見て唇を一の字にして静かになった。

「サルドンを捕まえろ。そして、朝鮮からの捕虜は一人残らず集めろ。言われた通りにしないと皆が死ぬことになるぞ。サルドンと一緒に暮らしていた信三郎、金次郎、孫次郎も一緒に引き渡せ。組織のための犠牲だ。残された家族は最後まで面倒をみる。そう伝えろ。直ちに行動しろ」

悲しみを滲ませた表情の聡部衛は、その気持ちを振り切るように冷静に命令を下した。それ以上は誰も口答えできなかった。小屋から出た小頭領は、山を下り海岸に向かって走った。彼らはまずサルドンを狙った。海岸の砂場にいたサルドンに小頭領二人が近づいた。そして、両側からサルドンの腕をつかみ、手にしていた刀を取りあげた。

「あっ、何するんですか?」

サルドンから奪った刀を遠くに投げた小頭領は、周りの部下たちを見回しながら大きな声で命令を発した。

「この者を動けないようにつかめ」

周りにいた海賊らは、互いに顔を見合わせていた。

敵を目の前に、いざ戦おうという時に、何で仲間のサルドンを拘束しようとするのか。みんなは一様に驚き戸惑った。

「ぐずぐずしている奴は、一緒に切られるぞ」

小頭領は声を荒げ、周辺は一気に緊迫した。

二人が列から出て両手で、サルドンの肩と腕をつかんだ。

腕を後ろ手にされ、縄で縛られたサルドンは困惑した。初めは冗談だと思った彼は、その割には腕がきつく縛られるなと感じ、これは本気だと思って抵抗しだした。サルドンを縛った小頭領は、サルドンの肩を抑え込みひざまずかせた。

「一体、なぜですか？　何があったんですか？　その訳を言ってください」

「黙れっ！」

「次は、信三郎、金次郎、孫次郎はどこだっ！」

「はい！」「はい！」

三人は、サルドンの親しい仲間で世話役だった。サルドンが捕縛されるのをみて、顔を見合わせていたところに名前が呼ばれて、驚きながら答えた。

「前に出ろ！」

渋々、前に出た。

「お前らもひざまづけっ！」

「えっ！　なぜですか？」

「黙って言われた通りにしろ！」

彼らが砂場に膝をつくと、小頭領は彼らが持っていた武器を取りあげた。

「こいつらも縛れ」

「なんのことですか。何があったんですか？」

「言われた通りにしろ。理由など聞くな。俺たちだって辛いんだ。頭領の命令だ」

動揺は静まりつつあった。

縛られた四人は、海岸に近い小屋に監禁された。

「捕虜の朝鮮人をすべて連れてこい。一人残らずだ。もし隠したりして見つかったら、皆殺しにされるぞ。みんな、連れてこい」

「実は関白の命令」という噂が倭寇の間に少しずつ広まった。

訳も分からず、監禁されていたサルドンと一行の前に、頭領の聡部衛が現われたのは海岸に集まっていた倭寇らが解散させられた後だった。

「お前らを守れないこの俺を許せ。関白という大きい岩にぶつかったのだ。朝鮮と関白との取引に俺たちは巻き込まれたのだ。しかし、お前らの犠牲が仲間の命を救うことになる。お前らが命令に従ってくれれば、ここにいる我らは今までのように生きていける。辛いが苦渋の決断だ。不器量なこの俺を恨みな。代わりに家族の面倒はしっかりみる。任せてくれ」

聡部衛は、沈痛な面持ちで苦しく悲しい心情を伝えようとした。

「おい、酒を持ってきてくれ」

「別れの盃だ。飲め」

聡部衛は酒を出し、縄をほぐすようにして盃を渡した。

四人は、一晩、捕縛されたまま過ごした。

「朝鮮民捕虜を全員集めました」

報告が終わると、頭領は捕虜三十二名とサルドンら四人を忠衛軍に引き渡した。

城に戻った忠衛は、直ちに捕虜とサルドンを対馬の使節に連れていった。一晩を海岸で過ごした彼らは、翌日、船で対馬に移された。すべてのことが慌ただしく、速戦即決に処理された。それほど秀吉の催促は厳しかった。

対馬の義智は、サルドンと捕虜が送還されたことを喜んだ。

「よし、これで朝鮮通信使が派遣されるぞ。やっと一件落着だ。よかった、よかった」

義智は、すぐに直接、捕虜とサルドンを連れて、対馬から朝鮮の釜山浦に船で渡った。サルドンを含め四人は、木牢に入れられた牛車で都の漢城へと護送された。

サルドンが乗せられた檻車《ハムゴ》には、「叛民沙火同」と書かれた紙が縦に垂れていた。山道や通行の少ない道では何もなかったが、人が多く集まる村を通る際には人々が檻車のそばに集まり、指差しながらひそひそ話し合い、「ペッ」と唾を吐く者もいた。子どもらは、大人が罵る様子をみて小石を投げつけたりした。釜山浦から都の漢城までは、五十里ほどの道程だった。

サルドンは護送される道中で人々の目線を避け、ずっと顔を下に向けていた。心境は錯雑だった。捕まった時から死を覚悟していた。心の動揺も少なかった。しかし、朝鮮の地に着き、檻車に揺られるにつれ心も乱れた。

「何というざまだ。せめて自刃をしていたら、こんな侮辱を受けなくても済んだのに」

「二度と朝鮮の地には戻るまい」と思っていたのに、こんな罪人の姿で戻らざるを得なかった自分があまりにも不憫だった。マンソクたちから故郷に帰ろうと誘われたのも振り切った。この地が嫌だった。自分を倭寇にした地だった。少数の両班と多数の常民に二分され、両班でなければ徹底的に搾取された。生活はいつも困窮の極まりだった。飯を腹いっぱい食うのが願望だった。それだけではなく、何かあれば労役に駆り出された。身動き一つできないほど官に縛られていた。賤民として生まれれば何の希望も持てずひたすら獣扱いされる厳しい地だった。サルドンには何の未練もない地だった。

「しかし、俺が捨てたこの地が何で俺の身を縛るのか」

サルドンは不思議で仕方なかった。

楸子島の沖で暴風雨に見舞われ、対馬海流に流され、五島列島に漂着した時に朝鮮との縁はすべて切れたと思った。それ以後、自分は朝鮮人ではないと思っていたのに、「叛民沙火同」としてこの地に返されてしまった。

「城の兵士が攻撃に来たといわれて一緒に戦おうとしたのに、捕縛の身になるとは……。倭寇の仲間にも見捨てられるとは……。夢にも思わなかった。これが避けられない運命だったのか」

運命としか言いようがなかった。朝鮮の地を棄て、何にも縛られずに己の運命を自ら決めていくと誓ったのに、姿の見えない大きな力が自分の人生を弄んでいるような気がした。

「俺の運命を籠絡しているものは一体、何なんだろう。人間の定めって、果たして何なんだろう。人間の意志では克服できないほど大きいものなのか」

サルドンは、運命というものが自分の人生を翻弄させ、悪戯しているような気がして堪らない気持ちになった。

「振り返ってみると風浪に流されたこと、日島に漂着したこと、倭寇に捕らわれた後、倭寇の一員になったこと。彼らを案内して朝鮮の南海岸を略奪し、その罪で叛民と名指され、送還されるのも、その原因を考えると己の意思でなったことは一つもなかった。すべてが決まった軌道に乗っかったかのように進んできた。運命でなければ、どうしてこんなことが起こるだろう」

サルドンは、考えれば考えるほど自分の人生の歴程は到底理解のできない不思議なことばかりだった。

「己の意思でなされたことは一つもない。生まれたこと自体が己の意思ではなかった。だったら一体、誰の思し召しであったのか。己のこの小さな体をその手に握り悪戯をしているのは一体、誰なんだろう。己が己の身の持ち主でなければ、誰のものなんだ。果たして、誰が己の他に己の運命を籠絡する権限と力を持たせたのだろう。どうして、己は自らの運命に逆う力もない微弱な人間として生まれたんだろう」

「おお、天の神よ」

サルドンは、すべてのことを運命のせいにしながら、その運命があまりにも恨めしくて、神を恨む嘆息が思わず口から漏れて出た。運命と思いながらも、天を恨む気持ちを消し去れなかった。キリ、キリと音を立てながら檻車は進み、都の漢城に着いた。南大門を潜って城内に入った。何事かと変事に気づいた都の人々は、「叛民沙火同」と書かれた檻車の紙に好奇の目を向けながら、「この者は何をしたのだ」と口々に発した。

「倭寇と一緒になって、南海岸を侵略した罪だ。朝鮮民だが、倭寇を案内した奴だそうだ」

護送に当たっていた兵士は言った。

「極刑だ。奴は」

周りに集まっていた常民たちは、サルドンを指差しながら、すぐここで極刑にしろと言わんばかりに目尻を上げ、厳しい顔をした。

「カーッペッ！」

と、痰唾を吐く者もいた。サルドンと三人は、朝鮮の人々に罵倒されながら義禁府《ウイグンブ》（罪人を尋問する機関）に収監された。

「叛民沙火同が捕まって義禁府に投獄されました。捕虜となった朝鮮の民たちも全員送還されてきました。対馬島主の功労がありました」

サルドンのことは、王の秘書機関である承政院《スンジョンウォン》を経て王に報告された。

「おほ、そうか。愚かな者だ。なぜ、我が民が倭寇を引き連れて祖国を略奪したのか、余が直に尋問するから連れてこい」

「かしこまりました。しかし、恐れ多いことですが、あのような身分が卑しい者を殿下、自ら尋問なさることはいかがなことかと思われます。前例もないことですので、叛民の尋問は担当機関である刑曹《ヒョンソ》に任せていただけませんか。後にその報告を受け、処決を下してくださいませ」

王が直に尋問するという考えに承政院は前例のないことだと強く引き留めようとした。

「分かるが、ここは余の意見に従え。我が民がなぜ叛民になったのか。確かめたいのだ。今回は余に任せ、直ちに仁政殿《インジョンジョン》（正殿）に連れてこい」

王は大臣の意見を退けた。

王が直接、罪人を尋問することは、普段は謀反と連累された罪人のみであった。サルドンは倭寇と一緒に南海岸を略奪はしたが、政権を覆す謀反ではなかった。いわば強盗か略奪にあたる罪だった。にもかかわらずサルドンは、「叛民沙火同」と呼ばれ、謀反を起こした反逆者のごとく王の尋問を受けることになった。

「あの罪人たちを引き出せ」

王の命に従い、高官が義禁府の牢屋に入れられていたサルドンと倭寇の三人を引っ張り出すよう伝えた。サルドンと倭寇の三人は一息入れる間もなく尋問のために護送された。

そこは義禁府と違って警備が厳しかった。

サルドンを護送してきた獄吏たちは、サルドンを前に座らせ、その後ろに信三郎など倭寇をひざまずかせた。いわば、サルドンが主犯格で他の倭人は共犯者として扱われた。

捕縄《とりなわ》は後ろ手にされた手首をさらに強く縛った後、再び腕の上を巻き、まるで木に登る蛇のように肩の方に上げ、交差しながら腰のところで結ばれ上半身を強く締めつけた。どのくらい強く結んだのか、腰の結び目は堅い杵の形をしていた。手首や腕、身体はまったく動かすことすらできなかった。

じきに手足がしびれてきた。しびれを我慢しようとできる限り指先を動かしたり、首を回したりしながら耐えた。すると獄吏の動きが速くなり、大きな声が聞こえた。

「殿下がお出でになります」

男の声のようだが、妙に高く細い声がサルドンの耳に聞こえてきた。

『宦官の声なのか。だが、なぜ王様が？』

声の主を確認しようと、サルドンは顔を上げ石壇を見上げた。そこには、宦官らしき男が腰を低くして歩き、その後方を冠を被り、色鮮やかな絹の服を着た人物がゆっくり歩いてきた。

『あれが、王なのか』

サルドンは、なぜ王がここに来るのか理解できなかった。

壇の上には、龍の装飾が刻まれた色鮮やかな椅子があった。後ろには多くの臣下たちが腰を低くして従っていた。

「こいつ、頭を下げろ。二度と上げるでない」

そばにいた獄吏が、サルドンの頭を手で抑えた。

「叛民沙火同は聞け。それがしは朝鮮の地で生まれ育まれた民なのに、どうして倭寇の手先になったのか。さらに同じ民である朝鮮の民を略奪し、捕虜にし、害を与えたのか」

遠いところから響くような声が聞こえてきた。その声が終わると、隣にいた朝廷の臣下が同じ言葉を受け、再び大きな声で、叱るように伝えた。承政院の役員だった。

「風浪に見舞われ、倭国の島に漂着しました。しかし、そこが倭寇の巣窟でありました。朝鮮に案内しなければ殺すといわれ、死にたくないので仕方なく案内しました」

尋問を受けて咎められながらもサルドンは、王の姿が気になって仕方がなかった。

『王とは一体どんな人間だろう』

サルドンは、尋問に答えるふりをしながら頭を上げ、懸命に王を見ようとした。遠いのではっきりとはしなかったが、真ん中の椅子に座った派手な服装の人物がぼんやりと見えた。両側に仕える宦官とはまったく様子が異なった。頭の上から足の端まで装飾品で着飾っていた。黄金の冠、龍の文様の刺繍が縫い込まれた錦は全身に掛けられても余り、椅子の上まで長く垂れていた。

『神秘的だ。この世の人間ではないようだ』

サルドンには今まで見てきた人間とはまったく違う部類のような気がした。

「漂着をしたのに、なぜ朝鮮に戻ってこなかったのか」

「船が破損しました。また、朝鮮には両親も兄弟もないので悲しむ家族がありませんでした。だから何も考えずにその地に留まることにしたのです」

「世の中にお前のような愚か者はいない。君師父一体（王と師匠、父親は一つという教え）という言葉がある。したがって、父と師匠と王がすべて一つであり、父がいなければ、師匠があり、師匠がいなければ王を頼って生きて行くことなのだ。にもかかわらず、慈愛なる朝鮮の恩恵を受けて生きている民が、悲しむ親族がいないことを理由に帰らなかったとは何たることだ」

サルドンは王が何を言っているのかまったく理解ができなかった。王の言う「君師父一体」が何の意味なのか理解できなかったし、しかも、慈愛たるという言葉には唖然とした。

『慈愛って、誰からの慈愛だ。貧しい民の膏血を絞り取り、苦しめているのは誰なんだ。税と称して民の財産を奪い、労役だ、何やらで働かせ、食い物も出さず、休もうとすれば罰を下し、ただただ叩きのめすくせに何が慈愛だ。この国は両班だけのものではないか。両班だけがすべてを欲しいままにし、常民は苦しむだけだ。何が慈愛たる国だ。世事に疎い王が訳わからなくもっともらしいことをいっているのではないか』

サルドンは、とうに死を覚悟していた。厳めしい雰囲気での尋問なのに、サルドンは王の咎めに不思議なほど怖さを感じなかった。かえって王が滑稽めいて見えた。無性に腹が立って王に抵抗したい気持ちになった。

王は、サルドンが自分の説諭を理解しないどころか、そのふてぶてしい態度に腹を立てさらに声を大にした。

「お前が生きるために罪のない民や同族を殺戮し、それでも足りず倭国に捕虜として連れ去ったというのか。愚か者よ。お前の罪がどのくらい重いか知っているだろう」

声を荒げる王に、サルドンの心からいままで描いていた王へのわずかな想いがスーッと消えてゆくのが分かった。

『フン。黄金と錦で身をまとい神様のように装っているが、所詮、ただの人間だった』

「私が連れていったわけではありません。仕方なく言われるがままにしたまでです」

「お前は、王の恩恵を受けたにもかかわらず、裏切った罪、自分の身のために倭寇を連れてきた罪、同族である朝鮮の民を殺戮した罪、罪のない良民を倭寇の巣窟に連れ去った罪など、その罪をあげればキリがない。お前が犯した罪は、死んでも償うことはできないくらいだ」

王に対する神秘感を無くしたサルドンにとって、すべてのことが操り人形劇のように思われた。王の声が全部、聞こえているのに、それを再び伝える役人のことも滑稽だし、脇に立って王のひと言ひと言に頭を下げ、腰を低くし、媚びるすべての人間がおかしく、かえって気の毒にさえ思えた。

『どうせ殺される命だ』

「故意にしたことではありません。そして、一つ申し上げますとここにいるあの倭人たちは私とは何の関係もない者です。放免してやってください」

サルドンは自身の釈放を求めることなく、自分の言い分だけをしっかりと返答した。

「なんて図太く、厚かましい奴だ。お前は、まだ自分の犯した罪がどのくらい大きいものなのか分からないようだな。オイッ、あの愚か者が自分の犯した罪を悟るまで叩け」

「かしこまりました」

王から命が下ると刑棒を手にした二人の獄吏が、刑棒を大きく振りかざし容赦なくサルドンの身体に叩きつけた。捕り縄で縛られ、ひざまずかせられたままのサルドンは刑棒が両肩を強打するとそのまま前に倒れた。うつ伏せになったサルドンの背中に容赦なく刑棒が叩きつけられた。

「痛い」

サルドンの身体から肉が剥がれ、骨が砕ける音がした。サルドンはその痛みに悲鳴を上げたが、決して罪を認めるとは言わなかった。

「しぶとい奴だ。罪を認め、悔い改めさせる方法はないのか」

王の傍らにいた刑曹の長である参判《チャンパン》が答えた。

「牛に身体を引っ張らせ、両手、両足を四つに裂く極刑にすれば、苦しむあまり罪を認めることがあります」

あまりにしぶといサルドンに、自分の方がからかわれているのではないかと腹を立てた王は、顔をしかめながら言った。

「両手や両足を裂く極刑か」

「はい。そうです」

「殿下。その極刑は謀反を起こした反逆罪に当たる刑罰でございます。さらに白昼の広場で両手や両足を裂く極刑を行いますと、その噂が四方に散り、謀反が起きたと誤解され、民心が揺れることになります。是非とも了察のほどをお願い申し上げます」

身体を四つに裂く極刑がどのくらい惨いことか。刑を執行する者でさえ、忌み嫌い、目を開けてはいられないほど残忍な刑だった。見た人は、魂が抜け、以後、まともな生活ができなくなった人も多かった。その弊害をよく知る臣下が再考を申し述べたのである。

「確かに反逆の罪でもないのに、そこまでやるのは好ましくはなかろう。あの叛民と倭人らを斬首の刑に処せ」

刑棒で叩かれ全身が血だらけになったサルドンと信三郎らは、翌日の午後、城外の広場で斬首された。

「私に何の罪があるのか。この朝鮮の地で賤民として生まれたことが罪なのか。この地では両班として生まれなければ皆、罪人だ。生まれ変わっても二度と賤民としては生まれまい。もし、再び賤民として生まれるならば、未練なくこの地から脱して離れよう。この地で賤民として苦しむよりは倭寇として生きていく道を選ぶ方がましだ」

サルドンに関して実録には、次のような記録がある。

「王が仁政殿に出て兵士に警戒させる中、沙火同を尋問した後、城の外で斬首するように御命を下した。その後、宗義智の功績を称え、名馬一頭を授け、宮殿に招き宴を催した。朝廷では議論の末、倭国に通信使を派遣することになった。正三品の黄允吉《ファン・ユンギル》を正使として、従三品の金誠一《キム・ソンイル》を副使とし、宗義智の案内で一五九〇年四月、通信使は朝鮮を発ち、海を渡り、同年七月に倭国の都に着いた」

東人と西人

陰暦四月に入って、日差しは一層明るく暖かかった。前年の冬は非常に寒かった。世の中が凍りつくような冬の猛威も、次第に春に席を譲り、遠くに消え去った。

『万物、自然の摂理に逆らうことはできない』

王である宣祖はそう思った。

「陰と陽、五行から成る、いわゆる森羅万象の自然循環の法則がそうであろう。生命を得て生まれ、大きく成長した後、徐々に衰退し死滅していく。それが自然な世の中の摂理であろう」

三年前である一五八九年、王に「鄭汝立《チョン・ヨリプ》が大同会を作って王様を追い出し、王位を奪おうとしています」という謀反の噂があると報告があった。

驚いた王は「鄭汝立を捕まえろ」と命令を発した。

先に、それを察した鄭は土窟に逃げた。そして、命を絶ってしまった。彼が死ぬと謀反話は、党派争いへと拡大した。

「逆賊・鄭汝立と同じ仲間である東人（派閥）を罰しなければなりません」

「いいえ。これは西人（派閥）の計略でございます」

王には鄭と関わった者を処罰しなければならないという上訴が絶えず、結局、鄭の謀反と関連した取り調べが二年間も続いた。

謀反の取り調べは西人派所属である鄭澈《チョン・チョル》が主導したが、彼は鄭汝立を東人派と結びつけ、東人所属の多くの大臣を逆賊に追い詰めて処刑した。八百人余りが処刑され、数百人が島流しにされた大きな政変だった。

ともかく、鄭汝立の謀反事件以後、王のいる宮殿は穏やかな雰囲気ではなかった。朝廷大臣が東人と西人の党派に分かれ争った。物の判断をする基準は、是か非かではなく、味方か否かによった。派閥に分かれた彼らは大義名分を云々し、互いに自分のみが正しいと言い、相手の抗弁はすべて嘘と決めつけた。

些細なことでも朝廷の重臣らは互いに是非を論じ合い、毎日のように相手党派を非難する上訴をした。

「党派の争いに巻き込まれ、束の間も気楽ではいられない」

王は、党派の争いにうんざりしていた。

その頃、日本の動向と秀吉がどのような人物かを調べるために派遣していた使節団（朝鮮通信使）が帰ってきたという報告が上った。

「早く大臣を招集せよ」

王は直接、使節団の話と調査の結果を聞きたかった。

「ご苦労であった。本来ならくつろぐべきであろうが、事が事なので直ちに呼ばれたことを理解するように」

王は、荒い玄海の海を渡り、日本に行き、一年ぶりに帰ってきた使節団の正使、黄允吉《ファン・ユンギル》と副使の金誠一《キム・ソンイル》の労苦をねぎらい、報告を聞いた。

「殿下、倭王の豊臣秀吉は目つきが鋭く、好戦的な人物に違いありません。その部下たちも全て命令に従って、戦の準備にあたっている様子でした。こちらも直ちに備えなければ大きな兵火に見舞われると思われます」

正使・黄の報告だった。彼は西人派だった。

「殿下、そうではございません。臣が見た限りでは、そのような動きは感じられませんでした。秀吉は戦で勝ち続き、倭王になったとはいえ、見た目からは賤民出身で行動も軽薄でした。朝鮮と明を侵略するような大胆な人物には見えませんでした。確かな証拠もなしに兵火に備えると言って国庫を浪費すればむしろ民に多大な迷惑がかかることになるでしょう。ご斟酌ください」

副使である金の意見は、正使とはまったく違った。彼は東人派だった。正使と副使の報告が異なると王は混乱した。使節団が本来の任務を忘れ、東人と西人の党派に分かれ、異なる報告をすること自体がありえないことだった。

『どっちの言葉を信じるべきか。実に困り果てる』

誰の言葉を信じるかによって結果ががらりと変わるため、王は迷うばかりであった。

「二人の意見をいかに思うか?」

王は他の大臣の意見を聞くしかなかった。ところが、弱り目に祟り目で、今度は朝廷の大臣の意見が党派によって二つに割れた。

西人派は黄の意見に従って「兵火に備えるべし」と主張し、東人派は金の主張に一理あると、「乏しい根拠で兵火に備えることは、民に大きな迷惑がかかる」と力説し、反対した。

彼らは正使と副使どちらの言葉が根拠のある報告かを知ろうとしなかった。専ら派閥によって意見が分かれただけであった。互いに自分たちが正しいと主張したが、実際には何の論拠もなかった。まだ起こってもいないことなので、誰も事前にこれを証明することはできない。根拠がなければ「声の大きい奴が勝つ」という言葉があるがその通りだった。

是非を判断する合理的理由も知識もない者がとんでもないことを言っても、同じ派閥であればその問題点を指摘することもなく、無条件に正しいと叫んだ。逆にいくら正しいことでも相手党派の意見なら躍起になって反対を叫んだ。

「日が西から昇るとしても、味方なら正しい」という理屈だった。西人派の黄は正使として、見聞きしたことを私心なくそのまま報告した。ところが、金は元々西人の黄のことが気に食わなかった。

「正使だと。もったいぶった格好で……」

副使の彼は、黄が正使といって上座に座るのも、また彼の態度もまったく気に入らなかった。自分の意見に確実な根拠があるわけではないが、彼の意見も明白な根拠がないと判断した。それこそ「鼻にかければ鼻輪、耳にかければ耳輪」という考えだった。だから正使である黄の意見と判断を否定したかった。なお、自分が属する党派の東人としては、戦争の雰囲気になるとこれもまた負担になると考えていた。

『まず、戦の準備のために多くの国庫が使い果たされ、民が動員されるだろう。そうなれば民からの反発が起こり、世論は悪い方向に傾くだろう。そうなると西人派が政権を握り、結局政権を奪われることになる』

当時は、東人派が朝廷で多数派になって政権を握っていたので、彼はそれを気にした。ともかく金が、正使である黄と違う意見を言うと東人派は一斉に正使の報告が間違っていると決め付けた。

「倭人の侵略はない」

このように、秀吉の動きを察するため、高い費用をかけて一年余りにわたって派遣された使節団の報告は、何の効用もなく終わってしまった。

「長い間、異郷でご苦労様でした。ところで、倭国の動きは実際どうでしたか。貴殿は本当に兵火がないと言い切れますか？」

柳成龍《ユ・ソンリョン》は朝廷から出て、すぐ金誠一の家を訪れた。彼は金と同じ東人派に属していた。柳は、金の本音が聞きたかった。

「それは誰も知らないでしょう。確かな根拠もないのに黄正使がまるで自分だけが事実を知っているかのように王に報告したので、腹が立ってそう言ったわけです」

金は柳の言葉に答えながら、もどかしい気持ちで杯を持ち上げ、「ゴクリ」と口の中に注ぐように飲み干した。

「それでは侵略の動きがあるということですか？」

「それは見る立場によるでしょう。あると思えばあるように見えるし、ないと思えばないように見える。秀吉の腹の中は誰にも分からないのです」

ありのままの事実を言ってくれれば、情勢の判断に役立つはずだが、金は見聞きした事実より感情を先に表した。

柳は、金の話を聞きながら静かに杯を上げて喉を潤した。

「もし黄正使の言葉通り、兵火が起こると責任を問われるでしょう」

柳が心配そうな顔つきで言うと、

「秀吉が我々の前で言ったわけでもないのに、どうして倭国の侵略を言い切れますか。黄正使の意見通りになるかどうかは今後を見守るしかないでしょう。起きていないことなので、今ここで誰の話が正しいかを議論しても、どうせ机上の空論にすぎません。つまらない話はやめて一杯飲もう」

「まあ、そりゃそうだ。将来のことだ。神霊であるまいし、誰も知ることができないはずだ」

そう答えながら、柳は、

「ところが黄正使の意見は、侵略がなければただ誤った意見とみなされ、後日、責任を負うことはないでしょうが、もし倭国の侵略でもあることになれば、貴殿は王様の前で嘘をついたことになり、その罪をもろに受けることになるぞ。心配だ」と言った。

「今さら取り返しもつかないし、どうなるのか見守るしかない。しかし、もし倭国の侵略がなければ、黄正使も嘘をつき、王様を欺き、民心を動揺させたことになるので、その罪は軽くはないはず。そうなると、それを口実に西人派を追い詰められるので、決して損ではないでしょう」

結局、東人派は「兵火はない」という金の意見を党派論と決め、王もそれを採択した。

「兵火はないだろう」という金の報告が国論として採択された最大の理由は、金が東人派に属していたことと、彼らが政局を主導していることにあった。

仮に黄正使の意見である「倭国の侵入」を採択したら、兵火に備える必要があるし、その噂はたちまち広がり、民心が動揺することは明らかだった。そうなれば、政局を掌握している東人派の立場が揺らぐことは明白であった。今は自分たちの派閥が主導権を握っているが、王の心が変わればたちまち西人派に要職を占められることになる。そうなると政局を主導されることはいくらでもあり得た。東人派は、西人派が代替勢力として存在する限り、決して安心することはできなかった。

しかも、ここ数年、凶作が続き、民の生活が苦しかった。税収が減り、宮殿の財政も逼迫《ひっぱく》していた。

「戦争に備え物資を拠出することが難しい」

そのような判断で、東人派は徹底的に倭国の侵略論を否定し、これをすべてデマとして片付けた。

兵火は国防に関することであり、これは国の存亡に関わることなので重大事案であった。したがって、「石橋も叩いて渡る」という気持ちで、事実を確認することは、彼らが「金科玉条」のように重んじる「王朝の保全」のためにも大事なことであった。ところが、王である宣祖と朝廷の重臣らは何の措置も取らなかった。

面倒だったのか、事なかれ主義に陥ったのか。王と大臣らは事実を確認する努力よりも、党派のことを優先した。彼らには本当かどうかはそれほど重要ではなかった。同じ党派であれば、事実も嘘だと言い張れば嘘になり、嘘も事実になる理不尽な状況だった。

「この世に不変の真理がどこに存在するだろうか！」

彼らに是非の絶対的基準は、党派または自分たちの利益にあった。自分たちの損得と党派の利益が全ての基準だった。国の存亡、民の安危、それは名分にすぎなかった。そんなものは何の意味も持たない空虚な議論であり、飾りにすぎなかった。

出兵

一

「対馬隊は先頭に立て。船隊を誘導しろ」

四囲が薄暗い夜明けだった。普段は小ぢんまりして、静かな対馬の尾浦港が兵士で犇《ひし》めいていた。対馬にいた一万八千の兵士が、朝鮮出兵の命令を受け、慌ただしく乗船しようとしていた。前日に出兵の期日が電撃的に決まった。およそ一カ月、対馬に留まり、出兵の機会を見図っていた行長が決断を下した。

第一番隊の総大将である小西行長《こにしゆきなが》は、前夜、対馬の島主である義智を個別に呼んだ。義智は前代の島主、義調が病死した一五八八年に島主の座を受け継いだ。行長の娘婿でもあった。

「関白殿からの伝令で、直ちに出兵しろとの命令がすでに下っている。これ以上は躊躇することはできない。グズグズして関白殿を怒らせてはいけない」

行長は、畳部屋の上座に座っていた。婿の義智を見つめながら、こわばった顔つきで、もはや朝鮮との和平交渉に万策尽きた、と言わんばかりに思い詰めた表情で話した。行長は、言葉に力を込めて、区切りながら文末を切った。その表情には、「異議を唱えず、黙って従え」という行長の無言の強要が込められていた。

「承知いたしました。命令に従い、あす未明に出兵いたします」

義智も、これ以上、出兵を延ばすのは無理だと認識した。正直、まだ言い足りないこともあったが、思いを口にすることもなく出兵を覚悟した。行長が、関白と婿との間で板挟みの状況で悩み苦しんでいることも察していた。困惑する行長の表情で、その様子が十分に伺われた。行長の気を紛らわすのもよくないと思い、義智は行長に丁重に礼を表し、退いた。

実際、義智も秀吉からの催促がなくても出兵しなければならない立場だった。和平交渉のために朝鮮に派遣した使臣からは、肯定的な報告は何一つなかった。二万近い兵士が、狭い対馬に一カ月余りも駐屯していたため、暴行や民家の略奪、強姦などが頻発し、島民に被害が生じていた。いくら和平を望んでいる義智でも荒々しい兵士たちの長い駐屯には、頭を悩ませていたところだった。

婿である義智が退室する様子を見ながら、行長は溜息をついた。

「ふう。結局、せっかくの苦心も水の泡なのか。何のために通信使を呼び、和平のために尽くしてきたのか」

秀吉から、朝鮮征伐第一番隊の総大将職を任されたのは、一カ月前のことだった。行長は、領地の兵士を集めて、最初に対馬に渡ってきたが、天気を言い訳にして出兵を先延ばしにしてきた。秀吉の命令に逆らうことができなかった彼は、総大将職を受諾したが、内心は今回の朝鮮出兵に否定的だった。

朝鮮出兵は、天下を取った秀吉の独善的で度が過ぎた自慢、欲望、そして海外に対する情報の欠如の中で決められたことだった。今回の出兵が、もしかすると秀吉の権力のみならず、自分の身まで滅ぼすことになるのでは、との思いがあったからだ。

対馬は、昔から朝鮮半島と密接な関係があった。朝鮮王朝も南海岸地方に倭館を許可し、対馬は朝鮮との交易を独占してきた。先代が亡くなり、跡を継ぎ島主になった義智は、朝鮮半島との交易で多大な利益を得ていた。島主を婿とした行長は、朝鮮半島の平和が対馬と自分にはどれほど大切かはよく分かっていた。さらにキリシタン大名で信仰に篤実な行長は、西洋から来た多くの宣教師と交流をしていた。そのため、東アジアのみならずヨーロッパ情勢にも詳しかった。したがって、朝鮮半島と明国を征伐し、直に統治するという秀吉の野望がどれほど無謀なのか、よく知っていた。

「秀吉殿が、優れた主君であることは間違いない。しかし、南蛮については情報があったとしても、朝鮮、明については情報も少ない。見識もない。運よく征伐に成功するかもしれないが、それほど簡単なことではない。失敗すれば、殿だけではなく、婿や私のすべてを失うことになりかねない。それだけは絶対に避けなければならない」

行長は、どんな手を打ってでも秀吉の朝鮮征伐の計画を阻止しようと、同じ天主教徒である婿の義智と頻繁に会い、工夫を巡らしてきた。

「何があっても、戦だけは避けなければなりません。あらゆる手を使って、和平を保つようにしないと。でなければ、共に滅びることになります」

行長は、朝鮮については、日頃から婿の意見を高く評価していた。したがって、朝鮮朝廷の要求を聞き入れ、五島列島にいた朝鮮人のサルドンと捕虜の良民を返したのだ。秀吉と朝鮮朝廷の間で仲介役として粘り強く交渉したことで朝鮮朝廷から通信使が派遣され、和平交渉が着々と進められてきた。

しかし、問題はその後だった。通信使が朝鮮に帰って、すぐさま、秀吉が要求した明との交易への調整が行われると思っていたが、朝鮮朝廷がその調整を全くしなかったのだ。朝鮮側としては、通信使を派遣したことで、外交的な礼儀を表したので借りはない。これ以上、関わりたくない、煩わしくしないでほしいという考えだった。

朝鮮朝廷からの反応がないことを知った秀吉は、怒った。

「これ以上、待てない。最後通牒を出せ」

「承知しました」

秀吉の命令を受けた行長は慌てた。

「これ以上、待てないぞ。早く使節をよこさないと戦が起こる、と朝鮮朝廷に伝えなさい」

事態は緊急を要していた。義智は自ら朝鮮に向かった。

「関白殿が、朝鮮を侵略するために兵士を集めています。外交使節を派遣しないと戦が始まります」

義智は旧知の朝廷の高官に、危機が迫っていることを伝えたが、朝鮮朝廷からは何の音沙汰もなかった。

義智は、何の成果もなく対馬に帰ってくるしかなかった。

「いまだに、朝鮮からは何の動きもないのか？」

「はい。申し訳ありません」

「本当に分からず屋だな。戦に巻き込まれる民が気の毒なのに」

行長は、朝鮮朝廷のあまりの鈍感さを非難し、思うままに動かない相手が恨めしかった。

秀吉が朝鮮侵略を決心し、兵士に動員命令を下したのは一五九一年の秋だった。

玄界灘が見下ろせる肥前国の名護屋（現・佐賀県）地域を前線基地と決めた。名護屋は、中世に松浦党が海上交易のために拠点としていた地である。秀吉は、玄界灘の北方に突き出た波戸の岬の丘陵に城を築くように命じた。

一方、全国の大名に兵の動員命令を伝え、名護屋城が完成した暁には、二十万の兵士が名護屋城周辺に陣を張ることを命じた。

行長も、秀吉から七千の兵を動員するよう命じられていた。最初は、十八歳から四十歳までの成人男子を招集する予定だった。しかし、割り当てられた七千名を動員することは到底無理だった。仕方がなく招集年齢に幅を持たせ、十五歳から五十歳までの領地内の男子を駆り出すことになった。結局、領地内で健気な男はほぼ全員が引っ張り出されることになった。

「もし、私の努力で朝鮮と関白殿の和平交渉が成立すれば、兵たちは故郷に帰れるだろう。そして、それぞれの仕事に戻ることができるだろう。しかし、戦が始まれば一度も行ったことがない朝鮮に渡り、辛い目に遭い、死ぬかもしれない。何としても戦だけは止めねばならない」

行長は、首にさげた十字架に触れながら祈った。その時、

「関白殿の使いが来ています」

つまり、秀吉からの促しだった。行長は、秀吉からの伝令を迎え、次のように言った。

「明日、天候に関わらず出兵するつもりだ。我ら第一番隊が島を発つ様子を見届け、関白殿にその旨を伝えていただきたい」

二

「乗り終わった船は、順次、発て！」

対馬の兵船が先頭を任された。行長の命令だった。義智の船には、側近である僧侶の玄蘇が一緒だった。玄蘇は朝鮮に何度も渡ったことがあり、朝鮮への海道を熟知していた。義智の命令が下されると、対馬隊を乗せた船は次々と船着き場を離れた。

文禄元年の四月十三日（陽暦五月二十三日）の夜明けだった。

対馬隊が尾浦の湾を抜け出ると、東方の海から黎明がうっすら見えてきた。

「全ての隊は出航しろ。先頭の対馬隊につけ」

武装した大勢の兵士たちが、狭い尾浦の埠頭で軍船に乗ろうと慌ただしかった。北九州と西の島々から集

められた兵は、その数一万八千に達していた。

「いつ朝鮮に着くのだろう」

彼らは、一カ月前に対馬へ渡ってきた。すぐ朝鮮に出陣すると思っていた。しかし、狭い対馬に一カ月以上もいたので不満がたまっていた。

兵士にとって狭い島はまさに牢獄だった。出陣の命が下ると喜んで歓呼の声を上げた。

心の片隅には、戦に対する恐怖心がないわけでもなかった。しかし、とにかくこの狭い対馬から抜け出せるだけで満足だった。

「いよいよ朝鮮か」

「何でそんなに朝鮮に行きたがるんだい」

「退屈だからよ」

「でも、戦よりは退屈の方がいいよ。いざ戦が始まればこの身はどうなることやら」

「縁起わるいこと言うな。ま、いずれは死ぬ身よ。俺は、明日死ぬと言われてもこんな狭い島に閉じこめられているよりは、戦で死んだ方がましよ。運が良けりゃあ死なずに稼げるし」

「死んだらおしまいよ。いくら稼いでもな。死ぬより生きることが大事さ。欲を張るのはやめたほうがいいぞ」

兵士たちの多くが、明けの明星に照らされて次々に乗船した。

小西行長を総大将とする朝鮮征伐の第一番隊一万八千の大兵団であった。

尾浦の港を埋め尽くした。これほどの大船団は初めてであった。兵士たちを満載した船は、続々と玄海の海に向かって進んだ。

港を抜け出た義智は、五千の兵を指揮するため、船団の先頭を航海していた。

「後続の船が沿岸に出るまでは、ゆっくり航海せよ」

義智は、船の行く先を朝鮮の釜山に向かわせ海図を広げた。兵船は対馬の海流を押し分けながらゆっくり進んでいた。

「殿、ほぼすべての兵船が港から出たようです」

側近からの報告だった。

「小西殿の安宅船《あたけぶね》はどこにおられるか？」

義智は海図と朝鮮の地図を折り畳み、船尾に出た。彼の視野に港を抜ける兵船団が見えた。兵士たちを乗せた船団の中に巨大な安宅船が目に入った。その後方に、小さくて動きが速い関船《せきせん》と小早船《こばやぶね》が従っていた。大型の安宅船には大将が乗り、関船と小早船はその安宅船を護衛するのが海上での通常の陣形である。いわば魚鱗の陣形であった。

義智は、海風を受けヒラヒラとはためく船の旗を凝視した。彼の頬を、やっと海面に浮き出た真新しい陽光が照らした。

「帆と旗を高く上げろ」

しばらく海上の様子を見ていると、楼閣を乗せた大きな兵船が波を切り裂きながら義智の兵船に寄ってきた。

「殿、小西殿の安宅船であります」

側近の報告を受けて、その方角を見上げた。すると、船の手すりに掲げられた旗には白い十字架の文様が鮮明に見えた。間違いない総大将の船だった。キリシタン大名だった小西行長は、文様に十字架を入れていた。

義智を乗せた船はゆっくり近づいた。

遠方から法螺貝の音が聞こえてきた。全軍が乗船を終え、港から海に出たというサインだった。

「よ～し。しゅっぱ～つ。先頭だ！」

義智は命令を下した。それを聞いた安宅船の旗振り兵が大旗を左右に大きく振った。

総大将の船と義智の船が、横並びに先頭を切った。両船の後方に七百隻の兵船が扇子のような隊形を成して従った。

七百の兵船を抱え込んだ対馬の海流は左右に分け離れて流れた。飛び散る波の泡沫に朝の日差しが白い真珠のように映えては消え去った。

目的地は、朝鮮の釜山浦だった。普段は荒れている玄海の波も今日だけは穏やかで静かだった。天気も良く、四月の空なのに澄んでいて視界も広かった。それぞれの軍船には部隊の所属を表すさまざまな旗が翻り、大船団が見せる威容は壮観だった。兵船は、毛を逆立たせ、歯をむき出した、さながら獲物を狙う猛獣のような勢いで海を蹴立てて進んだ。

兵船七百隻を抱えた漆黒の玄界灘は、これから繰り広げられる悲劇とその傷の深さを知ってか、抵抗するようにざぶりざぶりと波の音を出しながら揺れていた。

玄海

一

玄海（玄界灘）は、対馬を挟んで朝鮮半島と日本列島を隔てる海である。東アジアの大陸から突き出た半島と、切り離された列島を繋ぐ海でもある。

太古の昔、一つだった陸地が地殻変動によって、ばらばらに飛び散った。片方はかろうじて一部が大陸にくっついて残ったが、一方は大陸から、強い力で引き離され、ばらばらにされて列島になった。引き裂かれ、傷ついた身体の傷は、歳月が経つにつれ、さらに深く大きくなった。うずく痛みに耐えかねて、悲しみのあまり涙が流れた。傷口に溜り込んだ涙は、海になり、その海はあまりにも黒い色を帯びていたので、玄海と呼ばれた。引き裂かれた痛みは酷く、その傷跡も深かった。その分、溜った涙も深く、恨めしく、常に荒々しかった。涙の海は半島と列島を繋ぐ海道となった。

愚かで気まぐれな人間どもが、歴史の車輪を回すことになり、舵取りが変わると半島と列島は槍と盾になってぶつかり火花を散らした。火花が散れば散るほど、塞がらなかった傷跡は心に傷を残し、膿ができ腐り、さらに黒く変色した。悲劇が繰り返されると、半島と列島を繋いできた玄海は呻いた。半島と列島の痛みから垂れこんだ涙と恨みをそのまま抱え込んだ玄海は、いつも黒かった。暗闇のような玄海の深淵は、半島と列島に起きた歴史の悲劇が流した鮮血と人間の恨みが積り、その痛みの底をはかりとることさえできなかった。

「シュウッ、ツウッ、ザァー、ザァー」

船にぶつかる波の奇妙な音が響いた。

第一番隊の兵士を乗せた兵船は、はばかる波を真っ二つに切り裂きながら進んでいた。船首は鋭い匕首《あいくち》となり、海流を左右に割りながら北に向かっていた。波は、これを阻むように絶え間なくざぶりざぶりと兵船に押し寄せた。しかし、船首にぶつかった波は、白い腹を露出するように跳ね上がって跡形もなく飛び散ってしまった。しかも、波はのたりのたりとまるで舞うように絶えることなく兵船にぶつかった。その様子は、恐怖を恐れず不義に抵抗する者のように、火を恐れず無意味に飛び込む虫のように、鋭利な刃先になった船首《みよし》に飛びかかり、しゅうっ、と呻きながら白く飛び上がり去った。

「うむ」、鳥衛門は鉄砲を肩にかけたまま甲板上に置かれていた兵糧の櫃《ひつ》の上に腰をかけていた。下顎には黒い髭が長く伸びていたので、輪郭ははっきりしないが目つきは鋭かった。眉間の下に聳える鼻背はそれほど高くはなかったが、筋が下に長く伸びていて、見た目は理知的な顔つきをしていた。

鳥衛門は、鉄砲の引き金を弄りながら、「シュウッ」と音影を残して消え去る波の残骸を凝視していた。目に映った波は白い血を振り撒き、形もなく空しく海に落ち、沈んでいった。

『どこからきて、どこにいくんだろう。これから始まる戦はどうなるんだろう。果たして、生きて無事に故郷へ帰れるんだろうか。あの泡沫のように無縁の地で空しく消え去っていくのか』

「自分の命さえ、自分が決められないこの無力さ」

鳥衛門は戦への不安と恐怖に伴って、自分を支配するすべてのものから、逃れようにも逃れられない自分の運命を呪い、哀れに思った。

『なんとしても、生き残らないといけない』

心の底から生きたいという本能が動いた。しかし、希望の日差しは見えなかった。まるで、底なしで下の見えない高い断崖に立たされたような気持ちだった。

『運が良ければ生き残り、でなければ死んでしまう運命という弱い存在なんだ。誰のための戦なのか。この僕が死んで、戦に勝ったとしても何の意味があるんだろう。僕のいないこの世が僕に何の意味があるんだろう。戦で死んでしまうなんて、それこそ犬死にだ』

甲板の上で海を見下ろしながら、胸に迫りくる万感と湧きあがる想いにひとしきり我を忘れた。そのとき、大声が耳に響いた。

「陸地だっ！　陸地が見えるぞ」

目が良い矢一が興奮して叫んだ。矢一は鳥衛門と同じ村の出身である。

「タッ、タッ、タッ」

慌ただしく走る足音がした。鳥衛門は叫び声で我に戻った。足の踵《かかと》を持ちあげ、小走りに走る兵士の姿が目に映った。領主の側近で連絡係をしていた伝令だった。軍の規律が身にしみていたのか、俊敏な動きの中にも節度があった。

鳥衛門は約三百の兵と共に大将船に乗っていた。甲板の後方の一角には、派手に飾られた楼閣があった。足軽は接近すら許されないところだった。伝令は楼閣の階段を走り上がり、壇の一番高いところにある指揮官室の前に至って、ひざまいた後、声を高々に報告した。

「殿！　前方に陸地が見えました。釜山浦だそうです」

節度ある物言いだった。声は高く、響いたので船の隅々まで届いた。

船室にいた行長と側近たちが外に姿を現した。行長は鎧を着てその上に羽織をかけていた。指揮将らは、兜を腰のところに持っていた。派手な色で飾られた鎧は、戦場で相手の機先を制するために威厳があった。

指揮室の外に出た行長は、目を細めて陸を眺めた。船にいた足軽たちは、大将である行長を見ると、持ち場でひざまずき腰を低く丸めた。

航海中には、静まりかえっていた船の空気が一瞬にして緊迫した。鳥衛門も身体を起こし鉄砲を握り直した。兵士たちに緊張感が走った。

「向こうに見えるのが釜山浦か？」

「ははあ、間違いないです。対馬の島主殿に確認いたしました」

行長は伝令頭の報告を聞きながら、並走する義智の船を見た。船には旗が高々と翻っていた。それは釜山浦に着いた印だった。

「遂に来てしまった」

「しかし、思ったより静かではないか」

「おそらく、朝鮮側はまだ気づいていないと思います」

「そうだろうな。しかし、待ち伏せも念頭に海岸に着いたら直ちに斥候隊を出すように」

「はっ。しかと！」

「帆を下ろし、ゆっくり海岸に近づけ」

行長の大将船から旗が上がった。帆が下ろされ、漕ぎ手たちが櫓を握り、ゆっくり漕ぎ始めた。櫓が一気にあがり海に落ちた。櫓は静かな海の表面を容赦なく叩きつけた。海は驚いたように、「ザバァーン」と白い悲鳴を発した。兵船は、波浪を立てながら、薄暗く見える陸地に向かって真っすぐ進んだ。

行長が乗った大将船を真ん中の先頭に、左側には対馬隊の兵船が、右側には五島列島を含めた九州の船団が並び扇形の陣形を成した。上陸した後、最初の攻撃目標は釜山鎮城だった。

「皆の者、油断するな。武装して敵の攻撃に備えよ」

行長は命令を出し再び指揮室に入った。大将が指揮室に戻ると、兵らは待っていたようにひそひそ喋り始めた。

「あれが朝鮮の地か」

「そうだな」

「いよいよ、戦か」

「朝鮮軍の戦力はどうかな」

「戦ったことないから知るはずないじゃないか」

「対馬にいる時に聞いた話だけど、朝鮮軍は身体は大きいけど戦に慣れていない者が多く、兵器もたいしたことがないって」

陸地が近づくにつれ、兵士たちはいよいよ迫る戦の恐怖を振り切るように、喋りまくった。朝鮮征伐に駆り出された兵のほとんどが農民だった。平素は農業を生業としている百姓で、戦時には動員され兵となる半農半兵だった。

「上陸すると、すぐ戦が始まることになりますか」

吾郎が鳥衛門のそばで話しかけた。

「どうだろう。相手の出方にもよるだろう」

鳥衛門は、吾郎の問いには上の空で答えながら指揮室の方を見回した。大将が室内に入るのを確認して船首を見つめた。

陸地は薄黒い形状をして海に頭を突っ込み、うつ伏せになっているようにみえた。

秀吉は、朝鮮出兵のためにすべての領主に石高により農民兵の動員数を命じた。一万石に二百五十名を割り当てた。さらに、十万石以上の領主には兵士だけではなく、兵糧や兵站、軍役を科した。今回の戦は海を渡り、海外を征伐するので水軍の役割が強く求められ、漁村の漁民たち百戸に十名ずつ動員するように命令した。

各地から、農民や漁民など多くの職種の人々が駆り出された。領主たちは、割り当てられた人数を満たすために病人を除き、領地内にいる者であれば年齢もかまわず、すべてを動員するしかなかった。年をとった者の中には、かつての戦を経験した者もいたが、若者のほとんどは戦の経験がない新兵だった。

「吾郎。皆を呼び集めぇ！」

鳥衛門は、年下の吾郎に同じ村から駆り出された五名をすぐに集めるように命じた。ほどなく矢一、吾郎、彦兵衛、又右衛門、拓郎が鳥衛門のところに集まった。

「上陸するとすぐに戦が始まるかもしれないぞ。勝手に行動してはいけない。命を大事にしろ」

「戦で手柄をたてれば、功を認められるそうですが……」

彦兵衛が言った。

「けど、死んだら終わりだ。死んだ後には手柄もクソもないぞ。生き残って、故郷に帰らないといけない。分かったか」

「戦の経験もないし、この若者たちが心配だ」

矢一が、吾郎の軍帽を正しながら鳥衛門のことばを聞いた。

「吾郎と彦兵衛は戦が始まったら、なるべく俺のそばにいるように。矢一、おぬしは戦の修羅場を知っているだろう。又右衛門と拓郎のことを見てやれ」

「分かった」

「みんな、よく聞け。言われたとおりにしろ。いつも後ろに回れ。先に出て戦おうとしてはいけない。異郷で死ぬことは犬死にと同じだ。全員、一緒に生きて帰るんだぞ。肝に銘じろ」

「よく分かりました」

鳥衛門が語尾に力を込めて強調すると、戦を半分遊びのように思い、浮かれていた吾郎と彦兵衛は小声で答えた。矢一は声を出さずに頷いた。生きて帰るという鳥衛門のことばに又右衛門と拓郎も安心したのか、緊張気味の顔が少し緩んだ。

「各隊、持ち場に戻れ」

「早く！」

兵船が海岸に着くと、各隊の頭たちが声を荒げ、動きが慌ただしくなった。戦闘の陣形を作るように、指揮官たちは目尻を上げながら大声を出した。もたもたしていた兵士には、指揮官が手にした棒が容赦なく叩きつけられた。

「第一列、鉄砲組。第二列、槍組！」

兵たちの戦列が整った。点呼が始まった。その都度、兵らは機敏に動いた。戦闘の隊形が整うと、行長はすべての領主に上陸準備の信号を発するように命じた。やがて法螺貝が鳴った。旗手が海に向かって大きく旗を振った。

鉄砲を肩にした鳥衛門の目には、海の遙かに薄黒い物体としか見えなかった陸地が鮮明に映り始めた。隊列を維持していた兵たちは、ただ黙って近づく陸地を見つめていた。多くが田植えの準備をしていたところに、急に駆り出されそのまま船に乗せられ、彼の地に連れてこられた農民だった。農具の代わりに持たされた槍や鉄砲を手に、彼らの表情は陸地が近づくにつれ少しずつ硬くなっていった。

五島列島は、元々、農耕地が狭く痩せ地が多かったので耕作だけで暮らしを営むことが厳しかった。そこで、人々は陸地より海を選択して漁業を生業にした。しかし、漁業だけで生活するのも思うようにはならなかった。海が荒れたりすれば漁にも出られなかった。台風や暴風で、一カ月以上も海が荒れることもあった。食い物がなくなると彼らは仕方なく、他の島に行っては略奪や食料になるものをなんでも盗むしかなかった。

領主である五島は、割り当てられた人数が足りなく島々から人々を動員した。倭寇の活動をしていた集団も集めた。彼らもしばし、海での略奪もできず生活も困窮していた。生活物資も欠乏しはじめた頃に出兵の知らせが届いたので我先にと参戦した。彼らは朝鮮軍のことをよく知っていた。その中には、サルドンに朝鮮の南海岸を案内させ、略奪や人さらいまでやった一党もいた。秀吉が天下人になった後、朝鮮と外交交渉をする中で、倭寇の取り締まり要請にしばらく海岸の監視が厳しかった。漁業より略奪を主とした彼らは、この取り締まりに不満を募らせていた。そのようなところに今度の戦が始まった。正規の兵として堂々と朝鮮侵略に加わることになったのは願ってもない機会と思った。

「こんどこそ、大儲けだ」

「そうだ。この機会を逃すものか」

「お前は、何を狙うつもりだ」

「女もいい。陶器もいい。迷うよ」

「お前は嫁がいるのに、何で女にこだわるのだ」

「朝鮮の女は高く売れるからだよ」

「でも、戦場で女をどうして連れて来るのだ。女より宝物がマシだ」

「陶器がいいよ、陶器が」

「陶器はどの家にも溢れているからな」

「でも、陶器は大儲けにはならない」

「何を言うか。朝鮮の陶磁器は、堺の商人にもっていけば宝物扱いよ」

略奪と拉致に慣れていた彼らは、今回の戦でひと儲けする話に夢中になった。もうすっかり頭の中は大きな期待で溢れていた。

そもそも、いくら厳しく取り締まろうにも、戦場では略奪と拉致、強姦などが黙認された。経験豊富な者たちは、自分たちがする略奪や盗み、拉致など誰も止めないことをよく知っていた。上陸を前に彼らの目は、獲物を狙う獣のように血走っていた。

「朝鮮軍は戦に長けている者はほとんどいない。我らの姿を見ただけで逃げ出すだろうぜ」

「朝鮮軍は、我らが刀を抜き、大声を出すだけでひざまずき、両手を合わせて命乞いするやつばかりよ。俺たちは刀を振ることもない。抜くだけで十分だ」

みんなの目的はただ一つ。一儲けすることだった。

二

陸地は、兵船が近づくと褐色で巨大な姿に変貌した。海に頭を突っ込んでいるのではなく、逆に海底から海を貫通して聳え上がったように見える。そのどっしりした雄姿は、海を従え、その上に君臨しているようだった。陸地は、広い懐に山や野原を抱え込んでいた。釜山浦である。

船隊は、夜明けから丸一日をかけて釜山浦沖に到着した。七百隻の船には色とりどりで派手な旗が海風になびいていた。平和で静かだった釜山浦から東にある切影島《ジョルヨンド》の沖合が一番隊の大船団に覆われ、戦運が漂っていた。

「対馬隊、先陣を切って上陸せよ。上陸したら直ちに斥候を出し、朝鮮側の動きを偵察しろ」

行長は義智に伝令を出して命令を伝えた。

「対馬隊、全員下船しろ。斥候隊は上陸したら敵の動きを調べろ」

斥候隊を先に下船させた義智は、小型の小早船に乗り換えた。近衛兵は船が海岸近くまで接近すると、浅い海に入り、島主が乗っている小早船を引っ張りながら徒歩で上陸した。

行長が、先に対馬隊を下船させたのは万が一を考えてのことだった。

「もし、敵勢の動きも把握しないで全軍が上陸した後、朝鮮軍の攻撃を受ければ逃げ場がない。死ぬ覚悟で防御したとしても分が悪い。攻撃戦でいきなり背水の陣は自滅にも等しい。朝鮮王のいる漢城まで進撃するには焦ってはいけない。まだ戦は始まったばかりだ。いや、戦火はまだ交えていないのだ。これからが長い道のりである。迂闊に動くのは禁物だ」

行長も先鋒が危険なことをよく知っていた。各隊は、先鋒として上陸するのを嫌がった。行長は、自分を一番理解している婿である義智に命じた。他の領主たちは、この戦で手柄を立て、秀吉に認められ、禄高《ろくだか》をもらい、出世することだけが目的であった。しかし、行長は、彼らと思いが違った。この戦に対し、まったく大義がないと心の奥底で感じていたのだ。行長としては、戦の前に何とかして朝鮮側との和平を願った。もし戦が避けられなかったとしても、平行して和平交渉を続ける腹づもりであった。義智は、行長のこうした気持ちを一番理解していた。そこで躊躇なく、義智に先鋒隊を任したのだ。

行長は、すべての領主に軍令を出した。

「対馬に先鋒隊を任せる。他の者は下手に動かず、次の命令があるまで沖合に停泊しろ」

一方、上陸を終えた対馬隊は海辺に軍幕を立てた。大地に広がる西日を軍幕の帳《とばり》が遮った。軍幕の設置が終わり、兵の配置が終わったのに斥候隊からは何の連絡もない。不安を払拭するかのように義智は声を張り上げた。

「近衛隊は続け」

義智は、辛抱できず敵の動きを偵察するため、自ら近衛兵を連れて釜山鎮城の方面に向かって進んだ。勢いを失った太陽が真っ赤な色を海に照らしながら西に沈んでゆく。落日が長く伸びる切影島の沖合には、味方の兵船が海を覆い、壮観である。

「おお、頼もしい軍勢だ」

釜山浦の沖合に停泊していた第一番隊の構成は次の通りだった。

総大将、肥後国の宇土城主・小西行長、兵七千。傘下の軍師役は内藤如安。

別働隊ながら、参謀役として対馬島主である宗義智の率いる兵が五千。傘下に通訳を兼ねた軍師役である僧侶の玄蘇。

九州の西、平戸島の城主、松浦の率いる兵、三千。

島原城主である有馬の率いる兵、二千。

大村城主である大村の率いる兵、一千。

五島列島の城主・五島純玄の率いる兵、七百。

総計一万八千七百の大軍である。全員しっかり武装をした精鋭であった。半農半兵で、駆り出された者も多いが、彼らの主力は、すでに国内でさまざまな戦を経験し、修羅場をくぐっている。実戦経験豊かな兵がかなりいた。

釜山鎮城

一

行長の率いる第一番隊が釜山浦沖に停泊する直前に、釜山浦前の切影島の沖に三隻の朝鮮軍船が海の流れを遡り、進んでいた。波は穏やかだった。三隻の真ん中にある軍船には、青い旗がはためいていた。青い旗は、周りの船に命令を下す際に用いられる大将の旗である。ということは、その軍船には、指揮官である大将が乗っているという印でもあった。櫓は動かずに、海に浸かり、弱い波に揺れていた。軍船の甲板には、帆柱の帆布が風を受け、大きく膨らんでいた。船の先は釜山鎮城に向かってゆっくり航行していた。

「外がうるさいな。何を騒いでいるのか」

六尺近い長身の武将が大きな声を出した。釜山鎮城の城将である鄭撥《チョン・バル》であった。

指揮船の船室で宴会を開き、助防将と側近の将校らと共に訓練の疲れを癒そうとした鄭は、甲板で騒いでいる兵の大声に腹が立ったのか、大きい声で怒り出した。

「はい、大将殿。切影島の西側に大きい船がたくさん現れたそうです」

助防将であり、側近の李応順《イ・ウンスン》が鄭撥の指示で、外の様子を確かめて船室に入るなり報告した。かぶっていた赤い糸で装飾された陣笠を船室の門にぶつけ、あわてて左手で支えた。出来事が気になり、キョロ、キョロと外に目を向ける様子だった。

「何の船が現れたと？」

「申し訳ありません。よく分からないのですが、大きな船があまりに多く、少々気になります。城に戻ったらすぐ巡視船を出し、確かめます」

「倭国からくる歳遣船《さいけんせん》（交易船）ではないのか。どいつもこいつも大騒ぎして、せっかく盛り上がった雰囲気を台無しにしてしまった」

鄭撥は、何ともないことに兵たちが騒ぎだてしたと思い、苛立ち、目尻を吊り上げた。

彼は、前日から訓練を兼ねて傘下の水軍と軍船三隻を率い、狩りをするつもりで南にある切影島に出かけた。狩りを終えて城に帰る途中だった。帰還の途中、狩りの疲れを癒そうと妓生を三人連れていた。一泊二日の狩りをしたので体が気怠《けだる》かった。しかし、それは気持ちのいい気怠さだった。狩りをしながら、適度に身体を動かすことができ収獲もあった。これから妓生たちの踊りをみながら、香りの良い酒に浸ろうとしている時だった。

「邪魔しやがって。宴会が台無しになってしまう」

鄭撥は、落ち着きを失った側近らを前に、せっかくの宴席を駄目にするのか、と李を叱った。

「兵卒に調べさせればいい。何を慌ててるんだ。何も心配することはない」

「申し訳ありません。歳遣船としてはあまりにも大きな規模で尋常ではありませんでしたので……」

「妓生はどうした。早く酒をつげ、曲を弾きたまえ」

「はい、かしこまりました、殿様。では、不老長生の酒を……」

鄭撥の言葉を待っていたかのように、豪華な料理が盛られた膳の前に座って様子を伺っていた妓生たちは、愛嬌をふりまきながら酒の入った磁器を取り、杯から溢れんばかりに酒を注いだ。

李は外の事が気になっていたが、「仕方あるまい」と考え、杯を受けた。鄭撥の機嫌を損ねないように、「やはり、倭国からの歳遣船だろう」と思い直した。

丸顔の可愛い妓生が、両手で酒の入った磁器を取り、李に酌をした。

「うん、お前の名は何という」

「淑香《スクヒャン》と申します」

「年は幾つだ？」

「二十でございます」

淑香の話し方から、なかなか可愛いではないかと思い、杯に口につけようとした瞬間だった。将校の一人が顔を真っ赤にして船室に飛び込んできた。と同時に大声で叫ぶように言った。

「申し上げます。沖に倭軍が現れ、大船団が釜山浦に向かって進んでいます。一大事です。間違いなく、敵の侵略です」

「無礼者！　何を言ってるんだ！」

鄭撥は、宴席に水を差す将校が憎たらしく、叱った。しかし、「倭軍の侵略」という言葉に我に返った。鄭撥の顔面が、見る見るうちに蒼白になった。

「なっ、何と言った！　倭軍の侵略？　間違いないのか？」

「はい！　間違いありません。大将殿に偽りを申し上げるなどとんでもないです」

傍らにいた将校も顔色を変え、顎をがくがくと震わせていた。鄭撥は、信じ難いという表情をして李を見つめた。李も神妙な顔つきで、何も答えられず、ただ目玉をきょろきょろ回すだけだった。あわてた鄭撥は、靴も履かず、膳を飛び越え船室の外に出た。

甲板にいた兵士たちは、鄭撥を見て、一斉に西南の方角を指差した。その先の釜山浦の沖には、兵船で青い海が真っ黒に変わっていた。

「恩知らずな奴らじゃ。ここがどこだと思っているんだ」

「大将殿、いかがいたしましょうか」

李が鄭撥を覗き込むように言った。

「すぐ城に帰る。全速力で船を走らせろ、急げ！」

櫓が一斉に上がり、漕ぎ手は力一杯、漕ぎだした。鄭撥たちを乗せた軍船は全速力で陸に向かった。

二

加徳島《カドクド》は釜山鎮城から西南の方面にあり、十里ほど離れている。高台には海を見張るための烽火台があった。見張り番である兵士たちは、その日も平素と同じく烽火台に登り、海を見下ろしていた。地方軍として徴兵され、烽火台の勤務を命令されていたが、めったに事件が起こることはなくこの日も、気の緩みから警戒心が薄れていた。

上官である軍官もまた同様であった。軍全体に、こうした気の緩みが漂っていた。将校たちは外敵による警戒より、自身の損得にばかり関心があった。経済的に余裕がある者から、兵役を免除したり、楽な場所に配置させるなどして賄賂を受けていた。烽火台に登り配置につく兵は、賄賂すらできない貧しい者たちだけであった。烽火台の兵士たちもやる気はなくただ海を眺めるだけで、雑談をしたり、遊技に興じるのが日課であった。

「守令殿《かみ》はいいだろうなあ」

「そりゃそうだよ。うちらみたいな賤民は、生き苦しいだけで、両班たちは幸せに決まっているよ。どうした急に、何かあったのか？」

「守令殿が妾をもらったそうだ。別嬪だそうだよ」

「そうかい。官の妓生も多いのに、また妾を入れたのか」

「そうだよ。ところで、その妾はなんと十八だそうだ」

「へえ、いい年の娘だな。城主殿は、お幾つだったかな」

「殿は、間違いなく四十は過ぎたと思うよ」

「両班たちには、年は何の問題にならないだろう。毎日、山や海からとれる、身体に良いものはなんだって食べられるし、それだけでなく、精力のつく漢方薬を朝晩に飲むではないか。おそらく、女房一人では足りないだろう。下の力が余りすぎて、使うところを探さないとな」

「でも妾にしても、その若さでとなると何か訳がありそうだな」

「世の中に訳のない者は一人もいないよ。両班と違って、我らみたいな貧しい者たちは、みんな恨みや訳があるはずだ。まあ、死ねないから生きているだけだ」

「一昨日も、切影島へ狩りに出かけていたが、妓生を三人も連れていったそうだ」

「おい、妓生と愛する妾とは用途が違うだろう。妓生は歌と踊りが上手いから必要で、愛する妾は寝るために要るんだろう。妓生と愛する妾は、最初からその使い道が違うぞ」

「ワハハハ。そうだな」

「だから、うらやましいと言っているんだ」

「そうだな。我らみたいな民は、女房一人でも満足するが、両班たちは満足できないんだな。妓生や妾を好きなように抱ける身分だからな。贅沢すぎるよ」

「とんでもない世の中だ。不公平だ。腹が立つ」

「口を慎め。両班たちの耳に入れば、痛い目にあうぞ。口は災いのもと」

話の始めは、守令の鄭が若い妾をもらったことだったが、終わりには、体制に対する不満と両班たちの横暴に不平と恨みがこぼれた。

「あれっ、あれは何だ！　何であんなに船が多い？」

雑談しながら、見張り台から沖を見たチョンチュルが何かに驚き、声を上げた。

「何を見て驚いているの？　倭国の交易船だろう」

年長者であるセチョルは、いつものことだと思い、ゆっくり立ち上がって沖を見下ろした。

「それにしても、何だ、何であんなに多いの」

「そうだね。一、二、三、四……。数え切れない。数百隻以上はあるよ」

眼下に映る船でさえ数え切れないのに、さらに水平線から次から次へと帆先が見えた。海を覆うような船は、派手な旗を翻しながら釜山浦の方に向かっていた。その数の多さに見張り番たちはびっくり仰天した。

「あれは、交易船じゃないよ。あれは、あれは、倭軍の兵船だ。兵船だ」

「ど、どうすればいいんだ」

年の若いチョンチュルはどもり、怖気づいて顔面が蒼白になった。

「一大事だ。これは戦に違いない。こりゃ大変だ。軍官に知らせないと」

事態を把握したセチョルは、迷わず自ら烽火台を下り、軍官がいる兵舎に走った。軍官の金応炫《キム・ウンヒョン》はそこで休んでいた。

「軍官様、倭船が現れました。大規模な倭船が。しかも兵船です」

「何を言ってるのだ。見間違えじゃないか」

「いいえ、違います。本当に倭の兵船団です。この目ではっきり確かめました」

「よし、お前の話がもし嘘だったら、ただではおかぬぞ」

「嘘ではありません。みんなが見ました。早く烽火台に登って確認してください」

「分かった」

「倭の兵団が出現した」という報告を受けた金は、最初、その話を信じなかった。しかし、セチョルのあまりに怯えた表情を見て、羽織と帽子を被り、烽火台の坂道を走り上がった。急に息苦しくなった。平和ぼけですっかり鈍った身体を引きずり、思った。

「無理もない。最後に訓練を受けたのがいつだっただろう」

後方をぴったりと追うセチョルの心情はどこか不安げだった。あんなに多くの倭船がすぐ消えてしまうとは思えなかったが、もし倭船がどこかに行ってしまい、見えなかったら、虚偽報告の罪で厳しい刑罰が下るかもしれないと思った。焦った。

金も慌てていた。もし、敵兵の侵略ならこれは一大事である。敵の侵略を知らせる烽火が遅れれば、任務怠慢として斬首の刑は免れることはできないと思ったからだ。

息を詰まらせ、焦る気持ちで一気に坂を登った。烽火台の向こうには釜山浦の沖が広がっていた。海はいつもと同じで静かだった。

「ほら、何もないじゃないか。こいつら、何を見間違ったんだ」

しかし、さらに烽火台が設置された小高い丘に登って、金は仰天した。

遙かな海は、兵船であふれていた。報告通り、ここからでも兵船であることがすぐに分かった。船の群れは、釜山浦に向かっていた。金もこの事態が一大事であることを直感した。

目が眩んだ。

「直ちに烽火を上げろ」

「分かりました」

報告を受けて、まさかと思いながら半信半疑で走ってきたが、目前の状況は大変なことだった。金の顔色は蒼白に変わっていた。一歩間違えれば、戦場で死ぬ前に勤務怠慢の罪で首を落とされるかもしれない。

「軍官様。烽火を何回上げればいいでしょうか?」

「なに、ああ。二回ずつ連続して上げろ」

金は、魂が抜けたように呆然としていた。辛うじて部下に答えたものの、何をどうすればいいのか分からず、ただ慌てるばかりだった。

烽火台から白い煙が天に向かって上がった。外敵の侵略を知らせる合図だった。

三

一方、切影島からの帰路に侵略軍の大船団を見つけ、釜山鎮城に戻った守城将である鄭撥は、すぐに将校たちを招集した。

「どういう状況か、正確に調べろ。異変があったら直ちに報告しろ」

「加徳島の烽火台から煙が二回あがりました」

鄭撥の指示を聞いた将校が、外敵の侵略を知らせる合図として烽火が上がったことを報告した。

「皆殺しにしても気が済まないくらいの奴らだ。困った時、穀物を与え助けてやったのに。裏切るとは、恩を仇で返すとは」

以前から「倭軍が侵略する」という情報がないわけではなかった。北方の辺境にいた自分が、南海岸にある釜山鎮城の守令に栄転してきたのも、倭国が侵略するかもしれないという情報のためであった。しかし、侵略については、「対馬の倭人が朝鮮との交易量を増やしてほしいので、作ったデマだ」という噂もあった。真偽は不明で、誰も知るすべがなかった。

朝廷も、通信使の正使と副使の報告からでは判断がつかなかった。朝廷の大臣たちとしては、戦争の準備などで騒ぎたくなかった。そうした気持ちから、積極的に情報を得ようとしなかったのが問題だった。ただ、平穏を祈るばかりであった。

しかし、対馬の島主からは「秀吉の動きが尋常とは違うと」いう報告がしばしばあったので完全に無視はできなかった。「倭軍の侵略」を想定して、軍備を増強し、兵士の訓練を行わなければならなかったのだが、朝廷では、民心も良くない今、面倒を起こしたくなかった。

「倭国の動きが気になります。南海岸の城に武将を任命するのが妥当に思いますが」

万が一の防御策を議論した朝廷が出した提案は、文官が守令を担当していた南海岸の城の守りを武官に任せてはという案であった。その決定によって、武将である鄭撥は昇進し、釜山鎮城の守将として派遣されたのであった。姑息で、付け焼き刃の方便にすぎない措置であった。

鄭が王の任命を受けたのが、陰暦の二月のことであった。そして、釜山鎮城に新しい守令として赴任してきたのが、翌月の三月下旬だった。戦争が起こるかもしれないという情勢下で、大義な任務を任されたが、頭の中では大きい戦はないだろうと思った。あったとしても倭寇の侵略くらいだろうと認識していた。

「倭寇くらいであれば、いつでも相手になってやる。北方地方を侵略した夷を追い出したこの武術を見せてやる。いつでも来い。倭寇の騒ぎくらいは、いつ、どこでも簡単に抑えてやろう」

鄭は倭寇の侵略であれば、彼らの首級を討ち取り、自身の功績として更なる昇進ができると野望を抱いていた。「返り討ちにしてやるわ」と意気軒昂《いきけんこう》であった。

今回の侵略が倭寇の仕業であれば、たとえ大規模だとしても、そんなに問題になることはないと考えていた。状況により、城門を固く閉ざし、籠城戦をしながら時間を稼げば、民家に略奪や放火などの被害があったとしても、朝廷の命令で他の地域から援軍が来るし、それを見て相手も逃げるに違いない。撤退する倭寇の首級を幾つか討ち取れば、功績は認められるはずだった。

「倭寇ではありません。間違いなく正兵です。それも大規模な兵です」

続々と入る報告は、期待を裏切る内容ばかりだった。鄭撥は報告と状況から、これは戦争だと判断した。正直なところ、大兵禍になるとは信じたくなかった。ただの小規模な戦闘で終わることを願ったが、現実は期待とはほど遠かった。

鄭は、実戦の経験がない訳ではなかった。満州の女真族が辺境を越えて攻めてきた際には部下を率いて、女真の村まで攻め込み何人かの捕虜を連行した。その功績が認められて、巨済《コジェ》地方の守令に任命された。それから程なくして釜山鎮城の守令にまで昇進したのも北方で立てた手柄のお陰であった。

「大将！　兵禍に間違いありません。急いで戦の支度をしなければなりません」

「まず、兵士を招集し、一人でも多く集めましょう」

助防将の李が、敵の攻撃に備え、兵士を招集するように言った。

鄭は、李の切羽詰まった進言に、我に返った。

「まず、墨と筆を用意しろ。馬と飛脚を待機させせろ」

鄭は迅速に対策を講じた。まず、一群の斥候隊を釜山浦に派遣した後、援軍を要請するため、書状を作り、隣接の東莱城《トンレ》と蔚山城に伝令を派遣した。

〈釜山浦の沖に、数えられないほどの倭軍の兵船が現われました。倭兵は、槍と刀で武装しているとの報告であります。素早く軍兵を集め、援軍を派遣してくださることを願います〉

役所の本陣に側近と将校を集め、軍事会議を開き、次々に後続の措置を取るように指示した。命令が下されると将校たちは機敏に動いた。

「倭軍に間違いありません。大きな兵船が海を覆うように攻めてきています。村人の話では、すでに武装兵の一部が船から降り、城の近くまで偵察に来たそうです。兵士たちはすべて完全武装だそうです」

釜山浦に派遣していた斥候隊からの報告であった。

「大将！　戦争です。倭軍の侵略に違いありません」

報告を受け、顔を強ばらせた鄭撥を見ながら、助防将の李が起こるべきことが起こったと呟くように言い放った。

「噂が本当になるとは……」

「大将、大軍という報告ですので、急いで兵士を要所に配置し、防衛を固めないといけません」

嘆くばかりの鄭を見かねた副司猛《プサメン》（従八品の位）の李庭憲《イ・ジョンホン》が進み出て、鄭を促した。李は七十一歳という高齢である。秀吉が朝鮮に通信使の派遣を要求した際に、李はいずれ倭乱が起こるのではと予見した一人である。李は文官出身であった。しかし、戦が起きると国が存亡の危機に立たされると思い、文官職を辞し老齢にもかかわらず、武術を練磨し、武官として科挙に応募し、合格したという傑出の人物である。しかし、あまりの老齢のため官僚として任用まではならなかった。李は憂国の志で、野人として、全国を回りながら城の状況や軍備などを調べ、同調者を集めてきた。

「備えあれば憂いなし。近いうちに倭敵が侵略してくることは必至です。皆、戦に備えないと取り返しがつかないことになります」

李はずっと持論を説いてきた。釜山鎮に来た際、鄭撥は李の憂国の情と知略を高く評価し、鄭個人の目付役、参謀として当地に留まることを願った。李もそれを快く受け入れたのである。

「倭軍の数がおびただしいから、野原での合戦よりは城門を堅く閉ざし、籠城戦に備えた方が有利かと思います」

「さすがです。同感です」

李の作戦を取り入れ、直ちに籠城戦に備えた。しかし、鄭の心はいまだに揺れていた。

「倭軍の正兵ではなく、倭寇か、交易船であったら……」

一番隊の大軍勢が海を渡り釜山浦の沖に現れ、「一部の倭兵は釜山鎮城の一里前まで偵察にきた」という噂が城内に広まった。城内の民衆は噂を聞いただけで怯えていた。城の外に住む百姓たちもすでに噂を聞き、兵士の略奪を避けて、城の中に逃げ込んでいた。

鄭は、情勢が自分の望み通りにはならなかったことに、一人で嘆いていた。

四

「兄貴、網を引っ張ってくれぇ」

陰暦の四月になり、昼には既に日差しが強かった。頭上の太陽は白く強烈な日差しを海の上に降り注いでいた。陽光に光る水面には二艘の小舟が浮いていた。上着を脱ぎ上半身を裸にした男が釜山訛りで大きい声を出していた。裸の上半身は汗で覆われ、まるで椿油を塗ったようにつるつるしていた。陽光が降りかかる海には、脂がのって、艶々している春の片口イワシが、白い銀色を発しながらぴちぴちと水面に飛び上がった。昔から慶尚道の機張《キザン》地方（釜山北東部の地域）の春に獲った片口イワシは、その味が旨いことで朝鮮全土に広く知られていた。捕獲した片口イワシを海風に干しておくと、脂が魚肉にまんべんなく行き渡り、凝縮した。ほどよく干した片口イワシは、生のまま噛んでも、しこしこして歯ごたえがよかった。塩加減が効いた片口イワシは旨く、香ばしかった。さらに、機張で捕獲して、すぐ漬けた片口イワシの塩辛は、王のお膳にも出されるほど、味が上品で、両班たちにも評判が高かった。

「もっと強く引っ張ってくれぇ。トルツル、お前は何してるんだ。網に沿って船を回せ。魚が逃げるぞ」

魚同《オドン》は、ぴちぴち飛び上がる片口イワシを見て、少しでも多く獲りたいと欲張りながら腕に力を入れて漁網を強くたぐり寄せた。腕の筋が、青虫のように、青々とした色を帯びモリモリと浮き上がってきた。

「わかった。わかった」

海で列をなして動いている別の船ではトルツルが、催促の声に調子を合わせながら、網を引っ張っていた。魚に満ちた漁網が重く手先に伝わった。歯を食いしばりながら腕に力をいれて網を引っ張る。同じ船のトルセは、片口イワシの動きに合わせて船を操った。船は舵と逆の方向に滑るように動いた。

「力を入れて持ち上げぇ〜」

持ち上げられた漁網には片口イワシや雑魚が溢れるほど満ちていた。網はちょうど河豚《ふぐ》の腹のように丸く下にはみ出し垂れていた。

「トルツル！　力をいれろ。強く引き揚げろ。もう少しだ。よいしょ、よいしょ」

「オドン、魚を逃すなよ。気をつけて引っ張れぇ」

「心配ご無用。こちらに任せてくれ」

漁網に溢れるばかりの魚をみて嬉しくなった彼らは、にこにこしながら重くなった網を引き揚げた。網の下の部分を握り、持ち上げながら引っくり返すと片口イワシや雑魚が網から船床に落ちた。チルチリは、網に引っ掛かった魚を根気よく振り落とした。オドンをはじめ仲間のみんなは喜色満面だった。

オドンの身分は良民であった。両班の奴婢《ノビ》（奴隷）は、一日の食事を何不自由なく満腹に食べられたが、彼らは所詮、持ち主に拘束された身分であった。良民はいつも食べ物に苦労させられているが自由だった。

幼い時、両親に死なれ、もう少しのところで奴婢になりかけたことがあったが、早くに嫁入りした姉が貧しいけれども、いつもオドンに気を配り助けてくれた。オドンが自立し一人前になり、やっと姉の助けが必要なくなった。いつも貧しかったが、小舟を借り漁に出れば魚が獲れたのでどうにか生活はできた。豊かとはいえないが、自由な今の生活が好きだった。オドンは気質的に拘束される奴婢の暮らしは嫌だった。

一人ぼっちの弟の寂しさを察してくれてか、姉が舅家《きゅうけ》の村の若娘をみつけ結婚を促した。姉の説得を受け入れ、遠いところからこっそり盗み見したことはあった。低くも大きくもない身の丈で、髪を後ろに垂らした形の娘だった。オドンの心は強く惹かれることはなかったが、嫌いなわけでもない微妙な心境であった。

「オドン。早く結婚して家庭を持たないと……。両親もいないし、この世での血縁といったら、この私だけでしょ。心配で気になって死ぬことすらできないんだよ」

「大丈夫。縁起悪いこと言わないで。俺は結婚するから。死ぬなんて言わないで」

「ホント？」

「そうだってば。姉さんが紹介してくれたあの娘と結婚するよ。だから心配しないで」

婚姻を決心してからは天気さえよければ漁に出て、一生懸命に働いた。獲った魚を市場に売り、食糧を買って、余ったものは婚姻のために服地を購入した。結婚資金を蓄えるためにがむしゃらに働いた。天気が悪く漁に出られない時には、日雇い仕事を探した。その甲斐あって、それなりの家庭を持つための家具や生活費は準備できた。後は、夏が過ぎ農閑期になっていい日取りを決めて、式をあげるだけだった。姉が嫁入りしてから一人ぼっちの生活をしてきたオドンとしては、いよいよ家庭をもつようになったと思うだけでも生き甲斐が芽生えた。

その日も朝から天気がよかったので、オドンが仲間を誘い漁に出た。彼らは市場に近い小さな漁村に住んでいた。トルセとチルチリが二つ年上で、オドンとトルツルは同い年だった。背丈と体格はオドンが一番大きかったが、年上で思慮深いトルセが兄貴分として頼られていた。

四人は、春になるとたびたび一緒に、機張から釜山の海に下ってくる片口イワシを狙って漁に出ていた。しかし、沖合での倭寇の頻繁な出現により、朝廷は漁夫たちに遠い海へ出漁することを禁じていた。オドンらの船はあまりにも小さかったので、遠い沖合に出漁するなどとは思いもよらないことだった。船主に小舟を借り、沿岸近くで季節ごとに寄ってくる魚を獲り、市場で売ったり、生活の品々と物々交換した。いくら新鮮な魚を獲っても、借り入れた船賃を払うと手に残る金はわずかだった。しかし、幼い頃からこうした生活をしていたせいか生業となっていた。

「うわ。今日はたくさん獲れたな」

「これは、これは。今日は大当たりだ」

「おい、おい。まだ早いよ。あんなに魚がいるのに帰るわけにはいかないよ」

「そうだ。そうだ」

「今日は船から溢れるほど獲ろうぜ」

「いいね。いいね」

トルセの話が終わるや否や、オドンもやる気になり、漁網を取り上げて力強く、海に投げ込んだ。「バシャッ」という音とともに白い網のしぶきが飛び散った。上着を脱ぎ、上半身裸になったオドンは漁網に結ばれている長杖を小舟の端に掛けた。

「兄貴。右から船を遠く回してくれぇ」

オドンがトルセに漁網の紐を渡して、遠くを回るように言いながら、自分は逆の方向に回るつもりで舵を切った時である。

「あれ、あれは何だろう」

南方向にある切影島の水平線から幅広の大きな帆が次々に上がってくるのが見えた。帆の柱には、派手に飾られた旗が翻っていた。海に生きる彼らは驚くほど遠目が効いた。彼らの目に大きい帆と華麗な旗が鮮明に映った。

「何の船だろうか?」

オドンの呼びかけで、みんなが一斉に切影島の方角に目を向けた。

チルチリは、こびり付いた目脂をこすりながら目を凝らした。数え切れないほど多くの船が並列しながら釜山浦に向かっていることが分かった。

「漁船じゃないぜ」

みんな生まれて初めて見る光景だった。

「それにしても何で、あんな多くの船が……。釜山浦に向かっているようだぞ」

「そうだなあ。あれは、間違いなく倭寇の船だぞ」

「倭寇の船があんなに多いのは初めてだ」

「倭寇ではなく、倭軍じゃないか」

年上のトルセが顔を青くして言い出した。

「戦がはじまるぞ。倭軍が攻めてくる」

という噂が広まったのは、二月前だった。「倭館にいたすべての倭人が、慌ただしく荷造りして対馬に帰ったため、倭館が閉鎖された」という風説があがった。

「根も葉もない噂を流し、民心を動揺させる者は厳しく取り締まり、厳罰に処す」

役所では、民衆が動揺するのを防ぐために厳格な禁止令を発した。しかし、「倭人が攻めてくる」という噂は人の口から口へと広がっていた。トルセが真っ先に反応した。「倭兵が侵攻するかもしれない」という噂を思い出したトルセは、「倭軍の船」と直感した。

「オドン……。は、はやく漁網を引き揚げろ。大変なことになったぞ。一刻も早く陸に戻らないと……」

トルセは、顎をカタカタと鳴らし、どもりながら言った。

「おい、みんな、急げ。あれは倭兵の船だぞ。捕まったらその場で殺されるぞ。早く逃げよう」

トルセの顔は怯えて真っ青になっていた。

「なんのこっちゃ。あいつらが何であんなに多く来ているのだ」

チルチリが呑気に不満を漏らした。

「そんなこと言ってる暇はない。あれは倭寇じゃなく正兵だ。早く戻らないと皆殺しになるぞ」

「魚がもったいないね」

「今は魚どころじゃない。俺たちの命がかかってるんだ。早く片付けろ」

「倭軍の出現」によって、オドンたち一行は計画を変更し、やむなく船を戻し、入り江の小さな港に帰ってきた。木製の船着き場では、白い木綿をかぶった小母たちが輪を作り集まっていた。漁夫たちが獲ってきた魚を選別、手入れをしながら、雑談中だった。

彼女たちは、トルセやオドンらが慌てふためくのを見て、怪訝な顔をした。

「何かあったんかい？　あの人たちはなぜ慌ててるの？」

女たちは、口をそろえて、落ち着きのない彼らを責めるように言った。

「大変なことが起きた。早く家へ戻ったほうがいい。捕まったら殺されるよ」

トルセが早足で女たちの脇を小走りしながら叫んだ。

「誰か海にでも落ちたの？」

女たちは訳が分からず、大声で尋ねた。

「戦ですよ。あれ、あれを見てよ。倭兵が攻めてきたんだ」

チルチリが女たちに答えながら、切影島の海を指した。その方向は、黒い船で埋め尽くされていた。その様は、釜山浦の海を覆うように不気味だった。

「あれは何なの?」

「だから言ったでしょう、倭兵の船ですよ」

「倭兵?」

「そうだ! 早く逃げろ」

五

「倭軍が上陸し、海辺に陣を張りました」

百姓に変装した朝鮮の偵察兵が、主将の鄭撥に「倭軍の動き」を報告した。

「陣を張っているところをみると、直ちに攻めてくる様子はなさそうです」

隣の李庭憲が報告を聞く鄭撥を見上げて、相手の動きを予想しながら自分の見解を伝えた。

鄭はすぐ反応した。

「では、夜陰に乗じて奇襲攻撃もよかろう」

「しかし、敵は大軍です。それに対し我が軍はあまりにも少数です。奇襲攻撃もいいですが、失敗した時のことも考えておかねばなりません。仮に成功したとしても倭軍は致命的なことにはなりません。万が一、奇襲に失敗したら、我が軍の損失は大きいです。士気にも大きな影響を与えることになりましょう。今の状況では、下手に動くより、籠城戦を覚悟で準備した方が得策ではないかと思います」

李は静かな声で籠城作戦を取り入れるようにと提案した。主将である鄭に気を遣いながら進言した。

「大将、指揮所はどこにすればよろしいでしょうか？」

鄭と李の対話をそばで聞いていた助防将の李応順も心中では籠城作戦に賛成だったが、口を挟むことはなかった。その場の空気を読み、話題を変えるような言い回しで指揮所のことを尋ねたのだった。

「うう〜ん、そうか。どこがいいだろう」

「倭兵は、釜山浦より攻めてくると思います。であれば、東門楼が相応しいと思います」

「ならば、東門楼にしよう。直ちに戦闘準備に入れ」

「これ以上、ぐずぐずしている余裕はない」

東門楼は、石塀で囲まれた城内の小坂の上に建てられた楼閣である。平時は、宴などにも使われる場所だが、戦の折には指揮所として用いられていた。楼閣の両側に段幕が張られた。城壁の最上段には、昇竜の姿が描かれた黄色の刺繍の大将旗が立てられた。指揮将の居場所を示す印である。

「兵士を城壁に配置しろ。武器を点検し兵士に配れ」

「倭兵が攻めてきた」という噂に、城内は上を下への大騒ぎになった。まさに蜂の巣をつついたようであった。そんな混乱の中でも、指揮官たちは落ち着いていた。主将の命令を受けて、一糸乱れることなく指揮体系を点検し、兵を配置した。

主将である鄭も奔走した。その動きは敏捷だった。てきぱきと召使いに命令を下し、鎧と兜を指揮所から運ばせた。城壁越しに視野が開ける楼に上がり、そこで鎧を巻き兜をかぶり武装した。鎧と兜は黒い色で染められていた。兵たちは、黒色の武具に身をまとった鄭撥を「黒衣将軍」と呼んだ。以降、歴史書でも彼のことを「黒衣将軍」と記している。

「城壁の堀には水をたたえておくように」

「大将！　未だ城外には百姓たちが多く残っています。一刻も早く、城内に避難するように促すべきです。放っておいては皆殺しにされてしまいます」

籠城戦の準備や指揮に気を取られていた鄭撥に、李庭憲が城外の百姓のことを心配して申し出た。

「分かった。貴公が軍官に命令するように」

鄭の命を受けた李は、すぐさま軍官に伝え、城外の百姓の避難措置に入った。

「海岸に停泊している軍船にはすべて火をつけて海に沈めろ。一隻も残さず、全部沈めるのだ」

鄭は軍船が敵に奪われることを恐れた。敵軍に奪われ、逆に使われることの方を案じた結果であった。鄭は水軍の経験がなく、戦における軍船の重要性を認識できなかった。彼の頭の中は、ひたすら籠城することで、相手の攻撃に耐えるという防御策しかなかった。

「大将！　軍船は国の財産であります。そして、水軍には軍船がないと戦を遂行することすらできません。軍船は大事な装備ですので火をつけて処分するより、後日に備えて、周辺の島に隠した方が良いと思います」

「わしも軍船の大事さを知っている。しかし、今は猫の手でも借りたいほどだ。倭軍と戦う兵さえ不足しているのに、軍船を隠すために回せる兵士もいないはず。ヘタをして倭軍に奪われたらそれこそ大変。それよりは沈めた方が得策ではないか」

主将の鄭撥の考えは、まずもって釜山鎮城を守り抜くことが当面の課題であった。主将として任された城を守り切れないということは、死を意味した。城が相手に陥落され、軍船が残っていても彼には何の意味もないことであった。城の防御に役立たないものは無意味であり、今はただ一人でも多くの兵士が欲しかった。目先のことだけを考えると、軍船はむしろ邪魔者でさえあった。

主将として、沈没させることこそが上策と信じたのである。

六

「どうすればいいの？」

「おい、何をしている。さっさと家財をまとめろって言っただろう」

城外に住む百姓たちは、最初、「倭兵が攻めてきた」という噂に一体、どうすればいいのか分からず戸惑っていた。しかし、城から兵士たち来て、戦になるから、早く城内に入るように言われ足下に火がついた。

「何をどうすればいいんだ」

「食糧が先じゃない」

大人たちが互いに声を荒げ、慌てふためいた。あっちに、こっちに右往左往し、大切な家財道具も慌てたために壊してしまう始末だった。

「ウワーン」

その様を怯えた表情で見続けていた子どもたちは泣き出した。

「役立たず。お前は弟たちの面倒を見ろ。手をつかんで俺について来い。はぐれたら孤児になるか、果ては殺されてしまうぞ」

人々は、周りが慌てふためく様子をみて、互いに焦った。身軽に簡単な荷物を頭に載せてくる人もいれば、布団まで背負った家族もいた。釜山鎮城につながる道は、蛇のようにくねった避難民の長い列ができた。子どもたちは、必死に両親の後にくっついて、片手で親の服の端をつかんで離さない。その目は、訳も分からず周りを見つめている。

兵船団を見つけて、仰天して引き上げたオドンとその一行も、家族と共に城へ向かっていた。

「これじゃあ、せっかく獲った魚が腐ってしまう。もったいないなあ」

オドンが不満そうに言った。

「そうだよ。久しぶりに船いっぱい獲れたのになあ。くそっ、なにが戦だ！」

トルツルが相槌を打った。

「日差しのいいとこに広げておいたから自然に干されると思うんだ。まあ、その内、倭の奴らも撤退するだろう。あまり心配しないで」

チルチリがオドンを慰めようと、根拠もなく戦はすぐに終わるだろうと言った。

「兄貴は仏様の心だ。魚を干すには裏返さなければだめなんですよ」

戦を前に不安を紛らわすように、オドンはチルチリに口答えした。

隣にいたトルセが口を挟んだ。

「魚の干し具合なんてどうでもいいだろう。それより、倭の船があんなに多く来たのは尋常じゃあないぞ。大きな戦になるだろう。とにかく城が陥落すれば、我らの命は終りだ。オドン！　たかが魚だ。忘れよう」

城に続く道は、人々に覆われて、あちこちから土埃が煙のように舞っていた。城に入る大きな門には、両側に槍を手にした兵士が目を光らせている。将校らしき兵が城に近づく群衆を検問していた。挙動不振な者には、槍が向けられ荷物検査が行われた。避難民を装った相手の間者を探し出すためであった。

「物々しい雰囲気だな」

「本当に戦になるんだ」

兵士の動きをみて人々が呟き合う中、オドンの一行は疑われることなく城内に入った。城内では、腰に色帯をした兵と将校たちでごった返していた。城壁に近い場所には、木綿服の男たちが集まっていた。戦況を聞くため、指揮官のいる城楼の近くに集まっている様子だった。

「それにしても兵士の数が少なくないですか。倭兵は数えられないくらいなのに」

見るからに、制服姿の兵士の数は少なかった。

「思ったより少ないね。立ち替わりで、兵役を勤めようとする人がいないから無理もないさ」

「そうすると、うちらも一緒に戦うべきなのか」

「俺は嫌だ。老いた母もいるし、戦で死んだら誰が面倒みるんだ」

人々がざわついているところに、一人の将校が兵士を率いてやってきた。

「丈夫な男らは東門楼に直ちに集まれ。城主様の命令だ。逆らうものは酷い目にあうぞ」

家族のいないオドンは、すぐ東門楼に向かった。トルセとチルチリには、家族がいたので城の奥に家族を案内した後、オドンと合流した。

「男は武器を取り、城壁に配置せよ。女たちは兵士の炊事を手助けするように」

主将の鄭は、大兵力の相手と戦うには、兵士だけでは到底かなわないと分かっていた。相手の攻撃を撃退し、城を守り抜くには、草ひとつ、石ころまでも必要であった。健気な男たちだけではなく、女、子どもまでも動員するように厳命した。軍令は厳しかった。逆らえばその場で処刑されることもあった。主将の命令が下ると、将校と兵士たちは、手当たり次第に人々を集めた。老人や幼い子どもを除いて、動ける者すべてが動員された。指揮所である東門楼下の広場には、白い木綿を着た常民の男子や小母たちが集められ、右往左往していた。

「まず、男たちに武器を配り城壁に配置しろ」

命令を受けた将校は、兵士たちに武器庫から武器を持ってくるように指示した。やがて、東門楼の下の広場に武器庫から運ばれた槍、弓矢、剣などが乱雑に置かれた。そこには、一尺ほどの銃筒もあった。銃筒は、火薬を使わなければならないので、訓練を受けた熟練者でなければ操ることはできなかった。訓練を受けたことのない百姓たちには槍と弓矢くらいであった。しかし、弓にしたって平素、扱ったこともなく効果を期待することはできない。結局、いくら腕力があったとしても百姓が戦で使えるのは槍しかなかった。ところが、目の前に置かれた武器の中で槍の数は、男たちの数に比べて全然、足りなかった。

「槍がこれしかないの」

「これで倭兵と戦えっていうの」

群衆がざわつき始めると、将校が兵士に声高く命令を伝えた。

「まず槍から支給せよ。列を作れ。順に配れ！」

「列を作れ、列を」

兵士たちは、手にした槍でまるで家畜でも集めるように、人々の尻を軽く叩くようにして列を作らせた。

「常民はこの列に立って」

「両班様は、こちらの列にお願いいたします」

兵士たちは列を二つにして、百姓の常民と両班に分けた。城内に住んでいる両班たちが、「倭兵侵入」と聞いて愛国心に燃え、集まってきていた。年長者もいたが、若い人もいた。両班は科挙に合格した文官と武官を合わせた表現で、いわば王を神様のように崇め、その王から受けた恩恵を忠誠で報いることを信条とする貴族である。

彼らの中で、何人かは地方で行われた小科（予備試験）に合格した者もいた。朝鮮では、小科に合格した者を進士《チンサ》と呼び、将来の官僚候補として身分高く扱われた。

李賓烈《イ・ビンヨル》は、何年か前に小科には合格したが、その後、大科（二次試験）では何度も落ちた。年を取り、正式な官僚への道がますます遠ざかっているような気がして落ち着かぬ日々を送っていた。

「この戦をうまく利用すれば、大科に合格しなくても、功労が認められ官僚になる機会が得られるかもしれない」

科挙でも彼は、文科志望なので兵法については分かるはずがない。なのに出世欲に目がくらんでいた。背は高いが、痩せていて腕力もなかった。神経質な顔つきで、目じりは細く吊り上がり、鼻筋が長く、唇の近くまで伸びていた。口元は、頬の横が裂かれたように広く、残忍な顔をしていた。目つきは鋭く、まるで病弱な雛を狙う、ずるく残酷なタヌキかネズミの面相をしていた。

「戦では下人を先頭にして、わしは後ろにいて気をつけてさえいれば危ないことはないだろう。大事なことは、王様に功労を認められることだ」

国の将来を案じ、憂国の心情で参加した両班も決していないわけではないが、李のように一身の出世の機会を得るために、下人を連れて参戦した両班は多かった。

「では、これから槍をお配りしますので順番にお待ちください」

兵士たちは、まず、両班たちに槍を支給した。槍を受け取った若い両班はすぐさま槍を前方に突く仕草をした。一方、槍の握り方さえ知らず呆然として槍先を見つめる両班もいた。

「いい槍をくれ。それに、ここにいる三人はわしの下人だ。彼らにも、槍を配るように」

「両班は貴公のみではなくこの列の方々、みんなが両班です。下人には両班の後に配ります」

李の言い方が大層、偉そうだったので、将校が前に出て冷たい口調で答えた。

恥をかかされたと思った李は、今にも相手に殴りかかるようなとげとげしい目つきで将校を見つめた。将校はあえて李のことを無視した。兵士たちが、両班に槍を配るのを見守っていた将校は、配給が終わると、槍が置かれている場所に向かった。残った槍を目測で数えた後、百姓たちの長い列に向かってノッシ、ノッシと大足で歩んだ。そして、体つきが大きく屈強な若者たちを選び、呼び出した。

「お前、お前、そっちのお前……、前に出ろ」

指名された壮丁《チャンジョン》（成年男子）たちは次々に前に出た。オドンも呼ばれた。将校は自ら槍を拾い彼らに与えた。槍は全部配られなくなった。すると、槍を支給されなかった群衆が眼前に置かれた弓矢と剣、銃筒までを手当たり次第つかんだ。

「武器がない者は槍が足りないから各自、家に戻ってツルハシや鉄の唐竿、何でもいいから武器として使えるものを持ってこい。ないよりはマシだ」

「城外からの者はどうすればいいですか。わざわざ来たのに、また城外に出るわけにもいかないし」

「分かった。その者たちはここで待て。他の者が持ってくるものを使うように。城内に住む者は、何でもいいから武器になりそうなものは全部持ってこい」

槍を支給されなかったトルセが、突っけんどんに言ったため、将校はちょっと気まずい顔をしながら、しかし、臨機応変に答えた。そして、不満そうなトルセの顔を厳しく見つめた。トルセのような不満が噴出し、騒ぎ出さないようにするための、それは無言の圧力であった。

「旦那様、うちらも家に行って何かをもってきますか？」

李のそばで様子をうかがっていた下人たちは、将校の指示をうけ、主である李に聞いた。将校が自分の提案を無視し、他の常民に槍のすべて配ってしまうのを見ていた李は、腹が立ったのか怒った表情で将校を睨んでいた。

「そんな必要はない。お前はこの槍を使え。お前ら二人はついて来い」

李は下人の二人を連れて、槍を支給された常民に近寄り、強引にその槍を奪い取った。

「なっ、なにをするんですか」

「なにが、なんだ。両班のわしが武器を持っていないのに常民のお前らが槍を持っているとは何だ。この者たちはわしの下人である。わしと共に参戦しているのだ。だから、槍をもらって当たり前だ」

そう言って、近くにいた常民の剣も奪った。

槍と剣を奪われた常民たちは、呆然とした表情で将校を見上げた。

将校は李の行動をみて一度は止めようとしたが、咳き込むふりをして、見ていなかったかのように目を逸らした。

「直ちに家に戻り、使えるものすべてを持って来い。ぐずぐずする者は容赦しないぞ」

将校は、李の行動には知らんぷりして群衆を解散させた。

「クソッ！　戦が始まるってぇのに両班と常民を差別するのかよ。戦には、武勇や力強い奴が役に立つはずだろう。何が両班なんだ。そんなバカなことあるかよ」

思いもよらない事態に壮丁が手ぶらで列があった場所に戻り、仲間に文句を呟いた。トルセが声を低くして相槌した。

「そうですね。いざという時なのに、とんでもないですね。戦で両班なんか犬も食わないよ。本当に糞食らえだ」

「あの両班め。剣の使い方は知っているのかな。間違って自分の腹を刺さなきゃいいけどな」

槍を受け取ったオドンも、李の行動とそれに対する将校の姿を見て、理解することはできなかった。文句を言おうと口まで出かかったが、両班との身分の差を考え、黙ってしまった。列に戻ったオドンは、本物の槍を握るのは初めてだった。槍の竿が手のひらにぴったりつく感じがした。握る腕にも自然に力が入った。槍を宙に向かって刺したり、左右に振ったりしてみた。思ったより軽かった。扱いやすいと思った。

「倭の奴ら。この槍で木端微塵にしてやる」

血気盛んなオドンは、戦の経験がないのになぜか恐怖心がなかった。かえって槍を手にした時、一時も早く相手と手合わせしてみたい気分になった。

家に戻った常民たちが、武器となる鉄の唐竿やツルハシ、斧など、思い思いのものを担いできた。平時には、農機具として用いられていたものが武器になった。

「では、武器のない者はここにあるものから好きなのを選びなさい」

斧や鉄の唐竿など戦でも武器として使えそうなものは、真っ先に持ち主らが手にした。残った農機具は、赤く錆ついた鉄鍬くらいしかなかった。

「これで倭軍と戦えっていうのか。倭軍は正兵だといっているのに」

「うん。鍬を振るうことはあるが、刀を持った敵と戦ったことなどない。お前はあるのか」

「喧嘩したことはあるが、戦で鍬など使ったことはない」

「倭兵は刀使いがうまいと聞いた。これで大丈夫か」

「そもそも倭の刀は鋭く、体に触っただけで腕や足が斬り落とされるそうじゃないか」

「それが本当なら、この鍬じゃあ相手にならんぞ」

「困ったなあ」

トルセとチルチリが不満そうに話し合っているのを聞いていたオドンが突然、口を挟んだ。

「いずれは死ぬ身だ。なにも怖いことはない。倭兵め、皆殺しにしてやる」

「お前の気持ちは分かるけど一つしかない命だ。大事にしないといけない。とにかく、オドン！　無茶はいけない」

「死ぬも生きるも一緒だよ。互いに離れないように」

年長者のトルセは落ち着いていた。

「静かにしろ。よく聞け。これより北門に行く。ここの防御は正兵が担当する。皆は、わしについて来い。命令に背く者は即、首をはねるぞ」

将校は目尻を上げ、力を込めて叫んだ。熱が入ったせいか、左手で太刀を抜き、空を斬った。従わない者は軍律により、この太刀で斬るぞといわんばかりであった。そして、先頭に立ち、その後ろに白い絹服と冠をかぶった両班たちが続いた。将校のすぐ後方には本来なら正兵が従うはずなのに、両班たちは、その権威をかざして兵士たちを出し抜き、正兵の前に立った。正兵たちは仕方なく、その後ろに続き北の城壁へ向かった。

オドンとトルセたちは、最後尾をトボトボと歩いて行った。チルチリはトルセから一歩離れ、肩を落として歩いていた。彼は戦が怖かった。何とかしてこの戦場から逃げ出したかった。しかし、すごい剣幕で脅す将校の形相が恐ろしかった。逃げて、もし捕まろうものなら、その仕打ちとして与えられる刑罰が怖く、実行に移すことはできなかった。チルチリは、みんなについていくしかなかった。表情は苦虫でも噛んだようだった。

「どこか具合でも悪いのか、チルチリ」

「ううん。ちょっと腹が痛くて」

トルセが蒼白のチルチリをみて、心配そうに尋ねた。チルチリは、本心を見破られないように嘘をつき言葉を濁した。

「大丈夫か。向こうに着いたら厠に行け」

「うん。ありがとう」

北門に着いた将校は、兵士と百姓たちを城壁に配した。

「わしは、向こうを守るからお前たちもついてこい」

両班らは、将校の配置にも従わず勝手に居場所を決め、行動した。呆れた将校は彼らを無視した。

兵士と常民たちは、配置を命じられた場所で崩れた城壁を補修したり、大きい石や小石を分けて集めた。

「倭敵が攻めてくる前に釜を準備し、薪をもってきて焚き火をつけろ」

オドンら一行も北門の左にある小坂に配置された。兵士十人に常民十人だった。兵士の指示を受けオドンは石を集めて、投げやすい場所に置いた。城壁は小高く、侵入する敵を見下せるようになっていて攻撃しやすい造りになっている。

「城壁が高いから、いくら倭兵でも壁を登るのはなかなか大変だろう。これなら少ない人数でも勝算はありますね」

「やってみないと分からんよ。とにかく、今は言われたとおりにするしかない」

オドンが地形を確認し、自信満々の話しぶりを聞きながら、石や薪を集めていたトルセが冷静に答えた。


城内の兵士や平民は鄭撥や将校の指示を受け、言われた通り慌ただしく動いていた。しかし、時は待ってくれなかった。夜は更け、辺りはすっかり暗くなった。焚き火があっても十歩離れるとかろうじて人かどうかの区別ができるほどの闇だった。皆の動きが鈍くなり、あちこちで松明の火が燃え上がった。

指揮所の東門楼には、主将の鄭撥と助防将や李庭憲などの幕僚たちが輪を作って城外を見下ろし、軍事会議をしていた。真ん中には、城とその周辺が描かれた地図があった。

「大将。すべての門に兵士の配置は終わりました」

馬から降りて、坂の上の東門楼まで走り上がった伝令が息せき切って指揮官に報告した。

「ご苦労だった。敵を城壁に接近させないためには弓矢が役立つのだ。敵は間違いなく東門に来る。腕の優れた兵士を東門に配置しろ」

「倭軍の夜襲を警戒して、夜の防御体制を敷きましょう」

「倭軍は、兵力が多いため夜襲はないと思います。攻撃を仕掛けるとしても明日の夜になるはず。今日、海をわたってきて夜襲を仕掛けるのは無理。もし夜襲をするつもりだったら、海岸に陣を張ることもないと思います」

助防将が、日本軍の夜襲を気にすると李庭憲が違う意見を述べた。

二人の意見を聞いていた鄭撥は、

「わしも同感です。今夜の夜襲はないでしょう」と李の意見に同調した。

その言葉を受けて、李が話し続けた。

「備えあれば憂いなしです。夜襲が絶対にないとは誰も断言できません。念のため警戒の哨兵を立て、他の将兵は、明日の戦のために休ませた方がいいと思います。明け方には倭軍の動きがあるはず。明日は、倭敵の総攻撃が予想されるので兵士と常民の士気のためにも休息をさせた方が良いでしょう」

夜は更け、四方は暗闇に包まれた。夜の静寂を破るのは、あちこちで燃え上がる焚き火の音だけだった。

陰暦の四月だが、夜気はひんやりしていた。

「兵士をはじめ、動員された常民たちはさぞや空腹でありましょう。食事をさせて、殿も明日のために少しお休みください」

李は、侵略軍の出現に怒り戦闘のために懸命に指揮を取っている鄭を何とか落ち着かせようと一息入れるように助言した。

「ああ、そう言われればそうだ。助防将は、将校たちに小母たちを動員し、食事の準備をさせろ。食事が終わったら、兵士たちは交替で歩哨を務めながら休むように伝えろ」

主将の命令が下ると、兵士たちは待っていたかのように素早く食事の準備に取り掛かった。役所の倉庫の門が開けられ、兵糧として備蓄していた米が放出された。大量の飯を炊くために兵士たちは、大きな釜を持ち出し焚き火をつけた。

城のあちこちで米が炊きあがり、飯の香ばしい匂いが仄かに城中に広まった。腹を空かした兵士たちは、グーグーと腹から出る音を止められずにいた。兵士たちは、飯が炊きあがると釜をひっくり返し、大きな盥《たらい》に湯気の出る飯をどさっと入れた。すると、手慣れた動きで小母たちは、手を水に濡らしながら、握り飯を作った。別の班では、お湯を沸かし、そこに味噌を入れ、汁を作った。門の前で指揮をしている将校たちは、兵士たちを一列にさせ、次々に握り飯と味噌汁を配給した。

「じゃあ、みんな。飯、喰おうよ。飯。とにかく飯を喰わなきゃ、何もできない。花より団子だ」

兵士の一人が、飯を配りながら冗談を飛ばした。

「うまい。うまいなあ」

ひもじかったせいか、みんな、握り飯を貪るように食べた。

「そういえば、ずっと何も食べてなかったね」

「倭船を見つけてから、家族と城に避難し、そんな暇はなかったんだ」

「家族のもんは、ちゃんと飯が喰えているのかな」

「少ないけど食糧を持っているので食べたでしょう」

オドンやトルセが、握り飯をがつがつと食いながら喋った。チルチリは無言だった。

「チルチリ兄貴は具合が悪いですかね。先ほどから無口だし顔に生気がないですね」

「ううん。まあ、調子が良くないのかなあ」

「そうですか。大事にしないと」

その時だった。

槍を手にした正兵たちが交替で見張りをし、民兵を休ませるよう、将校からの命令が下った。

「見張り兵以外は、黙って全員仮眠しろ」

と言われても、戦を前に呑気に眠れるほど強心臓な者などいるわけがなかった。民兵たちは焚き火の近くに集まり、両膝を曲げ車座になった。誰もが、心中、戦への不安を振り切ろうと躍起になっていた。

「明日のために少しでも横になろう」

「兄貴。この状況で眠れますか」

「でも休まないと。明日は大変だぞ。明朝には倭軍が攻めてきて眠いなんて言ってられんぞ」

「倭軍と戦うためにも今、寝ておかないと」

「みんな呑気だな。横になろうにもこんな固い土の上では、どうにも……」

「仕方ないよ。将校様だって土の上で寝てるんだぞ。とにかく寝よう」

緊張と苛立ちで話し方までけんか腰になった。しかし、いつしか焚き火のそばに座ったまま浅い眠りに入っていった。

タタ、タタ、タタ……

見張りの兵士たちがくべる、薪の音だけが夜の静寂を破った。

暴風前夜は、静かに更けていった。

三浦

一

三浦《サムポ》とは、朝鮮半島の南にある釜山浦《プサンポ》（現在の釜山）、斉浦《ゼポ》（現在の昌原市周辺）、塩浦《ヨムポ》（現在の蔚山市周辺）の三つの地域を合わせた名称である。

高麗王朝から朝鮮王朝の初期にかけ、日本の交易船や漁船は、たびたび倭寇に変貌して、朝鮮半島の南海岸地域を襲撃し、略奪や人さらいを繰り返していた。倭寇の行為に頭を抱えていた朝鮮側は、猛威を増す倭寇の問題を解決しようと、倭寇の巣窟と目された対馬を討伐したり、外交を通して足利幕府に鎮圧を要請したりしてきた。

「南海岸で倭寇の悪業が収まらない。良い方法はないのか」

四代目の王である世宗は、倭寇の問題を解決するために朝廷の大臣たちに下問した。

「交易相手や場所を公に認めれば、倭人たち自身が倭寇を取り締まり、被害はなくなると思います」

つまり、飴と鞭の政策だった。飴による交隣政策を施し、倭寇を懐柔《かいじゅう》できれば上手に管理できるという思惑だった。

世宗は大臣の提言を受け入れ、一四〇七年に釜山浦と斉浦だけに限って入港場を設置し、異国人の居留と交易を公に認めることにした。その後、交易の場の拡大を望む対馬の要請により、一四二六年に塩浦を追加し、それぞれの地に倭館を設置した。さらに、外交と交易のためには、都城である漢城にも倭館を設け、日本の使節や対馬の使節が滞在できるようにした。それを朝鮮側では東平館と呼んだ。

三浦に日本人居留地ができ、三浦を中心に交易が行われることによって、予想通り、倭寇による被害が減少した。朝鮮の朝廷は満足だった。交易品としては、朝鮮側からは主に棉布や米、日本からは胡椒や金、銅などであった。

最初は、三浦に対馬人の居留が許可された人数は六十人、交易量も年に船五十隻に制限されていた。しかし、一五〇〇年頃になると、三浦に居留する人の数は三千人にまで増大した。居留民は、制限された敷地の中でのみ漁業や耕作が許されていたが、居留民が増えたことで、決まりはあやふやな状況になっていた。居留人の増加と共に、朝鮮住民との摩擦や喧嘩などが頻発した。朝鮮の朝廷もこの問題に頭を抱えていた。

「三浦の居留倭人の数が多すぎるのが原因だ。数を減らし、厳しく取り締まりを行え」

結局、朝鮮の十一代目王である中宗は、三浦の守領《かみ》たちに命令書を出し、交易と異国人を厳しく取り締まるようにした。異国人に対する取り締まり強化や風当たりが強くなったことであちこちで諍《いさか》いが始まった。

一方、対馬では島主である宗貞盛《さだもり》が、朝鮮との交易のため九州周辺から大量の銅を仕入れていた。しかし、交易の量や品への制限が強化されたため、買い占めた銅が売れなくなってしまった。銅の在庫の山を抱え、財政を圧迫し、島主は追い詰められていた。

そんな折、事件が起きた。一五一〇年旧暦四月、斉浦に居留する対馬の民である四人が釣りに出かけ、朝鮮の役人に海賊と間違われ、捕縛、処刑されるという事件が起こった。

斉浦の倭館でそれを知った居留人たちは、驚き、すぐに行動に出た。

「これ以上、我慢できない」

「そうだ。直ちに城を攻めるべし。主将を捕え謝罪させろ」

「ちょっと待て。我らの力だけでは城を攻めるなんて到底、無理だ。慎重に計画を立てるべきだ」

斉浦にいた矢代《やしろ》という人物が主導者となり、暴動計画が立てられた。

「対馬の島主も不満なはず。まずは対馬に助けを求めよう」

彼は、まず対馬に使いを派遣した。合わせて釜山浦と塩浦の倭館にも使いを走らせた。ことの顛末を説明し、共に行動を起こそうと呼びかけた。

「よし、騒ぎを起こし、朝鮮の朝廷を脅かそう。そして交易の拡大を求めるのだ」

対馬の宗貞盛は、渡りに船とばかり、一か八かで三浦の居留人と手を結ぶことにした。直ちに、嫡男である宗盛弘に兵士一千五百を与え、三浦の矢代らと合流し、城を攻撃するよう、使いの者に伝えた。

対馬の援護を受けた矢代は、まず斉浦と釜山浦で蜂起した。矢代は、斉浦周辺の民家を放火した後に城を包囲し、攻めて落した。城の主将を生け捕りにし、その勢いで悪名高い主将・李友曾《イ・ウズン》が守る釜山浦の城を攻撃し、討ち取ってしまった。これが世に言う、三浦倭乱である。

三浦倭乱に参加したのは、対馬からの援軍を含め四千五百名の大軍だった。斉浦と釜山浦の城を陥落した後、塩浦を攻撃しながら朝鮮側との交渉を求めていた。しかし、朝鮮の朝廷は、矢代と宗盛弘との交渉を拒否、鎮圧を決定した。黄衡《ファン・ヒョン》、柳聃年《ユ・ダンニョン》を防御使に任命、水軍将として李宗義《イ・ジョンイ》を派遣し、朝鮮の官軍は相手を三方面から包囲し攻めた。激戦の末、兵力不足の相手は四月十九日、三浦から逃げ出し対馬に撤退した。

この事件によって、朝鮮側は兵士や民間人二百七十人が殺され、七百九十六の家屋が焼失した。居留人は二百九十二人が斬首となった。

倭乱の後、朝鮮の朝廷は三浦を閉鎖し、日本との交易も一切禁止した。行き詰まった対馬の宗氏は、足利幕府を介して通交の再開を求めた。朝鮮側も、幕府からの要請は無視することができなく、二年後の一五一二年に交易の再開を認めた。しかし、条件は以前より厳しく、斉浦だけを入港場とした。後に釜山浦も入港場として認められることになるのだが、一五四四年に再び、倭寇が南海岸の蛇梁《サリャン》地域を侵略し、人を殺し、馬などを略奪する倭変が起こったため、再び日本との通交は断絶されることとなった。それから三年後には、交易が再開されるが入港場と居留地は釜山浦のみに制限されたのである。

一五五〇年に入り、朝鮮十三代王であった明宗は、再び倭の交易船の数を減らすように令を下した。交易の量が少なくなったことで、困った対馬の交易関係者は、倭寇と手を組み、朝鮮を侵略し、脅すようになった。武力集団である倭寇と手を組んだ彼らは、今度は七十隻の船を率い、朝鮮の南海岸を蹂躙した。朝鮮・全羅南道の霊岩《ヨンアム》に侵入した倭寇一党は、長興《チャンフン》、康津《カンジン》、珍島《ジンド》を占領し、村々を略奪した。一カ月間にわたって続いたこの倭変も、朝鮮朝廷が派遣した鎮圧軍に倭寇らは敗退し、決着した。乙卯倭変《ウルミョ》（一五五五年）である。

三浦倭乱と乙卯倭変により、朝鮮の朝廷が発した交易の制限で財政に苦しむ対馬の宗氏は、打開策を講じるためにあらゆる手段を使った。足利幕府の名をかたり、偽の幕府使節を朝鮮に派遣することまでした。なぜならば、交易の場所が釜山浦のみに制限されていても、日本国王としての扱いを受ける足利幕府からの使節による通交だけは制限されなかったことを利用したのである。こうして対馬の宗氏は、その後、二十回以上の偽使節を派遣した。外交の形式をとり、朝鮮の朝廷に日本の珍貴品を貢物として捧げ、必要な物資を授かり、財政に充てた。これにより、三浦倭乱以降、朝鮮と日本との交易は、事実上、対馬の宗氏が独占することとなった。

二

唯一、居留地として認められた釜山浦の倭館に出入りする人々は、ほとんどが対馬出身で島主である宗氏の家来が多かった。彼らは、交易と外交のために朝鮮語を学び、ほとんどの者が日本語と朝鮮語を同時に話した。朝鮮朝廷は、すべての交易は倭館を中心に行うように命じ、厳格に統制した。しかし、それは守られなかった。倭国の商人は、朝鮮の官吏が賄賂に弱いことをいいことに、賄賂を使い、倭館のみならず遠く離れた地域にまで出向き、交易の幅を着々と広めていった。自然に彼らは朝鮮の各地域の地理や事情、風習など、朝鮮の内部事情にも詳しくなっていた。

勘兵衛は、釜山浦の倭館に留まりながら、対馬と朝鮮側の交易を司っていた。彼が島主の義智から書状を受け渡されたのは二カ月前だった。

「全てのものを整理しておくように。特に朝鮮の地図を集め、片付けが終わり次第、静かに対馬に戻ってこい」

秀吉が日本全域を平定し、次の狙いとして朝鮮と明を攻めるのではないかという噂は、海を隔てた勘兵衛の耳にも届いていた。

「とんでもないことだ」

勘兵衛は、ただの噂と思いたかった。もし、秀吉が朝鮮を侵略するなら、対馬が先陣をきって道案内をしなければならない。そうなったら、今まで営々と築き上げてきた朝鮮との友好関係は水泡に帰してしまう。侵略しても、秀吉が得られるものは期待できないはず。海を越えて派兵し、朝鮮と明を屈服させ、自らが統治を行うなどという秀吉の発想に、朝鮮と明の事情に詳しい勘兵衛としてはいささか首をかしげざるを得なかった。

「井の中の蛙、大海を知らずだ。しかし、それでも秀吉が侵略を実行したら、一体、どうなるんだろう。その影響を受けるのは間違いなく対馬になる。しかし、力の弱い対馬としては、秀吉の野望を止めることはできない。秀吉の命令のままに動くしかないだろう」

何年も前から、両者の関係構築のために島主と使臣が朝鮮を表敬し和平交渉を重ねてきた。その甲斐あって二年前には、朝鮮からの通信使が秀吉を表敬するまでになっていた。勘兵衛としては、もう戦はないだろうと確信していた。

「どうして、こんなことになるのか」

島主から撤退の書状を受け取った、勘兵衛はめまいがするほどであった。

彼には朝鮮人の妻がいた。朝鮮の人は、倭館の中で暮らすことが認められなかったため近くの村に住まいを設けていた。倭館からは一里ほど離れた農村であった。妻との間に二人の娘がいた。勘兵衛にとっては可愛い血縁であり家族であった。倭館に勤め、家庭も持ち、生活は安定していた。なのに、秀吉のとんでもない野望で今まで築いてきた幸せが壊されるのが怖かった。

「妻子はどうすべきか」

対馬に連れていくことはできない。島主が撤退を命じた期日があまりにも差し迫っていたので勘兵衛にはやることが山ほどあった。朝鮮の各地域の情報や地図を作成し、すべての物を整理しなければならなかった。それも朝鮮の官吏に気づかれないように上手に的確に処理しなければならなかった。

部下には、準備した船に重要な物品や地図などを載せるように命じ、勘兵衛は時間をつくって妻子を訪ねるつもりであった。

「朝鮮側が気づくとまずいことになる。夜が更けてから作業し、夜明け前に出発する予定だ。いつでも出発できるようにしておけ」

倭館に勤めている部下たちには秘かに伝えておいた。地図やさまざまな情報が入った品々は、交易品に偽装して船に運んだ。荷造りに時間がかかったため、遠くの空に白々と黎明が輝いてきた。

「みんな急げ。夜が明けるぞ。急がないと発覚するぞ」

早く終わらせないと夜が明けてしまう。

もう妻子の家に寄ることは難しくなったと勘兵衛は思った。

部下たちをせっついた。しかし、すべての荷を船に積み込んだ頃には、遠い海は明るくなっていた。

「荷物が多かったので遅れました。でも、陽はまだ昇っていないので、遠くからは見えないでしょう。急いで出発すれば、明るいうちに対馬に着けるかと思います。

「分かった。が、寄らなければならないところがある。一刻（二時間程度）くらい後で出発したらどうか」

「できないことはないですが、陽が昇ると朝鮮の官吏に見つかる公算は大です。検問が始まると今日中には出発できなくなると思いますが……」

「う、うん」

「大事なことですか？　でなければ、今、出たほうが安全だと思います」

勘兵衛は悩んだ。

部下たちの真剣な顔つきを見て、勘兵衛は腹をくくった。

「分かった。即時、出航せよ」

船が海上を滑るように走り出した。

甲板に立っていた勘兵衛は、妻子のいる村の方向をじっと眺めていた。

「お前たちに何も伝えずに帰る、わしも辛い。許せよ」

勘兵衛は、妻子に理解を求めながら心の中で詫びた。

『賢い妻だから連絡がなければ、しばし、故郷に帰ったと思うだろう。時をみて朝鮮に行く人がいれば手紙を託そう』

朝鮮の倭館に派遣されていた勘兵衛は、こうして妻子に何も告げられず、まるで逃げるようにして朝鮮の地から離れる自分が情けなかった。悔しかったが、島主の命令を背くことはできない。ただ、ただ、秀吉を恨むしかなかった。

鉄砲と弓

一

釜山浦の西の空は、真っ赤な落陽だった。空と海が夕陽に赤く染まり、陸の人影も東方に長く伸び、まるで黒服を着た巨人の案山子のように見えた。

「まだ斥候から連絡がないのか？」

「はあ。まだです」

「遅いではないか」

「殿、深入りは危険です」

「近衛隊は、即時、殿の周りを固めえ」

赤糸と黒い鉄製の派手な装飾をつけた鎧や兜で身をまとった対馬の島主・義智は、側近と近衛隊だけを伴って、釜山鎮城が遠くから微かに見えるところまできていた。

斥候隊から何の連絡がないとイライラし、前のめりになった。義智の両脇には鉄砲と槍で武装した護衛がいる。その中には、義智の側近に混じって武装した勘兵衛の姿があった。彼は島主の通詞であり、伝令でもあった。

義智は、朝鮮の地に上陸してすぐ、朝鮮軍の動静を探るために斥候隊を出した。だが一向に報告がなかった。そこで、彼は地図を見ながら釜山鎮城に向かって一里ほど前進した。道案内は、もちろん、地理に詳しい勘兵衛だ。山の麓とつながっている坂の上を登ると城が間近に見えた。義智は、周辺の地形などを知ろうと眺めていた。

「あれは、どっちの兵だ」

釜山鎮城の方角から一団の兵士が坂に向かって勢いよく近づいてくるのが見えた。

義智は驚いた。兵士たちの正体を見極めようと目を細めた。

「味方の斥候隊です」

後ろにいた側近が答えた。

斥候隊はさすがに視力が優れた者たちだ。遠くからでも坂の上の義智らを味方と確認し、報告のために走り寄ってきたのである。選抜された強者《つわもの》らしく細身ながら筋肉質で動きが軽快であった。一部は朝鮮人のように白い服で装っていた。

「城の動きはどうだ?」

斥候隊を真っ先に見分けた側近が朝鮮軍の動きを聞いた。

「朝鮮軍は全員、城内で籠城態勢にあります。城の外には堀を作り防御態勢を敷いています。兵の数は、数千と思われます」

「城の外に朝鮮軍はいないのか？」

「はあ。伝令たちが城の門を出たり入ったりはしていますが、兵隊の移動はありません。多くの民間人が、城の方に逃げる様子はありました」

「よし。ご苦労だった」

斥候隊を労った義智は、報告を受けても表情一つ変えなかった。

「では、明日、陽が昇ればいよいよ攻撃だ。皆の者、陣地に戻り、明日の戦のためにしかと準備を整えよ」

軍幕に戻った義智は、側近に小舟を用意させた。

「勘兵衛！　余はこれから小西様の船に行くぞ。貴様はここに残って、朝鮮軍の動きを監視しろ。くれぐれも兵士たちが軽挙妄動しないよう目を配れ」

勘兵衛と近衛隊を軍陣に待機させて、義智は軍師役の玄蘇と護衛兵三人だけを連れ、沖に停泊中の行長の安宅船に向かった。遠い海には薄い夕陽が微かにその尻尾を残し、消え去ろうとしていた。

義智を乗せた小舟は、軽やかに海上を滑るように進んだ。辺りが暗くなり、対馬の旗がよく見えないのか、行長の安宅船に接近すると船上の兵士たちが鉄砲をこちらに向けながら尋ねた。

「誰だ。止まれ」

「対馬の島主・義智様でござる。総大将の小西行長殿に報告がございまする」

警戒は厳しかった。検問があり、小西の側近が呼ばれ、対馬の島主であることが確認され、やっと乗船が許された。戦を控えて、辺りはピリピリと神経を尖らせている様子であった。

「斥候が戻り、報告に参りました」

安宅船の楼閣にある指揮室に入りながら、義智はひざまずき、頭を下げながら、明瞭な声で言った。指揮室には、行長の他に数人の側近がいた。行長は、彼らと緊密な話をしていたが、義智の声を聞き、待っていたとばかりにこやかに迎えた。

「おお。ご苦労でござる。さて、朝鮮軍の動きはどうでござるか」

行長は、右側に座っている内藤如安を一瞥しながら、義智に丁重に聞いた。行長の側近である如安は、行長の軍師役として参戦していた。

行長が、如安を意識して丁重な話しぶりを見抜いた義智は、公な立場からもっと丁重に報告をした。

「朝鮮軍は籠城戦を準備していることと察します。斥候隊を派遣した後、気になったので、直接、釜山鎮城の見える敵地まで行って参りました。城の外には、待ち伏せの様子は見当たりませんでした。城の近くまで進んだ斥候隊からも、兵士や百姓たちは、皆、城内に集まっているとの報告がありました」

「すると、城外に出る様子はないということでござるか」

「はい。そうだと察しています。おそらく奇襲はないと思います。全軍を船から降ろしても良いと思います」

「事実であれば、そうした方が良かろう」

行長は、婿である義智の報告が気に入った。斥候隊の報告に加え、自ら危険をかえりみず、敵の情勢を探ってくるとは思いもよらなかった。いつも最善を尽くす婿が誇らしかった。行長は、ちょっとまわりを気にしたが、側近の意見も聞かず、義智の提案を承諾した。すると、

「申し上げます。対馬の島主が、自ら敵地まで踏んで敵の動きをお探りなさったことですので、ご判断も間違いはないと思います。しかし、万が一を考え、慎重に動くのが兵法の基本です。朝鮮軍がいくら烏合の衆だとしても、万が一、全軍が船から降りて、背水の陣を張ることは危険です。もし、朝鮮軍が深夜に奇襲してきたら不利になります。陸に陣を張ることにより朝鮮軍に攻撃の機会を与える恐れもあります。哨兵を配し、警戒を厳しくしたとしても奇襲による被害を受けることになるでしょう。そうなると、明日未明の攻撃計画にも狂いが生じることは必至です。朝鮮軍を招き寄せる戦術もあるでしょうが、それによって隙をつかれ、敵に攻撃の機会を与えることは決して良策ではないと察します。兵士たちも、船から一刻も早く下船したいという気持ちは分かりますが、明朝の攻撃を成功裏に行うためには、今晩は我慢し、下船は明日の夜明けにすることが最善策と思います」

舅と婿の話を聞いていた如安が突然、意見を述べた。義智の立場を考え、義智を讃えながら、低い声で静かに進言した。義智は、如安が自分の意見に反する進言に心中、穏やかではなかった。しかし、如安が堂々と説く兵法の基本に反論はできなかった。

「おほ。そう聞けばその通りだ。兵士たちのことを考え、下船させようと思ったが軍師の意見も一理ある。

敵に隙を見せるわけにはいかぬ」

「さて、島主殿！　如安軍師の進言をいかが思うか」

「ごもっともな進言にございます。殿の決定に従います」

「よし。では、今晩は船で過ごすことにしよう。伝令を発し、各隊の領主をここに集めよ。明朝の攻撃について、これから軍議を開くことにする」

行長の決定により、伝令が各部隊の船に向かった。

「ぷうううん、ぷうううん」

やがて、法螺貝から長い音が大きく二回響いた。

既に四囲は暗くなり始め、海は重く、黒色に変っていた。空には糠《ぬか》のような無数の星が現れ、暗闇の海を照らすように光が射した。伝達を受けた各隊の領主たちが、行長の安宅船に乗り移る頃には、辺りは墨汁を塗ったような、まさに漆黒の世界になった。

領主たちは、行長が控える船室に通された。指揮室には、綺麗な畳が抜け目なく敷かれていた。

「さすが、総大将の部屋は違うな」と領主たちは思った。

全領主が集まると、行長が上座である正中央に座り、各隊の領主たちは左右に列をなして座った。まず、義智が斥候の情報から切り出した。

船室の蝋燭の灯りは弱く、互いの顔を判別するのがやっとだった。行長の両側に座った領主たちの顔には小暗い影が陰っていた。

行長の隣に座り、偵察の内容を報告していた義智の話が終わるや否や、黙って報告を聞いていた領主たちは、我先にと義智に質問を浴びせた。

「城内の兵士の数は、いかがか？」

島原の城主、有馬が威厳をもって首筋に力を入れながら、問い詰めるように聞いた。

義智は、同じ列に座っている有馬を一瞥した後、ゆっくり首を回して行長に向かって、答えた。

「多くて三千ないしは四千にすぎないそうです。一般民衆も混じっているので、正兵は半分くらいと推察しております」

「兵の数もそうだが百姓が一緒となら、まさに烏合の衆。城を落とすなど朝飯前だな」

義智の話が終わると、大村の城主・大村も自分の存在を見せつけ声高に大言壮語した。

「そういうことなら、城を包囲し、脅かして降伏させればいいではないか。いかがでござるか」

「うむ。他の意見はござらぬか」

武将である行長だが、戦のみが能ではないという考えの持ち主であった。行長は、全面衝突を回避する方策を説くために少し話題を変えた。戦わずして朝鮮側の降伏を引き出すことが大事であると主戦派の意見を間接的に抑え込んだ。

「明朝、まず先鋒隊を出し、我らの意向を伝えましょう。承諾しなければ、攻撃を開始する方策が良いと思います」

軍師の如安が、対馬の僧侶・玄蘇に同意を求めるように作戦を進言した。

「うむ、我が軍の本心が伝われば良いのだが……」

「しかし、簡単に降伏することはないと思います。朝廷の命がなければ降伏することはできないでしょうから。降伏を勧める文書は、我が対馬の方が用意し、伝えることにします」

義智は漢文に長ける玄蘇を見て、頭を上下に振り、頷くような仕草をしながら、行長に降伏を促すことが先だと念を押すように自分の意見を披露した。

「それで良かろう」

戦が始まれば、朝鮮側と対馬には取り返しがつかない深い傷が生じる。和平交渉を望む義智の心中を理解している行長は、義智の背中を押すように答えた。

「これからは、明日の合戦での各隊の配置を決める。城攻めには対馬隊に先鋒を任す。中央の本陣は我が肥後軍が負う。次、松浦隊は左翼で、右翼は大村隊と有馬隊が合同で対応する。福江島の五島隊は、後方に回り陣を固める。以上」

「異議あり。先鋒は我が隊が負う」

福江島の城主・五島純晴が行長の沙汰に異議を申し出て、先鋒をと言い出した。他の隊に比べ、兵士の数が一番少ないため、行長は五島隊を後方に回したのである。しかし、五島純晴の腹は、戦場で大手柄を立て、秀吉に功績を認められ、石高を上げてもらいたい一心であった。

「後方に回って、どうして手柄を立てられるのか。とんでもないことだ」と思った。

「お言葉はありがたいが、地理と風習を熟知している対馬隊に先鋒を任せるのが適格であろう。決定に従えよ」

口調は穏やかな行長だが、断固としてその申し出を断った。

「対馬隊、先鋒隊の任務を全力で遂行します」

義智が大きな声で言った。

作戦会議が長引き、互いの意見がぶつかり合ったが、義智は先鋒隊の役割は決して譲るまいと言い切った。それで議論はまとまった。

「ところで、兵士たちは腹が減っているに違いない。早く食べさせなければ……」

内藤如安が話題を変えた。

「船上で夜を明かすのは辛いでしょう。しかし、明朝の戦のためには仕方がない。下船はだめだ。これから各隊に戻って、兵士にそう伝えよ」

異論はなかった。軍議は終わった。

船に戻った福江島の城主・五島純晴は不満だった。純晴は、すぐ側近の忠衛を呼んだ。

「戦が始まり、後方に回されたことを知ったら、兵士たちが不満を持つかもしれない。戦が始まって勝利が見え始めたら、隊列の離脱を黙認すると伝えろ」

純晴は、倭寇出身の部下たちが後方に回されて、略奪に後れをとることを案じ、密命を下した。

「しかと。しかし、後で小西大将殿に咎められることはないでしょうか」

「ううん。仕方あるまい」

純晴としては、行長より部下たちへ見せる自分の体面の方が大事だった。

二

夜空の星は澄んでいた。勘兵衛は軍幕をあげて静かに外に出た。軍幕から少し離れた空き地には焚き火が立ち上っていた。各軍幕に四人ずつ哨兵を置き、残りは明日の戦闘のために休息を取るよう指示した。

「誰だ？」

哨兵が槍をまっすぐ立てて構えた。

「シッ、静かに」

勘兵衛は手を口にして哨兵に近づいた。武装した勘兵衛を把握した哨兵は、槍の方向を天に向け、体をまっすぐ立てた。

「ちょっと見回ってくる。警戒を緩めないように」

「はい、分かりました」

哨兵は丁重な姿勢をとり、彼に頭を下げた。勘兵衛は陣を抜け出し、哨兵の姿が見えなくなると、足を速く動かし、小走りになった。

「はあはあ」

小走りで速く歩いたせいか、すぐ息が切れた。

『みんな大丈夫だろうか』

彼は朝鮮人妻の草良《チョリャン》と二人の娘のことが心配だった。草良の家が陣を張ったところから離れていたので、合間を縫って訪ねることにした。

『戦が始まるとどうなるか分からない』

島主の命令で対馬に戻る時は忙しさに紛れて、何も伝えられなかった。その後、消息が途切れていた。もし釜山鎮城に入ったとしたら、会えることはともかく、連絡することもできない。

「どうか家にいてくれ」

勘兵衛は焦る気持ちで願った。夜道だが、地理に慣れていた彼は、妻の家を探すのに困難はなかった。

妻の草良とは倭館で出会った。美人ではなかったが、大人しくいつも丁寧だった。両班の家に生まれたが、どういうわけか幼い頃に家が没落し、官奴婢《クァンノビ》になったと言った。官奴婢として倭館に配置され、雑用をしてくれた。無口で大人しく、常に慎ましい性格であった。勘兵衛は、彼女のことが気になった。縁があったのか、二人の間に子どもができた。朝鮮の役所に賄賂を使い、草良を奴婢籍から抜きだした。そして、買ってあげたのが、今の家だった。口数が少ない彼女は、感謝の意で首を前に下げただけだった。勘兵衛は、公務が終わると彼女の家に泊まったりした。

『家庭ができ、やっと落ち着いた』

「福順《ボクスン》、末順《マルスン》」

勘兵衛は明かりのない家に入り、部屋の戸口に向かって二人の娘の名を呼んだ。しかし、何の返事もなく、家には人の気配がなかった。

勘兵衛は素早く縁側に飛び上がり、戸を開けた。部屋には人の気配がなかった。暗かったが、部屋の中には何かがひっくり返り、散らかっているように見えた。

「もしかすると、台所に」

彼は何かが起こったと直感しながら、隣の台所に頭を入れて、薄暗い中を見回した。狭い台所だった。特に隠れる場所などはなかった。

『間違いなく何かが起こったんだ』

台所も散らかっていた様子だったので、彼は何か尋常でないことがあったと感づいた。

村人らが草良の家に押し寄せたのは日が暮れる前だった。「倭兵が襲ってきた」という知らせを聞いた村人の一部が城内に入る前、草良の家に押し寄せてきた。

「倭奴《ウェノム》の妾を引き出せ」

草良の耳に、垣根の外から荒っぽい叫び声が聞こえてきた。

「このアマが倭軍を呼び入れたに違いない」

「ほら、こっちにおる。このアマをただではおかない」

大声で叫びながら、意気揚々とした小母三人が家の中に入ってきた。草良は中庭で戸惑いながら立っていた。すると、

「このアマ」

と叫びながら一人の小母が、飛びついて草良の髪の毛をつかんだ。そして、牛の角を引くように地面に打ちつけた。

「何ですか」

二十代後半の草良だった。力でやり返そうとすれば対抗できないこともなかったが、「倭奴の妾」といわれた途端、すでに事態を察していた彼女は、争うのを諦めた。彼女は引かれるままに身を任せ地面にひざをついた。一緒についてきた男衆は後ろできょろきょろしていた。おそらく小母らは、彼らを後ろ盾にして騒ぎだしたのだろう。草良がひざまずくと、他の二人が後ろから足で背中と腰を踏んだ。

「痛い、痛い」

草良が悲鳴を上げると、そばにいた二人の娘は驚いたあまりに、声を出すこともできず、「しくしく」と声

を殺し、涙ばかり流した。草良が痛い目に遭っている時、後ろについてきた他の小母らは、台所や部屋に入って家財を探した。

「ほら、倭奴の妾のくせに暮らしが贅沢すぎる。悪いアマが」

小母らは、家財をはじめ、台所にあったお米や野菜などをすべて持ち出して、自分たちのものにした。まさに略奪だった。戦がもたらした無法の世の中であった。

「このアマをどうしたらいいの？」

奪ったものを全部荷物に包んだ小母らは、殴られて地面に伏せている草良を眺めながら処分について話し合った。まさに罪人扱いだった。

「いうこともない。男たちに手を縛らせ城に連れて行かなければならない。城に連れて行けば、咎められるに間違いない」

「その通りだ。城に連れて行こう！」

草良は手を後ろに縛られた。破れた服の間から肌がむき出された。男たちを意識したのか、小母らは草良の胸がでるのを防ぐためにチョゴリの紐だけは元通りに結び直した。

草良は勘兵衛と暮らしながら、不安な気持ちがなかったわけではない。普段から村人たちが自分を敬遠しているのを感じていた。いくらそうでも、まさかこんなひどい目に遭うとは思いもよらなかった。突然現れた小母らに理由もなく殴られ、ひざまずいた際に、地面に頭突きした額からは血がにじんでいた。髪の毛をつかまれたので髪は乱れボサボサの状態だった。

『私が何の罪を犯したというのか。倭人と暮らすのが、なぜ罪になるのか』

草良はそう問いただしたかった。しかし、何も言えなかった。罪がないにもかかわらず、まるで罪人のように、彼女は何の抵抗もなく、両手を後ろに縛られたまま城に連れて行かれた。

「お母さん、お母さん」

二人の娘は、泣きながら草良の後をついてきた。

「絶対離れないで」

娘たちが心配になった彼女は、離れないようにと言った。


「どうしたんだろう」

勘兵衛は、草良が娘たちを連れて釜山鎮城に身を避けたと思った。家の中が散らかっているのは、急いでいたためだと思った。まさか倭奴の妾だと罵られ、半殺しにされて城に連れて行かれたとは想像もできなかった。

『ああ、私をどれだけ恨んだだろうか』

一言も言わずに対馬へ帰った自分が恨めしかった。三カ月以上も何の連絡をしなかった。常に公務が優先であり、公務のためには家族が犠牲になっても仕方あるまいと心を引き締めて今まで務めてきた。口数がすくなく静かな性格の草良が自分をどれほど恨んだかを思うと胸が痛かった。

「ふう」

勘兵衛は、がらんとした家の中をもう一度見回して、ため息をついた。

『仕方あるまい』

そして唇をかみしめ、体を本陣の方向へと回した。

三

星の光に照らされた夜明けの空は、黒檀の漆で塗られた黒髪のように艶やかさがあった。やがて、遠い東の彼方から黒い光沢は薄くなり、次第に灰色へと変わっていた。

陰暦四月十三日の未明だった。黒色に包まれた海にほのかな光が射し始め、東の海は淡々しい鮮血の色に染まっていた。

「全軍。直ちに船から下りろ。上陸が終わり次第、進軍の陣形を敷き、待機しろ。全軍の上陸が終わると同時に釜山鎮城に向って進軍する」

夜が明けると、下船の命令が下った。最初に下船したのは、各船団の隊長である領主たちであった。先に海岸に上がった領主たちは、仮設の軍幕に座り、海の様子を見渡した。上陸する兵士の動きをみながら、幾度となく伝令を通じ命令を出した。

先ほどまで、灰色だった遠い空はいつしか清く青い色に変わっていた。

太陽は、海を切り離すように徐々に天へ昇っていった。陽光は、海に残されている赤い色をすべて透明に変えた。日差しは、海上に降り注ぐだけではなく陸にも等しく濯がれ、葉から垂れ落ちる透明な露にも反射した。

上陸は、一刻余りで完了した。

驚くほどに兵士たちの動きは一糸乱れることはなかった。

「上陸時に抵抗があると思ったが、予想していたより静かだな」

総大将の行長が、戦闘馬として飾られた白馬に跨がり、独り言のように話すと、義智が斥候隊からの報告を思い、嘲笑した。

「恐らく船の数だけをみて、怯えて城に入り込んだままでいると思います。朝鮮兵が短い槍をもってあたふたする様子が目に浮かびますよ」

行長を真ん中に、左右に馬上の宗義智、内藤如安、斜め後方に僧侶の玄蘇と勘兵衛らが連なった。その後ろには、武装した兵士たちが二列縦隊に並んだが、最後尾が見えないほどだった。小西隊が先頭に立ち、次いで対馬隊、松浦隊が列をなしていた。どうみても主力は、小西隊と対馬隊であることは明白であった。

「では、進軍を始めます」

「承知！」

義智は総大将の許可を得て、右手を上げ、馬の腹部を蹴った。馬は、腹をピクッと動かし、前足を高く上げて踏み出した。

「ぷううん〜、ぷううん〜、ぷううん〜」

法螺貝から大きな音が響いた。

各隊の前列に配された旗手が三回ずつ旗を左右に振った。

「全軍。進軍！」

行長を先頭に進軍が始まると、各隊の前で馬に乗っていた主将たちは、先鋒を担い隊列を引っ張った。

一万八千という大軍の列は、巨大な怒涛のような勢いで前に進んだ。北の山には浅霧が漂っていた。指揮官たちが乗った馬の蹄が踏み出されるたびに、朝露に濡れていた道の赤土が周囲にはね広がった。

「朝鮮軍は籠城戦の覚悟。官民すべて城内に逃げ込み、城の外にも待ち伏せの気配はありません」

斥候隊から新しい報告があがった。その通り、釜山鎮城の城壁が見える野原に至るまで朝鮮軍兵士の姿はなかった。

四

前夜、籠城戦を控え、遅い夕飯を食べて、睡眠をとった城内の正兵と百姓たちは、陽が上がると同時に起床していた。

「何があろうとまず飯だ」

「倭兵の攻撃前にお握りでも、とにかく、干からびた腹を満たさねば」

主将の命令で、城内のあちこちで米が炊きあがり、餅のような匂いが漂った。

と、その時、

「倭軍だ。倭兵が現れた」

城壁の見張りが大声を張り上げた。

飯の支度をしていた小母たちも前掛けの布巾チマで手を拭きながら、急ぎ城壁に登り、城外に目をやった。長い軍列が見えた。あちこちで白い煙が上がっていた。村の民家が放火されたのだ。

「あいつら。民家をどうして燃やすのだ。許せん」

「兵の数は一体、どのくらいだろう。列の後ろが見えないぞ。こりゃ大変だ」

朝鮮軍の視野に一番隊兵士の列は最後尾すら見えなかった。途方もない大軍だった。さらに、派手な旗や鎧、兜などで武装した相手兵士をみて、城内は驚く一方、足が震えた。その威容は、朝鮮の人々には今まで見たことのない光景だった。

「今までの倭寇とは違うぞ。武装が違う。あれは倭軍だ。精鋭兵だ」

朝鮮の兵と百姓たちに動揺が走った。怯えて、皆、顔面蒼白になり、恐怖で身体が震えていた。

「皆殺しにされちまうぞ。どうすりゃあいいんだ」

「どうすりゃあたって、決まってるだろう。殺されたくなければ戦うしかないだろう」

城内の動揺とは違って、旗を高く掲げ、勢いよく進軍してくる先鋒隊である一番隊の列は一糸乱れることはなかった。列は、まるで餌食を狙う巨大な蛇が、舌をチョロチョロと出しながら腹這っているようだった。

「倭軍の大軍が現れた」という情報が城内に広まると、各門の城壁にいた兵士と壮丁たちはその姿を確認しようと東門に寄っていった。自信満々だったオドンも相手の様子をみて、すっかり意気消沈してしまった。

相手は単なる略奪目的ではなく、王を狙った本格的な戦のために海を渡ってきたことに気づかされた。槍を手にした時、勇気がわいたが、今、相手の隊列に圧倒され、すっかり萎縮してしまっていた。

「城内の兵だけでは半日も持たないだろう。到底、無理だ」

戦の経験もなく軍事に門外漢のオドンだが、どう考えても朝鮮側の勝利は無理だと思った。

「これは、蟷螂《とうろう》の斧だよ」

想像を絶する相手の兵力に城内の兵と百姓だけではなく、将校たちも困惑を隠せないでいた。

小母たちは飯の支度も忘れて、その場に座り込み、涙を流した。胸が高鳴り、目眩がし、立つことすらできなかった。

「みんな殺されるのよ。運よく生き残ったとしても、倭兵に凌辱《りょうじょく》されるだけだ」

「どうする。どうすればいいのよ」

主将の鄭は切影島からの帰途、既に倭船を目にしていたが、目の前に現われた相手の兵力が自分の想像を超えていたため、驚いた様子だった。しかし、北方の満州で戦に明け暮れた歴戦の武将であった鄭は、内心、動揺したが周りに悟られないように平静さを装った。

「戦は数ではなく士気だ」

「敵の数に怯えて、士気が落ちたらそれこそ終わりだ」

主将である彼は、城内の将校や兵士、百姓たちが動揺している様をみて、これでは戦になるまいと思った。

大きな声で助防将に命令を下した。

「楽師たちを呼べ。楽器を持って東門楼に来るように」

「倭軍の出現」で怯えていた楽師たちは、主将に呼ばれ、訳も分からずにそれぞれの楽器を手に楼閣に集まった。鄭撥は、怯える彼らに言った。

「さあ、笛と喇叭《らっぱ》で大きい音を出し、楽しく吹け」

城内で動揺している者たちの心を和らげ、士気を鼓舞するための措置だった。楽師たちは最初は戸惑ったが、城主の表情をみてすぐに気づいた。

彼らが、笛と喇叭を吹き始めると城内が祭りのような雰囲気に変わった。それまで不安げな顔つきをしていた兵士や百姓たちに少しずつ正気がよみがえってきた。

その様子をみた鄭撥は、腰の剣を一気に抜き、その長い剣で空を突き刺し、振りかざしながら高い声を発した。

「もう少しで蔚山と東莱から援軍が来る。しばらく耐えていれば勝利する。勇敢に戦い倭軍を追い払えれば、王様から功労が認められ恩賞が届くだろう。しかし、敵を怖がり、逃げる者には罰が下るだろう」

鄭は、勝算の見込みがない戦に臨む兵たちのことを考え、実は、当てもないのに援軍が来ると伝えることで城内の者たちに希望を与えようとしたのである。一方、城主としての権威を前に、逃げる者は即刻、処刑すると戒めたのである。

五

行長は、釜山鎮城が遠く見える小坂の上で右手を高く上げた。進軍が止まった。城までは三百歩ほどの距離だった。

「ここに本陣を置く。各隊は作戦通り三列に分散し城を攻略する。伝令は直ちにこのことを各隊に伝えろ」

「ははっ！」

行長の命令が下ると周りにいた伝令たちは赤土を跳ね上げながら駆け足で飛び出した。本陣を中央に置き、左右から挟み打つ鶴翼の陣形であった。

「伝令。各隊に伝えろ。総攻撃の前に突撃隊を出す」

「ははっ！」

行長は、先に発した伝令に続き、矢継ぎ早に軍令を発した。

各隊から突撃隊が選抜された。中央の行長隊からは、武勇に優れた木戸と竹内が選抜された。左の翼を担っている対馬隊からは福田と難波が任された。右の翼の松浦隊では、領主の側近である西と橋口が選ばれた。緒戦の先鋒隊として、皆、戦闘経験の豊富な百戦練磨の強者ばかりであった。一番隊は、野原と水田の間に陣を立てた。

そして、分散された一隊が城に向かってくる様子が、東門楼にいた鄭撥の目に映った。

「いよいよ倭敵の攻撃が始まるぞ。皆の者、武器を取れ。覚悟せよ。絶対、城を死守せよ」

鄭撥は、大声で士気を鼓舞した。そして、自ら兜をかぶり臨戦の姿勢になった。

突撃隊は、駆け足で城に向かってきた。埃が立ち上がったと思った瞬間、相手兵士の輪郭がはっきり視野に入った。城と選抜隊との距離は二百歩ほどまでに詰め寄った。攻撃を仕掛ければ瞬く間に火ぶたが切られる距離であった。

しかし、波のように押し寄せてきた先発隊がそこでピタッと止まった。

「敵が隊伍を整えて、一気に攻撃しようと図っている。射手は矢を弓に掛けて射る準備をしろ」

主将の命令に、射手は矢筒から矢を引っ張り出し、弓の紐に掛けて相手がさらに近づくのを待った。

「何をしてるんだ。来るなら早く来い」

はやる気持ちで矢を構えた。

「何を企んでいるのだ。みんな、気をつけろ」

「早く来てみろ。頭をふっ飛ばしてやる」

「倭軍も内心は怖がっているんだろう」

「そうかも」

射手たちが、不安を和らげようと喋りあった。

その時、相手に動きがあった。旗を背中に差し、馬に乗った将校が単騎で城に向かってきた。その後ろには、槍も持たず、短い鉄砲を手にした足軽十人ほどが援護のために付いているのが見えた。

鄭は側近の将校たちに伝えた。

「探索のためかもしれない。警戒を緩めるな」

射手たちは、矢をゆっくり引きながら、馬上の武将の動きに合わせ、その距離を測っていた。

兜と鎧をまとった馬上の武将は、城の近くまで来て、旗をしきりに振った。

武将は兵一人だけを連れて前に出た。城壁の上にいる朝鮮軍の反応を伺いながら、城壁に恐る恐る近寄ってきた。城から百歩くらいのところまで来た。

そこは、朝鮮軍の矢の射程距離であった。

「大将。射程距離です。矢を射りますか。討ち取るには良い距離です」

助防将の李が鄭撥を見ながら聞いた。

李は、相手兵士を討ち取り、動揺する城内の兵士たちに戦意をみせつけることで、士気が鼓舞できると思った。相手の将兵も危険を感じたのか、それ以上は近寄らなかった。

そして、武将はその場から城に向かって大声でなにやら叫んだ。

日本語だった。

武将は何かを伝えようとした。そばにいた足軽が朝鮮語で大きく叫んだ。

「この板に我が殿様の警告が書いてある。よく見て直ちに答えろ」

足軽は指揮将の言葉を訳したのである。

武将は板を馬の上から降ろし城壁の前に置いて、そのまま味方の陣営に引き返していった。

「一体、何を言っているのだ。あれは何だ」

「倭軍が、何かをあそこに書いて伝えようとしているようです」

李庭憲が答えると、

「誰かに拾わせろ」

鄭は素早く対応した。

ひょっとしたら戦を避ける方便が書いてあるかもしれないと期待した。将校が四人の兵卒を連れて相手が置いていった板を拾い、そのまま主将に差し出した。板には墨筆がまだ乾き切れていなかった。

「仮道入明（明国に入るため、道を借りたい）」の四文字が鮮明に書かれていた。

墨は黒い血のように、板の上から下のほうに滲み垂れていた。

いかなる長文の脅迫状より、恐ろしく短い文であった。鄭のそばで李が目尻を上げながら一喝した。

「恩知らずな奴ら」

「仮道入明」とは、道を空け、降伏すれば戦は避けられるという比喩的な降伏の勧めだった。明国に貢物を献上し、上国として仕えている朝鮮の両班としては受け入れがたいものであった。

「大将、いかがいたしましょうか。倭軍と交渉をするふりをしながら、援軍を待つのも一つの方法ではありますが……」

助防将が文末を濁した。すると、

「降伏して、道を空けるなどとはあり得ません」

そばにいる李が声を上げた。彼はすでに死を覚悟していた。明を攻撃するために道を空けるなどということはあり得ないと念を押した。

しかし、主将の鄭には少し迷いがあった。北方の満州で女真族の侵略を退け、鎮圧に成功したことから小規模の戦の経験はあった。だが、一万八千の大軍を目の前にしたのは初めてだった。恐怖と不安が頭をよぎったが、武将として兵卒の前で降伏をすることは到底できないことであった。おそらく、降伏を口にした瞬間、忠節を命より大事にする部下の剣を受けるかもしれなかった。命を惜しんで、言い訳をして、一人で城を抜け出すことは可能かもしれないが、降伏だけはできない。それに朝鮮の武将は赴任地を捨てて逃げれば、その瞬間から守領としての資格を失うことになる。鄭は城を捨てることも、降伏することもできない板挟みの状況になった。結局、最後は戦うしかなかった。しかし、一体、誰のために死んでいくことなのか。彼の胸中にフツフツと疑問が生まれた。

『王のため？　国のため？　部下の兵士と民のため？』

それは違う。すべては家門と一族のためだった。そのためには徹底的に抗戦し、城を守り切るか。でなければ壮烈に死ぬ道しか選択できなかった。他の選択肢はなかった。命が惜しくて、城を捨て無事に逃げ果せても、王の命に背いた逆賊との烙印が押されるだけだった。そうなれば、自身はもとより家門、一族すべての者が処刑されることは分かり切っていた。戦に負け、かろうじて生き残ったとしても、屈辱と恥辱の中で、家族や子孫たちは逆賊の後裔として畜生のように、奴婢として生きていかなければならない。朝鮮の武将として、両班として、それだけは到底、受け入れ難いことだった。

「よし、死ぬ覚悟で戦うしかない」

壮烈に戦って死んだのなら、家門と一族は救われるだろう。それしかなかった。すべてのことが無になる死も怖かったが、生き残って受ける屈辱のほうがもっと怖かった。

しかし、頭では理解していても心は揺れた。生きることへの執着が鄭撥の決心を揺らした。

『命を惜しんではいけない。わしは朝鮮の武将だ。将帥らしく死を受け止めないと』

鄭撥は、揺り動かされる命への誘惑を振り切って、繰り返し自身に念を押した。

「大将！　倭兵に我軍の強い意思を見せつけるべきでしょう」

悩む主将の傍らで、老将の李が鄭に奮起を促した。李は最初から「倭軍の侵略がある」と確信して、死ぬ覚悟で自ら文官職をすて、武官に変わった人であった。

だから、この戦で死んでも悔いは残らない。むしろ、年を考えると侵略軍との戦いで戦死することこそ名誉であり、家門を守るためにも、それ以上の良い死に方はない。王朝が続く限り、忠臣として永遠に名が残るだろう。子孫は忠臣の後裔と皆から崇められ、一族は国から厚い待遇を受け、盤石の上に家門を残すことができる。

「降伏はない。しかし、時間を稼ぐ必要はある。倭軍に、『仮道入明』は王様の許可なしでは不可と返信して、王様から許可を受けるには時間がかかるので、しばらく待つようにと騙して援軍を待つ方が良い」

鄭はついに戦死を覚悟した。しかし、だからといって無闇に犬死にするつもりはなかった。敵の攻撃を遅らせ、その間に援軍が到着しさえすれば勝算がないわけではなかった。時間を稼げば有利な立場になるのはこちらである。だが、問題は果たして相手が自分の返書状を読み、了解するかどうかだ。兵法を知っている者として、それはあり得ないだろうと思った。ただ、藁をもつかむつもりだった。

「戦では、数より士気が大事だ。死ぬ覚悟であれば、怖いものはない」

しばしば、頭をよぎる不吉な思いを振り落とそうと自らに言い聞かせた。しかし、城を包囲してくる完全武装相手にはいくら有能な武将であってもなかなか勝つことは難しい。それほどの大兵力であった。百人力で戦っても限界だろう。何といっても兵の数だ。

このまま戦いが始まれば全滅しかなかった。

「可能な限り時間を稼いで、援軍を待つしかない」

鄭撥としては、その作戦しかなかった。既に状況を詳細に書き綴った書状を朝廷と上官に送っていた。同時に周辺の蔚山《ウルサン》、東莱《トンレ》の城主にも「大規模な倭軍の侵入」を知らせ、援軍の要請もした。

「みなの者。自分の居場所を死守しろ。倭賊の数が多くみえるが烏合の衆にすぎない。死ぬ覚悟で守れば、城はそんな簡単には落ちない。しばらく耐えれば東莱と蔚山から援護軍が来るはずだ。勝算はある。怖がることはない」

鄭は、檄を飛ばしそのまま東門楼の階段を一気に登った。

遠くに相手の陣を見ながら、準備しておいた祭壇に線香をたてた。

「天地神明に申し上げます。小生の命がある限り戦います。恩知らずで人としての道理を知らない倭賊を必ず退けて城を守り、民の安寧が守れるようにお力をお貸しください。天地神明よ、どうか、この不憫な民を見守り、お助けください」

そして、王のいる北の方角に向けて三回ひざまずき拝んだ。

鄭は祭礼を終え、城壁で警戒中の兵たちに向かって声を張り上げた。

「朝鮮の軍民よ。畜生のような倭賊を恐れることは何一つもない。屈服せずに力を合わせ奮闘すれば必ず勝つ。ここは我が城だ。勝算は我軍にある。精一杯、踏ん張れ。倭賊の首級を取った将兵には大きな賞が与えられるぞ。奮戦せよ」

「わあぁ、わあぁ」

主将の激励の演説が終わると、城内からどよめきと歓声が一斉に上がった。

六

五月の日差しが、槍の先を照らし反射していた。

行長は小坂の上に陣取り、攻撃を指揮した。各隊から送られた伝令たちが頻繁に総大将の陣幕に駆け足で寄ってきては報告した。

「殿、先鋒隊から城攻めの命令を出して欲しいと伝令が来ています」

行長は伝令の話を聞き、椅子から起き上がり、右手の軍配を釜山鎮城に向かって指した。

「総攻撃せよ」

行長は躊躇することなく断固として攻撃命令を下した。同時に自分も前に一歩踏み出し、素早く胸に十字を切った。天主教信者である行長としては、なるべく無駄な血を流すことは避けようとしたが、これ以上、攻撃を逡巡する状況ではなかった。

行長の直轄部隊に所属していた鳥衛門にも戦闘命令が下った。鳥衛門は先頭の列に立っていた。射撃能力と胆力を買われての最前列の配置であった。直ちに火縄銃に火薬を詰め、鉛弾を入れた。込め矢で固めておき、肩に付けた。火蓋を開き、皿の上に点火用の火薬を置き、閉めておいた。これで発砲準備が終わった。

「突撃しろ。ぐずぐずする奴は先に首が飛ぶぞ。突撃！」

後方で指揮する武将たちが抜刀し、大声で攻撃を促した。兵士たちは城壁に向かって進撃した。遠方の城壁には、金箔を施した文様の朝鮮軍旗が翻っていた。城壁までの距離は約二百歩だった。城壁の朝鮮軍兵士の動きが速くなっていた。

三方面に分かれた攻撃隊は、先鋒隊の後について各個隊形に広く分かれて攻撃し始めた。

「鉄砲隊、前進！　射撃構え」

前列の鳥衛門たちにも後方からの攻撃命令が聞こえた。命令に従わない兵士は、容赦なく首が飛んだ。戦場では即決処刑が許されていた。見せしめとして怯える兵士の首が飛ぶのを何度も見ていた鳥衛門は、疑われるのを恐れ、すぐに片膝を曲げ身体を固定し、城壁の上を狙い、照準を合わせた。

導火線から火花が飛んだ。

「城壁の上を狙え」

銃身の先に目を合わせ、城壁に狙いをつけていた鳥衛門の視野に石垣で積まれた釜山鎮城の姿が映った。

城壁は成人の背丈の倍くらいの高さだった。一目で見て難攻不落の城ではなかった。外敵を防ぐための城というよりは、統治のための城内と外部を区別するための石垣にすぎないと思った。戦のためなのか、統治のためなのか、その目的が曖昧な邑城だった。それに比べ日本の城は目的が明らかで、統治よりは外部からの襲撃や戦を防ぐために造られたものだった。

広い城郭から領主が暮らす天守閣へと上に行くに従って狭くなり、それは天を仰ぐ姿勢でなくては見えないほど高かった。敵が城の入口をうまくすり抜けたとしても、天守閣にまでいたる道はくねくねと曲がって、その両側にも堅剛な石垣があった。兵士たちは、石垣の上から城に侵入する敵兵をたやすく攻撃することができた。

日本の城は外形からも難攻不落の姿であれば、釜山鎮城はまるで石柵にすぎない感じだった。天守閣もなかった。その代わりに亭子《あずまや》のような楼閣が城壁の上に置かれていた。

鳥衛門の目にも城攻めはそんなに難しくないようにみえた。

「どんどこ、どんどこ、どん」

こちらの動きが速くなると、城から太鼓の音が聞こえてきた。

「おそらく士気を高めるためであろう」

鳥衛門はそう思いながら、隣の兵士に聞こえるように呟いた。

「撃て！　発砲しろ！」

鉄砲隊の隊長である佐矢門が発砲命令を出した。

鳥衛門をはじめ前列にいた兵士たちは火種を火縄に付けた。

「ジジッ」と火縄が燃える音がして、火薬の匂いが鼻を突いた。引き金を引くと火縄から火皿の火薬に火がつく音が聞こえた瞬間、「パン」と轟音《ごうおん》を発した。弾き飛んだ銃弾は城壁の石に当たり、石の破片が四方に飛び散った。同時に城壁の上にいた朝鮮の兵士が城壁の下に転げ落ちるのが見えた。弾は見事に命中した。

射撃を終えた鳥衛門は列の後ろに素早く回った。鉛の弾を詰め替え、装填するためであった。それは手慣れた動きだった。

「ぱー、ぱー、ぱーん。ぱー、ぱー、ぱーん」

二列目に続き、三列目の鉄砲からも火玉が出て、弾が空を切った。

城壁の上で弓矢を構えていた朝鮮の兵士たちは、鉄砲による連射に驚いた。

銃声の後に城壁の弾ける音が「カチャン、カチャン」と聞こえた。初めて耳にする轟音で魂が抜けるような感じだった。朝鮮兵たちは、撃たれた同僚が悲鳴とともに城壁から落ちていく様子を見て、怯えた。鉄砲の音がすると、本能的に腰を丸め、頭を城壁の内側に突っ込んだ。

鳥衛門は何度も発砲した。しばらくして城壁の上で上半身を出し、戦意を燃やしていた朝鮮兵の姿が見えなくなった。士気がガクンと落ちたことが直感的に分かった。

戦の機先を制したのだ。戦ではどちらが機先を制するか。これによって勝敗が大きく分かれる。

鳥衛門もよく知っていた。

「ブゥーン」と突撃を促す笛の音が聞こえた。

「攻撃だ。攻撃しろ。突撃！」

突撃隊の先鋒を任されていた武将が、高い声を張り上げて足軽隊を引っ張った。

各隊の主将たちは、馬の腹を足で蹴りながら前列に出た。槍を手にした兵たちは、指揮将の命令に従い鉄砲隊の前方に飛び出した。

怒涛のような勢いだった。攻撃隊が城壁に向かうと、鉄砲隊が事態を観望しようと射撃を停止した。すると、城壁の上から朝鮮軍が戦を督励する声を上げ、太鼓と笛の音が響いた。鉄砲が怖くて城壁に頭を突っ込んでいた朝鮮軍は、発砲が静まったことで気勢を上げた。

朝鮮軍は、相手の接近を待っていたかのように矢を発した。攻撃隊を狙った矢は次第に激しくなり、雨あられと飛んできた。矢を受けた攻撃隊の兵士がばたばたと倒れた。距離を考えて攻撃に踏み出したのだが、思ったより矢の勢いが強く被害は甚大であった。

『矢がここまで飛んでくるとは』

日本の矢は、射程距離がそれほど遠くはなかった。しかし、朝鮮の矢は短く、射程距離が遠かった。矢の威力に攻撃隊の兵士が一瞬ひるんだ。すると、指揮将の檄が飛んだ。

「止まるな。突撃だ」

兵士たちは一息もできなかった。突撃隊が犠牲者を次々に出しながらも城壁に向かってひたすら進む様子を見て、後方の鉄砲隊も人ごとではなかった。援護射撃が必要だった。

鉄砲隊は、火縄が早く燃えるように火花を口で「フーフー」と吹きながら鉄砲を撃った。

「梯子をかけぇ」

朝鮮軍の攻撃を避けるために城壁に身体をひたと寄せた攻撃隊は、梯子や手鉤を城壁の上に掛け、頭に牛の皮を被り梯子を登った。城壁の上からは矢や人間の頭ほどの石が投げつけられた。先頭に立って城壁を登る攻撃隊の兵士たちは、石で頭や肩を撃たれ転落した。運よく石を避けても次には熱湯が注がれた。熱湯をかけられた兵士は「熱い、熱い」と叫びながらぴょんぴょんと跳ねた。負傷者が続出した。

相手の攻撃がたじろぐと城壁の朝鮮軍は大声で叫びながら、ここぞとばかり熱湯と石を投げ続けた。太鼓の音もますます速く、大きく響いた。ピー、ピーと手笛の音も鳴り響いた。

攻撃を促す朝鮮軍の合図だった。

同時に、「うわー」という叫び声と「わーっ」という悲鳴が聞こえた。

ヒュー、ヒューという矢の音に続き、ぱー、ぱー、ぱーん、という轟音が響いた。血と肉が飛び散った。

平穏な世が、たちまち無間地獄の修羅場と化した。相手を倒さなければ自分が殺されるという、生か死かの選択しかなくなった。

朝鮮軍の激しい反撃に一時は手を焼いていた攻撃隊だが、彼らは精鋭であった。相手の攻撃は体系的で組織的だった。波のように押しかけたかと思うと、強い抵抗に一時、後退する。静かになったと思うと再び鉄砲を撃ちながら攻め込む、といった具合だ。

攻撃隊が城壁に登った。

東門楼で指揮を取っていた鄭撥は、東門に押し寄せる相手兵士に向かって次々に矢を放った。射られた兵士が前につんのめった。

「怖がらずに反撃しろ」

鄭撥の矢は力強く、正確であった。弓弦が弾ける音が射手のものとは格が違った。弓弦を引き絞り、放つとぴんと響く音がし、ヒューンと勢いよく空を切った。

相手の鉄砲を怯えて、這いつくばっていた射手も主将の踏ん張りに勇気を出して立ちあがった。射手は弓弦を力強く引き絞った。弦から離れた矢は空中を裂きながら飛んでいった。しかし、射手の矢は百歩以内では敵に致命傷を与えられたが、それより離れてしまうと当たっても致命傷にはならなかった。

それに比べ、鉄砲は当たれば致命的であった。百歩を越えて離れていても「ぱー、ぱー、ぱーん」と金属性の破裂音が聞こえると瞬く間に朝鮮の兵士たちが悲鳴を上げ、城壁の下に倒れ落ちた。朝鮮兵の放った的外れの矢は弱々しく地面に落下するのがオチだった。一方、鉄砲の銃弾は城壁に撃ち込まれるとガチャン、ガチャンと音を立て城壁の石片を飛ばした。殺傷力の違いは比較にならなかった。

主将の鄭撥をはじめ将校たちが先頭に立って兵士を督励したが、朝鮮兵たちは、すっかり鉄砲の威力に怯えてしまっていた。兵士のほとんどが、ぱーんと音がするたびに頭を地面に突っ伏し、城壁の下に隠れた。頭を撃たれた兵士はほぼ即死し、胴を撃たれた兵士は傷跡が深く重傷だった。銃弾を浴び、豆のような傷跡からは、絶えず鮮血がほとばしった。

朝鮮軍の兵士たちは、相手の鉄砲の威力と破壊力を実感した。「撃たれれば即死」という恐怖心が襲った。兵の数だけではなく火力においても比べものにならないと感じ始めていた。朝鮮兵の士気は急激に落ちていた。主将である鄭撥と軍師・李庭憲も相手と二回にわたる戦闘で同じことを感じていた。

「苦戦が予想されます」

「ううむ」

城内すべての兵士だけでは、到底、勝ち目がないことを知った。老若男女、すべての者を動員しても無理だろう。とはいえ降伏することはできない。

朝鮮軍の猛反撃で城壁を登り切れず、相手が後退したため、戦闘はひとまず小康状態に入った。鄭撥は、東門楼で兵士を励まし戦列を整えた。

「倭軍の奴らが持っている武器は何か分かるか」

「倭軍が火縄銃を改良したと噂で聞いたことはあります。飛ぶ鳥も撃ち落とせるというので鳥銃とも呼ばれるそうです。それにしても、こんなに火力が強いとは……」

「いや。朝鮮にも鳥銃がないわけではありません。兵曹の倉庫にあると聞いています。弓矢に比べ、それほど効果的ではなく飾り物になっています。倭兵が鳥銃をあんなに多く持っていることに驚きました。しかも兵士たちがあんなにうまく操るとは思ってもいなかったです」

鄭撥の問いに李庭憲と助防将が答えた。鉄砲が朝鮮に伝わったのは文禄の役が勃発する三年前のことだった。

一五八九年、対馬の島主である義智が朝鮮通信使の派遣を要請するため、朝鮮に渡った際に孔雀と鉄砲を朝鮮朝廷に献上した。

鉄砲に対する情報が朝鮮朝廷に全くなかったわけではない。

以前から中国の明と日本を通してその存在を知り、その威力について知りたかった。献上を受けた朝鮮朝廷ではすぐ防衛担当の兵曹に渡し、その威力を調べるよう命じていた。兵曹ではさまざまな発射実験を繰り返したが、火力の面では朝鮮の小筒砲である勝字銃筒《スンジャチョントン》より破壊力が弱く、火縄方式のため、撃つたびに火縄に点火しなければならず、その対応はむしろ弓の方が早いほどだった。鉄砲はその効用が認められず、兵曹の軍器庫に保管されたまま飾り物になっていた。

「大将！　倭軍が押し寄せてきます。総攻撃のようです」

「負傷者はそのままにして、皆、城壁で自分の持ち場を守れ」

戦況は明らかに不利だったが主将の鄭は諦めなかった。

主将の督励で兵士と民衆は怯えながらも相手の攻撃に耐え抵抗した。軍民が力を合わせ必死に対抗し、戦いは長引いた。一番隊にも死傷者が続出した。

行長をはじめ指揮官たちも、烏合の衆とあざ笑っていた朝鮮軍が意外にも粘り強かったため、戸惑いを隠せなかった。

「前に進め！　もたもたする奴は首が飛ぶぞ。突撃しろ」

各隊の指揮将たちは太刀を抜き、後方から兵士たちに城壁の方に進むよう怒号を飛ばした。矢を避け、かろうじて身体を城壁に寄せると雨あられのような矢が耳元を「ヒュー」とかすめた。城壁の上からは石と熱湯である。突撃隊の兵士たちにとって朝鮮兵の反撃も怖かったが、それよりも指揮将の太刀の方がもっと怖かった。もたもたすれば見せしめに首が飛ぶからた。兵士たちは、朝鮮兵の攻撃で死ぬか、上官の手によって殺されるか。二つに一つと追い詰められた。

「一か八かや」

革皮《かわ》を頭に被り、石と熱湯を身体で受けながら城壁に架かる梯子を登った。

総攻撃が始まって一刻余りが過ぎた。太陽は中天に登っていた。

すると朝鮮軍の抵抗が漸次に弱まった。百戦錬磨の指揮将らはこの隙を逃さなかった。

「今だ。突撃しろ。城壁に登れ」

鳥衛門の目にも指揮将たちが先頭に立って城壁に登り、攻撃隊を引っ張る様子が見えた。相手兵士が一人、二人、城壁を乗り越えるのを見て、鉄砲隊が銃撃をやめた。次々に城壁を乗り越える兵士たちの数が増えていった。

朝鮮軍の抵抗は次第に弱まった。

北面の城壁突撃を任されていた松村隊から「わあー」という歓声が上がった。

「殿！　北の城門を破りました」

伝令将が駆け足で行長に報告した。

「おほ。ご苦労だった。鉄砲隊だけを残し、足軽の主力を北門に集中せよ」

行長は、ホッとした表情になった。予想以上に粘り強い朝鮮軍の抵抗に少々、焦りを募らせていた。

「やっと開いたか。これで勝負はついた」

「大将！　北門が破られました。倭軍が怒涛のように城内に押し寄せています」

一方、鄭撥は北門が破られたという報告を受け、胸をつぶした。いずれは破られるとは予想したが一縷の望みを持っていた。

籠城で少しでも長く耐えていれば援軍が来ると信じていた。しかし、援軍を前に城門が破られてしまった。これですべての望みは水の泡となった。鄭撥にとって衝撃そのものであった。

「これで終わりか。ああ、援軍はどうしたであろう」

城と自身の最期が生々しく目に浮かんだ。武人として戦死は決して怖くはなかった。だが、心穏やかに超然とはできなかった。ただ、一瞬、頭が真っ白になり、呆然とした。

「助防将！　ここは、わしにまかせて兵士の半数を連れ北門に向かえ。門を固めろ」

「後に続け！」

助防将の李は、先頭に立った。北門から城内に入った相手の先鋒隊が、東門に現れたのが目に見えた。城内のあちこちで兵士同士の肉薄戦が展開されていた。

北門が破られると城内の朝鮮軍は慌てた。一部の朝鮮軍兵士が激しく抵抗したが、朝鮮軍の陣営があちこちで崩れ始めた。朝鮮軍の兵器で殺傷力が強いのは矢だけで、槍などは相手の武器に比べればまるでお粗末、相手にはならなかった。

相手は離れた場所からは鉄砲で、接近戦では竿が長く、切っ先の鋭い長槍で朝鮮軍を圧倒した。槍だけではなく、指揮将が振る太刀は鋭くその殺傷力は優れていた。

対する朝鮮軍の槍は竿が短く、刃は鈍かった。素肌であれば致命傷を与えることができたが、鎧でまとっている兵士には刺し傷どころか、せいぜい打撲傷を与えるにすぎなかった。

足軽の槍は成人の背丈の二倍はあったが、朝鮮軍の槍はその半分ほどだった。肉薄戦の中で、朝鮮軍の槍兵たちは自分たちの槍の距離に接近することすらできず、足軽の長く鋭い槍先に多くが突き抜かれた。足軽の長槍を避けて接近できても今度は鋭利な日本刀が朝鮮兵の首を断ち斬った。

朝鮮兵は武芸より力で立ち向かい、相手は槍や太刀を自在に扱った。身体にまとった鎧にもその差は明らかだった。朝鮮兵は、木綿を染めた軍服だけだったが、一番隊兵士は足軽でも鎧で武装していた。木綿の軍服では相手の鋭い槍や太刀から身を守ることはできなかった。朝鮮軍が長い間、平穏な世として軍事訓練を怠っているあいだ、相手兵士たちは、実戦で経験を積んできた。まさに百戦錬磨の者たちであった。

手薄い装備の朝鮮兵を足軽たちはそれほどの抵抗感もなく刺し、斬りまくった。その多くが鉄砲の威力に腰を抜かした兵士や民衆であった。

北門で戦っていたオドンも頑強なはずの城門が壊され、かいくぐって侵入する相手兵士を見た。

「門が破られたではないか。こりゃ大変だ」

相手兵士の一団が城内に押し寄せるとオドンは大慌てで石を拾い、兵士に向けて懸命に投げつけた。足軽は、投石を上手に避けながら槍先を前に進んできた。オドンは持っていた槍で懸命に抵抗した。と、その時、城壁の坂にいた朝鮮兵が転がり落ちた。

相手が放った鉄砲が命中したのだ。

相手の攻撃を受け、最初から戦より論功行賞のみに興味のあった李賓烈と両班たちは相手兵士が近づくと抵抗を止め、槍を捨てて城壁の上の道を逃げ出した。それを見た下人たちも我先にと逃げ出した。

「逃げるな。逃げれば先に死ぬことになるぞ」

オドンは、両班たちが逃亡するのを見て大声で止めた。

戦う気力を無くしていたチルチリが言った。

「俺たちも逃げようよ。逃げた方がいいぞ。ここで死にたくはない」

顔色蒼白となった彼は、武器を捨てそのまま東門楼の方に走った。

「何言ってるんだ。逃げたら殺されちまうよ。生きたければ抵抗しろ」

「もう終わりだよ。オドン！　やめよう」

すっかり気弱になったトルセが、オドンに声をかけた。

周辺にいた朝鮮の人々は、すでに士気を無くしていた。それを見ていた足軽たちが「わー」と大声を上げながら、斜面の上に向かって登ってきた。トルセが最初に武器を捨てた。それを見ていたオドンや朝鮮の人々も武器を捨て、ひざまずいた。両手を頭上にのせ、許しを請うた。

しかし、相手兵士たちは攻撃の勢いで降伏したはずの朝鮮兵を槍で刺した。

一方、兵を指揮して北門に向かってきた助防将の李は、両班たちと下人、その後ろをあたふたと走ってくるチルチリの様子を目にした。李は剣を抜き行く手を遮った。

「どこに行くのだ」

「いや。倭兵の数があまりにも多くて、力を合わせようと」

李賓烈と両班たちは、李応順と目を合わせないようにこそこそと逃げようとした。

下人たちが訳の分からない言い訳をした。

「お前ら倭軍と戦え。さもなければこの剣で斬る」

「うわっ、お許しください。命だけはお助けください」

両班たちは、素知らぬふりで逃げてしまった。この様子を見ていたチルチリは、李応順に気づかれないように隠れた。

「お前、こっちに来い」

李はもじもじするチルチリを見つけ、剣先を向けて呼んだ。すっかり怯えきった彼に、李の言葉が届くはずはなかった。チルチリはそのまま走り逃げた。李は彼の後を追った。二十歩くらいで追いついた。李はためらいなくチルチリの背に剣を振り落とした。剣はチルチリの首と右肩の間を切り裂いた。

「うわっ—、痛い、痛い」

チルチリは前に倒れ込んだ。転びながら肩に手を当てた。指先に、ねっとりとしたものが付着した。激痛が走った。

「痛い、痛い。ううっ、俺、死ぬのか」

転がるチルチリの肩からは真っ赤な鮮血が吹きあがっていた。

「こいつめ。戦の場で逃げ出すとは。即時に斬首だ」

李は、うつ伏せになって地べたを這うチルチリの頭を持ち上げた。既に意識が遠のいていたチルチリは、引っ張られるままに頭を持ち上げられ、地面に座っているような姿になった。

「やあーっ！」

刃がぴかりと光った。チルチリの胴体が音を立てて地面に倒れ落ちた。

李はチルチリの首級をつかみ、高く掲げた。

「みんな、よく見ろ。戦わずに逃げる者はこのようになる。戦うことが生きる道だ。戦え」

李は、ポタポタと血が垂れるチルチリの首級を、逃亡を企てる下人への見せしめにした。兵士と下人たちは顔面蒼白になり、ぶるぶる身体を震わせながら歯をかみしめた。

「じゃ、皆の者。わしに続け」

李はチルチリの首級を地面に投げ、下人たちを睨んで自ら先頭に立って走った。

東門の方面を攻めていた行長は、直轄部隊に再び命令を出した。

「北門が落ちた。城の陥落は時間の問題だ。急げ」

各隊を率いた指揮将たちは先頭に立って兵士を引っ張った。

鄭撥は、北門が破られたという報告を受け、助防将と兵士の一部を北門に向かわせた。そして、すぐさま東門に攻め込む相手の攻撃が激しさを増したことに気づいた。東門に押し寄せる相手兵士の数が、城内の朝鮮兵すべてを合わせたより多かった。しかも、既に城内には北門から侵入した相手兵士の姿が見え始めた。

城内と城外から挟撃してくる相手を退けるには兵士の数があまりにも足りなかった。

進退が極まった。紅潮した鄭撥の目に、馬に乗った指揮官風の武将の姿が映った。怒りをぶつけるように大弓を取り出した。

「許せない。倭軍め」

弦がぴんと張られた。

弦から指を離すと、「ピンッ」という音とともに「ヒューッ」と矢が飛び出た。勢いづいた矢は、馬上の指揮将の胴体を突き通した。相手の指揮将は身体の均衡を崩し、落ちた。鄭撥はひたすら矢を放ち続けた。しかし、相手の侵入を防ぐことはできなかった。

鄭撥は疲れを感じた。

矢も底がついた。

「衆寡敵せず（多勢に無勢）か」

「大将！　戦況は甚だしく不利です。まずここを捨て、身を引き、後日に備えましょう」

「最早、これ以上、倭軍の攻撃を退けることができない」と判断した将校が、鄭撥に城からの脱出を勧めた。

「何を申す。わしは武将だ。命ある限り、城を守るのが主将の役目だ。城を守れないなら死あるのみだ。二度とそのような言葉を申すな。最後まで戦え」

鄭撥は将校を叱り、近づく相手兵士に矢を放った。

「倭敵を防ぐことができなければ、死ぬのが朝鮮の武将だ。これこそが王様への忠誠だ」

鄭撥の気迫に満ちた振る舞いに、周りの将兵たちもそれ以上、何も言えなくなった。城を守り切れるのか、それとも死か。朝鮮軍兵士には、いよいよその時が迫っていた。

七

鳥衛門は、鉄砲を抱え城壁に向かって走った。

行長の攻撃命令を受けた指揮将たちが、先頭に立って兵士を引き連れたため、ただ黙って従うしかなかった。城壁から矢が飛んできたが、北門が破られてからはその勢いは急激に衰えていた。

「城壁まで辿りつけば、後は何とかなりそうだ」

鳥衛門は、城壁に向かいながら火縄に点火、城壁の上を狙って撃った。

「ぱ〜ん！」

弾丸が火の玉になって城壁の上をめがけて飛んでいった。

朝鮮軍の勢いは衰えても矢は危険だった。至近距離で射られれば致命傷になる。だからといってモタモタしていたら、命令に背いたと一瞬にして首が飛ぶ。イチかバチか。城壁に向かって走るしかなかった。鳥衛門は腰を低くして身体を丸め、しゃがむような形で城壁へと走り出した。少しでも被害を減らすため兵士たちは間隔をあけた。

「ヒュー、ヒュー」

空を切り、風を起こす矢の音が耳に届いた。

同じ村出身で足軽隊に所属していた吾郎が十歩ほど前を走る姿が目に入った。

「おい、吾郎。気をつけろ」

鳥衛門が声をかけたのも束の間だった。城壁の上から放たれた矢が吾郎の顔面に突き刺さった。

「わっ」

撃たれた吾郎は、悲鳴を上げながら尻をつくように後ろに倒れた。矢が刺さった顔から血が噴き出し真っ赤になった。吾郎は、地面を這いずりながら痛みで叫んだ。

鳥衛門は吾郎に向かって走った。吾郎の右側面に近づき、自分の身体で吾郎の身体をかばった。目の前の吾郎は血まみれになっていた。

「吾郎、しっかりしろ」

鳥衛門に怒りがこみ上がってきた。

目尻が上がり燃え上がる復讐心を抑えきれなくなった。

「畜生！」

鳥衛門の怒りは頂点に達した。誰に仕返しすればいいのか。吾郎の身体に伏したまま銃口を城壁の上に定めた。楼閣の上に鎧姿の敵将が視野に入った。

「仇を討ってやる」

頭に照準を合わせた。身体の大きな敵将だった。狙いが外れても身体のどこかに当たれば致命傷になる。

「落ち着いて」

自分に言い聞かせた。

火縄からピシシーと燃え上がる音を聞きながら、銃身を少し下げ、胴体と頭部の真ん中を狙った。敵将は刀を右手に大声で指揮を取っていた。鳥衛門は引き金を引いた。

「ぱ〜ん！」

反動で鉄砲の台尻が肩を強打した。弾丸は的をめがけて空を突っ切った。鳥衛門は経験上、命中を確信した。やがて楼閣の上で、両手で顔を覆い、黒い鎧がよろりと身体をねじって倒れるのが見えた。見事に的中したのだ。次の発射のために火薬を詰め込んでいるところに、仲間の矢一が吾郎と鳥衛門を見て駆け寄ってきた。矢一と一緒になって吾郎を引きずり、城壁から死角になる場所を探して、移動させた。

吾郎は、唸るように悲鳴を上げていた。

「ううん、ううん」

八

喊声《かんせい》と悲鳴が入り混じる中、鄭撥はひるむことなく矢を放った。

「大将、矢が尽きます」

そばについて矢を運んでいた兵士が、入れ筒の底を見せながら悲痛な面持ちで報告した。

「ここまでか」

鄭撥は握っていた弓を置き、剣を引き抜いた。

「ひるむな！」

城内に攻め込んだ相手兵士に、押され気味になった朝鮮兵に大声を発した。城の外では、相手の突撃隊が東門に押し寄せた。北門を破り、攻め込んだ相手に、鄭撥は戸惑っていた。

「東門まで破られれば、壊滅だ」

兵法を熟知している彼は、東門が最後の砦であると認識していた。東門を防ぐことができれば、北門からの相手も退けることができると思っていた。東門を防御しながら、同時に城内に攻め込む相手を撃退するには、左右にいる兵士を奮い立たせ、戦うしかなかった。

「ここは、わしに任せて、北門の倭兵を撃退せよ」

城内にどんどん増え続ける敵兵士を横目に鄭撥は、護衛の将校に北門を援護するよう命令を出した。そして、城の外の戦況を確認しようと身体をくるりと回そうとした、その瞬間だった。

遠くからパーンと乾いた鉄砲の音が鮮明に聞こえたと思うと、ヒューンという音が後に続いた。敵は間近だと感じた。不吉な思いが脳裏をよこぎった。

と、その時。気を失うほどの衝撃が顔面を強打した。

「うわーっ」

衝撃で頭は混迷した。顔の右半分だった。赤い鮮血が噴き上がり、楼閣の床は真っ赤に染まった。踏ん張ろうとしたが、意思に反して腰が前に傾き、足は力が抜けてよろめき倒れ込んだ。気力は失せ、どんどん意識が遠のいた。それでも歯を食いしばり踏ん張った。

激痛が襲いかかってきた。

『このまま終わるのだろうか』

人生が何とも空しかった。全力で生きてきたのに自分の人生がいとも簡単に終わるとは思いもよらなかった。二日前、狩りに切影島に行く時には、自分の栄耀栄華《えいようえいが》はまだまだ永く続くものと思っていた。烏合の衆と軽んじた相手にこれほどまでにやられるとは思いもしなかった。

「大将、大将！」

側近の将兵が泣く悲痛の声が遠く山びこのように響いてきた。自分だけが修羅場から抜けだし、遠くへ離れていくような気がした。痛みも感じなくなった。ふっと「これではいけない」と思い、最後の力を絞り出そうとした。

「最後まで～、戦え～」

自分の耳にさえ聞こえないほどのかすかな声で発した。

側近の嘆きと悲鳴は徐々に遠くなっていった。意識が混迷して痛みも消え去り、全身の力がすっと抜けた。頭が重かった。まるで頭と胴を切り離したように自分の意思に反して五体は床に落ちた。

もう何も聞こえなかった。頭の中は真っ黒な墨色だった。魂は暗闇の中を彷徨っていた。何も見えず、何も感じない暗闇の世界であった。

「大将！ 我らを残してどうしろと。哀れな民はどうすべきでしょうか」

鄭撥の遺骸の傍らで客将・李庭憲と将兵たちがひざまずき慟哭《どうこく》した。しかし、それも束の間だった。相手兵士が東門楼に接近してきた。李庭憲らには悲しみ、嘆く余裕すらなかった。主将の亡骸を前に李庭憲は腹の底から憤った。浪人のような自分を客将として受け入れてくれた鄭撥に好意と恩恵を感じ、いずれは報いなければと肝に銘じていた。

「このような姿で、鄭大将が自分より先に戦死するとは……」

悲しみに包まれて、憤る李の涙ぐんだ目に楼閣に近づく足軽たちの姿が映った。

「倭兵め。必ず殺す」

李はすぐさま老体を起こし、腹の底から大声を出して一直線に足軽へ向かって走り下りた。太刀を引き抜き、楼閣を下りた李は勢いにのって刀を左右に振った。突然の攻撃で兵士が転んだ。他の足軽たちは李の勢いに圧倒され、退いた。瞬間的に隊伍が乱れた。李は敵の隊列が乱れると反撃の機会を与えず攻め込んだ。後方や横に退いた足軽の一人が李の隙を狙って槍で横腹を刺した。鋭い槍先は李の脇腹を貫通した。李は、刺された槍の竿を片手でつかみ引き抜いた。全身に激痛が走った。しかし、歯を食いしばり、槍を離さなかった。足軽は、横に回りながら持ちこたえた。年老の李の足がよろめいた。他の足軽の槍が李の背中を刺した。さすがの李もそれ以上、耐えることはできなかった。刺された槍が引き抜かれると李の身体はひねりながら倒れた。その身体に槍が次々と刺さっていった。

鄭撥の戦死を悲しみ、指揮将の不在に指揮系統を失った朝鮮の将兵は、老将の李庭憲がとった勇猛果敢な行動と相手兵士の残忍さに憤った。

「仇を取れ」

将校の一人が、高い声をあげ太刀を引き抜き楼閣の下に攻め込んだ。後に続く楼閣の将兵は、競うように「わー」と喊声をあげ相手兵士に向かって攻め込んだ。

と同時に、東門が開いた。北門から入った足軽が、東門に到着し、中からかんぬきを外したのだ。

相手と肉薄戦を繰り広げた朝鮮将兵の多くが、四囲からの攻撃に遭い、足軽の槍刀の餌食になって死んでいった。

九

城門の上が円形になっていて、その下に空間があった。その空間は死角になっていて、城壁の上からは攻撃することができなかった。鳥衛門と矢一は吾郎の肩を組み、東門の下に吾郎を運んだ。吾郎の顔に刺し込まれた竹の矢の竿部分を折った。

その時、城の東門が開けられた。

「突撃、城の中に入れ」

城門が開けられると、指揮していた武将たちは競うように高々と声をあげて隊を率い先頭に立った。顔つきは恐ろしいほどの剣幕だった。

鳥衛門は、これ以上、列を離脱して吾郎の面倒をみることはできなかった。急いで吾郎を城壁にもたせかけ城内に入った。兵士の後ろからは騎馬隊が怒涛のように城門をくぐった。騎馬隊は馬上で太刀を左右に振り、朝鮮兵を斬り倒した。あちこちから悲鳴が上がった。朝鮮兵は無謀にも足軽に襲いかかった。粗末な武器では精鋭の相手に全くならないにもかかわらず、まるで灯蛾《とうが》が火に飛び込むように散り花になっていった。

武器も持たず、手に握った石だけを頼りに襲いかかる女人もいた。兵士の前で、自ら首を刺し自刃する女人もいた。城の中にある楼閣の周りには、短刀を両手で覆うように握ったまま死んだ遺骸が多かった。主将の戦死に合わせて殉死したのである。

「わー、わー」と友軍の喊声が響き渡った。

総大将の行長が、馬に乗ってゆっくり城内に入った。

「やっと城攻めは終わったか」

攻撃が始まってから、一刻半ほどの時が過ぎて戦闘は終わった。

朝鮮の朝廷が、南方を堅固に防御できると信じきっていた釜山鎮城は、多くの犠牲者を出して、行長率いる第一番隊によって無残に敗北した。

主将の鄭をはじめ、数多くの将兵と百姓が死んだ。北門が破られ、それを援護するために派兵された助防将の李応順も北門で相手と激しい戦闘の末、鉄砲に撃たれ戦死した。

朝鮮軍の粘りで予想より多くの死傷者を出した一番隊の兵士は、容赦なく朝鮮の軍民を殺害した。

民間人が着ていた白い木綿の服には、真っ赤な血が染み込んでいた。

「兵士は徹底的に始末せよ。見せしめだ。二度と抵抗できないように始末しろ」

朝鮮の兵士は、城門が破られ、相手兵士が城内に押し寄せた時、武器を捨て降伏を請ったが受け入れられることはなかった。相手兵士は、軍服を着た男を見つけ次第に殺した。

指揮将たちからの指示であった。

城内が平定されたことを確認した鳥衛門は、急いで東門の一角にもたせかけてきた吾郎の元に走った。矢一も続いた。二人は、吾郎を担いで城内に運んだ。

朝鮮軍の矢は、吾郎の左目の下に撃ち込まれていた。吾郎は痛みで唸っていた。

「矢先を放っておくと炎症を起こし、命が危ないぞ」

鳥衛門は吾郎の傷に目を配り、矢一にも確認させようと頭を持ち上げて見せた。

「吾郎。これから矢先を抜く。ちょっと痛いが我慢しろ」

「矢一、頭を押さえて。上半身も動かないように押さえてくれ」

鳥衛門は腰の短刀を抜き、矢が刺さった傷口を十字に抉《えぐ》った。

さらに、短刀の先で、傷をほじくって鉄の矢先を引き抜こうとした。

「ああーっ、うふうーっ」

痛みに耐え切れず、吾郎は鼓膜が裂かれるくらいに大きい悲鳴を上げた。鳥衛門は、素早く矢先を引き出そうとしたが、矢先の鉄部分が何度も短刀の先から外れた。鉄と鉄の摩擦音がカチャン、カチャンと聞こえる。

吾郎の悲鳴に、鳥衛門の心は焦った。

「仕方がない。傷口をもっと広げないと取り出せない。矢一、もっと強く押さえてくれ」

顔ということで傷口を広くすることだけは避けようと思ったが命あってのこと。鳥衛門は、傷口を切り広げ、やっと黒い鉄の矢先を取り出すことができた。

「ふーっ。やった」

鳥衛門と矢一は、取り出された尖がった鉄の矢先を見て、ほっと胸を撫でおろした。傷口には干した馬の糞を手粉にした止血剤を塗り、木綿で顔と頭を巻いた。木綿に真っ赤な血の色が滲み込んだが出血は止まった。しかし、顔面の頬骨をやられたので顔の一部が陥没していた。幸い命は救われたが、顔は醜く変わってしまった。

「吾郎！　大丈夫だ。致命傷ではない。すぐ良くなる。しばらく休め」

「このくらいですんで良かったな。吾郎」

吾郎を全身で押さえていた矢一も鳥衛門の言葉を聞いて、吾郎の頭をゆっくり置いた。

「不幸中の幸いだ。吾郎。少し休めば良くなるだろう」

矢一は吾郎を励ました。二人は吾郎を肩で担ぎ、負傷者たちが集められた場所に運んだ。そして、二人は自分たちが所属する部隊に合流した。

一番隊の隊長である行長は、朝鮮での最初の戦闘である釜山鎮城の戦いに勝利し、陥落した城を見回った。参謀と領主たちを引き連れ、東門楼に登った。先刻まで、釜山鎮城の主将であった鄭撥が必死に朝鮮軍を指揮し、あえなく戦死した場所であった。

遺骸はどこかに運ばれたのか、そこには何もなかった。楼閣に登った行長は、城壁を見越して城外を眺めた。視野が広がり、自分が陣を張った小坂が見えた。城の周辺では、朝鮮の戦死者と負傷兵を城内に運ぶ兵士たちの姿がみえた。行長のそばで、義智が顔をしかめながら呟くように言った。

「思ったより、朝鮮軍の抵抗が激しかったので我が兵も多くやられました」

「うむ。兵士だけではなく百姓たちも一緒に死ぬ覚悟でかかってくるとは思わなかった」

「負けるのが分かっていながら無駄な抵抗をするとは……」

「我が兵も怯むことなく、よくぞ踏ん張ってくれた」

「それはそうだ」

一番隊の領主たちは、朝鮮軍の抵抗にてこずり犠牲者が出たとはいえ、緒戦を完璧に勝利したことに満足していた。

「このくらいの兵力や武器であれば、今後の戦もそんなに手ごわそうではなさそうですね」

義智が話題を変えた。

「とはいえ、犠牲者を極力減らすには万全を期すべきだ。それで、都の漢城に至る道はどこだ」

行長の問いに義智が懐から地図を取りだし、北門を指差した。

「あそこの北門と繋がっている道に沿って上ると、東莱に至ります」

「次は東莱城になります」

朝鮮朝廷との和平交渉のために何度か訪朝したので、地理に詳しい義智と玄蘇が交互に説明をした。静かに聞いていた行長は、説明が終わると周りにいる領主たちを見渡し、切り出した。

「もう一度伝える。戦が目的ではないということを忘れてはいけないぞ。まず和平交渉。朝鮮側が交渉に応じない場合にのみ、武力で鎮圧し降伏させることになる」

「これから小西隊、対馬隊、松浦隊、有馬隊は、各隊から五百の兵士を選び出してもらいたい」

そして、直ちに東南方面の西平浦《ソピョンポ》と多大浦《タデポ》に二千の兵を派遣した。

そこには、海岸防衛のために造られた朝鮮側の小城があった。

行長と義智は、主力部隊が北進するためには、後方から攻められる危険性を少しでも取り除く必要があると考えてのことだった。

一刻が過ぎた頃だった。伝令から報告が上がった。

「西平浦と多大浦の城がすべて陥落、作戦終結！」

釜山鎮城が陥落したという情報が伝わり、朝鮮兵たちがそろって逃げ出したため、意外なほど簡単に攻城が終わったのだ。

「これで、釜山浦周辺の要衝はすべて抑えたことになります」

「多大浦にいる小西隊から三百の兵を駐屯させ、他の兵は本隊に合流するようにせよ」

一番隊の指揮部は、鄭撥が執務を行っていた東軒《トンホン》（朝鮮時代の役所）に司令部を置いた。

そこで領主と参謀たちが、翌日に行われる攻撃についての軍事会議を開いた。会議が開かれている間、鳥衛門は外での警戒を任された。彼の耳には、城のあちこちで散発的な鉄砲の音や断末魔《だんまつま》の叫びが絶えず届いた。掃討が始まったのだ。あちこちの家屋から炎と煙が上がった。上層部からの略奪禁止令は形式的なものだった。兵士の略奪行為を各隊の指揮官たちは知らぬふり、見ないふりをした。戦にとっては、そうした行為が兵士たちの士気につながっていた。掃討という美名の下、略奪と放火、更に強姦と殺人までが黙認されていた。

兵士らは、民家を襲い略奪行為を行った。台所や部屋に押し入り、家財道具をあさり、価値ありそうなものは奪い取り、隠れている者を探し出した。多くの兵士は、女を見つけ出すと飛び上がって喜んだ。兵士たちには殺意が漂い、女や貴重品探しに血眼になった。男を見つけ出し、少しでも抵抗の気配を見せれば、その場で槍で刺し殺した。逃げる者には鉄砲を撃った。子どもにも容赦はなかった。赤子を抱いて怯え、身体を震わせながら命乞いする母親から赤子を奪い、母親の前で切り裂いた。悲しみに泣き崩れる母親には、何人もの兵士が襲いかかり輪姦《りんかん》した。チマチョゴリを脱がせようとする足軽に抵抗して、刀で斬られる女もいた。亡くなった母親の遺体のそばで泣く赤子を「うるさい！」と槍で刺し殺す兵士もいた。

文字通り阿鼻叫喚の生き地獄であった。

指揮部の黙認下で、このような殺戮、民家荒らしや盗み、強姦、放火は夜通し続けられた。

一方、オドンは北門を破って入ってきた足軽に捕まって捕虜になっていた。兵士たちは、軍服を着た朝鮮兵には容赦なかった。武器を捨て降伏しても槍で刺し殺した。しかし、抵抗しない百姓たちを殺すことはなかった。オドンは兵士ではなかったため白い木綿着の姿であった。相手が北門に押し寄せた時、抵抗をやめて服従する様子を見せたので殺されずに捕虜となっていた。

足軽たちは、捕虜たちの手に縄をかけた。女とそのそばにいる子どもたちも一緒に縛っていた。男の捕虜たちは首にも縄がかけられていた。彼らは、女性や子どもよりもっと厳しく扱われていた。両班だと威張っていた李賓烈も捕虜になっていた。彼の首にも縄が掛けられていた。足軽には、両班と良民の区別はなかった。下人たちは、皆、死んでしまったのか彼は一人ぼっちになっていた。他の捕虜たちの怯える様とは違って、李は鼠のように小さく、横に裂かれた気持ちの悪い目つきをしていた。兵士の前では、卑屈な態度で媚びへつらう笑いをみせた。

捕虜の数は多かった。老若男女ともに、みんな「くーっ、くーっ」と込み上がる泣き声を抑えていた。悲しそうな顔つきで、眼だけをキョロキョロと動かしていた。もしかすると、家族が生き残っていて、ここに連れて来られるのではという淡い期待があった。だが、その顔にはこれから何が起こるか検討もつかない不安が濃く漂っていた。足軽たちは、まず捕虜を選別した。成人男子の中で、負傷者や少しでも抵抗の様子を見せる者は、即決、首が斬られた。

命が惜しく怯えている者、女、子どもたちだけを選んだ。指揮部がある東軒の左側の建物には牢と倉庫があった。捕虜たちはそこに収容された。牢が狭かったので隣の倉庫を空けて、そこに男子捕虜を入れた。若くて、体つきが良い男子捕虜たちの中で、足軽に少しでも口答えする者には容赦しなかった。長い槍竿で捕虜を追いやるとき、ちょっとでも逆らう気配がみえると情けや容赦なく槍がその者の胴体を突き刺した。

倉庫の地面のあちこちが血に染まった。

「抵抗するな。生き残れ。生きてさえいれば逃げる機会もあるだろう」

トルセは、声を低くして短気なオドンをなだめた。オドンも冷静だった。朝鮮の人々が殺されるのを見て、腹の中から火のような熱い何かが込み上がってきた。しかし、怒りを抑えて、言われるがままに従った。

一番隊の指揮部は、捕虜の処理について意見を交わした。

「隊の功績により、捕虜を分けるべきでしょう」

「同感です。これからの戦のためにもそうすべきです」

義智が、戦功により捕虜を分けることを提案した。領主の多くが同調した。

「よし。戦功と領地を考慮して分配するので、わしに一任してください」

秀吉の出征命令と人数の配当により、各自の領地から兵士たちを掻き集めてきた領主たちは、少しでも多くの捕虜を欲しがった。

翌月の五月（旧暦）になれば田植えが始まる。

領地には、男は朝鮮への出兵に駆り出され、女、子どもしかいなかった。そのため田植えの人手が足りなかった。農繁期に田植えや手入れをしなければ、その年の農作は期待できなかった。そうなれば結果として、領地が疲弊し、領民の生活が困窮しかねない。統治にも大きな影響が出るのは必然だった。

領主たちは、兵士たちの代わりに捕虜を領地に送って労働力の埋め合わせをしないと大変なことになる。

よって、少しでも多く捕虜の配当をもらおうと必死だった。とくに対馬は、行長との関係で五千の兵士を動員しているから尚更だった。

「荷物運びとして使える男子だけを選べ。その他の男と女、子どもたちは本土に帰る船に乗せて領地に送れ。子どもたちには倭語を教えるようにせよ」

会議では、捕虜の処理と翌日の進撃方向を決めた。領主たちは宿所に戻った。

夜になると、捕虜の中から若くて容貌の良い娘や女が牢から引っ張り出された。領主や将校の宿舎のあちこちから女たちの抵抗する声や悲鳴、泣き声と呻きが混じった声が夜空に響き渡った。

男の捕虜たちは、耳を塞いでこみ上げる憤りを抑えた。憤怒より死に対する恐怖の方が大きかった。運命とみなすしかなかった。明日の運命と煩悶に眠れず、ひたすら寝返りをうつ音だけが倉庫内に響いた。

気味悪い轟音

朝の陽光が門の隙間から低く差し込み、部屋の隅を照らしていた。

目を覚ました金ソバンは欠伸《あくび》をした。喉の乾きを感じ、枕元の水をぐいっと一飲みした。冷えた水が眠気を一気に覚ました。

昨夜、子どもたちが眠るのを確かめて、久しぶりに女房と身体を交えた。夕飯を食べ、陽が落ちるのを待って布団を敷いた。貧しく六畳ほどの狭いオンドル部屋で、いつも子どもたちと一緒に寝起きしていた。夜が更け、金ソバンは子どもたちが深く寝入っているのをみて身体の向きを変えた。女房もすぐに察しがついた。眠っていなかった。

胸や尻を優しく愛撫した。二人の子を産み、新婚当時よりは少し太り、生活の厳しさからか肌も少々、荒れていたが、金ソバンとは身体の相性が合った。

「子どもたちが目を覚ましたら大変でしょう」

「大丈夫、心配ないよ。こっちにおいで」

女房は、満更でもない表情で夫を受け入れた。

金ソバンは、女房を強く抱きながらチョゴリに手をぐいっと突っ込んだ。女房の丸々した乳房が懐かしかった。茶碗を逆さまにしたような乳房はプリプリと弾んだ。妻はチョゴリの紐を解いた。白くふくよかな乳房があらわになった。金ソバンは乳首を荒々しく舐めまわし、チマを巻き上げた。暗闇の中に白い太ももがあらわになった。金ソバンは身体中が熱くなるのを抑えきれなくなった。

激しい息づかいの中、金ソバンと女房は暗闇の中でひとつになった。

金ソバンは、久しぶりの交わりに体力を使い果たし、いつしか深い眠りに入った。

「はて、今は何刻ごろだ？」

目を覚ました金ソバンは、横にいた女房の姿がないのに一瞬、焦った。昨晩、いつ寝たのかははっきりしないが、かなり遅かったのは間違いない。

女房は、おそらく朝飯の支度をしているのだろう。空が曇っているのか、障子を通して差し込む陽光は弱々しかった。もう少し寝たかった。しかし、田植えが終わったばかりの田んぼのことが気になった。家の脇にある菜園も野菜を植えるために手入れをしなければならない。だるい身体にむち打って布団から身を起こした。子どもたちは暑さのせいか、薄い木綿のかけ布団を蹴っ飛ばし、大の字になって寝入っていた。

彼が、部屋から出て、庭にある草鞋を履こうとした時に、外から人々の騒ぐ声が聞こえてきた。

「何かあったのかな」

彼は、独り言を言いながら、竹で囲まれていた垣根に近づいた。垣根の外から、人々が落ち着かずに、忙しく立ち回っている様子が見えた。

「何であんなに騒ぐの？」

「昨日の深夜からのことですよ」

「何かあったのかい？」

「聞いてなかったですか。いびきをしながら寝ていたから……」

「何があったのか、聞いてくる」

自分のいびきを責めるような女房から逃げるように、彼は家を出た。朝飯の前に、田植えの終わった水田を見て回るつもりでもあった。彼の住んでいる村は、東莱城から一里ほど離れた小さい村落であった。村の前には、北向きの砂利道があったが、そこは王のいる漢城へ行く道であった。地方の役員が王に公文を送る際に、飛脚の伝令が馬で走る道でもあった。

「どこかで、戦でも起きたのか？　何で、朝からあんなに騒いでいるのだろう」

尋常ではない何かが起きたと思ったが、百姓である彼はまず、やらなければならないことが多く、山道に入った。水田に行くには山道の方が近道だったからだ。

狭き山道の両側には草や花が咲いており、まさに春の真ん中であることを気づかせてくれた。山道を歩きながら、彼は草木から漂う新鮮で若々しい香りを楽しんだ。山道が終わるところに広い野原があり、そこには水田が広がっていた。水田と水田を分ける境界はくねくねしていた。金ソバンは小作をしている田んぼを見回った。四月（旧暦）に入り十分ではないが、雨が降ったので、田んぼに水が溜まり無事に田植えを終えたばかりだった。

「ここは水があまりないじゃないか。稲がよく育つには、水が満遍なく行き渡らないと……」

彼は、田んぼの中の水が隅々まで行き渡るように、田んぼの下を掘ったり、補ったりした。腰が痛くて曲げていた腰を伸ばし、空を見上げるつもりで首を上げた時だった。

「火事か？」

遠い釜山浦の空に白い煙が立ち上がっていた。

「パカパカ、パカパカ」

火事が起きたと思った瞬間、馬の蹄の音が聞こえた。

金ソバンは、びっくり、動転した。

長らく、立ち上がる煙を見上げ、不安になっていたところに、急に蹄の音が聞こえたので驚いた。不安に思い、慌てて田んぼから上がってきた。心を落ち着かせようと息を整えながら、濡れた足を拭く彼の目に、陣笠を被った伝令が馬に乗り、北の方面へと走り去る姿が見えた。

「何か、悪いことが起きたに違いない」

金ソバンは、不安になり家路についた。

彼は、生まれた時から貧民であったため、幼い頃から色んな農事と雑事の手伝いばかりをして生きてきた。運よく心優しい女房に出会い、家庭を作ることができた。結婚して九年になり息子一人と娘が一人いた。小作農でありながら、時間を見つけては、山に登り、薪を集め売り歩いた。女房も、両班家の仕事を手伝い、稼いだ。二人が頑張って働いたので子どもたちは飢えることなく成長していた。長男が生まれたのは一年前のことであった。

「やっと私にも男の子ができた。ご先祖様に叱られることもなく有り難い」

家を継ぐのは、男だったので男児が重んじられた。彼は、息子に福男《ポクナム》という名前を付けた。福をもたらしてくれたと思ったからだった。

「息子がかわいくて、たまらないね」

「それを親バカというんだよ。ハリネズミも我が子はかわいいって」

「幸せって、こういうもんじゃないか」

彼は、息子が成長する姿を見ているだけで嬉しかった。仲間とマッコリ（濁酒）を飲み、酔いが回るといつも自慢げに話をするほど、大事にしていた。

「子どもたちが気になる。早く、戻らないと」

その時だった。

「ぱー、ぱー、ぱーん」

遠いところからであるが、ケンガリ（打楽器の小金）とは明らかに違う轟音が響いて耳に届いた。

「またなんだ？」

反射的に危険を感じた彼は、頭を下げ、音が聞こえた釜山鎮城の方を振り返った。

「ぱー、ぱー、ぱーん」

長い余韻を残す轟音は、続けて聞こえてきた。今まで聞いたことのない音だった。音は鈍く、不吉で気持ち悪かった。心乱れた金ソバンは慌てて山道を走り、村に戻った。すでに村の入口では、村人が集まりざわめいていた。

「戦が起きたそうです」

用事があり、釜山浦に行ってきたカンセの話だった。彼の顔は怖いものを見たように恐怖に包まれていた。

「訳が分からないから、ゆっくり言いなさい。釜山浦で何かあったのか？」

「釜山浦に倭軍が攻め込んできたんです」

「倭軍？」

「そうです。あの轟音は倭軍の鉄砲の音です」

「一体、何事だ！」

金ソバンが群れに近づき、聞いた。同じ年頃のチョンが振り返った。

「聞いてないの？　倭軍が攻め込んできたそうだ。ちょっと前に、伝令が東莱城に入ったばかりで」

「倭軍が何で攻めてきたの？」

「俺も知らないよ、そんなの」

「略奪に来たに違いない。早く逃げないと」

「どこに逃げるの」

「早く荷物をまとめ、家族を連れて、城に入った方がいいだろう」

「分かった」

家族のことを心配していた金ソバンは、息せき切って駆けつけた。

「おい、子どもたちはどこにいる？」

「何かあったのですか？」

「大変だ。倭の奴らが攻め込んできたそうだ。早く荷物をまとめ、避難しないと」

「避難？　朝飯は？　子どもたちのごはんはまだです」

「朝飯はどうでもいい。ぐずぐずして倭軍に捕まったら元も子もないよ」

「何をまとめればいいですか」

「食料と食器を簡単にまとめなさい」

「どうすればいいんだ。どうすれば」

金ソバンは自ら、布団と釜、食料を積んだジゲ（背負子）を担いだ。

「はぐれたらおしまいだ。手を離すな」

彼は娘の手を握り、大切な息子は女房に背負わせた。

「とんでもない。まさに寝耳に水じゃないか。まったく」

「シク、シク」

「ウェーン、ウェーン」

両親の慌てる様子に驚き、怯えた娘が泣き始めると息子も一緒に泣いた。

「泣くな、大丈夫だ」

子どもたちを慰めながら、金ソバン夫婦は早歩きで東莱城に向かった。日は、中天を過ぎ、西に傾いていた。すでに城の前には、侵略軍を避けようと城内に入ろうとする人々で溢れていた。

東莱城

一

「ドッ、ドッ、ドッ、ドッ、ドッ、……、オオッ、止まれ」

軍帽を被った伝令が、急いで馬から降りた。

「宋府使殿はどこに」

彼は、あたふたしながら府使を探した。釜山鎮城から派遣された兵卒だった。

「これを書いたのは、誰か？」

「将校が急いで書いてくれました」

「その将校は何をしているのか」

「すでに、戦死したと思われます」

東莱《トンレ》府使、宋象賢《ソン・サンヒョン》は顔をしかめながら、目を凝らして伝令が渡す書札を開いた。

〈釜山鎮城、倭軍の攻撃を受け、陥落。鄭撥大将戦死。城内の兵士は壊滅。数多くの百姓が殺戮。一部は捕虜に捕らわれる〉

書札の内容をみた宋府使は信じられない表情で伝令に聞いた。

「本当に、鄭大将が戦死したのか。偽りないだろうな」

「仰る通りです。倭軍の放った鉄砲に撃たれて即死しました。奮戦しましたが、倭軍がおびただしい軍勢で攻め込んできたので、多勢に無勢でした」

「倭軍の兵力は、どのくらいなのか？」

「あまりにも多くて、その数を数えることができないくらいです。釜山浦の沖が倭軍が乗ってきた船に覆われ、海が見えないほどでございます」

「お主が直接見たのか？」

「いいえ。二万とも三万ともいわれていますが、誰も正確な数は知らないと思われます。しかし、城に入り込んだ倭軍だけでも、我が兵力の十倍は超えていました」

「分かった。退いて休め」

宋は、伝令の言うことを信じることができなかった。

「慌てていたので、間違いがあったのだろう」

「府使殿。伝令の話を鵜呑みにするわけではないですが、倭軍が多勢で攻め込んだのは間違いないようです」

そばにいた助防将の共が心配そうな顔をして言った。

「ウム」

宋が東莱府使として赴任したのは、およそ一年前だった。

「関白秀吉が朝鮮を侵略し、戦争が起こるかもしれない」

府使として赴任した後、日本の対馬から派遣された使節がほのめかした。宋府使は、兵火があるかどうかは確信できなかったが、とにかく、兵乱に備え、城壁などを整備するように命令した。

「万が一のためにしっかり備えよ」

「有備無患（備えあれば患いなし）だ」

文官職であった宋府使は、兵法に関しては無知であった。それは武官の領域であったからだ。

「戦が始まると、城の長である以上、兵法が分からないと部下を指揮することはできない」

と思った彼は、兵法を学び、将校と軍卒を率い、軍事訓練もしっかり行ってきた。戦に対する準備がないわけでなかった。しかし、釜山鎮城が半日で陥落したという報告には驚くしかなかった。

「直ちに伝令を蔚山に派遣せよ」

蔚山城には、慶尚道の防備責任者である左兵使が駐屯していたので、上官である左兵使に戦況を伝え、援軍を要請するためであった。

「府使殿。直ちに城壁に兵士を配置すべきです。そして、武器庫にある武器を城内にいる男たちに配るように命令をしてください。倭軍に比べ兵卒の数が少ないので、百姓も戦わせないと勝ち目がないと思います」

「その通り。実施せよ」

宋府使の命令に従い、百姓たちにも弓、槍などの武器が配られた。武器をもらった百姓たちは兵士と一緒に城壁に配置された。東莱城の兵士たちは、宋府使の指揮で行われてきた訓練を受けていたので、一糸乱れぬ行動ができた。士気も高かった。

「助防将。将校と兵士に命令し、城の外堀に藁を被せ、偽装しなさい」

宋府使は、兵法を学び、知識があったので、武官である助防将が見逃したことを点検し命令を下した。

「ははあ。しかと」

城壁には、兵卒が配置され、外堀が偽装されるなど、東莱城の防備は固まっていた。兵卒の士気も低くはなかった。しかし、城にいる百姓は「倭軍が攻め込んできた」という噂だけで怯えていた。

「釜山鎮城が、半日も耐えずに落とされたそうだ」

「うそ」

「いや、本当のようだ。俺も聞いた。主将である鄭大将が戦死したそうだ」

「倭軍の数が数えられないくらいに、多いそうだ」

「そうか。ここは大丈夫かなあ」

最初は百姓が動揺したが、これを聞いた兵卒の中でもざわめきがあった。

「流言飛語を飛ばす奴は、即刻、斬首刑に処する」

将校たちは、士気のために兵卒に厳命を発した。

「倭軍は、もともと倭寇出身が多い。体も小さく、指揮系統も粗末だ。怯えることはない」

将校らは兵卒を激励したが、実際、彼らの中でも実戦を経験した者はいなかった。宋府使は、城内の南方面に建つ南門楼に登った。そこからは野原が見渡せた。

「倭軍が釜山浦からくるとなれば、あそこに現れるだろう」

東莱府使になってから、兵火のために準備はしてきたつもりだが、いざ戦が始まると思ったら緊張が全身に走った。聞こえてくる戦況も望ましい状況ではなかった。

「ウウム」

「兵卒の配置などを終えました」

防備策により、配置を終えた助防将・共《ホン》が楼閣に登ってきた。

「お、大儀であった」

宋府使は、兜を被っている共の姿を見つめながら、労った。

「これから戦が始まる。私も鎧に着替えないといけないので宿舎に行ってくる。私がいない間、しばらくここで指揮を執りなさい」

宋府使は、武将として鎧と兜を装着した共の姿が逞しく、よく似合うと思い、宿舎である官庁に戻った。文官出身である宋は、鎧や兜より文官の服である官服がよく似合うと思っていた。

「いくらそうだとしても、城の主将である私が官服姿で兵卒を指揮することは、みっともなく言語道断である」

当時の朝鮮では、文官が武官より偉いと思われる傾向があったので、科挙で文科に合格した文官は、武科に合格した武官をバカにした。しかし、宋府使は、武官をみくびったりはしなかった。

「文官だといって、文のみを重視し、武を軽視してはいけない。また、武官も文を学び、互い足りない部分を補い合う必要がある。文と武を兼備することが真の指揮官である」

したがって兵卒を訓練させる際には、重くて馴染まない鎧と兜を着用して、指揮を執ってきた。宿舎に戻った宋府使は、側近が持ってきた鎧に着替えた。彼は、いつも頭の上から被る兜のどっしりした重さに悲壮さを感じた。しかし、今日は演習のためではなく今まで経験したことのない実戦を前にした武装であった。全身が緊張し戦慄が走るのを感じた。

彼は気を引き締めて、指揮所である南門楼に向かった。南門楼の周辺には、城民たちが右往左往していた。宋府使が現れると皆が彼の顔をうかがった。城の主将である彼に何かを期待している顔色であった。城民たちは恐怖に包まれ、こわばった顔つきで泣いている者もいた。宋府使が楼に登ると、城壁に配置されている兵士たちの顔にも恐怖心が滲み出ていることが伝わった。それもそうであろう。城民はともかく、兵士の中でも戦を経験した者は少ないし、相手兵士を見たこともない者がほとんどで、彼らが頼れる人は府使しかいなかったからである。

「このように自分に従い、頼っている純真な城民が倭軍の兵馬に踏み潰されるようにしてはいけない。城の首将として決して許すことはできない」

宋府使は城民を哀れに思いながら、彼らのためにも死ぬ気で戦うと心の中で敵愾心《てきぎしん》を燃やした。宋府使が指揮所とした南門楼には、将校と兵士たちが多く集まっていた。その下には戦況を少しでも知ろうと良民たちが群がり、まるで賑やかな市場のようだった。

二

「パカッ、パカッ、パカッ、……」

「道を開けろ」

伝令の馬がひっきりなしに行き交った。馬の蹄の音がすると群衆は左右に分かれて道をつくった。

宋府使は、釜山鎮城が侵略軍に陥落されたという急報を受けてから、周辺地域に伝令を出し攻防のために作戦を練り、命令を出した。

「釜山鎮城が倭軍に敗れたことが間違いなければ、明日にはここに攻め込んでくるだろう」

「直ちに攻め込んでくるなら、与えられた時刻は一日もないです」

「うむ。援軍を待つには時間が足りないのか」

伝令により、「釜山鎮城の倭軍が東莱城に向かった」という連絡が既に届いていた。

「倭兵の数、二万以上。隊列の最後尾が見えないくらい大勢であります」

伝令からの報告は、いずれも相手の勢いが圧倒的で絶望的な知らせばかりだった。

城内の指揮将たちは不安だった。伝令の報告を真に受けないとしても、侵略軍の勢力が朝鮮軍をはるかに上回ることだけは間違いなかった。

「心配は兵士の士気です。大兵力を見て兵士たちが戦う前に士気を無くしてしまうことです」

「うむ。とにかく兵士の離脱を徹底的に塞がないと」

宋府使は、周辺の兵士を集める一方、周辺の要衝地の指揮官に援軍を送るように伝令を出したが、未だどこからも援軍は来ていなかった。

東莱府使が品階としては従三品で、慶尚道の左兵使は従二品の位であった。東莱府使である宋象賢が、上位の左兵使に報告をし、援軍を要請するのは当然だった。しかし、派遣した伝令と左兵使からは何の音信もなかった。

「蔚山からは何の連絡もないのか」

「はい、ございません」

焦った宋は、急いで左兵使に送る書札を作成した。

〈倭軍が東に向かって進軍しているという報告がありました。慶尚道地域の兵士を一カ所に集めて、この城で倭軍を防ぐ必要があります。火急を要します。左兵使殿が、援軍と共に東莱城で指揮してくだされば十分、勝算があります。是非、援軍を率いていらっしゃってください〉

宋府使は伝令に書札を渡し、自分の愛馬を出した。平常時であれば、伝令は駅馬（国の馬）に乗るべきであった。上下の身分が厳しいので平時にはあり得ないことだった。しかし、宋府使はあまりにも火急を要するので躊躇いがなかった。

一方、慶尚左兵使・李珏《イ・ガク》は、既に蔚山城に駆けつけてきた伝令の急報を受け取っていた。その書札を見て、侵攻に驚き、慌てているところに二回目の伝令が駆け付けた。

李は左兵使として慶尚道地域の総司令官であった。変乱が起こる際には、その乱を鎮めるための対策を立てることが職務にもかかわらず、作戦を練るどころか、自分の安危を先に気遣った。司令官としての体面も考えず、怯えるあまり顔が真っ青になっていた。

「情けないな」

周りの者はすぐ気づき、司令官の頼りなさに嘆いた。彼は伝令から受け取った書札を読み、真っ先に頭に浮かんだことは、

『このまま逃げてしまおうか』

ということだった。

しかし、それも簡単なことではなかった。敵兵の侵攻を考えれば、すぐにでも逃げたい気持ちだったが、色々、考えるとそうはできない事情があった。

『今まで、築いてきた地位と財産は……。家門はどうなる……』

逃げて全てが終わるのなら、逃げたい気持ちは山々だが、そんな簡単なことではなかった。李は、戦を考えると目の前が暗くなってきた。

『一体、これは何の事変だろう。とんでもない迷惑じゃ』

彼は戸惑うばかりで何もできなかった。しかし、司令官としての体面や地位は維持しようと内心を隠して、部長の将校らに呼びかけ、わざと威厳あるような表情で言った。

「倭軍が攻め込んできたようだ。直ちに兵士を集めろ」

しかし、個人の財産や富を集めることに集中し、普段、兵使としての軍事訓練や招集がなかったためか、いくら司令官の命令でも兵士が一糸乱れずに集まることはなかった。半日がかりで掻き集めた兵士の数は、わずか数百名にすぎなかった。左兵使の兵士の数としては情けないほど少なかった。

「これしか集まらないのか？」

「はい。今のところはこれだけです。普段、帳簿に載っている兵士の点検をしていなかったので、把握し招集することができない状況です」

「直ちに、梁山と蔚山の群守に伝令を出せ！」

李は、指揮下の兵士の数があまりにも少なかったので、指揮系統にある梁山と蔚山の責任者である群守に兵士を集め、合流するように命令を出した。

その頃、東莱城から南東に二里くらい離れた海岸に設置されている慶尚左水営にも急報が届いた。左水営の責任者である左水使は朴泓《パク・ホン》であった。

〈倭軍の侵攻。釜山鎮城陥落。司令官の鄭撥大将戦死〉

急報に接した左水使の朴も李と同じく怯えていた。水使とは水軍司令官である。慶尚左水使は、慶尚道の海岸地域の守備の総司令官である。しかし、管轄地域が侵略軍の侵攻を受けているという報告に接し、責任者としての任務と役割を放棄し、そのまま管轄地を棄て、逃げ出した。

司令官の朴が任地を抜け出したことで、左水営所属の兵士たちは指揮官不在の状態になってしまった。指揮官のいない兵士らは、言うまでもなく烏合の衆にすぎなかった。頭部のない彼らは、何の意思判断も決定もできなく、まさに頭を切られた蛇のごとく動くことすらできなかった。形はあれども機能不全に陥った有名無実の組織になってしまった。

援軍を必要として急報を出した東莱城だったが、周辺地域からの援軍もなく孤立無援の状態になっていた。

一方、慶尚道右水使の元均《オン・ギュン》は右水営のある統営《トンヨン》にいた。

「殿、加徳島の煙台から烽火が上がったそうです」

「何の烽火なのか？」

「煙が二回ずつ上がったそうです」

「すると、倭敵が侵入したという烽火ではないのか」

「そうです」

「間違いはないか？　しっかり確かめろ。もし、間違いだったら烽火台の連中を連れてこい。ただでは済まさんぞ」

真偽を調べさせるつもりで、足の速い部下を出したばかりだった。

「殿、怪しい船舶が多く、釜山浦の方に接近しています」

海岸を警戒していた水軍の兵士から報告が届いた。

「釜山浦の方面で何かが起こったに違いない。倭寇の奴らが出現したのかもしれんぞ」

右水使の元均は、将校らを集め、そう言いながらも情勢を調べるだけで特別な措置はとらなかった。そういう状況下で、烽火が上がって二日が経ち、東莱城から派遣された飛脚馬が統営の右水営に駆け寄った。

「倭の大軍が釜山浦に侵入し、十四日に釜山鎮城を攻撃しました。城は半日で陥落し、主将は戦死したそうです。倭軍はその勢いで東莱城に向かって押し寄せてきています。慶尚道の軍兵が倭敵を退けなければならない状況です。直ちに兵士を集め、合流することを願います。緊急を要します」

伝令が伝えた報告書を読んだ右水使の元均は、主将の鄭撥が戦死したことを知り、驚いた。

「倭軍が攻め込むかもしれないという噂は、本当のことだったんだ」

噂はあったが、大したことはないだろうとも思っていた。まさかと思い、倭敵の侵入に備えて訓練などもしていなかった。しかし、現実になったことを知るとどっと怖気がついた。

「倭軍が侵入してきたそうだ。直ちに管轄にある兵船には火をつけ、すべて海に棄てろ。兵は解散し、各々の安全は自ら守れ」

元均は、宋府使の期待とは正反対の行動をとった。彼の命令により慶尚右水営が保有していた兵船七十隻余が海に棄てられた。しかも、兵士を集っても足りないところに指揮下の水軍の兵士を全員解散させてしまったのである。

「水軍の兵士が兵船に火をつけ、すべて海に棄てました。阻止しましたが、倭軍に怯え、兵士は全員、逃亡してしまいました」

彼は直ちに報告書を作成し、飛脚馬を走らせた。朝廷に報告するためであった。後に、朝廷から派遣される監査に追求されることを想定し、言い訳をするための策略だった。

一方、側近の将校に密かに命令し、丈夫な兵船を四隻だけ確保するようにしておいた。自分と側近の将校らが身を隠すための逃亡用だった。四隻以外の兵船すべてが燃やされ、海上で灰燼と化すのを見守った後、元均は指揮所である右水営を離れ南海岸の方に船を滑らせた。そして、名もない小さな島に逃げ込み、そのまま身を隠した。

東莱城の危機を知らせるため、慶尚道の総司令官・左兵使や周辺の守将らに飛脚馬を飛ばした宋府使は首を長くして援軍を待っていた。しかし、一向に連絡がなかった。

「これ以上は待てない。総司令官がいなくても、力を合わせ戦うしかない」

左兵使の李が逃げ出し音沙汰もないため、梁山郡守や蔚山郡守、助防将らは東莱城に駐屯するしかなかった。

「力を合わせ城を守っていれば、必ず朝廷の援軍がくるはずです。一緒に戦いましょう」

宋府使は、一人ひとりの手を握り、必ず援軍がくると皆を元気づけた。

「分かりました。総司令官は東莱城の主将である宋府使殿が担ってください」

左兵使がいない状況では、宋府使が序列において上位であった。自薦他薦で宋府使は総大将になった。

「直ちに軍事会議を開きます」

城を守るための会議が開かれ、作戦計画と兵士の配置が行われた。東莱城の戦力は兵士と民間人の男性を合わせ三千五百名くらいだった。

「倭軍の数は想像を絶するくらいです。数え切れない軍勢です」

侵略軍の規模については斥候隊から報告があった。宋府使は、兵の数においては絶対不利と認識していた。

「倭軍は、刀槍だけではなく鳥銃と呼ばれる鉄砲で武装しています。釜山鎮城の鄭大将も鉄砲に撃たれ戦死したそうです」

相手の方が、兵の数のだけではなく軍装備の面でも比較にならないほど優勢だという報告が斥候隊から次々に入っていた。

「城内の矢と弓を集め、点検しろ」

宋府使は、東莱城に赴任してから武器の点検や兵士の訓練を随時、行ってきた。万が一あるかもしれない外敵の侵略に備えてきたつもりだが、相手の軍勢と火力は想像をはるかに上回っていることに今、気づいた。

「矢がなくなった時には肉弾で防ぐしかないだろう。生きている限り絶対、倭敵に城を明け渡すことはない」

宋府使は、集めた矢の数を目で数え、相手に比べ相当、足りないことを知った。

「城を倭敵に渡すことはありえない。矢がなくなったら、体を張ってでも城を守るつもりだ。白兵戦に備え、石、瓦の破片など武器になりそうな物は何でもかき集めろ」

宋府使がいる南門楼の下には兵士や百姓たちが集まって、主将の命令を待っていた。いくら士気を上げるためにといっても肉薄戦に備えろという自分が情けなかった。

「この可憐な民たちのためにも、死ぬ覚悟で戦い、城を守るべきだ」

宋府使は、彼らを見つめながら心に誓った。しかし、状況はそれほど簡単ではないことも分っていた。宋府使は、自らの奥歯を強く噛みしめた。

一方、妻子を他人の家の軒下に待避させ、状況を探るため南門にいた金ソバンは、将校の命令を受けその場で招集された。他の兵たちと城内の北山に動員された金ソバンは、山の石を城壁に運ぶ仕事をしていた。岩や石を運び、大きいものは投げやすく砕いた。城壁の内側に石の塊が所々に山積みされた頃には夕闇が迫ってきた。みんな力を惜しまず頑張っていたせいか、腹が空いてきた。

「女房や子どもは、大丈夫かなあ」

妻子のことが気になった。だからといって手を休め、妻子のところへ行くわけにもいかない。みんな状況は同じだった。

陽が落ちて、四囲が暗くなって石運びは中断された。周囲が見えなくなり、あちこちで焚き火や松明が用意された。城の外は一寸先が見えない真っ暗闇だが、城内は明るかった。

城内の士気を高めるためでもあるが、相手に城内の軍勢が決して少なくないように見せかけるためだった。

三

「すでに戦は始まった。これからは戦を拡大することではなく、和平交渉する方法を講じなければならない。そのためにも援軍が来る前に、速戦即決で降伏させねばならぬ。朝鮮側に我が軍の武力を見せしめ、戦意を失うようにすれば、やむを得ず講和交渉に臨むだろう」

第一番隊の大将である行長の基本戦略は速戦即決であった。

「後方の警戒と本土との連絡のために、ここを拠点にする。拠点の確保のために、一部の兵力をここに残す。そして、本隊は直ちに進撃せよ。先鋒隊には道に詳しい対馬隊が進め」

釜山鎮城と周辺の支城を平定した行長は、捕虜と本土の連絡や後方管理のために段取りを終え、翌日には東莱城を目指していた。

陽が昇る兎の刻（午前六時ごろ）に釜山鎮城を出た一番隊は、対馬隊を先陣にして東莱府に到着した。

「おい、君。昨晩、何をしたのか？　目が赤いぞ」

「ふふ。他人事のように言うな。貴様はどうなんだ」

釜山鎮城を陥落した後、略奪と強姦で夜を明かした兵らは、行軍しながら半分、冗談まじりで互いに罵り合っていた。

「あれ、あの山を見ろ」

「ほお、あれは城ではないか」

「あれが攻撃目標の東莱城か？」

辰の刻（朝七時から九時の間）に東莱城前の野原に着いた対馬隊の兵士たちがざわめいた。

「斥候を出せ」

対馬隊の主将・義智は、敵の伏兵がいるかどうかを調べるために、直ちに斥候を出すように命じた。

「勘兵衛、傾斜が激しいので、攻撃に手間がかかりそうだが、城の構造はどうだ？」

勘兵衛は以前、釜山浦の倭館に居住し勤務していた。義智は彼に周辺の地形を詳細に調べ、地図を描くように指示していた。

「勘兵衛、東莱城の地図を持っているか？」

義智の求めに、そばで道案内役を担当していた勘兵衛が懐から白い紙を取り出した。

「ここに地形と城の構造を描いた地図があります」

「これは山の印なのか？」

「はい。左様でございます。東莱城は山の麓の斜面を利用して築城されています。南の入り口は低いですが、北門は山頂に向かっています」

「珍しい形の城だな」

「そうです。山村を囲んで城壁が張り巡らされています」

「攻撃は容易ではなさそうだな」

勘兵衛は、地図上を指差しながら説明した。

「東莱城は、北に山を背負っているので、傾斜地に斜めに建てられた城です。北は山、南が平地です。東西、そして南北に四つの城門があります。南門の前には堀があります。しかし、平地ですので堀を越えれば攻撃しやすいです。反面、山の上にある北門は警戒は手薄ですが、山を越えなければならないし、山道が狭いので、大軍で攻めるには限界があります。南門に本陣を置き、左右に分かれて東西を同時に攻め込んだ方が良策と思います。そして、北門は少数の別働隊を組み、攻撃した方が良いと思います」

「うむ」

義智は、説明を聞きながら考え込んだ。朝鮮に渡る前までは、我が軍の鉄砲と朝鮮軍の弓矢では、比較にならないほど、我が軍の戦力が上回っていると思った。しかし、釜山鎮城の戦いでは、意外と強い抵抗に手こずり、兵の犠牲を出してしまった。朝鮮軍の弓矢を無視することはできなかった。東莱城は山を背負い、上から下に建てられた斜めの地形だったので、上から矢を放たれると朝鮮軍の方が有利ではないかと思った。

義智は、矢の盾として広い板を集めるように指示した。集めた板を紐で結び軍幕の前に立てておいた。斥候隊には、城の弱点を探るように命令を出した。

「殿、本陣が到着しました」

遠くから、行長が率いる本陣の旗がこちらに向かってくるのが見えた。義智は近衛のみを連れ、行長を迎えるために峠を下りていった。一万を超える軍勢が列をなし次々に到着した。

「長い道のり、お疲れのことと存じます」

本陣率いる総隊長の行長をはじめ各隊の大名たちが兵と共に続々と到着した。

「おお、義智殿。敵の動きはいかがかな？」

「城の中に閉じこもっています。堅牢《けんろう》な城で、地形的にも攻めづらく見えます」

「まず、降伏を勧めよ」

「ははっ。直ちに！」

「朝鮮側が従順に道を開いてくれればいいのだが……」

行長は、その可能性をうかがうように義智の顔をみた。

「簡単なことではないと存じます。おそらく、攻撃が始まれば死に物狂いで抵抗するでしょう。降伏はしないと予想されます」

「敵将は、そんなに硬直な人なのか？」

「宋府使は朝鮮でも稀なる優れた人物です」

義智の家臣・柳川が付け加えた。

「そのくらいの人物なのか？」

「それは確かです。小生も会ったことがありますが、人格や人柄からみて宋府使のような人物は、それほどはいないと思います」

「そうか」

対馬の僧侶・玄蘇の話だった。玄蘇は漢学に詳しい。以前から使節として朝鮮を訪れたことがあった。僧侶でありながら軍師役を担っていた。行長は、大きく頷いた。宋府使に関して三人の評価が一致したのである。

朝鮮時代に対馬の人が朝鮮に上陸する際には、その許可の権限は釜山鎮の官吏が握っていた。管理責任者である首領は、携帯している許可証の種類によってその資格を決めた。交易許可証をもっている人は漢城までの、そうでない人には釜山浦にある倭館に留まるよう移動を制限した。倭館に留まり、商売を行う商人が釜山付近で交易をするためには、必ず東莱府使の許可が必要だった。釜山鎮の首領は入国の可否を決めるだけで、交易や商売のためには上級機関である東莱府使の許可が必要だった。許可がない商人は、周辺地域の商人との商売が禁止されていた。

交易により多大な利益があることを知った、朝鮮の官員がそれに目をつけた。賄賂がはびこった。官員の不正を監視すべき首領や府使までもが腹を合わせ同じく賄賂を受け取った。賄賂なしでは何もできなかった。それだけではなかった。賄賂を渡さないと商人に濡れ衣を着せ、尻を打つ刑を与えたり、強制的に追放した。商人らは、商売より官員の接待や賄賂に奔走するしかなかった。本末転倒だった。

「商売より許可をもらうことの方が難しい」

「朝鮮の官員は泥棒だよ。交易を求める商人を鴨と思っているんだ」

「こんなに理不尽なことが横行しているのに、朝廷の官吏らは知らないのか」

「そうだな。いくら儲かるからといっても二度とここに来たくないな」

交易を管理する官員について不満が多かった。しかし、一年前から東萊府使として赴任した宋は、交易許可において公明正大に仕事を行った。私欲がないので賄賂も要求しなかった。国法で決まっている物の交換はできなかったが、不法な交易を行う商人が見つかり賄賂を使い、見逃されることがままあった。しかし宋府使の下ではそういうことは一切できなかった。

「新任の府使こそ模範の官吏だ。朝鮮では滅多にいない官吏だ」

対馬の商人の間で、彼を賞賛する声が多かった。

なお、関白秀吉の命令を受け、対馬から使節が派遣された際に、僧侶・玄蘇は東萊城の中にある東萊館に留まった。漢文に精通する玄蘇は、宋府使と筆談でいろいろな話をした。玄蘇は以前、朝鮮の王を謁見したこともあり、朝鮮に詳しかった。

「朝鮮の官吏のほとんどは、天狗で高慢で人を見下す者が多かった。しかし、宋府使は人を見下すこともなく、誰とでも等しく人間として誠心誠意、人と接した人物だ」

玄蘇は、宋府使の高潔な人格に感服し、尊敬していた。対馬の島主・義智も家臣を通し、宋府使の人格と善政について聞いていていた。義智もその人格に憧れと期待を寄せていた。

「取りあえず、降伏を勧めてみます。民を思う人なので、もし『衆寡適せず（少人数では多人数に立ち向かっても到底叶わない）』に気づけば無駄な犠牲を出さず降伏を選ぶかもしれません」

「そのような人物であれば、可能性がまったくないわけではないな」

「かしこまりました。文章は私にお任せください」

玄蘇は、行長に首を前にかしげながら要請した。

「玄蘇殿は、宋府使をよく知っているので適任でしょう。格調高い文で我が軍の意向を伝えてください」

玄蘇は、その場で和紙にすらすらと綴った。

「戰則戰矣　不戰則假道」

「どういう意味か？」

漢文を理解できない大名らが玄蘇に聞いた。

「センソクセンイ、フセンソクケドウ。すなわち、戦うつもりであれば戦闘し、戦う気がなければ、我らに道を開けなさいという意味です」

「まさに、簡略で分かりやすい文章だ。きれいに書いて送るように」

行長が満足そうな笑顔をした。

快く許可を得た玄蘇は、板上の白い紙に筆を垂直に立てた。

「戰則戰矣 不戰則假道」

一字一字を楷書体で丁寧に筆を書き下ろした。戸惑いのない一筆だった。

「勘兵衛。足軽を連れて、この板を城からよく見えるところに運べ」

義智は朝鮮語が分かる勘兵衛に、東莱城の前の平地にその板を置くように指示した。

「はあ。それではご命令どおりに」

勘兵衛が足軽二十名を率い、城に向かうと朝鮮軍側に緊張が走った。

「いよいよ、倭軍が攻撃のために動いています」

勘兵衛は足軽に板を担がせ、東莱城の百歩前まで前進した。

「倭軍の攻撃が始まるぞ！」

「少人数が城に向かってきています。先鋒の攻撃隊のようです」

「皆の者！　戦闘準備だ！」

宋府使は将校の報告を聞きながら、相手の動きを見て、全軍が警戒態勢に入るように命じた。

「射手は矢を弓に掛けて待て」

勘兵衛は右手を上げ、二列になってついてきた足軽隊を止めた。彼らは鉄砲隊であった。

「板を担いでいる二人は前に出ろ。他はここで待て」

勘兵衛が前に進み、足軽二人だけが板を担いでついてきた。

「何のつもりだ。何で三人だけが向かってくるの？」

近づく相手をよく見ると、一人は肩のほうに板を担ぎ、一人は棒に白布をつけていた。

「使者のようです。何か言おうとしています」

後ろに残っていた足軽らは、片膝でひざまづき、鉄砲の発射陣形をとっていた。

「攻撃命令までは矢を射るな」

宋府使は、相手が何かを提案するために使者を送ってきたと考え、城に近づく相手兵士を注意深く見つめた。

「ここに立てろ！」

勘兵衛は、五十歩先までに近づいて板を下ろすように足軽に命じた。

「チャルバラ。ウリテジャンニムエチョンオンイダ（よく見ろ。我が大将の伝言だ）」

「チャルボコ、フェダッペラ（よくみて回答しろ）」

勘兵衛は、城に向かって大声で叫んだ。朝鮮語だった。

「何だ。朝鮮語ではないか。朝鮮の人か」

「いいえ。対馬の人は朝鮮語が分かる者が多いです。おそらく対馬出身でしょう」

宋府使は、将校に相手兵士が置いた板を持ってくるように言った。

板の漢文をみた宋府使は、紙と筆を用意させ、その場で返事を書いた。

「戰死易　假道難（道を開けることはできない。戦って死ぬまでだ）」

そして、板を城壁の下に投げた。決死抗戦の意思を明かした宋府使の返信を受け、義智は切なく思った。予想はしていたが、自分の本心が伝わらずもどかしい気持ちになった。まるで、恋心を抱いた相手に拒絶されたような気がした。

「頑固な人だ」

「仕方あるまい。こうなった以上、力で屈服させるしかないな」

行長も、義智の気持ちが分からないわけではなかった。しかし、

「総大将として攻撃を躊躇するわけにはいかない」

行長は、婿の気持ちを押し切るように命令を発した。

「では、総攻撃だ！」

これ以上は致し方ない。義智も対馬隊の先頭に立って隊を率いた。

「強力な武力で攻め、速戦即決に戦を終えれば救いの手もあろう」

「全軍。作戦通りに。ネズミ一匹逃すな。城を囲み、徹底的に攻撃しろ」

行長の命令により、布陣を整えた。攻撃隊は三つに分けられた。釜山鎮城の攻撃と同じ布陣だった。平戸

城主である松浦と島原城主の有馬の兵士五千が右翼を担当した。右隊は、荒嶺山《ファンリョン》の裾を登り東門に接近した。対馬隊の五千と大村城主の率いる兵一千は、左翼から城の西に向かって前進した。行長は直轄兵力七千を率い、南門から三百歩離れた平地に陣を張った。

「倭軍が三つに分かれた。城を包囲する作戦だ。攻撃が始まったぞ！」

城壁の上で相手の動静を見ていた朝鮮軍は慌てた。

「怖がることはない。持ち場を離れず、守れ！」

講和交渉を拒んだ宋府使は、相手の総攻撃は十分予想していた。動揺はなかった。南門楼の前の城壁に沿って立てられた大将旗が北の山からの風に揺れていた。白、黒、黄、青、赤の五色に龍や虎が描かれ、旗が勢いよく翻った。

両陣営とも今までピンと張っていた緊迫した空気が融け、戦況の動きが早くなった。まさに一触即発の瞬間だった。

「戦はやってみないと分からない」

軍勢は、相手の方が有利だったが、戦いには常に予測できない変数が隠れている。多くの戦に参戦し、経験豊富な一番隊の指揮将たちは戦の不確実さをよく知っていた。いくら数的に優勢であっても、一瞬で士気が下がり、崩れることもある。一瞬の油断で戦況は変わり、支離滅裂し敗れてしまうのが戦だった。

「油断するな」

城を取り囲んだ相手は、下手に手を出すまいといわんばかりに攻撃を仕掛けずに朝鮮軍の動静を探った。

「なぜ仕掛けてこないのか。何か思惑があるようだな」

「おそらく、夜間攻撃を仕掛けるために暗くなるのを待っているのでしょう」

「そうだろうか。しかし倭軍にとって、ここは敵地だぞ。彼らも時間が経てば経つほど不利になることを熟知しているはず。下手な指揮官ならそうかもしれないが、釜山鎮城を半日で攻め落とした者がそんなことはしないだろう」

宋府使は、将校らの推測を聞き、彼らとは違う意見を言った。

「矢を恐れ、防備策を立てているに違いない」

「おっしゃるとおりです。倭軍が板を盾に城に近寄ってきています」

助防将の共が、相手の動きと防備策をみて報告した。

「矢の射程圏に入っても、敵がもっと接近するまでは射るな」

太陽は西へと徐々に傾いていた。

中央を担っていた行長隊の兵士が分散し攻撃を仕掛けていた。

足軽隊は皆、板や藁でつくられた畳のようなものに隠れ、うずくまるように体を丸くして進んでいた。

「百歩前です」

「まだだ。もっと引き寄せるんだ」

兵士の報告に宋府使は相手をもっと近寄せるために、待ったをかけた時だった。

「ハッシャシロ！」

訳の分からない言葉が敵陣から発せられ、耳に届いた。

「ぱー、ぱー、ぱーん。ぱー、ぱー、ぱーん……」

朝鮮軍が矢を射る前に、相手の陣営から鉄砲が発射された。

鳥衛門は命令に従って銃口を城に向かわせた。視野はそんなによくなかったが、城壁の上を狙い、火をつけ引き金を引いた。

「ぱーん」

爆発の音と同時に鉄砲の銃口から銃弾が飛び出した。発射の衝撃で肩が反動した。二列、三列の隊からも爆発音と銃弾が放たれた。凄まじい音が続いた。

「うわっ。ああっ」

城壁の上から悲鳴が上がり、丸太のように落ちてくるのが見えた。

「ソアラ、ソアラ（射ろ、射ろ）」

激しく叫ぶ朝鮮語が耳に入った。何の意味だろうと思った瞬間。城壁の上から矢が雨嵐のように飛んできた。

「矢だ。板の後ろに身を隠せ」

鳥衛門は、声を上げながら板の後ろにうずくまった。

「釜山鎮城とは違うな」

「うん。こっちの兵士は勇ましいぞ」

「みんな気をつけろ」

釜山鎮城を攻めた時は、鉄砲を放つと朝鮮兵は皆、城壁に身を隠し、反撃はなかった。しかし、東莱城では、銃撃で犠牲者が出ているはずなのに反撃の矢が飛んで来た。釜山鎮城の戦いでは、朝鮮軍の矢が強い殺傷力を持っていることを体験した鳥衛門だった。百歩離れた距離から飛んできた矢先が、吾郎の顔を陥没させるほど威力があった。彼は、吾郎の顔から鉄の矢先をえぐり取ったので、その飛距離と威力の怖さは十分知っていた。朝鮮軍の矢は頭上から音を立てて激しく飛んできた。

「ぐずぐずするな。撃て、撃て」

鉄砲隊の指揮将だった。彼は先頭に立って刀を抜き、声を荒げて攻撃を促した。

「仕方がない」

鳥衛門は、板から身を上げると同時に鉄砲を発射した。匍匐《ほふく》前進（腹ばいになって前進すること）し、銃口から火薬を充填した。

「進め、進め！」

鉄砲隊だけではなかった。槍隊からも突撃を促す叫び声が飛び交った。頭上に板や藁の畳を被った兵士らが城壁に向かって突っ走った。突撃隊だった。左手に板を握り、右手には梯子を持っていた。城壁を登る攻撃隊の兵士だった。若い兵士は身軽で軽快であった。

「鉄砲隊、援護しろ」

鳥衛門はその場にひざまずき、引き金を引いた。敵の矢が飛んできた。目標物を正確に定めずに撃った。矢はピン、ピンと音を立てて地面に突き刺さった。百歩ほど離れていたが、矢の勢いは落ちていなかった。城壁の高さという地形の影響もあった。

「当たれば致命傷になりかねない」

釜山鎮城の戦いで、朝鮮軍の矢は射程距離が概ね百歩内外であることが分かっていた。鳥衛門は、百歩離れていれば命取りにはならないと頭に入れておいたのだ。

「ここでは安全圏は百五十歩なのか」

突撃隊が城に前進しはじめたら朝鮮軍の矢はそちらに狙いを変えた。後方にいた鉄砲隊は危険から逃れられた。

「ほお。こっちは攻撃が止まった。撃ちやすくなったぞ」

朝鮮軍が突撃隊に気をとられ、攻撃が弱まると鉄砲隊の身動きがよくなった。鉄砲隊の兵士はすばやく火薬を充填し、縄に火をつけ次々に発砲した。矢の攻撃が弱まったので、撃ち手は落ち着いて狙いを定めて撃つことができた。城壁の下から撃っても百歩以内なら十分、鉄砲の射程距離だ。

「当たれば大けが、間違いなし」

「ぱー、ぱー、ぱー、ぱー、ぱーん」

鉄砲から連続的に火の玉が放たれた。

鉄砲隊の攻撃が激しくなるにつれ、撃たれた朝鮮兵がバタバタと城壁から倒れ落ちてきた。朝鮮側の動揺する様子が鳥衛門の目にも入った。攻撃する矢の数も際立って弱くなってきた。

「休むな。撃て！」

足軽頭が、最前線を走り回り檄を飛ばした。弱くなった敵の抵抗に畳みかけ一気に攻め落とす戦略だった。

まだ西の空には陽光が白く照っていた。明るい昼だが、鉄砲から放たれた鉛の玉は真っ赤な火の玉になって城壁に向かって飛んでいくのが見えた。狙いが外れた弾丸が城壁に撃ち込まれると「チアン」と音が立ち、石の破片が散り落ちた。

鉄砲隊の激しい援護射撃で朝鮮軍の抵抗は弱まった。その隙を狙って突撃隊が城壁に梯子をかけ、獣のように這い上がった。

「チョラ。ムロソジマラ（攻撃しろ。引くな）」

叫ぶような朝鮮語が耳を打った。すぐさま、将校らしき朝鮮軍兵士が城壁の上で太刀を振るいながら声を荒げていた。すると、城壁の下に上半身を突っ込んで隠れていた兵士たちが体を立て、矢を放ち、人の頭のくらいの石を投げた。梯子を登っていた突撃隊が、朝鮮軍の石や矢にやられて梯子の下へと次々に転び落ちた。負傷者が多く出た。

「釜山鎮城より抵抗がすごいぞ」

「そうだな。逃げる兵士もいないな」

東莱城の抵抗は激しかった。一番隊の領主たちは、釜山鎮城とは士気や抵抗の強さがはるかに違うことを実感した。

「引くな。敵は烏合の衆だ。もう少し奮戦すれば援軍が来るぞ。勝てば王様から恩賞があるぞ」

宋府使は、南門楼の上で全軍を指揮した。叫ぶように大声を出し、兵士を督励する声が城壁の上に哀れで悲しく響いた。

「鉄砲隊も前進しろ」

一番隊も引くことはなかった。突撃隊の城壁攻めが失敗に終わったので、総攻撃の命令が下った。列を維持しながら鉄砲隊が城壁にわずか五十歩ほどまで前進した。すると朝鮮軍の矢攻めが激しくなり、何人かの兵士が矢に打たれて倒れた。

「このままでは危ないぞ」

鳥衛門が危険を感じ、腰を低くした。

「分かれろ。各個戦闘態勢で動け」

近いので危ないと指揮将も気づいたのだ。鳥衛門は直ちに列から離れた。城壁から見下ろしているので五十歩の距離は一番危なかった。鳥衛門は横に走った。死角を探したが、城壁が高いのでそういう場所はなかった。城壁からはその分、見通しがきいた。走りながらも鉄砲に火薬を充填し、火をつけて鉄砲を撃った。

「ちょっとした油断で矢の餌食になる」

あちこちで鉄砲の音が飛び交った。突撃隊が再び梯子に着き、這い上がろうとした。城壁の上から射手が退いて、体の大きい朝鮮の兵士たちが現れた。任務交代のようにみえた。やがて、彼らは矢の代わりに石や熱湯を注いだ。突撃隊は再び梯子から落とされた。釜山鎮城の戦いで経験はしたはずだが、なかなか城内への突撃は難関だった。死傷者の数が多くなった。

「全軍引け。引け」

「鉄砲隊も退却しろ」

「無駄に死傷者を出す必要はない」

行長は朝鮮軍の抵抗に戸惑いながら、そう思った。死傷者が出るのを防ぐために全軍に攻撃を一時中止するように命じた。

「敵の犠牲も多いが、我が軍も死傷者が多すぎる」

「釜山鎮城よりは手強い相手です」

「そうです」

行長は、戦況を点検し戦略会議を開いた。左側から照らしていた太陽は山の頂上に引っかかり、傾いていた。

「作戦の練り直しが必要だ。今の攻撃では犠牲者が多すぎる。なるべく犠牲者を減らさねばならん」

行長の言葉に義智が答えた。

「城壁さえ這い上がれば陥落できます。朝鮮軍の武器や武術は釜山鎮城で経験したはずです。突撃隊が城壁を登れさえすれば、城を落とすのは時間の問題です」

行長が言った。

「どうすれば突撃隊が城壁を登れるのか。何か作戦はあるのか」

義智は畳みかけるように答えた。

「日が暮れたら夜陰を利用したいと思います。計略で敵陣を騙す必要があります。敵の目を引き、その間に城壁を登れば一気に攻め落とせるでしょう」

指揮部の作戦に合わせて、足軽たちは木や藁を使い案山子をたくさん作った。

一方、東莱城の中では、宋府使の周りに朝鮮軍の指揮官が集まっていた。

「倭軍の攻撃は凄まじいです」

「鉄砲にやられた兵士が多すぎます。死者も多いですが、撃たれた者はすべて重傷です」

「倭軍が自ら退いたので助かりました。じゃなければ後わずかで総崩れでした」

宋府使を囲んで若い将校たちが異口同音で言い合った。

「敵が退いたといっても包囲網は抜け目がありません。城から外に出る道がすべて遮断されています。援軍に助けを呼ぶことさえできない状況なので、戦は我が軍において厳しい局面です」

宋府使も厳しい表情をしながら状況判断について述べた。

「倭軍の狙いは何でしょうか」

二列ほど離れていた若い将校が質問をした。宋府使は将校を一瞥してから、皆を見回し答えた。

「倭軍の狙いは我らの降伏だ。戦の前にも降伏を促す伝言があった。我らが降伏しない限り、倭軍は再び攻め込んでくるはずだ。各自、自分の担当場所に戻り、敵の攻撃に備えろ」

朝鮮軍側は死者を役所の前に集めておいた。負傷者は治療をする余裕がないので、そのままほったらかしだった。あちこちで悲鳴が上がり、泣き声が響いた。

「静かにさせろ」

神経を尖らせていた将校らは泣き声にいらつくのか、兵士を怒鳴った。

城壁の死傷者を片付け、兵士を再配置することで攻撃に備えた。しかし、犠牲が多く、兵士の数は減っていた。緒戦で精鋭の兵士の半分くらいが打撃を受けたからだ。城壁で防備についた兵士は戦の前より大幅に減っていた。

日は落ちて百歩先が霞に見えた。

「焚き火と松明を点けろ。敵に城内の兵の数が減ったとは分からないように、多くの松明を焚け」

宋府使は、日が落ち暗くなりはじめると敵に機先を制する目的で、沢山の松明や焚き火を用意させた。

東莱城の中が焚き火や松明で明るくなったのとは反対に城外は静かだった。十歩先は何も見えないまさに暗闇の世界だった。城の周りは夜陰の中に静まりかえっていた。世の中が停止しているように、静穏と沈黙が怖いほどだった。

「倭軍は夜襲を狙っているのかもしれません」

「それもあるだろうな」

「皆、疲れているので警戒をしながら食事の支度をしたほうが良いと思います」

「いや、警戒を緩めるな。仕度は婦女子にやらせろ」

「はい。かしこまりました」

一部の将校と兵士だけが城壁を離れて、婦女子を動員し食事の支度をさせた。激しい戦闘の後なので、静かな平穏がかえって不安にさせた。

「このまま戦いが終わってくれればいいのに……」

「そうだね。明日の朝、目を覚ますと夢のように倭軍が消えていればありがたいねえ」

食事の支度をする小母たちは、こうしゃべり合いながら気を紛らそうとした。

このとき、もうすでに先発隊の動きは始まっていた。突撃隊は暗闇に身を隠し、用意した案山子を担いで城に向かった。

「足音を立てるな」

指揮官が怖々と足を動かしながら兵士に命令をした。足音を消すために藁の紐をまとっていた。肩には、竹で作られた八尺ほどの案山子が鎧と兜の姿をしていた。城壁の近くに到着した先発隊の足軽頭が石で火を起こした。

朝鮮軍の兵士にもその火がみえた。

「火が飛んだようです」

兵士は、後ろにいる将校に火が飛んでいるのをみたと報告した。

「倭敵なのか」

「それは分かりません、あそこから二、三度、火が飛ぶのが見えました」

報告を聞いた将校が城壁に近寄って、下を見回そうとしたのと同時に、

「ぱーん、ぱー、ぱー、ぱー、ぱーん」

暗闇の中から銃弾が飛んできた。

「頭を下げろ」

将校は鉄砲の音を聞いて、すぐ後ろに下がり、頭を城壁に突っ込んだ。

飛び火は突撃隊から城壁に着いたとの報せだった。発砲は、それに合わせてのものだった。充填をし終わった鉄砲隊は一斉に引き金を引いた。鉄砲から真っ赤な鉄砲玉が飛んだ。狙い定めはできなかったが、松明の方に向かって適当に撃った。朝鮮軍の兵士を脅かすのが狙いだった。

「城壁につけ！」

突撃隊は案山子を担ぎ、城壁の下に体をぴったりとつけた。上からは垂直にならないと見えない角度だった。

鉄砲の音は平穏な空気を一気に壊した。朝鮮軍の兵士は暗闇から音がして、その直後に鉄砲玉が飛んできたので、何も対応できずに慌しく城壁に頭を隠していた。続く鉄砲の音と弾丸が怖くて、城壁の外に頭を立てることはできなかった。そのような状況だったので、城壁の下で何が起こっているのか予測できなかった。

「ほら、止まったぞ」

「うん。怖かったな」

雷のように襲ってきた相手の射撃がパタッと止まった。鉄砲の音が止まると静寂が漂った。

「一体何だったんだろう」

「分からない」

兵士らは気が抜けた様子だった。

「警戒しろ」

宋府使は、相手の攻撃が始まったと感づいた。

その瞬間だった。いきなり城壁の外から大きい体をして赤い鎧と太刀を握った相手の武将が現れた。白い粉を付けたのか顔は白く、唇には血が付いていた。まるで悪魔そのものだった。

「うわっ」

「こっちからも現れた。逃げろ」

「敵だ。倭敵だ」

城壁で警戒を張っていた朝鮮軍の兵士は、あちこちからぴょこぴょこと現れた武装姿の案山子にびっくり動転した。

「敵が城壁を登ったのか。これで終わりなのか」

「撃てえ。戦え」

太刀を抜いて戦おうとする将校もいたが、一部の兵士は怯えて、民家のほうに逃げ出す者もいた。

「驚くな。あれは案山子だ」

「へえ。案山子？」

「よくみろ。あれは案山子じゃないか」

「倭軍の計略だ」

城壁の戦列が計略によって、まんまと乱れてしまった。将校らは兵士に怯えないように事態を収めようとした。しかし、すでに多くの兵士が城壁を離脱していた。城壁だけではなく、城内がすっかり落ち着きを失ってしまった。

「ぱーん、ぱー、ぱー、ぱー、ぱーん」

案山子と分かり、一瞬、落ち着きが戻ろうとした。すると、同時に、鉄砲玉が飛んできた。その勢いは前より激しかった。朝鮮側の守備陣列が総崩れした。

「突撃！」

いつの間にか城壁の下にいたはずの突撃隊が梯子を這い上がってきた。抵抗はほとんどなかった。

吾郎も城壁の方に走った。

負傷した片目を小汚い布で丸く包んでいた。突撃隊の兵士がほぼ全員、梯子を登り城内に入った後だった。無事だった彼の片目は、目尻が釣り上がり怖い顔をしていた。まさに、憎悪と復讐に燃える化身の姿だった。負傷する前とはずいぶん表情が変わっていた。彼は自ら先頭に立って戦った。

「退くな。早く這い上がれ。一人残さず殺せ」

目の下の頬骨が陥没した彼の顔は、歪んでいた。傷の上と頭を布でぐるぐる包んでいた。布の表面は黒く乾き血が滲み出ていた。その容貌は、まさに悪に満ち溢れた化け物そのものだった。海を渡る前に感じていた戦に対する怖さと不安は、この傷を得て消え去った。その代わりに、彼の心の根底には朝鮮の人々に対する憤怒が根付き、そこから怒りが込み上げてきた。

「俺の顔を、こんな醜い顔にしたのは、あいつらだ」

目の敵を全部、殺さないと気がすまなかった。

「戦場なので、俺の行為を非難する者はいないはず。むしろ恩賞をもらえる」

彼は復讐の化身となり、胸の中の怒りがなくなるまで朝鮮軍の兵士や民を問わず、手当り次第に殺戮しないと傷跡を埋めることができないと思った。罪の意識はなかった。ひたすら心の底から沸いてくる復讐の感情だけが彼の頭を支配していた。

梯子の上に登った突撃隊の兵士が、城の上から注がれる熱湯と石の攻撃を受けて転がり落ちてきた。吾郎は、地面に落ちた兵士のコモを拾い、頭に被った。そして、城壁に掛かっている梯子の上に右足をかけて登り始めた。

右手に太刀を握り、左手で梯子を取り一段一段、登った。城壁の中間くらいで、上から熱湯が注がれた。コモがある程度の緩衝になったが、手の裏に注がれた熱湯は、皮膚をえぐり取るような熱さと痛みが伴った。

「こんな熱湯に負けるもんか」

吾郎は歯を食いしばってその痛みに耐えた。

「もう少しだ！」

ひたすら足を上のほうに運んだ。城壁の上の敵が目の前に見えた。太刀を振りながら足をもうひとつ上の横棒に乗せた。

「吾郎。気をつけろ」

「ぱーん！」

鳥衛門だった。吾郎の叫ぶ声を聞いた鳥衛門は、吾郎が先頭に立って梯子を登るのをみた。注意を喚起しながら、城壁の上から大きな石を投げようと身を乗り出して、下を狙っていた朝鮮兵が、松明の火の陰に見えた。鳥衛門はすかさず鉄砲を撃った。

「あっ!」

「ドスン」

撃たれた朝鮮兵は、石とともに城壁の下に落ち地面に頭をぶつけた。体の大きな兵士だった。即死だった。その隙を狙って、吾郎は城壁を乗り越え、城内に入った。直ちに朝鮮兵が槍を突き出し、近づいてきた。吾郎は槍先を交わし、体を回しながら太刀を横に振った。斬られた朝鮮兵は悲鳴を上げながら倒れた。肉薄戦が始まった。吾郎の剣術はそんなに優れる技ではなかった。にもかかわらず朝鮮兵は相手にならなかった。

「いやっ、あっつ」

その間に、あちこちから突撃隊が一人、二人、城壁を越えて城内に突入してきた。

「進め。全軍攻撃しろ!」

山の傾斜の方になる東門を攻めていた松浦隊は攻撃を止めて、しばらく一息入れていた。しかし、急に南門側から騒ぎが起きたことで、東門の朝鮮軍の兵士たちが動揺した。主将の松浦はこの機会を逃すまいと攻撃の命令を発した。

松浦隊も鉄砲を撃ちながら、東門の両側の城壁を這い上がった。南門の攻撃で戦力が弱くなったのか、東門の朝鮮軍の抵抗が前より弱まっていた。多くの死者を出さずに、城壁を越えた松浦隊の兵士は朝鮮軍の兵士を次々と斬り、刺した。

肉薄戦では、朝鮮軍は相手にならなかった。朝鮮軍の兵士は、剣術が分からず、力を頼りにかかってきた。力任せに攻め込む相手を一番隊兵士は巧みにかわし、太刀を振った。鋭い太刀に朝鮮軍兵士の首が跳ね、腕が斬り落とされた。悲鳴を上げながら倒れる兵士の様子をみた他の兵士たちは、武器を捨て、山の下に逃げた。松浦隊は、たやすく城門の閂《かんぬき》を外した。

主力である行長の突撃隊が南門の城壁を這い上がり猛攻を戦わせたが、松浦隊が仕掛けた東門が先に開かれた。

「進め。総攻撃だぁ」

「わあああっ」

松浦の督励により、松浦隊と有馬隊の五千の大軍が東門に押し寄せた。東門に入った兵士たちは、坂の下にある西門と南門に向かって進撃した。一番隊の戦法は組織的であった。遠いところからは鉄砲を撃ち、肉薄戦になると、長い槍と鋭い太刀で敵を突き刺した。相手の攻撃の前に朝鮮の軍民はまさに秋風に散り落ちる木の葉ようだった。

二度目の攻撃が始まって一刻が過ぎた。朝鮮軍の抵抗は顕著に弱まり、均衡は破れた。次々に南門と西門が開かれた。第一番隊の兵士一万七千が東莱城の中に押し寄せた。

一番隊兵士たちは、朝鮮軍の兵と民を区別なく槍で突き刺し、太刀を振るった。朝鮮軍の将校らが長剣を握り相手兵士に立ち向かったが、武官である彼らでさえ虚しく足軽の槍と刀の犠牲になった。到底、手に負える相手ではなかった。兵士は容赦なかった。目に入る者はすべて殺された。

「危ないぞ」

兵士の残忍さに危機を感じた朝鮮の人々は、相手の目を避け、あちこちに逃げ込んだ。

「ああ、城門が破れたのか」

宋府使は、坂の上にある東門楼から相手が押し寄せ、下に向かったのをみてから、守城に失敗したことに気づいた。

「城が陥落すれば、守り切れなかった主将には、ただ死あるのみ」

「引かずに最後まで戦え」

宋府使は、接近してくる相手兵士をみて、味方に戦うように督励しながら、まっすぐ役所である官衙《クァンア》に向かった。側近の将校と官吏らも宋府使の後に続いた。

宋府使は、執務室に繋がっている木の床に上がった。鎧の上にかけた赤い布はそのままにして兜を頭から抜いた。髪の毛は乱れていた。櫛を丁寧に入れて整えた髷《サント》が兜に押されぺしゃんこになっていた。宋府使は、垂れた額の髪を指でかきあげてから、その上に朝廷に出仕する際に被る冠を被った。

冠を被り、姿勢を正し北の方角に向かってひざまずき、大きくお辞儀をした。北の方角は、王がいる漢城だった。お辞儀が終わると、床の隅にある古い箪笥から扇子を引き出した。筆と墨が用意されると、宋府使は扇子の上に漢詩をしたためた。

辞世の句だった。

孤城月暈（孤立した城には月の影のみ）
大鎮不救（上部の大鎮からは援軍もなし）
君臣義重（君殿と臣下の道議が重いので）
父子恩輕（親の恩に対する子の孝は軽し）

書き終わった宋府使は、扇子を開いたまま北に向かい、再びひざまずきお辞儀をした。

「わしが戦死した後に、この扇子を父親に渡しなさい」

官衙の外ではあちこちで朝鮮軍と一番隊の間で肉薄戦が繰り広げられた。しかし、肉薄戦というより足軽による一方的な殺戮と言っても過言ではなかった。夜が更け、周囲は暗く何も見えなかった。足軽たちは、城の中の民家に火を付けた。火はあっという間に藁の屋根に移り、赤い火は踊るように燃え上がった。民家に隠れていた百姓たちは、火炎を避け外に飛び出した。

「サリョジュイソ、サリョジュイソ（命だけは助けてください）」

「こいつら、何と言っているんだ」

「朝鮮語だよ。分かるはずがねえだろう」

殺気に満ちた足軽らは、意味も分からずに朝鮮民を槍で刺した。彼らとしては、誰が兵士で、誰が民なのか、区別がつかなかった。自分と同じ服装をしていなければ、すべて殺戮の対象であった。

「獣のような、情けのない悪辣な奴らめ」

「どっちみち死ぬ身だ。とりかかろう」

はじめは命乞いをしたが、容赦ないことを知った、朝鮮の民たちは抵抗をはじめた。特に男たちは、斧、鉾、包丁や石を手にし、相手に歯向かった。しかし、訓練された相手の前ではまさに蟷螂の斧だった。多くの百姓が鮮血を流し死んでいった。

一方、宋府使が戻った執務室の官衙のあちこちから焚き火が上がり、周辺が明るくなった。槍を手にした足軽が官衙の庭まで攻め込んだ。朝鮮軍が壊滅した印だった。足軽たちは、ためらいもなく官衙に入り込んだ。手柄をたてるためだった。縁板の上に宋府使が座り、下には助防将をはじめ、将校らと郷吏らが武器を手にしていた。

「貴様ら。ここがどこだと思ってるんだ」

助防将の共が朝鮮語で怒鳴りつけた。

「……」

入り込んだ足軽たちの動きが、まるで朝鮮語を理解したように止まった。足軽らは、敵将の首を取ると手柄として論功行賞をもらった。戦に参加した彼らの目的は手柄を上げて出世するか、略奪をして、利益を得ることだった。彼らが官衙に飛び入ったのもその理由であった。しかし、相手に一喝され、一瞬、戸惑った。

「素直に降伏しろ」

足軽の一人が日本語で降参を求めたが、言葉が通じるはずがなかった。

「あいつらは何と言うのか」

「……」

今度は朝鮮側が黙々と口を閉じた。相手の言葉を互いに理解できず、しばらく対峙したままだった。

「一歩、間違えると、命が危ないぞ」

朝鮮側の武将らが喧嘩腰になっているのを見て、足軽たちは警戒していた。

「槍を下げ、道を開け」

玄関入口からの声は、対馬隊の侍である則枡《のります》だった。後から官衙に到着した彼の目には、松浦隊の兵士らと奥にいるのは朝鮮軍の指揮官たちと見えた。

「城は陥落しました。戦いは終わりです。降伏すれば、貴官と部下たち、そして城の民の命は救えます。私たちの目的は戦ではないのです。講和交渉を求めます。無意味に死ぬよりは命を大事にして、後日を図ってください」

則枡の日本語を通訳兵が朝鮮語に訳した。宋府使を敬慕する則枡の真心だった。

「隣国の道理があるのに、これはどうしたことか。我が国は、あなたの国に悪いことをしたことがなく、害を与えたこともないのに、このような侵略行為が道理に合うのか」

宋府使の声がリンリンと庭に広まった。怒りの声だった。通訳兵の言葉が終わると同時に、「先に答えたように降伏はない。降伏こそ、主君を裏切ることである。戦が始まったら、勝利か、死しかない。降伏して、負け犬として卑劣に生きるよりは、名誉を守り、死んでいくのがましだ。だから、隣国の道理を守りたければ、直ちに退くのだ」

通訳兵が則枡に日本語で通訳する様子を見ていた宋府使は、相手兵士が退く様子がないのを分かって、一喝した。

「自ら退けぬなら、追い払ってやる」

宋府使は太刀を抜き、頭上に振り上げた。そばにいた助防将の共と軍官が宋府使の前を遮るために、庭の上の階段を降りた。宋府使の叱りを聞いた則枡は、戸惑った。宋府使がこのように激怒するとは予想もしなったからであった。彼としては、宋府使の戦死を防ぐために走ってきたのに、相手は自分の善意を誤解しているようだった。しかし、宋府使の立場からは、それは善意でも何でもなく、勝者の傲りとしてしか見えなかった。

庭に降りてきた朝鮮軍将校たちが、太刀を抜き向かってきた。宋府使も縁の下に降りてきた。急な攻撃に不意を突かれた足軽らは後ろに下がった。

「仕方あるまい」

朝鮮側の攻撃に、一瞬戸惑った足軽たちは槍を前にして朝鮮兵を突いた。庭で朝鮮兵士と足軽との間で、肉薄戦が広げられた。宋府使は、槍を突きながら入ってくる相手を狙い、太刀を斜めに振った。戦に慣れていた足軽たちは、後ろに下がり太刀を避けた。宋府使の前で、戦っていた助防将の共が足軽の槍にやられた。武将出身である彼は、先鋒で相手兵士の攻撃を受け持ったが、脇を突く槍に気がつかなかった。脇腹をやられた。

「ウウック」

彼は痛みを我慢しながら、脇腹を刺した槍を手で握り、体を回した。その先に立っている足軽を狙い、太刀を高く上げた瞬間、他の足軽の槍が腹部を突いた。共は痛みより憤った。

「ウウウッ！」

両手で、敵の槍を握り左右に体と一緒に振った。隙間だらけの彼の体に、足軽の槍が無数に突いた。助防将の共が倒れるや、朝鮮側の将校たちは、次々と相手の槍の餌食になって倒れた。

宋府使も相手の攻撃を受けた。突いてくる槍を片手で握り太刀を振った。その隙間を狙い、足軽の槍が後ろから背中を突き刺した。

「ウウッ」

宋府使の体がぴくぴく揺れた。血を流しながら、無防備になった彼の体を、相手の槍が容赦なく突いた。

横に二、三歩動いた宋府使の体は、バタンと音を立てて倒れた。相手の槍を握っていた宋府使の手がブルブル震えながら絶命した。享年、四十二歳だった。宋府使が倒れた後、一緒にいた朝鮮の人々はすべて殺された。兵士の一人が首を取るつもりで、短刀を持ち宋府使の胴体にまたがった。足軽が宋府使の髪をつかみ、首を切ろうとしたときだった。

「やめろ。首を取るな」

則枡の声だった。

駆け付けた則枡は、勢いよく兵士を蹴っ飛ばした。

「痛てえー」

宋府使の胴体にまたがっていた兵士は、横に倒れ、短刀が転げ落ちた。後ろにいた則枡は、宋府使が兵士の槍に突かれるのを放置するしかなかった。

「残念だ。忠臣で、なかなかの人物だったのに戦でなくなるとは……」

そう思っていたところ、兵士が宋府使の首を取ろうとしたので慌てて駆け付けたのである。則枡としては、人望があり、親愛なる宋府使の首が取られるのを見てはいられなかった。蹴っ飛ばされた松浦の兵士が、恨むような目つきで則枡を見つめた。

「御免。いくら敵将であっても、勝手に首を取ってはいけない。戦にも流儀がある」

則枡の真摯な態度をみた兵士が、後ずさりしながら何かをつぶやいた。

「主君がいらっしゃる」

やがて対馬島主の義智をはじめ総大将の行長や大名たちが官衙に入ってきた。

これは、東莱城が完全に一番隊の手に落ちたことを意味した。

焦土化

一番隊が東莱城に着く前に、金ソバンは妻と子どもを連れて城に入った。城内に親戚のいない彼は、役所の裏側に民家が多いので、そこで妻や子どもと寝起きしていた。瓦の屋根と藁屋根の家が立ち並んでいた。瓦の屋根は両班と呼ばれる貴族の邸宅であり、草葺で覆われている草屋敷は庶民の家だった。金ソバンは瓦の屋根の家を避け、草屋敷に近寄った。人影がないのを幸いに、奥にある倉庫を探し家族を連れていった。家族の居場所を見つけ、ひと安心と思った彼は外の戦況が気になって出かけた。しばらく戦闘があったが、城が相手兵士に陥落するのを見て妻と子どものことが心配で、兵士の目を避け倉庫に戻ってきた。

「どこにいるんだい」

倉庫は暗かった。

「何が起こったんですか?」

妻と子は倉庫の奥に身を隠していた。子どもたちは寝ていたが、妻は事態に気づいたようだった。

「城の中は倭兵でいっぱいだ」

「ど、どうする。子どもたちを……」

妻の顔は蒼白で、どもっていた。

「まず、ここから逃げよう」

金ソバンは、官衙に近いここは危険と感じた。城内に入った兵士たちが朝鮮の人々をことごとく殺戮するのを見ていたからだ。

「早く、ついてこい」

金ソバンは、なるべく妻子を遠く離れたところに連れていこうとした。官衙の近くでは、すでに放火が始まったのか煙が上がっていた。

山の斜面にある茅葺の家に向かった金ソバンは門の中を覗き込んだ。

「誰か、いますかあ」

人気のないことを確認した彼は、妻子の手を引き、台所の横道を過ぎ、後ろに入った。玄関からは見えないところだった。

「誰もいないようだ。よかった」

入口の藁筵《わらむしろ》をたくし上げ中に入った。

妻子を奥に座らせた彼は、家族を安心させた。

「しばらくここにいよう。隙を見て、城を出るから」

「どこに逃げますか？　子どもたちがいるのに、大丈夫ですか？」

「とにかく、城を出て山の中にでも行かないと、みんな死んじゃうぜ」

兵士でも民間人でも構わず、朝鮮の人々を平気で殺す相手兵士を目撃した金ソバンだった。その残忍さに恐怖を感じていた彼は、とにかく城を出ないと妻子の命が危ないと判断した。

「まず、ここに隠れよう。そして、隙を見て城を出よう」

金ソバンは、安全のために藁で編まれた藁筵を倉庫の入口に垂らした。月の光が遮られ、中は暗闇に包まれた。

「子どもらが泣かないか、心配です」

「大丈夫だろう。倭兵もこんな隅までは調べないだろう」

城のあちこちから人々の悲鳴が聞こえてきた。叫ぶ声は朝鮮語で、怒鳴り声は日本語だった。平和な暮らしを一晩で、死という恐怖のドン底に落とされたことが夫婦には到底、信じられなかった。

「キャア」

外では殺戮が続いていた。金ソバンと妻オンヤンは恐怖に震えながら、子どもたちを懐に抱き、エビのように横になって寝た。旧暦であるが四月の夜はまだ寒かった。

「え〜ん、え〜ん、……」

子どもの泣き声を聞いて、金ソバンは目覚めた。入口に垂らしていた藁筵の隙間から薄い光が差していた。外には黎明がみえた。

「夜を無事に過ごしたようだ」

金ソバンは安堵した。

「倭兵の監視を避け、上手く城の外に出られればひとまず安心できる」

「うあん」

腹をすかした子どもがしつこくねだった。妻はねだる子の口に乳房をつけた。

「食料を入れた包みはどうした？」

「あそこに置きました」

金ソバンも腹が空いたので、素早く包みから麦を取り出した。

「こっちにくれ」

金ソバンから麦を受け取った妻は台所の方に歩き始めた。

「ちょっと待った」

金ソバンは、何か思いついたのか、声を出した。

「火を炊いてはいけない」

「どうして」

「煙が立つと倭兵が気づくだろう」

「じゃあ、この麦は……」

「生で食べるしかないだろう」

「子どもたちは、生麦は食べられないわ」

「こっちに持ってきて」

金ソバンは、生麦を水に漬けた。

「まあ、水に漬けておけば少しは噛みやすいだろう」

金ソバンは、自ら水に漬けた麦を口に入れた。

「最初は生臭いが、少し噛めば甘みが出るよ」

金ソバンは、生麦を飲み込んだ後、「子どもには水と一緒に飲み込むようにして」と言いながら水の中から麦をすくい上げた。

「これを子どもたちに食べさせて……。俺は外の様子をみてくるから」

「危ないでしょう」

「そうだけど、逃げるためには外の様子を把握しないと」

「とにかく、気をつけてください」

「俺のことより、子どもらとここで音を立てずに隠れていなさい。絶対、動いていけない」

「分かりました」

外に出た金ソバンの目に、あちこちから燃える民家の煙が映った。彼は路地を選び、身を隠しながら役所の官衙に近寄った。役所近くにはあちこちに朝鮮人とみられる人々が横たわっていた。みんな死んだ人々だった。役所の正門には、敵兵らが長い槍を立てて目を光らせていた。

「城は倭兵に占領されているに違いない。俺は運よく逃げられた」

城全体が侵略軍に占領されていることを確認した金ソバンは、すぐに家族の元へと戻った。

「城の中は倭兵だらけだ」

「すると、他の人々は……」

「言い辛いが、殺されたと思うよ。役所の前で多くの死体を見たから」

「では、私たちはどうすれば……」

「誰にも知られずここに隠れていて、暗くなったら城の外に逃げよう」

「……」

「こんなことになると分かってれば、最初から城に入ることはなかったのに。みんなが城に入った方がいいと言ったから、つい……」

金ソバンは、妻に申し訳ないと思い、独り言のように呟いた。

「とにかく、静かにいてくれ」

家族四人が横になれないほど狭い倉庫の中だった。金ソバンは、外の様子を探るためにネズミのように出たり入ったりを繰り返した。

いつの間にか太陽は中天に昇り、兵士たちは分散して城内の民家を調べた。

その数は数千を超えた。一番隊の指揮部は、隠れているかもしれない朝鮮兵を探し出すために兵士を動員した。兵士らの狙いは略奪と女探しであった。戦の結果、勝った者は負けた側の者を殺し、あらゆるモノを略奪した。人間性を失ってしまい、野蛮が闊歩するのが戦であった。探索に当たった兵士らは抵抗する人々を槍や太刀で刺した。天が青い白昼に人間の殺戮が躊躇なく行われた。探索が終わった民家には火をつけた。焦土化作戦だった。部屋と部屋を繋げる縁に隠れた人々は焼死した。金ソバンが隠れていた藁屋根にも火が付いた。

「ケッケ、ケッケ、ケッケ」

煙を吸った子どもが咳をし始めた。

「静かにしろ」

金ソバンは必死で自分の手で子の口を塞いだ。

「ウアアン」

口を塞がれた子どもが泣いた。

「泣いちゃやだめだよ」

青ざめた妻が、金ソバンを見つめた。

「諦めましょう」

「しようがないか。ここで焼死するよりは出る方がましか」

金ソバンは隠れるのを諦めた。

「ほら、こっちに来い」

金ソバンが家族を連れて外に出ると、兵士たちは予測していたと言わんばかりに槍を突き刺すふりをした。

「痛い」

足軽の一人が槍の端で金ソバンのお腹を突いた。金ソバンは後ろに倒れながら悲鳴を上げた。

「お前らはこっちに来い」

金ソバンが倒れると他の兵士が彼の妻を後ろからつかみ、娘と離した。

「オモイ！（お母さん！）」

幼い娘が大声で叫んだ。

「ほら」

別の兵士が娘を連れ去った。

「何でもやりますから……」

倒れた金ソバンが家族をみて、起き上がり許しを乞うた。しかし、朝鮮語だったので通じなかった。言葉の意味が分からない兵士が、槍で刺すふりをし槍先を彼の首に突きつけた。白昼の白い光が槍先に反射した。金ソバンは怖くなり、体は固まった。

恐怖で瞳が大きくなり、体がカタカタと震えた。後ろから縄で縛られた。

「クエッ、クエッ」

縄に引っ張られ、金ソバンは激しく咳をした。顔に血がのぼり、目が充血した。

「ワーアッ」

今度は妻の懐に抱えられていた息子が泣き出した。

「大丈夫、大丈夫」と言いながら、妻は息子をなだめ、兵士がつかんでいた腕から逃げ出そうと激しく体を振った。

「許してください。子どもたちは生かしてください。何でもします」

倒れた金ソバンが起き上がり、両手を合わせて命乞いをした。しかし、これも朝鮮語だったので通じなかった。首に縄が引っかかり身動きも、喋ることもできなかった。兵士は面白半分、縄を後ろから引っ張ったりした。

「放して、放して」

開き直った金ソバンが朝鮮語で叫ぶと、兵士の一人が槍の下の部分である石突《いしづき》で彼の脊髄を強打した。

「ホック」

石突には鉄が付いていた。突かれた金ソバンは悲鳴を上げながら、土に膝をつけた。縄を握っていた兵士が引っ張った。どこかに連れて行く様子だった。

「は、は……」

痛めつけられた金ソバンは抵抗することができなかった。

「ウワーン」

息子の泣き声が聞こえたが、彼は兵士に引っ張られ、どこかに連行されていくようだった。両手で縄をつかみ、必死に抵抗しようとしたがその都度、強い力で引っ張られるだけだった。

「クエッ、クエッ」

縄が首を絞めるたびに金ソバンの喉が詰まった。

「ああ、悲しい」

家族と離れてどこかに引っ張られていく自分が情けなく思われた。首を回し、家族の様子を確認しようとしたが、それすら思うようにできなかった。ポロリと涙が落ちた。

兵士に従うしかない自分のひ弱さがあまりにも恨めしかった。

「オイオイ。どこへ行くの。わたしたちはどうすりゃあいいの」

妻のオンヤンは、首を縄で縛られ無気力に引っ張られていく夫の金ソバンを見ながら泣いた。声を荒げて金ソバンを恨んでいるようにも見えたが、彼女としては引っ張られていく夫を哀れんだ。そして、残された自分たちもどうなるのか。哀れに思い泣いた。

夫がどこかへ連れて行かれた後、足軽の一人が彼女と子どもを引き離した。

「いけません。返してください」

彼女は大声を出しながら手のひらをこすり、許しを乞った。夫が大事にしていた息子だった。息子は家系を継ぐから、どこの家庭でも特に大切にされた。

「絶対、渡さない！」

「静かにしろ」

足軽の一人が険しい顔で、彼女を押しやった。

「アンデ、アンデ（いけない、いけない）」

彼女は朝鮮語で叫んだ。

「うあん、うあん」

息子の福男は、事態の深刻さを感じ、母親から離されると、さらに大きく泣いた。

「うるさいな」

福男を奪った足軽は、泣く子を面倒臭そうな面持ちで「これどうする」と仲間に聞いた。

「俺によこせ」

そこには吾郎がいた。顔に布を巻いた吾郎は両手を突き出して子どもを奪うように受け取った。片目に布を巻いた彼はためらわずにまっすぐ火炎の草屋敷に近寄った。彼は同じ村出身の又右衛門と共に略奪と後片付けのためにきていた。

「ワ〜ン、ワ〜ン」

「うるさいっ！」

彼は、何の躊躇いもなく福男を火の中に投げ入れた。

「おい、おまえ！　どうかしたのか！」

そばにいた又右衛門が吾郎の行為を見てびっくり仰天し、福男を引き出そうとしたが、炎が強く近づけなかった。

福男の泣き声がだんだん小さくなり、燃え盛る炎の中に消えていった。

「私の顔をこのようにした朝鮮の奴らの種を根絶やしにしてやる」

吾郎は又右衛門の叱責を聞き捨てて、唇をびくびくさせながら呟いた。

「あんなに残忍な奴だったっけ」

又右衛門は、吾郎の顔からこれまで見たことのない冷酷で残忍な人間の姿を見て、驚いた。

「ウハハハ……」

他の足軽らは笑い合った。

又右衛門は、吾郎に不気味な狂気を感じその場を離れた。

一方、東莱城を占領した兵士らは民家を隅々まで調べ、掃討戦を繰り広げた。

兵士らの第一の目的は略奪だった。女を見つければ輪姦をした。子どもたちは捕虜として捕らえた。朝鮮兵士と負傷者、反抗する者はすべて即決処刑した。従順な者は縄を首に掛け、魚の干物のようにぞろりと並ばせて引っ張り回した。

事実、末端の兵士であった彼らが、朝鮮人の生死与奪の権利を持っていた。すなわち朝鮮の人々の命は兵士の気分によって生死が分かれた。

勝利の側に属した兵士らは、生死与奪の権利を持つ絶対者となり、敗北した朝鮮側の人々は、虫けらのように扱われた。いやそれよりさらに弱い微生物のような存在であった。彼らを保護してくれる役人も朝廷もなかった。侵略軍に占領された東莱城は、弱肉強食の獣の生存法則が適用された修羅場に変わった。絶対者になった兵士の殺戮と略奪は夜遅くまで続いた。城から抜け出すことができず、民家に隠れた人々は殺されるか捕虜になった。

金ソバンは大事にしていた息子が殺されたことも知らずに捕虜として連行され、妻も娘と共に捕虜となった。別々に捉えられたので安否を知ることはできなかった。

東莱城にいた朝鮮軍兵士約三千人のうち五百人が捕虜となり、残りは無残にも殺害された。

「吾郎。子どもを火の中に投げたと聞いたが？」

又右衛門から吾郎の行為を聞いた鳥衛門は直ちに吾郎に尋ねた。

「とても怒りがおさまらんのです」

吾郎の顔は、傷口から出たべとべとの膿が乾いていた。彼は返事をすると同時に、傷の深さを鳥衛門に見せるように、ぐるぐる巻きの布を顔から剥がした。

「こっちに渡して」

鳥衛門は彼に近寄り、吾郎の手から布を受け取った。

「さあ、傷を見せて」

傷は深かった。傷口から膿が出ていた。吾郎の顔が以前より醜くなっていることを感じながら、鳥衛門は持っている馬糞をつけ、落ちないように布をあて、頭の後ろで結んでやった。

「どうだ。気が楽になったかい？」

「いいえ。もっと苦しいです」

「そうだろう。彼らに何の罪があるのか。ましてやお前の顔に矢を放った朝鮮の兵士は、何か恨みがあったわけではないだろう。顔がこうなったのも、罪のない朝鮮人が死んだのも、すべてこの戦が原因だ」

「……」

吾郎が黙って聞いていると、鳥衛門が畳みかけた。

「戦場で自分の命を守るために相手を殺すのは仕方ないにしても、戦う意思のない人や、力の弱い人を殺すのは罪悪だ。人として、してはいけないことなんだ。肝に銘じ、二度とやってはいけない。しばらくは、戦から離れ傷を癒しなさい」

目上の鳥衛門は、優しく諭すように言葉をかけたが、吾郎は顔を伏せたまま無言だった。

「聞く耳を持たなければ仕方がない」

鳥衛門は、世間を見る目がゆがんだ吾郎には自分の助言など小言にすぎないと思った。吾郎の傷にあてた布を締め、彼の肩を軽くたたいた。

「各隊は兵士を招集し、直ちに進軍せよ」

行長は各部隊の大名に命令を下した。行長は朝鮮側と交渉を通じてこの戦を終結させようとしていた。しかし、主戦派の加藤清正が第二番隊として二万の兵力を率いて朝鮮に向かっていた。のんびりと朝鮮側の返答を待っているわけにはいかなくなった。

「二度の戦闘で兵士たちは疲れています。もう少し休ませてから進軍してはいかがでしょう」

「兵が疲れていることは分かっている。だが、ぐずぐずしてはいられないのだ。二番隊に先を越されてしまう。そうなれば、今まで和平交渉のために努力してきたことが水泡に帰してしまう」

兵士たちに休息をとの提案を行長は、きっぱりと断った。

「本国と連絡を取りあう伝令と後方の補給路を担当する兵士二百名を残して、他は全員、出陣する」

東莱城で略奪の夜を過ごした兵士らは休むことなく、目を赤くしながらの出発だった。

「ああ、眠い」

兵士らは欠伸をしながら、命令に従い、進軍の準備をするしかなかった。行長は、二度の戦いで自分が率いる一番隊の火力が朝鮮軍の戦力を上回ることを確信した。

「道をよく知る対馬隊に先頭を任す」

直ちに、対馬隊を先頭に東莱城を出た一番隊は、都である漢城に向かって進撃した。

北上に先立ち、行長は次のような軍令を下した。

一、朝鮮人の中、兵士は皆、首を切ること。

一、捕虜の中で大人しい者は物資と荷物を運ぶ人夫として従軍させること。残りの捕虜と味方の負傷兵は本国に送ること。

一、女子の中で中年の女子は炊事準備をさせるために、若い女子は大将らの夜のために従軍させること。

一、貴品で美しい女を選び、戦利品として秀吉殿に捧げること。

一、子どもは帰国船に乗せ本国へ送ること。我らの言葉と風俗を教え、すべてカトリック信者にすること。

つまり、朝鮮人の捕虜の中で男と一部の女は陣中に同行させ、その他は全て本国に送ることにした。

その後、一番隊は朝鮮の都である漢城に向かった。捕虜として捕らえられた金ソバンは、荷物を運ぶ人夫として選ばれ、一番隊と同行することになった。

一方、金ソバンの妻、オンヤンと娘の行女《ヘンニョ》は捕虜として日本に送られることになった。夫婦は互いの生死も分からないまま、離別の身になった。

わずか二日前まで仲睦まじかった家庭が、突然の侵略により、息子は炎の中で無残に死に、残りの家族はばらばらに引き裂かれることになった。

「ウヤムンジョンノ（どうすりゃいい）」

身も心も満身創痍となった妻のオンヤンは、魂の抜け殻のようになった。

「オイ、オイ」

それは彼女に限ったことではなかった。獄に閉じ込められていた婦女子らは、例外なく酷い目に遭っていた。夫や子どものことを心配し、涙で夜を明かした。一番隊の本陣が漢城に向かって北上した後、捕虜は皆、足軽に引かれて釜山浦に連れて行かれた。魂の抜けた彼女だったが、娘と離れないように行女の手をぎゅっと握っていた。

「この手を離してはいけない。しっかり握っていなさい」

酷い目に遭い、泣きながら足軽に連行される捕虜たちが釜山浦の沖に着いた。そこには多くの朝鮮人捕虜がいた。破れた木綿服の捕虜の手や首に縄がかけられ、兵士らは彼らをまるで家畜のように槍でポンポンと叩いたりした。

そこには釜山鎮城で捕虜になったオドンとトルツルもいた。

捕虜たちは兵士の指示を受け小さな船に乗った。

「出発！」

陸地の兵士の号令に合わせて他の兵士らが船を押した。海上に浮かんだ船を四人の兵士が櫓をこぎ始めた。

「ヨッシー、ヨッシー」

朝鮮の捕虜を乗せた船は、波に揺られながら大きな船が停泊する沖に進んだ。陸なら百歩ぐらいの距離だった。そこから大きな船に乗り換えた。兵士たちは丸太で組んだ足場を小さな船と大きな船の間に斜めにかけ、縄で固定した。

大きい船も小さい船も波に揺られて、体のバランスを取るのが容易ではなかった。

「気をつけろっ！」

捕虜らは、大きな船の上から下ろされた綱を片手でつかみ、足場を踏みながら登った。丸太は踏みやすいように上の部分が平らに削られていたが、船が揺れるたびに身がよじれた。

「この縄をつかみうまく上がれば大丈夫だ。ゆっくり上がってこい」

捕虜の中で男二人が先に登って、安全を確認してから下に向かって叫んだ。

「分かりました」

女二人が縄をつかんで丸太に足をかけた。

「いいぞ。いいぞ」

順調と思った、その時だった。

大波が押し寄せ、船がふらついた。

「おう、うあっ」

バランスを失った女が、揺れる丸太の上でよろめき、そばにいた小母の腕にしがみついたため一緒になって落ちた。

海と踏み台の丸太の高さは、大人の背丈ほどあった。

「どうする？」

「イゴルチャバ（これをつかめ）」

小舟にいた捕虜が、腕を伸ばして助けようとしたが、泳ぎを知らない二人はバタバタするだけで腕を伸ばすことすらできなかった。

溺れた女たちは、必死に両手をばたつかせ体を浮かせようとするが、かえってまずかった。

「ごくごく、ごくごく」

もがくたびに塩辛い海水が口に入り、息が苦しくなってきた。吐き出そうとするが海水は一気に口に入ってきた。口に入った海水は、食道や気道に流れ込んだ。最初は咳き込んだが、次第に息を切らしていった。

「サラムサリョ（助けて）」

海辺で荷物を運んでいたオドンとトルツルが、叫び声を聞いた。

「あれを見ろ。人が海に落ちたよ」

「泳げないじゃないか？」

「ついてこい」

先にオドンが海に駆け込んだ。トルツルも続いた。

「ばしゃ、ばしゃ、ばしゃ、ばしゃ、ばしゃ、ばしゃ……」

オドンは海水をかき分け走った。海水が胸のあたりまでになった。すると、頭と上体を前に投げ出し、海中に体を浮かせた。二人は漁夫だから泳ぎが上手かった。海水を押しのけて小船に近づいた。首には太い縄がかかっていたが、気にもせず泳いだ。岸から小舟までの距離は約百歩。普通の人なら考えられない状況だったが、浜育ちの彼らにとっては朝飯前のことだった。二人は縄を後ろに反らし、体勢を変えながら海水をかき分けて泳いだ。

陸地にいた兵士たちも状況を知っていたので、二人の動きを妨げなかった。

「体の力を抜いて、少しだけ我慢して」

オドンが女二人に言葉をかけた。まず、垂れ下がっている女性の髪を引っ張った。二人は意識がなかった。続いてトルツルが近づいてきて、もう一人の女のチョゴリ（上着）を引っ張って背中から抱えた。慣れた手つきだった。

小舟にいた人々が力を合わせて二人を引き上げようとしたが、うまくいかない。兵士たちはその様子を黙って見ていた。死んでも構わないという淡々とした表情だった。

「うん、ヨッシー」

オドンが水中で体を跳ね上げながら一人を持ち上げると、小舟にいた女が手を伸ばし、それから数人が飛びかかってきて二人をすくい上げた。海水を飲み込んだ二人の女はそのままだらりと横たわっていた。死体のようだった。

「そこをどいて」

体から海水を垂らすオドンが小舟にあがり、肉づきいい女のチョゴリの上に手を置き、軽く押さえつけた。それから体を回し、うつ伏せにした。トルツルが頭をつかみ持ち上げた。

オドンが手の平を伸ばし、手首で女の肺の裏と首の下を強く打った。トルツルは指を口の中に入れ、のど仏を刺激した。

気道に入った水が数滴飛び出したかと思うと、続いて食道に入った水が吹き出した。

「ゴホッ、ゴホ……」

二人は激しく咳き込んだ。体に入った塩水を一滴も残すまいという様子だった。オドンとトルツルは、「もう、大丈夫だよ」と女にささやいた。

「ああ、どうも。ありがとう」

二人は、オドンの腕をつかんで感謝した。しかし、それも束の間だった。

「早く上れ」

兵士は、二人の女以外の捕虜に早く船に移るよう促した。

「これをつかめ」

船から綱が投げられた。捕虜たちは、綱を頼りに揺れる丸太を恐る恐る踏みながら大船に乗り換えた。

オドンとトルツルは、海に飛び込み、陸地に戻った。溺れた女二人は正気を取り戻し、他の捕虜と手をつないで乗船しようとした。

「ムソウォ、ムソウォ（怖い、怖い）」

チマチョゴリ（韓服の上下着）が海水に濡れて水がぽたぽた落ち、足場がつるつるして危険だった。二人は怖々、何とか大船に乗り移った。

「勝手に動くな」

一方、オドンとトルツルが陸に戻ると、兵士の一人が大声を出し、顔をしかめながら日本語で怒鳴った。

「……」

オドンとトルツルは、どうせ何を言っているのか分からないのだから返事もせずに元の場所に戻った。幸い、二人には体罰はなかった。

「人を救ったんだから、賞をもらえるはずなのに何でわめき立てるんだ。馬鹿！」

オドンが低い声で不満を漏らすと、「そうだね」と、トルツルが相槌を打った。

二人は荷物を運んだ。兵士らは老若男女を問わず捕虜が到着し次第、小舟に乗せ、大船に運んだ。小舟は岸と沖合を何度も往復し、捕虜と略奪品を運んだ。

日が暮れるとオドンら捕虜たちも大船に乗り移るようになった。兵士らは女性や子どもにはそうしなかったが、若い男の捕虜同士を縄で縛りつけ、首にも太い綱をかけた。

「座れ」

船上で捕虜を監視していた兵士らは、捕虜が日本語を解せず、もたもたすると、すぐ槍の後方で突いた。

「アッパ（痛い）」

兵士らは言葉が分からないということだけで朝鮮の捕虜を獣扱いした。自分たちが朝鮮語を知らないのは当然のことで、捕虜が日本語を知らないことはまさに罪だった。言葉を解せない罪で捕虜たちは兵士に犬、豚扱いされた。言葉が通じないということで兵士たちは暴力を振るった。どうせ言っても分からないという前提があったからだ。そもそも言葉は考えを伝える手段にすぎない。本質は意思を疎通することだった。しかし、彼らは言葉が通じないという理由だけで、すぐに暴力を振るったのであった。

言葉が通じないといって、なぜ殴られるかを理解する捕虜はいなかった。

「甲板にしゃがめ、という意味のようだね」

感がいい捕虜が状況をみて推測すると、他の捕虜もついて動くだけだった。兵士らは帳簿をみながら捕虜の数を確認した。捕虜たちは、甲板に幾つかの群れになってしゃがみこんだまま夜を過ごさなければならなかった。

広々とした海も日が暮れると四方が塞がった獄舎と同じだった。まさに漆黒の闇に包まれた獄であった。兵士たちの松明が唯一の明かりだったが、深夜になり、それも消えた。

どこが陸地で、どこが海なのか。

周囲が真っ暗になり、視野を遮断した闇はまさに恐怖、そのものであった。暗い夜が過ぎ、東方から灰色を帯びた黎明がすこし見えた。前日、反対の西の海へと落ちた太陽は、まだ海の下に隠れていたのか、海と空は一つになり、続いていた。

それも束の間、突然、太陽が欠伸をするように赤い光を噴き出した。空が真っ赤な朝日に染まると、灰色の沖が赤く変わっていった。赤い太陽は空を蝕むように昇り、きらびやかで透明な白い光を噴き出した。赤い絵の具を撒いたように染まった空と海は、次第にその色を変えていった。海の果てから繋がっていた空と海は二つに分かれた。眩しかった。創造主のいたずらだったのか。自然の摂理だったのか。太陽が空に昇ると世界は澄んだ光に満ちていた。空は澄みきって青さを増し清明な色に変わった。近くにあった灰色の海もいつのことかと言わんばかりに空を青く反射させた。自然の調和は神秘的だった。

陽が昇り、周囲が明るくなると静かだった船が慌ただしくなった。兵士らが起き上がり忙しく動いた。前日、捕虜を船に乗せた兵士たちは、歩哨数人だけを船に残し、残りの兵は陸にいたが、彼らも動き出した。

釜山浦から九州までは順風であっても一日はかかると考えなければならない。朝早く出航すれば、午後遅くには対馬や壱岐島に着くことができた。順風なら日が暮れる頃には九州にたどり着けるが、海の色が黒く玄界灘と呼ばれる対馬海峡は頻繁に波が荒れるので、緊急事態を除いては日が暮れた後に玄界灘を渡ることはできるだけ避けた。

釜山鎮城から出てきた侍大将と兵士の一部を乗せた小船が近づき、大船に乗り移った。武将らしき者が兵士に「シュッパツ！」と叫んだ。帆が広がり、海風を受けた船が動いた。あっという間に捕虜を乗せた船は沖に出た。

「ワ～ン、ワ～ン」

大船が海を滑ると捕虜らは号泣した。

「アブイヨ！（お父さん）、ポナマ！（福男）」

今まで何も言わずに黙っていた娘の行女が、船の欄干から陸地に向かって叫んだ。海の上に哭聲《きょくせい》（泣き叫ぶ）が響いた。

「ああ、いつ戻れるんだろう」

朝鮮人捕虜たちの慟哭と泣き叫ぶ声が、海風に乗って広がった。捕虜にとって、海峡は、家族を八つ裂きにし、故郷から切り離される恨みに満ち満ちた海だった。彼らが流した涙を、海は飲み込み、玄界灘は痛恨の海になった。

釜山浦を出た船は、太陽が中天に昇り西に傾くまで航海を続けた。そして、しばらくすると、遠く前方の海に島々が斜めに並んでいるのが見えた。対馬だった。

船は島の南方の自然港、尾浦港に入った。船が港に入り帆を下ろすとすぐ、「どけ！」と叫びながら兵士らが動き、島からも兵士らが乗り込んできた。

「ノヒドルン　ベエソ　ネリョ（お前らは船から下りろ）」

捕虜の耳に朝鮮語が聞こえてきた。

「これは朝鮮語だよね」

「間違いない。船から下りろって」

捕虜たちは、朝鮮語を耳にして互いに確かめた。

「パリ、パリ（早く、早く）」

再び兵士の一人から朝鮮語が出た。兵士は対馬出身の朝鮮語通訳だった。

「わかりました」

通訳兵が船上にいた子ども十人と女二十人を選び出した。彼らは釜山鎮城から連行され、船上に乗っていた者たちだった。

「ウリヌンヨ？（我らは？）」

「君たちは、ここで待て」

対馬の尾浦で下船した朝鮮人捕虜は三十人だった。

「捕虜たちを領地別に配分しなさい」

彼らは、釜山浦を発つ前にその運命が定められていた。戦利品として、分けられた結果だった。釜山鎮城の戦いと東莱城の戦いに勝利した一番隊の指揮部は、捕虜を戦功によって割り当てた。

三十人の捕虜は言葉が通じ、安心して船を下りた。最後に船を下りた男たちの首には、人の背丈ほどの間隔で縄がつながっていた。そのため、一列に並んで船を下りたが、その様はまさに奴隷そのものだった。

オドンは、首に繋がれた縄が食い込んでズキズキと痛んだ。

「ここはどこ?」

「わかんないなあ」

オドンが聞くとトルツルが島を見ながら答えた。対馬の姿は彼らには見慣れない地形だった。

王の寝殿である康寧殿《カンニョンジョン》が、微かに明るくなりつつあった。東の窓から朝日が忍び寄り、澄んだ日差しが暗かった部屋に白糸のように光線をつくった。夜通し寝殿を覆った闇は、姿を消し、澄んだ透明な日差しだけが陰湿な宮殿の寝室を暖かく照らしていた。

「春の日差しが、澄んで暖かい」

寝殿で、起床した王は季節が春に変わったことを感じ、欠伸をしながら言った。

「スラ（王の食事）が用意されました」

「まず、そこの窓を上げ、日がたっぷり入るようにしなさい」

尚宮《サングン》（王のそばで日常を支える女官）がスラの御膳を部屋に運ぶと王は外窓を覆う格子を持ち上げるようにした。

陰暦四月の日差しは暖かくて輝いていた。宮殿の前庭を照らす日差しが真昼には暑くさえ感じられるほどだった。さわやかな春の朝日がもたらした暖かさと明るさに王は久しぶりに安らぎを覚えた。これを満喫したかった。

「仁嬪《インビン》（王の側室）を呼びなさい」

王は側室と茶でも飲みながら季節を堪能したかった。その日は、経書講論が予定されていることもなく、朝廷の会議もなかった。

「おお、来たか。初春を迎え、貴女の顔にも春色が現れている」

朝食の後、鳳凰が描かれた白磁の杯に入った甘酒を飲んでいた王は、側室の仁嬪金氏が寝殿に入ると、いきなり冗談を言い出した。側室は他の女官の視線を避けるため、こっそり王の寝殿に入り、引き戸を閉めていた。

「殿下、朝から揶揄《からか》うのですか？」

少し顔が赤くなった彼女は、駄々をこねるふりをしながら鼻声で答えた。すぐ体をよじって媚びた。王が朝から自分をからかうのは、御機嫌だということを知っているからであった。

「ハ、ハ、ハ……。顔が赤くなって、まるで杏子《あんず》みたいだよ」

「ほ、ほ、ほ。殿下、お忙しいのに少女をからかうために呼びましたか」

王が冗談を続けると、さらに赤面した彼女は、王のそばへ行き広いチマ（スカート）で顔を覆うふりをした。すると、白いポソン（女性の靴下）が見えた。三十を過ぎたが、王の前ではまるで少女のようにはにかみ、媚びた。愛嬌は生まれつきの天性だった。王はそういう彼女の無邪気な姿が好きだった。

「ハ、ハ、ハ。ゴメン、ゴメン」

王が朝から側室を寝殿に呼ぶのは稀であった。なので、宮殿の内官や女官たちは、王が彼女をどれほど寵愛しているのかを知っていた。

彼女は、十三代王・明宗の時、従六品の官位を務めた金漢佑《キム・ハンウ》の娘として生まれた。母方の祖父が王族であった。先代の明宗の側室だった李氏とは母方の従兄弟だった。李氏が明宗の側室になった際に、姪である彼女を宮中に連れて入ってきた。

李氏は彼女を身近においた。ムスリ（下級女官）だったが、美貌の上、気が利いた。誰も教えてくれなかった宮中の礼儀も、自分で修得し、よく働いた。

側室だった李氏は、正室の仁順《インスン》王妃とも仲が良く、二人の間できびきびと働き繋いだのが彼女だった。宮中の法度や礼儀に従って動く彼女を王妃もかわいがってくれた。

十三代の明宗が急死し、宣祖が十四代の王に冊封されると、仁順王后は女官だった彼女を王の側室に推薦した。十八歳で淑媛《スクウォン》（側室に与える従四品の官位）になった。

王になった宣祖は、正室の王后から跡継ぎを得られなかったが、側室だった彼女との間には四男五女が生まれた。二人が相当、相性が良かったのは間違いない。側室である彼女から、次々と子が生まれ、王が彼女に注いだ寵愛はかなりのものだった。

一方、王は他の側室の公嬪《コンビン》金氏からも任海軍《イムヘグン》（王子の称号）と光海君《クァンヘグン》の男子を得たが、公嬪金氏は産後、病で他界した。その後、王は、もっぱら彼女を寵愛した。彼女は宮殿の寝床で王と密談ができる唯一の人で、いわば隠れた権力者だった。

王と彼女の間に信城君《シンソングン》という息子がいた。王は異常なまでに可愛がっていた。彼女は、我が子を王世子にし、王に擁立しようと思ったが、他の側室との間に何人もの王子がいたため、思うようにはならなかった。そんな中、大臣の一部に光海君を王世子に擁立しようとする動きがわき起こった。その動きを察知した彼女は、憤りを抑え、すぐに王を訪ねた。

「お、こんな時間に何か用事か？」

寝殿にいた王は、彼女の突然の訪問を受け、訝しげに聞いた。

「殿下！　少女はとても悲しく胸が張り裂けそうです」

側室で四位の品にもかかわらず、自分を「少女」と称した。彼女の目頭は赤く、涙をぽろぽろと落とした。

「どうしたのか。貴女を悲しませるのは誰だ。泣かずに話してみなさい」

自分が寵愛する女の涙を見て、王は慌てた。肩まで揺らして悲しむ彼女を見て、王は気の毒に思った。

「誰だ。貴女の胸に釘を刺したのは？」

王は体を起こし、優しく彼女の肩をつかみ上げた。

「泣かずに、言ってごらん」

穏やかな口調で彼女を慰めた。

「殿下。大臣らが王世子の冊封を上申するそうです」

「寝耳に水もほどほど。王世子の冊封上申とは」

「大臣らが、光海君を王世子に擁立すると言っています。殿下が信城君を寵愛していることを妬み、西人派が信城君を排除しようとする陰謀のようです。それだけではありません。光海君が王になった暁には、他の王子と姫たちは政敵と思われ、皆殺しになるという噂です。自分の腹から生まれた子らが死ぬことになると知りながらも、私は何の力にもなれない女にすぎません。悲しくて殿下の前で舌を噛んで自害したほうがましです」

寝殿の床に倒れて号泣する彼女を見て、王は憐れみを覚えた。

「初耳だ。余がいるのにそんなことがあり得るか。絶対許さぬ。余計な心配をしないで、早く涙をおさめなさい」

王は、床に伏せて泣く彼女を引き起こし、自分の胸で抱いてあげた。

「事実なら、ただではおかない」

愛しい女の悲しむ姿を見て、憐憫の情を感じた王は王世子の指名に口出しをしようとする大臣たちに憤りを感じた。

翌日、朝廷会議で王世子の冊封上申に関する議題が取り上げられた。

「言っていたとおりだ。許せない」

その結果、光海君を王世子として進めようとした西人派の大臣たちは、官職剥奪とともに島流しにされた。一年前のことだった。ところが、この件は収まらず、王には「間違っている」という上申書が中央や地

方の西人派を擁護する学者から絶えることなく届いた。すると、

「処罰すべきです」

東人派は、上申書を出した西人派の学者を処罰するように王に進言した。

「世論です。世論を無視していけません」と、西人派の大臣たちは学者たちを庇護した。

党派の争いが一年以上、続いた。

「もう、うんざりだ」

王世子の擁立は党派争いになり、王はもう飽き飽きしていた。そんな政局の中、晴れた朝だった。王は久しぶりに寵愛する彼女を呼び、楽しい一時を過ごした。こびり付いた頭痛の種をしばし忘れて、嬉しい気持ちで彼女に冗談を飛ばした。彼女が赤面し、愛嬌を振り舞くのを楽しんでいた。

その時だった。

突然、寝殿の外から急ぐ足音が聞こえた。女官たちの動きが慌ただしくなった。王は「また、何か起きたのか」と思った。

やがて、門の外から尚宮の声が聞こえてきた。

「殿下、承旨《スンジ》（秘書職・正三品の官職）の入室でございます」

「何か急用か！」

王は、平穏な時間を破った承旨に不機嫌だった。また何か始めるつもりか。党派の争いに王はうんざりし

ていた。火種の元は側室であり、西人派を懲らしめて大火にし、そのすべてを大臣たちのせいにしたのは他ならぬ王自身であった。

「殿下、恐縮でございます。火急を要することですので、無礼を承知の上で御寝殿まで伺いました。ご諒察ください。釜山浦に倭軍が侵入したそうです」

格子戸を挟んで聞こえてくる承旨の李恒福《イ・ハンボク》の声が震えていた。

それを聞いた王は、

「ナニ？ 今何と言った！」と叫んだ。

王は、また党派争いの話かと思っていた。突然、「倭軍」と言われたが、それを「倭寇の侵犯」だと思ったようだ。しかし、「軍」という言葉が気になった。

王は、再び承旨を詰問した。

「承旨は、今、何と言ったか？」

「恐縮でございます。殿下。倭寇ではなく、倭軍の侵略です」

「何にぃ〜。何と言う……」

王は、驚いたあまりに手にしていたシッケ（甘酒）の杯を落とすところだった。突然の報に頭が真っ白になった。

「こっちに来なさい。どういうことか、詳しく説明しろ」

尚宮の女官が寝殿の門を引くと、頭を下げた承旨の姿が見えた。

「承旨は、倭寇ではなく、倭軍と言ったのか」

「左様でございます。殿下！　倭軍が大船団を組んで釜山浦に上陸したそうです」

「どれくらいの軍勢だ。彼らの狙いは何なのか？」

「釜山鎮城が攻撃されているそうです」

「すでに戦が始まったというのか。詳しく話せ」

側室と楽しい時間を過ごしていた王には、「倭軍来襲」は青天の霹靂であった。この時、既に小西行長が率いる一番隊は、釜山鎮城と東莱城を落とし、漢城に向かっていた。

〈倭船九十隻余り、倭兵、釜山浦に上陸し、朝鮮を侵略〉

朝廷に到着した最初の急報だった。慶尚左水使の朴弘《パク・ホン》が上奏した報告であった。彼は「倭軍の侵入」報告を受け、怖がって自分の居城を捨て、逃げ出した。後日、責任を逃れるつもりで報告書を伝令に渡したものが今になって朝廷に届いたのだ。すでに四日が過ぎていた。

「通信使の黄正使の報告に、もっと耳を傾けるべきだった」

王は、朝鮮通信使として日本へ行き「いずれ兵火があるでしょう」と予測した黄正使のことを思い出した。そして、あの時、黄正使と反対の意見を言った金副使のことを、

「キムめ、この無能な者を放ってはおかぬ！」と心に誓った。

直ちに朝廷会議が開かれ、王は「兵火はない」と主張した金副使に対しての怒りを露にした。

「倭寇ではなく、倭軍が押しかけてきたというのではないか」

招集を受け、急ぎ宮殿に来た大臣らは党派ごとに集まりざわめいた。

「倭軍が釜山浦を侵略した。撃退方法と対策をどうするか？」

ざわつく大臣たちを前に、王は切り出した。

「倭寇がなぜ侵略を？　規模は？　直ちに飛脚を飛ばし情報を集めないと」

「何を言っている。倭寇ではなく、倭軍だ！」

「報告を上申した者が怖がって誇張したのかもしれません。まず情勢を正確に把握し、対策を立てねばなりません」

「殿下、ご心配にはおよびません。敵の進軍を防ぐために、まず、申立《シン・リップ》に指揮権を与え、中軍を任してください。そして成應吉《ソン・ウンギル》を左防御使、趙儆《チョ・ギョン》を右防御使とし、軍を送れば、十分、外敵を退けることができると察します」

詳細な情報を持っている大臣はいなかった。にもかかわらず、大臣たちはもっともらしい方策を進言した。

「漢城府判尹（正二品）、申立を総司令官に任命する。早急に兵を集めて南に下れよ」

王と朝廷は申立を総大将に任命した。そして、直ちに南へ派遣した。

「さて、これからいかがしたものか？」

不安を抱いて王が大臣たちに下問するが、誰も何も言わず黙り込んだ。王は、情報も対策もなく、もどかしかった。

「どうすれば良いのだ」

「恐縮でございます」

王が不快感を示すと大臣らは目を落とし、ひたすら伏せるだけだった。朝廷会議が机上の空論に費やされている、この時も、戦況は刻一刻と悪い方へと動いていた。

「南からの報告書でございます」

とその時、重苦しい静けさを破って新しい情報がもたらされた。

「早く読みなさい」

〈釜山鎮城陥落。釜山鎮城の主将・鄭撥大将戦死。倭軍は大軍の態勢で北上中〉

釜山鎮城の戦いの後に送られた報告書であった。

「どういうことだ！　南海の関門である釜山鎮城が陥落し、主将が戦死したとは」

青くなった王がつぶやいた。大臣たちも顔面蒼白となり互いの顔を見つめ合った。机上の空論ばかりを繰り返し、「倭軍の侵入」という驚くべき知らせにも大したことではないと高を括っていた大臣たちは唖然とした。

だが、この時、すでに釜山鎮城が陥落して六日が経ち、一番隊は破竹の勢いで北上、大邱を経て尚州に接近していた。

「大変なことになっているようだ」

噂はすぐに朝廷内に広がった。宮殿内の女官、雑務担当たちの間にも伝わり、宮殿の外にも広がった。噂は瞬く間に都を席巻した。漢城の民の間に動揺が走った。

「国全体が倭乱に巻き込まれた。罪に問われ島流しになった者たちを全員、釈放し、復職させなさい。特に、武将たちを早く放免し、直ちに復職するよう命じよ」

切羽詰った王は、国家総非常令を出した。

「全国に伝令を出し、勤王兵を集めなければならん」

「備えあれば憂いなし。倭軍が都城を狙って進軍してくるかもしれない。殿下は、宮殿を出た方が良いと思います」

「殿下に都城を空けろというお話ですか？」

「万が一のためです。倭軍が宮殿に攻め込んだらどうするおつもりですか」

「しかし、殿下が都を離れることは、すなわち国を捨てることです。勤王兵を集め外敵を追い払うまでは民と共にあるべきでしょう」

「いいえ。しばらく都城を離れて、様子を見るのが得策です」

王の眼前で、大臣たちは再び言い争うのだった。

「チッ、チッ、チ」

王は、大臣たちの行動を情けなく思い、舌打ちした。

「戦はないと、あれほど言い張った癖に……」

王は、東人派の領議政（正一位の官職）である李山海《イ・サンヘ》を眺めながらそう思った。

そして、王は「金副使をすぐに捕らえよ」と叫んだ。

苛立ちのせいか、王の脳裏に金誠一がふと浮かんだ。通信使の副使として日本へ行ったが、

「兵火はない」

と誤った報告を強く主張した金誠一を絶対に放っておくわけにはいかないと考えた。東人派の金は、その時、慶尚右兵使の官職で地方にいた。

「すぐに捕らえ、その罪を咎めろ。余が直接尋問する」

王は怒鳴り、義禁府（罪人を扱う官庁）の責任者に命を下した。

王は、文官に対する腹いせのためにも金副使を直接、尋問すると公言した。

「殿下。慶尚右兵使・金誠一からの報告書が届いています」

丁度、金誠一が上申した報告書が朝廷に届いた。

「こっちに持って来なさい」

〈釜山浦に侵略した倭軍の兵力一万余〉

金の親書には、「倭軍の侵略はあったが、大したことではない」という内容だった。

「わずか一万なら、倭軍の全面攻撃ではないと思います」

「もしかすると倭寇たちの辺境への侵入かもしれません」

同じ派閥の金からの報告が届くまでは、居ても立ってもいられなかった東人派の大臣たちは胸をなでおろした。彼らは、こぞって西人派の黄正使が報告した「兵火の気配があるから備えよ」にどれほど反対したことか。

「もし、今回の侵入が国家的な戦争なら、我々、東人派全員がその責任を免れることは難しいだろう」

東人派は事態の深刻さを感知し、その後の責任追及と、それに伴う刑罰を恐れていた。官職から追い出されるだけではなく重い刑罰を受けるかもしれない。そのうえ、さらに恐ろしいことは、政局の主導権を西人派に奪われることだった。そうなれば、更にどんな報復を受けるか想像したくなかった。運が悪ければ家門が潰されることもあった。

「倭寇による仕業であれば、我ら東人派の責任にはならない」

「倭軍の侵入」という情報に戦々恐々としていた東人派は、金の報告でひとまず安堵した。以前にも南海岸一帯に倭寇の侵略がよくあった。一万の兵は倭寇にしては多いが、退けることは難しくないと考えた。

「殿下！　慶尚右水使から報告が上がってきました」

朝廷会議にまた新しい報告が届いたという知らせがあった。

書状には、「倭軍の船舶百五十隻余り」とあった。

「なんということだ。百五十隻とはかなりの数だ。もしかすると、これは戦争かもしれない」

王と大臣たちは再び動揺した。

「報告が人によって異なる。これをどう思うか？」

不安になった王は、居並ぶ大臣に詰問した。

「金右兵使の報告に信頼がおけます」

東人派の答えだった。

「いいえ。海を守っている右水使の報告の方が正確でしょう」

西人派の回答だった。大臣たちは、客観的な内容を知ろうとする前に自分の派閥に都合のいい報告書を盾にしがみついた。

東人派は、どうしても「倭軍の全面的な侵入ではない」と固執した。実際、そうなることを強く望んだ。戦争となり自分の派閥が責任を負わされることを恐れた。金誠一ひとりの死で済むことではない。東人派全体の危機であり、永遠に抹殺されるかもしれないと恐れたのだ。

一方、西人派は「倭軍の侵入を国家的な争乱」にして東人派を追い込もうとした。

「殿下、慶尚監使からの書状でございます」

次々に戦況を告げる書状が届いた。

大臣らが派閥の利害関係に縛られ机上の空論に明け暮れる中、今度は慶尚監使から報告が届いた。彼は、東人派の所属であった。しかし、書状の内容はあまりにも衝撃的だった。

〈釜山鎮城と東莱城が陥落し、鄭撥大将と宋府使は共に戦死〉

「あり得ない。なんでこんなことが!」

王と朝廷の大臣たちは、慶尚監使が送った書状の内容を見て、初めて事態の深刻さに気づいた。

「大変なことが起こった」

王をはじめ、朝廷会議に出席した大臣たちの顔が蒼白に変わった。ついこの間まで一緒だった者たちが戦死したと聞き、他人事ではなくなった。

『東人派、西人派などと派閥争いをしている状況ではない』

朝廷の大臣たちは、誰もが今回の事件が単なる倭寇の辺境侵入ではなく、国と国との戦争であることを認めざるを得なくなった。

「下手をすると……」

派閥どころか国自体が滅びる深刻な状況に、大臣たちはただただ右往左往するだけだった。

それでも、まだ状況を飲み込めず、

「慶尚監使の書状を鵜呑みにすべきではないでしょう。調査官を派遣して事態を正確に確かめるべきです」

と発言をする大臣がいた。

「その通りです」

大臣の中には、どんな報告書も信用できないと言い張る者もいた。

これを聞いた王は、

「貴方たちが推薦し任命した官吏を信じないというのはどういうことか。では、事実を確認するため、再び調査官を選び、派遣すれば、その調査官の報告は信用できるというのか」

王は声を荒げ、大臣たちの言い分に腹を立てた。

「無能だ。皆、口先ばかりではないか。こんな無能らと国事を論じてきたのか。こうなることは当然だ」

倭軍との戦争という危機感もなく、対策もなく、党派争いばかりに明け暮れる大臣たちを見て、王は心から情けなさを感じた。

しかし、王は王で、すべてを大臣たちのせいにした。王はすべて机上の空論と党派の争いばかりの大臣に責任を転嫁したが、実は、彼は彼で必要に応じ東人派と西人派の党派争いを天秤にかけ適切に利用してきたのである。にもかかわらず危機を前に、王はすべての責任を大臣に負わせ、彼らを恨んだ。

〈申立総司令官戦死。倭敵は天からの神兵と同じく神出鬼没、歯が立たない〉

四月二十日、南に下った李鎰《イ・イル》が伝令に送った報告だった。李は、巡辺使として南に派遣され、尚州で一番隊と遭遇したが、戦に敗れ逃げ出した。総司令官の申立が忠州《チュンジュ》に来るという知らせを聞いて聞慶《ムンギョン》の峠を越え忠州に入った。そこに陣取っていた申立と合流した。申立は忠州の弾琴台《タングンデ》を背後にして相手を迎え撃つつもりだった。前方は野原、後方は川が流れる地形で背水の陣を敷いたのだった。

「大将！　あの峠がある鳥嶺《チョリョン》は道が狭くて山勢が険しいです。大軍の倭軍を迎え撃つには、峠に登り、狭い場所から敵を攻撃するのが有利でしょう」

地形と山勢をよく知る、従事官の金如物《キム・ヨムル》が申立に作戦を進言した。

「違う。敵は歩兵が主力であり、我らは騎馬隊が主力である。野原で敵を迎えた方が有利に決まっている」

申立は十数年前、北方の穏城《オンソン》府使を務めた時、豆満江を渡って侵入した一万の女真族（満州族）を騎兵五百で撃退した経験があった。つまり、彼は騎馬隊の戦いに長けていた。戦闘経験の豊富な申立は自信満々だった。背水の陣を敷いて騎馬隊を先頭に立て、相手の先頭を撃破すれば簡単に勝つと思った。

ところが、いざ戦が始まると、朝鮮側の騎馬隊は一番隊の鉄砲に無残に倒れた。地面に転がった騎兵を、足軽は槍で狩りをするように刺し殺した。頼りの騎馬隊は緒戦で粉々に散った。騎馬隊が崩れると、騎馬隊のみに頼っていた申立はお手上げの状態になった。もはや手はなかった。

「向こうの丘の上に逃げよう」

申立は残り少ない兵士を連れて弾琴台の丘に登った。地形を利用して持ちこたえようとしたが、すでに態勢は崩れ、戦場は無残極まった。

「これ以上は無理。倭軍の捕虜になるのは武将としての恥だ」

津波のように押し寄せる相手の攻撃を食い止める術を失った申立は、こう言い残し川に身を投げた。近衛兵が引き止める隙もなかった。弾琴台の絶壁の下を流れる達川江《タルチョンガン》に、申立の体は飲み込まれた。

「大将！　大将！」

達川江の水は大きく渦を巻く。申立の姿は消えた。

「私も同様。残るのは恥辱《ちじょく》だ」

助防将の金も戦勢を立て直すことが無理なことを悟った。敗北は決定的だった。

「えいっ！」

彼も身を投じた。弾琴台の下を流れる達川江は、南漢江が合流する地点で流れが速かった。青々とした川の渦が助防将の体を巻き付けた。国難に見舞われた国を救えと期待されていた二人の武将はこのように亡くなった。

李鎰は忠州の戦いで主将である申立が戦死し、敗色が濃くなると、素早く馬を拾って戦場から抜け出した。

その後、伝令を走らせたのである。

「なんと！」

王と朝廷の大臣たちは唖然とした。

「申立大将が敗北。戦死したとは……」

期待の申立大将が外敵を撃退したという報告を待ちわびていた王は、大きな衝撃を受けた。しかし、衝撃はそれだけではなかった。

「倭軍は破竹の勢いで都に向かって北上しています」

「倭軍北上」との報告が相次いで朝廷に届いた。決壊した堤防から水がほとばしるような衝撃だった。

「危ない」

王は身を案じはじめた。

「宮殿を出て、避難しなければ」と思い、承旨を呼んだ。

承旨職の李恒福は、王が内密に自分を呼んだことを知り、王の寝殿を訪れた。

「おお、来たか」

「聖恩を賜り、参りました」

「もっと近くに寄りなさい」

王の手振りで、承旨は粛々と膝を使って王の近くに寄った。

「これから言う余の話をよく聞いて、すぐに実行しなさい。今までの戦地からの報告を総合すると戦争が起こったことは間違いない。さらに戦況が思わしくない。よって万一のために承旨は、都城を離れ西北に離宮する準備をしなさい。ただし、離宮したことが知られてはいけない。大臣の中に反対する者がいる。民も混乱に陥るだろう。誰にも気づかれないよう内密に準備するように」

王は耳打ちで指示した。格子戸の外の女官にも聞こえないほどの小声だった。

「かしこまりました」

王の本音を知った李承旨は、顔を上気し外を見た。重大な事案だった。離宮とは王が都城を捨てるということである。国や民を、王自らが放棄する宣言をしたと捉われる恐れがあるからであった。

王の命を受けた李承旨は、直ちに離宮に必要な行具を秘密裏に準備した。

王は、戦況は絶望だと感じた。「溺れる者は藁をもつかむ」という心境だった。

「倭軍が忠州から北進しているならば、漢江を防御線に定め、都の漢城を死守しなければなりません。漢江で防げば、倭軍が都城に入ることはできません。彼らを漢江の向こう側に留まらせておけばまだ勝ち目はあります。全土から勤王兵を集め、外敵を包囲し、全滅させることができます」

「左様でございます。李陽元《イ・ヤンウォン》を漢城の守城大将にし、金命元《キム・ミョンウォン》に漢江の防御を任せるべきでしょう」

こう進言したのは、柳成龍《ユ・ソンリョン》だった。

気弱になった王は、一言。

「その通りにせよ」

すると柳成龍は再び、

「殿下、罷免した右兵使の金誠一が慶尚道にいます。彼を逮捕し都城に連行するより、招使（王の命を受け兵士を募集する職）として、勤王兵を集めさせた方がいいでしょう。自分の過ちを改め、後方から倭敵を討つようにした方が得策だと思います」

金誠一に対する善処を上申した。

「うん。それなら、そうしなさい」

都に進軍している侵略軍に危機感を覚えていた王は、大臣の意見につべこべ言う力を失っていた。王には、もうそんなことはどうでもよかった。王の脳裏には、今にも敵兵が槍刀を手に目の前に現れそうな妄想が漂った。怖くて身震いした。

「なるべく早く都城を抜け出さないと、危ない」

苛立たしくなった王は余裕を失い、もっぱら逃亡ばかりを考え、

「命さえ保証されるのなら、今すぐでも玉座を明け渡してもいい」と思うほど追い詰められていた。

「殿下。離宮は西北道が安全だと思います」

そんな最中に、領議政の李山海が進言してきた。

「おほ、領議政もそう思うか」

王は嬉しかった。自分の気持ちを理解してくれていると思ったからだ。

しかし、すかさず横槍が入った。

「殿下。それはいけません。都城を捨てたら国は滅びます。お察しください」

案の定、司憲府《サホンブ》と司諫院《サガンウォン》（官僚を監視する機関）の若い大臣たちが離宮に反対した。

「国難を前に殿下を中心に皆で力を合わせて乱に立ち向かわず、離宮を勧める領議政には国を支える資格がありません。彼は罷免すべきです」

原則論者である若い大臣たちは、領議政の罷免を主張した。

「分かった、分かった。余は都城を離れぬから、これ以上それは論じるまい」

王は、自分の本心も知らず原則論を掲げる若手大臣に呆れ顔をした。

「倭軍によって、釜山鎮と東莱が占領された。明日にも都城に攻め込んでくるという。危ないぞ」

都中に噂が広がり、民心が動揺した。

「都城は危険だから、田舎に避難した方がいい」

噂を聞いた都城の人々の中では、早々と荷物を抱え、城を抜け出す人もいた。宮殿の官員の中にも、危険を察知して出仕をやめ故郷に帰ろうとする者も少なくなかった。

「避難する必要はない。王と共に都城を死守する」

若い大臣たちは王が都城に残るという言葉を信じて、避難する人々を引き止め、漢城を死守するための戦支度をはじめた。

一方、王は、「とにかく早くここを離れなければいけない」と思っていた。

一刻も早く宮殿を出て都城から抜け出したかった。しかし、都城を離れる大義名分がなく右往左往するだけだった。

『王であるのに、なぜ、思うままに行動できないのか』

王の権威を維持したいが為に逃げることもできず、居ても立ってもいられない自分を情けなく思った。

そんな時、大臣の何人かが進言した。

「王朝存続のためにも、今こそ王世子を冊封すべきです。光海君を王世子に指名してくださるよう上申致します」

「ならば、そうせよ！」

王は、ただただ都城を抜け出したい一念だった。逃げたい一心で王世子の冊封など、どうでもよかった。王世子の冊封問題で西人派の大臣を咎め、島流しにまでした王だったが、今になってはそんなことはどうでもよかった。光海君は、そのようにどさくさに紛れて王世子になった。後に、第十五代の王になる。

第二番隊

「全軍は急いで下船せよ。早く一番隊に追いつかねばならない」

朝鮮侵略第二番隊大将・加藤清正が、釜山浦に到着したのは文禄元年（一五九二年）旧暦四月十七日だった。

九州佐賀の名護屋を出て、壱岐島、対馬を経て釜山浦に到着するのに約一カ月を要した。名護屋を出た清正は、行長率いる一番隊に後れを取らないように兵士を急き立てたが、天候には立ち向かえなかった。一番隊が釜山浦に着いた後から玄界灘は、連日のように暴風雨が吹き荒れた。大雨に阻まれ壱岐島でも足止めになった。壱岐島は対馬の南にあり、平地が多く古来より農漁業が盛んだった。蒙古が九州を侵犯した十三世紀には大きな戦闘があった島だ。その壱岐島で足止めされていた清正は、嵐が去ると急いで対馬に向かった。しかし、そこで合流できると思っていた行長の一番隊はすでにいなかった。

「やはり……。我が隊を待たずに先手を打つとは。畜生！」

〈第一番隊、四月十四日、釜山浦到着。翌日、釜山鎮城陥落〉

行長率いる一番隊が、釜山鎮城を陥落させたという知らせが伝わったのは、清正が対馬に到着した十八日の昼過ぎだった。

気丈な清正といえども乗り慣れない船に疲れていた。対馬で一日、休むつもりでいたが、行長が釜山鎮城を陥落させたという知らせを聞き、席を蹴って立ち上がった。

「直ちに出発だ！」

兜と鎧を解いた家臣たちは、清正の大声に慌てた。

「主君、暗くなって見通しが悪いですよ。危険です。安全のためにも明日の未明にしたらいかがですか」

ライバルの行長にしてやられた。後手に回ったと清正は焦った。しかし、いくら焦っても、武勇に優れていても、自然に勝つことはできない。我に返って、清正は再び命を下した。

「夜が明け次第、出発する。直ちに出船の支度を。ぐずぐずするな！」

清正率いる第二番隊は翌日未明、急ぎ対馬を出航した。しかし、釜山浦に着いたのは行長の一番隊より六日も遅れた後だった。

清正は、行長に対して強い競争心を抱いていた。理由は行長が商人あがりだということだ。対する行長は、清正のことを「武力しか知らない男」と冷ややかに評していた。秀吉に仕える立場は同じだが、二人は「水と油」「犬と猿」だった。ライバル心をむき出しに相手を見下す態度は清正の方が強かった。

秀吉は、それを知っていて二人を上手く操った。武力の面では清正の猪突性と勇猛性を高く買った。戦では先鋒に立って敵を撃ち、相手の士気をくじいて制圧する清正を高く評価したのだ。一方、行長には情報収集力と企画力、外交力などの作戦能力があった。ところが二人の火花に油を注いだのは秀吉だった。九州を平定した際に功労を認め、肥後を二つに分割し、北は加藤清正に、南は小西行長に与えた。清正は当時二十五歳。行長二十九歳の時だった。

城主になった清正は、当初は出世したことに満足していたが、時とともに心中に不満が芽生えていった。それは自分の領地のすぐ南隣の城主になった行長に対する、異常なまでの強い競争意識からくる猜忌心《さいきしん》であった。

「あんな商人あがりが城主になるとは。巧みに関白殿を騙したんだろう。そう長く続くもんか。今に見てろ」

二人は宗教においても異なった。清正は日蓮宗であり、行長はカトリックの洗礼を受けた天主教徒であった。このように背景で二人はしばしば衝突した。今回の朝鮮出兵においても清正は自分が先頭に立ちたかった。ところが秀吉は、行長に一番隊を任せたのだ。

「これ以上、行長に戦功を奪われるわけにはいかない。すぐ進軍だ！」

気が急く清正は、釜山浦に上陸しても兵士に休息を与えなかった。夜間も進軍し続け、釜山鎮城に到着したが、行長の一番隊はすでに北上した後だった。

「足の速い兵士で斥候を出せ。一番隊がどこまで行ったか、探せ！」

後ほど、斥候隊から一番隊が東莱城を陥落させ大邱の方に進んだという報告を受けた。

「二日で城二つを落としたそうです」

「間違いあるまいか」

「間違いございません。東莱城はすでに一番隊の兵士が占領し、陣取っていることを確認いたしました」

斥候の報告を受け、清正は朝鮮の地図を広げた。折り畳んだ地図には朝鮮八道が黄色や赤などさまざまな色で塗られていた。秀吉が出征に先立って下賜した地図であった。

「この道だな」

清正は、地図を見て行長の一番隊が進んだのは中路だと確信した。

大邱《テグ》、善山《ソンサン》、尚州《サンジュ》、聞慶《ムンギョン》を過ぎて鳥嶺を越え、忠州《チュンジュ》を経て都城の漢城へ繋がる道だった。

「やはり、キツネのように狡《ずる》い。一番早い中路を選んだな。ならば我らはここを行く」

清正は地図の西側にひかれた漢城へと繋がる右路を指差した。梁山《ヤンサン》に行き、そこから西に曲がり、彦陽《オンヤン》、慶州《キョンジュ》を通って、忠州へと向かう道であった。

「急げ！　一番隊より先に王城に入らなければならない」

彼は出発こそ遅れたが、行長より先に漢城に入りたいという一念が強かった。

「急いで進軍せよ！　ぐずぐずする奴は厳罰する！」

短気で気性の激しい清正は、自ら先頭に立って隊列を引っ張り、上陸した翌日の十九日朝には彦陽邑に入った。

「斥候を立てろ」

「城の中には朝鮮軍が見当たりません」

間もなく彦陽城が空っぽだという報告が上がってきた。

「朝鮮軍がいないなんて、嘘だろう。待ち伏せかもしれないぞ」

城内に朝鮮軍兵士が人っ子ひとりいないという報告を、清正は疑った。斥候長を更に追及するが、

「くまなく偵察しました。しかし、朝鮮軍は跡形もありません。間違いありません」

斥候長は同じ答えを繰り返した。清正は、斥候長の頭のてっぺんを餌を狙う鷲のように鋭い目つきで見下ろしながら、再び問い返した。

「いいから、もう一度、待ち伏せや伏兵があるかどうか、徹底的に調べろ」

「はあっ！」

斥候長は直ちに陣幕を離れ、一刻が過ぎた頃に戻ってきた。

「下命を受け、城を調べました。やはり人の気配はありませんでした。空っぽの城内は犬だけです」

「ということは、行長は空城を攻略して勝利したと嘘をついたということか」

清正はつぶやいた。朝鮮軍の行動が到底、理解できなかったからだ。すると、隣にいた大名の鍋島が笑いながら言った。

「ハハハ、朝鮮軍が加藤様の名声を聞いて怯えて逃げたようですなあ」

「ウハハ。噂が早いのお」

清正は、自分を煽てる言葉だと知りながらも悪い気はしなかった。

「とにかく余裕はない。城を接収し、後方部隊を残してすぐ出発するぞ」

清正の頭の中には、行長率いる一番隊より先に進みたいという思いだけだった。強行軍による兵士たちの疲労などはどうでもよかった。清正は、兵站管理のため彦陽城に部隊の一部を残して、進撃目標である慶州へと兵士を駆り立てた。

慶州は新羅の古都で慶尚道の東の要衝地であった。その重要性を考慮し、朝廷からは従二品の官吏が派遣されていた。城郭も堅固だった。

「倭軍は彦陽からこちらに向かっています」

折悪しくこの時、官吏の交代で臨時的に判官（従五品の官職）が慶州城を守っていた。「倭軍が慶州城に向かっている」という諜報を聞いた朴判官は、

「倭兵の目標は慶州城だ。城の防備に兵士を集める必要がある。百姓の中から健常者を集めなさい。鍬でも何でも武器になるものを持って城に来るように。嫌がる者は引っ張ってこい」

判官の指揮で慶州城には軍民合わせて二千人余りが集まった。

「まず兵士を城壁に配置せよ」

やがて、清正率いる二番隊、一万八千の兵士が押し寄せた。

「おほ、みんなどこへ逃げたかと思ったが、ここにいたんだな」

慶州城に到着した清正は、応戦態勢の朝鮮軍を見て、笑みすら浮かべた。

「直ちに城を包囲せよ！」

その勢いは凄かった。

取り囲まれた朝鮮側は相手の兵士の数をみて驚いた。武装もいかにも精鋭のように見えた。それに引き替え、慶州城に集まった朝鮮軍の兵は、そのほとんどが緊急に寄せ集めた百姓であった。軍事訓練などを受けた者はほとんどいなかった。その上、慶州城は山城ではなく邑城だった。城郭は頑丈で堅実だが、低い平地に築かれており城壁もそれほど高くなかった。見るからに難攻不落の城とはいえない。

「鉄砲隊を先頭に立たせ、まず、鉄砲玉で脅せ！」

清正の令に、鉄砲隊が前列に出て火縄に火を付けた。

「パン、パン、パン」

城内の兵士やにわか兵は突然の鉄砲の音が耳をつんざき、魂を抜かれたようになった。

「うわぁ」

初めて聞く鉄砲の音を雷の音だと思ったようだ。城壁の外に上半身を突き出して日本軍を眺めていた者たちが銃弾を浴び、力なく倒れた。あっという間のことだった。頭を打たれた兵士は即死。胴体を打たれた兵士は血が噴き出るのを見て悲鳴を上げた。銃弾は擦れただけでも焼け焦げたような痛みに襲われた。鉄砲を知らない朝鮮の兵と百姓は、一体、何が起こったのかさえ分からなかった。ただ恐ろしさに頭を下げ、身を低くするしかなかった。

「こりゃ大変だあ」

弓部隊の兵士らは轟音におびえ、素早く頭を下げた。城壁の上に頭を出して矢を射ろうとしても全身が震えて腕に力が入らない。

「ピュン」

弓兵は、頭を城壁の下に隠して狙いもつけず射るのがやっとだった。

こんな戦況の中で、朝鮮軍民の士気は銃弾に撃たれ倒れた兵士と共に地に落ちていった。戦では士気が勝敗を左右するが、朝鮮側に士気はなかった。

「仕方がない」

守城将の朴判官も歯が立たないことに気づいた。朝鮮側の反撃が弱くなると、日本軍の突撃隊が梯子を城壁に掛け登り始めた。城壁はそれほど高くなかったので、清正の兵士たちは苦戦せずに城壁を越えた。そして、城門が開いた。

「突撃せよ」

続いて命令が下った。

「パカッ、パカッ、パカッ」

まず騎馬隊が駆け付け、城に入った。

「ヒューイーン、ヒューイーン」

城壁の上から朝鮮軍が放つ矢が飛んできた。矢が風を切る音が聞こえた。音だけでも矢の威力を実感することができた。

「突撃しろ！　こいつら、何をぐずぐずしているんだ！　突撃だ、突撃！」

足軽の中には初めて戦に参加する者もいて、戸惑う者たちがいた。武将たちが彼らを駆り立てた。

城内に足軽が突入すると肉薄戦になった。足軽たちは長槍を手に飛びかかる相手に向かって「エイッ」と声を上げながら鋭い槍で突いた。槍の刃が相手の体を突き抜け、ぐにゃりとした触感が手に伝わった。鮮血が飛び散った。彼らは本能的に槍を突き出し、相手は血を流しながら倒れていった。

「畜生、かかってこい。畜生！」

初めて人を殺す足軽たちの口から思わず愚痴がこぼれた。目の前の相手を刺し殺すしかないこの状況が恨めしかった。戦に駆り出された戦場で死ぬのは嫌だった。だから力の限り槍を突き出すしかなかった。その先で誰かが血を流して死んでいった。まるで餓鬼たちが殺し合う修羅場のようで、ただただ嫌悪感しかなかった。

戦は一方的であった。足軽が手にする槍は槍帯が長く、刃は鋭かった。朝鮮軍の槍より殺傷力に優れていた。相手を狙って攻め込む際には、隊列を組んで乱さず動き、相手の陣列が崩れると素早く散って白兵戦を行った。

清正の兵士が城門を通過した後、しばらく朝鮮軍の抵抗があったが、やがて朝鮮兵の姿はほとんど見えなくなった。

「わあ、わあ」

すぐ歓声が上がった。総大将である清正が赤布を頭部に飾った馬に乗り、意気揚々と入城した。

「後方を固めるために敵は皆、殺せ」

清正は直ちに命令を下した。命を受け兵士たちは手当たり次第に朝鮮兵の首を切った。慶州城の戦闘が終わって、兵士たちに落とされた首の数が一千五百を超えた。首を落とされた朝鮮兵の遺体は一カ所に集められ燃やされた。遺体を燃やす真っ黒な煙と匂いが慶州邑全体を覆った。

「首は桶に入れて塩をふりかけておけ。本国に帰る船に乗せて秀吉殿下に送ろう。我ら二番隊の戦功を知って嬉しいとおっしゃるだろう。ウハハハ」

緒戦で大勝を収めた清正は喜んでいた。

「寺は燃やせ」

慶州を占領した彼は、自分も仏教徒でありながら、慶州にある仏国寺を燃やすよう命令を出した。寺の広い敷地を見て朝鮮軍が再び、集結するかもしれないと警戒したのだ。

「後になって災いを残すことがあってはならない」

後患無窮《こうかんむきゅう》。よって、国宝とも呼ばれる仏国寺は焼き払われた。清正の命を受けた兵士の一部は放火する前に、仏国寺の金仏像など宝物を略奪した。兵士らは大きいものや目につくものは指揮部に捧げたが、小さな宝物は自分のものにした。

燭台や弥勒《みろく》像、文様が刻まれた瓦など値がはりそうな品物はすべて彼らの略奪の対象になった。貴重な宝物のうち持ち歩きにくいものは寺の裏側の山に埋めておいた。後で掘り出すために目印をつけておくことも忘れなかった。

「ぐずぐずしている暇がない。さあ、出発だ」

清正は略奪に忙しい兵士らに出発を命じた。清正は今回の侵略で主君の秀吉に功を認められたかった。そのためには行長よりも先に漢城を占領しなければならない。

「朝鮮兵の武力がこの程度なら、これからの戦いは朝飯前だ。出発は遅れたが、必ず先に漢城に入城し、朝鮮王を虜にしよう。そうなれば、今回の朝鮮出征の立役者は己になるだろう」

功名心が清正の心をさらにそそのかした。慶州を後にして漢城に向かう彼の背後から、仏国寺は真っ赤な炎を噴き出しながら燃え上がった。極楽浄土が阿修羅と化す瞬間だった。

蒙塵《もうじん》

蒙塵という言葉は「埃をかぶる」という意味の漢語である。蒙には「かぶる」という意味があり、塵は「ほこり」という意味だ。二つの漢字が合わさって塵や埃をかぶるという意味になり、王など身分の高い者が宮廷を出て俗に逃げる場合に使う言葉である。

宮殿で足に土をつけることもなく生活していた王族が追われる身となり、宮殿を出て塵と埃だらけの俗社会に出ることになる。これを蒙塵と言ったのだが、王族と俗人を区別するために作られた言葉であった。もともと蒙塵の中に住む庶民には該当せず、王のように身分の高い人のみに適用される言葉であった。

「これ以上ぐずぐずしていては危険だ。早く都を出て西北に離宮しなければならない」

体面も忘れ、王は大臣たちを督促した。敵兵が宮殿に押し寄せるのを怖がっていた大臣らも以心伝心、都城を避けて、離宮することに合意した。

「国が危急存亡です。島流しの大臣を放免してください」

「そうせよ」

一刻も早く都城を離れたい王は、即決で島流しにされた西人派の大臣を放免するようにした。

「聖恩の限りでございます」

朝廷に残っていた西人派の大臣らは感泣した。

一番隊が釜山浦に上陸して、すでに二十日ほどが過ぎた陰暦四月の最後の日だった。都城は夜明けから雨だった。王は深夜の丑の刻（深夜二時前後）に起きた。世の中のすべてが深く寝入っている深夜だった。王は急いで宮殿を出た。暗闇が一行を覆った。

闇に身を潜めて、遅い春雨が降り注ぐ中、宮殿を出て都城を抜け出す行列が続いた。祭祀官らが先王たちの位牌を胸に抱き、雨に濡れるのを防ぎながら最前列を歩いた。

王は輿にも乗れず、馬上に座り、全身が雨で濡れた。王が乗った馬の後ろには王妃や側室らの輿が続いた。一部の大臣らがその後に続いた。まるで罪を犯した者たちが夜逃げするような姿だった。普段なら考えられないみすぼらしい格好だった。

行列は西北に向かっていた。王が母岳《ムアク》峠を越える頃、

「王が都城を抜け出し、母岳に逃げた」

噂はたちまち広まった。「倭軍が海を渡って北上している」という噂はすでに漢城の隅々にまで広がっていた。都の民衆は不安だったが、それでも王が都に残っているので解決する方法はあると期待していた。頼れるのは王だけで、彼らは宮殿の動きに注意深く耳を傾けていた。連日、南から伝令が上がってきていた。もしかしたらその報告が「倭軍を退けた」という朗報であることを願うばかりであった。

『でも、王様がまだ都城におられるから』

不安で夜も眠れずにいた人々は、「王が逃げ出した」という噂が広まると布団を蹴飛ばして外に飛び出した。

「くそ。都城を守ると言ったのに逃げたのか！」

「安心させておいて、密かに逃げ出すとは卑怯じゃないか」

「狡い。我らを欺いて自分たちのみ生き延びたいということか」

「ところで、この国はどうなるのだ」

都城にいたジョムベクの耳にも、「王が都から逃走」という噂が届いた。雨で辺りが真っ暗になったので、松明を手に外へと飛び出した。彼は両班（貴族）の家の奴隷で、南大門《ナムデムン》近くに住んでいた。

彼が外に出た時、既に宮殿に近い広通橋《クァントンギョ》には多くの人が群がっていた。

「ミルクよ、マダンセよ」

ジョムベクは、隣家に走って仲間を呼び出した。

「どうしたの、こんな深夜に」

「王が都城から逃げ出したって」

「何よ。逃げないと言ったくせに。まともな両班はいないのか」

ジョムベクとミルク、マダンセは共に両班の奴隷だった。

「倭軍が侵略した」という書状が届いたとき、朝廷では申立を総大将に任命し兵を集めていた。随所に兵士募集の張り紙を貼った。ところが、なかなか集まらなかった。

〈兵士を募集する。身分に関係なく丈夫な男なら誰でも応募可能である〉

都城のあちこちに貼られていたので、ジョムベクの目にも入った。しかし、文字が読めない彼は、漢文が分かる人にその内容を聞いた。

「奴婢《ぬひ》も兵になれますか？」

朝鮮の法では、それまで良民のみに兵役があり、奴婢は兵士になることはできなかった。「丈夫な男なら誰でも可能だと書いてあるから大丈夫だろう。おそらく兵士になって手柄を立てれば奴婢から抜け、良民になることができるだろう」

平時ならあり得ないことだった。

「ありがとうございます」

それを聞いたジョムベクはすぐに仲間のミルクとマダンセを呼び出し、一緒に兵士になるため宮殿に向かった。

「何だい」

宮殿の前には近衛兵らが槍を突き出し、警戒していた。後方に太刀を腰にした、将校らしき人物が座っていた。

「兵士を募集するというので参りました」

宮殿の前で厳戒態勢を敷く哨兵がジョムベクの言葉を聞いて、後ろにいた将校をちらっと見た。さっきからジョムベクたちの様子を疑わしくみていた将校は、立ち上がり不機嫌な表情で近づいてきた。

「何を企んでいるんだ」

「いいえ企むなんて。小生らは両班家の召使いです。兵士を募集するという知らせを見て走ってまいりました」

ジョムベクが気後れせずに答えると、将校は彼らを見回し、答えた。

「そうか。総大将の申立はすでに南へ下った。おそらく近いうちに再び募集があると思う。今はないので、まず家に帰って待ちなさい」

「そうでございますか。分かりました」

その時は、すでに王が離宮することを決めた後だったので、王や大臣らは自分の安危を心配するだけで、誰一人、兵士を集めることには関心がなかった。

一方、宮廷の情報に耳ざとい両班らは離宮の動きを察知し、避難の準備をしていた。事情を知らないジョムベクとミルク、マダンセが、仕方なく奉公先の家に帰ってきた時には、主人である金相大《キム・サンデ》も妻妾を連れて避難をしようとするところだった。

「こら、こんな時にどこへ行っていたのだ。早く荷造りをしなさい。安東《アンドン》にある実家に帰るつもりだ」

「ええ？　私はここに残ります」

「お前、正気か。何があったんだ」

「朝廷で倭軍と戦う兵士を集めているそうです。私はここに残って兵士になります。国が危急なのに、みんな逃げたら国はどうなりますか。倭軍と戦い、国を守るためにも残ります」

ジョムベクは、皮肉を込めて主人を揶揄し、自分の部屋に行ってしまった。

「へえ、あんな馬鹿な奴がいるのかい。危ないと言っているのに」

揶揄されたことを分からないわけではなかったが、ジョムベクの言葉が理にかなっていたので、ぎくりとしたものの金相大は、叱ることもできず、一人で呟いた。

「一緒に行きたいけれど、お前の考えがそうであれば仕方ない。兵士になるまでここに残って留守番をし、家を守ってくれ」

金相大は安東に行く前、ジョムベクを呼んで念を押した。

「はい、かしこまりました」

ジョムベクはうわの空で答えた。兵士になり、軍功を立てれば奴婢から脱することができると信じていたから、金を恐れることはなかった。

金が郷里に帰った後、ジョムベクは留守宅に残って、朝廷から出る兵士募集の知らせを首を長くして待っていた。なのに「王が都城を抜け出した」という噂が聞こえてきた。彼は失望のあまり怒りがこみ上げた。

「ちぇっ、奴婢から抜け出すことができると思ったのに。くそ！」

追っていた鶏を屋根の上に逃がした犬のような、手に入れた魚を逃がしたような、そんな思いに駆られ腹が立った。

「宮殿に行こう」

ジョムベクが叫ぶと、

「行こう、行こう」

路上にいつしか集まっていた人々は、我先にとばかり宮殿に向かった。興奮した男たちはジョムベクたちと同じ両班家の奴婢だった。

群衆は宮殿内の掌隷院《ジャンイエウォン》（奴婢の文書を保管する場所）に押しかけた。そこに奴婢の籍などを記した文書があるからだった。王や大臣が逃げ出した雨の宮殿は真っ暗でじめじめしていた。普段であれば、歩哨兵がいるはずだが、もぬけの殻になった宮殿に警戒は要らず兵士は一人もいなかった。

「あれが奴婢の文書だろう。燃やしてしまおう」

「やろう、やろう。これさえなければ縛られることはない」

群衆は手にした松明で火をつけた。瞬く間に、書籍や木に燃え移った。彼らには、どれが奴婢文書なのか、貴重本なのか区別がつかなかった。結局、書籍をすべて燃やしてしまった。

「これで奴婢の身分から抜け出した」

「ああ、よかった」

ジョムベクは晴れ晴れした。物心がついてから身分制の矛盾を感じていた彼は、ずっと前から奴婢の籍から抜け出したいと念願していた。彼が、積極的に兵士になろうとした理由もそこにあった。

「これからは理由もなく両班たちに殴られることもなく、ぺこぺこすることもない」

彼は、奴婢文書が燃やされた以上、身分のために不利益を受ける根拠はないと確信した。

「これ以上、望むことはない。帰ろう」

ジョムベクは、奴婢文書を燃やした後、宮殿を出ようとしたが、他の群衆はそうではなかった。

「貴重品を探そう」「持ち主はいない」

王もなく、守る兵士もいなくなった目の前の宮殿は、無法地帯になってしまった。群衆は略奪者に変わった。彼らは王室の倉庫である内帑庫《ネタンゴ》を狙った。錠前がしっかりと掛かっていた扉を群衆は斧で壊し、庫内の貴重品や反物、米などを奪って逃げた。

「我らも！」

ジョムベクと二人は、最初は躊躇したが、群衆が略奪品を担いで宮殿を出るのをみて倉庫に入った。ジョムベクらは反物を担いで倉庫を出た。

「民衆の膏血で建てた宮殿だ」

略奪が終わると群衆は火をつけた。普段、支配階級に対する恨みが積もり積もっていた奴婢と庶民たちの苛立ちは極限に達した。外部の敵から侵略され危急存亡の時なのに、自分だけ生きようと逃げ出した情けない王と両班に対する復讐心が腹いせ、暴動となって現われたのだ。

炎が上がると興奮した群衆は勢いに勝り、宮殿のあちこちに火をつけた。慶福宮《キョンボクグン》（王のいる正宮）にも火がつけられ燃え上がった。それだけで留まることはなかった。くすぶっていた鬱憤や恨みを晴らすかのように都のあちこちを歩き回って火をつけた。景福宮をはじめ、昌徳宮《チャンドックン》（離宮）や昌慶宮《チャンギョングン》（離宮）も次々と炎に包まれ灰となった。

この放火で、史官たちが大切に記録してきた史草《サチョ》が燃えた。

事実をそのまま後代に残すため、当代の王にまで閲覧を禁止し、その内容を隠した「承政院日記」を含め、弘文館（書籍管理局）と春秋館（実録管理局）に大切に保管されてきた貴重な史草や実録などが炎に包まれ、むなしくも灰燼と化した。

前日まで王が滞在していた、宮殿の柱と垂木が炎に包まれ、崩れ落ち灰に変わる頃、都城を抜け出した王と一行は弘済院《ホンゼウォン》を通過していた。弘済院は中国の使臣を迎える施設だった。土砂降りの雨を避けることもできず、冷雨に打たれ、びしょ濡れだった。

馬上の王も全身びしょ濡れだった。大臣の誰も文句を言えなかった。

もどかしい気持ちで出るのはため息ばかりだった。弘済院を通りすぎると前方に川が現れ、小川には泥水が音を立てて流れていた。行列は注意深く横たわっている橋を渡った。

東の方から夜が明けてきた。承旨の李恒福がふと後ろをふり向くと、母岳の峠の上から煙が上がるのが見えた。

「何だろう？」

不審に思うと、誰かの声がした。

「王様が民を捨てるのですか。民は誰を頼って暮らせというのですか！」

明け方、畑仕事に出ていた初老の農夫が、王の避難を知って嘆き叫んだのである。

「ああ　悲しい。国は滅んだ」

続いて号泣する声が聞こえてきた。

「あの年寄りのくちばしを縫ってしまわないと」

王に仕えていた近衛将校が腹を立てた。

「ぐずぐずしている暇はない。早く開城《ケソン》（北にある高麗王朝の王都）に向かえ」と、王は侍従たちを叱責した。

王はそれだけ焦っていた。

「急げ。前へ」

夜が明け土砂降りだった雨足が徐々に弱まり、昼になってやっと止んだ。

雨が止んで行列の歩みはぐんと早くなった。勢いに乗って王と一行は、休息もとらず北上し、臨津江《イムジンガン》に着いた。

「ここを渡れば安心だ」と思ったが、甘かった。

臨津江は、夜通しの雨で水かさが増していた。川の流れが激しく堤防もあちこちで氾濫し、とても馬や輿が渡れる状況ではなかった。

「これはどうしたらいいんだ」

「殿下が歩いてこの干潟を渡ることはできない。どこか乾いたところがないか探しなさい」

慌てた李承旨が、侍従らに命令し、少しでも渡りやすい場所を探そうとした。

「大臣。あちらの干潟に乾いたところがあります。それに渡し船もあります」

「それはよかった。船は何艘あるのか」

「五艘ほどです」

「五艘……」

王の避難を指揮していた承旨・李恒福は狼狽していた。小さな渡し船に乗れる人数はせいぜい十人前後と見通した。そこに馬まで乗り込むと付添いは一人か二人しか乗れなかった。すでに太陽は西に傾いていた。

「今日中に渡るのは無理だろう」と思い、野宿をするしかないと思った。暗闇に包まれた夜に川を渡るのは危険と考え、王に明日の明け方に渡ることを上申した。すると、

「いや。今すぐ川を渡るようにしなさい」

王の答えだった。既に日が暮れて四方は暗くなり、まわりがよく見えなかった。ところが相手兵士の追撃が不安で、王は無理を主張した。

『倭軍とぶつかればきっと酷い目に遭うだろう。泳ぎも知らず川で溺れて死ぬかもしれない』

居ても立っても居られず王は、どんな手を使ってでも今日中に川を渡ることを主張した。

『下手すると溺死者が出るかもしれない』と、李恒福は一行の安危を心配したが、王は固執した。

「殿下を真っ先に渡らせえ」

王には、付き人二人と馬を用意した。乾いていたとはいえ干潟は、雨に濡れ足元をとられた。暗闇の川渡りは容易ではなかった。

「ふ〜っ」

侍従に助けられ馬に乗り、沼のような干潟を過ぎ、渡し船でようやく川を渡った王は大きく息を吐いた。

しかし、突然、川辺にいた女たちが、さめざめと泣きはじめた。輿に乗っていた王妃や多くの側室、侍女たちだった。頼りの王が先に川を渡ってしまい、自分たちは捨てられたと悲しんだのである。

「降りてください。ここからは歩くしかありません」

煌びやかな宮殿の生活に慣れていた宮女たちは、輿から降り、足を泥だらけにして干潟を歩かなければならなかった。経験したことのない出来事に王妃がすすり泣くと、侍女たちも続いた。加えて、一行は宮殿を出てから何も口に入れていなかった。宮殿で贅沢な食事をとることが当たり前だったのに、暗闇の中で空腹とずぶ濡れのまま干潟を渡るのはあまりにも衝撃だった。しかし、空腹なのは女たちだけではなかった。王も空腹だった。無事に川を渡り、安堵と同時に腹が鳴った。慌ただしく宮殿を抜け出したため、誰も食べ物を持ってきた者はいなかった。

「何か食べ物はないのか。宮女が来たら用意させなさい」

さすがの王は恥ずかしさを感じたのか丁寧に促した。しかし、

「殿下、それが……。誰も食料を持ってきていないようです」

内官は、大罪人ように腰をかがめた。

「なに……」

「殿下、考えが及ばなかった不覚をお許しください」

「ツッツッ」

王は内官に腹を立てたが、舌を打つしかなかった。

深夜を通した川渡りは、明け方になってやっと終わった。

「船はすべて川に沈めろ。そして、川辺にある民家は全て燃やせ」

敵軍が、川を渡れないように船を沈めたうえに、家材で筏を作るのを防ぐための措置だった。

「ああ、どうする」

川辺の漁夫らは泣き叫んだ。

「王が民の家を燃やすとは、なんということ」

燃える草屋から、急いで生活道具を持ち出す漁夫は王と朝廷を恨んだ。

一方、無事に川を渡った李承旨は、行列に目をやり一行の数が半分に減っているのを不審に思った。

「みんなどこへ行ったんだ。川に流されたのか？」

李承旨は護送官を問いただした。

「多くの者が川を渡らず、行列から離れ、南の方に帰りました。恐らくそれぞれの郷里に帰ったんでしょう」

「うむ」

李承旨は薄情な世の中だと思った。しかし、逃げた者たちにも言い分があった。権力があるからこそ仕えてきたわけで、今となってみれば……。

「逃げ回っている王からは得るモノはないだろう」

損得で人間関係を持つ処世術だった。とにかく一行が半分に減り、食べるものもなかった。王は避難を急がなければならなかった。

「早く出発するように」

川を渡っても、王は敵兵が今にも襲いかかってくるような恐怖に駆られ、休むことを許さなかった。

しかし、王は一行が渡り終わるのを待つ間、ゆっくりできたが他の者たちはそうではなかった。特に、李承旨は気が休まらなかった。座る暇もなくあちこち走り回っていた。一睡もせず夜を明かした彼は、体が鉛のように重かった。しかし、王命に逆らうことなどできなかった。

「はやくっ！　はやくっ！」

王の声に一行は唇をつぐんだ。空腹に堪えながら、やっと坡州《パジュ》近くの東坡《トンパ》に着いた。坡州は牧使の許鎮《ホ・ジン》が管轄していた。気が利く彼は王が来るという知らせを聞き、急いで食べ物を準備していた。

「殿下、お出迎えができなかったことをお許しください。何も召し上がっていらっしゃらないと聞きました。急ぎお膳を用意いたしました。粗末なものですが、どうぞお召しあがりください」

「おほ、これは、これは。余はそちの忠誠の心を忘れまい。ありがとう」

「聖恩の限りでございます」

「みんなに分け与え、空腹を癒すように」

「御命により、仰せのとおりに致します」

しかし、準備された料理の量はそれほど多くはなかった。王は最初に食し、空腹を満たすことができたが、随行する重臣と侍従の空腹を満たすには十分ではなかった。

「御免」

腹が減って我慢できなくなった若い侍従らは、我先にと食べ物を手に走り去った。一度、秩序が乱れると若い侍従らは競って食べ物を奪い、料理が重箱からこぼれ落ちる有様だった。

「あら、どうしよう、どうしよう」

気力も体力も失った宮女らは、地面に落ちた食べ物を手に取り、土を払ったが口にするのをためらった。いままでずっと膳に盛られた美しい料理に食べ慣れていた身にとって、空腹でありながらも、ただ大粒の涙を落とすだけだった。

『ああ、無能な大臣たちのせいでこんなことに』

王は、この状態をすべて他人のせいにした。

気の利いた大臣らはあちこち走り回った。黄海道の監使がその知らせを聞き、急いで食べ物を用意してきた。その甲斐あって二日が過ぎてようやく一行全員が空腹を満たすことができた。飢えた腹を満たすと、疲れがどっと押し寄せてきた。しかし、休憩はなかった。王の催促で行列は先に進むしかなかった。

〈倭軍が都城に入城〉

坡州を発った王の行列が開城府に到着した時、伝わった書状である。

「倭敵が都城に侵入したそうじゃ。どうすべきか？」

やがて朝廷会議が開かれた。時は陰暦五月二日だった。

「我らの失策で外敵を防ぐことができず、殿下の心機を乱した罪、死んで当然でございます。厳罰を下してください」

大臣たちが過ちを告げ、頭を下げながら、一同で「申し訳ありません」と謝った。

「今さら、そんなことを言っても仕方がない。これから我々はどうすべきか、どうすれば倭敵から王朝を守れるか、対策を考えろ！」

机上の空論に明け暮れる大臣たちに王はうんざり顔で、単刀直入、対策を求めた。

『倭軍がすでに都城に入ったなら、ここも危ない』

王は怯えた。

「殿下、申し上げます。北方の義州《ウイジュ》に行き、まずは事態の推移を見ることが望ましいと思います。もし、倭軍が朝鮮八道全体を掌握すれば、玉体（王の体）をお守りするためにも鴨緑江《アプロクガン》を渡って明国に入るべきだと思われます」

李承旨が、義州に向かうことを上申した。

「そうか。それも一つの方法だろう。承旨の言うことに一理ある」

王は、李承旨の意見と自らの本音が一致したことに安堵した。

「それはいけません。殿下が朝鮮を離れれば王朝は滅びます」

西人派の尹斗寿《ユン・ドゥス》が異議を申し立てた。王は李承旨の具申を受け入れ、その線で話を続けようとしたタイミングでの尹の反対意見だった。王は、尹を苦々しく睨んだ。

「また始まったか」

大臣らの言い争いにうんざりしていた王は、曲がった背中を見下ろしながら呟いた。

「殿下、朝鮮の地を離れれば二度と帰ってくることができない恐れがあります。北東方面にいらっしゃるのが良いと思います。そこにある咸興《ハムフン》地域は地勢が険しく、敵軍が容易に近づくことができません。そこから各地に使節を送り、勤王兵を集めれば、倭敵を攻めることができるでしょう。そうなれば戦況は変わるはずです」

今度は柳成龍が言い出した。二人の大臣が李承旨の意見に激しく反対するのを聞き、王はかんしゃくを起こした。

「これ以上、余計なことは言わないように。明に進むという意見は、余の意思と一致する」と言い切った。

「まず、ここを出て平壌城に向かえ」

焦った王は、朝廷会議を止め、まず開城を離れるよう命じた。

王が開城府に入った際には、両手を挙げて歓迎し、喜んだ開城府の人々は、王の行列が平壌に向かうと、自分たちは王に捨てられたと思い、号泣した。

漢城占領

陰暦五月二日、一番隊と二番隊は、ほぼ同時に漢城に入った。それぞれの隊を率いている行長と清正は管轄地を分け、行長の一番隊は東大門から鐘楼へと続く区域を、清正率いる二番隊は南大門から慶福宮へと続く区域を管轄した。

「城内をくまなく巡察せよ。抵抗する者は即決処分し、怪しい者は捕らえよ」

都城に入り占領軍になった一番隊と二番隊は、自分たちに少しでも反発したり対抗する朝鮮人は身分を問わず処刑した。容赦はなかった。情報に早い両班（貴族）たちはすでに都城を抜け出した後だった。漢城を抜け出すことができなかった両班は年寄りか、身体の不自由な者か、帰るところのない名ばかりの両班が大半だった。

「こいつら、礼儀も知らないのか。侵略したくせに盗人猛々しい」

家中に隠れていた両班は、捜索の足軽に怒鳴りつけた。

「……？」

しかし、言葉が通じなかった。両班は兵士たちの前で朝鮮語で「仁義礼智信」と人の道理を説いたが、足軽たちにとっては「牛耳読経（牛に経典を読み聞かせること）」だった。意味が分からず、怒鳴り声だけが大きく聞こえた。音に意味が結びついてこそ言葉になるのだが、意味が通じないと言葉の機能を失った。言葉の役割を果たせず、大声ばかりが耳をつんざいた。

「何、言ってんだ？」

「抵抗する者は即処分せよ」という命令があった。怒鳴り声は、足軽にとって抵抗の意味とみなされ、足軽は両班を槍で突いた。

「うっ。この悪人ども」

足軽たちに襲われた家は痛い目に遭った。隠れていた男は皆殺しにされ、女は強姦された。

「殺せっ。殺された方がましだ！」

女らは泣き叫んだが、その叫びも足軽たちには意味が通じなかった。さらに、兵士は瓦屋根の家には財物が多いことを知りそれを狙った。瓦屋根の家に押し入り貴重品を略奪し、人がいれば手当たり次第に殺し、脅しをかけた。漢城が占領されて、最初の三、四日間、このような混乱が続いた。まさに修羅場であった。

漢城に入った兵力は四万弱であった。彼らは武器を手に、大通りを闊歩《かっぽ》し、殺戮《さつりく》の限りを尽くした。漢城は、都で最も治安が安定していたが、王のいなくなった都は生き地獄と化した。

最初、漢城を占領した行長と清正は、抵抗勢力があると考え、兵士に裁量権を与えていた。ところが、三、四日が過ぎても組織的な抵抗勢力は現れなかった。たまに大声をあげて立ち向かう一部の両班がいたが、これといった抵抗はなかった。その代わり、兵士による弊害があちこちで起こった。

兵士たちは釜山浦に上陸して以降、ほぼ二十日間、まともな休みもなく強行軍を続けて漢城に着いた。行軍に疲れ、不満を積もらせた彼らは、その八つ当たりを朝鮮の人々にあてた。目障りになるとむやみに人を殺害した。漢城は王都で、通りもよく整備され秩序ある場所なのに、あちこちから悲鳴が上がり、通りには罪もなく殺された者たちの死体が転がっていた。漢城に残っていた朝鮮の人々は、家の中に隠れて外出を控えた。恐怖から逃れるため兵士たちとの接触を極端に避けるしかなかった。

「このような状況が続けば、和平交渉を進めることは難しくなります。これでは、朝鮮は永遠に敵になります」

漢城を巡回した対馬島主の義智が、行長を訪れ漢城の実情を伝えた。

「うむ！」

婿である義智から状況を聞いた行長は、直ちに清正の元を訪れた。犬猿の仲とはいえ、この状況を清正と話し合い、何とかしなければいけないと思ったからだ。漢城に入城して、互いの担当地域を分けた後は一度も対面はなかった。

「あれ？」

行長が本陣にやってきたと聞き、清正は驚いた。『狐野郎が、また何か悪巧みを……』と警戒した。

「兵士らの行動を統制しなければなりません。漢城の民心が離反しています。このような状況を放っておくわけにはいかないでしょう」

顔を強ばらせた行長が、清正の長く伸びた髭を見ながら切り出した。

「何を仰っているのか。意味が分からない」

清正はしばし戸惑った。

「兵士たちが罪のない民を殺し、物を奪っている。さらに女を輪姦し、殺している噂が広まり朝鮮の民が動揺しているそうです」

「ああ、そういうことか。戦場では常の事でしょう。戦で勝った者の特権だ。今更何を。それを禁じて兵の士気が落ちれば戦の遂行は難しくなる」

「しかし、朝鮮を治めるためには民心を得なければならないという、太閤様の命令をお忘れではないでしょうか？」

行長の口から太閤様という言葉が出ると、清正の顔色が少し変わった。

「もうすぐ宇喜多様が漢城に入られます。もし、その際、兵士たちの蛮行が知られ、太閤様に報告されたら咎められるでしょう。先発隊として立てた手柄も水の泡になるかもしれない。場合によっては加藤様と私がその責任を負い、処罰を受けることもあり得ます。今すぐ殺戮や略奪を禁じ、漢城の治安を確保すべきです。朝鮮の民が安心して生活し、彼らが我々に協力するようにしなければならないと思います。この申し出をお聞きくださらなければ、全ての責任は加藤様にあることをお考えください」

自分を敵視する清正だが、主君である秀吉を引き合いに出せば何とかなると行長は考えた。案の定、清正の表情と態度が一瞬で変わった。しかも、朝鮮征伐軍の総司令官を預かった宇喜多は、清正とは仲が良くなかった。宇喜多が漢城に入り、万が一、秀吉に自分の悪口を告げられたとしたら、それまでの軍功が水泡に帰す可能性がないわけではなかった。

だが、行長の話を清正は素直に受け入れたくなかった。

「とにかく二番隊の兵士は、私が管理する。一番隊の兵士は、そちらでよく管理してください」

行長の意見をただ鵜呑みにするのは自尊心が許さなかった。そこで、別々に管理すればいいと答えたのだ。

「別々に管理をするという問題ではないでしょう。問題が発覚し追及を避けるためにも、責任者である加藤様と私が連名で布告文を作成すべきです。今ここの治安責任者は二人だけです。一番隊の兵士であれ、二番隊の兵士であれ、問題が起これば、それは指揮官である貴公と私の責任になるでしょう。連名で作成すれば、兵士を統制できるだけでなく問題が発生しても指揮官としての役割を果たしたことになります」

清正は、行長が大嫌いだった。清正の目尻が突き上がり顔をしかめた。行長の忠告に言いがかりをつけたかったが、ここは清正も堪えた。

「そんなに布告文を出したければ小西様が作成してください。印は押すので」

清正は、仕方なく受け入れた。

『まったく戦しか頭にない人だ。このくらいで良いだろう』

清正の同意を得て、行長は布告文を作成した。

一、すべての兵士に処刑の行為を禁じる。

一、容疑ある者は、指揮所に連れてこなければならない。
一、許可なく朝鮮民を殺傷し摘発された者は軍律によって処罰する。

肥後熊本守加藤清正、肥後宇土守小西行長

布告文の最後に、行長と清正の名を記した。行長は、清正に配慮して彼の名前を先に記した。これにより漢城内すべての兵士に略奪と殺人禁止令が公に出された。


「何だこりゃあ。こんなことあるか」

「そうだ、そうだ。命がけで戦ったというのに」

兵士たちからすぐに不満の声があがった。

「言葉に気をつけろ。口は災いの元。見せしめに処刑されることもある。従うふりをして、こっそりやりゃあいいんだよ」

「でも、気をつけねえとヤバイぞ」

不満がなくはなかったが布告文によって効果が現れ始めた。

一部の兵士を除き、以前のように白昼堂々、路上で女を脅したり、略奪、殺人といった行為は消えた。

漢城が、一番隊と二番隊によって大混乱に陥った頃、釜山浦をはじめとする朝鮮の南海岸には海を越えてきた遠征軍が続々と上陸していた。秀吉が一次派遣隊として送った十五万の兵力すべてが海を渡り、朝鮮の地に足を踏み入れたのである。

すでに一番隊一万八千、二番隊二万の兵は、破竹の勢いで釜山鎮城、東莱城、彦陽城、慶州城を陥落した。

朝鮮側の責任者は、ほとんど戦死したか逃亡してしまった。そのため、全羅《チョンラ》地域を除く慶尚《キョンサン》の南海岸は、防御する朝鮮軍がいない無人地帯となっていた。抵抗も受けず、漢城へと繋ぐ馬路を日本の各隊はやすやすと北上した。

三番隊の黒田長政は、一万の兵を率いて、多大浦《タデポ》に上陸し、金海《キムヘ》を経て星州《ソンジュ》、武渓《ムゲ》を通る西路に沿って漢城に上ってきた。途中、散発的な戦闘があったが、星州で遅れをとったことを除けば抵抗とは言えないほどであった。

「雲も休む」といわれるほど険しい峻嶺である秋風嶺《チュプンリョン》を何の抵抗もなく越えた。朝鮮軍の姿はまったくなかった。黒田の三番隊は悠々、清州《チョンジュ》を経て漢城に入った。

中国地方の有力領主である毛利吉成が率いる四番隊の兵四千と、福島正則や長宗我部元親、水軍長の来島らが率いる五番隊二万五千、そして六番隊、七番隊も釜山浦に上陸した。秀吉が、朝鮮遠征軍の総大将に任命した八番隊の大将である宇喜多秀家は、一万の兵を率いての上陸だった。宇喜多を最後に朝鮮には十五万の日本兵が上陸したことになる。

「ここが高麗の地か」

「昔は高麗と言ったが、今は朝鮮だそうよ」

「わしらが住んでいるところとはずいぶん違うな」
兵のほとんどが農民だった。彼らは秀吉の命令一つで各地から招集され、訳も分からずに対馬海峡を渡って異国の地に上陸した。彼らは朝鮮について何の知識もなかった。自然や、家屋の形が日本の故郷と大きく異なっていた。もちろん、言葉も違った。

命令に逆らえず海を渡った彼らは、見ず知らずの地に上陸して実感した。

遠征軍十五万の大軍が、東路と中路、西路の三つに分かれ北上すると、全羅道を除く朝鮮の南の地域はほぼ全て侵略軍の馬蹄に踏みにじられた。兵士に運悪く遭遇した朝鮮の民は、兵士であれ、百姓であれ、すべてが槍剣の生贄《いけにえ》になった。

「味方です」

黒田の率いる三番隊が長い列を作って南大門を通り抜け、漢城に入った時、哨兵たちが清正に報告した。

黒田長政は、秀吉の軍師である黒田勘兵衛の長男で、当時、二十四歳の若者だった。

「ご足労でした。ここは我らが三日前に占領し、治安を確保しています。安心してお休みください」

清正は、長政を迎え、自分の部隊が漢城に先に入った武功をほのめかした。

「釜山浦で合流することになっていたのではないのですか？」

年若の長政が、年長の清正に問い詰めた。

『生意気な奴』と、心中の思いを抑え、「そうしようとしたんですが、一番隊が約束を守らずに先に出発したので仕方がなかったんです」

清正は、全てを行長のせいにした。

「海を渡り集結してから、同時に攻め上がれ」

秀吉は、一番隊、二番隊、三番隊に釜山浦で集結した後、同時に東路、西路、中路に分かれて漢城に向かうように命令をしていた。

「じゃあ、小西様が先に約束を破ったということですか?」

「そうです。戦功を独り占めしようとする巧な策略でしょう」

清正は、行長を辛辣に非難した。

「左様ですか。とにかく無血入城できたのは加藤様の功ですね」

長政は、清正に同調するふりをして労をねぎらった。実は長政は、父の勘兵衛と同じくカトリック信者だった。仏教徒の清正より、同じカトリック信者の行長の方に気脈が通じていた。

長政率いる三番隊の入城があってから、四番隊、五番隊、六番隊、七番隊が続々、漢城に入り、最後に八番隊を率いる宇喜多が入城を終えた。

秀吉が派遣した十五万の兵力の中、一部駐屯兵を除いたすべての兵が朝鮮の王都漢城に入ったことになる。

それも無血で。

「漢城を占領したか……。大きな損失もなく。ウハハハ……。よくやった、よくやった。これで多くの者がわしにひざまずくことになる」

朝鮮の都城を占領したという、清正からの急報を受けた秀吉は高笑いして喜んだ。十五万もの大軍を送ったものの、不安がなくはなかった。

清正の報告を受けた秀吉は、朝鮮を占領した今、次の狙いは明だが、これは思ったより簡単に行くかもしれないと自信を深めた。

「この私が、海を渡って朝鮮と明を支配することになれば、朝廷や他の大名らはみんな頭を下げ、平伏するだろう」

秀吉はそばにいた三成に、声を弾ませ命を下した。

「三成、朝鮮に行く。すぐ準備しろ！」

「ははあ。承りました。直ちに」

三成は畳に額を擦りつけるように頭を下げ、膝で退いた。畳が擦れる音が際立った。

「明の攻略は、己が指揮する」

後ずさりする三成を見ながら、ひとりつぶやいた。秀吉は、朝鮮の王都である漢城からの報告を征服したと解釈した。しかし、それは秀吉の勘違いだった。日本では領主を倒すか、敗れて逃走すれば、その領地は勝利者の支配となった。

日本ではそれぞれの領主が自分たちの領地を独自に支配する封建体制だったため、領地を追い出されたらそれで終わりだった。領地を失った領主は生き残ったとしても一介の浪人にすぎなかった。

秀吉は朝鮮も同じだとみなした。ところが、朝鮮では違っていた。

王が王都を捨て、逃げ回ったからといって、戦いが終わったわけではない。しかも、朝鮮王朝は中央集権体制だった。すべての地方官は王が任命した。つまり、地方官は王の臣下であって王が都城を捨てどこへ行ったとしても、その関係、つまり身分が変わることはない。王は朝鮮のどこにいようとも最高統治者であり、朝鮮内のすべてが王の臣下であり民であった。したがって、王が都城を抜け出したことは単なる宮殿を移したことにすぎなかった。王が北へ逃げても、依然として各地の地方官は臣下であり、命令を出して政を行うことができたのだ。

遠征軍が朝鮮に侵略したあとから、各地で義兵が立ち上がり、抵抗していることを秀吉は知らなかった。

清正の書状だけで戦況を判断したわけであった。それなのに秀吉は引き続き遠征軍に命を下した。

「朝鮮にすぐ行く。盛大な宿舎を建てておけ」

世間を知らず国内事情で世界を判断する、まさに井の中の蛙だった。

勘兵衛の朝鮮人妻である草良《チョリヤン》と二人の娘は、一番隊が釜山鎮城を攻撃する前に城を抜け出して家に戻った。前日の夜、勘兵衛が訪れたが半日遅れて遭遇することはできなかった。

「悪い小母らが家の中をめっちゃくちゃに散らかして、嫌になっちゃう」

草良が家に帰ってくると、家の中には家財や物が散らかっていた。村の人たちが押し寄せて「倭奴の妾」と罵り、家財などを奪ったり壊したりしたためであった。

「ふう、どうしよう」

割れてひっくり返った甕《かめ》と家財などを見て、彼女はおのずとため息をついた。

「運命だろう」

彼女は小母らを恨むよりも、自分の運命を嘆いた。そして、何か思いついたのか、素早く台所の隅に置かれている木箱に近寄り、木箱の蓋を開けて手を入れた。

「ないわ」

草良は台所の前で自分をじっと見つめている長女を見つめ、独り言のようにつぶやいた。

「穀物を探していますか」

「そうだね。ここに入れておいた穀物はどこに行ったのかしら？」

「おじさん、おばさんたちが全部持って行きました」

「なあに、それは誰だった」

「お母さんを殴った人たちです」

「ああ、どうする」

長女の話を聞いた草良はどかっと台所の床に座り込んだ。すると二人の娘は草良が倒れたと思って泣きだした。

「泣かないで、お母さんは大丈夫、本当に悪い人たちだね。人のものを盗んでいくなんて」

そして、台所から出た草良は家の後ろの方に行き、軒下で何かを探した。

「ここにあった袋はどこにいったの、見なかった？」

草良が、慌てて娘らに聞くと、

「それもおじさんたちが持って行ったんです」

「干しておいた玉蜀黍《とうもろこし》まで全部持っていくなんて。天罰を受けるよ、絶対に、天罰を」

草良は村の小母らに頭をつかまれ倒れたので、他の村人が食糧を持ちだすところを見てなかった。

「お腹が減って死にそうです。お母さん」

「分かったって、まず水でも飲んで」

彼女は台所に置かれていた壺から水を汲んで子どもたちに飲ませた。

「ゴクゴク」

『下手したら子どもらを飢え死にさせる』

ほぼ丸一日、何も口にできなかった。子どもたちだけでなく、草良も空腹で、目眩がした。

「じゃ、行こう」

水で腹を満たした後、草良は二人の娘を連れて門を出た。

「どこかへ行きます？」

長女が尋ねた。次女はまだ六歳なので鼻水を垂らしたが、長女は九歳なので状況を知覚していた。

「食べものがないから、探さないと」

草良は次女のチョゴリの紐を縛りあげ、手を握った。彼女は二人の娘と一緒に他の村に行き、空き家を調べた。ところが、時は旧暦四月なので、穀物が足りない時期であった。ほとんどの家の米びつが底を突いていた。穀物があったとしても避難しながら全て持っていったので、残っているはずがなかった。

「なんだ、米一粒、豆一粒もない。全部もっていったのか」

草良は空き家の米びつを見るたびに失望し、けちな家主を恨んだ。

「あら、あそこに煙が立ち上がります」

「本当？　何の煙だろう」

煙は村から遠く離れた家屋からのぼっていた。家を燃やす煙だったが、遠いから長女はご飯を炊く煙と思った。

「あれは家を燃やす煙よ」

「でも、何かあるから煙が出るんじゃないですか」

「そうだね。ここには何もないから行こう」

草良は娘らを前に立たせて煙の出る方に向かった。

「お腹がペコペコです」

歩く途中、次女がぶつぶつ言いだした。水を飲んだだけだったので、当然のことだった。

「末順、駄々をこねてはいけないの」

長女が次女を諭すのを見た草良は、次女の手を握りあげた。そして背中を差し出した。

「お母さんが、おんぶしてあげる」

それをみた長女は、

「いけない、お母さんが大変」

「大丈夫」

次女をおんぶした草良は、ふらふらとした足を引っ張って歩きだした。だからといって目的地があるわけでもなかった。ひたすら空腹を満たす願いだけだった。

草良は、二人の娘を連れて、釜山浦から多大浦の方に向かった。左側には海が広がり、真正面には沈む太陽がザクロのような赤い夕焼けを海に吹き出していた。

多大浦には海岸を警戒する慶尚水軍の朝鮮軍陣地があったが、すでに一番隊に占領されていた。行長は、多大浦には後方兵力五十名余りを置いた。彼らには釜山鎮城と東莱城に駐留していた兵力と相互連絡し拠点を確保する任務が与えられた。しかし、朝鮮軍の動きがないので、彼らは周辺地域にある村を狙い、略奪や乱暴を行ったりした。煙が出ていた家屋も、彼らが略奪をした後、放火したのであった。

「お母さん、腹ぺこで歩けません」

我慢強い長女が力なく道端に座り込んだ。それをみた草良は、

「もう少し我慢して、すぐだから」

と言いながら、娘の片手を引っ張り立たせた。三人が村に到着した時にはもう、周辺は暗闇に包まれていた。水田の周りにある幾つがの藁葺き屋根からは、煙が出ていた。人々はみんな山の中に逃げたのか人通りはなかった。水田の裏側につながる山の斜面の上に瓦の屋根がそびえている邸宅が見えた。

「あれは、間違いなく両班の家だね。両班の家には食べ残しでもあるはず、行ってみよう」

草良は、長女をひきつけながら早足で煙の出る藁葺き屋根の家を横切り、瓦屋根の家に向かった。幸いそこには火をつけた跡がなかった。門はぱっと開いていたが、塀や門はそのまま残っていた。ほこりが積もっていないことから見て、わずか数日前まで人が住んでいた様子だった。

「ごめんください、ごめんください」

住んでいる人がいるか、念のため二度ほど確認したが、返事はなかった。草良は次女を背中から降ろして家中に入った。倉庫や部屋の門がすべて開いていて、家財が散らかっていた。すぐに、草良は、台所を見つけた。両班の家なので出居の部屋の横にある台所の前には土と石で積み上げた段があり、入口には丸太をよく整えて作った台所の門がついていた。

『門があるほどであれば、台所に貴重なものが多いということだね』

草良が台所に入り、中を探そうとしたが、外はすでに暗くなり、台所の内側はよく見えなかった。

「カタカタ、カタカタ」

器などの生活道具ばかりで、穀物はみあたらなかった。

『壺はどこにあるのよ』

草良は闇の中であちこち触ってみたが、どれが食糧をいれる壺なのか分からなかった。

「灯りがないと」

彼女は、台所の壁についてある行灯に火をともそうとしたが、火種がなかったので火をおこすことすらできなかった。

その時だった。

「あら、ここに穀物があるわ」

長女の福順の声が聞こえた。

「何だって？　穀物といったの？」

台所の隣にある倉庫からだった。草良が速やかに倉庫の方に走り、中を覗いた。すると、娘が地面に伏せて、何かを熱心に口に入れていた。

「それは何？」

「麦です、麦」

倉庫の床に穀物が落ちていた。手のひらをこすって麦の皮をむいて口に入れて噛んでみたら、米ではなく麦に間違いなかった。生の麦なのでおいしくはなかったが、口の中に穀物が入ると甘い唾が出てきた。

「しっかり噛んで、食べて」

草良は、そばにいた次女を引き寄せ、麦を手でこすり、口に入れてあげた。顔がほっそりした次女はかわいい小さな口をもぐもぐしながら麦をかみしめた。

麦は兵士が置いていったものだった。略奪に来た兵士たちは米だけを持って行き、麦は床にほったらかしていったのだった。倉庫の床のあちこちに麦が散らかっていた。麦の他に小さな粒である粟ときびも混ざっていた。

「ほら、胃もたれするから、水も一緒に飲んで」

草良はすぐ台所に行き、暗闇の中で水壷から水を汲んで、二人の娘に飲ませた。

「炊いて食べた方がいい」

草良は台所に戻り、壁についている行灯の周りを手探りした。

「あった。あったよ」

手にした物は火打ち石だった。そこにはよもぎを乾かしたものもあった。火打ち石で火を起こすのは容易ではなかった。

「福順、こっちに来て」

倉庫の中で手で熱心に麦をこすっている長女を呼びだした。

「タッ、タッ、タッ」

草良は暗闇の中で火打ち石を打ち合った。火花は散ったが、中々火元になる乾燥よもぎに燃え移ることはなかった。草良は手に力を入れて何度も火打ちを繰り返した。

「ふう、ふう」

草良が火打ち石を打ち、火花が散ると長女の福順が熱心によもぎの葉を近くに当ててロで吹きつけた。すると、「ファッ」と火がついた。

「こっちにくれ」

草良は火のついたよもぎの葉を素早くかまどに持って行き、火を付けた。そして、台所においてある乾いた薪をその上に置いた。

「ボッ」と火が燃え移った。

「ふう。ふう」

草良は口で火吹きした。

乾いた薪はよく燃えた。

「よかった」

「それでは、ご飯食べられますか」

火がつき明るくなった台所で次女が無邪気に聞いた。

「そうだね、もうちょっと待ってて」

明かりで赤く照らされた草良の顔に安堵の様子が映った。続いて草良は、長女の福順と麦をかき集め、手でこすって皮をむいた。水を釜に注ぎ、麦を入れてかまどに薪を十分に入れた。まもなく麦が炊かれ台所の中に香ばしいにおいが広がった。

「おかずは何かないかな」

草良はご飯と一緒に食べられるおかずを探して外にある甕台に行った。裏庭に大きな壺がいくつか置いてあった。草良がにおいを嗅ぎながら蓋を開けると、案の定、味噌壺だった。味噌の上には豆の葉が敷かれていた。豆の葉の漬物だった。夏に食べようと漬けておいたものだった。

「たくさん食べて」

三人の親子は漬物をおかずにして麦飯を美味しく食べた。二日ぶりに食べる飯で、まさに蜜の味だった。

「とてもおいしい」

「ふぁ」

ご飯を食べ終わると、二人の娘はすぐ欠伸をした。草良も身体がだるいのを感じた。遠くから歩いてきたからだった。

「こちらにきて」

草良は、娘たちを連れて空き部屋に入り、寝かそうとした。晩春だったのでそんなに寒くはなかった。

「お母さん、大丈夫ですか」

「何が」

「家の主が来たら、大変なことになるのでは」

「そんなことないわ。みんな逃げ出したので帰ってくることはないわ、心配しないで休んで」

草良が横になって、次女を抱いた。そばにいた長女も彼女にしがみつき横になった。三人の母娘は空き家で眠りについた。

「だめよ、だめ」

二人の娘が泥だらけになり、なぜか兵士たちに連れ去られていた。

「何で、どこへ連れて行くの、返してください」

草良が二人の娘を連れ戻そうと走っていたが、足が動かなかった。二人の娘とどんどん離され、胸が引き裂かれるような気がした。切ない草良は、何とか二人をつかもうと手を振った。

「お母さん、お母さん」

誰かが手を握り、自分を呼ぶ声がして目を覚ました。次女だった。起きていた幼い娘は、自分の手を握りながらしくしく泣いていた。

「あら、夢だったのか」

目が覚めた草良は、夢であることに気づき胸をなで下ろした。

「お母さん、お腹が痛いです」

次女がお腹を抱えて泣いていた。

「大丈夫？　まず外でうんちして」

「外は怖いです」

隣にいる長女は相変わらず眠っていた。草良は、起き上がり次女を連れて外に出た。便所も探さず、次女を裏庭に連れて行って下着を脱がせてあげた。彼女も座って、小便を済ましてチマ（スカート）を上げながら空を見た。新星がかすかに消え、遠くから黎明が押しよせていた。

『夜が明ける前に家に帰らないと。明るくなるとここは危ない』

草良は、次女が用を済ますと身なりを整え、部屋に戻り長女を起こした。

「早く起きな。家に帰らなければならない」

彼女は急に焦った。

「福順、倉庫に行って、穀物を集めて」

草良は、長女に麦と穀物をかき集めさせ、自分は部屋に置いてあった布団のカバーをはがし、風呂敷を作った。

「福順、お前はこれを頭にのせて、末順はこうやって肩に担いで」

「では、早く帰ろう」

草良と長女は頭にできるだけの穀物を詰めた風呂敷を載せ、まだ頭に載せることができない幼い次女は、肩に斜めにかけた。麦一升もない量だった。前日の夕方に食べ残った麦飯は手に水をつけておにぎりにした。草良が、風呂敷の切り端に水をつけて包んだ。帰る途中で食べる食糧だった。日差しが低く、山裾を照らす頃にその家を出た。釜山浦に向かう道には人通りはなかった。

「お母さん、なぜ人がいないの」

「みんな避難したのよ」

草良は、二人の娘の手を引き、半日以上歩いて家に帰った。家の庭と台所には家財道具が散らかっていた。あまりにも空腹だったので、めちゃくちゃになった家をそのままにして食糧を求めに出たためだった。

「福順、割れたものなど片付けよう」

「はい」

少しだが食糧を手に入れた草良に心の余裕ができた。家の中を片づけ、夕方には麦を炊いた。かまどの火が燃え上がると、暗かった台所が明るくなった。不安そうな顔をしていた娘二人の顔に安堵の様子がみえた。わずか二日しか経っていないのに、久しぶりに見る子どもたちの無邪気な様子だった。

「可愛いそうに……」

そう思いながら、草良は、二人の娘に美味しい飯とおかずを作ってあげようと裏庭に行った。両班の家ほどではないが、醤油を漬けておいた壺があり、豆の葉と大根を漬けておいたものがあった。軒の下に掛けておいた干した大根の葉っぱもそのままあった。草良は、それを水で洗い、味噌を入れて汁を作った。

「自分の家が一番楽だね」

他人を気遣うこともなく、三人の母娘は夕食を楽しんだ。食事を終え、外が真っ暗になると、明かりを消しそのまま横になった。

『この子らのお父さんはどうなっているだろう。倭人たちが海を渡ってきたというのに、一緒に来たんであれば、何か知らせがあるはず』

二人の娘は疲れているのか、すぐに眠りについた。しかし、草良はあれこれ考えていて眠れなかった。倭館にいた勘兵衛からの連絡が途切れて、すでに一カ月半が過ぎた。

「倭館にいた倭人たちは、みんな倭国に帰ったって」という噂を聞いたが、だからといって訪ねて行き確認できる立場ではないので、ただ連絡を待っていた。

『これからどうすればいいかしら』

勘兵衛が食糧を送ってくれていたので、生活には困らなかった。ところが、勘兵衛が朝鮮に戻らなければ、もう食糧の助けを受けられない。

『この子らがいるのに、まさか、ほったらかすことはないわ』

草良は、勘兵衛の消息がないので心配になった。もしこのまま連絡が切れたら今後どのように生きていくかが気がかりだった。

『とにかく、今ある食糧だけでも節約しないと』

翌日から草良は、二人の娘を連れて山や野原に出てよもぎなどを採り集め、食糧を節約するために麦とよもぎを入れたお粥を作って食べた。

「美味しくないから食べられません」

幼い次女が駄々をこねた。

「食糧が足りないから大事にしないと、早くお食べ。最初はちょっと苦くても口に入れてよく噛むと香りもするし、甘みもでるよ」

これまであまり困窮してこなかったので子どもたちはお腹を空かせたことがなかった。春のよもぎが入ってほろ苦い麦粥を幼い次女が拒むのも無理はない。次女と違って、長女は状況を理解しているのでお粥を綺麗に全部食べた。草良は、幼い次女を哀れに思う一方、状況を理解してくれる長女がありがたかった。

「連絡でもしてくれればいいのに」

草良は勘兵衛からの連絡を待ち、半月を家で過ごした。村から離れた場所だったので、兵士が出没することはなかった。朝鮮の人々が時々見えたが、すぐに家の家財道具を取り出して、兵士を避け山に入った。兵士を避けるためには、草良も二人の娘と一緒に山に入らなければならなかったが、彼女は勘兵衛を待ち続けていた。家を出る時にも不安だった。その間、勘兵衛が訪れそうだったからだ。

『もうすぐ食糧も底を突くのに、どうすれば良いの』

両班の家から持ってきた麦もよもぎを入れながら節約して食べたが、半月が過ぎるとほとんどなくなった。二人の娘を家に置いて一人で食糧を探すために空き家を漁ったが、食糧は見つからなかった。

「お母さん、腹ぺこです」

空腹で我慢し切れない次女が駄々をこねた。

『いけない。このままでは、子どもたちを飢え死にさせるかも……』

草良は、娘たちを連れて再び多大浦の方へ向かった。そこに遠征軍が駐留しているからだ。

『彼らに聞いてみれば、子どもたちのお父さんのことが分かるかもしれない』

草良は遠征軍を訪ね、勘兵衛の消息を聞くつもりだった。兵士たちはお互いに連絡がつくと思ったからだ。草良が娘たちを連れて家を出たのが、陰暦五月初めの三日だった。その時はすでに多大浦に上陸した遠征軍の第三番隊が漢城に向かい、総大将である宇喜多秀家が釜山浦に到着した後だった。なお、その一日前には先鋒隊である第一番隊と第二番隊が漢城を占領したことにより、釜山浦近くの南海岸から漢城に至る陸路のほとんどの拠点地域は、全て遠征軍が掌握するようになっていた。その結果、西側の全羅道と忠清道の一部を除いた漢江以南のすべての地域が侵略軍に占領された。朝鮮の義兵たちが各地域で挙兵をして侵略軍を牽制したが、正規軍である官軍の姿は見られなかった。

「我が軍は漢城に行くので、水軍は海岸に駐屯しながら本国との連絡系統を確保してください」

総大将の宇喜多は北上する前に水軍大将である九鬼嘉隆に海を任した。

「心配しないでください。海は水軍にお任せください。それより朝鮮の王を早く捕らえてください」

「ハハハ、心強い」

秀吉は朝鮮侵略のため編制を一番隊から九番隊に分ける一方、兵站の輸送と海岸警備のために別で水軍を置いた。その水軍の編制と兵力は次のとおりである。

水軍大将の九鬼嘉隆の兵力一千五百、
藤堂高虎の率いる二千、
脇坂安治の率いる一千五百、
加藤嘉明の率いる一千、

来島通之の配下七百、

他にも二千の水軍があり、総兵力は九千に近い水軍勢力だった。彼らは釜山浦と日本の対馬、壱岐島を船で連結し、海上輸送と海岸警備を受け持っていた。およそ三十隻余りの関船で船団を成し、海で動いた。草良が二人の娘を前に立てて多大浦の方に向かっている途中、彼女の前に兵士たちが現れた。数は十六人ぐらいだった。

「捕らえろ」

九鬼嘉隆が率いる水軍だった。輸送と海上警備を担当した部隊だったが、南海岸の朝鮮軍陣地が崩壊すると、妨げられずに海岸地域を略奪していた。

「止まれ」

「お母さん」

二人の娘は驚いて叫び、草良はすぐに二人を自分の後ろにまわし隠した。

「ワグラヨ（どうしてですか）」

草良が落ち着いて尋ねた。もちろん朝鮮語だった。

「……」

ところが、兵士に朝鮮語が通じるはずがなかった。兵士たちはお互いの顔を見つめあった。

「連れて行け」

装飾のついた兜をかぶっていた兵士が命令を下した。草良は、言葉の意味は分からないが、彼がおそらく頭だと推量した。兵士たちは前後に分かれ、草良と二人の娘を囲み、海の方へ向かった。

「お母さん、怖いです」

次女が怖がり、すすり泣いた。

「大丈夫、大丈夫」

草良は、次女の手をぎゅっと握り、なだめながら安心させた。

『何とかなるわ』

言葉も通じず、槍で威嚇されていたので恐怖ではあったが、飢えを免れるために自ら兵士を探しに出た彼女はむしろ良かったと思っていた。草良は、兵士たちに従い、彼らについて行った。海に向かっていたが、行ったことのない場所だった。海には紋様が描かれている旗が差された船五隻が海岸に浮いて揺れていた。

「上がれ」

草良は、相手の手振りや表情を見て言われた通りに動いた。躊躇なく船上に上がった草良は、二人の娘を指し、

「モグルコルチュセヨ（食べ物をください）」とお願いした。

「……」

やはり朝鮮語で通じなかった。彼女はお腹に手を当て、また口に何かを入れる仕草をした。

「何を言ってんだ？」

「おそらく、お腹が空いているから、食べ物をくれということだろう」

「そうか、じゃ食べ物をちょっと与えなさい」

「ははあ」

命令をした者は、九鬼軍所属の近次郎という男だった。もともと日本の内海で海賊行為をして悪名高かった村上水軍の一員だったが、朝鮮侵略のために九鬼水軍に配置された。頭として船五隻を受け持っていた。いわゆる船団の長だった。

「子どもたちのお父さんを探しているのですが……」

兵士が渡したおにぎりを食べた後、近次郎に案内された時、草良は朝鮮語でそう聞いた。

「何言ってるんだ」

「カンベといっているのだが」

「カンベ？　まったく意味が分からない」

朝鮮語と日本語が交差し、お互いにチンプンカンプンが続いた。草良は、夫の「勘兵衛」を朝鮮語で「カンペ」と発音し、兵士たちは彼女の発音を「カッベ」と聞き取った。当時の朝鮮語「カクシ（女性の意）」を日本語で「カクセイ」と表記した記録があるが、朝鮮語の発音と日本語の発音の違いからであった。とにかく、言葉が通じないうえ、発音まで違っているので、夫である勘兵衛を探している草良の願いは伝わらなかった。さらに、勘兵衛は行長の率いる一番隊で、しかも対馬隊に属していた。そのため、一番隊の中でも対馬出身の兵士でなければ、勘兵衛を知ることはなかった。おまけに近次郎の属した水軍は七番隊で、九鬼水軍だった。これは、対馬に住む勘兵衛を江戸で探すのと変わりはなかった。味方として朝鮮入りしたが、わずか数日前までは領地が異なり、しかも海を挟んで離れていた。全く別の国の人間といっても過言ではなかった。そのような状況を全く知らない草良はひたすら「カンペ」を探していた。言わば、運が悪かったのかもしれない。もし草良が近次郎一党に捕まらず、無事に多大浦陣地に行くことができたら、勘兵衛を知る兵士がいたかもしれなかった。そこには行長の命令で一番隊の兵士が駐屯していたからだ。

「あの子たちのお父さんがカンペです。探してください」

草良が二人の娘を指差して、熱心に説明したが近次郎をはじめ兵士らは朝鮮語を理解できなかった。最初は何を言っているのか耳を傾けていた兵士たちも、意味が分からなく疲れたのか彼女の訴えを無視してしまった。

「こっちに入りな」

言葉が通じないうえ、近次郎をはじめ兵士たちには彼女の訴えを聞いてくれる配慮心は持っていなかった。彼らが草良を船に連れてきた理由はただ一つ、性欲を満たすためだった。

「ウハハハ」

草良と二人の娘を船に閉じ込めた彼らは海岸に出て騒いだ。海には暗闇が訪れ四方は暗くなった。兵士たちは海岸で火を起こし、民家で略奪してきた牛をさばいて、お酒と一緒に食べながら大声を上げた。酒に酔った兵士たちは踊りながら、奇声を張り上げた。夜が更けると大声を上げていた彼らも疲れたのか、嫌気がさしたのか静まり返った。

その後すぐだった。

「トントン」

兵士たちが船に上がってくる音が聞こえ、近次郎と兵士三人が船の下側の蓋をぱっと開けた。

「ウハハ」

「これを食え」

「……」

言葉が通じなかった。草良は兵士たちの言葉を理解できなかった。

「食いな」

近次郎が手に持っていた肉を彼女の前にさっと投げた。草良は、すぐに二人の娘を後ろに交わし、彼を見つめた。言葉の意味が分からないので目を丸くして見つめると兵士一人が降りてきた。

「ほら、これを食え」

近次郎は、肉を拾い上げ彼女の口に押しこんだ。

「アラッソヨ（分かりました）」

動作で意味が分かった草良は、すぐに肉を手で受け取り、二人の娘と一緒に隅に行った。茹でた肉だった。草良は肉を手でちぎろうとしたが、肉が煮えていないのか、かたかった。

「ブチッ」

草良はかたい肉を口でかみちぎって、娘たちに渡した。二人の娘は寝ていたので目が覚めたばかりだった。にもかかわらず、彼女が渡す肉を口に入れ、もぐもぐと噛み始めた。かたかったが、しばらく噛むと肉汁《にくじゅう》が出てきた。

「ゆっくり噛んで、飲み込んで」

草良は、二人の娘が肉を食べるのを見て、安心した。

「これも飲みな」

近次郎は手に持っていたひょうたんを草良に差し出した。彼女は水が入っていると思い、疑わずにそれを受け取って一口飲んだ。

「ケッケッ」

「ワハハハ」

お酒だった。知らずに飲んだ草良は、咳をしながら吐き出そうとすると、兵士たちはその様子を楽しそうに笑い、手をたたいて笑う者もいた。

「わーん」

彼女が苦しむ様子をみた二人の娘がびっくりして泣き出した。

「うるさい、連れて行け」

近次郎が命じると、兵士三人が二人の娘の肩をつかみ、草良と切り離した。

「どうして、どうして」

「おまえさんはこっちだよ」

二人の娘と離れまいと草良が手を振ると、近次郎が彼女を後ろからつかみ、内側に引っ張った。

船まで連れてきて肉までくれたので、草良はてっきり彼らは勘兵衛の仲間だと思っていた。ところが、突然の豹変ぶりに呆然とし彼女は慌てた。

「ウワーン」

娘たちが泣き出した。

「ヨンソヘジュセヨ（許してください）」

険悪な顔をしている近次郎に向かって草良は、手を合わせて朝鮮語で請った。

「服を脱げ」

酒に酔って顔が赤くなっていた近次郎は草良の願いとは、異なる行動を取った。彼は直接草良の服を脱がそうとした。

「アンデヨ（だめです）」

草良がすぐ抵抗した。彼女が彼を押し返しながら必死に抵抗すると、酒に酔っていた近次郎は「ハアハア」と息を切らした。

「このアマ」

そして、太刀を抜いた。それを見た草良の顔が一瞬恐怖に包まれた。しかし、依然として両腕を組み、防御体制だった。

「死にたいのか」

太刀を彼女の顔に近づけ、威嚇したが彼女の目つきは変わらなかった。いやかえって毒々しい目つきで近次郎を見つめた。

「そうか、それなら仕方ない」

彼女の頑強な防御姿勢に近次郎は、そのまま甲板の方に出た。一人になった彼女は外に連れて行かれた娘たちが気になった。近次郎が出ていった門から甲板に出ようとした時だった。

「こら」

近次郎と兵士たちが二人の娘の首に短刀を突きつけていた。

「お母さん、お母さん」

二人の娘は泣きだした。

「さあ、これでも抵抗するか」

「アンデヨ、アンデヨ。(だめです、だめです)」

「子どもたちだけは許してください」

草良が泣いている娘たちのために兵士らに両手を合わせて願いを請った。

草良の請う姿を見て、威嚇が通じたと思った近次郎は、にやにやしながら言った。

「ほら、中に入りな」

そして、近次郎は草良を船の下に押し込んだ。

「お母さん」

娘たちの泣き声を聞きながら、彼女は甲板の下におり、上着の紐を解くしかなかった。近次郎をはじめ、四人の兵士がかわりがわり彼女の体を凌辱《りょうじょく》した。

『頼りにならない人』

兵士が交代するたびに草良は、何の消息もない勘兵衛が恨めしかった。腹の上で荒い息を吐き出していた兵士たちが欲情を満たし、体から離れた後、しばらくして二人の娘が戻ってきた。

「お母さん」

幼い次女が彼女の懐に走り込んだ。

外にいたが恐怖に包まれた娘たちだった。兵士に解放され母親のところに戻ったが、服装は乱れていて、ぼうっとしている彼女の姿を見て、泣き出した。

「大丈夫、大丈夫」

草良は、二人の娘をぎゅっと抱きしめた。

『哀れなこと。この子らだけは必ず守る』

泣いて眠ってしまった子どもたちをみて、可哀そうに思い草良は肝に銘じた。考えてみれば、わずか数日で全てが変わってしまった。元々夢見ていた人生はこんなものではなかった。

「倭奴の妾」と指差されても子どもたちをちゃんと育てて良いところに嫁がせたかった。そうなるのなら自分の余生はどうでも良いと思っていた。勘兵衛が最後まで自分と一緒にいるとは思わなかったし、いつかは倭国に帰るとは予想していた。

『私が倭人を好きで選んだわけではない。家族もなく、頼れる親戚もいない、追い詰められた私の面倒を見てくれたのがその人だったからだ。いわば私を救ってくれた恩人だった。朝鮮人の中で誰か私に手を差し伸べてくれたか。倭人であれ、朝鮮人であれ、私に関係のないことだ。世の中にはいい人もいれば悪い人もいる。国は何の関係もない。私の身体を力で凌辱した彼らは、獣のような悪い人で、私のことを哀れに思い、助けてくれた子どもたちのお父さんは良い人よ』

色んな思いが頭を過ぎった。

「ふああ」

自分も知らずに欠伸がでて、眠気がした。欲情に飢えた四人の獣にやられた後だったので彼女はとても疲れを感じ、つい娘たちと一緒に眠りについた。

どれくらい経ったのだろうか。突然船が揺れ出し、草良は目を覚ました。「出発」という日本語が大きく聞こえてきた。彼女はびっくりして身なりを整え、外につながっている門を開けた。明るい光が目を刺した。いつのまにか朝日が昇り、日差しは海と空を切り分け、船の上を白く覆っていた。

兵士の動きが速くなった。

「あら、船が動いてる」

「大丈夫」

不安で震えている娘たちを抱きしめて慰めたが、草良も船の行き先さえも知らず遠くなる陸地をみながら、ただ恐怖に包まれた。五隻の船は南海の真っ青な波を切り分けながら南西側に向かった。そして島を見つけて、そこに向かった。巨済島の玉浦《オクポ》だった。巨済島の東側に位置している玉浦は天然港だった。右側には岬が長く、左側には山裾が長く海側に延びていた。岬が防風幕を果たし、荒波を穏やかにしてくれた。山と海が続いた後、尾の深いところに若干の傾斜を成した丘の地があり、人々が群落をつくって生活をしていた。奥まったところにあるため風もなく、いつも静かな島だった。北には昌原《チャンウォン》があり、北東には釜山浦とつながっていた。西側には慶尚右水営のある統営《トンヨン》があり、比較的安全なところだったが、突然侵略軍が現れたことに島民たちは驚いた。

「倭軍だ。逃げろ」

島に船を寄せた足軽は上陸した。逃げる島民の後ろから「パン、パン」という轟音が響いた。

「何だよ、早く逃げろ」

鉄砲の音を初めて聞いた島民たちはびっくりした。気が動転して、足が震えて動けなかった。

「歩かないと死ぬぞ」

山の傾斜はそんなに険しくなかったが、女性と子どもたちには容易ではなかった。結局、遅れた弱者だけが兵士に捕まった。

「サルリョジュセヨ（命だけは）」

「静かにしろ」

島に上陸した兵士らは村人たちが去った村を占拠した。船にいた兵士たち全員が上陸し、空き家を占領した。

「降りろ」

草良と他の船に捕まっていた人たちも船から降ろされ海辺の草屋に連れて行かれた。兵士たちは子どもと女性を室内に入れて監視をした。島で捕虜になった人々は女性が二人で子どもが三人だった。船から降りてきた人たちは、草良と二人の娘、他に女性二人がいた。

「泣かないでください、大丈夫です」

船から降りてきた一人の女性が島で捕まった女性を慰めると、

「朝鮮人なの？　朝鮮の人がなぜ倭軍の奴らと一緒にいるの」

「捕まったんです。それでここまで連れてこられました」

「地元はどこですか」

「金海《キムヘ》です」

「そうですか」

一方、島に上陸しそこを拠点にした兵士たちは、村人のものを略奪し、思うままに飲んだり、食べたりした。そして、酒に酔っ払い女性たちを輪姦した。草良は、二人の娘を守るために自分の体をあきらめなければならなかった。そのたびに勘兵衛が恨めしかった。村で捕まった女性たちも最初は抵抗をしたが、殴られて船に連れていかれた。

「ワーッ」

「このアマ」

女性たちの泣き声と兵士たちの怒鳴り声が混じって響いた。島に駐屯していた兵士たちは時々集まり船に乗って海に出た。ある日、三隻の船が出て、他の船と一緒に帰ってきた。最初は五隻だった船が三十隻余りに増えた。

「どこにいたんだ」

「元気か」

「さあ、飲め、飲め」

「ワハハ」

兵士たちはお互いに知り合いだったのか、一緒に酒を飲んだり踊ったりした。勢力が増えた彼らは玉浦を拠点とし、巨済島のあちこちを蹂躙した。一度に二十隻余りの船が出て海岸沿いの民家を侵奪し、食べ物と貴重品を持って帰ってきた。彼らは出船するたびに朝鮮人の妻子を捕まえてきて、玉浦海岸沿いの民家に捕虜となっている女性の数が十人を越えていた。

朝鮮水軍

文禄元年、朝鮮の壬辰年（一五九二年）、陰暦四月十三日、行長が率いる第一番隊が釜山浦に上陸した。翌日、釜山鎮城が陥落し、破竹の勢いで東萊城に迫る頃だった。

〈大軍の倭軍が釜山浦に入り、昨日、釜山鎮城を陥落させ、東萊に押し寄せている。援軍を送ってほしい。力を合わせて敵を撃退しなければならない〉

東萊城にいた宋府使からの連絡であった。

「板屋船《パンオクソン》（朝鮮の軍船）を二隻だけ残して、すべて海に沈めなさい」

だが、侵略の知らせを聞いた慶尚右水使の元均は、援軍の要請に応じるのではなく、右水営が管轄している全ての軍船を海に沈めるように命じたのである。

「えっ！」

水軍の主船である板屋船を海に沈めるように命じられた将校たちは戸惑った。

「倭軍は大軍だというじゃないか。勝算はない。身を隠すのが得策だ」

勝ち目がないと判断した元は、残された板屋船二隻に乗って一部の将校と南海の島に身を隠すことにした。指揮下の兵を解散させた彼は、急いで王に書状を作成した。

〈倭軍が侵犯したという噂を聞いて、水軍兵士らが兵船をすべて燃やし海中に沈め、逃走しました〉

自分の行為を兵士のせいにするという、まったくの偽りの報告書であった。

「このままここを諦めるのは湖南地方を危険に晒すことになりますよ」

右水営（水軍の本部）を空にすることについて、玉浦の万戸（従四品の官職）の李がそれを阻止した。

「何を言ってるんだ。戦おうにも軍船がないし水軍兵もいない」

「それは違います。兵士はもう一度集めればいいし、軍船がなければ全羅左水営に助けを求めればいいでしょう。南海にある水営の指揮官が力を合わせれば倭軍を防ぐことができます」

『強情だな……』

元均は、頑として言い張る李万戸を苦々しく感じたが、彼の意見を黙殺する名分もなかった。

「分かった。誰か全羅左水営に派遣し援軍を頼もう」

「少将が行きます」

伝令を志願したのは栗浦《ユルポ》の権官・李英男《イ・ヨンナム》だった。水使が正三品、万戸が従四品、権官は従九品の武官で、武将としては末端の官職であった。

「では、直ちに参れ」

「かしこまりました」

李英男はすぐに小さな船一艘を走らせた。

『兵船を海に沈めておいて、援軍を乞うとは一体、何事だ。全く分からない人だ』

彼は右水使の行動が信じられないと、一人でぼやいた。小舟は順風を受け帆が膨れ上がり紺碧の海を切って西へ進んだ。

「海風がいい。追い風だ」

李権官は、船首に立って春風を一身に感じた。海風が心地よかった。

『どう考えても水使のやり方は理解できない』

鎧を身にまとったままじっと青い海を見つめていた彼は、どう考えても元均の行為はおかしい、許せないと思った。

この時、慶尚右水使は元均で、全羅左水使は李舜臣《イ・スンシン》であった。海岸を警備する水営は東莱に慶尚左水営、統営に慶尚右水営、麗水《ヨス》に全羅左水営、海南《ヘナム》に全羅右水営が設けられていた。そして、その下に万戸らがいた。万戸たちはそれぞれの水営の管轄であり、各水営の水使（正三品の外職武官）が総責任者であった。

全羅左水使の李舜臣に、「倭軍が釜山浦に入った」という報告が届いたのは二日が過ぎた四月十五日だった。最初に到着した連絡には、〈倭船九十隻余り、絶影島の沖に停泊〉とあったが、その直後に慶尚左水使が送った書状には〈倭船三百五十隻余りが釜山浦に出現〉と書かれていた。

「これはどういうことだ。九十と三百五十。四倍の差があるのに……。一体、どちらが正しいのだ」

李舜臣は正確な情報が把握できず戸惑った。

「慶尚右水営からは、なぜ連絡がないのだ？」

敵軍が侵入していたら、もう衝突があったはず。そうなら援軍を要請する伝令が来るはずである。しかし慶尚右水営から何の連絡がないことを不審に思った。

と、その時、書状が届いた。

〈釜山鎮城陥落、鄭大将戦死。東莱城も陥落、東莱府使と蔚山と梁山郡守も戦死〉

「えっ、これは何ということだ！」

慶尚右水営からの飛脚便に李舜臣は驚いた。

「有能な二人の指揮官が、敵の侵入を受け命を失うとは……」

突然の知らせに彼は、驚きと同時に胸が張り裂けそうだった。

「これは大きな戦があったに違いない」

彼は、倭寇の侵入ではなく大きな戦争が起こったことを察した。

「各陣に知らせ、万戸や指揮官を左水営に集めろ」

普段から訓練を怠らない左水営所属の将校と水兵らだった。召集命令が出されると各地域の指揮官が万戸を左水営の麗水に迅速に集めた。

「倭敵が侵入したようだ。すぐに戦闘の準備をしろ。敵が沖に見えたら直ちに撃退せよ」

全羅左水営の前の海には、軍船の板屋船が二十四隻、峡船十五隻、鮑採りの小舟四十六艘が出動を待っていた。

「水使殿、慶尚右水営から権官が参りました」

「すぐ、こちらへ連れて来い」

末端であるが将校職の権官を伝令に出すのは珍しいことだった。李水使は緊急な連絡だと察した。

「水使様、慶尚右水使の令をお届けに参りました。釜山浦に倭軍が現れ、釜山鎮城と東莱城が倭軍の攻撃を受け、陥落しました。さらに倭軍は右水営管轄の巨済の沖合に出没しています。慶尚左水営とは連絡が切れたようです。外敵を追い払うには、慶尚、全羅のすべての水軍が力を合わせなければなりません」

「敵の戦力はどうだ？」

「まだ直接、見ていません」

「では、敵の規模や戦力も把握せずにそなたを送ったのか？」

釜山鎮城と東莱城が陥落したという報告はすでに受けていたため、より詳細な情報を望んだ李水使は、李英男の話を聞いて失望した。

「とにかくご苦労。少し休め」

「はい」

李英男は水使の表情を見て、退出した。

「皆の者、ある程度は状況を把握しただろう。皆から得策を聞きたい」

李英男が退いたあと、一座を見渡しながら、李水使は話を切り出した。

「慶尚方面には左・右水営があり、全羅には全羅の左・右水営があります。朝鮮は東西、南に海が広がっているから四つに分けられたはずです。そして、各水営には管轄地域が当てられ海防を担っているわけです。朝廷の命令があれば別ですが、管轄を無視して他の海域へ勝手に入ってしまっては罪に問われるかもしれません。倭軍の大軍が侵入したという噂が広まっていますが、左水営だけの戦力では、全羅の沖を防御するだけで手一杯の状態です。したがって、全羅左水営は全羅の沖の防御に集中した方が良いと思います」

宝城《ポソン》郡守（従四品の官職）の金だった。ほっそりした体格で外見は学者のようであったが気骨のある人物だった。声は高く論旨は鋭かった。

「その通りです」

彼の話が終わった途端、何人かが同意の声を上げた。

「他の意見はないのか？」

金の発言の後、短い動揺が起きると李舜臣は一座を見回しながら再び聞いた。

「申し上げます。この度、倭軍が攻め込み朝鮮の国土を蹂躙《じゅうりん》しています。朝鮮全域が倭敵の蹄の下で呻吟しているというのに、どうして慶尚と全羅を区別し管轄区域にこだわるのでしょうか。慶尚の水営と力を合わせ、外敵を迎撃すれば敵は全羅地域に入ることはできないでしょう。そうすれば本営の防衛目的も達成できるはずです」

鹿島《ノクト》万戸の鄭運《チョン・ウン》だった。

「同感です」

軍官の宋がこれに同意した。彼は左水営に所属する軍官だった。

「ふむ、両方とも一理ある。また、慶尚右水営からの要請もあり、それを黙殺することもできない。しかし、慶尚と全羅の境界がはっきりしているのも事実であろう。朝廷の許諾が必要だ。朝廷や王様が許せば境界を越えることもできるが、勝手に境界を越えることはできない。まず全羅の沖を警戒する一方、飛脚を出して朝廷の承認を受けるのはどうか」

「ごもっともでございます」

蛇島《サド》辺将（従三品の官職）である金浣《キム・ワン》だった。李舜臣は直ちに「倭軍を撃退するためには全ての水営が力を合わせる必要がある」という旨の書状を書き、朝廷に飛脚を出した。そして、水使李舜臣は戦闘に備えて船を点検させた。特に海で船を動かすには櫓を漕ぐ格軍（櫓を漕ぐ水軍）が重要だと思い、彼らを特別に訓練するよう命じた。麗水の沖にはまだ侵略軍が出没していなかったが、水使の厳命を受けた全羅左水営の水軍は、直ちに戦闘態勢を敷いた。

見張りは海に出て海上を警戒し、水営の水兵はいつでも出撃できるように船を点検した。

そして数日が過ぎた。

「宣伝官が参りました」

朝廷からの宣伝官（宣伝官庁の官職）が左水営に到着したという報告が上がってきた。

「おお、早くここへ」

宣伝官は、王命を伝える官職である。王の意思を伝える書状が届いた。

「長い旅路、ご苦労であったでしょう」

宣伝官を迎えた李水使は丁寧に言った。

「李大将。国が危急存亡に立たされています。倭敵が朝鮮の領土を蹂躙しているそうです。王朝はまさに風前の灯火にさらされています。どんな苦労であれ外敵を退けるためであれば厭いません」

制服を身にまとった宣伝官は、長い旅路で疲れ切っていた。李水使は宣伝官を労った。宣伝官は、姿勢を正し、王命が記された書状を手渡した。

李水使は慎重に封を切った。

〈全水軍が力を合わせ敵船を奇襲するという計画を聞いた。朝鮮水軍の威勢を誇り、倭軍の侵略を阻止する得策であろう。すべての水軍は直ちに海域にこだわらず力を合わせ敵を退けることを望む。水軍が力を合わせ、敵を打ち砕くことができるなら、これ以上の良策はない。余は宣伝官を緊急派遣するので、水使は水軍を率いて急ぎ出征せよ〉

「承りました。直ちに御命に従います」

李水使は、王が目の前にいるかのようにひざまずいた。

「よろしくお願いします」

宣伝官が床にひざまずいたままの李水使の両手をつかんで起こした。

「直ちに出撃します」

李水使は水兵の配置とそれぞれの任務を決めた。

「潮の流れをよく知る者を先頭に出せ」

李水使が命令を出すと、屈強な体格の男が頭を下げた。羅大用《ナ・デヨン》という男だった。羅州《ナジュ》出身で武科に合格し、従九品の権官として李水使の下で服務していた。李水使の右腕といわれる人物で船に詳しかった。李水使が力を入れて設計した亀甲船の建造責任者でもあった。

「そなたは直ちに元水使に合流するように伝えろ」

ついでに李英男を呼び、慶尚右水使にも出撃を伝えるように言った。

元均の伝令である李は、李水使の合理的な仕事の処理と全羅左水営の臨戦態勢を見て感泣した。鮑作船《ポザクソン》(鮑採りの小舟)に乗った彼は、出発する前に尊敬の念で左水営に向かって頭を下げた。

全羅左水営の水軍はすでに出港の準備で慌ただしかった。

「なあ、何でこんなに慌てているんだ？」

「お前、知らないのか？　倭軍が数百隻の船で釜山浦に侵入したそうじゃ。それで、すでに釜山鎮城と東莱城が陥落したそうじゃ」

「で、で、どうするの？」

「何を言ってる。奴らを追い出すしかない」

「戦って勝てるのかい」

「そりゃやってみなきゃあ分からん」

たちまち噂が広がり、兵士の中には怖気づく者が出てきた。夜陰に乗じて逃げる者や、荷造りをして家族を引き連れ、他の地域に移住する者もいた。左水営の水軍は軍律が厳しかったが、長い間、戦争を経験したことがなかった。彼らは「倭敵出現！」という言葉だけで怯えていた。

「大将、逃亡兵が出ています。全軍に悪影響を与えかねません。何か措置を取らなければなりません」

軍官が李水使に報告した。

「直ちに追捕将（逃亡兵を捕らえる将校）を派遣し、捕まえろ」

脱出兵が与える影響を案じた李水使は即座に命じた。

「兵士の士気が落ちれば勝ち目はない。取り締まりを徹底しろ」

李水使は、兵の士気が戦いを左右することを熟知していた。出船で多忙な中、「郷里に逃げ出た二人の水兵を捕縛しました」との報が入った。脱走兵を尋問すると、家族のことが心配で逃げたことが分かった。

「規律に基づいて処罰しろ」

李水使は、他の兵士への見せしめのため処刑を命じた。捕らえられた男たちは「助けてくれ」と哀願したが、李水使は心を鬼にして打ち首を命じた。斬首された二人の首は左水営の空き地に晒された。

厳罰の効果はてきめんだった。水軍の間で落ち着かなかった空気は消え、以来、逃亡の報告はなかった。

一方、李水使は出陣を控え、兵の士気を高めようと、「明日の朝、出陣する前に兵士には酒と肉を出しなさい」と言った。

「わあ。これは、甘い餅じゃ」「肉もあるぞ。酒も。ワハハ」

満腹になった兵士たちは喜んだ。

陰暦五月三日、海の彼方から夜が明けた。

「信号は龍と虎に決める。出船せよ」

李水使が出陣の命令を出した。全羅左水営所属の軍船が海原を分けた。大きな板屋船に続き小舟が続いた。麗水の青い海をかき分けながら、船は進み、慶尚右水営管轄の南海の沖を通って唐浦《タンポ》に向かった。

「帆を下ろせ。櫓を漕げ」

海風がなく凪《なぎ》の海に帆を下ろし格軍が櫓を漕いだ。左水営艦隊は翌日未明に唐浦の海に到着した。ところが、海と入り江のどこにも慶尚右水営の軍船は見当たらなかった。

「伝令は直ちに右水営に行って、合流するように伝えよ」

小舟が海上を滑った。

「右水使は、閑山島《ハンサンド》（南海にある島）にいらっしゃいました」という報告が上がってきた。

「なぜだろう」

李水使としては、合流するはずの右水使の元均が島に閉じこもっている理由が不思議だった。翌六日の朝になって、元水使は板屋船一隻のみを引いて沖に姿を現した。しばらく経って板屋船三隻と小舟二艘が合流した。伝令を務めた李英男も小舟に乗って合流した。

元水使が乗った軍船から旗が左右に揺れた。応えるように李水使の船からも旗が大きく振られた。

「慶尚右水営の船はあんなに少ないのか？」

「あれで、連合隊だって？」

左水営の水軍らは右水営の戦力を見て不安に思った。全羅左水営艦隊は、板屋船二十四隻、峡船十五隻、鮑作船四十六艘だが、右水営の戦力は比較にならないほど少なかった。

李水使はすぐ元水使に伝令を送った。

〈船団の指揮は少将が担います〉

元均は腹立たしかったが、軍勢からみて受け入れるしかなかった。名ばかりの連合艦隊の指揮を執った李水使は全軍に命令を下した。

「無駄に動くな。静かに重き山のように行動せよ」

それから一日が過ぎた未明、連合隊は巨済《コゼ》を発ち、加徳島《カドクド》に向かった。「倭船が加徳島にいる」という情報を得たためだ。海は晴れていた。船団は北東に向かっていた時、前方から神機箭（火をつけた信号用の矢）

が上がった。斥候に出た金浣が上げたもので「敵兵を発見した」という信号だった。巨済島の真ん中から海が内陸の方にくぼんだ地形がある。上下を陸地が塞いでくれるので、天恵の地形で風が少なく波が穏やかであり、船が停泊しやすいところだった。海水が玉のように澄んで美しいことから玉浦《オクポ》と呼ばれる地域であった。そこに「倭軍がいる」という信号があがったのだ。

「止まれ」

旗で合図をし、李水使は各指揮官に作戦を伝達するため小舟を走らせた。

「三列に分かれ、中央と左右から敵を撃つ」との指示が伝わった。岬には季節柄、緑が濃く、海の光が澄んでいた。

「右水営の兵力は個別に動いて戦いに助力してください」

右水営のことは、その責任者である元水使に一任をした。

戦列を整えた艦隊が玉浦内海に入り、格軍は熱心に櫓を漕いだ。情報通り玉浦には倭船三十隻余が停泊していた。板屋船より小さい中型の関船だった。

玉浦に停泊していた兵士は、勘兵衛の朝鮮人妻である草良《チョリャン》を拉致していた近次郎をはじめとする一団だった。彼らは、島に上陸し朝鮮軍がいないことを確認、そこを拠点に周辺地域を略奪し、暴れ回っていた。島の女を捕まえては監禁、強奪した。その日は朝から酒を飲んでいた。

「攻撃！」

李水使の命令が下ると、朝鮮水軍の火砲が火を噴いた。火砲は、射程距離が一千歩を超えた。火砲が爆発し海水が噴き上がると、酒におぼれ警戒を怠っていた足軽が驚いた。

「どうした？　なんだ？」

砲弾が炸裂し火矢が飛んできた。一瞬にして魂が抜けたようになった。兵士たちは島を走り回り、海に飛び込むなど大混乱に陥った。

「敵の船に、我が軍船をぶつけろ」

どっしりとした板屋船が、海岸に停泊している倭船の腹部に突っ込んだ。倭船は、腰が折れたように真っ二つになって沈んだ。

「逃げろ！」

足軽たちは立ち向かうのを止め、逃げるしかなかった。三十隻のなかで六隻の船が玉浦の海岸に沿って逃げたが、残りは朝鮮水軍の攻撃を受け海に沈んだか、燃え上がった。島に残っていた兵士らは裏山を越えて逃げた。

「勝ったぞ～」

朝鮮軍の声が高く上がった。海上には、破壊した船が燃えていた。船二十隻余を撃破して沈没させたが、朝鮮水軍の被害は軽微だった。

「倭兵も大したことないじゃないか。噂とは違ったぜ」

緒戦で大勝した朝鮮水軍は大いに士気が上がった。

「まだまだ満足するには早い。隊列を整備せよ。永登浦《ヨンドンポ》に向かう」

海戦で勝った朝鮮水軍は溺死した日本の兵士を引き揚げて首を取るなど、勝利に酔っていたが、休む間もなく再び出航命令が出された。

とその時、「助けて〜。助けて〜」と、島の方から慶尚道訛りの声が聞こえてきた。見ると朝鮮の服装をした女たちが懸命に手を振っている様子がみえた。

「あれは誰だ。船を送って調べろ」

すぐに小舟が走り、事情を聴いた。

「おいおい、お母さんはどこへ行ったんだい」

幼い福順が、涙をぽろぽろ流しながら泣き叫んでいた。

「お母さんはどうした？」

兵の一人が他の女に聞いた。

「倭兵が昨夜、船に連れて行きました」

隣にいた女が代わりに答えた。

実は、前夜、近次郎とその一行は草良たちを引き連れて船に行った。彼らは船で酒を飲み、女性を輪姦し、眠りについていた。

そんな時、「ドン」という火砲の音で目が覚めた。

「何だ。あの音は？」

指揮将である近次郎と兵士四人が朝鮮水軍の攻撃と知って反撃しようとしたが、近づいてきた朝鮮軍の船はそのまま近次郎が乗った船に突っ込んだ。船は真ん中が凹んで大破した。近次郎ら兵士はそのまま海に放り出された。船室にいった草良は衝撃で天井に頭をぶつけ気を失い床に倒れた。船はバランスを失い斜めに傾いた。草良は、気を取り直して船室から脱出しようとした。しかし船が傾き、海水が一気に入り込んだ。

「これはいけない。私が死んだら子どもたちは誰が面倒を見るの。こんなところで死ぬわけにはいかない」

彼女は必死に動いた。「誰かいませんか。助けてください。助けて〜」

海水が口に入りこんだ。

「福順よ、末順よ」

草良は塩辛い海水を飲み息が詰まった。もう言葉も出なかった。海水面に顔を引き揚げ、口をぱくぱくさせたが、次第に気が遠くなってきた。そして、草良は溺死した。

話を聞いた朝鮮の兵士が辺りを見回したが、そこには誰もいなかった。

「泣くな。後で探してあげるから」

島で捕虜となっていた福順と末順、そして女たちを小舟に乗せた。

「倭軍の捕虜となった朝鮮の女たちです。島の者もいるし、多大浦から連れてこられた者もいます」

そして、草良の二人の娘と白蓮《ペクリョン》を含め、八人が宝城郡守の船に乗り移った。草良の遺体は後に海岸に打ち寄せられ、島民が引き揚げ、山上に小さな墓をつくった。

一方、玉浦湾で大勝した朝鮮水軍は巨済島の北にある永登浦に進み、停泊した。

「固城《コソン》に倭船が見えます」

「直ちに突撃だ」

士気の高い朝鮮水軍は、固城に進んで、停泊中の倭船を撃破した。

「わあぁ、わあぁ」

水兵らは、勝利の喜びに声を上げた。

「次は倭船の多い釜山浦だ！」

連勝で調子にのった元水使が進撃を主張した。

「倭軍の数が多い。この戦は短期戦ではなく長期戦になるだろう。一回勝っても無理をしてはいけない。水営を離れ海に出て、もう三日が過ぎた。士気は高いがみんな疲れている。武器と船も点検しなければならない。今後の戦いのためにも万全を期した方が良い。ちょっとした油断と一度の失敗が敗北に繋がる。倭軍を朝鮮の海から追い出すには長期戦を覚悟しなければならない。小さな戦いに勝って戦争に負ける愚を犯してはならない」

李水使は、すぐに全羅左水営のある麗水に戻ることにした。

「あの臆病者」

元水使は陰で文句をいったが、自身の船も少なく行くところのない彼は、李水使について全羅左水営に行くしかなかった。

「まず負傷者を治療し、武器と船を点検せよ」

左水営に戻ってきた李水使はこう言い、次の出撃に備えて武器を整備させた。

「水使殿、お話があります」

李水使が朝廷に勝利の知らせを伝えるため、執務室で書状を作成していると、宝城郡守が訪ねてきた。

「何用だ」

「はい。玉浦で倭軍を掃討した際、倭兵に捕まっていた女たちを救出しました。どうしたらいいか、ご下命を伺うために参りました」

「どうして奴らの捕虜になったのだ？」

哀れに思った李水使が聞くと、「ここに状況を簡単にまとめました」

李水使は宝城郡守が差し出した書状を広げて読んだ。

〈ユン・ベクリョン、十四歳、多大浦出身、多大浦兵士だった父親は戦死、母親は倭軍に殺害される。兄と別れた後、釜山浦近くで倭軍に捕虜として捕まる。福順十歳、末順七歳、姉妹だが苗字は分からない。釜山浦の近くで母親と共に倭兵の捕虜となる。戦いの前日、母親と玉浦に連れてこられたが、母親は倭兵に連れ去られ、帰ってこない。玉女、二十五歳、婚姻をして金海に住んでいたが、倭軍が押し入り夫と息子を殺害される。捕虜として捕まり倭将に目をつけられ、彼に仕えて供にする〉

「ううむ」

書状を読みながら、李水使は何度も嘆息をもらした。

「随分、辛い目にあったんだなあ」

報告書を読み終えた李水使は、悲しい顔で郡守を眺め、労った。

「水営において面倒をみてやりたいが、今は戦の最中。ここに置いておくわけにはいかない。郡守の管轄である宝城《ポソン》地域は安全だから、そこに行かせてはどうか。戦が終われば、その時それぞれの故郷に帰れるようにしよう」

「承知しました。そのように措置致します」

草良の二人の娘と白蓮、そして五人の女は宝城に行くことになった。

「お母さんは？」

幼い末順は、姉さんの手を握り、後ろをみながら草良を探していた。

漢城の東に位置するため東大門と呼ばれる東の正門は、本来の名称は「興仁門《フンインムン》」である。朝鮮を建国した李成桂《イ・ソンゲ》は漢陽を都と定め、ここに城郭を築いて漢城府と改称した。城で取り囲まれた漢城には四つの城門があった。儒教の理念である五常、「仁義礼智信」に従い、東に興仁門、西に敦義門《トンウイムン》、南に崇礼門《スンレムン》、北に炤智門《ソジムン》を設置した。いわゆる漢城の出入り口である四大門だ。

遠征軍総大将の宇喜多が都城に入り、四大門の中に兵士十五万人が駐屯することになっていた。行長の一番隊は東大門の内側の丘に陣取った。

「鳥衛門。玉の指輪を一つ手に入れたよ」

地面に座り込んで鉄砲の銃口を磨いていた鳥衛門に、親友の矢一が近づいてきた。後方を数歩離れて、同じ村出身の吾郎、彦衛門、又右衛門、拓郎が続いた。足軽の彼らは皆、槍を持っていた。彼らは鉄砲部隊の鳥衛門と所属が違っていた。射撃術に長けた鳥衛門だけが鉄砲部隊所属だった。

「おほ、みんな元気か。ところで、吾郎、傷はどうだい」

後ろでうつむいている吾郎を気の毒に思い、鳥衛門が尋ねた。吾郎は無愛想に無言で顔を向けた。

「お前、愛想がないなあ。傷跡は残るだろうけど……」

矢一が二人の冷たい空気を和らげようと口を挟んだ。

「素直な奴だったんだけど、可哀想だが、大傷で塞ぎがちになってしまった」

鳥衛門は、矢一だけに聞こえるように囁くような声で言った。釜山鎮城の戦いで矢で顔を撃たれてからすっかり気が荒くなった。

「ところで、その玉の指輪をどこで手に入れたのだ？」

と、鳥衛門が矢一を問いただした。

「うん、実は五島列島の兵の奴らから一つもらったんだ」

「何かあったのか？」

「前に、野原で朝鮮軍と大きな戦があったろう。その時、敵の下敷きになって死にそうな五島の奴を俺が救ってやったんだ」

「あ、あの戦いか」

「そうそう。チュウジュ（忠州）とかって言う所だ。俺が助けなきゃ、あいつはお陀仏だった。ところが五島列島からの奴らは財宝を結構、持ってるんだよ。あいつらはこの戦を略奪目的と思ってるらしい。奴の所に行ったら、命の礼として嫌な顔せずに風呂敷からこれを出してくれたんだ」

漢城入りした遠征軍の中で、倭寇の経験があった兵士はもっぱら略奪に集中した。彼らの一部は、漢城周辺の民家を荒らすだけでなく、王陵には宝物が多いことを知り、王陵を盗掘したりもした。実際、第九代王・

成宗《ソンジョン》の王陵と十一代の中宗《チュンジョン》の王陵を暴き、後に大きな外交問題になった。

「おめえも泥棒をゆするなんて大したもんだ」

鳥衛門が皮肉ると、「いや、ゆすったんじゃなくもらったんだよ。ともかく玉の指輪ひとつありゃ酒を買えるんだ。久しぶりに酒を飲もう」

「おじさん、一緒に行ってくれない」

矢一の後ろにいた彦兵衛が、鳥衛門にねだるように言った。

「この子たちはまだ酒は飲めないだろう。酔っぱらっては困るし」

「何言ってる。昔から酒は大人に学べと言うじゃないか。一緒に飲んで教えればいいんだよ。我らもそうだった。心配ない」

「大丈夫かな」

「この子たちも、ずっと休まず戦い続けてきたんだよ。少しは休まないといけない。一杯飲みながら、ゆっくりしよう」

矢一がにこにこしながら鳥衛門を誘った。若者のためというが、実は自分が酒を飲みたいのだ。

「わかった。俺は軍装を解いてから行く。少し待ちな」

鳥衛門も酒が好きだったが、若い五人が酒を飲んで酔っ払うのが少し気になった。慎重な彼はためらう気持ちがなくはなかったが、断れず一緒に行くことにした。

彼は、用心のため鉄砲を手に矢一らと合流した。

「じゃ、行こう」

鳥衛門は、元気のない吾郎を見て、肩をたたいた。

「みんな、後から付いてきな」

鳥衛門の後に続いた矢一が若い衆に声をかけた。

「ありがとうございます」

彦兵衛がお辞儀をした。彼らは好奇心でいっぱいだった。吾郎もノロノロと後に続いた。

「おい、何してる、早く来い」

又右衛門は吾郎をせき立てた。又右衛門は、吾郎が釜山城の戦いで負傷した後、人が変わってしまったことが残念だった。それまで気が合い、付き合いやすかった彼が、負傷を期に夜叉のようになってしまった。以来、朝鮮人なら誰をも仇だと思うほどだった。血に飢えた餓鬼のようにも思われた。又右衛門は吾郎を待って、槍を手にする彼の腕をひっぱった。すると吾郎は槍を左手に変えて腕を抜いた。

「どうした？　一緒に行こう」

又右衛門が吾郎の機嫌をうかがうと、「後から行く。先に行きなよ」と言われた。又右衛門は、吾郎は気が進まないのかと思い落胆していたが、吾郎の言葉を聞いて内心ほっとした。

「早く傷が治ってくれればいいのだが……」

又右衛門は、吾郎が顔に大怪我をして心がゆがんだのだと思った。傷さえ治れば恨みも消え心も癒されるだろうと察した。

「親友として頼りになってやらねば。悪い奴じゃなかったんだから」

一行は丘を背にして東大門の方へ下った。右側の遠い空の太陽は、青い光の空と綿のような雲を鮮明に映し出していた。その下には山の峰が聳えているのがみえた。東大門を後にして西の方に回ると、夕闇が彼らの後方に迫っていた。一行は鐘楼に向かって進んだ。東大門から鐘楼までは道がよく整備されていた。両班たちの輿が通る道なので、幅も広かった。

彼らは鐘楼の広い道を、四方に目を光らせながら歩いた。朝鮮の人々の往来が多いことを改めて感じた。

「どこまで行くつもりなんだ？」

「もう少しだよ。そこには何でもあるから」

矢一が大股に進み、鳥衛門が若い衆を導いた。彼はすでに飲み屋が宮殿の近くにあるという情報を把握していた。

白い木綿服を着た朝鮮の商人が、片言の日本語で話しかけてきた。

「何かご入り用で？」

「いらねえ」

矢一は目的地を鐘楼の近くと決めていた。だから道すがら声をかける商人を追い払った。鳥衛門もせっかくの外出だったので鐘楼の方まで歩きたかった。こうして歩けば朝鮮の実情が知り得たからだ。

漢城のあちこちに軍陣が設営されていた。本陣の近くには対馬隊が陣取っており、焼けた景福宮《キョンボックン》近くには二番隊が軍陣を張っているのが見えた。

「向こうへは行くな」

「え、なぜですか？」

拓郎が矢一に尋ねた。

「あそこは二番隊の奴らが陣取っている。関わるとろくな事はない。うちの大将とあっちの大将とは仲が悪いから喧嘩を売られるよ」

「買おうじゃないですか」

「余計な事するなっ」

矢一は慣れた足取りで一人、鐘楼近くの家に入り、一行を手招きした。

「裏道を少し行くと酒が飲める所があるそうだ」

矢一は玉の指輪を見せながらニヤニヤした。鳥衛門と一行は、黙って矢一に従った。

「こちらにどうぞ」

朝鮮の商人の案内で路地に入った。百歩くらい歩いたか。路地の両側には瓦屋根の家が並んでいた。朝鮮の商人は通り慣れた道を案内した。

「お～い、お客さんをお迎えして」

中庭から聞こえる会話には、朝鮮語と日本語が入り混じっていた。そこにはすでに酒が入って赤ら顔の兵士がいた。席の横に置かれた旗から二番隊の兵士であることが分かった。兵士の中には鎧を着ている者もいた。

「ここの管轄はどこなんだ？」

鳥衛門が気になって矢一に聞いた。

「居酒屋に管轄なんかあるものか。心配いらん」

矢一が答えた。

「でも、あとで文句をつけられると困るからね」

「大丈夫。さあ、入ろう」

飲み屋の店主は、流暢な日本語で彼らを中庭にある平床に案内した。

「あの人は朝鮮人ですか、我が国の人ですか？」

平床に腰を下ろしながら彦兵衛が矢一に尋ねた。

「あの服を着ているんだから朝鮮人って一目で分かるだろう」

「いや、うちの言葉を上手くしゃべるで。でもどうやって学んだんですかね」

「商売のために学んだんじゃないか。その気になればできるんじゃないか。対馬の奴らが朝鮮語を話すのと同じだ」

矢一が答えると「俺も朝鮮語を学んでみようかな」と好奇心旺盛な彦兵衛が真顔で言った。

「朝鮮語を学んでどうするつもりだ。お前、ここで商売でもする気か」

隣にいた拓郎が聞いた。

「習って損することはないだろう」

「朝鮮の女でも誘う気か？」

「違うよ、違う。言葉が通じないと何かと不便だし……」

彦兵衛は、右手を左右に振って否定した。

「朝鮮人があやって喋るんなら、我らも知って損することはないはずだ」と鳥衛門が彦兵衛に合わせた。

酒とつまみが出てきた。膳に白磁の杯があって酒は磁器の瓶に入っていた。つまみは豚肉を茹でたものだった。

「これは、濁り酒じゃないですか」

「うん。少し渋くて甘みがある。どぶろくと似ているね。それにこれは猪に似た肉だが、粗塩をたっぷりつけて食べればうまい」

朝鮮のマッコリは穀物を発酵させた酒であり、似たような酒は日本にもあった。だが、豚肉は日本にはなかった。日本では野生の猪だったので肉の質が異なった。

「さあ、早く食べてみろよ」

何度か豚肉を食べたことのある矢一は、塩をつけて鳥衛門に渡した。そして、手についた油を服で拭い酒を注いだ。

「見ろ、この杯を。俺たちは木の盃だがここでは磁器で酒を飲むんだよ。贅沢じゃないか」

「習慣が違うから食べ物も違うし食べ方も違う」

鳥衛門が、矢一の酌を受けながら応えた。

「少し味が濃いね。飲めるけどすぐ酔っぱらいそうだ」

「そうだろう。さあ、おまえたちも飲んでみな」

矢一が杯に酒を注ぎ若い衆に進めた。

「ゆっくり飲め、酔うぞ」

鳥衛門は心配そうに言葉をかけた。

「甘くてほろ苦いです」

「それが酒の味だ。つまみを食べな。苦い酒が甘さに変わるのよ。酒を飲みながらつまみの味を楽しむことができればもう大人よ。ハ、ハ、ハ、……」

矢一が肉をちぎって吾郎たちに渡した。彼らは酒を飲み干した。

「上等な酒だね、これは。さあ、お前らももう一杯飲めよ」

矢一もすっかり酔いが回ってきた。

「こいつらはもう酔ってるよ。顔が赤いよ」

矢一が、杯を拓郎に渡そうとしたが、鳥衛門が引き留めた。

拓郎は舌がもつれ、へらへらした口調で喋り始めた。

「故郷を離れてからもう一カ月になるんじゃないですか。この戦はいつ終わるんですか。お母さんにも家族にも会いたいんです」

「朝鮮の王さえ捕まえれば、故郷に帰れるはずだ」

「それは一体いつですか？」

酔った拓郎が詰問《きつもん》するように言った。

「おい、それを矢一さんに聞いてどうするんだよ。故郷に帰りたければお前は帰れ。俺は復讐が終わるまで帰らない」

今度は酔った吾郎が拓郎に声を荒げた。

「お前に聞いたんじゃない」

「何だって。こいつ」

吾郎がカッとなって、立ち上がった。

「何だ、オマエ。顔に怪我したからって、自分だけが可哀想なわけじゃないんだぞ。戦で死んだ者も大勢いるのよ。それに比べれば君は運がいい方だよ。オマエだけが苦しいんじゃない。俺たちだって辛いんだよ。なんでいつも一人でイライラしてるんだよ。みんな一日でも早く故郷に帰りたいんだよ」

拓郎が激しく吾郎を非難した。

「やめろ。ここは俺たちだけじゃないんだ」

鳥衛門は、吾郎と拓郎の言い争いを止めさせようと拓郎の腕を引っ張り座らせた。

すると「おじさんはなんで吾郎をそんなに庇うんですか。悪鬼めを！」

いつもはもの静かな拓郎だったが、酒に酔った彼は粗暴になった。彼は鳥衛門の手を振り切って再び立ち上がった。それから吾郎のゆがんだ顔を睨みつけ大声を出した。

「おい、怪我はお前の気の緩みからだよ。他人のせいにするな。それになぜ、罪のないあの子を殺した、オマエは！」

拓郎が、思いの丈をぶつけると、吾郎は顔を真っ赤にして言い放った。

「こいつ表に出ろ。殺してやる」

自分の痛いところを突かれ、怒りが頂点に達した。吾郎は槍を手に立ち上がり、庭に下りた。

「怖くはない」

酒に酔った拓郎も庭に下り、槍を構えた。

「やめないか！」

烏衛門がすぐに拓郎を止めた。矢一に吾郎を抑えるように言った。

「吾郎。なんてことだ。やめろ！」

矢一が吾郎を叱った。

「生意気な奴らだ。酒を飲んでこのざまか」

奥の部屋で酒を飲んでいた二番隊所属の十人余りだった。彼らは、烏衛門たちが店に入ってきた時からすでに一番隊だと知っていた。酒を飲みながらチラチラとこちらの様子をうかがっていたのは烏衛門も気づいていた。

「生意気だなんて。我ら二人はいい年だ。この若いのは酒を飲んで言い争っただけ。そちらに迷惑をかけたわけでもないのに言い掛かりをつけないで戴きたい」

烏衛門が拓郎を座らせた後、丁寧に言った。

「うるさい奴だな。静かに酒を飲んでいたのに、騒いで邪魔して。何、文句言ってるんだ」

奥に座っていた顔つきの悪い侍大将のような男が刀をつかみ中庭に下りてきた。すると躊躇うことなく鞘から刀を抜いた。烏衛門は床の上に鉄砲を置いたままで無防備だった。

「なんということだ」

烏衛門はまさかと思いつつ、万が一のために左足を後ろにして体を斜めにして立った。

「我々の言うことが聞き取れないようなら、その無駄な耳を叩き斬ってやろうぜ」

「ヒュイッ！」

刀が空を切った。鳥衛門は素早く後ろに退いた。さもなければ大怪我をするところだった。

「ウハハハ。尻尾を巻いたか」

鳥衛門が後ろにさがるのをみた相手は、得意げだった。

「おれが相手をしてやる」

少し後ろの床にいた吾郎が槍を握って前に出た。拓郎のことで腹が立っていた彼は、突然の招かざる客によって事態が急変すると、八つ当たりの相手を変えた。

「何だ、こいつは。さあ、かかってこい」

吾郎が鳥衛門の前に立った。

「負傷兵か。どこか静かなところで休んでろ。この小僧め」

奥の部屋にいた相手の仲間が吾郎の姿を嘲笑った。

侮辱された吾郎は手にした槍を前にした。相手も刀を手に「トェッ」と唾を吐いた。

「吾郎、気をつけろ」

相手の動きを見て後ろにいた鳥衛門が、吾郎に声をかけた。

「ヒューン！」

その瞬間だった。相手の刀が空を切った。刃は吾郎の首をかすめた。吾郎は腰を曲げ屈み低姿勢になった。刀は背中の上から、ヒュイーンと音を立てた。刀が外れると相手は酒に酔っていたのか均衡を失って、足がふらついた。腰を伸ばして立ち上がった吾郎は、相手がふらつき腰に隙があると見て、槍を突き刺した。肌に食い込む感触が手に伝わった。

「うっ！」

悲鳴が上がり、相手はよろよろとそのまま崩れた。相手は脇腹の槍を手で握っていた。それをみながら吾郎は相手の胴体を足で押さえながら、切っ先を抜いた。相手は痛みにうめき声を上げた。

「オマエら」

奥の部屋にいた兵士がざわめいた。一瞬の出来事に相手の仲間は唖然とした。

「あいつらをやれ」

三人の兵士が槍と刀を持って飛び出してきた。

「ちょっと待ったぁ！」

いつの間にか鉄砲を手にした鳥衛門が前に出た。

「ここで終わらせたほうがいい。所属は違うが我らは味方同士だ。もしこれ以上争いが大きくなればどちらが生き残っても、その罪はただでは済まないはず。ここらで収拾した方がいい。それより早くこの者を治療したほうがいいでは」

庭に下りた二番隊の兵士が奥の部屋をみた。親分らしき者が手を上げて「やめろ」という合図をした。

「オマエらの所属を明らかにせよ」

「一番隊である」

「間違いないか。後でこの罪を問う」

彼らは、負傷した兵を抱えて飲み屋を出た。

「ああ、大喧嘩になるかと思った」

顔面蒼白の矢一はつぶやいた。吾郎と言い争った拓郎は、すっかり酔いがさめたのか、黙って座っていた。

「おい、大丈夫か。早くここを出て隊に戻ろう」

鳥衛門が興奮が鎮まらず身震いする吾郎を連れ、酒場を出た。

「ところで大丈夫かな。大怪我をしたあちらの兵士は」

「我らが先に喧嘩を売ったわけではない。大丈夫だろう」

鳥衛門は少しばかり気になった。「もし命を落とすことにでもなったら、ただでは済まんだろう」と思った。

「今日のことは吾郎のせいではない。ふっかけてきたのは相手だ。しかし、喧嘩はなるべく避けた方が良い」

「すまない。俺が酒を飲ませて。こんなに大きな問題になるとは……、スマン」

鳥衛門が吾郎に気を配ると、矢一は自分が酒を飲ませたのが引き金になったことを謝った。

「まあ、いい。もう起こってしまったことなんだから。忘れよう」

一番隊と二番隊の兵士同士が喧嘩をして二番隊の兵士が殺害されたという噂はすぐに広まった。吾郎の槍に刺された兵士が、二日後に息を引き取ったのだ。

清正が激怒した。

「間抜けが……。たかが商人の行長の手下にやられたのか。恥をかかせたな」

報告を受けた清正は、自尊心が傷つけられたと思った。戦の最中なので穏便に処理することもできたが、行長を憎む彼は復讐に燃えた。

「すぐ一番隊の陣に行って犯人を捕まえろ。もし、邪魔立てしたら十倍の代価を払わなければならないと伝えろ」

清正は、側近を直ちに行長の元へ遣わした。

「一番隊の兵士らが二番隊区域に入り、酒を飲んで乱暴をはたらき、これを阻止しようとした我が兵士と喧嘩になり、ウチの兵士のひとりが死にました。区域を越えてきたこと自体が違反なのに、これを統制する二番隊の兵士を槍で刺して殺すとは絶対に許されることではありません。このままでは一番隊と二番隊の大きな衝突につながります。犯人が自ら肥後隊所属だと言っておりました。直ちに犯人の引き渡しを願います」

行長の代わりに内藤如安が対応した。

「よく分かりました。殿に申し上げます」

報告を受けた行長は、直ちに事件の詳細を調べるように命じた。その結果、吾郎が犯人であることが明らかになった。

「区域が曖昧なところで起こったことです。そして相手が先に刀を抜いて我々を脅しました。刀を振り回したので危険を感じた若い兵士が、それを阻止するために前に出ただけです。そして決闘を仕掛けられたんです。一方的に刺したわけではありません。これは相手側もよく知っているはずです。我々は六人、相手は十人を超えていました。決闘が終わったあと、相手側が刀や槍で襲いかかってくるのを止めました。もし正当な決闘でなかったら彼らが素直に退くことはなかったでしょう。軍律に違反したり、決まりを破って相手を害したことではありません」

鳥衛門と矢一が証人として出廷し、事件の概要を詳しく説明し善処を求めた。

「相手が死んだことは気の毒ですが、状況を考えると当方の兵士だけの過ちではありません。戦時中にはありがちなことです」

犯人の吾郎と証人の鳥衛門の供述を聞いて、その場にいた大名たちは皆うなずいた。結果だけを見れば、吾郎の過ちになるが、喧嘩を売ったのは相手で、それも決闘によるものだった。処罰を下すとしても、謹慎程度で終わる事案と考え、行長はその旨を清正に伝えた。

「何の戯れ言。早く犯人を引き渡さなければ一番隊との争いになると伝えろ」

清正には、事件の顚末などはどうでも良かった。彼は行長に言いがかりをつけ、見せしめをしたいだけだった。彼は、側近を行長に送り、力尽くでも犯人引き渡しを求めた。

「加藤公が激怒している。このままでは終わらない」

側近の話を聞いた内藤は、行長に収拾案を提案した。

「兵士を渡したことを我が軍の者たちが知ったら、士気は大きく低下します。ですから絶対にその兵士を渡してはなりません。事件を起こした兵士は、軍律を乱した罪で処刑し、首級だけを渡す方が良いでしょう」

「まあ、仕方ないだろうなあ」

苦肉の策だった。行長は、吾郎を犠牲にするしかないと思い頷いた。

「処刑の執行は一番隊が行うことを許す。ただ、処刑はこちらの陣営で行なわれなければならない」

清正の逆提案だった。結局、話し合いが成立し、吾郎の処刑は南大門内側の空き地で行われることが決まった。

吾郎は処罰を素直に受け入れた。騒動を起こし、仲間を巻き込んだこと、主君と清正との確執も自分のせいだと思った。自分に配慮してくれた主君の行長に感謝した。

片目を汚れた布で巻いた吾郎が空き地の真ん中にひざまずいた。万が一、見苦しい自身の抵抗を考え、手を後ろに縛ってもらった。吾郎の心は動じなかった。

「海を渡った時から覚悟はできていた。怪我をして以来、死んだも同然だった。むしろあの時、死んじまった方がよかった。怪我による恨みを晴らしたい一心で罪のない人を殺しても虚しかった。子どもを火中に投げ入れたからといって気持ちが収まるわけでもなかった。天主様、私の罪を許してください」

「やっ！」

鋭い太刀から鮮血がほとばしった。二十歳にもならない青年、吾郎はこうして朝露のごとく消えていった。

「ああ、吾郎……」

処刑を見守った鳥衛門、矢一、拓郎らは嗚咽し泣いた。

鳥衛門は、吾郎が目の前で死んでいく様を見て、悲痛で胸が引き裂かれるような思いだった。拓郎は、自分との口論が結局、吾郎の死につながったと思い、自分を責めた。

「拓郎、オマエのせいではない」

「若者たちをこんな所まで連れてきて、戦で怪我をしたのに何の治療もせず、兵士同士の不祥事を言い訳に、若い生命を絶つというのはどう考えても道理に反する。すべては権力者のいたずらにすぎない」

拓郎をなだめながら、鳥衛門はこの戦に懐疑心を抱き始めた。

「このままじゃ、内輪もめにつながるぞ」

漢城にいた行長と清正の対立を「対岸の火事」のように見守っていた総司令官の宇喜多は、急遽、漢城に駐屯している大名らを呼び集めた。

漢城内の人口は一万人余りなのに、十五万もの兵士が城内に駐屯していた。そのため、混乱は言葉では言い表せないほどであった。朝鮮の民の被害はさておいても、あちこちで各隊の兵士同士の争いが起きた。

兵士らは互いの出身地が違っていた。方言が強く言葉も難儀だった。背中に差した旗も違っていた。国内ではお互いに敵となって戦い、血を流したこともあった。ちょっとした個人的な争いが発端となって集団的な争いに発展したこともあった。互いに犠牲者が出ることで、今は遠征軍としての味方同士なのに恨み辛みが残った。総司令官・宇喜多は解決策を模索した
「城内の治安を担当する三番隊のみを残し、他の部隊は都城の外に駐屯すべきです」

吾郎が処刑されて間もなく、宇喜多は、部下の進言を受け入れ、各隊を城外に駐屯するようにした。その決定により、総司令官直轄部隊である八番隊と城内の警備を担当する三番隊を除いた、すべての部隊は漢城の外に新たな駐屯地を設けなければならなかった。

東大門の内側に駐屯していた行長の一番隊は、東大門を出て往十里《ワンシップニ》に駐屯を決めた。清正は他の部隊より先手を打って、あらかじめ把握しておいた南山《ナムサン》周辺に指揮下の部隊を分けて駐屯させた。清正は南山が都城から最も近く、駐屯に適した場所だと思った。

先に漢城に入城した清正は、何としても朝鮮軍との戦闘を通じて功績を挙げたかった。しかし、文治派の行長が朝鮮側と講和交渉を通じて争いを終わらせようとしていることを知っていた。武断派の彼は極度に行長を警戒した。

秀吉は明に入るために朝鮮の王に道案内を求めた。朝鮮側が自分の言うことを聞かないと十五万の兵に海を渡らせた。しかし、一番隊の行長には、別に朝鮮側と和平交渉の指示も出していた。ただ攻撃するだけではなく朝鮮の王を平和裏に屈服させ、明と分離させることが目的であった。

しかし、清正は和平交渉が成立すればその功は行長のものになりかねないと思っていた。

「どんな方法であれ和平交渉を阻止し、朝鮮軍を武力で屈服させねばならない」

清正は都城近くに駐屯すれば先鋒に立てると考えた。家臣に手早く周辺地域を綿密に調査させた。

「主君、山の麓に丁度いい寺があります」

報告を受けた清正は、指揮下の兵を二隊に分け、南山の麓に駐屯させた。そして、自分は直轄部隊を率いて寺に移った。南山の中腹にある雲従寺《ウンジョンサ》という寺だった。

朝鮮の寺は、仏心を磨く道場で兵士が留まることはなかった。仏心深い朝鮮では寺に兵士が入ること自体が仏教の理に合わなかった。血のついた武器を持って寺に入るだけでも天罰を受けると言われた。しかし、日本では寺が兵士の駐屯地として使われることが多くあった。

清正は仏教徒で日蓮宗の信者だった。雲従寺に入った彼は大満足した。ところが雲従寺は尼寺だった。比《び》丘《く》尼《に》とは出家した女性を指す言葉で、雲従寺は尼が集まって修行する寺だったのだ。尼僧だけが集まって仏道を修行する寺だったため、男はその出入りが厳しく禁止されていた。そんな比丘尼の寺に兵士が押し寄せたのだから寺の内外は大騒ぎになった。

「どうして勝手に入ってくるのか？」

広い中庭に兵士がずかずかと入ってくると雲従寺の尼僧たちは右往左往した。

そもそも朝鮮時代の尼は誰でもなれるものではなかった。高麗時代には仏教は国教として扱われたが、朝鮮王朝では儒教を統治理念として崇めたため、仏教は公には抑制されていた。宮殿の女たちが秘かに信じていたくらいであった。王妃や側室らが仏教を信奉する傾向にあったので、自然に宮廷の女の中でも仏心を持つ者が多かった。そのため、尼の中には宮廷出身の女が多かった。

王の目にとまり側室となった宮女の場合、王が崩御すると宮殿を出なければならなかったため、宮殿を出た彼女たちは身を守るために俗世との縁を切って尼僧になることが多かった。その他、夫と死別した女が貞節を守るために尼になることもあった。朝鮮では未婚の娘が尼になることを厳しく禁じた。そのため当時の尼は地位の高い女や既婚の女が多かった。

「どうしたらいいの？」

「倭兵には朝鮮の法度が分からないようだ」

尼たちは寺に現れた夜叉のような兵士たちを見て、ぶるぶると震えながら狼狽した。尼寺なので住職も当然尼だった。住職は、度帖《トチョプ》という朝廷から授かった資格を持っていた。歳は五十を過ぎていたが、髪を剃り、肌に艶があり、年齢より若く見えた。

住職は、清正の元を訪ねた。

「心配することはありません。私も日蓮宗の仏子です。皆様は仏道を修め、以前のように過ごせばいいのです。兵たちが仏教徒である貴方たちに害を与えることはないでしょう。心配無用です」

気品のある住職を眺めながら、清正が通訳兵を通し伝えた。

「南無阿弥陀仏、観世音菩薩」

清正の話を聞き、住職は念仏を唱えた。念仏は通訳なしでも理解できた。

彼女が合掌し腰をかがめると、清正もそれにあわせて「南無阿弥陀仏」と唱えた。

そして、「尼僧に手を出す者は地位の上下を問わず厳罰に処する」との軍令を出した。その後も彼は住職と頻繁に歓談し、尼僧を道場の仏教徒として待遇した。

「みんな安心しなさい。しかし、兵士と接触するのは避けなさい。万が一のためです」

住職は、尼僧たちにそのように伝えた。

雲従寺には、トラジ（桔梗の固有語）という名の尼がいた。二十歳を過ぎたばかりの尼だった。肌がきれいで、僧服の上からくびれた腰とふっくらした尻の曲線が悩ましかった。

住職は、幼い頃に宮殿に入りずっと宮女として勤めてきた。年を経て宮殿を出て尼僧になった彼女は、男が何を企んでいるのかをよく知っていた。彼女は、兵士たちの鎧の中に獣のような欲と凶暴性が隠されていることを経験で分かっていた。彼らの目つきから住職はトラジを呼んで諭した。

「寺の中で兵士らに近づいてはいけない。身を守るためには兵士と接触をしてはいけない。好奇心は捨てなさい。身だしなみには十分気をつけなさい」

特に身だしなみに注意を促した。

「はい、肝に銘じます」

髪の毛一つない彼女の頭は青く清らかだった。そんな姿が兵士たちに色情を呼び起こした。

「あの尼を見よ」

「すらりとした体、最高だ。たまらんねえ！」

「そんなことをしたら、罰を受けるぞ」

「言うだけだ」

女に飢えた兵士らは、トラジを見ると興奮し欲情を丸出しにした。

住職から忠告を受けたトラジはその後、兵士の姿がみえると遠回りをして避けた。

ところが、清正らが寺に入って三日目の時だった。

「別働隊を組織せよ」

城内の会議から戻った清正が側近の飯田に命令を下した。

「一番隊が朝鮮王を追うというのだ」

「そなたは直ちに別動隊を率いて北上せよ。一番隊より先に行って、朝鮮王を捕らえよ。わしも後を追う」

「ははあ」

朝鮮王が、北西の方に避難したという情報に接した清正は寺に戻り、急遽、選抜隊を派遣した。そして、自らも急いだ。

「寺に残って駐屯地を管理する兵以外はすべて出動せよ」

「ははあ」

「念のために言っておく。尼僧らに手を出した者は厳罰に処す。いいかっ！　残りの兵に伝えろ！」

清正は出発を前に、不安がる住職をみて念を押した。

「さあ、出発だ」

気が急く清正は、一部の兵のみを寺に残し北上した。

「やっと息ができる」

清正が寺を離れると、途端に兵士の軍律が崩れ始めた。清正は部下に厳しかった。そのため彼がいた時は、誰ひとり軍律を破ることはなかった。軍律を破れば、即斬刑という厳罰が怖かった。ところが、彼と側近の家臣らが寺を空けると、状況は一瞬にして変わった。清正の顔色をうかがい、息を殺していた兵士たちは解放されたような気になった。

「少しはくつろがないと、なあ」

「厳しくて息が詰まってしまう」

「おい、しっかり警戒しなよ。ハ、ハ、ハ……」

寺に残っていた兵士たちは、寺の入口で歩哨をしながら冗談をかわした。

「主君がいないと随分、気が楽だな」

すっかり緩んだ兵士らは、三々五々集まって雑談を始めた。そんな彼らの前を、尼僧が通ると兵たちの目つきが変わり始めた

〈尼僧に手を出す者は厳罰に処す〉

主君の清正が陣中にいる時には、尼僧の姿を見てもその気を起こさなかった。兵士らは、軍律を破るのは死を意味することがよく分かっていた。しかし、彼らは命をかけて戦に参加した者たちだった。故郷を離れ、波頭を越えて対馬海峡を渡ってきた。初めての異境で、死にもの狂いで戦に臨んだ。家族から離れてすでに二カ月近く経った。釜山浦に上陸して以来、休息もまともに取れなかった。言葉も分からない異国の地で、罪のない人々を槍で刺したり、斬り殺したりした。酷いことと思いつつも上からの命令には従うしかな

かった。

特に山のような生首を塩漬けにするのは、嫌な役割だった。

「日本にいる太閤さまに送らなければならない」と言われ、その数は用意された木箱におさめることもできないくらいだった。

「鼻を切って塩に漬けろ」

耳は二つ、鼻は一つだから、鼻一個が首一つと同じだ。

朝鮮の人々の首があふれ、多すぎると言って、代わりに鼻を集めるようになった。生きている人間の鼻も切ったので、逃げた朝鮮人の中には鼻がない人も多かった。兵士らはこれまで経験したことのない惨さを感じた。体には熱い血が流れていたが心の中は冷えていた。人間に対する尊厳などは欠片もなかった。人としての理性は消え、動物的な本能だけが支配した。まさに「血に飢えたオオカミ」だった。肉体的な疲労の限界は都城に入って多少は回復したものの、心は疲弊したままであった。

彼らは、領主の動員命令を受けて戦に参加しただけに、戦での戦利品は自分たちのものだと考えた。戦場での唯一の報奨。女に対する強奪や強姦も勝利者の権利。これらはすべて戦利品の一つだと思っていた。

二番隊の兵士たちは、敵の都である漢城を占領する快挙をあげたのだからと、論功行賞を期待していた。日本国内でも周辺領地との戦で、兵士たちは戦に勝てば相手の領民を襲うことは当たり前の事だった。力のない領民の所持品を奪い、罪のない村人を殺した。死者が身につけているものさえも剥がしたほどだ。戦の後の略奪は仕方のないことだった。

指揮官の侍は、戦が終わると敵の首級をどれだけ取ったかによって戦功が認められ行賞が決まった。しかし末端の兵士は論功行賞などなかった。敵将を倒すような大きな戦功がない限り、論功はすべて指揮官のものとなった。なので、兵士らは論功行賞よりも個人的な利益を重視した。戦のドタバタに乗じて、多くの兵士は民家に押し入り、貴重品や服、家財道具、家畜までを略奪し、挙げ句は、女、子どもを拉致して奴隷として売ったりした。

兵士の中には山賊や倭寇出身者も多かった。彼らは頭目格の親分を中心に集まり、略奪をもっぱらとした。戦に参加した彼らは、勝ち負けより略奪に没頭した。特に女には目がなかった。女とみれば狂った。

力の弱い女を戦利品として生け捕りにし、思う存分に楽しんだ挙げ句、奴隷として売り渡した。彼らにとって略奪や人身売買は許された行為であり、これこそが論功といえた。戦国時代とはそうした蛮行に対して罪の意識はなく、良心の呵責などはなかった。こうした悪弊があまりにもひどくなったため、秀吉も九州征伐や関東の北条氏征伐の際には布告令を出すほどであった。

〈女や子どもを人身売買する者は厳罰に処す〉

しかし、戦に動員された兵士らは命を掛けた戦の後、放火や略奪をするのは常であり当然の分け前と考えていた。清正がどんな厳令を出したとしてもその悪習は断つことができなかった。

「軍律は統率のためのものであって、兵士を罰するためのものではない」

実際、多くの戦を経験した指揮官たちは兵士の処罰より士気を重視する者が多かった。

「露骨にやらなければ厳罰にはならない」

そんな風潮から、心身が疲弊した兵士たちにとって尼僧は格好の餌食だった。

最初は、密かに誘惑したり接近したりしていた。暴力的なことはなかった。雲従寺の尼僧たちも兵士の接近を警戒した。すれ違う時は、下を向き兵士と目を合わせないようにした。男女関係を厳しく規制する朝鮮の習慣である「男女七歳不動席」、七歳以上の男女は席を同じくしてはいけない。仏家に帰依した身だという認識から尼僧たちは特に警戒していた。

「もう我慢ならねえ」

「俺も狂いそうだ」

「何を言ってるんだ。女だが仏道に身をおく僧侶なんだぞ」

「何が僧侶だ。僧服を着ているが女には違わねえだろうが」

性欲に飢えた兵士には尼僧もただの女にしか見えなかった。

尼僧たちも清正がお寺を離れた途端、兵士らの目つきが変わったことに気づいた。尼僧たちは、外に出るにしても室内にいるときでも、絶対に一人になってはいけないと決めていた。便所に行く時でさえ複数で行動した。

「万が一、倭兵に身を汚されるようなことがあれば、すべて自分の責任です。そうなれば寺にはいられません」

住職は、仏道修行する身で弁解できないと覚悟を決めていた。

「まったく隙がないね」

尼僧三人が大雄殿の前庭を横切るのを眺めながら、二人の若い兵士が唇を嘗めながら話した。勝郎と田次郎という二十代前半の兵士で同じ村の出身だった。

「あの女を捕らえて、やっちまおうか」

「ばれたら処刑だぞ」

「でも死んでもいいからあの尼らとやりたい」

「うん。いつ戦で死ぬ身か分からない。一度で良い。尼を抱いて死ぬのなら、戦場で犬死にするよりはましだろう」

人と人が殺し合うのが戦場。生きるためには相手を倒さねばならない。戦場で人を殺すのは生への執着であり、生きたいという願望だった。何の恨みもない敵を殺しても罪にはならなかった。戦が終われば、欲望と略奪が許された。なのになぜ、ここで女を抱くのが罪になるというのか。そんな思いが走ると、いくら指揮官の厳命とはいえ、彼らは欲情を抑えることができなかった。

「主君が帰ってくれば、何もできないぜ」

「そりゃそうだ。今夜、やるしかない」

勝郎は、尼僧の拉致を決め、田次郎をそそのかした。

「だけど、あんなに群れてちゃあ、二人だけでは無理だ。人を集めよう」

「そうしよう。あの女らに目をつけている奴は多いから」

すぐに仲間を集めた。色欲に飢えた兵士八人が集まった。

「夜、拉致して山へ連れて行こう」

「分かった」

夜になった。彼らは尼僧が宿泊する部屋の小さな門を開け、中に入った。

「ヌグセヨ（どなたですか？）」

「静かにしろ」

時刻は三更（夜十一時から一時）を過ぎていた。尼僧たちは四、五人が一つの部屋で起居していた。勝郎らはそれを狙って突っ込んだ。勝郎と田次郎たち五人が部屋に押し入り、他の三人は外で見張りをしていた。

「ウエ、ウエグロセヨ（どうして……、どうしてですか？）」

暗闇で勝郎が大声を出そうとした尼に刀を突きつけた。暗闇の中で閃光《せんこう》が走った。他の四人が尼僧の口を塞ぎ手足を縛った。尼僧を布袋で覆い隠し、南山の麓に登った。

「サリョジュセヨ（助けてください）」

拉致された尼僧らはもがきながら声を上げた。だが、紐で猿ぐつわされていて言葉にならなかった。兵士らは夜目が利くのか、事前に下調べしておいたからか、暗闇の中でも動きは敏捷だった。

「ここがいいだろう」

山の中腹に登った彼らは、平らな場所に尼僧四名をおろした。寺とはかなり離れた場所だった。陰暦五月で周辺の樹木は鬱蒼としていた。

「静かにしないと殺すぞ」

尼僧たちは、兵士らが突きつける刀に身を震わせた。彼らが何を求めているのかすぐに察しがついた。ただただ恐ろしく抵抗はできなかった。

八人が四人の尼僧を輪姦した。兵士が尼僧の体を襲うと、他の一人がもがく尼僧の手足をつかんだ。

「ああ、チャラリジュギョラ（あえて殺してくれ）」

尼僧らの悲鳴と涙、嘆息が兵士らの満足そうな笑い声と入り交じった。兵士たちは交代しながら、夜が明けるまで何度も何度も凌辱を続けた。

「では、行こうか」

欲望を満たした兵士らは、尼僧たちを置き去りにして山を下りた。

尼僧たちは辺りに散らかった服を体に掛けながら涙を流した。

「スニム（僧侶様）」

半裸で呆然と空を眺めるトラジを見て、年上の尼僧が近寄った。兵士らは特にトラジに目をつけていた。トラジにはすべての兵士が襲いかかった。

「しっかりして、体を動かしてみなさい」

放心状態のトラジにやさしく服をかけ、手を握った。トラジはやわらかな手触りを感じて我に戻った。

「みんな、帰りましたか？」

「獣は、みんな山を下りました」

「どうしたらいいのでしょうか？」

「大丈夫。何も考えないで」

年上の尼の手を借りてトラジはやっと起き上がることができた。全身むちで打たれたように痛かった。下腹部はひどくうずいた。トラジは、男を知らないわけではなかったが、当然だが尼になってからはずっと貞節を守ってきた。

「獣のような者に殺されなかっただけでも幸いだと思いましょう」

「でも死んだのと同然です。こんな身になって、これからどうすればいいんですか。寺にはもう居られないでしょうね」

そばで自分を支えてくれる年上の尼の腕をつかんだまま、トラジは、まるで実の姉に頼るかのように悲しげに聞いた。

「心配しないで。経緯を言えば住職も善処してくれると思いますよ」

「それはいけません。住職には言わないでください」

トラジが泣きながら答えると、「そうです。絶対に口外してはいけません。この事実が知られれば、誰も私たちを擁護してはくれないでしょう」

他の尼僧がトラジを見つめながら早口で言った。

「その通りです。口外する必要はありません」

トラジを支えていた尼だった。

「わかりました。なかったことにして口外せぬように」

年上の尼は、三人の意見を受け入れた。

「疑われないように早く山を下りましょう。人の目に付く前に」

トラジは、足がふらつき倒れた。

「大丈夫？」

地面に倒れると皆が寄ってトラジを助けた。年上の尼の肩を頼りにふらつきながらも歩いた。

「スドルさん」

かつての恋人スドルがふと頭に浮かんだ。彼に死なれてトラジは尼になったのだった。

「スドルさんとはあんなに楽しくて幸せだったのに……」

トラジは昔のことを思いつつ今の境遇を嘆いた。

「さあ、しっかりして。下りましょう」

年長の尼が先頭に立った。

「はい」

トラジは、うめき声をあげながらも痛みに耐えて歩いた。

「スドルさん、ごめんなさい」

心の中でスドルに詫びた。まるで罪を犯したような気がして涙があふれた。

彼女は、兵士らに襲われながら悔しくて自殺を考えていた。かつて、俗世と縁を切り仏道に入った身で、生に執着もなかった。しかし、仏教を通じ現世でのことはすべて業報（前世の報い）だと教えられた。死んでも輪廻するだけだった。兵士から貞節を守れなかったからといって仏様に叱られることもなければ、寺から追い出されることもないと開き直った。彼女たちはみんな力を絞り出して山を下りた。そして、その件を口に出すことは一切なかった。

一方、尼僧に悪業を行った勝郎と兵士らは、自らの仕業をしばらく隠していた。しかし、何日か経っても噂すらなく安堵した。

安堵感から、彼らの一人が自らの仕業を周りの兵士に誇らしげに話した。

「えっ、そうか。そんなやり方があるのか」

それまで清正の厳命を怖がっていた、兵士らの抑えられていた気持ちが一気に解き放たれた。兵士らは群れをなし他の連中に負けまいと競って、尼僧たちを山に連れて行き、悪業を行った。兵士らの行動を止めなければならない指揮官もここに合流した。さらに「仏道にいる尼僧を辱めれば罪を受ける」と思い、最初は躊躇していた兵士らも女の悲鳴に眠っていた欲情が目を覚ました。寺に残っていた兵士らは一団となって尼僧を餌食にした。

兵士らの行動は次第に大胆になってきた。日中でも、尼僧を勝手に幕舎に連れ込み辱めた。寺のあちこちから尼僧の悲鳴が響き渡った。

「南無阿弥陀仏、観世音菩薩」

住職はただただ念仏を唱えただけで、兵士らの行動を止めることはできなかった。一度やられたトラジと同屋の尼僧たちは、徹底して兵士を警戒した。部屋にいる時も靴を外に置かず部屋の中に置いた。そして部屋の中から鍵をかけた。夜になっても灯りは付けず、部屋の真ん中に用心の棒を置いた。トラジは胸に短刀を隠した。いざという時には相手を刺し、自決するつもりだった。朝まで、息づかいも漏れないように気をつけた。

他の尼たちは兵士の餌食になった。中には逃げようとして斬られ負傷したり、命を落とす尼もいた。

「何という悪業」

住職には、狂った兵士の行動を防ぐ手立てはなかった。清正がいるなら抗議できるが、清正がいない今は、無秩序な修羅場だった。年さえ若ければ住職も食い物になるところだった。

一方、駐屯地の雲従寺を発って北上した、清正はすでに文山《ムンサン》に到着、飯田の率いる先発隊と合流した。

「案内しろ！」

清正は、急いで文山の北を流れる臨津江《イムジンガン》に向かって北上した。丁度その時、対馬の家臣である柳川が朝鮮側と和平交渉を試みているのがみえた。

「和平交渉など無視しろ。川を渡れ、朝鮮軍を攻撃しろ」

「ははあ」

清正の命令を受けた二番隊の兵士らが川を渡ろうとしたが、船が一艘もなかった。

「船を探せ。船を……」

二番隊が川を渡ろうとするのを見て、柳川が清正の元を訪ねてきた。

「太閤殿下の御命令書でございます」と言い、懐から書札を取り出した。

〈朝鮮王に降伏を勧めろ。降伏を受け入れたら連れて、海を渡れ〉

秀吉の赤い印が押された朱印状だった。主君である秀吉の朱印状をみた清正は顔色が白く変わった。それを無視したらどんな災いに遭うか分からない。攻撃を仕掛ければ、行長が秀吉に告げ口することは目に見えた。

「仕方あるまい」

清正はやむなく漢城に撤収するしかなかった。先鋒隊を駐屯地に帰らせ、清正は漢城の総大将・宇喜多を訪ねた。宇喜多は、漢城内で秀吉の命令書を手に諸大名たちと軍議中だった。

「太閤様からの命令です。漢城で留まるのではなく、朝鮮の全地域を掌握し、管理すべきという命令です」

宇喜多は秀吉の命令書を見せながら言った。そこには各隊の進撃方向と今後の配置について詳細に書き込まれていた。


第一番隊（小西行長）は、平壌《ピョンヤン》に進撃し平安道を掌握しろ。朝鮮王の降伏を引き出せ。

第二番隊（加藤清正）は、東の咸境道に進撃し、管轄すること。

第三番隊（黒田長政）は、黄海島を占領し、第一番隊を後方支援すること。

第四番隊（毛利勝信）は、江原道に進出して咸鏡道方面の二番隊を後方支援すること。

第五番隊（福島正則）は、竹山《ジュクサン》、長宗我部は聞慶《ムンギョン》に駐屯し治安と後方支援を担うこと。

第六番隊（小早川隆景）は、部隊を分けて忠清地方の先山《ソンサン》と錦山《クムサン》に駐屯し、後方の補給路を担うこと。

第七番隊（毛利輝元）は、慶尚道で後方補給路を確保すること。

第八番隊（宇喜多秀家）は、総大将として漢城を守りながら司令部を務めること。戦況をみながら後方を支援すること。

その他、水軍の脇坂安治《わきざかやすはる》は龍仁《ヨンイン》に駐屯し、陸軍を支援すること。


「さすが太閤様。海の向こうにおられるが、すべてお見通しでいらっしゃる」

書状をみて清正が言った。

「それでは、わしは陣に戻り、直ちに出征の準備をしなければならない」

彼は戦功のためにも早く北上しなければならないと思い、急ぎ雲従寺に戻った。ところが寺に戻った清正は、直感的に駐屯地の雰囲気が変わったことに気づいた。自分に対し丁寧だった住職が、自分を避けている気配が感じられた。

「何かあったに違いない」

尋常でない雰囲気は尼僧と関連があると見抜いた。尼僧たちの表情が以前とは全く違っていたからだ。ある尼僧は、兵士らと目が合うと足を止めてぶるぶる震えた。それをみた清正は近衛に指示をした。

「通訳を呼んで来い」

住職から、留守中、尼僧たちが兵士らに集団で輪姦された話を聞いた清正は、怒りを露わにした。

「尼僧らに暴行を振るった兵士たちを即時逮捕しろ」

清正が怒り出し、直ちに捜査が開始された。しかし、暴行した兵士は一人や二人ではなかった。兵士のほとんどが関与していたことを知った。家臣らは全員を捕まえることは到底、無理だと感じた。

「主君、関与した者が数百人を超えるそうです。全員を罰したら兵力損失のみならず士気が下がってしまうでしょう。またやったら次は容赦しないという警告を出し、おさめたほうがいいと思います。休みなく強行軍だったため兵士らの不満がそこに表れたようです」

清正は、家臣の言葉に一理あると思ったが、それでも見せしめをしなければならないと考え直した。

「だからと言ってこのまま放っておくわけにはいかない。首謀者を割り出せ」

「承知いたしました」

噂を頼りに調べた結果、勝郎と田次郎、トラジを輪姦した八人を含め十五人が浮かび上がった。

「十五人も首を落とすわけにはいかない。扇動をした者が誰か探せ」

やがて勝郎と田次郎が最終的に名指しされた。

「どこの出身で、所属は？」

「肥後出身で、槍部隊の足軽です」

「よし。二人を見せしめに処刑し、他の兵士らに軍令に背く者は容赦しないことを知らしめよ」

「はあ、承りました。直ちに」

勝郎と田次郎はすぐ捕縛され、翌日、寺の外の野原に連れ出された。

「軍令に背いた罪で即決処分する。言い残すことはないか」

「我ら二人だけではありません。首を切るんであれば、ここにいる兵士らの首も切るべきです。なぜ我ら二人のみですか」

勝郎が命悔しげに他の兵士らを巻き込もうとした。それを聞いていた田次郎が言葉を詰まらせながら言った。

「許してください。私は軍令は守らなければならないと言いました。しかし、こいつが主君がいないから大丈夫だと言って、強く誘ったんです。他の兵士らも同じです。私は首謀者ではありません」

田次郎が、責任逃れの言い訳をすると、勝郎は恨めしい目で彼を見つめた。

「他に言うことはないのか」

「……」

「斬れ！」

家臣の命令と同時にヒューンと風音を立て刀が虚空を割った。二つの首が地面に転がった。

「よく聞け。今度のことはこの二人の兵の処刑で済ます。今後、軍令に背く者は、皆、同じことになる。気をつけろ」

清正は秀吉の命により、すぐにでも咸鏡道《ハムギョンド》へ向かわなければならなかった。

兵士の士気低下を案じた清正は、尼僧拉致事件にこれ以上、手間取るわけにはいかなかった。それより太閤殿下の命がすべてだった。

「寺を燃やせ！」

北進の前に後方の安全を期するという名分で、雲従寺を燃やすよう命令した。

寺に朝鮮軍や反軍勢力が集まるかもしれないという恐れからであった。以前、慶州《キョンジュ》の戦いのあと、仏国寺のような大きい寺も燃やした。清正は仏教徒なのに微塵の動揺も見せなかった。

トラジと尼僧たちは、灰燼《かいじん》に化す寺を前に呆然と立ち尽くした。

兵士らに強姦され侮辱を受けながらも、仏一心に耐えてきた彼女たちだった。寺の中心は仏像が安置された大雄殿だった。そこは法堂として仏像を祀る場所であるだけでなく、お釈迦様の教えである仏教の解釈と説法が行われる、寺の象徴的な場所だった。その大雄殿が焼失した。

「ああ、もう行くところもない」

トラジはつぶやいた。彼女には身内はいない。孤独だった。尼たちには孤独な女が多かった。だから互いに手を携えて生きてきた。今は地団駄を踏んで悔しがることしかできなかった。

朝鮮各地に尼寺は少なかった。トラジのような奴婢出身の尼僧となると、さらに受け入れてくれるところは少なかった。

「でも、悪鬼のような倭兵らが消えただけでも幸いと思いましょう。これからはここを守り、みんなで力を合わせて大雄殿を建てればいい」

老いた尼僧が、無言の住職を見つめながらみんなを元気づけた。住職は、ただ「南無阿弥陀仏、観世音菩薩」だけを繰り返した。

「さあ、焼け残った木材があるから……」

行き場を失ったトラジら尼僧は、大雄殿を支えていた石積み台に燃え残った木材を探し、そこに仮の宿舎を建てた。男がいないため、すべて彼女たちがやるしかなかった。仮住まいで獣が住む小屋のようなものだった。それでもそこに寄宿し寺を守った。

「お釈迦様を祀る仏堂を燃やす倭人は一体、人間だったのか。それとも地獄からの悪鬼だったのか。その大将が自ら仏様の弟子だと言いながら、仏堂を燃やすとは。その悪業と罪をどうやって償うというのか」

しばらくして女官出身の尼僧が去り、住職も他の庵を見に行くと言ったきり戻っては来なかった。真っ黒に焼け落ちた雲従寺の廃墟に残ったのは、トラジのように行き場のない尼僧たちだけだった。

それでも歳月は夏を過ぎ、秋を迎えた。

二番隊が去って約四カ月がたった。トラジは体に異変を感じた。月経が途絶えたことに気づいた。それはトラジだけではなかった。

吐き気で苦しむ尼もいた。トラジにつわりはなかった。

トラジたち尼僧は、まさか「倭兵の子をはらんでいる」とは夢にも思わなかった。ところが秋が過ぎ、冬至を迎えると徐々に腹が目立つようになった。

トラジは、ふくらみを隠すため木綿布で腹を引き締めた。ゆったりした服で妊娠を隠した。子を堕ろそうと濃い醬油を飲んだが効き目はなかった。山に登ったり、高いところから飛び降りたこともあった。しかし、生命力の強い子だったのか、全てが効果なしで終わった。

「他の尼僧はどうしただろうか」

尼という身分で、隠し通すしかなかった。

「いくら拉致されたとはいえ、僧籍に身をおいた者が、男に汚され、それも倭兵の子をはらんだと知られれば……。考えただけでぞっとする」

臨月が近づくにつれ、尼僧の悩みは次第に大きくなった。

いくら腹の子を隠そうとしても隠し通せるすべはなかった。春の訪れに合わせるように、雲従寺では父を知らない子が次々に誕生した。

「息子よ、息子！」

男児を好む社会だから、赤ちゃんが男子だと分かると出産を手助けした尼僧が歓呼した。

「ああ、こんなに可愛いのにねえ」

生まれたばかりの我が子を抱いたトラジは、その運のなさを嘆いた。自分が産んだ子なのにトラジは思わず顔を背けた。

「スドルさん」

涙が頬をつたった。死に別れたスドルの姿が目に浮かんだ。

「何もかも運命だと思ってください」

出産を手伝った老いた尼僧が彼女を慰めた。こうして、この春、雲従寺に子が二十人も生まれた。大雄殿がなく、名ばかりの寺だとしても仏道を磨く神聖な寺だ。寺に俗世の因縁を引き入れることはできない。

兵士が残した子を出産した尼たちはこれ以上、寺に留まることはできなかった。トラジたち母子は雲従寺を離れ、漢江《ハンガン》を目指した。目的地は、漢江の東にある大きな村からすこし離れた所に、村の神を祀る府君堂《ブグンダン》という祠堂があった。祠堂は、神聖な場所だったので人々が来ることは滅多になかった。尼僧とその子たちは行く宛もなく、人々が敬遠するそこに穴蔵のような仮屋を建てて住むことにした。もはや尼僧ではなくただの浮浪者だった。

やがて、噂が広がった。

「府君堂に子連れの女たちが集まって住んでいる」

雲従寺の尼僧が、兵士に集団で強姦された経緯を後から知った村の人々は、彼女とその子たちを追い出すことはなかった。そして、いつしかこの府君堂の近くを異国人の種をはらんだ女たちが集まって住む所として「異胎院《イテオン》」と呼ばれるようになった。

臨津江

一方、雲従寺を灰にした清正は、指揮下の兵士を率いて北上した。一番隊長の行長も、和平交渉に対する朝鮮側の返答がないとみて、都城を出て臨津江に向かった。行長の目的は和平交渉だが、清正の狙いは戦であった。

「戦は最小限に留め、和平交渉を進めるべきである」とする行長。しかし、清正は、武力で朝鮮軍を屈服させ、朝鮮王を捕らえたかった。そうしてこそ主君である秀吉に認めてもらえると思っていた。

「そうなれば朝鮮の統治をわしに任せるかもしれない。和平交渉より降伏させることだ」

「二番隊が武装したまま北上しています」

清正が、兵を率いて北上中という報告を聞いた行長は「急がなければならない。二番隊に先手を越されたらすべてが水の泡だ」

二人が先頭を競い合っている最中、臨津江の北では朝鮮軍が防御線を張っていた。

〈臨津江《イムジンガン》を防御線にすれば、いくら神出鬼没の倭軍でも簡単には渡れないでしょう〉

都元帥（臨時軍事責任者）の金命元《キム・ミョンオン》が王に書状を出し、平壌にいた王はこの作戦を支持した。そして、金命元を臨津江防御総大将に、副元帥だった申硈《シン・ハル》を防御使に任命した。申は、忠州の戦いで一番隊に敗れ、川に身を投げた申砬将軍の実弟だった。

「兄の仇だ！」

彼は復讐心に燃えていた。一方、王は敵軍の侵入を知り、北の鴨緑江《アブロクカン》の軍陣から平壌に下ってきた兵士らの指揮権を李成任《イ・ソンニム》に一任し、臨津江に派遣した。それでも不安だった王はさらに、韓応仁《ハン・ウンイン》を巡察使に任命し、平安道の兵士三千人と共に派遣した。韓が指揮を執った平安道の兵士らは、実戦を経験した百戦錬磨の古参兵が多かった。

王が多くの指揮官を任命し、派遣したため臨津江の北は指揮官だらけになり、力を合わせることなく互いに競い合うという混乱を生んだ。

金命元は権威を表すため、都元帥を象徴する黄色い龍が描かれた旗を丘のあちこちに立てた。

〈そなたが責任者になって、臨津江での戦いを勝利に導いてほしい。もし臨津江で倭軍を防げなければ、朝鮮全土は倭軍の馬蹄の下に踏みにじられることになる。何としても臨津江防御線を死守しなければならない。余はそなただけを信じている〉

王が、金命元、韓応仁、申硈に別々に送った同じ文面の書状であった。王は、臨津江を朝鮮の運命をかけた最前線とみなし、それぞれの指揮官を督励するつもりであった。一人がくじけても、誰か一人が戦功をあげてくれれば勝ち目があると思ったからだ。しかし、これは戦のことを知らない者が犯しやすい間違いだった。戦で最も重要なのは指揮長の能力と指揮体系である。いくら強力な戦力があっても無能な指揮官だったら戦力を十分発揮することはできない。優秀な指揮官の下で全員が有機的に動いてこそ、軍事力を倍加することができる。ところが臨津江の指揮体系は三つに分かれていた。

序列上では都元帥の金命元が最も上級者だった。彼の指揮下には七千の兵がいた。一方、平壌から下ってきた韓応仁は巡察使として兵三千人を率いていたが、王からの勅命を受けたため、金命元の統制外で行動しようとした。よって金命元の率いる防御態勢の戦力にはならなかった。防御使を務めていた申硈は、指揮体系を無視し、臨津江では自分が防御軍の主力だと思っていた。彼は、自分は武官で金都元帥は文官出身だったため、戦は素人だと決めつけ頼りにしなかった。

王は、各指揮長に別々に書状を出し、奮発を誘導しようとしたが、結果的には指揮体系を崩壊させ、混乱を引き起こす原因をつくった。

防御軍は三匹の蛇のようにバラバラになった。指揮官らが力を合わせ知恵を絞らなければならないのに、兵の配置や戦略もまとまらなかった。臨津江の防御軍には違いないが、実体はバラバラに動く別動隊で「敵前分裂」が起きた。

一方、雲従寺を廃墟にして朝鮮王を追って北上した清正と先遣隊の一部が、すでに臨津江の南に姿を現した。

「前に大きな川があります」

「深いのか？」

馬を走らせ、臨津江南側の丘に上がった清正は、川を見ながら聞いた。

「船なしで渡るのは難しいです」

「船を探すか、船を作るか。決めろ」

清正は馬上から家臣に命じた。すぐにでも臨津江を渡り朝鮮軍と戦う気でいたが、船がないことに腹を立てた。

「船を造るには時間がかかります。敵をこちらに誘引した方が良いと思います」

家臣が計略を提案すると、「そうか。やってみよう」と清正は乗り気だった。


一方、北側の丘に陣取っていた朝鮮軍も相手の兵士を確認し慌ただしくなった。防御使の申硈は、地形的な利点を生かせば十分に勝算があると思った。

「倭軍が川を渡ってきたら矢を射て！」

彼の命令に最前線に配置されていた、弓隊の兵士は対岸にいる相手兵士の動きを注視していた。ところが、相手の兵士は渡河どころか後退をはじめた。

「えっ、どうした！」

対岸の丘にいた倭軍たちが陣幕に火をつけて後退していくではないか。

「何か企んでるな」

申硈は、相手がいかだを作って渡河してくると考えた。相手兵士を臨津江の水霊にしてやろうと弓隊を最前線に満を持していたが、予想外の展開で彼は戸惑った。

相手は、彼らが来た文山《ムンサン》方向に戻ろうとしていた。縦に隊列を組んでいるのを見て、間違いなく後退すると思った。

「奴らは、船がないから川を渡るのを諦めたようだ」

「こちらの軍勢を見て、怯えたのではないか」

二人の軍官が「倭兵も大したことないな」と笑った。まるで戦に勝ったように意気揚々としていた。

「後退したことは間違いないか？」

「あれをご覧ください」

「おそらく長い進軍で疲れているうえ、兵糧米も尽きたのでしょう。各地から勤王兵が集まり、こちらの軍勢が大きくなっているから、彼らも怖じ気づいたんではないでしょうか」

しかし、よくよく考えても後退する根拠はなかった。事実を確認することが大事なのに、申砬の気持ちに隙が生じ、そして慢心した。川の最前線に射手の守備陣形を作り、渡河する相手を迎え撃つ戦術を練っていたが、相手が退却してしまったため不要になってしまった。

「防御使様。戦意を失って退却する倭軍を叩く絶好の機会ではないですか。今こそ、各隊が力を合わせて倭軍を攻めるべきです。この機会を逃してはなりません。我々の方から兵を率いて渡河しようではありませんか。手柄を立てる好機です」

心が揺れていた申砬は、左上で陣を取っていた金都元帥をちらっと見つめた。すると彼は、自分の命令を乞うたのだと思い、告げた。

「全軍、川を渡れ。逃げる倭兵の首級を取った者には報奨が与えられるぞ」

武将の申砬には、相手の後退は計略かもという疑念がなくはなかった。しかし戦死した長兄を思うと、敵を討ちたいという気持ちの方が強かった。そんな時、とどめを刺すように都元帥の命令が出されたのだ。「倭軍の誘引作戦かも？」という疑念は、いつしか頭の中から消えていた。

「では、我が軍も渡るぞ」

渡河を決め防御使が刀を抜いて命令を下そうとした時、「いいえ、考え直してください」と助防将（副官）の劉克良《ユ・グックリャン》が引き止めた。

「ナニ？　上官に逆らうのか！」

「そうではございません。敵の意図を正確に把握してからでいかがでしょうか？　全軍が渡河し、万が一、敵の計略にはまれば袋の中の鼠になります。ここが崩れれば開城《ケソン》と平壌はどうなると思いますか？　もっと慎重になるべきです」

武将として長い間、兵法を学び戦場で経験を積んできた劉は、相手の意図を見抜いていた。相手が、戦闘もせず退却するからには何か企みがあるに違いないと。

「死ぬのが怖いのか」

「いいえ、何か思惑があるに違いありません」

申砬は、彼を臆病者と決めつけた。劉はそれを否定した。

「戦場で上官の命令に逆らえば、即決処分になる事を知っているだろう」

「私は武科に合格し長年、従軍した武将です。死を恐れ、敵との戦いを避けるつもりなら、とうに武将をやめています。ただ誤った判断によって、ここにいる貴重な兵の命を失うことが心配なんです。渡河をして敵の計略にはまれば大きな被害が出るでしょう。王様がいらっしゃる所は目と鼻の先です。ここが崩れれば王様と朝廷が危うくなります。しかし、どうしてもとおっしゃるなら渡りましょう」

劉は防御使ではあるが、自分より年下の申砬に、臆病者と決めつけられ心の中では憤激していた。

「助防将の意見が正しい。倭軍の計略を把握してから動いても遅くはない」と言ったのは申砬ではなく金都元帥であった。金は、兵士に川を渡るように命令を出したが申砬の部隊が動かないので気になり、やってきたのであった。

「あいつは漢江から逃げてきた腰抜けだ」

金都元帥は、数日前、漢江の防御を任されたことがあった。その時、鉄砲玉の音にびっくりして逃げたことから、申は文官出身の金を臆病者と蔑んでいた。

申は、金に抵抗するように陣頭に立って川を渡った。

「仕方ない」

劉も続いた。防御使と意見は違うが、自分の義務を果たすためだった。

劉は指揮下の兵士と共に臨津江を渡った。一方、北方軍を率いて上流側に陣取っていた巡察使の韓応仁は、下流の防御使が率いる部隊が臨津江を渡るのを見た。

王からは、隙をみて敵軍を先制攻撃するように言われていた。戦功を焦った彼は兵士に命令を出した。

「早く渡って倭軍を追撃しろ！」

ところが兵士らが一向に動かない。

「何をしているのか。早く渡れと言っているんだ」

「申し上げたいことがございます」

催促する韓に、四人の将校が近づいてきた。彼らは北方で女真族と戦闘を繰り返してきていた。

「巡察使様。我々の兵は平壌を出発してほとんど休まず、ここまで参りました。ろくに食べることもできず、非常に疲れています。いくら勇猛な兵士でも士気があがらない今の状態では戦をするには無理がありま す。まず食べ物をあげて少し休ませなければなりません。その間、我々将校は敵の動きを探ります。攻撃は それからでも遅くはありません。今の状況で軽率に動くよりはその方がいいでしょう」

文官出身だった韓応仁は、兵法を知らず、兵の士気がなぜ重要なのか理解できなかった。

「何を言う。倭軍が逃げているのに何を待つ」

「あれは倭軍の策略です。我が軍を引き寄せるための罠です」

韓は普段から、武官を「戦しか知らない無能者」と見下していた。軍官が戦術を云々すると、「軍官ごときが！」と言って拒絶した。

先入観と優越意識に満ちた彼は、何かと言えば下級将校である彼らを、集団でやってきて自分の命令に逆らう輩とみなしていた。

「わしは上様の御命を受け、お前らを指揮しているのだ。わしの命令に背くことは、ひいては王様の御命に背く反逆行為である。誰か、この者らを捕縛し打ち首にせよ。御命に背いた罪だ」

興奮した韓は、将校四名に反逆の罪を着せ、命じた。上官の命令は国法と等しかった。

「ウハハハ……」

将校らは呆れて空笑いした。そして処刑はそのまま執行された。戦を前に、文官出身の指揮官が戦いに長けた武将を処刑してしまったのだ。処刑を知った北方出身の兵士らは唖然とし士気は地に落ちた。

「有能な軍官を処刑するなんて戦は終わった。勝ち目はない」

味方の陣営で内輪もめが起きたことも知らず川を渡った申は、兵士たちの尻をたたき相手を追撃した。対岸では見えなかった倭軍は、白い砂浜の丘に上がると、朝鮮の荷車を引いてのろのろと退却していた。

「後を追え。敵の首を取れ」

防御使の命令を受けた軍官の一人が、兵士を率いてまっすぐ追いかけ、最後尾で荷車を引いていた兵士二十人ほどを倒した。

「ああっ」

刺された相手兵士は抵抗もなく悲鳴を上げて倒れた。朝鮮軍の兵士らは、「倭兵は戦いに長けている」と聞いていたが、意外なほど無力だった。ところが、その兵士が小声で「サリョジュセヨ（助けてくれ）」と朝鮮語でうめいた。

「えっ、これはどうしたことか！」

なんと、敵兵と思い、倒した者たちは朝鮮の民だった。朝鮮人捕虜を兵士に変装させ荷車をひかせていたのだ。もし兵士なら、朝鮮軍に何の抵抗もすることなく、やられっぱなしでいるはずはなかった。後方で騒ぎが起きていても、前方の二番隊本隊は悠然と南に後退し続けた。

「倭軍が文山浦の方に退いていきます」

「怯えたな。こっちの士気は上がっている。早く追撃して倭兵の首を取るのだ」

相手は後方からの攻撃があっても反撃することなく退却するのだった。その姿を見て、朝鮮軍兵士の警戒心が緩んだ。臨津江の南には広い野原があり、その臨津野原より少し離れたところが文山浦である。そこに相手兵士の姿が見えた。

防御使の命令を受けた朝鮮軍は、憚ることなく相手めがけて野原を縦断し始めた。

「わああ……」

朝鮮軍が一斉に駆けだした。ところが、野原に少し突き出た丘があり、そこに倭軍の鉄砲隊が待ち伏せをしていた。

「待つぞ」

鉄砲隊は、朝鮮軍をぎりぎりまで引き寄せた。

「撃てえ〜」の号令に合わせ、待ち伏せをしていた鉄砲隊から一斉に火ぶたが切られた。轟音の後、雨あられのように鉛弾が飛んだ。身を隠せるところのない野原だった。

「うわぁ、うわぁ」

鉄砲玉は朝鮮兵の体に容赦なく食い込んだ。肉が飛び散り、血がほとばしった。朝鮮の兵士らはバタバタと倒れていった。文山浦の方へ後退するふりをしていた清正は、鉄砲の音を聞いて方向転換、一斉に攻撃態勢に入った。

「待ち伏せだ」

朝鮮兵らは、聞いたこともない鉄砲の轟音にドギマギした。

「逃げろ、逃げろ」

防御使の後退命令が出る前から、朝鮮兵は蜘蛛の子を散らしたように逃げ出した。

鉄砲隊は背を向けた朝鮮兵たちを狙った。それはまるで動物狩りのようだった。文山側にいた本陣も方向を転換して攻撃してきた。機動力のある騎馬隊が突入し、槍の足軽が続いた。朝鮮軍は一方的な守勢に追い込まれ、兵士はバラバラになって逃走した。

「後退、こうた〜い」

防御使の申も、相手の猛攻撃を受け、馬とともに踵《きびす》を返すしかなかった。

「無能な上官によって、兵士らの命が無駄になってしまった」

助防将として防御使の後方についていた劉克良は、鉄砲の音がすると、すぐに相手の計略にはまったことに気づいた。弾雨から身を守るため馬から降りた。

「今日が命日になるんだろうか」

不吉な予感がした。相手の逆襲には隙がなかった。

興奮する馬を落ち着かせるため軽く背中をたたきながら、馬の脇腹から矢筒を下ろし、馬の尻を平手で強く打った。馬は臨津江の方面へ走った。

「さあ、かかって来い」

弓を左手に劉は矢を弦にかけ、襲いかかる相手兵士に狙いをつけた。

「ひゅ〜っ、ひゅ〜っ、ひゅ〜っ、……」

と風を切る音が何度かした。矢は、次々に相手兵士に突き刺さった。あっという間に足軽の五人が矢に射られて倒れた。その時、馬上の将兵が劉めがけて刀を振り回した。劉は、北方の満州で女真族（満州族）との戦を多く経験した。騎馬戦に慣れていた彼は、軽快に体勢を立て直し、次から次にかかってくる足軽をいなした。彼の周りには朝鮮兵の姿はなかった。

「孤立したか。仕方あるまい」

劉は腰の剣を抜いた。

「やあっ！」

足軽の一人が、長槍をまっすぐに劉の胴を狙ってきた。劉は体をひねると同時に槍を左手でつかみ自分の体に引き付けた。そして、足軽の首を切った。

「うわぁっ」

足軽は倒れ、首から血が沸き出した。

「ワラ（来い）、イノムトル。（こいつら）」

「わしに任せろ」

劉が、次の攻撃に備えて剣を前に出した瞬間だった。舌を巻くような日本語が聞こえてきた。剣を手にした劉を、足軽が左右に分かれて取り囲んだ。

そこに兜の武将が抜刀しながら劉の前に現れた。

「第二番隊馬回り、亀井頼一だ」

所属と身分を明かした亀井が、劉に刀を向けた。一対一の真剣勝負だった。

劉は、手の平に唾を吐いて剣を取り直した。

「トンビョラ（かかってこい）」

互いの言葉などどうでもいい。今は斬るか斬られるか、だ。

亀井の刃先が劉の額を狙っていた。劉は横に動いた。劉の剣は亀井の左肩を狙っているようだった。二人は五歩の距離を置いて横に回った。互いに相手の隙を狙う。本来なら、もう少し離れて慎重に相手の動きを牽制し、隙を狙うはずだったが、この戦場ではその余裕はなかった。肉薄戦の中で起きた決闘だ。二人は互いを自分に引き寄せるように接近した。二人の緊迫した狭い空間がぎりぎりまで張り詰めた。

亀井の足が横に流れた時、脇腹に隙が見えた。劉がそこを狙い、右手の剣を入れた。亀井は軽く後ろに下がり、劉に打ち返した。

劉が使う剣は両側に刃が立っている。亀井の日本刀は片刃だ。劉は片手で剣を握って振り回した。「ひゅう〜」と風を切る音がした。亀井は両手で打ち返した。二人の剣法は全く異なっていた。亀井は柔らかく、劉は力が溢れていた。亀井は太刀の柄《つか》を柔らかく握った。左手の薬指と小指で柄の下段部分を軽く握り、上の部分に右手の親指と人差し指を置いた。相手の動きに合わせ、隙が見えた瞬間に相手を切ることも、正面から突くことも可能な動作を作るためだった。亀井は刀を右左へ軽く動かしながら刀を自在に操った。額を狙った太刀は相手の隙が見えると鋭く振った。朝鮮の剣法には見られない技だった。亀井は、劉が近づいたと思えば、太刀で相手の剣に触りながら距離を測った。亀井の剣術には、しなやかさと鋭さがあった。一方、劉の剣法は力だ。力によって相手を制圧する技だった。両刃を利用して左右に水が流れるように猛攻を加えれば、相手は力に押されて体の均衡を崩した。この瞬間に致命打を与えるのが特技だった。二人の剣法は相反して、言わば亀井は太刀さばきの柔らかさと切れ味で相手の弱点を狙ったが、劉は力で押して相手の均衡を崩し、とどめを刺す剣法だった。亀井の動きが一瞬の隙を狙う敏捷な鷲なら、劉は力のある猛虎だった。

力の強い劉が次々と攻撃を仕掛けた。右から左の下斜めに剣を振り回し、再び水平に攻めた。畳みかけるような攻撃を受けた亀井が後ずさりした。亀井は相手の力が意外に強いと感じた。正面からぶつかると太刀が折れる恐れがあると思った。だから後ろに引いた。亀井が引くと劉の振り回した剣がそのまま土を掘り返した。土が飛び散った。剣先から火花が飛んだ。体の均衡を失った劉がふらついたが、素早く体勢を立て直した。

「はあ、はあ、はあ、……」

息づかいが荒くなった劉は、剣を前に出し息を整えた。

「うん。なかなかやるな」

武術に自信があった亀井は、意外に強い相手だと感じ、手こずった。

劉が攻撃のために再び足を前に出して接近を試みると、亀井はその分だけ後ろに退いて距離を保ち、ぐるぐる回り始めた。相手の隙を誘う策だ。亀井は勝負が一瞬で決まることを知っていた。左右に広がった足軽らは息を殺して二人を見守った。皆、緊張し空気は張り詰めていた。

「やーっ！」

再び劉の剣が空を切った。亀井の足下から、「ガチャ、ガチャ」と小石が擦れる音がした。亀井は、劉が疲れるのを待った。彼は、劉の剣の長さを測って距離を保った。

「はあっ、はあっ」

攻撃し続ける劉の呼吸が激しくなった。相手の勢いが衰え、腕が下にさがるのが亀井の目に入った。

「今だ！」

劉の刃先が地面を向くと同時に左に隙ができたのだ。

手首を回し、劉の左の首と肩に向かって鋭く刀を振った。

一瞬の隙を狙った一撃だった。亀井は終わったと思った。劉も、亀井の刀が左を狙っているのは分かっていたが防ぎきれなかった。

劉は、咄嗟に体ごと亀井に飛び掛かった。亀井は尻餅をついた。劉は亀井に馬乗りになり左手で彼の胸を押さえた。もがく亀井の首をねらって剣を立てた。

「ううっ」

下敷きになった亀井はうめき声を上げた。同時に周りにいた足軽から槍が飛んできた。槍は劉の脇腹に食い込んだ。

「イノムトル（こいつら）、ピゴパゲ（卑怯にも）」

劉は左手で槍を持ち立ち上がった。そして、剣を振り回した。槍を持っていた足軽たちは横に倒れた。

しかし、そこまでだった。

劉を取り巻いた足軽の槍が、次から次へ胸と背中を貫通した。

「このまま死んでたまるか」

劉は突き刺さった槍を手でつかみ、左右に振りまわした。目を大きく見開いた劉は、左手で槍を握ったまま足軽を剣で刺した。劉の怪力に驚いた足軽は、彼から離れようと身を引いた。劉は、相手兵士を追ったが刺さった槍が動きを止めた。

「こんなもので死ぬもんか」

刺さった二本の槍を引き抜こうとした時、「ぱ～ん」という鉄砲の音とともに劉の胸から血が噴き出した。悲鳴を上げながら揺れる劉に足軽が槍を突き刺した。それでも、劉は脚に力を入れて踏ん張った。

「このまま死んではいけない」

必死に粘った。足軽が彼の体から槍を抜くと、足の力がすっと抜けた。そして、斧にやられて倒れる巨木のように倒れた。

「倒れてはいけない」

立ち上がろうにも体が動かなくなった。まわりの敵兵の姿が薄れていった。

「これまでか。このまま終わってしまうのか」

刹那的に悔恨の念が脳裏を走った。

「武将の私が死んだら朝鮮の山河と王朝はどうなるのか。そして家族は……」

何もかもが無常に思われた。彼は目を閉じた。倒れた彼の体に、これでもかと無数の槍が食い込んだ。もう痛みも感じなかった。身が軽くなって、肉体と切り離された魂が、さっきまで悩んでいたこの世のすべての縁、欲望、憎しみから解放されたようだった。心は安らかになった。

「南無阿弥陀仏」という念仏は、阿弥陀仏の教えに帰依するという意味である。劉の勇猛さに感服し、死を惜しんだ足軽一人が彼の遺体の前で頭を下げ、極楽往生を祈った。

劉が敵将の亀井と対決し、相手を阻止している間に多くの朝鮮兵士が臨津江の砂浜まで逃げることができた。

一方、臨津江の北側の丘で戦況を見つめていた金都元帥は、朝鮮軍が相手に追いつかれる様子をみて、焦った。

「危ないぞ。倭兵に船を奪取される前にこっちへ戻れ」

彼は、兵士を乗せて川を渡ってきた小舟が、逃げ帰る兵士を待つのをみて、急ぎ戻るよう命令を出した。相手に船を奪われれば、こちらも危険だと思ったからだ。

都元帥の脇にいた旗手がパタパタと旗を振った。直ちに川を渡り戻ってこいという信号だった。だが自分らが戻ってしまえば、川に向かって退却中の朝鮮兵は川を渡ることができなく、それは死を意味する。戸惑い、ためらった。

「意味が分からないようだ。叫べ！」

「早く戻って来い！　船を回せ！」

懸命にこちらに向かって走る味方と命令の板挟みになり、船上の朝鮮兵は困惑した。

「どうしよう」

「倭兵が来たら、そなたらも死ぬ。さらに船を奪われれば、こちらも危ない。直ちに船を戻せ。命令に背けば即決処分だぞ」

結局、「仕方あるまい」と幾艘かの小舟が戻りはじめた。すると、ほとんどの船が続いた。

「おい、止まれ！　俺たちを置いていくのか。止まれ！」

やっと川辺に到着した朝鮮兵が叫んだ。船は、彼らの声を無視して岸から離れて行った。唖然、呆然。戸惑う兵士らは右往左往して船を探したが。一艘も残っていなかった。

「俺たちを置いてきぼりにするなんて。なんて奴らだ」

朝鮮兵たちは川に飛び込むこともできず、ただただ右往左往するのみだった。

そこに相手が迫ってきていた。

「散らばるな。隊形を組め」

「下手すると皆殺しになるぞ」

船が川の向こうに消えていくのを見て、背水の陣を決めた。彼らは北方での実戦経験に長けた兵士だった。とはいえ鴨緑江から平壌を経て、ここまでの強行軍で疲れ切っていた。いくら勇猛な兵士でも飲まず食わずではもたなかった。その上、苦楽をともにした信頼厚い有能な将校四人が、部下たちの休息を申し出て処刑されるという、とんでもないことが起きた。彼らの士気はドン底、地に落ちていた。

戦は、兵の士気次第。ところが文官出身で戦闘経験のない韓応仁には、そのへんのことが分からなかった。彼は、上官として命令で追い詰めれば、兵は動くと勘違いしていた。有能な指揮官というのは、先陣を切る兵が、自らの意思で力を発揮できるよう、さまざまな面に気を配るべきなのだ。そうした積み重ねによって築いた信頼関係こそが大事なのである。なのに、最高指揮官が兵たちから信頼されていた将校を、四人も処刑して、士気が上がるはずがなかった。

川に遮られ背水の陣でいた北方出身の兵士らのところに、文山に向かっていた防御使の兵が相手に追われてきた。

「戦え！」

北方の兵と敵兵の肉薄戦となった。ところが防御使の朝鮮兵らは戦う気もなく川に飛び込んで、逃走した。

「逃げるな！　戦え！」

朝鮮軍同士がぶつかり、北方兵士の戦列もあちこちで崩れた。

背水の陣は、文字通り死を覚悟しての戦法である。ところが相手と戦うべき戦列が、味方の後退であっけなく崩れた。いくら戦に長けた北方兵士でも、戦列が崩れては力を発揮することはできなかった。

鉄砲隊兵士は鉄砲を撃ちまくり、足軽は長槍をかざし襲いかかってきた。朝鮮兵は総崩れ、お手上げ状態になった。

さすがの北方兵士らも敗色が濃くなると川に飛び込んだ。

「倭兵にやられるも、溺れて死ぬも同じだ」

臨津江は見た目より川幅が広く、川の中心の流れは速かった。川を渡り切った兵士は、わずか数十人にすぎなかった。相手兵士たちは、腰まで浸かって逃げる朝鮮兵を槍で刺し、鉄砲玉を浴びせた。流れに動きをとられた朝鮮兵はあえなく次々に没した。

紺碧の臨津江は、朝鮮兵の血で真っ赤に染まった。

「直ちに船をまわせ」

下流の方で鎧と兜で武装をした朝鮮の武将が大声で叫んだ。馬上の武将には付き従う兵もなく、一匹狼が吠えているような様子だった。

「防御使だ。早く船をまわせ！」

防御使の申は、先鋒隊を率いて相手を追ったが、逆襲され臨津江に退却してきた。

「川を渡りさえすれば、戦える」と再起を期していた。

ところが、あるはずの船が一艘もない。焦るあまり声を枯らして叫んだ。

「この私が苦境にあるのに援軍も送らず、船を引き戻すとは。臆病者めが……」

申は、金都元帥の卑怯さに罵り大声を張り上げたが、対岸からは何の反応もなかった。相手はもう目の前だった。

「ぱ～ん」という破裂音と同時にヒューンという音が耳元をかすめた。

「危ない」

鉄砲玉が頬をかすめた。彼は馬蹄に拍車をかけた。馬はヒヒーンと声をあげて川に突っ込んだ。

「金の首を切ってやる」

己を死地に追いやった都元帥への怒りがこみ上げ、馬とともに川を渡るつもりだった。

馬は浅瀬を力強く蹴って進んだ。ところが水嵩《みずかさ》が馬の胸元までくると動きが鈍くなり流され始めた。臨津江の流れは速かった。

馬は浮き上がろうと、懸命に後ろ足で水を蹴ったが、どんどん流された。川の中央まで来て力尽きた。馬は急に動きを止め水中に沈み始めた。

「はいや～、はいや～」

申は手綱を引き、気合いを入れた。しかし、頭だけを水面に突き出し、流れに押されて川底に吸い込まれていった。馬は本来、泳げるはずだ。よほどの急流でなければ難しいことではない。ところが、馬の背には重い鞍がかかり鎧兜で完全武装した申砬がいた。

馬は、本能的に背中の重荷を振り落そうとした。しかし、馬を知り尽くしていた申砬は、両足で力いっぱいしがみついた。武術で鍛えられた身だったが、水を吸い込んだ鎧が手足の自由を奪った。

「踏ん張れ！　渡ってくれ！」

頼れるのは馬しかいない。手綱を固く握った。そうでもしないと落馬してしまう。しかし、馬は馬で手綱を切ろうと激しく頭を振った。申と馬はさらに流された。

「もう駄目か」

これ以上は無理だと悟った。馬が水面に頭を突っ込んだのをみて、申は手綱を放した。人と馬が離れ、馬は流された。申は諦めることなく川と闘ったが、ずぶぬれになった綿服や鎧が重かった。力尽きた申は、川底に沈んでいった。一方、身が軽くなった馬は再び足を動かしはじめた。長い顔を水面に突き出し、流されながらも川を渡りきった。多くの朝鮮兵は、指揮官である申砬が溺死していく姿をただ見守るしかなかった。

申が溺死すると、対岸の白砂浜は一番隊の独壇場だった。指揮官を失い、ばらばらになった朝鮮兵は、一番隊の一方的な攻撃にさらされた。戦いではなく一方的な殺戮だった。朝鮮兵の命は、秋風に揺れて落ちる葉のように無残なものだった。

「渡河して敵兵を倒さねば、あの者たちは皆殺しになります」

味方が目の前で殺害されるのは忍びなかった。見るに堪えなかった。憤慨した兵たちが金都元帥に出撃を迫った。

「川を渡るのだ！」

命令を待たず一部の軍官らが先陣を切った。一部の兵がそれに続いた。

「ここにいては私の命まで危ない」

軍官や兵士が憤怒して川を越えようとするのを見た巡検使の朴は怖くなった。彼はするりと身を引き馬場へ走った。焦った彼は自ら馬を引き密かに北へ向かって走った。馬の蹄の音がして兵士らは後ろを見た。その時、青い官服を着た男が、今まさに馬で逃げようとする後ろ姿が目に入った。兵たちは、てっきり金都元帥が逃亡したと思った。青色の官服は文官が着るもの。巡検使の朴も文官だった。兵たちは、逃げたのは金都元帥だと勘違いし、大声で叫んだ。

「都元帥が逃げたぁ」

現場の最高司令官である都元帥が逃亡したとなれば、一体、誰が指揮をとるのだ。兵らは一気に戦意を失った。

「最高指揮官の敵前逃亡」の叫びは、これから川を渡り敵軍と一戦を交えようと動いていた兵たちを唖然とさせた。一人、二人と弓や槍を捨て足早に逃げ出した。

「どうした！　俺はここにいるぞ！」

金は逃亡する兵に叫んだ。しかし、いくら止めても手遅れだった。

「もう駄目だ。こうなっては仕方がない。わしもここは捨てよう」

臨津江総責任者である都元帥と巡察使は、兵士に逃げられたという言い訳をして臨津江防御線を離れ、平壌に撤収した。

これで都元帥をはじめ、防御使の申砬、助防将の劉克良、北方の兵士を率いた巡察司の韓ら、朝鮮の精鋭二万の兵を連れて勢いよく陣を張っていた臨津江の防御隊は、支離滅裂で跡形もなく消えてしまった。戦の前から内輪もめがあり、反対があるにもかかわらず川を渡り、相手の待ち伏せに嵌り、防御使の申砬と百戦老将の劉克良を失った。加えて掻き集めの兵士までもが死んだか、逃げてしまったのは大きな痛手であった。

王は臨津江での戦いに期待を抱き、彼らを指揮長として派遣したが、全て裏目に出てしまった。臨津江における戦の直接の敗因が、相手の巧妙な陽動作戦と、それに見事に引っかかった申砬、韓応仁にあるとすれば、遠因は王と朝廷にあったと言っても過言ではなかった。最高司令部である王と朝廷の大臣らは、戦線から遠く離れていて戦況を把握することができなく右往左往した。状況を確実に把握できていないのに、すべてのことを指揮しようとした。戦の経験が豊富な武官を派遣し、すべてを任せなければいけないのに、遠く離れた場所で机上の空論を通じて指揮を執った。彼らの安易な人事と猫の目のようにコロコロ変わる王の命令のせいで、指揮体系が混乱し、臨津江の防御隊は体制を整えることができなかった。戦線の指揮官たちは、力を合わせることなく、自分だけが王の密命を受けた責任者と思い、功名心に先走った。その結果、いとも簡単に相手の計略に引っかかったわけであった。再度言うが、結局、戦を知らない王と朝廷の干渉、そして指揮官の功名心と独占欲が臨津江の防御を大失敗に終わらせる結果となったのだ。

清正率いる二番隊の兵士の数は一万七千であった。それに比べ臨津江の防御隊は二万が超えた。相手よりも多く、決して少ないとはいえない軍勢だった。しかも、川を挟んで防御するため地形的にも有利だった。

相手の進撃は川を渡らなければならず、朝鮮軍はただ丘の上から弓で防御すればよく有利だったはずだ。そして、全国各地からの義兵と勤王兵で、敵を縛りつけて長期戦の構えでいれば勝算は十分あった。

戦の経験がある有能な武将と兵士は、これからの戦には非常に貴重で必要な存在だった。そのような人材を失ったことは何にも増して大きな損失だった。

「川の向こうにいた朝鮮軍はみんないなくなりました」

「間違いないか。ひょっとして我が軍をまねて待ち伏せしていることはないか」

「朝鮮軍は川辺にあった船をすべて燃やしました。そして、川辺で陣を張っていた兵士らも全員いなくなりました。待ち伏せするつもりであれば船を残すべきでしょう」

「うむ、それはそうだ」

先発隊をつとめた飯田の意見を聞いて、清正は頷いた。

「ハハハ。臆病者だから十分そういうこともあるだろう。それでも用心のため斥候を出し、敵情を調べさせろ」

「主君、文山の方面から一番隊が北上しています」

丁度その時、南方面から出遅れた一番隊がこちらに来るという報告が入ってきた。

「いいぞ。後手に回った行長の狼狽した顔を見たいな。ハハハ」

清正は、馬に乗りわざとらしく一番隊を迎えた。

「この度は我々の二番隊が朝鮮軍を退けて軍功をあげました。あそこに朝鮮兵の死体がありましょう。対岸に陣を張っていた朝鮮軍もみんな逃げてしまいました。これこそ類を見ない大勝ではないでしょうか。ウハハハ」

清正は、行長を皮肉って自慢した。それを聞いた行長は、周辺に倒れている朝鮮兵の遺体を見ながら苦々しい表情を浮かべた。朝鮮との和平交渉を追求する彼にとっては、まずいことになったからだ。

『戦しか知らない無知な奴！』

行長は、心中そう思いながら、自分とはあまりにも対照的な清正の精神構造が理解できなかった。共に秀吉を主君として仕えてはいるが、到底一緒に混ざることができない「水と油」だと改めて気づいた。

「主君、川の向こうには誰もいません。みんな逃げたに違いありません」

「よし、早く川を渡って朝鮮王を捕まえろ」

斥候長の報告を受けた清正は、行長に聞けと言わんばかりにわざわざ「朝鮮の王」を強調した。

「筏を作る時間はない。歩いて渡れる箇所を探せ」

意気揚々と清正は、行長の目の前で厳命を出した。

直ちに報告が上がってきた。

「上流に道があります。川水が胸元まであります。徒歩で渡ることができます」

そこは臨津江の上流地点、大灘《テタン》とよばれるところだった。

「全軍、川を渡れ」

清正は全軍を率いて直ちに川を渡った。清正が臨津江を渡ると、これを見ていた行長も後に続くしかなかった。

臨津江の防御線が崩れると、臨津江の以北には兵士も百姓も完全に消えてしまっていた。臨津江から開城《ケソン》に向かう道は、人っ子ひとりいない、まさに無人地帯になっていた。

「全てを燃やせ」

清正は村を通る時、空っぽの村でもそのまま放置しなかった。二番隊の兵士らは、草屋が軒並んでいる所なら必ず入って略奪をして火をつけた。いわゆる焦土化作戦だった。

「後患は芽から切る」という清正の戦略だった。

『残酷な奴』

行長は、反吐が出るほど清正を軽蔑した。しかし、二番隊の行動を阻止しなかった。

『関わらない方が何よりまし』

臨津江を渡河した後、一番隊と二番隊は一日で開城に入った。やはりそこにも朝鮮軍はいなかった。開城に入ってすぐ行長は、清正を訪ねた。

「さあ、ここからは分かれて各自の方向に進軍しよう」

「そんなに急ぐことはないでしょう」

「とにかく、太閤様のご命令通り、我が軍は直ちに平壌へ北上します。二番隊はご命令通り東方向に行くべきです」

「そりゃあ、まあ、決まりごとですから……。とにかく朝鮮の王を捕まえなければならない」

犬猿の仲である二人は臨津江で遭遇し、仕方なく一緒に開城に入ったが、漢城で開かれた軍事会議で、行長の一番隊は平壌を拠点にして西北を担当し、清正の二番隊は東の咸興《ハムフン》方面に進撃するよう定められていた。

これはすべて秀吉の命令だったので、逆らうことはできなかった。

清正は、朝鮮王が平壌に逃げたことを知っていたから、一刻でも早くそちらに行きたかった。しかし、秀吉の命令だけは逆らえなかった。

「太閤様の命令に従い、開城は我が軍が管轄しますので任せていただきたい」

行長は、清正になるべく早く開城から離れるよう圧力をかけた。

それに清正は腹を立てた。

「急がせるな！」

清正は開城に長く駐屯し、別動隊を上手く使って朝鮮王を捕らえたかった。一方、そのことが後で秀吉に追及されるのではないかと気にもなっていた。

「畜生！」

清正は腹を立てたが、開城を出なければならなかった。

「出発」

彼は、仕方なく兵を率いて、管轄地域である東北側に向かった。

「虫歯がすっぽり抜けたようで、すっきりした」

行長は、清正が開城を離れ、心が晴れた。

「あいつらは離れて行くんだな」

清正の二番隊が離れるのを見て拓郎がつぶやいた。

「仇を討つべきだった」

「我慢しろ。下手すると大喧嘩になるぞ。いつか必ず仇を討つ機会は来る」

又右衛門と拓郎が話すのを聞いて、鳥衛門がふたりをなだめながら「いつか」に力を込めて言った。吾郎が二番隊兵士のせいで死んでしまったことを根に持っていたのだ。

「きっと仇を討つから、安らかに眠ってくれ」

自分のために諍いが起きてしまったと思う拓郎は、吾郎にすまない気持ちで冥福を祈った。

「さあ、俺たちも平壌にいくぞ」

開城には連絡隊だけを残し、行長は全軍を率いて北進した。結局、臨津江の防御線が崩れ、戦線は北側に拡大し、その結果、全羅道を除いた朝鮮全土が戦火に巻き込まれることになった。

平壌城

〈臨津江防御線の崩壊。防御使の申砬、助防将の劉克良が共に戦死〉

平壌にいた王の宣祖に書状が届いたのは、五月二十日の夕方だった。

「一体、どういうことだ。あれほど豪語しておいて……、朝鮮には頼れる武将はいないというのか」

「恐縮でございます」

衝撃を受けた王が怒り出すと、大臣らは「恐れ多い」と言いながら、ただただ身を伏せるだけだった。

「倭敵が臨津江を渡って開城に入ってきました」

「開城を守る兵士はどうなったんだ！」

「恐縮でございます。開城を守っていた兵士はどこかへ消え去り、開城は無血占領になったそうです」

「都元帥と巡察使は、一体、何をしているのだ。どこへ行ったんだ！」

王はため息をし、大臣たちを見回した。

彼らは異口同音で「忠州《チュンジュ》以南で倭軍を退けることができます」と言ったが、指揮将は戦死し敗北した。そして、「都元帥の金命元に漢江の防御を任せれば、倭軍の漢江渡河を防ぐことができます」と言ったが、それも失敗した。臨津江での戦いも同様だった。申砬を防御使に立て、都元帥の金命元に総指揮を任せれば、「倭軍は臨津江を渡ることができない」と豪語した。しかし、いずれも彼らの言葉通りにはならなかった。

王は効果のある対策を講じず、ただそばで「恐縮です」を繰り返す大臣たちを苦々しく思った
「無能者どもが……」

腹が立った王は、

「承旨（王の秘書）の李恒福だけ残って、みんな下がれ」と言った。

承旨に向かって王は、

「ところで倭敵が開城に入ったならば、ここも危ういのではないか？」と自分より年下の李に尋ねた。

「開城から平壌まで三十里を超える道なので、どんなに早く来ても三日はかかります」

「それは分かる。要するに倭敵は破竹の勢いで攻め上がってくるのに、それを防ぐ方法がないから言っているんじゃないか」

王は、すぐ癇癪《かんしゃく》を起こした。

「倭軍が開城に入った」という知らせに王は異常なまでに不安を抱いたのだ。真っ赤な仮面をかぶった、敵軍の兵士たちが槍刀を前面に突き出し、今にも平壌に入ってくるのではないかと恐れた。不安でイライラし、胸がドキドキと音がした。

「最も近くにいて、余の気持ちを察しなければならない承旨が、本音も分からず、実に歯がゆい」

王が露骨に腹を立てて責めると、承旨の李は「臣の不覚をお許しください」と恥ずかしさのあまり、頭を

下げて謝罪した。そして、王の心を慰めようと、

「すぐに重臣を集め、平壌を離れるよう対策を講じます」

「うん、早くそうしなさい」

李が機転をきかせて、自分の心を推し量ると王は気が緩んだのか、話しぶりが穏やかになった。

「まず、明に救援を要請しなければなりません。直ちに使臣を派遣し助けを求めるべきです」

まもなく御前会議が開かれた。

そして、明に救援を要請する提案が出た。

「そうしなさい」

焦る王は、慎重に議論する余裕がなかった。藁にもすがる気持ちだった。死ぬこと以外なら何でもしなければならなかった。王はその場で使臣の推薦を受け、即、任命した。

「国が風前の灯火にさらされている。躊躇している暇はない。直ちに明に向かいなさい」

使臣に決まった柳は、すぐに明の王都・北京に向かった。しかし、ほとんど無一文に近い状態だった。明とは朝貢の関係で、使臣は財物や貴重品を山ほど積んで行くのが慣例だった。ところが、柳は朝貢礼物も持たず、ただ援兵を求めて旅程を遂行しなければならなかった。

「さあ、次に取るべき処置は？」

大臣らは明に援軍を要請することで一件落着だと思ったが、王は御前会議を終わらせず、次の措置、対策

を執拗に促した。

大臣らは王の意図が分からずただ黙っていた。そんな時は、黙っているのが上策だった。王の意図も分からず下手に正論を言って、的外れになったら王の怒りを買うだけだった。そんなことはこれまでもしばしばあった。怒った王の一言で命を落とすこともあった。

「倭軍が開城に入ったからには、ここ平壌も安全ではありません」

王は大臣の誰かがこう言ってくれることを望んだ。つまり、大臣らの口を借りて自分の気持ちを言わせたかったのだ。誰かが言えば、直ちに義州《ウィジュ》へ北上したかった。不安になった王は一刻も早く明と国境を接する義州に行きたかったのだ。なぜなら、鴨緑江さえ渡れば、安全な明の遼東に入ることができたからだ。

『義州で推移を見て、危なくなったら鴨緑江を渡って明に入ればよい』

これが王の本音だった。「感嘆苦吐（甘ければ飲み込み、苦ければ吐出す）」という言葉があるように、もう王座も何もかもが煩わしかった。ただ命さえあればの心境で、その行動はなりふり構わなかった。

「戦乱で命が危ういというのに、王の地位になぜこだわるのか。王も何も面倒だ」

権力の周辺から離れた王孫から急遽、王になって全てのことが変わった。自分の一言で朝廷の大臣や民、さらに山川草木さえも自分に怯えるような気がした。できないことはなかった。宮廷にいる女たちにしても自分の好みに合わせて夜を楽しんできた。食事は山海の珍味で溢れた。権力は無所不為、できないことはなかった。

〈朝鮮の地図〉

明
会寧
吉州
鴨緑江
咸興
義州
元山
平壌
1番隊の進路
2番隊の進路
開城
漢城
現在のソウル
忠州
尚州
慶州
大邱
蔚山
晋州
釜山浦
対馬
名護屋城
済州島

「こんなにいい地位を手放すもんか」

永遠に死滅することなく王の職についていたかった。しかし、侵略軍が釜山浦に上陸してから状況が変わった。贅沢と栄華はどこかに消えていった。宮殿を出てからは、食べるものも寝るところもままならなかった。全てが無茶苦茶だった。しかも敵軍が追いかけてくるという報告が、日に何度も上がってきた。

王は既に万事が面倒だった。年老いた朝廷の重臣らと口うるさく議論するのも面倒になった。すべてを投げ捨てて、どこかの山奥に入り、ただ匹夫《ひっぷ》として暮らしたいとさえ思った。とにかく、まず命だけは守らなければならない。そのためには、義州に行き鴨緑江を渡って明に入るのが得策と考えたのだ。

「なぜ黙っているのか。倭軍が開城に入り、目と鼻の先にいるというのに対策は何もないのか。ここを離れるべきかどうかについて議論しなさい」

王は大臣の中で誰一人、自分の下心を読む者がいないので、もどかしいながら自分の思いをほのめかした。そして、「誰かが発言するだろう」と期待しながら大臣らの発言を待った。しかし、どうしたことか、大臣らは頭を下げたまま、誰も発言しようとしなかった。

大臣らは王の意図を十分知っていながら、互いの顔をうかがい、ためらっていた。なぜなら御前会議での発言内容はそのまま史料（実録の原稿）に残るからだった。王に媚びるために発言した内容が記録に残れば、後日、奸臣と評価される恐れがあった。そうなれば子孫には恥辱になる。

「なんでみんな黙り込んでいるのだ」

せっかちな王は声を張り上げた。王の声を玉音と言う。それは、王が臣下に接する時、優しく愛する子を育て、教えるように真心で接し、臣下の気持ちを常に察し、玉のように清らかで美しい音に聞こえるという比喩から生まれた言葉である。しかし、そのような玉音は聞こえず、王の声は荒げて怒鳴る声だった。

「なぜ、発言せぬ！」

玉音のどころか、王の神経質な音色だけが空中に響き渡った。

「では鄭大臣の意見を聞いてみよう。言ってみなさい」

王は、元左議政（正一品の官職）の鄭澈《ジョン・チョル》を名指しした。彼は王世子の推薦問題で王の怒りを買い、島流しにされたことがあった。戦争が起こると、王は彼の罪を赦免した。戻った彼は官職は任命されていないが、王に仕えていた。西人派の領袖だったため、御前会議に出席していた。

「では敢えて申し上げます。王朝を保全し、将来を図るためには、まず平壌城を離れるのが得策と思われます。開城に入った倭軍は早ければ二日余りでここに到着するでしょう。急いで離れた方が良いと思います」

赦免され流刑地から戻ってきた鄭澈は、いくら正論を吐く人であったとしても、官職もない彼が王の意図に相反する発言をするのは難しかった。王もそれを見抜いて彼を指名した。王は、彼の話を聞きながら何度もうなずいた。彼の意見が自分と一致するという仕草で、他の大臣に異見を言わせないつもりであった。彼の発言が終わるとしばらく沈黙が続いた。

「ふむ。では、ここを離れてどこへ行けばいいのか」

王は笑みを浮かべながら平壌を離れることを既成事実とし、目的地を確認しようとした。

「いいえ、違います。ここを離れてはいけません！」

平常心を取り戻した王が、柔らかくゆっくりとした音色の玉音を伝えようとしていたところに、突然、乾いたような反論が飛び出した。戸惑った王が目で当事者を探すと、発言者は左議政の尹斗寿《ユン・ドゥス》だった。

「ここ平壌城は城壁が堅固であるだけでなく、前には大同江が流れており、文字通り天恵の要塞です。さらに平壌城の兵士は精鋭で、殿下のために皆、命を捧げる覚悟ができています。しかも今、全国八道から勤王兵が集まってきています。またここには軍糧米も十分に備蓄されており、勤王の兵士が多く集まっても、食糧を心配することはありません。殿下がここにいらっしゃれば、城内の兵士や勤王兵が集まって外敵を撃退できます。ここで倭軍を防げば、すぐ明の援軍が来るでしょう。そうなると、敵は袋のネズミになります。平壌城を守ってこそ、明軍と力を合わせて都の漢城を回復することができます。ここを離れれば、都を回復する道は遠のきます。ご諒察くださいませ」

「そうでございます。殿下がここをお離れになれば、兵士らは士気を失い、バラバラになることは火を見るよりも明らかです。そうなれば、ここは倭兵の足で踏みにじられることになり、哀れな民らは、倭軍の餌食になります。農者天下之大本であり、民と百姓は国の根幹であります。国の根幹である民や百姓のいない国をどうして国といえるでしょうか。しかも殿下が平壌を捨てて義州へ行ったとしても、倭軍を阻止してくれる兵士がいなければ、そこも安心することはできないでしょう。したがって、倭軍を防ぐためには殿下がここにいらしゃって、多くの勤王兵を集めなければなりません。勤王の中心は殿下でございます。殿下が北方の義州に行くと、勤王兵が集まりにくくなります」

左議政の尹斗寿に続いて、柳成龍が平壌死守を主張した。

これで、平壌城を離れようという意見と死守する意見がぶつかった。鄭澈の意見に従おうとした王は困り果てた。大臣の意見が一度分かれると、簡単にまとまらず、長くなるばかりだということを王は知っていたからだ。一旦、意見が分かれると、大臣らは論理と大義名分を立てて自分の見解を主張するだけで、相手の意見がいくら正しくても耳を傾けたり、理解しようとしなかった。

『また始まったか』

王は、自分の意思に反する平壌死守論が取り上げられると苛立った。

しかし、発言者を見た王は「あれっ」と思った。なぜなら、尹と鄭は同じ派閥の西人派だったからだ。逆に柳成龍は東人派だった。同じ西人派の鄭と尹の意見が分かれ、むしろ東人派の柳と一致したのだ。いくら正しい意見でも相手党派の意見なら不倶戴天《ふぐたいてん》の仇（同じ天の下に一緒にいられない）のように反対してきたのが彼らだった。しかも、自分の意図を知りながら、東人派の柳は尹の肩を持ったのだ。これまでそのようなことをみたことがない王は呆気に取られた。

とにかく状況が微妙に変わったため、早く平壌を出て義州に行きたい気持ちは山々だったが、露骨に表に出すことができなく、王は苛立たしかった。誰かが鄭の意見を支持してくれれば、王として肩を持つようなふりをしてそのまま推し進めることができたのに、誰も鄭の意見を支持して発言をする者はいなかった。

「他に、意見はないのか」

王は、両立している大臣の顔を見つめ、さりげなく促したが、党派も絡んで大臣らも様子見のようだった。

「恐縮でございます」

「その言葉はもうよい。意見を言いなさい」

またいつもの言葉が始まった。優柔不断な大臣らはひたすら頭を下げるだけであった。王は自分の心中を察してほしいと鄭を再び見つめ、西人派の大臣らに視線を向けた。西人派の大臣らも王の心中が分からないわけではなかったが、自分の派閥の巨頭である鄭と尹の二人の意見が分かれていたので、困惑していた。王の意思に従おうとすれば、尹の意思に逆らうことになり、その反対なら鄭が引っかかった。また東人派所属の大臣らの悩みは少し違った。彼らは同じ党派の柳の意見に従いたかったが、後ろめたさがあった。なぜなら、王の本音も分からない「気の利かない者」と見なされるに違いないからだった。そうなれば朝廷で昇進を望むことは期待できない。大臣たちは皆、板挟みの状況にあった。

大臣たちは、科挙（官僚試験）に合格し、出世した者が多かった。特に政治的な所信もなく身の安全のために、そして私益と出世のために党派を選んだ。自分の価値観や所信と違っても方針が決まれば無条件に従った。それが一番安全で、出世も保障された。そのような習性が身についていた。そんな彼らが、「倭軍の侵攻」で初めて厳しい現実の政治に放り出されたのだった。

大臣らがお互いの顔をうかがっているところに、「報告の書状です」と言って内官が飛脚から渡された書状を持ってきた。

「今度は何なんだ！」

王は書状を見るのも嫌だった。内官が持ってきた書状を李承旨が受け取り、王に渡そうとすると、

「承旨が読みなさい」と言った。

〈倭軍は鳳山《ボンサン》を通って中和《チュンハ》に入りました〉

「なに～っ」

内容を聞いた王は顔面が真っ白になった。中和の北側に大同江《テドンガン》があり、川を渡れば、そこは平壌だった。

つまり「倭軍は目の前に迫ってきている」という報告だった。

「倭敵が中和に入ったなど、今や風前の灯火ではないか。一体、どうすればいいのだ」

中和で朝食をとり、出発すれば昼食は平壌でといわれる距離だ。

「大人の足で半日ほどです」と承旨が言った。

「それなら今日中にでも倭軍がここに押し寄せてくるのではないか。早くここを抜け出さないと。火急を要するぞ」

報告に驚いた王は目の前が真っ暗になった。まさかと思ったが、今にでも相手の兵士が押し寄せてくるような気がした。

「平壌城の前には大同江が流れています。いくら倭軍でもそう簡単には川を渡れないと思われます」

オロオロと狼狽える王を宥めるように領議政（正一品の官職）の柳成龍が言い含めた。

「何を言ってるんだ。なのに臨津江は簡単に渡れてしまったのか！」

王は臨津江を例に、嫌みを込めて柳成龍を叱責した。

黙していた鄭澈が再び口を開いた。

「ご指摘は、ごもっともでございます。備えあれば憂いなし。万が一に備える必要があります。まずはここを抜け出すことが急務です」

すると、王は言い放った。

「行在所（王が政を行う場所）を移すことにする。すぐ荷物をまとめろ」

王は、待っていたと言わんばかりに鄭澈の提案に反応、直ちに平壌を離れることを言明した。こうして撤収論と死守論で意見が分かれていた御前会議は、「倭軍が中和に入った」という書状一つであっという間に片づけられた。大義名分を主張し、撤収論に反対する者はいなかった。王は大臣ではなく、飛脚が持ってきた書状に助け船を出された格好になった。

このように平壌城は朝廷の内部から崩れていった。しかも噂は早いもので「倭軍が中和に入ったことと、王が平壌を離れる」という話はすぐ周辺に広まった。

「王が逃げるって言うんだから、ここも危ないぞ」

議論の結果を聞いた下級官吏らは、王より先に城を抜け出した。

「もはや朝廷は終わりだ。王朝は滅びるだろう」

王に従ってきた官吏や官奴たちは、王が国難を克服する意志もなく逃げ回るのを見聞きし、来るべき時がきたと判断して、一人、二人と城を抜け出して行った。

「倭軍は王を追うだろうから、王とは反対の方向へ行くのが安全だろう」

彼らは王の行く先である義州ではなく、東を選んだ。下級官吏らが避難騒ぎを起こすと、今度は城内の民が動揺し始めた。

「王が平壌を離れる。両班たちが平壌城を抜け出しているって?」

「ああ、何ということか。王が我らを捨てるなんて！」

平壌城の兵士らは、王が平壌を離れることは、自分たちを死地に追いやることだと思い、

「王様がここを離れれば、我々は倭軍に皆殺しにされる。王様がここを離れられないように阻止しなければならない」

「行こう、行こう」

平壌城の七星門《チルソンムン》と大同門《テドンムン》の近くに集まっていた、若い兵士らは王が城を捨てるのを阻止しようと、平壌城内にある普通門《ポトンムン》に向かった。彼らが押し寄せた時には、多くが城を離れた後だったようで歩哨すらいなかった。

「入ろう。王を止めよう」

群れをなした兵士らは王がいる官衙の前まで進んだ。

「どうしたんだ！」

王と大臣らが脱出の準備をしているところに兵士と民衆が駆けつけた。騒々しい空気に、王は承旨に尋ねた。

「一部の兵士と民衆が、殿下に訴えています」

「えっ、一体、彼らがなぜ、分かったんだ」

「下級官吏らが先に逃げ出したのを見て、気づいたようでございます」

「ツツツ。情けない」

王は、舌打ちした。そして、承旨を通じて教旨（王の言葉）を出した。

〈余が平壌城を離れることはない。そなたらは根拠のない噂に惑わされないでほしい。王である余が、良民であるそなたらを獣のような倭敵の馬蹄の下に放り出すことはありえない。余はそなたらと一緒に平壌城に残るので、兵士らは倭軍と戦う準備をし、民衆は家に帰って、落ち着いてほしい。倭敵を撃退するのに功績をあげた者には官職と褒美を与えるので、兵士は戦に踏ん張り、良民らは噂に振り回されずに軽挙妄動しないようにしなさい〉

承旨は、王のハングル教旨を民衆を前に大声で読み上げた。ハングルで教旨を書いたのは、民らが漢字や漢文を理解できないだろうという配慮からだった。

「ああ、慈愛深い王様だ」

教旨を聞いた民衆は、膝まずき、頭を下げながら感泣した。

「悪いのは一部の官吏だ」と、王の言葉を信じ引き揚げた。

「民はみんな帰りました」

「よくやった」

承旨の報告を受けた王は胸をなでおろした。

「ぐずぐずしていてはいけない。民衆が再び押し寄せるとまずい」

居ても立ってもいられない王は、民衆の騒ぎにさらに不安を深めた。

「とりあえず、ここを出て寧辺《ヨンビョン》に行こう。今は異論は許さん」

焦った王は大臣らの口を封じた。

「聖恩の限りでございます」

異論はあるが、大臣らは王の命令に逆らうことはできなった。

「巡辺使（王の特使）は王妃と女官を率いて先に発ちなさい」

大臣らが席を離れると、王は別途命令を出した。

「左議政を留守大将（守備大将）に任命する。ここに残り、都元帥と共に敵を阻止しなさい」

王は、左議政の尹に平壌城を守る任務を与え、都元帥の金命元に補佐役を命じた。

「領議政は巡察使を務めなさい。ここに残り明からの使臣と接見するように」

王は、自分が義州に北上することを反対した、尹と柳の二人を平壌城に残した。そして、二人の代わりに、別の人物を領議政と左議政に任命した。自分の意見と異なる重臣らをことごとく平壌城に残した、王は翌日の未明、夜陰に乗じて平壌城の外門である七星門を慌ただしく抜け出した。

一方、開城で清正と別れた行長は、兵力を率いて鳳山を経て中和に到着していた。途中、朝鮮軍の抵抗はなかった。時は陰暦六月、晴天の真昼は熱い釜に入ったようでまさに猛暑だった。武装の兵士たちは汗でびしょ濡れ状態だった。

「ここで兵士を休ませろ」

行長は、兵士らが猛暑で疲弊している様子を見て休息を取るようにした。一方で斥候隊を出し、朝鮮軍の防御態勢を調べさせた。

「川のこちら側には朝鮮軍の影も見えません」

報告を受けた行長はすぐ近衛隊のみ率いて大同江の川辺に進んだ。広々とした川辺には日差しがさしていたが、風は全くなかった。鎧を着た行長も汗だらけだった。扇子を振りながら、河の向こうを眺めた。大きな城壁が丘の上にすっと伸びていた。噂の平壌城だった。河に沿って城郭が張り巡らされていたが、南側の城壁の前は大同江に面していた。

「河を渡ればすぐ平壌城だが、堅牢な城壁が川辺まで築かれているから、落城は容易ではなかろう」

行長は、平壌城の城郭が堅固で、城壁の上に色とりどりの旗が花開いているようになびいていることから、朝鮮軍の精鋭が駐屯していると推測した。

「城壁もそうですが、まず川の水流が速いです。船がなければ渡るのは難しいと思います」

行長の左脇にいた内藤如安が言う。

と、すかさず「朝鮮側に交渉を試みます」

右脇にいた対馬島主・義智が和平交渉を提案した。一番隊の指揮官の中で、彼ほど和平交渉を望む者はいなかった。婿でもある彼の話を聞いた行長は、ちらりと見つめて、

「急いで朝鮮側の意向を確認しろ」

「直ちに」

義智は馬を駆って本陣に戻り、直ちに僧侶の玄蘇に交渉を求める書札を作成させた。

「お前は川を渡って、この書札を必ず李徳馨《イ・ドクヒョン》様に渡しなさい」

李徳馨は当時従二品の官職である府使を務めていた。彼と顔見知りだった義智は、玄蘇が作成した書信を捕虜の朝鮮兵に渡した。

「今、大同江の川辺まで来ています。朝鮮側と和平について交渉をしたい。李府使が直接来てくださることを願います」

その時、李は平壌城にいて、大同江の向こう側に現れた敵兵の存在は知っていた。

「倭敵の意図が何なのか、聞いてみるのも悪くないと思います。時間をかせげば我が軍にも有利になるの

で、会談を拒む理由はないと思います」

李は上官である尹を訪ね、義智の書信の内容を伝え自らの意見を述べた。

「会談をして損はないでしょう」

北側の城壁に陣取っていた、尹は日本側の提案を受け入れた。

「ありがとうございます」

李府使は以前、礼曹参判（従二品の官職）を歴任したことがあり、開放的な性格で、学識も、何より人柄が優れていると評判の人物であった。礼曹参判時代、対馬からきた義智と僧侶の玄蘇に接見したことがあった。当時、三十歳を過ぎた頃だった。義智は自分より年上であるが、開放的な李を兄のように従った。互いの立場と背景は異なっていたが、若かっただけに気迫もあり、以心伝心で意気投合するところも多かった。それだけに義智は自分の真心を李に伝えれば、和平交渉は成立すると思った。

両者は、大同江の真ん中に船を浮かべ、そこで会談を行った。

双方の司令部が川岸から見守った。朝鮮側からは義智の要請通り、李府使が代表になり、日本側からは朝鮮語が可能な対馬の家臣である柳川と僧侶玄蘇が臨んだ。

「そなたらは朝鮮に何の怨念があって、罪のない良民を殺戮するのか。我が王がそなたらに与えた恩情に対し、恩知らずもほどほどである。恩を仇で返すとは、まさにこのことでないか」

李府使と玄蘇は顔見知りだったこともあり、李府使は面前で侵略の不当さを激しく非難した。

「落ち着いてください。まずは、我が殿の意向ではなく太閤様の命令によることをご理解ください」

「だとしても、これは仁義と道理に背く行為であります。このような争乱を起こして一体、得られるものは何でしょうか？」

「何度も申しますが、太閤様の意思です。前々から数回に渡って朝鮮側に我々の意思を伝えましたが、それに対する答えがなく、むしろ朝鮮が中国の明と手を組み、我が国を攻撃するという噂がありまして、こうなった次第です。どうか、明に直接、朝貢と交易ができるよう道を開いてください。そうなれば多くの者が死ぬこともなく、戦も終わるでしょう。そして、王も再び漢城に戻ることができるでしょう」

李府使に仁義と道理を突きつけられたが、僧侶の玄蘇はすべてを太閤秀吉の命令として言い逃れようとした。そして、受け答えはしばらく続いた。

「明は皇帝の国です。臣下国の道理として、軍を率いて侵略してきた不遜なそなたらの代わりにそんな案内などできるはずがないでしょう。本当に明国に朝貢を望むなら、まず兵を退けて正式に使節を送ってください。そなたらが誠意をみせるなら、こちらも皇帝にそなたらの朝貢を依頼することができるでしょう」

「繰り返しになりますが、今回は我々の決定ではありません。太閤様の命令を受けて渡って来たのです。太閤様の命令に逆らえば、我が殿も領地も潰されることになります。しかも、太閤様は朝鮮のみならず明にまで侵攻するという計画を持っています。今回の交渉が無事に成立すれば、我々は太閤様に報告し、戦を終わらせることができます。そうしなければ、太閤様はまず朝鮮全土を踏みにじれと言われるでしょう。そうなれば罪のない民まで兵火に巻き込まれることは自明なことではないでしょうか」

玄蘇の話を柳川が一生懸命に通訳したが、双方の話は平行線だった。

「とにかく、直ちに兵士を引いて、戻らなければ何の交渉もできない。肝に銘じていただきたい」

「既に罪のない民がたくさん死んで、王が逃げるという状況下で、交渉を打ち切るんですか。それはあり得ないでしょう」

和平交渉なのに、二人の声は大きく、激しく、怒声になった。

「まず、兵を引いてください。でなければ交渉には応じません」

玄蘇は、開放的と思った李府使とまったく話が通じなく、交渉が難しいことを感じ始めた。

「馬耳東風と言わざるを得ない」

朝鮮側の強硬姿勢に行長は唇を噛んだ。自分も秀吉の承諾なしには撤退は不可能とあって、その板挟みに苦悩した。行長は一番隊を率いる隊長にすぎなかった。遠征軍十五万の総大将は漢城にいる宇喜多だった。

自分一人で撤収を決めるなど到底できなかった。

「やむを得ない。城を攻撃して降伏させるしかないだろうな」

一番隊の本陣は大同江の南側に陣取っているが、その後方には、三番隊が陣取っていた。三番隊の任務は後方支援であり、黒田長政が兵力一万余を率いていた。

「援軍を要請せよ」

行長は直ちに攻撃を決め、三番隊は一番隊と合流した。

一番隊と三番隊の連合隊三万余の軍勢が大同江の川辺で喊声を上げた。

一方、御前会議で平壌地域の死守を主張して留守大将に任命された尹は、文官出身だった。書冊を通じて兵法を身につけていたが実戦には乏しかった。どのように防御陣を組めばいいのか、戦略と戦術の区別もできなかった。戦では随時に変わる戦況に合わせて、策を立てなければならないが、経験がなくひたすら恐れた。

「少将にすべてをお任せください。必ず敵を撃退します」

都元帥の金命元は、尹が右往左往するのをみて乗り出した。彼も文官出身だったが、兵曹参判を経験したことがあり、弓馬にも長けていた。尹は、戦経験のある彼にすべてを任せた。

しかし、彼も漢江では戦いもせず敵前逃亡し、臨津江の戦いでも形勢不利とみるや平壌に逃げ出した卑怯者だった。

奇襲

「先遣隊を送って朝鮮軍の戦力を探るように」

行長は、まず対馬隊を先遣隊として大同江の川辺に送り出した。上流の中ごろに綾羅島《ヌンラド》が位置していた。

「あの島を途中の橋として利用すれば、川を渡ることができるでしょう」

先発隊として大同江に向かった対馬隊は、島の川辺に陣を取った。

「倭兵が島に陣を張っています」

先遣隊約百名が綾羅島に上陸した様子は、都元帥の金に報告された。城壁の上から川を見下ろした金は、先発隊が思ったより少数であることに欲が高まった。

「奇襲すれば、機先を制することができそうだ」

手柄をあげることに目がくらんだ彼は、

『倭敵の首級をとれば、軍功を上げることができる。そうなれば今までの失敗を挽回できる』

漢江と臨津江の失敗で、王に疑われているのをよく分かっていた。今回の平壌城の防衛も、本来なら自分に任せられるべきだった。兵法も知らない尹に任せたのを考えれば、王が自分を信用していないことは明白だった。

『奇襲に成功さえすれば……』

欲に目がくらんだ彼は、対岸に控える相手の本陣が視野に入らなかった。

「動きが速い精兵四百を選べ。夜陰を利用して倭兵を急襲しろ」

彼は、寧遠《ヨンウォン》郡守（従四品）の高彦伯《コ・オンベク》を呼び夜襲を命じた。

高は武官出身であった。戦が起きる直前に官職を受け、大同江上流地域にある寧遠地域の郡守を務めていた。

「俺についてこい」

上官の命を受けた高郡守は、精鋭四百を率いて川の島に向かった。

「音を出すな。敵が気づいたら、計画は水の泡になる」

彼は、平壌城の南を下りて大同江を渡った。島は丁度、川の真ん中にあった。

「身を隠せ！」

島の角に上陸した高は、森に身を隠した。真夏で森は生い茂っていた。

「なぜ、見張りがいないのか。ひょっとしたら罠かもしれない。まず、敵の動きを探れ」

しかし、まったく人気がない。対馬の兵士は夜になって本陣に戻ったのを彼らは知らなかったのだ。

「よく見ろよ。待ち伏せかもしれないぞ」

朝鮮兵は、暗闇の中で陣幕の一つ一つをシラミ潰しのように調べた。

「敵兵どころか、鼠一匹もいません」

環刀《ファンド》（朝鮮軍の軍刀）を握り続けていた任・軍官は無駄だったことを知り、刀を鞘に収めた。

「困ったな。このまま帰れば都元帥に何を言われるか分かったもんじゃない」

高郡守は無駄骨になって困り果てていた。島の対岸に相手の陣幕が広がっているのが目に入った。

「やるしかないな」

高は、対岸の敵の本陣を奇襲することにした。

夜が深く鳥も眠っていた。周辺は暗く静かだった。

「兵士を一カ所に集めろ。川を渡るんだ。地元平壌の兵士は先頭に立て」

高は、大同江の水路と地形をよく知る地元の兵士を先頭に川を渡らせた。

「渡り終えても全軍が揃うまで息を殺して待て。倭兵の首を取ることが目的であり、戦いが目的ではないのだ。一挙に奇襲攻撃を加え、倭兵の首を一人一つ取ったら、川を渡って戻るのだ。絶対に軽挙妄動してはいけない」

高郡守が兵を連れて平壌城を出たのは、深夜の二刻（深夜二時）頃だった。精鋭を選ぶのに時間がかかり、奇襲とあって対岸に陣取る相手に気配を感じさせてはならなかったため、予想より時間がかかってしまった。

「シーッ、静かに。音を立てるな」

先頭に立った平壌出身の兵士は、音が立つのを気にして長い竿で船を押し出しながら進んだ。予想より時間がかかり、四百の兵が渡り終えた時には、すでに東の空が明るくなってきていた。

「夜が明けてしまったではないか」

未だ川を渡れず島にいた高郡守は、夜が明けるのを見て困惑した。

「どうしよう。夜襲にはならないぞ」

これから奇襲をしても、奇襲にはなりそうにない。日が昇って大明天地に戦が始まるとなればこちらの軍勢が少数だから、やられるのは間違いない。そうなれば、敵の士気は上がり追撃を受け、奇襲隊の全員が犠牲になりかねなかった。

「何をしてるんですか。早く来てください」

高郡守が川を渡るのをためらっていると、先に渡り終えた任軍官が手を振った。彼は声を出すことができず、手で呼ぶ真似をした。

任軍官は、後に続いた兵に声を出さずに、ただ伏せて待つように的確に指示した。指揮将である高郡守さえ渡ってくれれば、敵の陣幕に突撃するつもりで、環刀を引き抜いていた。彼も東の方から霧のように夜が明けるのを見てイライラしていた。しかし、いつまで経っても高郡守はぐずぐずして渡る気配がなかったため、早くするように渡河を促したのだ。

「何を考えているんだ!」

任軍官は、そばで伏している兵士に平壌訛りで愚痴をこぼした。

その時、相手の陣幕から兵士が一人出てきた。

彼は、慌てて指を唇に当てた。

敵兵は寝ぼけ顔で川の方にまっすぐに進み、用を足した。

「仕方ない。襲撃するしかない」

任軍官は、用を終えた敵兵がもし自分たちを見つけたら一巻の終わりだと思った。

「お前らは、あの者をやれ！」

先手を打つしかないと思った任軍官は声を出して立ち上がった。

「わああ」

先頭に立って相手の陣幕に突っ込むと、そばの朝鮮兵も従った。

「ウアッ！」

用を足していた兵士がまず討たれた。やがて、軍幕が破れ、崩れ倒れた。一番隊の指揮部は、まさか朝鮮軍が川を渡って奇襲をするとは思わなかった。寝ずの番を立て眠りについていたが、明け方になると焚き火も消え、寝ずの番も疲れてうっかり眠りについてしまった。急襲された兵士たちは、咄嗟の出来事に朦朧として一体、何が起きたのか分からなかった。

「皆殺しにしろ」

朝鮮の奇襲隊が攻め入った軍幕は、対馬兵が就寝していたところだった。朝鮮兵の果敢な攻撃に対馬兵はあっけなくやられた。任軍官と共に奇襲に参加した兵士は、朝鮮軍の中でも敏捷で力の強い者が多かった。

「奇襲だ。逃げろ！」

急襲された対馬兵は一目散に逃げた。「逃げろ」と大声を出しながら軍幕を破って外に走り出した。

「ジャバラ（捕らえろ）」

逃げる相手をみて、朝鮮兵の士気が高まった。

「一人も生かすな」

任軍官が声を上げた。奇襲をする前は不安でいっぱいだった。ところが相手が無我夢中で逃げ出すのをみて妙に元気づいた。恐れはどこかに吹っ飛び、勝ち馬に乗ったように気力がみなぎった。無気力な虫を棒で殴り殺す悪童のようだった。

「我らも早く川を渡らないと」

島に残っていた高郡守も慌てて川を渡ろうとした。

「いけません。川を渡る前に倭軍の援軍が来るでしょう。今、渡るのは危険です」

そばにいた将校が高郡守の腕をつかみ、引き止めた。

一方、奇襲を成功させた任軍官は、いつになっても指揮将が来ないので島の方をちらっと見た。ところが、高郡守は川を渡ろうとする気配もなく、自分に向かってしきりに手で首を切る振りだけをした。

「武将なのに怖がって。臆病者」

仕草の意味を理解した任軍官は不満そうにつぶやいた。

まわりでは朝鮮軍の兵士が倒れた相手兵士の武器だけではなく、懐の所持品もあさっていた。

「もう良い。首を取って戻るんだ」

彼は大声で兵士たちを怒鳴った。

「さっさと帰ろうぜ」

相手の兵士から奪い取った武器と、首級や物を船に載せている時だった。

「パン、パン、パン……」

轟音が響いた。同時に朝鮮兵が背中を押さえながらバタバタと倒れた。続いて馬のひづめの音が聞こえた。逃げていた相手の逆襲が始まったのだ。まわりはいつの間にか相手の兵士で覆い尽くされていた。

「パン、パン、パン……」

銃弾の雨あられ。対馬島主・義智は、最初は朝鮮軍が夜陰を利用して川を渡り、全面戦を仕掛けたと思った。そのため急いで戦列を整え、まず鉄砲隊で朝鮮軍の機先を制圧した。

「伝令を送って援軍を要請せよ」

後方支援の役割を担っていた三番隊が動いた。

「全軍は急いで出陣せよ」

本陣から馬が飛び出し、足軽たちが続いた。

夜襲に成功し勝利に酔っていた朝鮮兵らは、突然、現れた相手の兵士と鉄砲の音に驚いた。電光石火の相手の反撃に当惑した朝鮮兵はすぐに反撃できなかった。

「早く船を出せ。ぐずぐずしていると皆殺しになるぞ」

川の近くにいた兵士が次から次へと船に乗り込んだ。

船に乗れなかった兵士らが川に飛び込んだ。足軽たちは逃げる朝鮮兵に銃弾の雨を降らせ、槍で刺し殺した。

「逃げるな、戦え！」

その声は任軍官だった。相手に攻撃を受けると背中を見せて逃げるのを止めた。彼は指揮将らしく環刀を抜き、相手に立ち向かって振り回した。しかし、押し寄せる相手の数は朝鮮兵の何十倍もあった。蟷螂の斧のようだった。ほどなくして環刀を振る任軍官の背に足軽の槍が突き刺さった。

「うっ！」

悲鳴を上げながら彼は、体を突き破った長槍を両の手でぎゅっと握り、向きを変えて川に向かおうとしたが、そこまでだった。彼は倒れ、大同江の白い砂浜に鮮血が赤い斑点となった。

援軍を絶たれ孤軍奮闘の末、任軍官は絶命した。

「早く船を向こう側に寄せろ」

川の島にいた高郡守は兵士が現れ、鉄砲で朝鮮兵を攻撃すると小舟に乗り込み退去を命じた。島から平壌城の下までの川幅はそれほど広くはなかった。泳ぎが上手な者なら渡れるほどだった。しかし、彼は振り向きもせず川を渡り、そのまま平壌城に逃げ込んだ。

「奇襲に失敗しました」

「敵の首級一つもなく、逃げてくるとは……」

失敗の報告を聞いた金都元帥は失望のあまり彼を叱った。

対して高郡守は、

「敵の首級のどころか、我が精鋭はほぼ全滅しました。倭軍は凄い数です。数え切れないほどです。衆寡敵せず。味方の数があまりにも足りませんでした。早く撤収しなければここも危ないです。皆殺しになりますよ」

鉄砲の威力を実感して、怖くなった高郡守は大袈裟に言った。

「そんなに凄かったのか？」

それまで話を聞いていた金都元帥の表情が、突然、苦虫を噛んだように歪んだ。

「また逃げると面目丸つぶれだが……。どうすればいいだろう」

彼は戦って死ぬなどという勇気はなかった。しかし、すでに二度も戦場を捨てて逃亡した前歴があった。

「どうすれば良いだろう……」

『生き残ってこそ功も立てる。命が一番大事だ』

自分にこう言い聞かせた。世の中のどんな価値より命を最も重視する彼が選んだのは、結局、今回も危険を避け、逃げることだった。

『体面などどうでもいい』

彼はすぐ留守大将の尹を訪ね、言い訳をでっち上げた。

「倭軍の戦力を確かめようと奇襲をかけました。ところが、倭軍の軍勢と戦力は思った以上です。衆寡敵せずの状況です。このままでは無駄死になります。軍勢をもっと集め、後日を図るのが得策です」

金都元帥の誇張された言い訳に、留守大将の尹は金の意見を受け入れるしかなかった。文官出身の彼は、戦と兵法に関しては門外漢だったので、戦況を分析できる見識はなかった。しかも、すでに対岸で行われた戦を通じて相手の鉄砲の轟音を直接、聞いた後だった。

鉄砲の音を初めて聞いた彼は、恐ろしい音に肝魂が潰される気がした。

「都元帥の判断に任せます」

王の前では、「死を覚悟して平壌城を死守しなければなりません」と強く主張した彼だが、そのような気勢は一体、どこへ消えたのか。

「どうせ撤退するなら一刻も早い方が良いです。すぐ命令を出してください」

尹は金の忠告を受け、平壌城を捨てることを決心した。

〈平壌城の民は、倭敵が大同江を渡って攻めてくるから、みんな城を出て安全な場所に避難せよ〉

留守大将の尹が書いた布告文だった。

「これをあちこちに貼り付けろ」

城を防御すべき留守大将として、彼が取った唯一の行動だった。

鉄砲の音が聞こえると、尹と金は一目散に逃げた。尹は順安方面に逃げたが、金の逃避先は誰も知らなかった。

「これは何だ。あれほど平壌城を死守するから安心しろと言っておきながら、今になって城を出て行けというのか」

王と留守大将に裏切られた平壌城の民の失望は大きく、激高した。

「さあ、行こう。行って問いただそうではないか」

彼らは王が城内にまだいると思い、内城の官庁に押しかけたが、そこには誰もいなかった。

「なんと、王と朝廷が民を捨てて密かに逃げたのかっ！」

彼らは現実に唖然とした。

「真っ赤な嘘つきな奴らめ」

平壌城は内城、中城、外城の他、後方の山の北城の城郭が幾重にも張り巡らされていて、大きくて堅固な城だった。昔は高句麗の都であっただけに、西北方面の経済と交通の中心地だった。物産の中心地であり、商人たちの取引も活発に行われた所だった。平壌から北西の方面に義州、北東には会寧《フェリョン》地域の特産物が集まり、朝廷では西北地域の平安道《ピョンアンド》の税穀（現物税）を収め、平壌城に保管していた。なぜなら満州族が多い遼東地方と国境を接していた辺境に蛮夷が侵入した場合に備えて、兵糧を備蓄しておく必要があったからである。明を上国として仕えていた朝鮮王朝は、明から来る使臣を頻繁に迎えたので、義州と漢城の間にもう一つの迎賓の場所が必要だった。そんなことから平壌を含め平安道を管轄する監司（従二品の官職）は、自主的な外交と租税権を持っていた。物産が集まり、交易が活発で、自主的な財政権を持っているため、官庁のある平壌はいつも活気があった。魚のいる所に猫が集まり、臭い所にハエが多いのと同じく、当時、平壌の妓生は全国的にも有名だった。景気の良い平壌には全国から妓生が集まったのである。

「良いことも拒む」という比喩で、「平安監司も自ら嫌うならそこまで」という諺があるほどだった。官僚が官職の中で花と見なした平安監司職であった。

当時も平壌城には、西北方面から集められた十万余石の米を兵糧庫に保管していた。時は陰暦六月であり、無事に農作業をしたとしても新米が出るまでには約二カ月はかかる。ところが戦乱中だった。ほとんどの民衆は難を避けて山へ身を隠したので農業に携わる人がいなかった。不作が予想され、軍用米は配給米としても重要な意味を持った。しかし、戦を知らない者が指揮を執ったので、兵糧によっては勝負が左右されるということを理解できなかった。彼らには米俵は貴重な兵糧ではなく面倒なお荷物にすぎなかったのだ。

留守大将の尹と都元帥の金は大事な米俵を、それも十万余俵なるものをそのまま置いて逃げ出した。

一方、金都元帥の命で夜襲を仕掛けた朝鮮兵の中には平壌出身者が多かった。彼らは大同江の地形と水路をよく知っていた。自分が乗ってきた船が川の島を過ぎて対岸に戻ると、彼らは後からついてくる相手の攻撃を避けて大同江の上流に行き、王城灘《ワンソンタン》の浅瀬を渡った。

「ほら、あれを見よ」

逃げていた朝鮮兵の後を追っていた足軽たちは、朝鮮の兵士が川に入るのを見て、おそらく溺死覚悟で川に飛び込んだと思ったが、そうではなかった。

水を跳ねながら徒歩で川を渡るのを見た。大同江に遮られて進軍もできず、川のこちら側でいかだを作るつもりだったが、朝鮮兵が浅瀬を徒歩で渡ったという情報がすぐに指揮部に届いた。

「朝鮮軍が川を徒歩で渡って逃げました。水の流れは少し速いですが、徒歩でも十分に渡れる箇所があります」

「よろしい。全軍は武装し直ちに渡ろう」

一番隊と三番隊の連合隊、三万の兵力は、徒歩で川を渡った。しかも難攻不落と思われた平壌城には朝鮮軍防御隊はいなかった。連合隊はいとも簡単に大同江を渡り、何の抵抗も受けず平壌城に無血で入城した。

「主君、お喜びください。城内に米が十万石もありました」

「えっ！　どういうことだ？」

平壌城の食糧庫に軍用米が十万石も保管されているとの報告を聞き、行長は嬉しくて笑みがしばらく絶えなかった。

今まで強行軍の上に兵糧米も足りなかったことから、行長は心の中で案じていた。兵糧が不足すれば、結局、民家から略奪するしかなかったが、望まない方法だった。それに民家を漁っても三万の兵士に十分食べさせるだけの糧食を確保することは容易ではなかった。まさか軍用米が十万石もあるなんて、手を叩いて喜んだ。

「これぞ一石二鳥だ」

「朝鮮軍は敵ではなく味方です。お城を渡してくれて、親切に食料まで残してくれるなんて。ハハハ……」

行長の言葉を受けて、義智が相槌した。

「当分の間、飯は思う存分、食べられるようだな」

指揮部だけでなく噂を聞いた兵士らも喜んだ。

「ところで朝鮮軍に下心はないだろうか？　我が軍が川を渡って攻撃してくることを知りながら兵糧を残して行ったのは……。もしかして、計略かも」

「心配いらん。我が軍が怖くて、逃げるのに精一杯で余裕がなかったんだろう」

用心深い指揮官や兵士の中には疑う者もいたが何も起きなかった。その心配も杞憂で終わった。

平壌城が連合隊に無血占領された時、王は寧辺にいた。

「ここでひと休みしてから次の行き先を決めることにする」

寧辺は義州と江界《カンゲ》の分かれ道であった。西北方面に進めば鴨緑江に面した義州に、東に行って北に向かうと江界を経て咸興に着く。咸興の北には国境の豆満江《トゥマンガン》が流れていた。義州に向かう道は飛脚が走れるように整えられていたが、江界に向かう道は険しい山道だった。

寧辺に入ってひと息ついた後、王はついてきた大臣を集めて御前会議を開いた。

「さあ、これから先はどこへ行けばいいのか？」

「明国に援軍を要請したので、義州に進むことが妥当であります」

承旨から兵曹判書（正二品）昇進した李恒福が先に言い出した。

「そうでございます。万一の事態に備えて義州に向かった方がよいと思います。倭軍が追いかけてきたら王朝の存続のためにも鴨緑江を渡って遼東に入るべきです。さすれば後日を図ることができると思います」

李に続き、副提学（正三品）の沈がそれを支持する発言を加えた。平壌での決戦を主張した主戦派の尹と柳が、結局、平壌に残されたことから、彼らの意見に反対する大臣は誰ひとりいなかった。

「大臣らの意見がそうであれば義州に行こう」

王は、大臣たちの意見が自分の思惑と一致したことで胸をなで下ろした。

「申し上げます。平壌から来た飛脚でございます」

目的地が義州に決まり、ホッとしている王に、報告が上がってきた。

『もしかすると……』

王は吉報を期待した。しかし、内容を見て、王の顔は強張った。

〈平壌城、倭軍が占領〉

「平壌城が倭軍の手に落ちたということは、もはや平壌以北には防御軍がいないということ。ならばここも危ないということではないか。早くここを離れるべきだろう」

蒼白の王は大臣たちを急かした。

「殿下、ここを出る前に分朝（朝廷を分けること）をしたほうが王朝の存続に良いと思います。万が一、殿下が明国にお入りになれば勤王兵を集めることはできなくなります。勤王兵を集め、倭軍と戦うためにも分朝を行うべきでしょう。王世子や他の王子たちを各地に分散させておくことが王朝の維持にとって上策だと思われます」

「分かった。そうしなさい」

焦った王は、大臣らと議論する余裕さえなかった。本心は、王子と別れたくはなかったが、大臣たちの意見をのんだ。この決定によって、王世子である光海君《クァンヘグン》は王と別れ、東北方面の江界に、他の王子は咸興方面に行くことになった。

「早く出発しよう」

王子らは王と離れることに不安がったが、王は大臣に出発を促した。

「はい、御用命を承ります」

王と王子たちの一行は、共に大通りまで来たが、ここで三つに分かれた道で離別をしなければならなかった。王は道が整備された西北に向かうことになったが、王子たちの道は険しい山道になっていた。

王子たちが突然、泣き出し、大通りは大騒ぎになった。王のもとを離れるのが初めてであったからだ。

「皆の者、達者でなっ」

王も王子たちの涙をみて胸が痛んだ。自らも涙を流した。

しかし、王子たちと別れた王はさらなる恐怖心に包まれ、逃避行の道を急いだ。王の輿は、休まずそのまま北上し定州《チョンジュ》を過ぎ、宣川《ソンチョン》を経て、七日かけて鴨緑江に面した義州に着いた。

「ここが義州か」

「左様でございます」

「ご苦労であった」

王の催促で輿の担い手や大臣たちはろくに休むことができなかった。王は、ただ輿に乗っていただけなので、その大変さは分からなかった。ところが、輿担ぎや年老いた大臣らは強行軍で疲れ切っていた。

「良かった、良かった。これで終わった。これ以上行くところもない」

「殿下、義州牧使でございます」

あらかじめ連絡を入れておいたため、牧使（正三品の外職）を務めていた李幼證《イ・ユズン》が出迎えに来た。

「聖恩の限りでございます」

「おお、早く案内しろ」

義州牧使の案内を受けた王は、牧使の官邸である東軒《トンホン》に入り、そこを行在所とした。宮殿に比べれば狭いが、明国の使節を迎賓することが多く、地方の官庁としては立派な施設だった。王はやっとくつろげると思い安堵した。

「倭軍が来れば、あの川を越えて明国に入ればいい。いくら倭軍でも、明国までは入れないだろう」

義州までたどり着くのにどれだけ気を揉んだか。

「ああ、本当に助かった」

一方、王と共に来た大臣と宮女たちも義州牧使の官邸に入ると、皆、一息ついた。漢城の宮殿を出たのは五月二日だった。雨に降られながら都城を抜け出して、臨津江を渡るまでは何も食べることができなかった。開城に入ってようやく飢えをしのぎ、「倭軍が臨津江を渡った」という噂を聞き、すぐ平壌に逃げてきた。しかし、それも束の間、「倭軍が中和に現れた」という報告に平壌城を出て、強行軍をしてここまで来たのだ。ろくな食い物もなかった。都の漢城を出て義州に到着したのが六月二十日だったから、一カ月半以上も敵兵に追われて転々としたのだった。

宮廷しか知らない王と宮女たちは今まで経験したことのない逃避行だった。食事や寝床などは別として一番困るのが後始末だった。担ぎ手連中は、どこでも用を足せたが、王族や女官、大臣らは困った。かといって急ぐため簡易便所を作ることもできなかった。王でさえ地面に尻を向けなければならなかった。女官や大臣らは言うまでもない。宮女たちは、「天上から奈落に落ちるとはこういうことか」と、互いを哀れんだ。

文禄の役が起こった当時、明王朝の兵部尚書《へいぶしょうしょ》は石星《セキセイ》という人物だった。兵部尚書とは兵部（国防）を管轄する総責任者（国防長官）の職位だった。

夫人が若い頃、奇遇にも朝鮮の訳官だった洪純彦《ホン・スンオン》と養父養女の関係になっていたのである。その夫人の縁で、石星は朝鮮側に非常に友好的であった。

明王朝の兵部尚書の夫人と朝鮮の訳官の縁が文禄の役にも大きな影響を与えたので、少し経緯を述べることにする。

李成桂《イ・ソンゲ》が高麗王朝を倒し、新しい王朝を建て、太祖《テジョ》（第一代王）になったのは西暦一三九二年のことである。しかし、新しい王朝は正統性に欠けていた。これを克服するために、李太祖と新興勢力は、明国の臣下国になることを約束し、朝鮮という国号を使用するようになった。

明国の臣下国となった朝鮮王朝は毎年、朝貢を兼ねて明国に聖節使（祝賀使節）を派遣するのが慣例だった。ところが、使節に行った聖節使一行が明国の実録である『太祖実録』と『大明会展』を閲覧していて、大きな間違いが見つかり驚いた。そこには朝鮮王朝の太祖が、高麗の重臣、李仁任《イ・インニム》の子に間違って記載されていた。

「こんな間違いが……」

間違いは直ちに当時の朝鮮王に報告された。それを知った王と朝廷はこれを正すことができなければ祖先の太祖に対する不敬であり、ひいては王朝の土台が根底から揺れると考えた。そして、これを正す努力をしてきた。定期的に派遣する聖節使の他にも、奏請使（願いを請うための使臣）を派遣し、金銀や高麗人参などの特産物を捧げ、実録の修正を要請した。

「不可」

しかし、返答はいつも通りだった。

「間違いが事実であっても実録を直すことはできない」との一点張りだった。明国の態度があまりにも頑固で、針一つ入る隙間さえないと思われた。

「今回で十五回目です。どうして誤った記録一つを正すことができないのか。このままでは、死んでも太祖大王と先王に合わせる顔がない。もし今回もこの間違いが解決できないなら、二度と朝鮮の地に足を踏み入れることは許さない」

十四代王、宣祖一七年（一五八四）の時。王は宗系辨誣《ジョンゲビョンム》（間違った記録を正すように求めること）のために大提学（正二品）の黄廷彧《ファン・ジョンウク》を呼び、念を押した
「恐れ入ります。最善を尽くします」

宣祖は王になった後、自分の最も重要な事業の一つとしてこれを挙げた。庶孫（嫡孫ではない出自）出身

の彼は、間違って記録されている王朝の嫡統を正すことで自身に正統性を与えたかったからである。ところが、期待を抱いて送った使節員は、いつも手ぶらで帰ってきた。

この時も王の厳命を受けた黄はただ「恐れ多い」を連発した。これまでの失敗のすべてが自分の罪であるかのようだった。

洪純彦はこの時、中国語通訳として同行した訳官の一人であった。

彼は両班の庶子として生まれた。幼い頃から聡明で「四書三経」を手に取って勉強をしながら、科挙（公務員試験）を受けようとしたが、出身による資格制限があり、彼のような庶子が受験できる試験は雑科（別定職－通訳、漢方薬師《くすし》など）だけであった。彼は雑科に応募し、簡単に合格した。その後、漢語（中国語）訳官になった。訳官の中でも漢語訳官は最も人気が高かった。身分は両班より下賤ではあったが、漢語に対する造詣が深く、「四書三経」の教えや仁義を大切にした。

彼が明国に初めて入ったのは、先王の明宗（十三代王）の時、冬至使（霜月に送った定期使節）の通訳だった。当時の訳官は、通訳の他に密貿易も行い、多くの利益を得てきた。明国に行くことになった洪は、他の人々と同様、密貿易のためにいくらかの高麗人参を携帯して明国に向かった。国境を越え明国の都である北京に入った洪は、皇都の華やかさやその規模、人の賑わいに肝を潰した。

「思った以上だ。さすがに大国である」

「洪訳官、どうしました？」

好奇心旺盛な洪が、北京の街で目を丸くして戸惑う姿に明国の官吏が声をかけた。

「皇都があまりにも大きく華麗なので驚いていました」

「そうですか。じゃ、今から楽しいところに案内しましょう」

「ご多忙にもかかわらず、ありがたく存じます」

明国の官吏は、北京で一番大きくて華やかな紅灯街《こうとうがい》（歓楽街）を案内した。紅灯街の規模は朝鮮では見たこともなく、想像を絶するほど大きく、華やかなことに洪はただただ唖然とした。

「これが紅灯街か」

それは小さな宮殿と言っても過言ではなかった。入口には高い門があり、巨大な柱には精巧な装飾が刻まれて、朝鮮の宮殿より華やかではないか。門を入ると四通八達の道筋の両側には遊郭が並び、色とりどりに装飾された灯籠が並んでいた。

洪は、明の官吏に内心気後れしていた。

「いらっしゃい」

官吏は馴染みの遊郭に洪を誘った。

「朝鮮から来られた使臣だ」

店主が近づくと、官吏は洪を丁寧に紹介した。

「丁度いいところにおいでくださいました。事情があって売られたばかりの小娘がいます」

「それはよかった」

「すこし高いですが、よろしいでしょうか？」

「わざわざここまで来たのだから、一度見てみましょう」

洪は躊躇したが、官吏になめられてはいけないと思い、肩肘を張った。

「さすが大物ですね。では良い時間をお過ごしください。ハハハ……」

官吏は、洪を煽て自分は店員に案内されて消えてしまった。

『おそらく、とうに相手が決まっていたのだろう』

「さあ、こちらへどうぞ」

一人になった洪を店主が案内した。真っ黒な漆塗りの扉を開けると薄暗い部屋にテーブルがあり、寝台から布が垂れていた。そこに鴛鴦《おしどり》の刺繍が施されていた。

「こっちへ来て、挨拶しなさい」

洪は、あまりにも静かだったため、人がいるとは思わなかった。すると寝台の方から気配がした。

「それでは……」

店主が部屋を出ると、娘が湯呑みを洪の前に置き、茶を注いだ。

「いらっしゃいませ。私は柳と申します」

化粧顔のその女が話す中国語は、玉のようでそこはかとなく教養がにじみ出ていた。

女の話しぶりに何かを感じた洪は、単刀直入、女に尋ねた。

「こんなところにいる人とは思えませんが……。何か訳があるようですね？」

しばらく沈黙があって、

「実は……。父は朝廷に勤めていました。戸部の侍郎（官僚）でした」

「えっ？　何と言いました。戸部の侍郎と言ったんですか？」

洪は、聞き間違えたと思い、確認した。

「ハイ。少し前までは……今は違います」

「名家の娘さんが、なぜこんなところに？」

話し方もそうだが、貴賓ある容貌からも何か訳があると洪は感じた。

洪は訳を聞きたくなった。

洪は、女にも茶をすすめた。

すると女は、堰《せき》を切ったように一気に話し始めた。

「父は在職中に、公金を横領したという濡れ衣を着せられ、獄に入れられ、潔白を明らかにすることもできずに亡くなりました。家族は、母と私のふたりだけでしたが、父の非業の死によって母も心に深く傷を負い病気になってしまいました。しかし、薬を買うこともできず、結局、世を去りました。親族も近寄らなくなり、父が官職に就いていた時、頻繁に交流していた人たちは、みんな知らんぷりをしました。頼るところもなく一人ぼっちになった私は、葬式さえもできず母の遺体を納めることもできずに、ただ放置しておくしかありませんでした。兄弟もいないし、あるのはこの身一つだったので、母親の葬儀のために身体を売ることにしたんです。その金で葬式も無事に終わりました。お金で買われた身分ですが、今日、運よく偉い人に出会い、このように事情を話すことができました。そのような方に体を捧げることができて、少しは慰めになります」

女は少し晴れやかな表情を浮かべた。

「ご両親を亡くし悲しいのに、気の毒なことです」

お人好しの洪は、柳の事情を聞いて哀れみを感じた。自分も庶子として生まれ、幼い頃から差別を受けてきた。そのため恵まれない人々に対する情を感じやすい性格だった。

「父親の世話のためにした借金や母親の最後を悔いなく飾ることができただけ親孝行だと思っています。ところが利子に利子がついて結局、三千両の借金になりました。卑賤な私の身代金が三千両になるわけはありませんが、そういった事情から三千両の玉代をつけました」

柳は、聞かれもしないのに一方的に借金から玉代の話までを一気に話した。

そして、柳は服を脱ぎはじめた。

「いいえ、違います。おやめなさい。いくら家が没落したとはいえ、戸部の侍郎まで務めた方の娘がそんなことをしてはいけない。服を着てください。私が何とかしましょう。私の持っている高麗人参を売って借金の返済に当てましょう」

洪は店主に自分が、柳の借金を返済すると約束した。彼は持っていた高麗人参を元値で処分すれば三千両は十分融通できると思ったからだ。しかし、期限内に借金を返さなければまた利子が付くと聞き、彼は焦った。持っていた高麗人参を二千両で処分し、残りの一千両は帰国後に利子をつけて返すことにして、一緒に同行してきた使臣に懇願した。使臣は最初、困った顔をしたが彼を信用し公金を都合してやった。洪は、やっとの思いで工面した三千両を店主に支払い、柳を遊郭から連れ出すことができた。

「もう自由の身です。故郷にお帰りなさい」

柳は「故郷に帰れ」という洪の言葉を聞いて自分の耳を疑った。見ず知らずの人が三千両も払って、何の代価も要求しないことなどありえないと思った。

『善良な神様が、この世に存在するのだろうか』

感動した柳は、自分の体で恩返しをするつもりだった。

「いいえ、このまま故郷に帰るなんてとんでもないです。恩返しできるのは、この身しかありません」

「人間万事塞翁が馬という言葉があります。悪いことがあっても良いことが起きる。身体を大事にすれば、いずれ良いことが訪れます。貴女には幸せになって欲しいです」

洪は、柳に励ましの言葉を残して立ち去ろうとした。すると彼女は洪の前を塞ぎひざまずいて、

「それはいけません。実は私は身を売った後、命を絶つつもりでした。したがって、洪様は私の命を救って

くださった恩人であります。その方をどうしてこのまま送ることができましょうか。微力であり、今すぐに恩返しはできませんが、いつか必ず恩を返したい。お名前だけでも教えていただきたく存じます。お願いいたします」

「いいえ、貴族の娘さんが不運が重なり、遊郭にまで売られてきた事情を知って、そのまま放ってはおけません。人道に基づいたことです。三千両は、何とかなる金です。気にしないでください」

「ではお名前だけでも。苗字は伺っておりますが、お名前をお聞かせください。叶わぬなら私は最後まで洪様について行きます」

「分かりました。朝鮮の訳官、ホン・チュンヤンといいます。とにかくお体に気をつけて」

洪は、自分の善行はそれほどのことではないと思っていたが、柳があまりにもせがむので仕方なく姓と名を中国の発音で教えた。洪は、中国語でもそのまま「ホン」と、純彦は「チュンヤン」と発音された。

「漢字で書いてくださると、もっとありがたいです。同じ発音が多いので恩人のお名前を間違えて心に抱くことはできません」

「分かりました」

洪が漢字で名前を書いてあげ、柳を送った後、宿所に戻ると、すでに彼の善行は一行の間で話題になっていた。

「偉い。洪訳官は仁義の情けを大事にする人だ」

彼の善行を高く評価する人もいれば、酷いことを言う輩《やから》もいた。

「騙されたに違いない。遊郭にはそんな女が多いのよ。三千両を用立てて愚かなことだ。借用証ももらっていないとは。世間知らずの阿呆じゃないか」

「いや、もしかすると、存分に楽しんで、偽りの善行をしたと言い訳しているんじゃないか」

人間関係を損得だけで、いつも自分の利益を優先に考える人々は、陰で悪口を言ったりした。物事を判断するには自分の人格と価値観に基づく。それが人格であり、器の差であろう。洪は、自分に対して色々な意見や評価があることを知りながら、敢えて言い訳や説明をしようとしなかった。それでも彼をよく知る者の中には、

「人に哀れを感じるのは人間の本性であり、孟子、四端の教えにもある。洪訳官なら十分にそうするだろう」

と、洪らしいその行動を褒めちぎった。

ところが、明国から戻って問題が起きた。朝鮮に帰った洪は公金から借用した千両をすぐ返さなければならなかったが、やりくりができなかった。やがて、監査が行われ、洪が公金を借用したことが発覚した。彼は、公金横領の罪ですぐに獄に入れられた。普段から人徳があったので、これを知った周りの知人たちが洪の釈放を嘆願してくれた。

「横領ではなく、窮地に陥った人を救うため、正式に借用したことです」

知人たちは嘆願と同時に借用金の千両を用意して返済した。洪はすぐ放免されたが、しばらくの間、職場

の司訳院に出仕するが許されず、謹慎する羽目になった。

一方、洪に助けられ遊郭を出た柳は故郷に戻った。彼女は、残りの家財をすべて整理し、お世話になった人々に挨拶して回った。

「大変お世話になりました」

彼女の父親が戸部侍郎に勤めている時、親しい仲間の一人が石星であった。当時、彼は礼部侍郎として勤務していたので、彼女は彼にも挨拶しに訪れた。

「何があったのだ？　お母様は？」

石星は、柳の父親の獄中暮らしの世話をし、獄死後も物心両面で柳の母親の生活の面倒を見ていた。ところが、自分の妻が重病にかかってからは、その看病に明け暮れていて柳の母親が病気でこの世を去ったことや、彼女が遊郭に売られたことも知らなかった。柳は、母親が亡くなったことを伝えると、

「そうだったのか。どうして連絡してくれなかったのだ。それで、葬儀は無事に終わったのか？」

「はい、お陰様で、葬儀は無事に終えることができました。これまでいろいろお世話になりました。ありがとうございました」

「そうか。で、行く先は決まったのか？」

「……」

柳が答えに窮していると、石星が言った。

「他に行く所がなければここにいなさい。妻を看病してくれる人が必要だ。私は朝廷に出仕しなければならないのだが、信じて任せられる人がいなくて困っているのだ。もし、よければ、ここで妻の看病をしてくれるとありがたいんだが……」

石星は、柳なら妻を安心して預けられると思った。

「はい、承知致しました。恩返しのつもりで最善を尽くします」

柳の返事に石星は、「良かった。良かった」と喜んだ。

柳氏は、石星の家に滞在し、彼の妻を真心込めて看病した。しかし、妻は持病が悪化し、しばらくして世を去った。石星は夫人の死を大いに嘆いた。

「ああ、至誠は天に通じるという言葉がある。誠心誠意を尽くす貴女の看病で、天も感服して回復することを期待していたのに、運命に負けてしまった」

「微力ながら最善を尽くすつもりでしたが、不器用で申し訳ございません」

柳は、自分の過ちで、亡くなってしまったのだと謝った。

「とんでもない。これ以上の看病はなかった。運命と思うしかないだろう」

当時、明国や朝鮮では、財力と権勢を持っている人は、本夫人の他に妾を持つことは法律でも認められ、普通のことであった。だから石星のように権勢がある人が妻を亡くし再婚することは当然のことだった。しかし、石星は再婚を拒絶した。彼は他界した妻を追慕し、三年の喪を務めた。

普通は両親を亡くした子や孫が、喪服を着て三年の間、喪に服すのが慣習だった。そのため、子がいない彼が、妻の三年の喪を行わなくてもそれを非難したり、咎める者はいなかった。しかし、彼は真心を込めて三年間、朝晩に上食（死者に捧げる料理）を捧げ、他界した夫人の亡魂を慰霊した。

「奥様をあんなに愛する方なのに、さぞやお心を痛めたことでしょう」

両親を亡くした柳は、妻を亡くした石星の心境がとても理解できた。柳は、彼の真心に感動し、その切なさが、頼るすべをなくした自分の境遇と重なり涙を流した。柳は、そのまま石星の家で共に三年の喪を過ごした。

「病気の看護と三年の喪まで共に過ごしてくれて、本当にありがとう」

石星は、柳に感謝の気持ちを伝えた。

「いいえ。当然のことをしただけです」

「僕のようなやもめに、あんなに誠意を尽くしてくれる女性がどこにいるんだろう」

石星は、彼女の心遣いと慎ましやかな行動に感動した。そして心の中では、数年間一緒に暮らし、家族以上の情を感じていた。

「年は若くても、人への配慮や心がなんとも温かい」

石星は、柳が女として感じられた。彼女もまた、夫人が病床にいる時には気がつかなかったが、夫人が亡くなり、石星が寂しがる姿を間近にして力になってあげたいという気持ちが芽生えた。そして、石星の人間性、優しさに触れ、次第に異性として好感を持つようになっていた。運命だったのかもしれない。

「あの娘さんが親を亡くし苦労したのも、私が妻と死別したのもすべて運命だ」

石星は最初、柳に対する自分の心を「あり得ないこと」と恥じていた。しかし、芽生えた恋心を理性で抑えることができなかった。彼は悩んだ末、柳との関係を天命として受け入れた。

石星は、彼女も幸せになり、自分も慰められる道はこれだと思った。彼は柳を自分の正室として、つまり後妻夫人として迎え入れることにした。

柳を妻に迎えた石星は一年後、男子を授かった。子の泣き声が聞こえる明るい家庭になったことで、石星は仕事に集中することができた。元々、人柄が優れ、全てのことに最善を尽くす人だった。次第に評判が高まり、礼部の尚書（責任者）に昇進した。侍郎は従二品であり、尚書は正二品の職位であった。

「これは、全て貴方のお陰だ」

石星が、柳の内助に感謝の意を伝えると、

「滅相もないことでございます。私を迎えてくださったことだけでも恐縮しております。この度のご昇進は全てご主人様の人格と真心が評価されたことでしょう」と答えた。

「修身斉家治国平天下という語句があります。ご存知のようにその意味は、まず自分を正しく修身し、次に家庭を整えてから、国を治め、その次に天下を安らかにすべきということです。幼い時から修身に励み、やっと貴女のおかげで家庭を整えることができたのです。家庭を整えずには国の事に集中することができなかったでしょう。そう考えれば、この度の昇進は全て貴女のお陰だとあらためて気づいたんです。ありがとうございます」

「気恥ずかしくて、身を隠すところもありません」

赤面した柳をみて、石星は、笑いながら聞いた。

「ところで、毎日、何をそんなに熱心に編んでいるのですか？」

母になった柳が暇さえあれば布を織っている理由を石星は知りたかった。

柳は、答えるのをためらった。

「先日も立派な官服を仕立ててくれたのではないですか。健康を害するから無理しないでください」

彼はそれ以上、問い詰めなかった。代わりに彼女の肩を軽く揉み、背中をとんとんと叩いてやった。

すると、柳は口を開いた。

「前もってお話しをするべきでした。申し訳ございません。実はこの布地は私を救ってくださった恩人のために織っています」

「恩人って、僕の知らない恩人がいるのですか？」

石星は、恩人という言葉にハッとした。柳に自分以外の恩人がいるのかと思ったからだ。

柳が言葉に詰まっていると、石星は彼女の手を優しく握った。

石星は妻が亡くなり失意のどん底にいた。三年の喪が終わり柳と再婚を果たしたものの、朝廷の仕事に追われ彼女に気遣うことが疎かになっていた。彼女のお陰で家庭が安定し、幸せを感じたが、そのすべてが自己中心的な考えだということに気づいた。愛すべき柳のことについて、何も知らなかった自分を反省した。

「とんでもない。早く聞かせてください。貴女の恩人なら、私の恩人でもあります。言ってくれなければ、私は恩知らずになってしまいます」

「実は、母親が病死して……」

柳は、母が病死した後、葬儀費用と借金を返済するために三千両で遊郭に売られた顛末を話した。

「そうでしたか。一人残されて、さぞや苦労したことでしょう」

石星は話を聞いて、溜め息とともに涙を流した。一人娘として生まれ、突然両親を失い、一人ぼっちになった柳を哀れに思った。

『でもどうやって遊郭を抜け出すことができたのか？』

石星は、気になった。

「遊郭というところは罠をかけ借金を重ねさせると聞いている。一度はまったら身を引くのが大変だと聞くが…」

「ええ、本当に天運でした。借金返済のために三千両の代金を掲げて部屋の中で待っていると、店主と共にお客さんが入ってきました。我が言葉（中国語）を喋りますが、発音が下手でした。聞くと朝鮮から来たと言われました。その方から遊郭にいる理由を尋ねられ、父親が侍郎の官位で公金流用を疑われ、獄死し、母親も病死し、その葬式で三千両の借金ができたことを話しました。すると、店主に借金を全部返し、私を引き抜いてくださったのです。恩返ししたいと哀願しましたが、何の代価も求めずに故郷に帰らせてくれました。まさに神様のような方です。世の中にそんな人がいるなんて、その人に会うまでは信じたこともありませんでした。身を売り、借金を返した後、私は世を去るつもりでした。もし、あの時あの方がいらっしゃらなかったら、私はこの世にはいません。その方のおかげで、こうして幸せな暮らしをしているわけです。いずれその恩人に再会できることを願って、これを織っているのです」

「そうでしたか。その方と出会わなかったらと思うと、貴女にとっての恩人であるだけではなく、我が家族、皆の恩人ですね。実に偉い方ですね。ところで、その方が誰だか分かる、何かを持っていますか？」

「お名前をおっしゃってくださいました。発音がはっきりせず、文字にしてくださいました。〈洪純彦〉、朝鮮の訳官としてここに来たと言っていました」

「ちょっと待って！」

石星は指を折って年を数え、洪は朝鮮から来た聖節使の一行ではないかと見当をつけた。

「なんとか分かる気がします。彼を見つけるのは、それほど難しくなさそうですね。必ず探し出し、私たち家族の恩人に恩を返しましょう」

早速、石星は朝鮮からの使節に会い、年度を伝え、その時節に明国に来た使節の一行の名簿を調べて欲しいと頼んだ。

「特に訳官の名は一人も漏らさずに詳しく教えてほしい」と念を押した。

「仰せの通り、調べます」

朝鮮から来た使節団は、てっきり、その時の訳官が何か過ちを犯し、石星がそれを調べているのではと思った。

「洪純彦」

当時、石星は礼部から兵部に移って兵部尚書の職位にあった。明国は朝鮮の上国であり、兵部尚書は使節団もなかなか会えない高い職位だった。彼の願いに間違いがあってはならない。目を皿にして名簿をくまなく調べた。

「ああ、ここにいた！」

石星は、朝鮮側から渡された名簿に洪純彦という漢名を発見し、柳に知らせた。

「この方に間違いないでしょう。ありがとうございます」

「ハハハ、貴殿がこんなに喜ぶのを見たのは初めてです。良かった、良かった」

柳の喜ぶ顔を見て、自分のことのように嬉しかった。そして、石星は朝鮮の使節団が帰るとき、わざわざ訪ねていき個別に頼んだ。

「訳あって、この方に会わなければなりません。もし可能であれば、次の使節団にこの方を訳官として入れてもらえないだろうか」

明国の下級官吏の頼みでさえ、明の朝廷にコネができると喜んで自慢するほどであった。だから兵部の高位職である石星の頼みを断れるはずがなかった。

「かしこまりました。王様に直接お伝えして、必ずそのように致します」

すでに十三代王の明宗が他界し、宣祖が第十四代王に即位していた。文禄の役が起きる四年前（一五八八年）のことだった。

「洪純彦を訳官として同行させる理由は何か？」

「恐縮でございます。訳があり、是非会いたいと言われただけです。怒りの表情ではなく、丁寧に頼んできたことから見て、推測するには悪いことではなさそうです。天朝との友好的な関係を考えても、依頼を聞き入れてあげることで何かの役に立つと思います」

「うん、分かった。そうしろ！」

使節団の報告を受けた王と朝廷は、翌年、宗系弁誣（太祖の記録を正す任務）のための使節団を派遣する際、洪純彦を訳官として派遣することにした。

柳を助けたために公金横領の濡れ衣を着せられた洪は、汚名こそ返上したが、以来、ずっと罪人扱いであった。疑いの目は依然、変わらなかった。よって、彼には訳官としての仕事はあまりなかった。当時、使節団の訳官たちが密貿易で得る利益は莫大だった。商団を率いて行く訳官もいて、高麗人参などの密貿易で富を蓄積した訳官も多かった。そのため使節団の訳官として選抜されるために人脈を利用したり賄賂も横行した。しかし、罪人扱いの洪には機会が与えられるはずがなかった。

ところが、いきなり使節団の一行に命じられたのだ。

「えっ？　何かの間違いだろう」

「間違いではない。殿下の慈愛と思い、任務をしっかり遂行しなさい」

洪が所属していた司訳院の長が、王命であることを確認した。

「永遠に機会がないと思っていた。殿下のお心遣いは天と海のように広い。一生、忘れてはならない」

訳が分からない洪は、すべて王が与えてくれた恩恵だと思った。久しく晴れて洪は使節団の訳官として明国へ渡ることになった。

「十年もすれば山川も変わるというが、中国も変わっただろう」

彼は感無量だった。足取りは軽く嬉しかった。

ところが、使節団の主使と一行の多くは顔を強ばらせていた。それもそのはず、彼らは王に「任務を果たせなければ、戻ってくるな」と厳命を申し付けられていた。正使、副使の顔色に合わせるように、訳官や随行員たちの雰囲気も重く暗雲のようだった。重苦しい沈黙が漂う中、一行は鴨緑江を渡り、中国の遼東に足を踏み入れた時だった。

「朝鮮からの使節団はこちらへ」

事前に連絡を入れておいたものの、国境を越える検問は常に厳重だった。明国の官吏は、使節団と随行員らの所持品にケチをつけることが頻繁であった。朝鮮の使節団が、明国の官員に賄賂を渡さずに通過できたことは一度もなかった。

「またかよ」

洪たち訳官は、あらかじめ賄賂用の銀を取り出し用意した。官員の歓心を買うつもりで訳官たちは媚びるふりをした。

「朝鮮から来た使節団ですね」

官員は、笑みを浮かべ、柔らかい物腰だった。

「はい、そうでございます。これが名簿です」

訳官が使節団の名簿を差し出すと、受け取った明の官員は後方で腕組みしている赤い官服を着た人物に渡した。その人物は、身なりからして官員とは比較にならない高級官吏であることが一目で分かった。

「洪純彦は、誰か?」

彼は、洪純彦の名を中国語で呼んだ。

「はい、小生でございます」と丁寧にお辞儀をした。

「以前、北京を訪れたことがあるか?」

「はい、だいぶ前のことですが、訳官として使節団に随行致しました」

「間違いないな」

「はい、間違いございません」

「では、私に付いてくるように」

高級官吏に続いて、使節団は国境を簡単に越えることができた。

「どういうことだ。こんなに簡単に国境を越えるなんて」と言い、みんな呆然とした。

「良かったな。しかし洪訳官に何があったんだろう。もし明国の法律に違反したことがあったら大変なことになるぞ」

「それなら洪訳官を捕まえるはずだろう」

使節団の主使・黄も随行員の話を聞いて不安になった。

「今回の任務は、殿下の特命だぞ。もし洪訳官が厄介なことに絡んで、咎められることになったら、これは大変だぞ」

五十を過ぎた黄は、額に皺をよせ目元に深い影が滲んでいた。

「洪ではなく、他の人物を推薦したのに、こんな事になってしまって」

訳官の一人、李重植《イ・ジュンシク》が愚痴った。通訳を担当する部署の司訳院には多くの訳官がいて、彼らの中には文官らと通じ、派閥を作ることもあった。彼らは党派の実力者に賄賂を捧げ、コネを使って使節団に入った。特に、李はコネを使って若い訳官を推薦しその見返りを求めた。今回も同じ手口で、よく知る訳官を推薦したが、洪がその席を占めたのだ。王の直命によって賄賂の力を発揮できなかったわけだ。

とにかく、李は通訳より金儲けの密貿易に関心が高かった。

「主使様、ご心配には及びませんよ。万一、事がうまくいかなかった場合、洪のせいにすれば、任務を果たせなかった責任は免れますよ」

心配そうにため息つく黄に、李が機嫌を取った。

「うん。訳官の仕事をさておき、何か絡んでいたら斬首刑になるぞ」

黄は、王の厳命で使節団の主使を担当してはいたが、これといった妙案があるわけでもなかった。また今回の任務が容易ではないことをよく知っていた。だから、もし事が上手くいかなかった場合、洪にその責任を取らせようと密かに思い始めていた。

国境を越えた使節団の一行は、それぞれ複雑な思いを抱いて北京に入った。

「一行はここで休みなさい」

使節団が案内されたところは、広い三階建ての建物だった。入口の大きな玄関には「燕京飯店」という華やかな装飾看板が掲げられていた。広い庭園には手入れの行き届いた草花が並んでいた。庭の中央には水車が回り、池には錦鯉が悠然と泳いでいた。柱は、龍と孔雀が精巧に刻まれている。朝鮮の使節団としては今まで経験したことのない高級な宿舎だった。宴も可能なこのような宿舎は高い費用がかかる。使節団の宿舎代は自腹である。しかし、たとえ資金があったとしてもこのような高価な宿舎は、明国の官吏の推薦なしには滞在することができなかった。

「これは一体どうしたことか」

宿舎のあまりの華麗さに驚いた黄主使が、困惑した顔で、「ここには泊まらないと伝えてくれ」と訳官に命じた。

すると、「兵部尚書様が使節団のために用意しましたので、ご心配しないでください。すべての費用はこちらが処理しますので気楽に休んでいただきたい」

明の官吏は微笑みながら答えた。

「一体どういうことか。その理由を聞いてくれ」

黄主使は、内心ホッとしながら、その理由を聞くように通訳を促した。

「それについては私も分からない。兵部尚書様がこちらにいらっしゃるでしょう。その時、直接、お聞きになったらいかがでしょう」

絹の官服をまとった明国の官吏は、短い言葉を残し、洪純彦だけを連れてその場を離れた。

「どこへ行くのか、教えていただけないでしょうか」

洪がためらいながら尋ねた。一体、どうしてなのか。彼は気になった。使節団の黄主使ではなく、自分のような下級職の訳官を明の高級官吏がどこに連れて行くのか。勇気を出してさらに問うた。明国は朝鮮の上国であり、何でも鼻にかければ鼻輪であり、耳にかければ耳輪で、従わなければならない関係であった。明国にすれば、朝鮮はただ辺境の朝貢国にすぎない国である。

「ハハハ。心配無用。兵部尚書様から、あなた様を丁重にご案内するように言われております」

「小生は兵部尚書様を存じません。そのような偉い方がどうして小生如き者を」

洪は兵部尚書と聞き驚いた、その理由を探るためにあれこれ考えたが、これといった理由はなかった。それもそうだろう。最後に洪が明に来たのは、ほぼ二十年前。以来、公金横領の屈辱を受け、その後、明国への派遣が禁じられ、すべての人脈も途絶えていた。そんな彼に明国の正三品官職の兵部尚書が会いたいというのだ。不安はますます大きくなっていった。

「心配するなと言うけれど、何かの誤解ではないか。これでせっかく得た使節団の通訳という仕事が台無しになるのでは……」

洪はただ祈るしかなかった。案内してくれている官吏の表情が穏やかなのが気休めになった。とはいえ、歳のせいか最近、緊張すると胸がドキドキして顔が火照ることがあった。

「ふ〜ぅ」

洪は息を大きく吸い、吐いた。

しばらく歩き、官吏はある屋敷の戸を叩いた。決して大きな邸宅ではなかったが、玄関や塀の周りが綺麗に整頓されていた。贅沢や富を誇るような家ではなく、清貧な高級官吏が住む屋敷だった。

引き戸が開いた。

「旦那様はおられるか？」と用人に聞いた。

「どうぞ、お入りください」

用人の対応に家の中から大きな声がした。官吏は、後に続く洪を丁寧に案内した。

「失礼いたします」

洪が頭を下げ、礼を尽くし、中に入ろうとすると、「いらっしゃい」と言う声が遠くから聞こえた。洪が頭を上げると、庭を横切って早足で近づいてくる男性がいた。官吏が彼に頭を下げるのを見て、彼が兵部尚書だと察知し、洪も深く頭を下げた。その人は、中背で頭に冠帽を被っていた。家内で冠帽を被っているということは大切な客を迎える礼儀だった。

「恐れ多いことです」

洪が両手を合わせて中国式にお辞儀をすると、石星はまるで長年の知人を迎えるかのような仕草で、洪の両手を取り、「ようこそ、ようこそ」を連発した。

「ところで、小生のことをどうしてご存知なのでしょうか？」

ずっと気になっていたことを、まず石星に聞いた。すると洪の両手を握っていた石星は、笑みを浮かべながら左手である方向を差した。そこには貴婦人が洪に向かって丁寧に頭を下げる様子が見えた。貴婦人のお辞儀に当惑した彼は、「どうして小生如きの者に」とつぶやきながら、戸惑う洪は慌てて地面にひれ伏した。

「そんな事をしてはいけませんよ」

石星は慌てて洪を起こした。まるで目下の者が目上の人に仕えるような仕草だった。石星の態度を見ていた官吏も、貴人扱いする洪にさっと近づき腕を支えた。

「さあ、中へどうぞ」

石星が穏やかな口調で言った。洪はひたすら戸惑いながら従った。部屋の品々から、持ち主の嗜みや品格が滲み出ていた。

「いらっしゃいませ」

洪は、いきなり貴婦人の挨拶を受けた。

当時、明国も朝鮮と同様、七歳を過ぎたら男女の同席は許されなかった。

「長くお待ちしておりました。お父様」

続いて「お父様」という貴婦人の声を聞いた洪は、自分の耳を疑い、中国語の発音を聞き間違えたのかと思った。

「何かのお間違いだと思いますが……。お人違いではありませんか？」

洪は、柳が丁寧に頭を下げるのを見て、石星に確認を求めた。

「この顔にお覚えがありませんか？」

「……」

「ずいぶん歳月が経ちましたので当然だと思います。それでも私はあなた様のお顔を拝見し、すぐに分かりました」

「恐れ入ります。どういうことかお聞かせいただけませんでしょうか？」

「ホホホ。助けてくれた恩人が私のことを忘れてしまったなんて寂しいです。よく見てください。私は戸部侍郎の娘です。遊郭に売られた私を、お父様が救ってくれたではないですか！」

「おお、おお！　では、あの時のあの女性が、貴女、いや奥様ですか？」

「そうです。正真正銘の私です。お父様に出会っていなかったら、私はこの世にいないはずです。新しい命をくださったのでお父様と呼ばせてください」

若い頃より頬がふっくらしていたが、顔の輪郭はそのままだった。洪は、やっと柳を確認し目を丸くした。そして、石星と柳の顔を見回した。

「では、こちらが旦那様ですか？」

「そうでございます」

「それは、それは。おめでとうございます。本当に良かったです」

洪はまるで自分のことのように喜んだ。

「奥にどうぞ、お入りください。まず、感謝のお辞儀をさせてください」

柳の勧めに、「いいえ、そんなことをなさってはいけません」とひたすら固持した。ただでさえあの時は、それ以上のことができず、その後、どうなったのかと心に残っていた。でも、こんなに偉い方と良い家庭を築いていて、洪も、まるで自分の娘のことのように嬉しかった。

石星は、洪の手を強く握り、心から礼を言った。

「朝鮮の偉い方と聞いて、どのような方かと思いました。こうしてお会いしてみたら妻の言う通りの方ですね。どうぞお上がりください。妻のお父様なら私には義父です。婿にもお辞儀をさせてください。どうぞ、どうぞ」

「いいえ、いくらなんでも、尚書様がそんなことをなさってはいけません」

洪の固辞より石星と柳の意志の方が勝った。やむを得ず彼は部屋に入り、夫婦の礼を受けた。儀式が終わるや、酒が振る舞われ御馳走が並んだ。

積もり積もった三人の会話は、夜が更けるまで続いた。

喜びに満ちた表情で、洪は二人に自分の気持ちを伝えた。彼は、柳を救ったことで横領の濡れ衣を着せられ獄中生活までさせられたが、仲間の助力で何とか釈放されたことなど。困難に直面した彼女を遊郭から抜き出すまではできたが、その後の生活費まで与えられなかったことが心残りだった。その後も、時折、柳のことを思い出すことがあったが、自分一人生きることで精一杯だった。しかし、このように立派な方と巡り会い、幸せそうな柳を見ることができ心から嬉しかったのだ。「高い対価を払って安い同情を施した」とまわりからどれほど嘲笑を買ったことか。それを思い出すと、洪の目頭は熱くなった。

「こんなに嬉しい日になぜ涙を流すのですか。お父様、一杯どうぞ」

石星が、洪の杯に酒を注ぎながらお父様と呼ぶと、

「滅相もございません。大国の尚書様が、こんな者をお父様と呼ぶなんて、おやめください。とげの座布団に座っている気分です」

すると、柳言い出した。

「いいえ、私を産んでくださったわけではありませんが、私を生まれ変わらせてくださったのですから、お父上です。正式に私を養女として受け入れていただけませんか」

「何ということを仰いますか。小生のような卑しい訳官が、どうして大国の貴婦人の養父になれましょうか。こうして接待を受けるだけでも身に余る光栄なんです」

するとと石星が口を挟んだ。

「我ら夫婦の話を聞いてください。お父様が助けてくださらなかったら、妻はどうなっていたかわかりません。おそらくこの世の人ではなかったでしょう。私が今の職位に昇進できたのも全てこの人のお陰なんです。前妻が病死した後、この人の助けがなかったら、私は立ち直ることはできなかったでしょう。あのままだったら朝廷に出仕しても仕事に専念することもできず、周囲に認められることもなかったでしょう。このように幸せな家庭と今の官職も元を正せばすべて、お父様の恩恵によるものです。だから妻だけではなく私を救ってくださったのもお父様なのです。どうか我ら夫婦を養子として迎えてください。そうしなければ、子どもを産んでほったらかしにした無情な親と同じでしょう。二人とも生みの親がいないのです。頼れる親

になってください」

洪は、石星の言葉に感動した。明国は朝鮮の上国で、明国の使節が朝鮮に来ると、朝鮮の王も頭を下げた。使節は朝鮮を小国と見なし、傲慢で大きい態度で振る舞った。彼は通訳としていつもそう感じていた。明国の兵部尚書なら、朝鮮王も上座に座ったまま接することができなかった。そのような位の高い高級官吏が、自分のような身分の者に養父になって欲しいと請うこと自体が、あり得ないことだった。

『さすが儒教の本山だ。身分の高下を問わず、仁義礼智信の五常を悟り、これを自ら実践しようとする姿勢こそ儒学の本質ではないか。聖賢の教えや道理を理解し、現実に実践することが儒学を学ぶ者の求める姿勢であろう』

石星の話が終わると、洪は静かに立ち上がった。そして、石星と柳に向かって丁寧にお辞儀をした。

「卑しい身分ではありますが、お二人のご意志が固く真心が伝わります。これ以上の遠慮は不敬になると思い、受け入れたいと思います。ご迷惑の折は、いつでも絶縁してください。よろしくお願いします」

「ありがとうございます。お父様」と、柳が立ち上がり喜んだ。続いて、石星も立ち上がって礼を表した。

「では、正式に養父になりましたので、孫たちの挨拶もお受けください」

石星は、二人の息子を呼び、養祖父になった洪に丁寧にお辞儀をさせた。

洪は、お辞儀を受けながら感無量だった。庶子で生まれ、正式な科挙に応試する資格がなく雑科を受験し訳官となった。訳官という役回りから、自分の意見を言うことはできず、ただ言葉の橋渡しがすべてだった。そのため、自分は操り人形なのではと思うことがしばしばあった。挙げ句、横領の濡れ衣を着せられて、獄にも入った。しかし、今、その悔しさのすべてが吹き飛んだように感じた。

「ところで、お父様。定期的な使節ではないのに、この度は何のご用でおいでになりましたか？」と石星が問うた。兵部の高官として朝鮮から使節団が来ることは知っていたが、その内容までは知らなかった。

「実は、我が朝鮮の太祖王の実父が大明国の『太祖実録』に間違って記録されているため、それを正しく直していただきたくて参ったのです」

「へえ〜、そんなことがあったんですか。間違いなら正すべきでしょう。『太祖実録』といえば二百年以上も経っているのに、なぜ今になって」

「実は、これまで何度も使節を派遣しましたが、受け入れてくださらなかったのです」

「なるほど。記録が間違っていたとしても、長い歳月が経ち、政に大きな影響はないと、面倒がられたのかもしれませんね」

「いいえ、我が朝鮮は東方礼儀之国と言われています。実父に関する記録が間違って載っていることを知りながら放っておくことはあり得ません。それは、親に対しての不孝になります。一個の民にそのようなことがあってもいけないのに、ましてや万民の親である王がそれを放置しておくことは、自らを否定することになります。我々朝鮮の立場もご理解いただきたいのです」

「さすが、礼儀を重んじる国ですね。そんなお国だから、お父様のような人物がいらっしゃるわけですね。

承知いたしました。朝廷会議の際、朝鮮の立場を十分に説明し、この度の目的が遂げられるように最善を尽くしましょう」

「ありがとうございます。千軍万馬を得たようです」

石星の言葉を聞いた、洪は嬉しさで笑みが止まらなかった。

「ホホホ。お父様が喜んでいらっしゃるので、私もとても嬉しいです」

洪は、頭を下げ感謝しながら石星に酒を勧めると、これを見ていた柳も花が咲くように微笑んだ。洪の表情は、来た時のあの不安な様子がすっかり消え、明るい太陽のようだった。そして、柳の喜ぶ様子を見た石星も満足げだった。

「私のお酒を一杯、どうぞ」

柳が、石星の杯に丁寧に酒を注いだ。夫が、恩人である洪を喜ばせてくれて感謝するという意味だった。

その後はすべてが一瀉千里《いっしゃせんり》だった。宿所に帰ってきた洪は、使節団責任者である黄に兵部尚書の招待を受けたこと、そして柳との関係などを説明し協力の約束を取り付けたという内容を伝えた。

「本当か？　それが事実なら凄いことだ。もし目的が達せられれば、洪訳官は功臣に昇進されるだろう」と主使も喜んだ。

一方、石星は洪から預かった実録の筆写謄本を根拠に、明国の朝廷会議に嘆願書を提出した。

「朝鮮は東方における礼儀の国です。儒教を統治の綱領とし仁義礼智信を重視しています。また、孝を百行の本と考え、民衆には君師父一体（王、師匠、父親は同じく尊敬するの意）を教えています。ところが、我が国の記録に朝鮮王朝を建てた太祖の実父が他人の姓名と間違って記録されているそうです。もしそうであれば、自ら朝鮮王朝の誕生を否定することになります。朝鮮という名称も、明の皇帝の承認を得て使用されていると聞いております。つまり、名称や記録に大義名分を与え重んじています。もし、間違いと知りながらそれを放置することになれば、我が明国自らも朝鮮王朝を認めないことになってしまいます。なお、今後、彼らが朝鮮という名称を使わず、改称しても我が王朝としては何も言えないでしょう。父親の役である我が王朝の過ちで、子の朝鮮王朝が困っていることを知りながらも知らん振りをするなら、子に親孝行を求めることもできないはず。上国である我が王朝の間違いで臣下国である朝鮮が困難に直面していることを知っていながら、これを放置したまま忠誠を求めることは酷でしょう。上国が道理の模範を示してこそ、臣下国は誠心を以て、それに従うことができるというもの。ご諒察くださいませ」

石星の誠意のこもった弁論と親子の理屈は、明国の大臣らと皇帝の心を動かした。

「事実関係を確認し、過ちがあれば正せ」と、皇帝である神宗が命令を下した。

「お父様、訴えが受け入れられました。ここに修正された『太祖実録』の謄本があります。見てください」

石星が修正された記録の謄本を洪に渡した。

「恩に着ます。本当にありがとうございました。この恩をどのように返せばいいのでしょう。死んでも忘れない大恩でございます」

王の厳命を受けて明国に入ったものの、使節団は頼れるつてもなく困り果てていた。その難題を、洪のお陰で見事に成し遂げた黄主使は、満面の笑みを浮かべて帰国の途についた。そして、正された『太祖実録』の謄本を王に捧げた。王は喜び、その場で黄主使に功績を称え正二品の官職を授けた。そして追加で再び光国功臣という肩書きを授かった。実際の功績が最も大きかったのは洪だったが、庶子という身分のため官位が昇進されることはなく、名誉として光国の功臣に勧められるのみで終わった。

ここまでは、柳と朝鮮訳官・洪純彦との縁、そして明国・兵部尚書の石星に関する伝え話である。

一方、文禄の役が起き、明国の国境である義州まで避難した王は、首を長くして明国の援軍を待っていた。

「今日も援軍は来ないのか?」

「そのようでございます。申し訳ありません」

王は鴨緑江の対岸をみながら、左議政になった李に聞いた。焦っていた王は、一日に何度も川の向こうを眺めながら溜息をした。

「申し上げますが、最後の手段として、訳官出身の功臣、洪純彦の助けを要請すべきと思います」

「ああ、そうだ。彼の婿が明国の兵部尚書じゃないか。どうして思い付かなかったのか。早くそうしろ」

依然、司訳院の訳官であった洪は、その時、ちょうど王について義州に来ていた。間もなく王の命令が伝わった。

「我が国が風前の灯火の危機に瀕し火急を要する。にもかかわらず先に派遣した使節からは何の知らせもないのだ。最後の手段と考え貴殿に願いたい。頼むから必ず成功させてほしい」

李恒福を通し、王の伝言を受けた彼は、「承知いたしました。早速参ります」と返答した。李は、明国の官員に渡す賄賂が必要と思い、金銀財宝を用意して渡そうとした。すると洪は、

「国が風前の灯火に処しています。真心を尽くして事情を説明し、助けを求めてもできるかどうかわからないのに、賄賂で人の心を買うなど、とんでもないと思います。援軍の派遣は、皇帝の命令がなければ実現できません。皇帝に賄賂を使って歓心を買うことができるとお思いですか。至誠は天に通じると信じています。真心を尽くして朝鮮の危機を訴えたいと思います」ときっぱり言い切った。

「貴方の言う通りです。浅はかでした。どうぞお発ちください。殿下のご心配は大きい。必ず援軍とともに帰って来ていただきたい。我が朝鮮が生き残れるのは援軍しかないのです」

李は、年長者の洪に敬語を使って頼んだ。洪は直ちに明国の北京に入った。

そして兵部尚書の石星を訪ねた。石星は、挨拶そこそこに本題に入った。

「お久しぶりです、お父様。朝鮮が倭国の侵略を受け、戦火に包まれたという報告と援軍を要請する使節が来ていますが、一部の大臣らが今の状況を疑っています。兵部の責任者として、どうしたらいいのか判断がつきません。本当のことを仰ってください。お父様の話なら信じます」

「事実を申し上げます。倭国の侵略を受け、上国にご心配をおかけして申し訳ない気持ちでいっぱいです。しかし、実のところ朝鮮が上国の明国に代わって兵火を被ったことであります。倭軍は明国を討つために朝

鮮に道案内しろと言っています。なのに、朝鮮が倭軍の手先ではないかという濡れ衣まで着せられたことは本当に残念でなりません。朝鮮各地で朝鮮軍が倭軍を阻止するために防衛戦を繰り広げています。しかし、倭軍の鉄砲の威力が強く、朝鮮軍だけでは力不足でした。事態があまりにも緊迫していたので、朝鮮王は都を捨て遼東の近くの義州に行在所を設置しました。もし朝鮮が崩壊したら、倭軍は鴨緑江を越え遼東に押し寄せるでしょう。そうなればここも穏やかではいられません。唇がなくなると歯が浸みる。朝鮮が滅びれば明国も影響を受けることは必定。倭軍が鴨緑江を渡る前に援軍を派遣し、朝鮮軍と力を合わせ倭敵を追い払ってこそ両国が安心できるものと思います。是非ご理解ください」

「なるほど。分かりました。朝鮮の状況が今やっと理解できました。直ちに朝廷に入り、皇帝様に報告致します。遠い道のりでお疲れでしょう。まずここでお休みになっていてください」と言って、石星はすぐ朝廷に向かった。

「臣、兵部尚書申し上げます。朝鮮と我が王朝の関係はご存じのように唇と歯の関係でございます。朝鮮が崩壊すれば我が国も安寧できなくなります。朝鮮は、我が国を上国として仕えており、礼儀に反すことなく朝貢を捧げております。上国として臣下国の危急を見て見ぬふりをしていたら、親子の縁が切れてしまいます。もしそのようなことが起きれば礼に反することだけではなく、諸侯国に称号を与え、統治するという国の方針にも合いません。万事御了察の上、申し上げるところでございます」

石星は、洪の言葉を引用し、皇帝に朝鮮の危急を伝えた。

「しかし朝鮮が倭国と手を組んで、我が国への侵略を企んでいるという噂もある。もし、それが事実であれば、何か手を打っておかねばならん」

「かしこまりました。噂の真相を確かめるため遼東の責任者を朝鮮に派遣します。真偽確認の上、援軍派遣の可否を決めていただきたく思います」

「兵部尚書がそこまで言うなら、すぐに実行に移せ」

明国の皇帝は、朝鮮から派遣された使節の話を、いまだに信じようとはしなかった。石星の嘆願でやっと明国・遼東地方の責任者を朝鮮に派遣した。

〈直ちに朝鮮に入り戦況を報告せよ〉

石星はすぐ伝令を潦東地方に派遣した。そして、洪の待つ自宅に帰ってきた。

「朝鮮の戦況を把握するよう、遼東の責任者に伝令を送りました。報告さえ届けば、すぐに援軍を派遣することができるでしょう」と洪に伝え、安心させた。洪を信頼する彼は、すぐにでも援軍派遣を主張したかったが、皇帝の疑念をまず払拭する必要があった。

「今日も連絡がありませんか？」

焦った洪は、石星にせがんだ。

「すぐ来ると思います。もう少しお待ちください」

しかし、遼東の責任者からはなかなか音信がなかった。石星にとっても援軍を急ぐ義父の気持ちを察するのは辛かった。

「君が朝鮮に行って戦況を正確に把握して報告せよ」

石星は、信頼する部下を朝鮮へと派遣することにした。命を受けた兵部所属の西は、指揮下の兵士を率いて鴨緑江を渡った。

「倭軍が侵略したという証拠を見せてください」

武官出身で短気な西は、挨拶もそこそこに朝鮮の大臣らに向かい証拠を要求した。

「王様が都城を出てこのような辺境にまで来ていらっしゃるのをご覧になったでしょう。倭軍が目の前に迫っているのにさらなる証拠が必要ですか。それでも信じないなら、小生が危険を冒して西将軍を敵陣の前までご案内いたしましょう」

李恒福は、明国の西の頑固な態度に腹が立った。こみ上げる怒りを抑え、

「ここに、倭軍が朝鮮側に降伏を迫った文書があります。確認してください」

漢文の文書に、西も即答した。

「これで結構です。私はすぐに戻ります」

西は、文書をそのまま持って行ってしまった。

遼東に帰った西はその文書を証拠に兵部尚書の石星に送った。

「よくやった」

石星は、その文書をすぐ神宗と朝廷に提出した。

「ここに降伏を要求する文書があります。さらに朝鮮王が遼東の国境まで追われているという報告です。これで朝鮮が倭軍の侵略を受けたことは間違いないでしょう。事態は危急と思われます」

「事情がそうであれば援軍を派兵しなさい。兵士派遣は兵部尚書に一任せよ。全ての関係部署は兵部尚書に協力し指揮に従え」と皇帝は言った。

「恐れ入ります。急を要するのでまずは遼東の兵士を先遣隊として派遣します。そして、戦況を見ながら、各地域から兵士を集めて送ります。倭軍は朝鮮から一人残らず追い出します。皇恩に報いるため、忠誠と努力を尽くします」

皇帝の許可を得た石星は、直ちに遼東の司令官を務める趙承勲に飛脚を出した。

〈麾下《きか》の兵を率いて先発隊として朝鮮に入りなさい。そして、正式に派遣する援軍が到着するまでは全面戦を避けるように。任務は倭敵の進撃を防ぐことです〉

趙は当時、明国で名将として名高い武将だった。満州地域で勃興した女真族が攻めてきた時、見事にこれを退けた。彼の指揮下には三千の騎馬兵があったが、満州族出身も多く騎馬に長けた。

「川を渡れ！」

石星の命令を受けた、趙の騎馬隊は鴨緑江を渡って朝鮮王がいる義州の行在所に向かった。

「お待ちしていました。このような援軍を送っていただき皇帝陛下のご慈悲に感泣するばかりです」

義州で喉から手が出るほど待ち望んだ、王と大臣らは颯爽と現れた騎馬兵を見て、救世主と思って喜んだ。

「ところで、倭軍はどこですか？」

「平壌城にいます」

「戦力を探らないといけない。道案内の兵士を付けてください」

彼が目の前にいるだけでも心強かったのに、自ら平壌に出向くと言われると王と大臣たちは驚き、喜んだ。

「しかし、遠征でお疲れでしょうから、まずは少しお休みになったらいかがでしょう」

趙を天から授かった神軍のように、王と大臣らは明軍をもてなした。

「皇国の兵士らに肉料理とお酒を出しなさい」

戦乱に追われ王が逃げ回るという状況下、肉や酒を用意することはたやすいことではなかった。だが、侵略軍を退けてくれることを願う一念で手厚くもてなした。

「こんな酒、飲めるか。もっと強い酒を持ってこい」

明国の兵士は強い酒を求めた。特に満州出身の兵士は、いつも黍《きび》を蒸留して造った強い酒を飲んでいた。彼らには朝鮮のマッコリのように発酵した濁酒は物足りなかった。ところが、戦乱の最中に焼酎のような蒸留酒を用意するのは難儀であった。

「救援するため来てやっているのに、こんな待遇でいいのかよ」

朝鮮側は最善を尽したが、明国の将兵は朝鮮側の待遇にしばしば不満を漏らした。しかも、明国の将兵は将校から兵士まで朝鮮を臣下国と見下しており、次第に乱暴を働くようになった。

兵士らは勝手に民家に入り暴力を振るった。初めは酒と牛、豚を強奪したが、酒に酔った何人かの兵士は次第に傍若無人になり、女や人妻を捕らえ、強姦した。

「貴様ら。俺らがろくに食べ物や飲むものさえもない、こんな僻地まで来てやっているのに、ケチを付けるのか、この恩知らずめ」

まさに「盗人猛々しい」輩である。家族が明国の兵士にやられるのを見て抵抗する男たちは、鞭を打たれたり、槍で刺されたりして、死んだ者までいた。

「明の兵士の横暴を止めさせてください」

明国の兵士に被害を被った義州の民らは、王のいる行在所に駆けつけ訴えた。

「よく分かった。家に帰って待っていなさい」

行在所にいた大臣たちは、泣き喚いている民を宥めて帰したが、朝鮮側から救援の明軍に指図することはできなかった。

「余計なことを言ったら、機嫌を損ねるだけだ」

誰も指摘したり止めたりしない状況が続くと明軍兵士らの悪行はますます酷くなり、民の弊害は甚だしかった。

「明軍は援軍ではなく強盗だ」

「味方だと思ったのに……。傍若無人に民家を略奪し、悪業の限りを尽くす。倭軍に抵抗して戦えばご褒美があるのに、明軍に抵抗すれば、逆に朝廷の追及を受け罰せられるだなんて、コン畜生！」

「本当だね。朝廷は、一体、誰のための朝廷なんだ」

明軍の蛮行によって被害を被った民の間では、明軍とそれをかばう朝廷に対する恨みが次第に大きくなっていった。

派遣隊長の趙も、実情は把握していたが、兵士らの士気を考え知らぬふりをした。彼は、兵士の逸脱ぶりを朝鮮の朝廷が問題にしない限り、自ら取り上げる必要はないと考えていた。

「このままここにいたら、みんな殺されちまう」

義州の民は明軍を避け、一人、二人と山に入る者が多くなった。一方、明軍の趙は手柄をあげたくてうずうずしていた。

「出陣せよ」

ところが、彼は敵軍の動静を探るという名目で、義州の南、順安《スンアン》に駐屯地を移した。

「ああ、良かった。すっきりした気持ちだ」

明軍が駐屯地を平壌城に近い順安に移すと義州の民らは喜んだ。援軍という美名の下で行われた明軍の略奪行為や搾取は、明軍に対する朝鮮民衆の思いが大きく離れる原因となった。

趙大将には、占い師を同行し戦う前に必ず吉凶を占う習慣があった。順安でも彼はすぐに占い師を呼び、占いさせた。

「七月十日が吉日でございます」

おみくじをみていた占い師が言い出すと、

「うん？　七月十日なら今日じゃないか」と趙は言った。

「その通りです」

「では、急がないと」

占い師を信奉する趙は、占いに従い即時に攻撃を決めた。兵部尚書の石星は彼に相手との戦を避けるよう命じたが、敵兵を見下した彼はその指示を無視し、占いに頼って攻撃を決めたのである。

順安から平壌まではわずか一里の道のりだった。

「直ちに平壌城に向かって進撃せよ！」

功名心にとらわれた趙は、兵士らを促した。

一方、平壌城にいた一番隊大将の行長は、既に斥候を通じて順安に明軍が入ったことを把握していた。

「軍勢はどのくらいか？」

「騎馬隊三千に、若干の歩兵です」

「誘いをかけろ！」

行長は、作戦会議を行ない虚々実々の策を使うことにした。わざと平壌城の外城を空けておき、怖くて逃げたかのように偽装したのだ。代わりに内城にすべての戦力を集中させ、外城の内側が見える場所に鉄砲隊を集中配置した。

趙の命令を受けた明軍の騎馬隊三千と歩兵五百は順安を発ち、ひと走りで平壌城の前に到着した。

「ためらうな。すぐ攻撃だ！」

一里の道とはいえ歩兵たちは息を切らしていた。騎馬隊を主力とする趙は歩兵の状態を無視し、騎馬隊に攻撃命令を出した。

「それにしても異様に静かですね」

斥候として先に到着していた先発隊の将校が相手の動きがないことに気づき、趙の元に伝令を走らせた。

「心配ない。おそらく怖くて逃げたんだろう。そのまま突入して敵を踏み潰せ」

命令を聞いた先発隊の将校は「突入だ！」と声を張り上げた。

自信に満ちた明の騎馬兵は、破竹の勢いで平壌城の外城を通って内城に向かった。

『ひっかかったな！』

鳥衛門が鉄砲の芯に火をつけた。彼は内城に配置されていた。城壁の上から外城を通過し、こっちに向かって入ってくる明の騎馬隊がはっきりと見えた。

「撃て！」

発砲の発射命令に鳥衛門は引き金を引いた。パンと音がして弾丸が空を切った。それを皮切りにあちこちから弾丸が飛び出た。

「パン、パン、パン……」

「ヒヒーン」「うわっ」

鉄砲隊はまず馬の胴体を狙った。弾丸に当たった馬が先に倒れ、続いて兵士が転がった。三千余の人馬が入り乱れた。それはまさに阿鼻叫喚だった。先発隊の後を追ってきた騎馬兵らは、狭い入口が塞がって右往左往した。遼東出身の兵士は馬術には長けていたが、平原でない攻城戦にはあまり慣れていなかった。明軍はまさに暴風を前にした落葉だった。

一番隊の鉄砲攻撃は絶え間なく、明軍はまさに袋のねずみだった。

鳥衛門は、馬ではなく騎馬兵を狙った。射撃には自信があった。彼が引き金を引くと、鉄砲から一直線に飛んだ鉛の弾は外れることなく正確に騎馬兵の胴体を貫通した。

「うわぁ」という悲鳴とともに相手はふらついて馬から落ちた。相手が倒れたことを確認し、彼はすぐに銃口を拭き、鉛弾を装填した後、再び狙いを定めて引き金を引いた。

「ジジッ」と火縄から火皿の火薬に火が付く音がした。まもなく「パン」という音を出し、肩に衝撃が伝わった。明兵は悲鳴とともに馬上から崩れ落ちるのが見えた。

「ふう〜っ」

硫黄の煙を口で吹き、玉を装填した。鉄砲に手慣れた彼は装填も速かった。さらに彼に狙撃された明兵は致命傷を負った者が多かった。内城の入口に、明軍と馬の死体があちこちに倒れていた。明軍の勢いが弱まると命令が発せられた。

「足軽隊、突撃せよ！」

鉄砲隊の奇襲攻撃で機先を制した行長は、総攻撃の命令を出した。槍を手に城壁の下に身を隠していた足軽隊が「わあっ」と叫びながら突撃した。

最前列の明兵らは、槍の攻撃を受け後方に押し込まれた。一番隊と明軍の肉薄戦は一方的であった。足軽の長い槍を前に明軍は無力だった。騎馬隊は、狭い外城で馬を走らせることはできなかった。動きを奪われた彼らは足軽の長槍に刺され、鮮血を流した。

「下がるな」

後方にいた趙司令官は、騎馬兵が無気力に倒れるのをみて慌てた。しかし退くわけにはいかなかった。名将という世間の評判を保つためには、どんなに兵士らの犠牲があっても耐えなければならなかった。兵士の犠牲より名声にひびが入ることが許せなかった。

しかし、士気を失い逃亡する兵士が続出した。

雨あられのように飛び交う弾丸と長槍の攻撃に、明軍の兵は自分の判断で逃げざるを得なかった。主将の命令により突撃する兵士と逃げ惑う兵士が互いにぶつかり、人馬も入り交じって戦線は乱れた。慌てた明軍兵らは味方同士でぶつかり合って倒れていった。

「退くな。前進しろ！」

趙は馬上で叫んでいたが、戦況が不利だと感じはじめた、その時だった。

「パン、パ～ン」

城壁の上から浴びせられた銃弾の音が大きいと思った瞬間、肩にドンという衝撃が走った。

「あっ！」

彼の口から悲鳴が出た。幸い、鉛弾は鎧の肩の上を通り抜けた。ぞっとして彼は驚いた。

「後退だ！」

自分が敵の鉄砲隊に狙われているとみた。明軍が退くと、士気の上がった足軽隊は執拗に追撃した。

「倭軍の追撃をなんとか避けなければならない」

一番隊に追われ平壌を抜け出した趙と明軍は、相手の追撃を避けるため一晩中、走り続け、やっとの思いで翌朝に安住《アンジュ》に着いた。

「ふぅう、寿命が十年は縮まったようだ」

安住に入ってやっと一息ついた彼は、後ろを振り向いてびっくりした。

あれだけいた兵の姿が激減していたのだ。

「戦死者続出。落伍者もいます」

「副官はどこにいるのか」

「平壌を出た時から見えませんでした」

副官が落伍したという報告だった。

「何という様だ」。彼は自分に付いてきた兵士が千人にもならないことを知って胸がどよめいた。精鋭を誇る騎馬兵三千のうち、残った者が約一千にすぎなかった。これは大敗だった。

「この屈辱は必ず返す。また戻ってきて必ず雪辱を果たす」

彼は、そばにいた朝鮮人通訳の存在も忘れ、怒り狂った。翌日、清川江《チョンチョンガン》を渡って北上した。相手から離れたかったのだ。遼東から鴨緑江を渡ってきた時の、意気揚々とした態度はどこに消えたのか。今やボロボロになった敗残兵にすぎなかった。

そして、遼東司令官の趙と明軍は、復讐を誓いながら遼東に戻った。だが、彼を待っていたのは敗戦に対する責任だった。まず、援軍が行くまで敵の動きだけを覗うように指示したのに独断で平壌城を攻撃して多くの兵を失った責任を咎められた。命令を受けての戦闘に敗れたとしてもその責任を負わなければならないのが指揮官である。ところが命令を無視し、しかも破れ、二千余りの兵士を失った罪は重かった。斬首に処せられても言い訳できない状況だった。

しかし、彼はこう言い放った。

〈朝鮮軍に騙されました。朝鮮軍の通訳が報告するには平壌城は空っぽだと言いました。そのため敵の動きを偵察するため平壌に向かいました。ところがそこに倭軍が待ち伏せをしており、案内した朝鮮軍兵士は我々を裏切り、倭軍に合流して我々を攻撃したのです。ひとまず撤収して再攻撃のため、馬と兵士の食糧を朝鮮側に要求しましたが、彼らは十分な兵糧を提供できないと返信してきました。朝鮮側の組織的な妨害のため、それ以上戦うことはできませんでした。不名誉と知りながら、残りの兵士をなんとか生かして帰そうと思い、遼東に戻った次第です。戦に負けたのではなく朝鮮軍と倭軍に騙されたのです〉

趙の偽りの報告書は、兵部尚書・石星を経て、朝廷に報告された。

「噂の通りではないか」

皇帝に咎められた石星は困った。

「この報告書が事実なら追加の援軍派兵は保留します。しかし、この報告書がどこまでが事実に合致するのか真相を究明する必要はございます」

「分かった。真相究明は必要だろう」

一方、朝鮮の朝廷では「再び戻ってくる」という趙の言葉を信じ、援軍を待った。ところが援軍は来ない。唯一の頼りである洪訳官にしきりに伝令を送った。

「お父様。先発隊が平壌で倭軍と戦って大敗したそうです。朝鮮軍が倭軍と結託し明軍を攻撃したという報告があります」

「えっ、それはあり得ない。嘘でしょう。朝鮮が上国の明国を裏切って不倶戴天の敵である倭軍と手を組むなど絶対あり得ません」

洪は珍しく激高した。

「同感です。しかし朝廷と皇帝様は報告書を信じています。未だ朝鮮を疑う大臣が多くいるので事実を確認し、彼らを納得させなければなりません。しばらくお待ちください。援軍は必ず送ります」

「誠にありがとうございます」

石星は援軍を約束し、対する洪は感謝の気持ちを伝えた。

その後、洪の連絡によって「趙の偽りの報告書が援軍派遣を遅らせている理由」であることを知った朝鮮の朝廷と宣祖は、

「世の中にこんなことがあるのか。あんなにもてなしたのに」

と嘆き、落胆は大きかった。頼れるのは明の援軍だけだ。趙があれほど「帰ってくる」と公言したから、多くの明兵をともなってくるだろうと期待していた。なのに「朝鮮が倭と結託」という偽りの報告をしたというから聞いて呆れてしまった。

「どうすれば、明の朝廷に我らの潔白を証明できるのか」

一日でも早く援軍が来ることを願う王が大臣らに尋ねた。だが、いつものように誰からも声は上がらなかった。大臣たちは、ひたすら「申し訳ありません」と腰をかがめるだけだった。

「援軍が来なければここも危ない。何か方策を探らないといけない」

王は、朝鮮内から勤王兵を集めて侵略軍と戦うよりも、ひたすら明軍に依存することに固執した。

一方、石星は事実関係を確認するため官吏を派遣した。李時子《リ・ジシ》という人物で、彼は遼東まで出てきたが鴨緑江を渡らず対岸にいた。これを知った朝鮮朝廷はすぐ使節を対岸に派遣した。王が急いで大臣の尹と訳官の韓を派遣した。平壌城の防御大将であった尹は平壌を抜け出し義州に来ていた。韓は司訳院出身の訳官で中国語と文章に長けていた。

「朝鮮が倭と手を組んで味方を攻撃し、その結果、皇帝の貴重な兵士らの多くが死亡した。それのみならず兵糧を十分に供給せず、天子の兵士らが疲弊し、乞食までして本国に戻ったという報告があった。一体どういうことだ」

李時子の咎めは厳しかった。

「滅相もございません。どうして我が朝鮮が上国の明国を裏切り、仇である倭軍に協力することができましょうか。あり得ないことでございます。誰がそのような偽りの嘘を流したのかわかりませんが言語道断です。我が朝鮮は、仁義礼智信を大切にしています。我々を助けるために援軍を派遣してくれた上国の恩を返す代わりに、それを裏切るなどとは王をはじめ朝鮮ではありえないことです。作り話です。ご諒察ください」

「その言葉に偽りはないか」

「倭国の侵略を受け、藁でもつかみたい我が朝鮮が、お父様のように頼る上国を欺いて、何の得があると思いますか。得ることもない嘘をつくことはありえません。仮に、仰せの通り我が朝鮮が倭国と手を組んだとして、それで得られるものはなんでしょう。常識的に考えればわかる話だと思われます」

「では、なぜ兵糧を調達しなかったのか。私は遼東に出て、兵士らが疲弊している姿を直接目撃したのだ。それも嘘と言えるか」

「お聞きください。平壌から明国の遼東までは三十里を超える距離です。どんな健常者でも三日はかかります。飲まず食わず、寝ずでは疲弊しないはずがないでしょう。平壌城の戦いで敗れた後、趙大将は後ろも振り返らず凄い勢いで国境を渡りました。本人は馬に乗っていましたが、戦闘に負け、徒歩で必死に逃げた兵士らの疲弊は想像以上だと察せられます。すべてをお話しすると切りがないのでこの程度で終わることをご理解ください。とにかく今回のことについて、朝鮮の過ちを咎めるなら、援軍にも恵みがなく、運も福もないことを叱ってください。そのような叱責なら受け入れますが、とんでもない無実で偽りの濡れ衣を着せられることは断じて許すわけには参りません」

朝鮮側を問い詰めた李は、まず朝鮮の使節である尹の言葉を通訳する韓の流暢な発音と表現力に驚いた。李は、彼らを辺境の下級官吏と見下していたが、堂々と答える尹の態度と彼の言葉を通訳する韓の漢語（中国語）表現から滲み出る知識と教養があることを察した。そして、二人に対する考えが少しずつ変わり始めた。その上、自分の追及に対して責任逃れで、言い訳をするのではなく、むしろ相手の立場に配慮し、陰口にならないように躊躇しながら、極度な言葉を慎む姿を見て、李の態度がガラッと変わった。

「有口無言。説明を聞けば大体、見当がつきました」

李は、二人の人柄に接し朝鮮を再評価し、今回のことは趙大将が責任回避をするための誣告《ぶこく》であることを見抜いた。既に遼東でも一部の兵士から似た話を聞いていた。遼東に戻った李は直ちに報告書を作成した。

〈遼東の趙大将の報告は事実と異なります。朝鮮が倭軍と協力し明軍を攻撃したという証拠は見つかりませんでした。もしその報告が事実だとしても、それは一部の兵士のこと。すなわち、自分たちの私益のために朝廷を裏切り、敵に協力したにすぎません。つまり、朝鮮朝廷が明国を裏切ったことはありません。根も葉もない話です〉

李は調べた内容に基づいて趙の報告が誣告であることをほのめかした。

石星は、李が送った報告書をすぐに明の皇帝に上申した。

「これで朝鮮は汚名返上になった。援軍派兵に関するすべてを再度、兵部尚書に一任する」

「恐れ入りながら、御命に奉じます」

「この度のことで朝鮮の王と民の心に深い失望を与えてしまった。二度とこのようなことがないように配慮しなさい」

「温かいお言葉、肝に銘じます」

石星は皇帝にお辞儀をし、直ちにこの内容を洪に伝えた。

「皇恩に感服するばかりでございます。お陰様で朝鮮は汚名を晴らすことができました。ありがとうございます」

石星から内容を聞いた洪は、皇帝がいる宮殿に向かってお辞儀をし、ひざまずき、感謝を表した。

「まもなく皇帝の勅諭が下ると思います。そうなると正式に皇帝の勅諭の使節が派遣されますので、義父はまず朝鮮に帰り、勅諭の使節を迎える準備をするようにお伝えください」

「ありがとうございます。全ては尚書様のお陰です。この恩をどうやってお返しできるでしょうか。命を捧げてもできないほどです」

「何を仰いますか。養父は親と同じです。親の国を助けることが、どうして恩恵だと言えるでしょうか。そのようなお話はやめてください」

「その通りです。お帰りなる前に少し静養なさってからいらっしゃってください」と、隣で洪と石星の話を聞いていた柳夫人が口を挟んだ。彼女は、落ち着かない様子の洪の姿をずっと見守っていた。食事も喉に通らず痩せた養父をそばで見てきた彼女にとって、援軍派兵が決まったという朗報に胸をなでおろした。そして、養父にしばらく静養をしてから帰国するように懇情した。しかし洪は、誣告により派兵問題がこじれ、遅れたことで、

「いいえ。一刻を争います。すぐに出発します」

「やはり、そうでしたか。こちらに保養食を用意しておきました。途中で召し上がってください」

洪の真面目な性格と忠誠をよく知る柳は、そんなことだろう笑みを浮かべながら包みを渡した。

「養父だからといって居座り、我がままばかり言っていました。いつもながらのお心遣いに感謝します。とにかく、この度のお二人のご恩は一生忘れません」

洪は、石星夫妻に感謝を表し、すぐ朝鮮に向かった。

「大儀であった」

洪が義州に戻り、明の朝廷から援軍派遣が決まったことを伝えると王と朝廷の大臣たちは大いに喜んだ。ひたすら川の対岸を眺め、毎日、不安に怯え、苛立っていた王の顔から暗い陰がなくなった。それをみて朝廷の大臣や女官、さらに官奴の顔からも不安な表情は消えた。

明国の勅使

「天子国の勅使が鴨緑江を渡ってきています」

首を長くして明国からの援軍を待っていた王に報告が届いた。

「それはそれは。出迎えに行きたいので直ちに案内せよ」

釜山浦に小西行長の率いる一番隊が侵入してから、ひたすら顔をしかめ続けてきた王の顔にようやく笑みが戻った。王の宣祖が大臣と共に鴨緑江の砂浜まで出迎えると、「遊撃将の沈惟敬《シン・イケイ》です」と、鋭い目つきの沈が自ら名乗った。ところが、引率の兵士はなく、わずかな下僕が後ろに立っているだけだった。

「兵士は……?」

王と朝廷の大臣たちはがっかりした。周りを見ても明軍の兵士の姿がなかったからだ。目から鼻へ抜けるような鋭い沈は、その落胆した様子を見て、「兵部尚書の石星様の指示で特別に派遣されました」ともったいぶった。

沈は浙江《セッコウ》省の出身だった。両親が市場で商売をしていたため、幼い頃から商術を身に付け、人を欺くことに長けていた。十八歳の時に交易船に乗る機会があった。国際的な交易港である堺にも幾度か行ったことがある。交易船に乗ってあちこちの地域を回ったことがあるので、肩越しに見たり、聞いたりしたりして、見聞が広いと評価された。片言ではあるが日本語も少しはできた。

「倭国をよく知っている人物がいます」

日本に関する情報があまりなく、藁にもすがりたい石星だった。秀吉の朝鮮侵略について情報を収集している石星に、知人が推薦してきたのが沈だった。

「直接会ってみたい」

そして、兵部尚書の石星と沈の会合が設けられた。

「今、援軍を派兵するために兵士を集めていると聞いています。いくら早くても一カ月以上の時間がかかるでしょう。しかし、倭軍は今、朝鮮の平壌まで来ています。このような状況であれば、倭軍は一カ月以内に遼東まで侵入してくるでしょう。そうなれば我が国も戦に巻き込まれる恐れがあります。一度、戦に巻き込まれると、民の弊害は甚大になるでしょう。しかも北方では満州族が勢力を伸ばしています。倭軍との戦いに巻き込まれ、朝廷が混乱に陥れば、満州族がどう動くか見当もつきません。倭軍が遼東に入ることだけは絶対に防ぐべきです。何をしてでも倭軍の進撃を朝鮮の地で止めるべきです」

兵部尚書の石星は内心驚いた。沈がすでに日本と朝鮮、そして明国と満州族の状況まで的確に分析したからだ。

「うむ、それでは倭軍の足を止める策があるのか？」

石星は、あまりにも達弁な沈を疑わしく突っ込んで質問した。

「まず、小生を朝鮮に派遣してください。尚書様の特使として派遣してください。さらに、臨時職でも良いですが、遊撃将という肩書きをくだされば倭将に会うために役に立つと思います。必ず倭軍の進撃を阻止します」

「倭軍の進撃を本当に阻止できるのか」

「はい。それには倭将を安心させるための証明書が必要です。尚書様の印鑑が押された証明書をください」

石星が自分の策略に同調する気配を見せると、沈は、優位に立って色んなことを要求してきた。子どもの頃から身に付けた商売の手法だった。

「よし、分かった。その代わり、倭軍の進撃を阻止できなければ責任を取ることになる」

「心配ご無用です。神様に誓います。援軍が到着する前に小生が倭軍を退けてみせます。ハハハ」

大口をたたいた沈は、遼東に向かった。遼東は朝鮮と国境を接する辺境である。沈が石星の特命を受け、北京を発ったのが陰暦の八月だった。その年の八月は残暑が厳しく猛威を振るっていた。木陰一つない遼東の野原に降り注ぐ太陽はまさに炎天だった。

『暑すぎる』

沈はあまりの暑さに悲鳴を上げた。全身に降り注ぐ直射光も厳しかったが、馬の鞍と尻の間で生じる摩擦は特に彼を苦しめた。彼は鎧に慣れていなかった。なのに身分を誇示するために重い鎧で着飾ったから余計に苦しかった。

「本当に辺境だなぁ」

遠い道のりに疲れた沈は、国境の鴨緑江を渡る前に遼東のことをそう思い、そして、『こうした辺境の田舎者なら騙すのはさほど難しくないだろう。この私の手腕を見せつけよう』と、沈は自信満々だった。

「成功すれば、俺の三寸の舌が、援軍三十万に匹敵するということだ。ハハハ」

彼は明の援軍が川を渡る前に相手を朝鮮から撤収させれば、その功はすべて自分のものになると思い、ほくそ笑んだ。

『計画通りにいけば、今後すべての外交はこの手に委ねられるはず。そうなれば、礼部尚書の位はそう難しくない』

浅知恵と策略に長けた彼は、ここぞ出世の機会と思い、期待を膨らませた。

ところが、朝鮮の王や大臣たちが兵士がいないことを見て失望した様子を見せると、「援軍七十万の兵力が遼東に来ています。倭軍を追い出すことは時間の問題。心配ご無用です。その前に皇帝が敵勢を探るために私を派遣したのです」

沈が虚勢を張ると、「皇恩に感謝します」と、王と朝廷の大臣らはすぐさま顔色を変え、安堵する様子だった。

人を欺けることに長けた沈は、平壌城にいる行長宛てに次のような書信を送った。

〈明軍七十万が鴨緑江を渡ろうとしている。もし、講和を望むなら、直に会って話し合いたい〉

沈の親書を受け取った行長は、すぐに〈受け入れる〉と返信した。

文禄元年（一五九二年）の陰暦九月一日に沈と行長の会談が実現した。平壌城から北に約十里離れた降福山《カンボクサン》の麓が会談場所になった。山の中腹に楼閣があり、そこから大同江が見下ろせる場所だった。

沈は随行員二人だけを同行したが、行長は対馬島主の義智とその家臣の柳川、軍師役の内藤如安、そして漢文に長けた僧侶の玄蘇を同伴し会談に臨んだ。会談の周辺には行長が率いてきた兵士たちが警備に当たった。長槍を手にした足軽隊と鉄砲を持った鉄砲隊の数だけでも五百名は超えた。

「さすがですね。護衛兵も連れず、我が軍の陣営に来られ、兵士たちの槍と刀の前でも顔色一つ変えず堂々と座っておられるとは、死を恐れない君子のようです。その気概を見習うべきでしょう」

会談を前に行長が沈をおだてた。行長としては朝鮮側に和平を提案したが、断られたこともあり、会談に臨んできた沈が非常にありがたかった。

行長におだてられると沈は、「唐の時代、郭公という人は一万の兵士に囲まれてもびくともしなかったといいます。この程度の兵士に囲まれて恐れるものですか」とさらに虚勢を張った。

「死を恐れない気概と勇気に感服するだけです」

沈が故事を引用すると、行長は再び沈を讃えた。もちろん行長が中国の郭公の故事を知るはずはなかった。

「ところで、そなたらはどうして我が明国を討つというのですか」

「いいえ。こちらは明国との交易を望んでいるだけです。明国の皇帝様が交易を許すという勅命を下してくだされば、明日にでも撤退いたしましょう」

行長の口から撤退という言葉が出ると、「それは誠ですか」と沈は目を大きくし内容を確かめた。彼は、相手を朝鮮から退かせることができるなら何でもしようと思った。

「偽りなど微塵もござらん」

行長が頭を下げながら答えると、「分かりました。では、その希望を叶えましょう。しかし、皇帝の勅令を受けるためには北京に行く必要があります。往復するには五十日はかかります。私が直接行きます。その間、戦は避けるべきです。よって今日から五十日間は休戦といたしましょう」

朝鮮に上陸する前から講和交渉を通じて、交易に有利な条件を得て、戦を止めようとした行長だった。このまま戦が続けば、兵士たちの犠牲が増えるだけだった。兵士たちは自分の領地民である。秀吉の命令に従って領地の丈夫な男衆をかき集めて朝鮮の地に渡ってきた。領地には農作業に携わる人手が不足していた。戦が長引けば長引くほど収穫は減り、直ちに領地の財政難に繋がることは必至である。戦いに勝利すれば賠償を取り、補填することも考えられた。ところが、相手を完全に降伏させて賠償を受け取れるなら良いが、そうでない場合、その代価はすべてこちらのものになる。略奪をして財政難を解決するには限界があった。しかも、朝鮮は都が占領されても降伏をせず戦い続け、明国までもが参戦してきた。

「見込みのない戦だ。泥沼の戦になりかねない」

そう察した行長は講和を提案した沈にしがみつきたかった。しかし、内心を隠し、意地を張りながら承諾した。そして、条件も付け加えた。

「承知しました。しかし五十日が限度です。約束を守らなければ直ちに戦闘を再開します」

沈はすぐ反応した。

「これを見てください。私に全権を委ねるという文書です。朗報を持って戻りますので、しばらくお待ちください」

そして、沈は自分が頼んで石星が臨時に作成した書類を皇帝の文書と騙し、見せた。焦る行長にとって沈の舌先から出る甘言はあまりにも甘かった。不審な点がないわけではなかったが、この証書が決定的なものになった。

「なるほど」

そばにいた対馬島主の義智も頷いた。明の皇帝の印鑑など誰も見たことがない。そこに押されているのが皇帝のものなのかは知るすべはなかった。行長は軍師役の内藤如安をちらりと見た。彼も頷いた。

意見が一致したとみた行長は、「では、あなたの言葉を信じて、休戦の提案を受け入れます。約束は必ず守っていただきたい」と高ぶる気持ちを抑えて言った。

沈は、巧妙に行長を騙し切った。彼は親譲りの商人の習性を身に付けていた。利益のためには手段と方法を選ばないのが彼のやり方だった。自分の利益のために、手のひらを返して相手を欺くことぐらいは簡単なことだった。

「ハハハ、この休戦により明国と貴国は互いに信頼を築けるでしょう。休戦の約束を守れば信頼はさらに大きくなるはず。そうなればそちらのご希望通り交易もできるでしょう」

元々、小利口でずるい沈は、行長を思い通りに操ったと思い、次第に自分を過大評価するようになった。

『フフフ。私の手中にある』

つまり自分が人の心を洞察する能力を持っているので、行長をもてあそべると思った。敬虔なカトリック信者である行長は、物静かな性格で品性もあって穏やかだった。しかし、沈は彼を世間知らずと判断した。行長の印象と対話から彼のすべてを把握したと思い、操れると確信した。ところが、自分をも知らないのが人の心、他人が知る由がないのに小賢しい沈は、表面だけで行長の全てを見抜いたつもりだった。自分を過大評価する人間がとかく陥りやすい落とし穴だった。

ともあれ会談後、休戦が成立した。小西軍は平壌の西北十里を境界に木の杭を打ち込んだ。

「朝鮮軍は杭の中に入って我が軍と戦うことを禁ずる」

ところが、会談の結果と休戦の話を聞いた朝鮮側は、沈に強く反発した。

「何と言うことか。倭軍を追い出せと言ったのに休戦とは……。朝鮮の地に仇である倭軍が闊歩しても構わないということなど、とんでもない」

「まあまあ、静まれ、静まれ。すべてのことは倭軍を騙すためです。援軍が来るまでの時間稼ぎで、倭軍を足止めするためです」

「しかし、朝鮮の民が被る疲弊を考えれば、一刻も早く倭軍を追い出さなければなりません。五十日間も休戦になれば、その間の民衆の被害が心配です」

沈の言い訳に朝鮮の大臣が心配そうに答えた。

「朝鮮の厳しさはよく知っています。しかし、それが兵部尚書様が私に与えた密命です」

「……」

真実と嘘を巧妙に混ぜた沈の答弁に、明国だけを頼りにしていた王と大臣らはそれ以上、突っ込むことはできなかった。

「じゃあ、慌てずに待っていてください。いい知らせを持って来ますから」

沈は五十日間の休戦成立で手柄をあげたと思った。明の朝廷からの褒美を期待した彼は急いで鴨緑江を渡り、北京に戻った。

〈援軍が鴨緑江を渡らなければ、倭軍も大同江の以南に退くと約束しました。倭軍が朝鮮に入ってきたのは、戦いが目的ではありません。倭国は天朝に朝貢をし、交易を望んでいるだけです。彼らは、朝鮮に仲介を頼みましたが実現せず、やむを得ず海を渡ってきたと言いました〉

北京に戻った沈が石星に報告した内容であった。これも実際の講和とは異なるでっちあげだった。行長との会談では、天朝の兵が鴨緑江を渡らなければという条件はなかった。沈の狙いは、明の援軍が朝鮮に入ることを防ぐことだった。援軍が朝鮮に入れば、衝突が起こり、そうなれば自分の役目はなくなると思った。つまり、行長を操り、相手を撤収させればその功は全て自分のものになると目論んでいた。

「大儀だった。決して容易ではないことを成し遂げたな。その功は大きい」

兵部尚書の石星は沈の言葉を鵜呑みにした。期待以上の活躍に満足し、沈を褒めた。北京にいる石星には、情報が不足していた。沈を朝鮮に派遣したが、彼が戦況だけでも正確に把握して報告してくれればそれでいいと思っていた。なので、五十日間の休戦を導き出したことは思った以上の成果だった。朗報だった。

「皇帝陛下にも休戦が成立したことを上申していただきませんか」

腹黒い沈は、自分の手腕を皇帝に認められたかった。運が良ければ官職が与えられるかもしれないという期待があったからだ。

「それは当然のこと」

お人好しの石星は、功を立てた者が論功を受けるのは当然と思った。

『フフフ、この度の戦は俺の手にかかっている』

行長との休戦を導き出し、その結果によって石星に褒められた沈は、心の中で傲慢さがうごめいた。まさに自分が全てを牛耳るのだと思い始めた。

ところが、行長は総司令官ではなく一番隊を率いる大将にすぎなかった。一番隊が休戦するか戦うかを決めるのは行長の役目だったが、平壌城を退くかどうかは本国にいる秀吉次第だった。

『戦わず倭軍を追い出したら、明国だけでなく朝鮮も私に感謝するだろう』

沈は、自分の舌で両方を騙し、この戦いを終わらせられるとの自信に満ち溢れていた。日本の遠征軍の組織を理解できず、海の向こうにいる秀吉がどんな人物か全く知らないのに、沈はただ行長を相手に自分が今回の戦争を終わらせることができると勘違いした。

しかし、沈が北京に戻った頃、石星は朝鮮の王と民心を慰めるために別の勅使を朝鮮に派遣していた。薛藩《セチ・パン》という人物だった。彼は皇帝の勅諭（王が下賜した書札）を携えた、朝廷から正式に派遣された勅使だった。沈の時とは違って、あらかじめ通知を受けた朝鮮の王は全ての文武百官を連れて鴨緑江まで出向き、勅使を丁重に出迎えた。朝鮮の切迫した心情が反映された迎賓だった。

「お疲れのことでしょう。遠い道のりで大変だったと思います。御礼を申し上げます」

「皇帝陛下の勅諭でござる」

王の行在所に案内された勅使の薛は、龍が刻まれた櫃《ひつ》を王の宣祖に手渡した。宣祖は頭を下げ、礼を示した後、両手で丁寧に勅諭を受け、再び承旨（秘書官）に渡した。承旨は大声でこれを朗読した。

「朝鮮は皇国の藩である。普段から皇帝を敬い、忠誠を尽くしてきたことをよく知っている。この度、野蛮国である倭の侵略を受け、都城を奪われたと聞いておる。倭軍の蹄の下で塗炭《とたん》に陥った民のことを思うと心が痛む。朝鮮の困難を察して援軍を派兵することとして、すでに遼東の諸将に命じて朝鮮に渡るように措置をした。すぐに良い知らせがあるだろう。なお、兵部を通じて遼東と遼陽の兵士を募集するよう宣諭した。

倭を徹底的に懲罰するため、琉球（沖縄）や閃羅《せんら》（タイ）などにも勅諭を下し、兵士を集めている。状況が難しいことは察するが、諦めたり敵に降伏したりすることは止めてほしい。天子を頼り危機を乗り越え、節義を守り、最後まで忠誠を尽くせ。そうすれば、再び過去の栄華を回復することになるだろう」

承旨の朗読が終わると、王をはじめ腰を低くしていた大臣らが涙を流した。勅使の薛は、朝鮮の王と大臣の様子をみて、朝鮮の状況を正確に把握した。つまり朝鮮は和平交渉を望んでいないし、ひたすら侵略軍の兵士を追い出すことを望んでいると。薛は状況をできるだけ客観的に把握しようとした。多くの大臣に会い、先入観を捨てて、事実だけを集めた。任務を終え、北京に戻った薛は自分が収集した情報に基づき、次のような復命書を書いた。

〈申し上げます。北京が人の心臓なら遼東は左肺に当たります。そして、その肺を包んでいるのが朝鮮です。つまり、朝鮮は遼東を防ぐ要衝地であります。今まで渤海に倭寇が跋扈《ばっこ》していなかったのは朝鮮があったからです。もし朝鮮の地が倭人の手に落ちることになれば、遼東だけでなく山東半島の北にある天津までも倭寇に脅かされかねません。そうなれば遼東や天津の民の弊害は言葉では言い表わせないほど大きくなります。急いで天朝の援軍を派遣し、朝鮮と協力して倭軍を撃退すべきと思われます。その策だけが天朝の安寧を保全できる方策でありましょう〉

薛の報告書を読んだ、明の皇帝は、「兵部尚書はこの復命書の内容をどう考えているのか」と石星に意見を求めた。

「実は、臣が朝鮮に派遣した沈という者が倭軍と交渉し、五十日間の休戦を導き出しました。その間、兵を募集すれば時間的にも余裕があって味方に有利になると思われます」

石星も薛と同じ意見を出した。援軍派兵は洪との約束でもあったからだ。

「兵部尚書の考えがそうなら、早く兵士を集めて援兵を派遣するようにせよ」

再び神宗の命令が石星に伝わった。本来の計画通り援軍を派遣し、「侵略軍を追い出せ」という皇帝の命令だった。これにより舌先三寸で明国の援軍派遣を防ごうとした沈の計略は無為に終わってしまった。

晋州城

「向こうの山に倭軍が現れたぞ」

「確かか？」

「聞いたのよ。隣の朴《パク》さんがお墓に行くところで倭軍を見たって」

「それが事実なら、早く監営（役所）に知らせなければ」

晋州《チンジュ》の村民が山で「倭軍を見た」という噂はたちまち広まった。

晋州は南の慶尚道にある監営の所在地だった。朝鮮では各道の首長である観察使が職務を遂行する地域に監営を置いた。つまり晋州は慶尚道の要所だった。

高麗王朝が滅び、朝鮮王朝が始まり、三代目の王の太宗の時には全国が八道に分割された。地方の要所には監営が設置され、そこに正三品官職である牧使を任命した。そして牧使の下に判官（従五品の武官）と教授（従六品）を置き、牧使を補佐させた。

晋州の西北には霊山といわれる智異山《チリサン》があった。智異山は峰も多く谷も深いので全羅道と慶尚道の境界にもなっていた。そして西側には幅も広く、流れの速い川が流れ込んでいた。いわば晋州は西側と南側が川に囲まれた城邑村だった。

「噂を聞いたか。倭の奴らが攻めて来たんだって」

「何だって。どうすりゃ良いの」

「急いで逃げるんだ」

噂を聞いた下僕たちが怖じ気づいて騒いでいた。

「どうしたの？　何が起こったの？」

家の庭に座り込んで木の下の蟻を見つめていた子どもが、その騒ぎに気づいて頭をもたげた。

「若様。倭の奴らが攻め込んできたそうです」

「倭の奴ら。悪い奴らだ。心配するな、俺がやっつけてやる」

子どもは下僕たちが怖がるのを見てなだめようとした。そして、手をバタつかせながら立ち上がった。子どもの名は遇聖《ウソン》、姓は康《カン》で、父は康有慶《カン・ユギョン》という人物だった。彼は科挙（官僚試験）に合格し、当時従六品の教授の官職に就いていた。朝鮮では地方にいる儒者を指導するために中央から教授を派遣していた。彼は、壬辰年（一五九二年／文禄元年）の春に教授の職を授けられ、晋州に派遣されていた。住まいは晋州城の外にあった。

遇聖は父の影響を受けて幼い頃から『小学』を学び、最近は「孔子曰く、孟子曰く」と「四書三経」を読んでいた。最初は漢文で書かれた文章を意味も知らずに音読したが、十二歳になると次第に字句に対する理解が深まった。そのおかげで幼いが漢文の意味を理解することができた。

漢字が読めない下僕たちは、当然、漢字を使う彼を偉く思っていた。彼も無意識のうちに下僕の前では偉そうな仕草をしていた。しかし、十二歳の子どもである彼は「倭兵」を見たこともなく、また下僕たちがどうしてそんなに怖がるのか、その意味も分からなかった。大人の下僕たちには「倭兵」は恐怖の対象であり、下手すれば殺されるという認識があった。生死の意味がわかる大人に死は、すなわち無だった。生きているからこそ人としての存在価値があるが、死は存在の否定であり、やがて虚しさに繋がった。知識の有無とは関係なく、下僕でも大人なら自然に死、つまり無に消え去ることへの恐怖を感じていた。ところが、十二歳の子どもにはいくら漢字が読めても、まだ有と無、すなわち生と死を区別する認識はなかった。子どもにとっての死は、ただ長く眠っていることにすぎない程度の概念だった。

それはともかく、遇聖は偉い両班の真似をし、下僕たちを慰めようにした後、すぐに庭の右側にある部屋に駆けつけた。それからまず戸の外で丁寧に頭を下げて礼を表し、「お父様。倭の奴らが攻めこんできたそうです」と、非常に丁寧に、そしてゆっくりと伝えた。

「もう聞いた。おぬしは軽挙妄動せず謹んで行動をしなさい」

部屋のドアは開かなかったが、少しどろどろした低い声が部屋から聞こえてきた。

「もうすぐ城に参る。衣冠と馬を用意しなさい」

「はい。承りました」

すると、子どもの後に付いてきた下僕の一人が頭を下げて、すぐに奥の間に衣冠の準備を伝えた。そして、下僕は庭から出て馬小屋に向かった。

「軽はずみな行動をしてはいけない。書冊を読みなさい」

遇聖の父は、縁に腰掛け冠の紐を結びながら、気になる様子で庭に立つ息子を見ていた。そして、立ち上がり、謹厳な表情で勉学を勧めた。

「かしこまりました」

一方、晋州に現れた「倭兵ら」は豊臣秀勝が率いる後方支援隊だった。朝鮮征伐において秀吉は最初、八つの軍団を編成した。一番隊の小西行長、二番隊の加藤清正、三番隊の黒田長政……、そして八番隊が総大将の宇喜多秀家だった。合計十五万の大軍を派遣したが、用意周到な秀吉は後方支援のための別働隊を編成した。いわゆる九番隊だったが、大将は秀吉の甥、秀勝だった。

秀勝は、秀吉の姉の智子と三好（吉房）の間に二番目の子として生まれた。秀吉が妾の淀君との間に授かった息子の鶴松を三歳で亡くすと、彼は甥の秀次を後継者にした。秀勝は秀次の実弟である。当時、織田家の本拠地だった岐阜地域を治めていた。朝鮮に渡った時、彼は二十七歳だった。秀吉から直に派遣命令を受けた彼は、一万余の軍勢を率いて壱岐島を経て朝鮮の巨済島に上陸した。朝鮮に入った彼は血気に溢れていた。

「皆殺しにしろ」

後方支援の任務を担ったが、本来の任務より積極的に戦を仕掛けた。そして、晋州まで進んできた。

「倭兵が民家を略奪し、その弊害は甚大です」

「倭兵」を見たという噂に続き、今度は略奪と拉致騒ぎの報告が牧使のいる官衙《カンア》（役所）に相次いで届いた。

「大変だ。どうすればいいのか」

当時、晋州の牧使は李敬《イ・ギョン》という人物だった。文官出身の彼は報告書を読んで手が震えた。そばにいた武将の金時敏《キム・シミン》はその姿をみて情けないと思った。金時敏は判官（従五品）の官職だった。判官の任務は牧使を補佐すること。牧使は正三品で、対外的な業務が多いため判官が雑多な訴訟などを処理し、牧使を手伝った。

「倭の大軍が侵略したという噂は本当ですね。まさかと思っていたが、火種がここまで来るとは。泗川《サチョン》に倭軍が出没し、多くの民が被害を受けたそうです」

「では、早く兵士を集めるべきです」

慌てる牧使の話を聞いて、金時敏が募兵の提案をした。ところが、それを聞いた牧使は顔をしかめた。そして、「我々だけでは大軍を阻止できないだろう」と呟いた。

「それでは、どうするおつもりですか」

「つもりも何も、うちだけでは外敵を防ぐことはできない。とりあえず身を隠そう。不利な時は後日を図るのが得策だろう」

判官の金は牧使と意見が異なった。しかし、上官である牧使の意見を無視することはできなかった。

『小心者！』

彼は心中、牧使をそう思ったが口にはできなかった。下級者が上官を馬鹿にすることはできないし、指示に逆らうこともできなかった。いくら大義名分があっても、上官の命令に逆らうと弾劾の対象になるだけで首が飛ぶこともあった。

「承知しました。意見に従います」

金は、仕方なく牧使と共に北の智異山に入り、身を隠した。ところが智異山に入って間もなく、牧使が背中に膿がたまるほどの重病となった。

「膿がひどいです。医員に見せて薬を処方してもらいましょう」

牧使を補佐する官吏たちが医師に見せることを勧めたが、戦の危険を避けて山奥に入った牧使にその気はなかった。やがて、背中から始まった毒気は全身に広がり、立つどころか横になることも苦しくなった。

「痛い、痛い」と苦痛を訴えた挙句に、牧使はそのまま山の中で息を引き取った。地域の責任者である正三品の牧使が任地ではなく、山中で病に倒れたことに、「意味もない、ただ虚しい死だ」と金時敏は思った。

牧使が死ぬ前、金誠一は慶尚道地域で兵士を集めていたが、慶尚道の要衝地である晋州に来て、晋州城ががらんとしていることを知って驚いた。

「牧使は城を抜け出して、智異山に入りました」

「何のつもりだろう」

奇異に思った彼は直ちに、牧使に伝令を送り城に戻るように促した。ところが、牧使が病にかかって動けないという返事が戻ってきた。

「何という人だ。こんな危機的な状況下に首長が任地を離れて……。仮病ではないのか」

呆気にとられた彼は、自ら智異山に行くことにした。ところが、途中で牧使が病死したという訃報に接した。

「うむ。弱り目に祟り目か」

葬儀を取り仕切った判官の金に臨時牧使職を頼んだ。

「牧使職が空席なので代わりに判官が牧使になるしかない。早急に兵士を集めて晋州城を守るべきだ。晋州城がどれほど重要な要所なのかは、貴殿もよく知っているはず。万一、晋州が崩れれば全羅地方が危ない。全羅道は穀倉地域である。もしこの地域が倭敵の手に落ちたら、食糧の宝庫が敵の手に渡ることになる。そうなると、まず民が飢饉に陥り、ひいては国全体が危うくなるだろう」

招諭使《チョユサ》（兵士を集める臨時職）の彼には牧使を任命する権限はなかった。ところが、彼は「北の義州にいる王に書状を出し、裁可を受けるには一カ月以上がかかる。一刻を争う時期にぐずぐずしていては国が滅びる」と判断した。

「後で追及され大変な目に遭うことがあっても、まずは足元の火を消さなければならない」と思い、武官出身の金時敏に臨時的に牧使職を任せたのだ。

金誠一は、「晋州城で侵略軍を防げなければ、朝鮮全土が侵略軍の馬蹄に踏みにじられる」と思っていた。

「ふぅ〜っ」

彼は大きくため息をついた。二年前に朝鮮通信使が派遣された折、彼は通信使の副使として日本に行ってきた。そのことを思い出すと万感が交差した。

「豊臣秀吉は好戦的な人物に見えました。軍備と勢いからみて朝鮮を侵略すると見込まれます」

「そうではございません。臣が見たところによれば豊臣秀吉はイタチのような顔をし、小人の姿でした。朝鮮を侵略する人物とは思えません」

正使の黄が、王に「侵略はある」という意見を、副使として同行した自分は「侵略はない」と正反対の意見を言い張った。ところが侵略は事実となった。責任を負わなければならなかった。怒った王は兵馬使の職を務めていた彼を罷免した。偽りの報告をした罪の代価として処刑される寸前だった。運よく同じ党派の柳成龍が彼を救った。

「罪の償いは後からでも良いと思います。戦争が勃発したので、まずはこの兵乱を収拾することに集中すべきです。人手が足りないので彼に兵士を集める任務を与えた方が得策でありましょう」

柳は王の前で彼をかばった。

王は、「風前の灯火」にある彼を今、罰するのは得策ではないと悟った。そして彼に罪を償うためにも全国を回って兵士を集め、侵略軍を阻止するよう命じた。与えられた職責は、招諭使という臨時の官職だった。

彼は王の恩恵に感激した。あの時、召喚を受け、そのまま取り調べを受けたとすれば、斬刑を免れることはできなかった。命拾いになった彼は必死で働いた。まず慶尚道のあちこちを回りながら勤王兵を集めた。まさに孤軍奮闘であった。罪を償うために粉骨砕身のつもりだった。死も辞さない覚悟になると、党派のような虚像より物事の本質を直観することができるようになった。形式よりは実質を重視するようになった。観点が変わると早い判断、決断が可能になった。党派や私利私欲を考えずに責任から逃げ回ることはしなかった。

「周辺地域にも檄文を貼り、義兵を集めるようにせよ」

臨時牧使の金時敏と一緒に晋州城に戻った彼は、晋州城の軍兵だけでは敵軍を防ぐことが難しいと推察し、周辺地域にも檄を飛ばした。牧使が逃げ出し、空城だった晋州城は、彼の努力と督励で官民と義兵らが集まり始めた。そして、慶尚道の要所、晋州城は徐々に本来の姿を取り戻した。

一方、巨済島に駐屯していた九番隊の主将、豊臣秀勝には海千山千の戦を経験した百戦錬磨の細川忠興や加藤光泰が同行していた。細川は明智光秀の婿だった。光秀の娘であるガルシアを正室に迎え、二人の仲は睦まじいと噂されていた。ところが本能寺の変が起こった後、彼は信長に対する忠義と義父との間で悩んだ。その挙句に彼は愛妻を寺に幽閉させ、光秀とは絶縁を宣言した。そして秀吉の側についた。秀吉に協力し、義父だった光秀を敗走させ、死に追いやった。秀吉は、多くの戦いで自分を助け、功績を残した彼を非常に信任した。そのような縁で甥の秀勝を心配した秀吉は、彼を諮問役兼参謀につけて朝鮮に派遣したのである。

ところが巨済島に滞在していた秀勝は、間もなく病に倒れた。水や風土が違う巨済島で風土病にかかってしまった。異郷で名も知らぬ病気に苦しんだ彼に本国から医師を呼ぶなど、あらゆる手を尽くしたが、効果はなかった。免疫力の弱い人に風土病は致命的だった。あらゆる処方と努力が報われず、彼は苦しみながら息を引き取った。

「恐ろしい」

目に見えない風土病に兵士らは漠然とした恐怖に包まれた。総大将のあっけない死に兵士たちの士気は地に落ちた。

「これ以上、士気が落ちたら危ない」

「同感です」

総大将の病死で、士気が落ちることを恐れた細川は、加藤光泰と相談した。

「まず、ここの風土が悪いから、ここを離れる」

そして、巨済島を出て泗川に入った。

するとすかさず、〈倭軍が泗川に陣を張りました〉と、晋州城にいた臨時牧使職の金時敏のもとに報告が届いた。

「攻撃に備えよ」

金時敏は兵士を集める一方、兵糧と煙硝（火薬の材料）を備蓄させた。そして軍器庫にある銃筒を取り出し、兵士たちにその使い方を教えた。

〈金時敏を晋州牧使に任命する〉

そんな時、飛脚が到着した。金誠一の進言を受けた王が、金時敏を正式に牧使にするという任命状を出したのだ。

「わあ！」

彼が正式に晋州牧使に任命されると、城内の士気は倍加した。金誠一も晋州城の軍民の士気が高いという知らせを聞いた。彼はさらに各地の義兵と協力し、固城《コソン》と昌原《チャンウォン》に出没していた「倭兵」を攻撃する計画を考えていた。

一方、朝鮮の義兵による奇襲攻撃を恐れた九番隊は、「ここも危険なので三番隊と合流した方が良い」と東の方面に駐屯地を移した。金海《キムヘ》城には黒田の三番隊の一部が駐屯していた。

当時、九番隊は主将の秀勝が死去した後、最も年上である加藤光泰が臨時に主将を務めていた。

「慶尚道の主力は晋州城にいるそうです。彼らを攻撃して根を絶ってしまえば、周辺に出没する朝鮮の義兵は自然と支離滅裂になるでしょう」

彼に細川や木村などの領主たちが晋州城の攻撃を主張した。

「晋州城の兵士は三千人にすぎないと噂しています。我が軍は一万以上で、ここの三番隊の兵士が加われば二万に達します。あのくらいの城を落とすのは朝飯前のことでしょう。兵士の士気を高めるためにも晋州城を攻撃すべきです」

これを聞いた光泰は頷き、「朝鮮の義兵どもは元々は百姓にすぎない者。その者らが兵器を持って我が軍に挑むなど許しがたい。見せしめのためにも攻撃する必要はあるでしょう」と反応した。こうして、ついに晋州城への攻撃が決まった。

「進撃せよ」

九番隊、三番隊の連合隊兵力の二万は武装して晋州城に向かい、西進した。文禄元年（一五九二年）の陰暦九月の末のことだった。

「あの城を攻撃しろ」

連合隊は晋州に向かう途中に、まず昌原城を攻撃した。兵士の少ない昌原城は呆気なく連合隊の手に落ちた。

「周辺の村を燃やせ」

連合隊の首脳部は、朝鮮軍の襲撃と義兵の活動を阻止するという名目で周辺の群落も全て燃やすようにした。捕まった朝鮮の男はすべて即決処分で首をはねられた。女、子どもは捕虜にした。昌原城を陥落させ、周辺を平定した連合隊は直ちに晋州に向かった。二万の兵士は悠々と進み、晋州を三方面から囲んだ。

「倭軍の攻撃がはじまりました」

一方、兵士たちを集うため、慶尚道内を回っていた金誠一に「倭軍が晋州城に向かう」という知らせが伝わった。

〈牧使の家柄は代々朝廷の恩恵を受けた忠臣の家門である。名門家の忠臣なら命をかけ忠節で敵を防ぐべき。死ぬ覚悟で倭軍と戦い、晋州城を守ってほしい〉

彼はすぐに激励文を書き、晋州城に飛脚を飛ばした。

〈倭敵の侵略で上様と朝廷が危うくなり、民衆が塗炭の苦しみに陥っています。朝廷の臣下として命を惜しむことはありません〉

金誠一の書簡に対する金時敏の返信だった。

「さすが忠臣だ」

金牧使の固い意志を確認した金誠一は、指揮下の伝令を慶尚道の各地域に派遣した。義兵長と地域の官長らに晋州城の応援を要請するためだった。

「郭《カク》様が義兵を率いて到着しました」

すぐ効果が出た。各地の義兵と官軍が晋州城に駆け寄った。

あちこちから援軍が来るという知らせが伝わると、晋州城の兵士らは大声を出して自らを鼓舞した。

一方、康遇聖の家は晋州城から一里ほど離れていた。彼の家からは晋州城の城郭が遠くに見えた。

「殺せ！」

その村に九番隊の兵士が押し寄せた。

「キャーッ」

遇聖の父は晋州城に入り、幼い遇聖は下僕らと家にいた。

「みんな殺せ」

あちこちから兵士が現れ、激しい日本語が飛び出した。その都度、悲鳴が上がった。

「サリョジュセヨ（助けて）」

兵士らは容赦なく村人を刺した。大人の下僕たちが鋅や鎌を持って対抗したが、相手にならなかった。

「パン、パン」

鉄砲の音とともに下僕たちは倒れ、村々の多くは鉄砲の音に魂が抜けてしまうような気がした。村人は抵抗を諦め逃げ出すしかなかった。

ところが、さらに士気をあげた兵士らは逃げる村人を追いかけ回した。そして、槍や刀で刺し、斬り倒した。

「若様、早く」

遇聖の家にも兵士らが押し寄せた。身を隠すことができなかった下僕たちが兵士に立ち向かったが、力及ばなかった。

「ううっ」

下僕の二人が兵士の槍に刺され、その場で息を引き取った。

「アイゴー（慟哭の声）」

女、子どもは大声で激しく泣いた。

「静かにしろ」

遇聖の父が教授に就いていたので、立派な庭に、瓦屋根の屋敷は広く部屋数も多かった。九番隊は遇聖の家を指揮所にした。

「これを離しなさい」

幼い遇聖は兵士に抵抗したが、言葉はまったく通じなかった。しかも幼い彼が素手で抵抗しても大人の兵士にかなうはずもなかった。

「静かにしろ」

幼い彼は兵士に捕らえられ、物置きの蔵に閉じ込められてしまった。

「汚される前に」

兵士が家に押し入ったことを知った遇聖の母親は屋根裏部屋に上がった。そして恐怖を恐れ、そこで首を吊った。蔵に閉じ込められていた遇聖は何が起こったのか全く知るすべがなかった。

平穏だった両班の家が兵士らによって、あっという間にめちゃくちゃになってしまった。両班だけではない。庶民の家も同様だった。兵士らは戦略的価値もなく、略奪する物もない庶民の藁葺きの家はそのまま焚き火の材料になった。藁葺きの家はすべて真っ黒な灰と化した。兵士たちは放火し、家があった場所からは煙が上がった。煙が四方から立ち上り、白昼に草屋は炎をひらひらさせながら燃え上がった。晋州の空には白い煙があちこちから噴き上がった。

そして、晋州城が見えるところまで進軍し、村を焦土化した兵士たちは、周辺の山野に散らばっている竹と松をむやみに伐採した。兵士たちは所々に集まって竹を結び、丈夫な編竹《ささら》を作った。竹で作られた長いはしごは城壁をよじ登るための兵具だった。竹は中身が空っぽで、持ち運びやすかったからだ。

「敵は何をあんなふうに作っているだろう」

村は焦土化し、敵兵の動きは晋州城からでもぼんやりと見えた。足軽らが山で木を伐るなど、慌ただしく動くのを見て金牧使が問うた。

「城壁をよじ登るために、はしごを作っているようです」

隣にいた助防将が答えた。

「では、備えはどうすれば良いか?」

金牧使は独断ではなく将校や軍官の意見を聞き、慎重に戦略を練った。

「城壁に射手を配置し、敵の接近を防ぎ、城壁を登ってくるのを防ぐべきです」

「同感だ。用意しなさい」

夜が過ぎ、未明に東から日が明けてきた。陰暦の十月初旬に入り朝夕は冷えた。明け方から冷たい風が吹き、城壁のそばで夜を明かした朝鮮の兵士たちは、手を揉みながら寒さに耐えていた。

「息が白いよ」

「寒いからな」

兵士たちが「ホホ」と手に息を吹きかけ、そのたびに白い息が吹き出た。その時、パカ、パカ、と地軸を揺るがすような馬のひづめの音が響いてきた。

「何の音だ？」

城の前方から敵の騎馬隊が晋州城に向かって突進してきたのだ。

「パラ、パラ」

騎馬兵の後ろに立てらた旗が風を受け、はためき音を立てた。まさに破竹の勢いだった。

「パカ、パカ、パカ」

快速する馬のひづめの下では冷たい露に濡れた土と石が四方に飛び散った。夜の間に降った透き通った露に濡れ、暖かい朝日を迎えていた草木は静寂を破られ、草葉までがぶるぶると震えた。

「倭軍がくる」

騎馬隊の動きが疾風怒濤のように城壁に押し寄せると、城壁の上にいた哨兵らがびっくりして大声を上げげた。

「怖がるな。射手は矢を弓にかけろ」

将校たちが慌てて動いた。

「わあ」

叫び声があちこちで鳴り響き、射手が城楼や城壁についた。

「あいつらが何でこんなことをするだろう」

射手とはいえ、彼らは人に向かって矢を射たことがなかった。弓を握る射手の左手がぶるぶる震えた。

「ひっひっひっ。げげげ」

相手の騎馬兵は、謎めいた声をあげながら猛烈な勢いで突進してきた。

「射て！」

命令が下ると、緊張していた射手らが引いていた弓弦を放った。

「ヒュイン。ヒュイン」

城壁の上から飛んだ矢が空を割った。

「止まれ。ウォ、ウォ」

ところが、城門を壊しそうな勢いで突進してきた騎馬隊は二百歩ほど前で半円を描き、方向を変えた。そして本陣に戻った。空中で放物線を引きながら飛んでいた矢は、目標物が消えるとあっけなく地面に落ちた。

「あら。もったいない。何で戻るんだろう」

「まあ、惜しい矢を費やしたな」

矢を熱心に運んだ兵卒は、地面に落ちた矢がもったいないと言った。

「もったいないけど奴らが引き下がってよかったよ」

「そうだね。結果的に戦を防げたから」

大きな戦いになると思っていた朝鮮軍の兵士は、相手の兵士が退いたと見て胸をなでおろした。

「敵がなぜ退いたと思うか？」

金牧使は助防将に尋ねた。

「おそらく計略でしょう。我らをおびき寄せるための策略に違いありません」

「そうだろう」

二人はこれを敵の誘引策とみた。そして兵士たちに城外に出ることを禁止した。

「敵は数の面ではるかに優勢です。もし、城の中の兵力が少ないと感づいたら、躊躇なく攻撃してくるでしょう。そうなると城を守ることが難しくなる。倭軍が簡単に攻撃できないように敵の目を欺く必要があります」

軍官職の将校、李納《イ・ナップ》が進言してきた。

「何かいい方法があるのか」

「城内にいる村民を使うべきです」

「村民を？」

「城の中にいる民を集め、城壁に配置するだけでも敵軍は城内の戦力を侮れないはずです」

「姑息な方策だがいいだろう。そうしなさい」

李の提案通り城内にいる村民は、子どもを除いて男女の区別なく城楼の前に集められた。

「今、着ている服を脱いで、ここにあるこの軍服に着替えなさい。みんなは戦う必要はない。ただ、敵を欺くためだ。ここにある服に着替え、城壁に立っていれば、それだけでいいのだ」

李の説明が終わると、「服を脱いで軍服を着るの。恥ずかしいわ」と女たちがざわめいた。

「女たちはチマ（スカート）を脱ぐ必要はない。チマチョゴリ（朝鮮の伝統服）の上にそのまま上着だけを羽織れば良い。頭には帽子をかぶりなさい」

そのようにして城内の大人は男女区別なく兵士のように変装した。

一日が過ぎ、夜が明けてくると敵軍側の陣営から白い煙が高く立ち昇った。それと同時に、三列に分かれていた攻撃隊が同時に城壁に押し寄せてきた。

総隊長の加藤光泰が命令を出すと三方から攻撃隊が城壁に向かって走った。数頭の馬に乗った騎馬兵が旗を振りながら横に分かれて走った。

晋州城の城壁からその動きがかすかに見えた。

「倭軍が再び押し寄せてくる」

攻撃隊が城壁に近づくにつれ、肉眼でも彼らが確認できた。列の前方から兵士を引っ張る武将たちの姿が凄かった。角の生えた兜と真っ黒な鉄仮面をかぶった者もいれば、真っ赤な鎧を着て頭には毛をかぶった者もいた。

「あれは何だ。人間だろうか、獣だろうか」

奇怪な姿をした攻撃隊の武将を見た城内の人々は驚いた。しかも槍を高く掲げて押し寄せる武将らは殺気立っていた。

「あれは化け物か」

城壁から攻撃隊を見た朝鮮の兵士たちは動揺した。

「あいつらは、一体、我々にどんな宿怨があるんだろうか」

「気が狂ったに違いない。そうでなければこんなことはしないだろう」

「そうだ、やつらは狂っている。人間が獣の毛を被り、あんなことはしないだろう」

「とにかく恐ろしいな」

「そんなに怖がるな。死ぬつもりで戦えば怖いもんか」

「戦も何も、俺は心臓がドキドキしてやっていられないよ」

晋州城にいる朝鮮兵の中で一部の武将以外、戦闘経験がある者はほとんど皆無だった。それに比べ、連合隊の兵士らには足軽でも戦闘を経験した者が多かった。戦の経験が豊富な兵士らの動きは、まるで餌を狙う猛獣のようだった。餌食を目の前にして爪を立てたまま殺気を抱いてうなる。一度狙った餌食は絶対逃さない猛獣の姿だった。牙のように突き出した槍の鏃《やじり》がピカピカと光り、殺気立っていた。

城壁にいる朝鮮の軍民は攻撃隊の勢いに完全に気後れした。顔は次第にこわばっていった。命がけの戦いをしたことのない彼らは、城壁の上から攻撃隊を見るだけでも怯えていた。手足ががたがた震える者もいた。

「怖がるな。射て！」

ざわつく兵士たちに将校が命令を出した。

「ヒュイン、ヒュイン」

城壁の上から矢が飛んだ。

「パン、パン、パン」

矢に対し攻撃隊は鉄砲で応戦した。一次攻撃の際、矢が飛んでくるのを経験した連合隊は防備のため、竹を横に編んで盾を作っていた。

パッ、パッと矢は竹の盾に刺さり地に落ちた。

「パン、パン、パン」

連合隊兵士らは組織的に動いた。竹の盾で防御した先発隊が矢を防ぐと、後方の鉄砲隊が発砲した。

「カチャン、カチャン」

鉄砲の威力は矢の数倍も大きかった。鉄砲玉を撃ち込まれた城塁の柱がくぼみ、弾を受けた兵士は「うわっ」と断末魔の悲鳴を上げてそのまま倒れた。

「危ない」

城壁に張り付いていた射手たちは怖くなり、頭を城壁の下に押し込んでいた。

「梯子をかけろ」

城からの抵抗が弱まると、突撃隊は竹で作った梯子を城壁にかけて這い上がった。

「敵が登ってくる。矢を射て！」

城壁の上にいた将校が大声で檄を飛ばした。

「死ね！」

将校たちは片手に刀を持ち、城壁をよじ登って来る敵兵を斬り落とした。

「うわっ」

斬りつけられた攻撃隊兵士は悲鳴を上げ、城壁の下に落ちた。

「この石でも、食らえ」

朝鮮軍が積んであった大きな石を城壁の下に投げた。

「ザアー、ザアー」

次は釜で沸かした熱湯が注がれた。

「うわっ。熱い、熱い」

梯子を登っていた攻撃隊兵士たちは熱湯を浴び、「熱い、熱い」と言いながら転げ落ちた。

「コンギョックヘラ（攻撃しろ）」

「下がるな」

城壁の上からは将校が朝鮮語で兵士を促した。城壁の下では、攻撃隊の武将が兵士の後退を阻止しようと日本語で叫んだ。朝鮮語と日本語が飛び交った。言葉がもつれ、互いに意味が通じなかった。言葉には音があり、音に意味が混ざってこそ言葉になる。だが、自分の言葉なのか、相手の言葉なのか、朝鮮語なのか、日本語なのか。意味が分からなくなった。互いの言葉がもつれてしまい、意味が全く伝わらなかった。言葉が機能を失った戦場であった。

そんな中で双方の兵士は血を流しながら死んでいった。言葉も通じない、ただただ互いに殺し合う凄まじい戦場となった。

「ジュギョラ（殺せ）」

「うわっ」

言葉は本来の役割を失い、鋭い刃になって相手を突き、悲鳴で返された。城壁を挟んで両側の兵士が出す断末魔の悲鳴は、まさに無間地獄を彷彿させた。言葉は違っても悲鳴は同じだった。痛みと苦しみを表す悲鳴は本能的で、朝鮮兵も攻撃隊の兵士も「キャー」と発し、その音は高くて鮮明で耳元に刺さった。命に対する人間の本能的な希求や切なさがその悲鳴に滲み出た。

城攻めでは、守る側より攻める側が大変だ。数的に優勢ではあるが連合隊は苦戦し、劣勢ではあるが朝鮮軍は堅固に持ちこたえた。

「畜生！」

連合隊は執拗に攻撃を続けた。しかし、戦況が思うようにいかず連合隊の指揮部は腹を立てた。両方で多くの死傷者が続出した。九番隊の犠牲が大きかった。朝から始まった戦いは昼を過ぎて夕暮れまで続いた。

消耗戦が続き、両陣営の兵士の疲れは極限の状態に達した。

「牧使殿。隣の山から炎が上がりました」

「何のことか？」

「おそらく、援軍が着いたという合図のようです」

「ピリリリ……」

松明の炎と笛が鳴り響いた。朝鮮の義兵が山に登り、送ってきた合図だった。晋州城を助けに来た義兵は相手の攻撃が激しくなると、正面からぶつかることを避け、山に登って合図を送ったのだ。

「わあ、わあ、……」

援軍が来たことを確認した城の兵士たちは歓声を上げた。

「朝鮮軍の援軍が現れました」

「何だって？」

報告を聞いた連合隊の指揮部は慌てた。

「もう少しだというのに」

「囲まれると危険です」

「仕方あるまい。一旦、後退だ」

周辺は暗くなり、援軍の規模がどれくらいか把握が難しかった。

ひとまず戦を中止し、退くしかなかった。

相手の退く姿を見た城内の軍民たちは共に歓声を上げた。

「勝った！」

朝鮮の人々は相手が逃げる姿を見下ろし、抱き合い、喜びの涙を流した。

「牧使殿、矢が足りません」

相手が退いてホッとしていた金牧使に、助防将が近づき言った。彼は敵軍が逃げたのではなく、一時的に退いたと考えていた。

「うむ」

「直ちに矢を調達しなければなりません」

「了解した」

〈城中の矢の残りはわずかです。矢を集めて城に送ってください。夜が明けると倭軍が再度攻撃してくることは明白です。矢がなくては彼らの攻撃を防ぐことはできません。至急、矢を集めてお送りくださることを切に願います〉

牧使は直ちに書状を作成し、金誠一に飛脚を出した。夜陰に紛れて晋州城の西側の壁の下にある南江《ナムガン》から船が出た。

「矢を集めることは簡単ではないだろう。心配だ」

牧使は、矢の調達を案じながら夜を明かした。翌日の明け方だった。

「牧使殿、船が来ています」

夜を徹してかさかさになった助防将の顔に喜色が浮かんだ。

「矢は？」

「船にいっぱい積んであります」

南江に沿って近づく船上には、矢や兵糧、布などが山積みになっていた。

「よかった」

固唾を飲んでいた牧使はやっと喜びを表した。晋州城に食糧や反物などの物資が到着すると、再び歓声が上がった。軍民の士気も高まった。牧使の率先する指揮で晋州城の中では兵士であれ、良民であれ一心同体となった。非戦闘員である婦女子たちまで変装して湯を沸かしたり、負傷者の傷を洗い消毒したりした。

東からの明るい日差しが暗闇を取り払い、城の中には再び光明が訪れた。

「見ろ、あれは何だ」

「あれは子どもたちじゃ」

相手の陣の方から十数人の子どもたちが城門に近づいてくるのが見えた。服装を見ると間違いなく朝鮮の子たちだった。

「どうして子どもがあそこにいるのか？」

「分かりません」

報告を受けた将校が城壁に近づき、確認した。

「倭軍は見えず、子どもたちだけです」

直ちに、金牧使に報告が伝わった。

「倭軍が城門を開けさせようという策略かもしれません。城門を開けてはなりません」

助防将が強く主張した。

「朝鮮の子どもなら見捨てるわけにはいかない。城門を開け！」

金牧使は将校に命じて子どもたちを城内に入れるように指示した。門が開き、子どもたちは城内に入った。周辺に敵兵はいなかった。

「早く城門を締めろ」

子どもたちが城に入ると、「どこの村から来た？」と聞いた。

「河村《ハチョン》です」

河村は晋州城に近い村だった。

「両親は、どうした？」

「みんな死にました」

相手の兵士が村を奇襲し、大人を皆殺し、子どもを捕虜にしたことが明らかになった。

「悪い奴らめ。人間のやることではない」

「でも、どうして倭軍がお前らを解放したんだ」

「人々に伝えろと言われました」

「どういうことだ。言ってごらん」

「都の漢城が陥落し、朝鮮全土が占領された。晋州城は孤立している。しかも、中がすっかり見える鳥かごにすぎない。攻撃すれば、すぐに崩れるだろう。死にたくないなら早く降参した方がいい。将校の首を斬り落とし、降伏してくる者は大きな褒美があるだろうと言われました」

子どもたちは暗唱した伝言をそのまま金牧使の前で話した。

「子どもまでを戦に利用するなんて。実に狡い奴らだ」

連合隊の指揮部は、子どもを使って噂を広めれば民心が離れると見込んだ。しかし、結局は朝鮮の人々の怒りを買う結果となった。

「この子たちの面倒をみてやりなさい」

金牧使は官の奴婢らに子どもたちを引き渡した。

一方、子どもたちを送ってしばらく経っても、晋州城内では何の動きがないことを悟り、連合隊指揮部は計略が失敗したことに気づいた。

「う〜ん、叩き潰せ！」

計略が失敗し、怒った指揮部は直ちに攻撃を命じた。再び攻撃隊が城壁に押し寄せた。

「パン、パン、パン」

まず、鉄砲が放たれた。

「ドカン、ドカン」

朝鮮側からは爆弾が飛んできて、兵士たちの前で爆発した。

「うわっ」

戦いの様相は今までとは違っていた。金誠一は金牧使の要請を受けて火薬の材料を一緒に送った。金牧使はこれを軍器官に送り、火薬を作らせた。青銅製の丸くて青色の玄字銃筒（大砲の種類）が火を放ち、続いて飛撃震天雷（爆弾）が飛んだ。

「ドカン、ドカン」

大砲から放たれた砲弾はすぐに爆発したが、飛撃震天雷は一種の時限爆弾だった。丸い鉄の砲弾だったが、地面に落ちるとすぐに爆発せず、芯が燃えた後に爆発する構造だ。飛撃震天雷が飛んでくると、兵士らはひとまず身を避けた。ところが地面に落ちた砲弾がすぐに爆発しないと、何の異常もないと思った兵士は近づいた。その時、爆弾が破裂した。中には鋭い鉄片がいっぱい詰まっていて、ドカンという爆発音とともに鉄の破片が四方に飛散した。

「うわっ」

火薬の力で飛び出した鉄片は人であれ、木であれ、容赦なく突き破った。破片が刺さった兵士は、顔や体から血を流した。

「兵士の犠牲が大きい」

「朝鮮軍が使うあれは何なのか？」

「……」

多くの兵士が死傷するのをみた司令部は慌てた。鉄砲のことは分かったが、あのような爆弾は見たことがなかった。戦に長けた百戦錬磨の加藤や細川のような武将らも経験したことがなかった。その威力があまりにも大きかった。まず、指揮官たちが戸惑った。戦々恐々としているところに、「後方に朝鮮軍が現れました」という報告が届いた。

南江を渡った朝鮮軍兵力一千が後方から現れた。数はそれほど多くなかったが、背後に布陣されたのが脅威だった。地の利を生かした朝鮮軍は、神出鬼没であちらこちらから現れ、兵士を混乱させた。隊列から離れたり、落伍した兵士たちは彼らの餌食になった。晋州城から飛んでくる爆弾に苦戦しているうえ、朝鮮軍に取り囲まれた状態になってしまった。

「仕方あるまい。退け！」

兵士たちは再び退却を余儀なくされた。

「二度も失敗するなんて、何という有様だ」

「攻城戦だけで城を落とすのは難しいでしょう」

「では、どうしたらいい？」

加藤と細川は意見を交換した。

「計略を使い、敵を城の中から誘き出すべきでしょう。野原で一挙に殲滅《せんめつ》すれば城は自然に崩れると思います」

「うむ。このままではこちらの被害があまりにも大きい」

二人は、兵の犠牲を案じ、戦略を変えた。

「先発隊は城を攻撃し、敵の反撃が激化したら退却するふりをしろ。狙いは敵が自ら城門を開いて外に出ることだ。ただ敵を誘い出すことが狙いだ。肝に銘じろ」

「はい」

攻撃隊として三千余が晋州城に向かい、攻撃を行った。城の上から再び矢と熱湯がかけられた。すると九番隊は敗退するふりをしながら下がった。無気力な姿で逃げる相手兵士をみて、朝鮮軍の将校たちは我先に手柄をあげようと焦った。

「敵が後退しています。敵兵を捕まえる好機です。城門を開けて兵士を出してください」

一瞬、戦功の欲が出た将校たちが金牧使に許可を請った。

「しかも、兵士の士気を高める一石二鳥の機会です」

「うむ」

牧使は守城将として、しばらく口をつぐんで考えた。それから即答した。

「我らの任務は城を守ること。倭兵を数人殺したからといって戦況が変わるわけではない。軽挙妄動するな」

牧使は慎重な姿勢を崩さなかった。

「臆病者！」

将校たちはあまりに慎重な牧使に不満を持った。牧使は指揮下の将校が自分の決定に不満を持っていることを知っていた。だが、決して動じなかった。彼は数的に絶対不利な状況で城門を開けることは自殺行為だと思っていた。

「小さなことにこだわり、大事なものを失いやすい。じっとしてろ」

金牧使は、再度、将校たちに厳命を出した。

「なぜ、動かないのだ！」

城門が開くのを待っていた連合隊の指揮部も苛立っていた。城門が開きさえすれば一挙に攻撃に出る考えだった。しかし、城門は依然として堅固に閉ざされていた。

「怯えていて、戦う気がないのかも」

「我らの作戦に気づいたならば賢いし、怖がって出てこなかったら腰抜けだ。仕方ない。総攻撃をかけるしかない」

加藤は、膠着状態がこれ以上続くとまずいことをよく知っていた。

「もう、これ以上は我慢できない。速戦即決で城を占領しろ」

翌朝、再び総攻撃が始まった。

「鉄砲隊は射程距離内に入って発砲せよ。続いて突撃隊は城壁に近づき、はしごを城壁に掛けろ。今日こそ城を落とすぞ」

連合隊は喊声とともに、東門と北門の二カ所を目標に集中的に攻撃を仕掛けた。

「パン、パン、パン」

「矢を射て」

金牧使と指揮下の将校たちは射手を催促した。

「パン、パン、パン」

連合隊の鉄砲攻撃は今までと違って激しかった。鉄砲の破裂音が四方で鳴り響き、射手の兵士は矢を射た後は、怖くてすぐ城壁の下に頭を突っ込んだ。

「隠れるな、矢を射ろ」

東門楼で兵士を指揮していた金牧使は、射手に檄を飛ばすために声を高く上げた。その瞬間だった。

「おっと」

金牧使が頭を抱えて後ろに倒れた。

「牧使殿！」

彼が倒れると悲痛な声が沸き起こった。将校の一人が倒れた牧使の頭を持ち上げた。そして傷を探ろうしながら、「大丈夫ですか」と聞いた。

「……」

頭から血がにじみ出ていたが、金牧使は目をきょとんとさせていた。

「敵の弾丸が頭をかすめたようです」

「天運だった」

倒れていた主将が自力で立ち上がるとそばにいた将校たちが安堵の息をついた。相手の鉄砲弾は金牧使の額の横を掠めた。少しでも方向が違っていたら弾は彼の頭を貫通したに違いなかった。

「牧使様、これを」

官奴一人が、すぐに布を持ってきた。

「これでは死なない。全軍、倭敵に応戦しろ」

布を手に金牧使は流れる血を拭きながら将兵を督励した。

牧使が奮戦する姿を見た朝鮮の将兵は死に物狂いで攻撃隊に応戦した。

「抵抗が強い、味方の被害が大きいです」

戦況報告を聞いた加藤は何も言わずにしばらく黙っていた。

「形勢が不利です。これ以上、味方の犠牲を増やしてはいけません」

黙る加藤に細川が強く言った。

「うむ。悔しいが仕方があるまい。撤収せよ」

加藤の命令で先発隊として城壁をよじ登っていた兵士たちは城壁を下り、戻らなければならなかった。

相手が退くと城壁の上から朝鮮軍の喊声が上がった。

反面、攻撃に失敗した九番隊の兵士は負傷した味方を背負って後退していた。彼らは味方の遺体を一カ所に集め、民家を壊して集めた木材の上に積み上げ燃やした。

一部の遺体は縄で編んだ網に入れ、後退する足軽が担いだが、それは侍の遺体だった。足軽の遺体はその場ですべて燃やしたが、指揮を執った侍大将は、侍の遺体だけは大事にした。身分の差は、遺体になっても歴然としていた。

「倭軍が退いた。勝った、勝った」

「良かったな」

相手の撤退により五日間、熾烈に攻防を繰り広げた晋州城の戦いは終わった。ところが、両軍共に多くの犠牲者を出した。しかし、数的に優勢な連合隊の執拗な攻撃を退けた朝鮮軍にとっては、大勝利といって良かった。

これが「第一次晋州城の戦い」だった。

「あっぱれだ。金牧使を慶尚右道の兵馬節度使（従二品）に昇進せよ」

晋州城の勝利の報告を受けた王は非常に喜んだ。すぐ金時敏を従二品の職責に昇進させた。

ところが、頭をかすめたと思われた鉄砲弾による傷はその後、化膿した。戦いが終わった十日後に金牧使は呆気なく息を引き取った。昇進を伝えるため王が派遣した宣伝官（王の伝令）が晋州に到着した時は、金牧使がこの世を去った後だった。享年三十九歳だった。

【後編に続く】

著者紹介

金　敬鎬（キム・キョンホ）

韓国の中央大学英語英文学科卒業。その後、日本へ留学し、秀林外語専門学校で日本語を学び、専修大学大学院文学研究科で博士号を取得する。一時は帰国し、韓国の大学に勤務したが、本作品を構想し調査のために再び玄海を渡って日本へ向かう。現在、目白大学韓国語学科の教授として勤務している。

監修者紹介

松本逸也（まつもと　いつや）

元朝日新聞編集委員、目白大学名誉教授。

代表著書に『世紀末亜細亜漂流』（人間と歴史社）、『東アジアの「海道をゆく」』（人間と歴史社）などがある。

玄海 海の道 -前編-

初版発行 2024年12月25日

著　者 金 敬鎬

監　修 松本逸也

発行人 中嶋啓太

発行所 博英社
〒370-0006 群馬県 高崎市 問屋町 4-5-9 SKYMAX-WEST
TEL 027-381-8453 / FAX 027-381-8457
E · MAIL hakueisha@hakueishabook.com
HOMEPAGE www.hakueishabook.com

ISBN 978-4-910132-71-6